THEODOR J. REISDORF

INSELMORDE

Drei mörderische Romane
auf Juist, Borkum und Baltrum

Todestörn vor Juist

Das Dünengrab

Tod vor Borkum

BASTEI LÜBBE

BASTEI LÜBBE TASCHENBUCH
Band 14722

1. Auflage: Mai 2002
2. Auflage: April 2003
3. Auflage: August 2004
4. Auflage: Oktober 2006
5. Auflage: April 2009

Vollständige Taschenbuchausgabe

Bastei Lübbe Taschenbücher in der Verlagsgruppe Lübbe

Originalausgabe

Umschlaggestaltung: Tanja Østlyngen
Titelbild: Hans Kremers / Bavaria
Satz: KCS GmbH, Buchholz / Hamburg
Druck und Verarbeitung: GGP Media GmbH, Pößneck
Printed in Germany
ISBN: 978-3-404-14722-9

Sie finden uns im Internet unter
www.luebbe.de

Der Preis dieses Bandes versteht sich einschließlich
der gesetzlichen Mehrwertsteuer.

Todestörn vor Juist

BASTEI LÜBBE

Pitt Hänneschen betrat über die Gangway die *Frisia II.* Im fast leeren Restaurationsdeck suchte er sich einen Fensterplatz aus, stellte seinen Rucksack auf den Boden und nahm aufatmend auf der Sitzbank Platz.

Er bestellte bei der Bedienung Kaffee und schaute auf den Tannenbaum, der in der Mitte des Decks im Licht elektrischer Kerzen erstrahlte.

Seine Mitschüler waren bereits am Mittwoch, direkt nach Schulschluss, in die Ferien aufgebrochen.

Sie sehnten sich alle nach zu Hause. Im Spätherbst und im Winter fiel über Juist die Einsamkeit, dann waren die Straßen wie leer gefegt, und nur wenige Pinten und Cafés blieben geöffnet. Oft regnete es tagelang, und man konnte sich kaum draußen aufhalten. Aber die Schüler waren ohnehin mit Lernen beschäftigt, denn vor dem Ende des Schulhalbjahres im Januar wurden zahlreiche Klassenarbeiten geschrieben.

Pitts Mitschüler kamen aus allen Bundesländern. Sie waren wie er Töchter und Söhne aus reichen Elternhäusern. Schöne junge Menschen, denen das Glück förmlich in die Wiege gelegt worden war.

Auch Pitt sah gut aus. Er war groß und schlank, nur sein Gesicht wirkte etwas streng und knochig. Sein Haar war blond und kurz geschnitten.

Er schaute durch das Bordfenster auf Juist, als die *Frisia* ablegte, und erblickte den Dachwinkel der Schule, der hinter dem Kirchturm hervorlugte. Das große Backsteingebäude war ihm zur Heimat geworden, nachdem seine Mutter bei einem Autounfall ums Leben gekommen war und sein Vater vor nicht allzu langer Zeit auf dem Boot einen Herzinfarkt erlitten hatte.

Er fuhr mit gemischten Gefühlen nach Neuss. In Begleitung seiner Freundin Schagüll hatte er einige Geschenke eingekauft, ohne Liebe, nur so, weil eben Weihnachten war. Es war ihm schwer gefallen, in den wenigen Geschäften etwas für seine Verwandten zu finden.

Pitt nahm ein Taschenbuch aus seiner Rucksacktasche und begann zu lesen. Doch schon wenig später wurde er aus der Konzentration gerissen, denn die *Frisia II* hatte die Fahrrinne erreicht und fuhr der Mole in Norddeich entgegen. Auch hier war der Himmel grau in grau. Der Wind trieb nassen Schnee, vermischt mit Nieselregen, gegen das Schiff. Durch das Fenster sah Pitt den bereitgestellten Interregio nach Koblenz am Bahnsteig stehen.

Er nahm seinen Rucksack auf, schaute noch einmal auf den mit Kerzen geschmückten Tannenbaum und verließ das Schiff.

Pitt mochte das Gästezimmer im Haus seiner Verwandten nicht sonderlich. Es war mehr eine Abstellkammer mit einem alten Schrank und einer Konsole mit Nachttischlampe. Es hatte zwar ein eigenes Klo, entbehrte aber sonst jeder Behaglichkeit. Durch das Fenster blickte er in das kleine anliegende Birkenwäldchen.

Pitt packte seinen Rucksack aus, legte Wäsche, Pullover und bunte Oberhemden in den Schrank und hängte seine Cordhose und sein Jackett auf einen Bügel.

Dann zog er sich aus, duschte. Anschließend frottierte er sich trocken, zog frische Wäsche an, stieg in seine Jeans, ein buntes Oberhemd und schlüpfte in das modische Jackett.

Wenig später betrat er das Wohnzimmer. Tante Cecilia und Onkel Gottfried saßen in den Ledersesseln am Couchtisch. Die Köchin deckte den Tisch mit dem feinen Delfter Porzellan.

»Hallo, Pitt«, sagte sie erfreut und reichte ihm die Hand.

»Tante Porschmann, gut siehst du aus.« Pitt betrachtete die Köchin, die genauso alt war, wie seine Mutter jetzt gewesen wäre.

»Pitt, immer noch der höfliche, nette Junge«, scherzte sie und strich dem Besucher mit der Hand über das kurz geschnittene Haar.

Tante Cecilia hatte zugenommen. Ihr hübsches, ernstes Gesicht war voller geworden. Sie trug eine Trachtenbluse, darüber ein bayerisches Jäckchen und dazu passend einen grünen Lodenrock. Sie hatte ihr Haar wachsen lassen. Es war immer noch dunkel, während Onkel Gottfried mittlerweile fast ergraut war.

Tante Cecilia lächelte Pitt freundlich an. Onkel Gottfried erhob sich und drückte den Neffen an sich. »Großartig siehst du aus«, sagte er und klopfte Pitt auf die Schulter. »Bodybuilding?«, fragte er lächelnd.

»Juist ist ein Dorf. Dort ist wenig los. Da bleibt nur der Sport, um zwischen anstrengenden Klausuren zu überleben«, antwortete Pitt.

»Nimm doch Platz«, forderte ihn Tante Cecilia auf. Pitt setzte sich in den Sessel.

»So schlimm wird eure Schule doch nicht sein«, griff Onkel Gottfried das Thema wieder auf. »Da gibt es doch sicher auch hübsche Mitschülerinnen, die Muskeln mögen?«

Pitt lachte. »Kann schon sein«, erwiderte er.

»Und du hast doch gewiss eine Freundin?«, fragte Tante Cecilia und bemühte sich, ihre Neugier zu unterdrücken. »Besuch uns doch im Frühjahr mit ihr!«

»Bis dahin fließt noch viel Wasser den Rhein hinunter, Tante. Aber wenn du es genau wissen willst, ja, ich habe eine Freundin. Ihr Vater betreibt in Hamburg einen gut gehenden türkischen Supermarkt.«

Tante Cecilia blickte ihn überrascht an. »Eine Türkin?«, fragte sie. Ihr Gesicht verriet Unmut.

»Ja, eine Schönheit, ein südländischer Typ wie du, verzeih, aber jünger«, scherzte Pitt.

Offenbar verspürte Cecilia keine Lust, dieses Thema weiter zu erörtern. »Wir warten auf Arnold«, erklärte sie stattdessen. »Der Bengel hält sich wieder bei seinen Freunden auf. Kein Wunder, er ist so selten in Neuss und als Künstler für die anderen gewiss auch sehr interessant. Die studieren ja alle Jura, Wirtschaftswissenschaften, das Lehramt oder Technik!«

Tante Porschmann betrat das Zimmer. Sie zündete den Kamin an.

»Warten Sie noch mit dem Kaffee. Mein Sohn kann jeden Moment kommen«, sagte Tante Cecilia.

Onkel Gottfried wandte sich wieder an den Neffen. »In wenigen Wochen schlägt die Stunde der Wahrheit. Dann stehst du im Abitur. Wie stehen die Aktien?«, wollte er wissen.

»Ich hoffe, es wird reichen, um Medizin zu studieren«, sagte er.

Tante Cecilia streckte sich und strich mit der Hand über den Lodenrock, der ihren Bauch etwas zu eng umspannte. »Ich dachte, du wolltest Meeresbiologe werden?«, fragte sie.

Pitt blickte in ihre fragenden Augen. »Tante, die Grünen, Greenpeace und die Umweltorganisationen haben sich auf dem Sektor mit großen Erfolgen eingenistet. Da kann ich mein Schwarzbrot nicht verdienen.«

»Na, das ist ja eine gewaltige Kehrtwendung«, murmelte die Tante.

»Nach dem Abitur werde ich weitersehen«, antwortete Pitt.

»Wie du dich auch entscheidest, an finanziellen Mitteln wird es dir nicht fehlen«, sagte sie.

Die Tür wurde unsanft geöffnet. Arnold betrat das Zimmer.

»Na, die Kaufleute unter sich?«, fragte er und grinste. Sein langes, ungepflegtes Haar hing ihm über den Kragen seiner abgetragenen Lederjacke. Er trug ausgefranste Jeans mit Löchern an den Knien.

Er trat neben Pitt und schlug ihm kameradschaftlich auf die Schulter. »Vetter, hüte dich vor Mama und Papa! Sie kennen nur Bilanzen, Gewinne und Geldanlagen. Sie verkaufen Steine, Zement und Sand, über die der Wind der Zukunft hinwegbrausen wird«, sagte er und setzte sich in den noch freien vierten Sessel.

»Arnold, ohne Geld läuft nichts. Nur die, die es besitzen, können deine späteren Werke kaufen«, erwiderte Pitt ironisch.

Er mochte seinen Vetter. Doch dessen versponnene Ideen und

Vorstellungen hatten ihn stets irritiert. Er fand auch Arnolds lässige Schlabberkleidung, die dieser wie das Statussymbol einer elitären, bürgerfeindlichen Minderheit provozierend trug, unangebracht.

»Lieber Vetter, Geld verdirbt den Charakter. Ich gehe davon aus, dass euer Elitegymnasium auf Juist dich motiviert, dein Studium nach irgendwelchen Schaltstellen in unserer herz- und wertlosen Gesellschaft auszurichten. Hand aufs Herz, Pitt, Jura oder Wirtschaftswissenschaften?«, fragte er.

»Das habe ich noch nicht entschieden, Arnold. Aber zum Glück brauche ich mich um die Finanzierung des Studiums nicht zu kümmern. Das Geld fließt aus den Gewinnen, die die Firma abwirft«, sagte Pitt ernst. Er besaß auf Juist eine Eigentumswohnung, die er Gewinn bringend von einem Makler vermieten ließ. Und er hatte sich von dem Geld, was ihm aus der Firma zufloss, ein kleines Segelboot gekauft.

»Du weißt, dass Pitt sparsam und bescheiden lebt, was wir von dir nicht sagen können«, sagte Tante Cecilia vorwurfsvoll zu ihrem Sohn.

Arnold, der Künstler, verzog sein Gesicht zu einem breiten Grinsen. »Kein Wunder. Er ist ja schließlich euer Chef«, sagte er.

»Das geht denn doch zu weit«, empörte sich Onkel Gottfried – und rief nach Frau Porschmann, die auf das Zeichen gewartet hatte, denn sie betrat prompt das Wohnzimmer, schenkte den Kaffee aus, trug danach eine Schüssel mit frischen Berlinern herein und stellte sie auf den Tisch.

»Ich bin in der Küche, falls Sie mich brauchen«, sagte sie, blickte noch einmal kontrollierend über die Kaffeetafel und verließ das Zimmer.

Sie tranken Kaffee und aßen Berliner.

»Morgen ist Heiligabend. Ich denke, dass ihr Jungs den Tannenbaum schmücken solltet. Mutter hat bereits Kugeln, Kerzen und Lametta bereitgelegt«, sagte Onkel Gottfried.

Tante Cecilia und Onkel Gottfried bewunderten den geschmückten Baum. Die elektrischen Kerzen spendeten ein anheimelndes Licht. Im Kamin loderten die Flammen, und aus dem Lautsprecher klang klassische Musik. Die Bescherung hatten sie schnell hinter sich gebracht. Es hatte einige Überraschungen gegeben, und niemand war zu kurz gekommen.

Um neunzehn Uhr servierte Frau Porschmann auf dem Kamintisch das Abendbrot. Es gab Lachsscheiben, Krabben, Aal und Krebse, außerdem Salate und Weißbrot. Dazu tranken sie Wein. Nach dem Essen ging es witzig zu, als Arnold über seine Erlebnisse in London berichtete.

Er hatte sich am Piccadilly Circus, in der Oxford Street und an anderen markanten Plätzen als Pflastermaler betätigt, die Mona Lisa, den Mann mit dem Goldhelm und andere bekannte Kunstwerke mit bunter Kreide auf die Steinplatten gemalt und dabei nicht nur tüchtig kassiert, sondern auch noch die Aufmerksamkeit der Lady Di auf sich gelenkt, die bei ihrem Einkaufsbummel Gefallen an seinen Bildern gefunden hatte und ihm zehn Pfund in die Mütze geworfen hatte. Dabei hatten die Passanten ihr Beifall gezollt. Auch sonst hatte Arnold lustig gelebt und die Mädchen, wie er gestand, öfter als seine Unterwäsche gewechselt.

Pitt dachte ein wenig wehmütig an seine verstorbenen Eltern. Wie schön war Weihnachten stets gewesen, als sie noch gelebt hatten …

Als störend empfand Pitt allerdings das Verhalten seines Vetters, der sich wie ein zukünftiger Baselitz oder Penk gebärdete.

Vielleicht war es auch eine in ihm aufkeimende Eifersucht, die ihn missmutig stimmte. Er sehnte sich nach Schagüll, die den Abend vermutlich einsam im Internat verbrachte.

Onkel und Tante lauschten bewundernd den Worten ihres Sohnes. Pitt fühlte sich ausgeschlossen. Unvermittelt entschied er, am ersten Weihnachtstag abzureisen. Er sehnte sich nach Juist, nach den Dünen und einsamen Stränden und den Möwen, die leise im Wind segelten.

Pitt verließ das Restaurationsdeck der *Frisia II* und betrat über die Gangway die Mole. Der Mond schien. Juist lag unter einem wolkenfreien Abendhimmel. Pferdedroschken warteten auf Gäste. Hotelangestellte luden Koffer auf ihre Fahrradanhänger. Der aufgebriste Ostwind war beißend kalt. Pitt ging schnellen Schrittes im Licht der Hafenleuchten dem Deichtor entgegen. Die Fenster der Häuser waren hell erleuchtet. Die Insulaner feierten Weihnachten. Auch in der Hausmeisterwohnung brannte Licht.

Pitt näherte sich der Tür des Internats. Er nahm den Schlüssel aus seiner Tasche und drückte den Lichtschalter. Seine Wohnung lag im dritten Stock. Er stieg über die Treppe nach oben, steckte den Schlüssel ins Schloss seiner Apartmenttür und öffnete sie. Die Tür klemmte ein wenig. Überrascht entdeckte er einen Brief, der unter der Tür gelegen hatte, und hob ihn auf. Gleich darauf schaltete Pitt das Licht an und setzte seinen Rucksack im Korridor des Apartments ab. Erleichtert blickte er um sich. Er war wieder zu Hause. Er betrat sein Zimmer, schaltete das Licht an, setzte sich in den Sessel und betrachtete das Kuvert. Doch es trug keine Anschrift und keinen Absender. Pitt öffnete den Umschlag und zog die beschrifteten Seiten hervor. Ihm verschlug es den Atem, als er erkannte, von wem der Brief stammte. »Schagüll«, entfuhr es ihm, und er fühlte, wie ihm das Blut in den Kopf stieg.

Dann begann er zu lesen:

Lieber Pitt,
ich bin sehr traurig und fühle mich sehr einsam. Bevor du mehr erfährst, sage ich dir, was ich dir schon so oft während unvergesslicher Stunden gestanden habe, nämlich, dass ich dich liebe. Was auch immer geschieht, vergiss das bitte nicht. Ich hoffe, dass wir bald wieder zusammen sein können.

Auf das Abitur, so nah und greifbar, kann ich verzichten, aber nicht auf dich. Ich werde ewig an dich denken.

Für dich war ich die kleine Türkin, die in geordneten Familienverhältnissen lebte. Ich habe dir, um dich nicht zu verunsichern, verschwiegen, dass mein Vater den Supermarkt in Hamburg nur zum Schein un-

terhielt, ihn führte und leitete. Mein Vater ist in Wirklichkeit Mitarbeiter des türkischen Geheimdienstes. Seine Aufgabe bestand darin, die Machenschaften der nun auch in Deutschland verbotenen Kurdischen Arbeiterpartei auf deutschem Boden zu beobachten.

Er erhielt am Tag vor dem Heiligabend ernst zu nehmende Morddrohungen. Auch auf mein Leben haben es fanatische Kurden abgesehen, die mich als Geisel nehmen wollten.

Wir mussten den Drohungen der gewalttätigen Kurden zuvorkommen. Doch das ist nicht alles. Aus Sicherheitsgründen bedrängen meine Brüder meinen Vater und mich, einer Heirat mit einem Mann zuzustimmen, den ich nicht kenne, der sich als Gegenleistung für meine Sicherheit verbürgt. Ich verlasse das Internat und werde mich bis zu meinem Tod weigern, einen Mann zu heiraten, den ich nicht liebe. Pitt, ich liebe nur dich! Warte auf mich! Denn erst einmal muss ich Vater folgen, um mich in Sicherheit zu bringen.

Ich weiß, dass du mich liebst und auf mich warten wirst. Meine Familie versteht nicht, dass ich mich als eine Deutsche fühle. Ich habe nur deutsche Schulen besucht und hätte gerne mit dir gemeinsam studiert. Ich kenne die Türkei nicht. Für mich gab es bis vor wenigen Tagen kein Kurdenproblem. Ich hoffe, dass ich mit dir in Deutschland eine gemeinsame Zukunft haben werde. Lieber Pitt, vernichte den Brief und habe Geduld mit mir. Deine dich ewig liebende Schagüll.

Pitt weinte. Es war sinnlos, bei Tante Cecilia, bei Onkel Gottfried und Arnold Trost zu suchen. Das ging nur ihn etwas an! Er erhob sich und holte sich aus dem Kühlschrank eine Flasche Bier. Er öffnete die Flasche, trank und las den Brief noch einige Male. Anschließend legte er die Nachricht in die Schublade seines Schreibtisches und ging zu Bett.

Jupp Broichler war der stellvertretende Direktor des Juister Inselinternats, das auch Pitt besuchte. Broichler war neunundfünfzig Jahre alt, wirkte aber jünger. Er besaß Autorität, aber war ehrlich und fair, und die Schüler mochten ihn. Er forderte Leistungen und honorierte sie, und er half großzügig, wenn

Schüler sich ernsthaft um die Kenntnisse der Mathematik bemühten.

Am zweiten Weihnachtstag betrat er die kleine Inselkirche, kniete sich in eine Bank und nahm am Gottesdienst teil. Er richtete seinen Blick auf die brennenden Kerzen, fand Gefallen an den schlanken Tannen, in denen elektrische Lichter blinkten, und gedachte seiner verstorbenen Frau. Nur gelegentlich fiel er in ein Gebet ein und sang einige Strophen der Weihnachtslieder mit.

Nach dem Gottesdienst ging er zu dem kleinen Inselfriedhof, der vor den Dünen lag. Er legte Blumen auf das Grab, steckte eine Kerze in die Laterne und zündete sie an. Das Grab trug frisches Grün. Er sprach ein Gebet und schritt, in wehmütige Gedanken vertieft, in die Dünen. Dort sah er den Möwen zu und spazierte am Strand entlang zu seiner Wohnung.

Zu Hause bereitete sich Jupp Broichler, der während der Schulzeit im Restaurant ›Inselnestchen‹ sein Abendessen einzunehmen pflegte, einen Hasenrücken zu, den er mit Kroketten, Apfelmus und Preiselbeeren zu sich nahm.

Nach dem Essen spülte er das Geschirr ab, setzte sich in den Sessel und schaltete den Fernseher ein.

Als die Türglocke läutete, fuhr er überrascht hoch. Er ging in den Korridor und bediente die Sprechanlage.

»Broichler«, sagte er und horchte.

»Pitt Hänneschen«, klang es ihm blechern entgegen.

Broichler drückte die Taste, öffnete die Wohnungstür und blickte in das Treppenhaus. Seine Wohnung lag im zweiten Stock des Apartmenthauses Möweneck. Er vernahm eilige Schritte.

Pitt liebte wie er das Jogging. Sie trafen sich oft am Strand bei der Ausübung ihres Hobbys. Auch sonst mochte Broichler den jungen Hänneschen. Er und seine Leistungen in Mathematik lagen über dem Durchschnitt.

Hinzu kam ihre gemeinsame Herkunft. Broichler war in Stürzelberg, einem Dorf am Niederrhein in der Nachbarschaft von Dormagen, aufgewachsen. Er hatte einige Jahre am Querinus-Gymnasium in Neuss unterrichtet, das auch Pitt besucht hatte, bevor er nach Juist an das Internatsgymnasium gekommen war.

Broichler begrüßte Pitt, bat ihn einzutreten und abzulegen. Der Schüler hängte seinen Anorak über den Bügel und folgte dem Lehrer in das Wohnzimmer. Broichler zeigte auf den Sessel der Sitzecke. »Pitt, setz dich«, sagte er und nahm ihm gegenüber auf der Couch Platz.

Pitt sah blass und verhärmt aus. Er schaute auf den Tannenbaum. »Ich hoffe, Sie haben einen angenehmen Heiligabend verlebt«, sagte er verlegen.

»Wie man's nimmt. Ich habe an meine verstorbene Frau gedacht, gut gegessen, gelesen und mir einen teuren Wein gegönnt«, sagte Broichler.

Pitt wirkte nervös.

»Warum hast du denn Schagüll nicht mitgebracht?«, fragte Broichler. »Sie ist doch sicher in der Schule geblieben.«

»Als ich gestern Abend aus Neuss zurückgekommen bin, befand sich Schagüll nicht mehr im Internat«, sagte Pitt, den Tränen nahe.

»Und wo ist sie?«, fragte Broichler überrascht.

»Auf der Flucht«, murmelte Pitt.

»Wie bitte?«, fragte Broichler ungläubig.

»Zu Ihnen habe ich Vertrauen. Sie wissen, dass ich Schagüll liebe. Hier, lesen Sie!«, sagte Pitt und reichte Broichler den Brief. Pitt rutschte unruhig auf dem Sessel hin und her, während Broichler las.

Schließlich legte der Lehrer das Schreiben nieder und schüttelte fassungslos den Kopf, »Ich weiß nicht, was wir da tun können«, sagte er. »Eigentlich nur warten. Schagüll ist achtzehn oder wird es in Kürze. Sie wurde nicht entführt.«

»Ich sorge mich um sie«, erklärte Pitt.

»Das kann ich verstehen. Ihr liebt euch, und ich kann mir nicht vorstellen, dass sie den fremden Mann heiraten wird. So weit kenne ich sie. Was die Drohungen der Kurden betrifft, kann ich die Lage nur schlecht beurteilen. Die Polizei einzuschalten wäre wohl nicht sinnvoll.«

Broichler zögerte kurz, dann fuhr er fort: »Falls Schagüll nach den Ferien nicht zurückkommt, verletzt sie ihre Schulpflicht. Dann können wir etwas unternehmen.«

Pitt blieb skeptisch.

Dennoch beruhigte ihn der Lehrer irgendwie. Broichlers Art erinnerte ihn an seinen Vater.

»Denk an das Abitur, bereite dich vor und warte auf die Dinge, die da kommen werden«, sagte Broichler.

»Ich weiß, dass es verfrüht ist, Schagüll jetzt schon aufzugeben«, murmelte Pitt nachdenklich.

»Ich schlage vor, dass wir uns einen Tee gönnen«, sagte Broichler. »Damit erhob er sich und ging hinüber in die Küche.

Tatsächlich schaffte Pitt es einigermaßen, sich auf die Abiturvorbereitungen zu konzentrieren. Er löste Mathematikaufgaben, las englische Kurzgeschichten, übte neue Vokabeln, paukte Latein und las *Homo Faber* von Max Frisch, zu dem er erst seit er sich um Schagüll sorgte, den richtigen Zugang fand.

Der ersehnte Telefonanruf blieb aus. Jeden Morgen blickte er mit klopfendem Herzen in sein Postfach. Vergeblich.

Am frühen Abend zog er die Turnschuhe an, lief selbst bei schlechtem Wetter wie gewohnt am Strand entlang, um sich körperlich fit zu halten.

Auf sein Bodybuilding musste er verzichten. Die Turnhalle und die Fitnessräume blieben während der Ferien geschlossen. Abends trank er Tee, gelegentlich auch ein Bier beim Fernsehen. Morgens schlief er lange.

In Köln hatte es Krawalle gegeben. Kurden hatten das Büro einer türkischen Fluggesellschaft gestürmt und zertrümmert.

Auch in anderen westdeutschen Großstädten war es zu Übergriffen gekommen. Die Polizei hatte hart durchgreifen müssen.

Die hohe Arbeitslosigkeit, die Orientierungslosigkeit der Jugend, besonders in den neuen Bundesländern, führten zu verabscheuungswürdigen Übergriffen auf Asylanten.

Vor diesem Hintergrund war Pitt zu der Einsicht gekommen, dass Schagüll sich aus ihrem Versteck noch nicht melden konnte.

Am Silvesterabend schälte Pitt Kartoffeln, schnitt sie in Scheiben, ließ sie abtropfen. Er hackte eine Zwiebel klein, würfelte einige Schinkenscheiben. Er bräunte die Zwiebeln und den Schinken in der Pfanne leicht an, gab die Kartoffeln dazu, pfefferte und salzte, legte den Deckel auf die Pfanne und ließ das Gericht bei kleiner Hitze brutzeln.

Dann deckte er den Tisch, stellte eine Kerze in den Ständer und zündete sie an. Anschließend öffnete er ein Glas mit Bratfischröllchen und gab sie in eine Schüssel.

Als die Kartoffeln weich, die Zwiebelstückchen fast schwarz und die Schinkenwürfel knusprig waren, nahm er die Pfanne vom Zweiplattenherd und gab den Inhalt in eine Schüssel.

Während er aß, sah er sich Fotos an, die er vor gar nicht langer Zeit von Schagüll gemacht hatte.

Schagüll lachte glücklich. Ihr Körper war von der Sonne gebräunt, das lange schwarze Haar hatte sie zu zwei Zöpfen geflochten. Sie fielen über das Oberteil ihres Bikinis. Sie hatte eine großartige Figur und ein schönes Gesicht. Eine gerade Nase, dunkle Augen und volle rote Lippen. Pitt aß und betrachtete dabei weiter die Fotos, die unzählige Erinnerungen in ihm wachriefen – wehmütige und gleichzeitig wunderschöne.

Er hatte Schagüll in den Dünen nach dem Baden nackt fotografiert. Er betrachtete ihren Po, den sie ihm entgegenstreckte, als sie nach einem Handtuch griff. Pitt spürte Sehnsucht und Verlangen in sich aufkeimen. Wie sehr er Schagüll vermisste!

Nach dem Essen schaltete er den Fernseher an und erledigte den Abwasch.

Der Bundeskanzler hielt seine Neujahrsansprache. Er hatte nach amerikanischem Vorbild die Fahne der Bundesrepublik in die Nähe seines Schreibtisches rücken lassen. Pitt hörte sich die Rede an, dann stellte er den Fernseher leise. Im Internat war alles ruhig. Selbst den Hausmeister hatte Pitt noch nicht zu Gesicht bekommen.

Plötzlich verspürte Pitt den Wunsch, mit irgendjemandem zu sprechen. Seinen Lehrer wollte er nicht schon wieder stören. Vielleicht Onkel Gottfried und Tante Cecilia? Er nahm den Telefonhörer von der Gabel und wählte die vertraute Nummer. Doch keiner nahm ab. Die essen heute Abend Rehkeule, und Arnold wird seine Silvesterschau abziehen, dachte er und legte den Hörer wieder auf die Gabel.

Pitt holte eine Flasche Bier aus dem Kühlschrank, öffnete sie und wartete auf die im Fernsehen angekündigte Komödie.

Er trank das Bier, schaute zu, doch die Gags und Pointen gingen an ihm vorbei. Er fand die Sendung albern, schaltete um, doch er fand nirgendwo etwas nach seinem Geschmack.

Es war besser, noch einmal rauszugehen!

Also trat er an den Schrank, zog ein hübsches Oberhemd über sein T-Shirt und band sich sogar eine Krawatte um. Darüber zog er das graue Jackett und den blauen Trenchcoat, dann verließ er sein Zimmer und das Internat, in dem er vermutlich der einzige Gast war.

Aus den Lokalen klang ihm Musik entgegen, in die sich das Stimmengewirr feiernder Menschen mischte.

Silvesterknaller, die Jugendliche vorzeitig zündeten, klangen wie Schüsse aus Jagdgewehren und erinnerten ihn an seinen Vater, den er früher im Herbst in die Eifel zur Hubertusjagd begleitet hatte.

Kinder warfen Knallfrösche auf die Straße. Er roch den Pulverdampf.

Vom Vier-Sterne-Hotel ›Alte Barke‹, in dem verwöhnte Bundesbürger aus Wirtschaft, Politik und Kultur sich wohl fühlten, fiel das grüne Licht der Neonreklame einer Brauerei auf den Bürgersteig. Aus dem von dem Hotel betriebenen Kellerlokal ›Grabbschen‹ drangen ihm laute Oldie-Musik und Stimmengewirr entgegen.

Pitt blieb vor der Treppe stehen. Die Tür des Lokals stand offen, und er fühlte den Wunsch, sich unter die Menschen zu mischen. Er ging die Treppe hinunter, und Alkoholdunst und schaler Rauch stiegen ihm entgegen. An der angelehnten Tür prangte ein Schild. ›Geschlossene Gesellschaft‹.

Ungehindert betrat er den Bierkeller. Die Tische waren besetzt. Eine Kapelle spielte alte Schlager, die er aus seiner Kindheit kannte. Die Gäste gehörten den älteren Jahrgängen an, aber die fröhliche Stimmung im Lokal gefiel ihm. Er schritt an den besetzten Tischen vorbei und näherte sich der Bar, hinter der eine attraktive Kellnerin, möglicherweise eine Spanierin oder Italienerin, Gläser spülte.

Nur eine junge Frau saß vor der Theke auf einem Barhocker im Schummerlicht der Glockenlampen.

Pitt entledigte sich seines Trenchcoats, legte ihn über einen freien Hocker und nahm neben der jungen Frau Platz.

»Sie gestatten?«, fragte er.

Die Frau war hübsch und nur wenige Jahre älter als er. Sie schaute ihn überrascht an.

»Wo kommen Sie denn her? Hier feiern sonst nur Gruftis«, sagte sie erstaunt.

»Sie übertreiben. Sie könnten meine Schwester sein«, antwortete Pitt charmant.

Die junge Frau lächelte. Ihre Hände spielten mit einem leeren Sektglas.

»Sie haben meine Frage nicht beantwortet«, sagte sie.

»Wenn Sie es genau wissen wollen, ich bin Strandgut. Der Sturm und die Flut haben mich angetrieben. Doch vorher haben sie etwas von mir mitgenommen, das ich heute Abend vermisse«, antwortete Pitt zynisch. Er blickte in das Gesicht der jungen Frau. Sie gefiel ihm ausnehmend gut.

»Da stehen Sie nicht alleine da. Hier im Haus befindet sich heute Abend mehr Strandgut als an der gesamten ostfriesischen Küste«, sagte sie und kicherte.

Pitt schaute in das Lokal und betrachtete die Gäste. Einige kamen ihm bekannt vor; er hatte sie schon im Fernsehen gesehen. Es waren Moderatoren, die dem Fernsehpublikum gelegentlich prominente Gäste vorführten. In einer Ecke entdeckte er eine Ministerin mit ihrem Mann.

»Und, habe ich Recht?«, fragte die Frau an seiner Seite ironisch.

»Nein, die Leute, die hier feiern, wissen, wo sie hingehören. Ihr Platz in der Gesellschaft steht fest, sie haben etwas geleistet.«

Seine Nachbarin schaute ihn nachdenklich an. »Ja, ich gebe Ihnen Recht. Aber es hört sich an, als ob Sie diese Leute bewundern würden.«

»Vielleicht tue ich das. Weil auch ich etwas leisten will. Und Sie? Sind Sie eine Strandnixe? Die anwesenden Herren scheinen mir jedenfalls blind. Gibt es keinen, der Sie während der letzten Stunden des Jahres in die Arme nehmen möchte?«, fragte Pitt.

Die junge Frau lächelte verlegen. »Ich habe mich selbst dafür entschieden, hier an der Bar zu sitzen und nicht an den Tischen der Prominenten. Können Sie das verstehen?«, fragte sie.

Pitt nickte. »Für die meisten Tische sind Sie viel zu jung«, sagte er.

Die hübsche Südländerin hinter der Theke wandte sich ihm zu. »Was möchten Sie?«, fragte sie. »Es gibt alle Getränke außer Milch, sie ist nicht im Ausschank.«

»Italienerin?«, wollte Pitt kess wissen.

»Si«, antwortete sie.

»Zwei Gläser Sekt von der Hausmarke«, bestellte Pitt.

Die Musik der Blaskapelle lockte einige Gäste auf die Tanzfläche. Die Bardame füllte die Sektkelche und stellte sie auf den Tresen.

»Prost«, sagte sie.

Pitt stieß mit der jungen Frau an. Er fand nichts an ihr, was ihn an Schagüll hätte erinnern können. Natürlich, sie war ebenfalls schön, aber ein ganz anderer Typ. Blond, nur leicht gebräunt und sehr elegant in ihrem Samtkleid und mit dem glänzenden Goldschmuck an ihren Händen und Handgelenken.

Sie prosteten sich zu und nippten an den Gläsern.

»Ein Jahr geht so schnell dahin. Die Plackereien und Freuden, und den letzten Tag verbringt man allein. Da geht es Ihnen wie mir, oder?« Sie blickte Pitt fragend an.

»Ich bin seit einer Woche allein und befürchte, auch im neuen Jahr mit meiner Einsamkeit leben zu müssen«, sagte er und dachte an Schagüll.

»Bei mir sind es oft Monate. Mein Mann ist Geiger, ein Vollblutmusiker. Er hat es mit seinem ungarischen Temperament weit gebracht. Er gehört den Münchener Symphonikern an. Sie sind auf Tournee und spielen heute in Tokio. Janosh verdient viel Geld. Er hat mich gebeten, für längere Zeit hier auf Juist in unserer Wohnung zu bleiben und hier im ›Grabbschen‹ zu feiern, weil er weiß, dass es im ›Hotel Barke‹ sittsam zugeht. Hier verkehren seine Freunde. Da ist nichts drin mit ›Bäumchen wechsel dich‹«, sagte sie und lächelte Pitt vergnügt an.

Pitt hob sein Sektglas. »Trinken Sie mit mir auf Ihren Janosh und auf meine Freundin Schagüll, die mich wegen politischer Intrigen verlassen musste«, sagte er.

Sie tranken sich zu und fühlten auf Anhieb, dass sie sich mochten. Dann setzte die schöne Frau des Musikers das Glas ab und lächelte Pitt an. »Und was machen Sie?«, fragte sie.

Die Hauskapelle ließ die ›Blaue Donau‹ aufleben.

»Ich bin das, was man ein Leben lang bleibt, nämlich ein Schüler. Ich denke, dass ich im neuen Jahr das Abitur mache, um anschließend Volkswirtschaft zu studieren. Auf mich wartet ein Betrieb, der mehr als zweihundert Menschen den Arbeitsplatz sichert. Leider lebt mein Vater nicht mehr. Ich denke, dass ich in seine Fußstapfen treten werde, wie man so schön sagt«, antwortete Pitt.

Die junge Frau hob ihr Sektglas. »Ich heiße Barbara«, sagte sie.

»Und ich heiße Pitt«, antwortete er. Sie stießen miteinander an und küssten sich auf das Du.

»Eigentlich bin ich gelernte Bürokauffrau«, begann Barbara aus ihrem Leben zu erzählen. »Ich bekam auf Umwegen eine Stelle in einer Kölner Künstleragentur. Irgendwann suchte Janosh unsere Agentur auf. Er sah gut aus und bezeichnete sich als Teufelsgeiger von Budapest. Er hatte mit einigen Kompositionen Erfolg gehabt, die im Ostblock immer wieder aufgeführt worden waren. Mir gelang es, ihn an das Gürzenich-Orchester in Köln zu vermitteln. Kurz zuvor hatte sich mein Verlobter mit seinem Motorrad in Bergheim auf dem Weg zum Nürburgring zu Tode gerast. Meine Eltern lebten in armen Verhältnissen in Ostberlin. Janosh, der viele Jahre älter ist als ich, lud mich ein, verwöhnte mich und griff auch meinen Eltern unter die Arme. Ich wurde seine Frau«, schloss sie einfach.

»Signora«, wandte Pitt sich erneut an die Bedienung.

Die Sektgläser wurden wieder gefüllt.

An den Tischen entstand Bewegung. Paare kamen von der Tanzfläche zurück. Die Prominenz feierte friedlich, alles mutete fast ein wenig nostalgisch an.

»Und deine Liebe zu deinem älteren Janosh erwies sich als Einbahnstraße«, folgerte Pitt frech.

»Nein, Janosh gibt mir viel. Er verwöhnt mich«, sagte sie und nahm das Sektglas in die Hand. »Er ist ein glänzender Solist und komponiert. Er setzt Themen aus dem Leben in unserer Zeit in Musik um. Ich fördere seine Kreativität. Oft ist er für Monate auf Tournee, aber dann auch wieder lange zu Hause. Durch ihn habe ich viele berühmte Leute kennen gelernt«, sagte sie, als ziehe sie ein Fazit ihrer Jahre mit Janosh.

»Und du bereust nicht, dass du ihn geheiratet hast?«, fragte Pitt einfach.

Barbara hob ihr Sektglas, prostete Pitt zu und trank. Ihre Augen strahlten.

»Nein«, antwortete sie. »Janosh ist ein herrlicher Mann. Die Fachwelt und das Publikum bewundern ihn. Ich liebe ihn, und ich habe alles, was ich will. Das Apartment auf Juist haben wir gekauft, um dem Rummel zu entfliehen. So gesehen bin ich glücklich«, sagte Barbara.

Sie trank das Glas leer.

Die Kellnerin hastete mit vollem Tablett an die Tische. Das Geschäft im ›Grabbschen‹ lief.

»Signora, für uns noch einmal die Hausmarke«, bat Pitt, als sie zurückkam.

Die dunkle Schönheit füllte die Gläser.

»Trinken in Ruhe. Bene. Wenig Zeit, wenn ist neues Jahr, helfen Kolleginnen, dann ist an Bar Teufel los«, sagte sie lächelnd.

Pitt schaute auf seine Armbanduhr. Er stellte erstaunt fest, dass die letzte Stunde des alten Jahres sich bereits dem Ende neigte.

»Ist es nicht aufregend, wenn man berühmt ist?«, fragte Pitt.

»Daran liegt uns nichts. Ich kenne hier viele Gäste. Als ich mit

Janosh meine erste Party besuchte, trug ich einen Autogrammblock bei mir, so beeindruckte mich diese Nobelgesellschaft. Darüber muss ich heute lachen. Aber heute Abend ist mir deine Unterschrift auf einem Bierdeckel lieber, Pitt«, sagte Barbara. Wieder stießen sie miteinander an. Sie sah ihm in die Augen.

»Es war schön, dich kennen zu lernen«, sagte sie. »Ich danke dir. Ich habe mich hier anfangs sehr einsam gefühlt. Doch verzeih, ich habe bisher nur von mir erzählt. Was ist mit deiner Schagüll? Warum ist sie nicht bei dir?«, fragte sie mitfühlend und legte ihre Hand auf seine.

Pitt spürte die Wärme ihrer Haut. Auch er war froh darüber, dass er Barbara getroffen hatte.

»Schagüll ist meine Mitschülerin«, erzählte er. »Wir lieben uns. Sie war nicht mehr im Internat, als ich von einem Besuch bei meinen Verwandten zurückkam. Sie ist mit ihrem Vater untergetaucht, weil kurdische Separatisten sie verfolgen«, berichtete Pitt.

Barbara sah ihn an. »Und die Polizei?«, wollte sie wissen. »Ist die nicht eingeschaltet?«

»Das könnte zu Komplikationen führen und alles noch schwieriger machen.«

Barbara nickte.

Im Lokal wurde es lauter. Die Zeiger der Uhr näherten sich dem neuen Jahr.

»Signora, ich möchte zahlen«, sagte Pitt und zückte seine Brieftasche.

Die Italienerin rechnete ab. Pitt reichte ihr einen Hundertmarkschein und überließ ihr das Wechselgeld.

»Grazie«, sagte sie dankbar.

»Und nun wohin?«, fragte Barbara verwirrt.

»Zurück in unsere Einsamkeit«, scherzte Pitt und langte nach seinem Trenchcoat.

»Aber Pitt, wir wollen doch nicht ohne Neujahrswünsche auseinander gehen«, murmelte Barbara enttäuscht.

»Warum nicht? Du kannst Janosh nicht in die Arme nehmen und ihn küssen, und ich muss das neue Jahr ohne Schagüll beginnen«, sagte Pitt.

Die Hauskapelle spielte einen Walzer, während die Kellner für Getränke und frische Kerzen sorgten.

Die Gäste bereiteten sich auf die letzten Minuten des alten Jahres vor.

»Pitt, ich mag den Rummel nicht. Begleite mich nach draußen«, bat Barbara.

Pitt nickte.

Die Musik spielte weiter. Der Kapellmeister zählte laut den Countdown zum Jahresende.

Barbara hastete zur Garderobe und zog ihren Mantel an.

»Komm«, sagte Pitt.

Gemeinsam verließen sie das ›Grabbschen‹. Sie stiegen die Treppe hinauf und gingen in Richtung Wilhelmstraße davon. Als die Knallerei losging, hielten sie sich an den Händen und betrachteten das Feuerwerk, das sich Farben sprühend über Juist ergoss.

Der Direktor Dr. Bommrank nahm die Lesebrille ab und hob den Kopf. Sein Haar war schütter, sein Gesicht rund und freundlich. Er musste etwa fünfzig Jahre alt sein.

Pitt saß nervös auf dem Stuhl in der Nähe des Besuchertisches.

»Herr Hänneschen, ich habe mich an die türkische Botschaft gewandt, nachdem ich einige Telefonate mit dem Dezernenten der Bezirksregierung geführt habe. Schagüll ist türkische Staatsbürgerin. Ihr Vater, der ebenfalls die türkische Staatsbürgerschaft besitzt, wie Ihnen bekannt ist, führt in Hamburg einen Supermarkt, in dem er türkische Lebensmittel verkauft.«

Pitt nickte.

»Ich habe mit seinem Geschäftsführer telefoniert. Nach dessen Aussagen verbringt sein Chef mit seiner Tochter einen privaten Urlaub in der Türkei, weil Schagüll dort heiratet. Er und auch die Botschaft bedauern es, dass Herr Güyzcük mich nicht, wie erforderlich, um die notwendige Schulbefreiung der Tochter gebeten hat.«

»Das entspricht nicht den Tatsachen«, sagte Pitt.

»Um der Sache eventuell nachgehen zu können, bat die türkische Botschaft mich, ihr Material zur Verfügung zu stellen, das einen Verdacht gegen die verbotene kurdische Arbeiterpartei erhärten könnte«, sagte Dr. Bommrank.

»Herr Direktor, die lügen Ihnen ins Gesicht«, rief Pitt empört. »Schagülls Vater ist ein wichtiger Mann für sein Land. Und ich denke nicht daran, den Brief, der auch private Mitteilungen enthält, sozusagen an die Öffentlichkeit zu geben!«

»Herr Hänneschen, Sie mögen Recht haben. Doch als Schulleiter kann ich Ihre Argumentation nicht akzeptieren – und schon gar nicht vor den türkischen Behörden vertreten. Schagüll fehlt seit Schulbeginn unentschuldigt. Wenn Sie mir diesen Brief zur Verfügung stellen, kann ich bei der Bezirksregierung einen Antrag stellen, Schagüll für die bevorstehende Abiturprüfung als entschuldigt zu betrachten. Ansonsten gilt sie trotz guter Vorleistungen als durchgefallen«, sagte Bommrank.

Pitt hatte über die rechtlichen Konsequenzen noch nicht nachgedacht. Er liebte Schagüll, alles andere war egal. Ob sie das Abitur ablegte oder nicht, das war ihm gleichgültig.

»Und die Bezirksregierung wird eine Akte Schagüll Güyzcük anlegen?«, fragte Pitt.

»Ja. Herr Attila Güyzcük muss nachweisen, dass er nach Abwägung aller Möglichkeiten die richtige Entscheidung für das Wohlergehen seiner Tochter getroffen hat. Seine Rolle im Kampf gegen die verbotene kurdische Arbeiterpartei wird auch deutsche Gerichte interessieren«, sagte Dr. Bommrank.

»Nur das nicht. Ich möchte Schagüll gesund wiedersehen«, murmelte Pitt.

»Das möchten wir doch alle. Ende Januar beginnen die Abiturprüfungen. Offiziell habe ich noch keine Entschuldigung. Halten auch Sie sich bitte zurück. Der Fall wäre ein Fressen für die Medien«, sagte Dr. Bommrank.

»Es wäre schon unangenehm genug, wenn meine Mitschüler davon erfahren würden«, erklärte Pitt.

»Herr Hänneschen, Sie können mit meiner Unterstützung rechnen«, beruhigte ihn Dr. Bommrank.

Pitt verließ das Büro des Schulleiters. Dessen Sekretärin blickte ihn aufmunternd an.

Pitt ging hinüber zu seinem Klassenraum und trat ein. Broichler stand vor der Tafel. Er nickte Pitt kurz zu und skizzierte die Fläche einer gelösten Integralaufgabe.

Wenige Tage später, es war ein Freitag, fegte der Orkan ›Lore‹ mit der Windstärke 11 über Norddeutschland. Eine extrem starke Sturmflut bedrohte die ostfriesische Küste, und mehrere Reedereien stellten den Schiffsverkehr ein. Die Mole in Norddeich war überflutet. Auf Juist spritzte das vom Sturm aufgestaute Wasser über die Deiche. Hohe Wellen türmten sich auf und rollten gegen die Dünen.

Um zwölf Uhr endete für Pitt der Unterricht. Er hatte jede Verabredung mit seinen Klassenkameraden für heute abgelehnt und verzichtete auf das Mittagessen in der Mensa, denn dort gab es freitags einen Eintopf, den er nicht sonderlich mochte. Stattdessen brühte er sich einen Tee auf und aß dann einige Schnitten. Gegen dreizehn Uhr klingelte das Telefon. Pitt dachte an Tante Cecilia, doch es war Barbara, die er Silvester kennen gelernt hatte.

»Hallo«, sagte er erfreut, als sie sich meldete.

»Pitt, das Unwetter schafft mich. Man kann nicht nach draußen gehen, ist wie eingeschlossen. Sogar die Winterbepflanzung unseres Balkons hat der Orkan aus den Kästen gerissen«, sagte sie ängstlich.

»Barbara, die Deiche halten dicht. Aber wenn du dich alleine ängstigst, komme ich vorbei und hole dich ab. Zu zweit ist es sicher angenehmer.«

Pitt verließ das Internat und stemmte sich gegen die Sturmböen, die ihn wie einen Betrunkenen torkeln ließen.

Barbaras Wohnung befand sich in der Loggerstraße.

Vor dem mehrgeschossigen Klinkerbau hatte der Sturm Fahrräder aus den Halterungen gerissen und sie gegen die Wand gefegt. Glasscherben bedeckten den Bürgersteig.

Um das Haus heulte der Wind. Pitt hörte das Dröhnen anrollender Wellen und sah, wie Möwen im Tiefflug über die Dünen schossen. Am Himmel trieben schwarze Wolkenfetzen dem Festland entgegen.

Pitt trug seinen grünen Wettermantel, der die Kälte abfing. Die Kapuze hatte er sich fest um das Gesicht gezogen.

Er drückte den Klingelknopf. Aus der Sprechanlage kam der Summton, dann vernahm er Barbaras Stimme. »Ich komme.« Ihre Stimme klang blechern.

Wenig später trat sie aus der Tür. Ihr hübsches Gesicht war umrandet von der Kapuze ihres Anoraks. Sie trug Jeans und Stiefel.

Sie schüttelte sich, als der Sturm sie erfasste. Dann neigte sie sich zu Pitt, und er küsste sie auf die Wange.

»Janosh ist in Peking, und bei dem Wetter ängstige ich mich allein«, sagte sie, hakte sich bei Pitt ein und schmiegte sich an ihn, als suche sie Schutz.

Sie schritten über die Sandhove am Kiosk und am Andenkenladen vorbei, dessen Fenster mit Brettern vernagelt waren, und betraten die Promenade. Der Sturm riss sie fast von den Beinen. Sie verharrten auf der Stelle, stemmten sich gegen die Böen und hielten einander umschlungen. Ihre Augen tränten. Schaumfetzen flogen ihnen entgegen. Der Orkan ›Lore‹, der seit dem Mittag eine Geschwindigkeit von mehr als hundert Stundenkilometern erreicht hatte, wühlte die Wassermassen auf.

Vor dem düsteren Horizont wirbelten und sprangen die weißen Gischtkronen alles verschlingender Wellen.

Barbara und Pitt hielten sich an den Händen und kämpften sich vor bis zum Pirstenweg.

Dort verließen sie die Promenade.

Die beiden ließen sich vom Rückenwind treiben. Sie lachten wie Kinder, wenn sie den Schrittrhythmus verloren hatten. Sie vergaßen die Bedrohung der Sturmflut und vertrauten den Feuerwehrmännern, die vor der verschlossenen Schleuse Sandsäcke aufeinander schichteten und sich das Ende der Flut herbeiwünschten. Es gab Entwarnung, wie sie vom Dorfpolizisten erfuhren, der sein Fahrrad an ihnen vorbeischob.

Barbara atmete erleichtert auf.

»Pitt, trinken wir bei mir einen Tee?«, fragte sie glücklich. Er nickte.

Ihr Rundgang endete auf der Loggerstraße. Barbara öffnete die Haustür, und der Sturm fegte sie in den Korridor. Sie drückten die Tür in das Schloss und stiegen die Treppe nach oben. Barbara öffnete die Wohnungstür. Nachdem sie die Jacken aufgehängt hatten, betraten sie das Wohnzimmer. Pitt schaute sich um. Ein Stereoturm, ein Flügel, Ledersofa mit Ledersesseln vor einem Glastisch. Weiße Raufasertapete, ein Gemälde aus Budapest. Alles wirkte elegant, aber ein wenig kalt.

Pitt blickte durch das Fenster über die Balkonbrüstung in den unruhigen Wolkenhimmel.

»Ich brühe einen Tee auf«, sagte Barbara und verschwand in der Küche.

Pitt setzte sich in einen Sessel.

Wenig später betrat Barbara wieder das Zimmer. Sie legte das Geschirr mit der ostfriesischen Rose auf.

»Der Tee ist gleich fertig«, sagte sie.

»Eine hübsche Wohnung«, erklärte Pitt.

»Sie war sündhaft teuer und ist für mich allein viel zu groß«, antwortete sie und nahm vom Eichenholzsideboard einen Kerzenleuchter und stellte ihn auf den Tisch. Dann zündete sie die Kerzen an und ließ sich ebenfalls in einem Sessel nieder.

»Pitt, bedien dich«, sagte sie und schob ihm den Kluntjebecher zu.

»Danke.« Pitt legte ein Kandisstück in seine Tasse.

Barbara schenkte den Tee ein.

Sie schwiegen, schauten sich hin und wieder an und kämpften mit ihren Gefühlen. Der Sturm rüttelte an der Balkontür und an den Fenstern.

Sie tranken Tee, sprachen von Silvester und ihren Erlebnissen vor den bedrohlichen Wassermassen der Sturmflut.

Schließlich war Pitt es, der den Anfang machte. Er zog Barbara an sich und küsste sie, zuerst sanft, dann immer leidenschaftlicher. Sie stöhnte auf, als er sie zu streicheln begann. Wie hatte sie solche Zärtlichkeiten vermisst!

Als Pitt sie schließlich langsam zu entkleiden begann, wehrte sie sich nicht …

Die schriftliche Abiturprüfung fand in der kleinen Aula statt und begann mit dem Fach Deutsch.

Auf die Tische hatte der Hausmeister die Namensschilder der Prüflinge geklebt.

Um acht Uhr fünfzehn betrat der Schulleiter mit dem Deutschlehrer, Studienrat Tabbo Ansing, den Prüfungsraum. Dr. Bommrank begrüßte die Schüler und öffnete den von der Bezirksregierung ihm zugesandten und versiegelten Umschlag, in dem sich der Prüfungsvorschlag befand, den der leitende Oberschulrat ausgewählt hatte.

Die Abiturienten saßen nervös an ihren Arbeitstischen. Sie hatten ihre Schultaschen vorne in die Nähe des Rednerpultes gelegt.

Dr. Bommrank entnahm dem Umschlag die Abituraufgabe.

»Vorschlag II«, wandte er sich an Ansing. Der Lehrer nickte zufrieden.

Der Hausmeister betrat den Prüfungsraum. »Fertigen Sie die Kopien an«, sagte Dr. Bommrank und reichte dem Hausmeister den Aufgabensatz an.

Ansing verteilte das abgestempelte Schreibpapier.

»Ihr habt den *Homo Faber* vor euch liegen. Holt euch bitte drüben vom Tisch einen Duden«, sagte er. Die Schüler taten, wozu er sie aufgefordert hatte.

Wenig später brachte der Hausmeister die Kopien. Ansing teilte sie aus.

»Frohes Schaffen«, wünschte Dr. Bommrank und verließ die Aula.

Oberstudienrat Nix, der grauhaarige Englischlehrer, betrat den Prüfungsraum. Er war Ansing als zusätzliche Aufsichtskraft zugeteilt worden.

»Noch Fragen?«, wandte sich Ansing an die Prüflinge.

Niemand meldete sich.

Pitt Hänneschen studierte die zur Wahl angebotenen Themen.

Ein Gedicht von Ingeborg Bachmann erforderte eine psychologische Interpretation. Der Text kam ihm verworren vor. Das war kein Thema für ihn, dazu stand er zu sehr im wirklichen Leben!

Er entschied sich für das zweite Thema.

›*Beurteilen Sie die Rolle des Ingenieurs Faber in Max Frischs Roman. Ist sein Verhalten typisch für einen modernen Manager in unserer Gesellschaft? Weist der Roman Parallelen zu unserer Zeit auf?*‹

Das Thema interessierte Pitt. Die Verstrickungen des auf Technik und Fortschritt eingeschworenen Ingenieurs, dem der Zufall zum Verhängnis wurde, lag ihm.

Auch die an den folgenden Tagen anstehenden Prüfungen in Latein, Physik, Chemie und Mathematik brachten Pitt nicht in Schwierigkeiten. Und mit Englisch war es nicht anders.

Oberstudienrat Nix, der Englischlehrer, hatte seinen Text an den schwachen Schülern ausgerichtet. Die Nacherzählung war machbar, der Lehrer hatte sogar die unbekannten Vokabeln wenige Tage vorher an die Tafel geschrieben. Die Übersetzung, eine historische Betrachtung um den Häuptling Wounded Knee, war ebenfalls von dem Lehrer vorbereitet worden.

Der Wirt rückte die Tische zu einem Karree zusammen, als sich die Prüflinge am Abend im ›Storchennest‹ einfanden.

»Die Abituraufgaben waren fair«, stellte Pitt wenig später fest, als sie mit ihren Biergläsern anstießen und ein Resümee der Prüfungen zogen.

Es ging laut zu, Sorgen und Hoffnungen, Wenns und Abers bestimmten ihre Gespräche. Das allgemeine Fazit schien jedoch positiv.

Der Wirt war voll eingespannt. Er zapfte unentwegt Bier in die Gläser, die die Schüler zu schnell leerten. Einige Mitschüler bestellten großschnäuzig Schnäpse.

Zu ihnen gehörte auch Henner Großmann.

Zu fortgeschrittener Stunde sah sich Pitt unerwartet den Angriffen eben dieses Mitschülers Großmann ausgesetzt.

Henner hatte hinter ihm gesessen und Pitt mehrmals flehentlich, doch vergebens, um Lösungen der Mathematikaufgaben gebeten. Pitt, der sich den Blicken Broichlers ausgesetzt fand, hatte nicht reagiert. Er wollte sein Abitur nicht gefährden und seinen Lieblingslehrer auch nicht enttäuschen.

»Pitt, du bist ein Schwein«, sagte der dicke Henner plötzlich. »Ich wäre klargekommen, wenn du mir die Nullstellen der Funktion zugeflüstert hättest.«

»Ich konnte nicht. Broichler hatte mich im Visier«, erwiderte Pitt und nippte am Bier.

»Pitt, du bist eine Wildsau«, lallte der Dicke. »Zwar ist Schagüll auf und davon, aber woanders gibt's auch exotische Frauen. In Norden und Emden sitzen Russinnen, Polinnen und selbst schwarze Weiber in den Asylantenheimen und warten auf einen potenten Freier.« Er rülpste und lachte gehässig.

Die Mitschüler blickten ihn erschrocken an.

»Henner, lass das«, schimpfte ein Mädchen.

»Henner Großmann, wenn du einen über den Durst getrunken hast, dann hau ab und kotz dich draußen aus«, sagte Pitt verärgert.

»Du Asylantenficker!« zischte Großmann und näherte sich Pitt. Sein Blick war starr.

»Großmann, dein Alter produziert unter anderem für diese Asylantinnen Büstenhalter und verdient nicht übel daran. Halt dein Maul, ich warne dich«, forderte Pitt aufgebracht.

Die Mitschüler schrien auf, als der Dicke Pitt unvermittelt ins Gesicht schlug.

Pitt schmeckte Blut auf seinen Lippen. Das ließ er sich von Großmann nicht gefallen. Er warf sich auf ihn, zwängte ihn zu Boden und drückte seine Arme im schmerzhaften Schultergriff nach hinten.

Henner Großmann jaulte auf.

Pitt lockerte den Griff. »Henner, mach eine Fliege«, sagte er wütend.

Der Dicke erhob sich keuchend, spuckte Pitt an und watschelte davon.

Eine Mitschülerin reichte Pitt ein Taschentuch. Pitt entfernte die Spucke von seinem Pullover und setzte sich wieder an den Tisch.

Der Wirt brachte Nachschub.

»Der Dicke hat wohl zu viel getrunken«, sagte er.

»Ich übernehme seinen Deckel«, erklärte Mani.

Sie stießen an und feierten weiter.

Es war bereits nach Mitternacht, als sie das ›Storchennest‹ verließen und über den Strand dem Internat entgegenschritten. Die frische, kühle Seeluft tat allen gut.

An einem nassen, späten Februarnachmittag verließ Pitt das Internat. Dunkle Schauerwolken trieben über Juist. Der kalte Nordwestwind fegte durch die Straßen. Nur wenige Menschen waren unterwegs. In den Cafés saßen die Ruheständler, die sich nach ihrer Pensionierung auf der Insel niedergelassen hatten, und lasen zum Zeitvertreib die Illustrierten.

Ein Fuhrwerk holperte an Pitt vorbei. Der Kutscher saß vermummt auf dem Bock.

Pitt näherte sich mit großen Schritten dem Apartmenthaus auf der Loggerstraße.

Nur wenige Fenster waren beleuchtet.

Pitt drückte die Klingel. Gleich darauf vernahm er das Rauschen der Sprechanlage.

»Hier ist Pitt«, meldete er sich.

»Ich komme«, dröhnte es ihm entgegen.

Pitt hatte sich mit Barbara verabredet, um ihr seine kleine Eigentumswohnung zu zeigen. Sie stand für einige Wochen leer, wie ihm sein Makler versichert hatte. Barbara sah reizend aus. Sie trug wieder ihre pinkfarbene Wetterjacke und hatte die breit geschnittene Kapuze mit dem Fellrand über den Kopf gezogen.

Barbara küsste Pitt und nahm seine Hand.

Es begann zu schneien. Die Flocken tanzten ihnen entgegen.

Sie lachten unbeschwert wie Kinder und schritten gegen den Wind drauflos.

Pitts Ferienwohnung befand sich in der Georgstraße im Hause Berlin. Das massive Klinkergebäude stammte aus den fünfziger Jahren und hatte damals Berliner Abgeordneten als Erholungsstätte gedient, bevor es vom Bund verkauft und in ein Apartmenthaus umgewandelt worden war.

Ihre Gesichter waren gerötet vom kalten Wind, als sie das Haus erreichten.

Pitt öffnete die schwere Eingangstür. Im Hausflur schüttelten sie den klebrigen Schnee von ihrer Kleidung.

»Die Wohnung liegt in der vierten Etage«, sagte Pitt.

Sie hielten sich an den Händen, stiegen die Treppe hoch und gelangten schließlich atemlos oben an. Trotzdem küssten sie sich.

Pitt nahm den Schlüssel aus seiner Tasche und öffnete die Tür.

»Bitte«, sagte er und ließ Barbara zuerst eintreten.

Nachdem sie im Korridor die Jacken aufgehängt hatten, schaute Barbara sich um. Interessiert blickte sie auf die Poster an den Wänden. Einige davon zeigten ein Segelschiff in Schräglage, das im scharfen Wind der Insel Helgoland entgegensegelte.

»Ist das dein Boot?«, fragte Barbara.

»Ja, meine *Novesia*. Sie überwintert in Norddeich«, antwortete Pitt stolz.

Er öffnete die Wohnzimmertür, und Barbara betrat das Zimmer. Unterhalb der getäfelten Dachschräge befand sich eine Sitzecke mit Couch, Tisch und zwei Sesseln.

»Richtig kuschelig«, sagte Barbara und schaute durch das große eingesetzte Dachfenster in den Himmel.

»Bei gutem Wetter reicht die Sicht bis nach Norddeich«, erklärte Pitt.

Barbara ließ sich auf der Couch nieder.

»Die Küche befindet sich nebenan.« Pitt zeigte auf die Durchreiche.

»Pitt, setz dich zu mir«, bat Barbara. »Nachher schaue ich mich ein wenig um.«

Pitt ließ sich neben Barbara auf der Couch nieder, und sie zog ihn an sich und küsste ihn.

Er spürte, wie die Erregung in ihm wuchs. Es war wundervoll mit Barbara – sanft und leidenschaftlich zugleich. Sie atmeten schneller und begannen einander hastig zu entkleiden. Wieder stellte Pitt fest, wie schön Barbara war.

Sie liebten sich bis zur Erschöpfung. Minutenlang lagen sie danach in der Dunkelheit auf der Couch und schwiegen.

Als Pitt sich erhob, um das Licht einzuschalten, hielt Barbara ihn zurück. Erst jetzt bemerkte er, dass sie weinte.

»Pitt, bitte kein Licht. Führ mich zum Bad. Ich möchte duschen. Danach zeigst du mir die Küche. Ich brühe dann einen Tee auf«, murmelte sie schluchzend.

»Barbara, was ist?«, wollte er verwirrt wissen.

»Ich weine, weil ich dich liebe«, sagte Barbara und streichelte Pitts erhitzten Kopf.

Pitt nahm ihre Hand und führte sie zum Bad. Sie küsste ihn.

»Janosh kommt zurück. Er hat seine Tournee beendet«, sagte sie. Dann betrat sie das Bad und stellte sich unter die Dusche.

Pitt ging zurück ins Wohnzimmer, zog sich an, sammelte Barbaras Wäsche und Kleidung auf und trug sie ins Bad hinüber. Danach ging er in die Küche und füllte den Wasserkocher.

Die Lehrer, an die Schweigepflicht gebunden, durften nur Andeutungen machen, was die Ergebnisse der schriftlichen Prüfungen anging. Doch nach Beginn der Osterferien wusste Pitt, dass er sowohl in Latein als auch in Physik in die mündliche Prüfung kam. Er konnte, das hatte er den versteckten Hinweisen der Lehrer entnommen, sich nur noch verbessern. Das Abitur hatte er damit sicher in der Tasche, doch immer noch quälten ihn die Sorgen um Schagüll. Weder er noch die Schule oder die Bezirksregierung hatten mittlerweile eine Nachricht von ihr erhalten.

Dr. Bommrank teilte ihm lediglich mit, dass die Bezirksregierung sich entschlossen hatte, das Landeskriminalamt einzuschalten, um eine Vermisstenanzeige zu starten.

Immerhin war Schagüll auf Juist polizeilich gemeldet.

Pitt zweifelte mittlerweile daran, dass er sie je wiedersehen würde. Dennoch klammerte er sich an die Hoffnung, dass Schagüll einer Verheiratung entschlossen entgegengetreten war.

Intensiv bereitete sich Pitt auf die mündliche Abiturprüfung vor. Daneben blieb ihm genügend Freizeit, das schöne Frühlingswetter zu nutzen. Er fühlte sich oft sehr einsam. Barbara musste er vergessen, weil Janosh auf Juist angekommen war.

An den Wochenenden packte Pitt seinen Rucksack, griff sich seinen aufgerollten Schlafsack und fuhr nach Norddeich.

In der Bootshalle war seine *Novesia* aufgebockt. Er kletterte an Bord, richtete sich in der Kajüte ein und begann, das Schiff für die folgende Saison vorzubereiten.

Pitt war es fast zur Gewohnheit geworden, nach der ersten Pause in seinem Briefkasten nachzusehen, ob Post für ihn angekommen war. Bisher war er stets enttäuscht worden. Doch an diesem sonnigen Märzmorgen fand Pitt in seinem Briefkasten eine Ansichtskarte aus Istanbul vor. Er hielt sie lange in seinen zittrigen Fingern und las die kurze Mitteilung mehrmals, bevor er die Karte in seine Jackentasche schob. Er war unendlich enttäuscht. Schagüll teilte ihm mit, dass sie sich verheiratet hatte. Sie hatte den Text mit einer Schreibmaschine verfasst und nicht unterschrieben. Der Text endete mit *S. O.*

Pitt spürte, wie ihm Tränen in die Augen stiegen, und er überlegte, nach Neuss zu fahren, um sich bei Tante Cecilia und Onkel Gottfried Trost zu holen. Doch er verwarf den Gedanken.

Sein ihm wohlgesonnener Lehrer Broichler befand sich auf einem Lehrerfortbildungsseminar. Auch an ihn konnte er sich nicht wenden.

Als Pitt am Nachmittag im Yachthafen von Juist seinen Bootssteg aufsuchte, um sich zu vergewissern, dass der Winter keine Schäden hinterlassen hatte und er sein Boot demnächst nach Juist überführen konnte, sah er, wie Barbara mit einem älteren Mann das Clubhaus betrat.

Das ist Janosh, fuhr es ihm durch den Kopf. Der Musiker war ein gut aussehender älterer Herr mit langem, gewellten, grauen Haar. Er trug Cordjeans und eine teure Lederjacke.

Barbaras Blick streifte Pitt nur kurz.

Pitt verließ den Yachthafen.

Er entschloss sich, während der nächsten Tage seine *Novesia* von Norddeich nach Juist zu überführen, falls das schöne Frühlingswetter anhielt.

Pitt schlenderte gedankenverloren dem Inselgymnasium entgegen.

Er bereitete sich einen Tee zu, hockte sich über seine Lehrbücher und paukte für das mündliche Abitur. Er musste sich damit abfinden, dass er nicht nur Schagüll, sondern auch Barbara verloren hatte.

Nur Pitt Hänneschen und Henner Großmann blieben während der Osterferien im Internat.

Sie waren sich seit der Auseinandersetzung im Storchennest aus dem Weg gegangen.

Als Pitt eines Abends von seinem Lauftraining zurückkam und das Internat betrat, kam ihm der Dicke entgegen. Pitt blieb stehen, streckte dem Mitschüler die Hand entgegen.

»Vergessen wir den Scheiß, Henner! Komm, wir trinken ein Bier bei mir«, bot er an.

Der Dicke drückte Pitt die Hand.

»Danke, das geht klar«, antwortete er und folgte Pitt in dessen Apartment.

»Henner, hast du Lust, mich morgen nach Norddeich zu begleiten?«, fragte Pitt, als sie angestoßen hatten. »Ich hole mein Boot aus der Halle. Ich habe alles vorbereitet. Die Tide ist günstig. Wir nehmen die Zehn-Uhr-Fähre und werden mit der *Novesia* gegen Abend im Yachthafen anlegen.«

Henner Großmann sprang vor Freude auf und schlug Pitt begeistert auf die Schulter. »Abgemacht«, rief er.

»Pack warme Sachen ein. An Bord ist es kalt«, erklärte Pitt.

Anschließend unterhielten sie sich über das Segeln, die bevorstehende mündliche Abiturprüfung und ihre Zukunftspläne.

»Wenn es dir Spaß macht, Henner, kannst du mit mir nach Helgoland segeln«, schlug Pitt vor.

Gleich darauf schaltete er den Fernseher ein und sah sich den Wetterbericht an. Die Meteorologen sagten ein stabiles Hoch an.

»Es ist noch ein wenig früh im Jahr, doch den Törn nach Helgoland unternehme ich im Schlaf«, knüpfte Pitt wieder ans Gespräch an.

»Gerne, Pitt, doch mein Vater ruft mich noch an. Er befindet sich auf seiner Nordtour und wollte dieser Tage eventuell bei mir vorbeischauen. Meine Mutter kurt in Bad Füssing«, berichtete Henner. »Aber ich sage dir Bescheid, wenn mein Alter sich gemeldet hat.«

Das Telefon läutete. Pitt Hänneschen nahm den Hörer ab und meldete sich.

»Ach, Onkel Gottfried«, sagte er.

»Pitt, wie geht es dir? Wir haben bereits seit einer Ewigkeit nichts mehr von dir gehört«, erklärte sein Onkel.

»Ich bitte um Entschuldigung. Das ist ein sicheres Zeichen dafür, dass es mir gut geht«, antwortete Pitt.

»Tante Cecilia möchte wissen, ob du Ostern nach Hause kommst. Auf Arnold werden wir vergeblich warten müssen«, sagte Onkel Gottfried.

»Ich kann leider auch nicht, denn ich segele mit einem Schulfreund nach Helgoland«, berichtete Pitt.

»Pitt, vergiss nicht deine Vorbereitungen für das Abitur. Ansonsten wünsche ich dir gutes Wetter und viel Spaß. Lass was von dir hören«, bat Onkel Gottfried.

»Nach dem Abitur komme ich nach Hause«, versprach Pitt. »Grüße alle schön von mir. Bis dann.« Damit legte Pitt den Hörer auf.

»Henner, noch ein Bier?«, fragte er dann.

»Danke, gerne. Das letzte. Ich werde nie mehr einen Schnaps zum Bier trinken«, sagte Henner Großmann.

Sie lachten und prosteten sich zu.

In der Nacht vom Freitag auf den Samstag funkte die *Neptun* ca. sieben Seemeilen nordwestlich der Inselspitze von Norderney in der unmittelbaren Nähe der Schiffahrtsstraße.. Um den Fang kümmerte sich Maat de Boer, während Kapitän Ewerts den Kutter auf Kurs hielt.

Der Dieselmotor tuckerte im gleichmäßigen Takt der halben Kraft voraus. Die Scheinwerfer warfen ihre Lichtstrahlen auf die ausgefahrenen Fangbäume.

Der Bugstrahler beleuchtete das leicht aufgekämmte Wasser. Im Blickfeld des Kapitäns lag der Radarschirm.

Auf dem Heck der Neptun kochte Maat de Boer die Krabben in Salzwasser im Kessel des Heckofens. Er stach die Plattfische ab und verteilte Schaben und Schollen auf Aluminiumbehälter.

Es war eine herrliche Nacht. Die Sterne leuchteten am Himmel, und über Norderney stand der Mond. Hin und wieder blickte der Maat über die Bordwand auf die fernen Lichter der Insel. Der Ostwind strich kühl mit der Stärke 3 über das Schiff. Maat de Boer rauchte eine Zigarette, die im Wind schnell verglühte. Er beeilte sich. In etwa zwei Stunden würden sie erneut die Netze heben.

Er entnahm die Krabben dem Kocher und füllte sie in die Aluminiumwannen. Es war Zeit für die Teepause.

Der Maat suchte das Steuerhaus auf, betrat die Kombüse, setzte Teewasser auf und stellte das Teegeschirr auf den Tisch.

Als das Wasser kochte, brühte er den Tee auf. Er holte die Sahne aus dem Kühlschrank und stellte den Kluntjebecher bereit. Während der Tee zog, rauchte er noch eine Zigarette.

»Jonny, was macht der Tee?«, fragte Ewerts schließlich und steckte den Kopf zur Kombüse herein.

»Er ist fertig«, sagte der Maat, zündete das Teelicht an und setzte die Kanne auf das Stövchen.

Der Kapitän stellte das Steuer fest, betrat die Kombüse und nahm auf der Sitzbank Platz. Während er sich bediente, den heißen Tee trank und eine Zigarette rauchte, blickte er durch das Fenster des Steuerhauses auf die Nordsee und beobachtete den Radarschirm. Vor dem dunklen Horizont sah er die Positionslichter der Frachter und Tanker, die vorbeiglitten. Eine Seemeile backbords fischte ein Kollege.

»Kapitän, das Netz ist voll. Eine Menge Plattfische«, sagte Jonny zufrieden.

»Es wurde auch Zeit nach der Durststrecke«, antwortete Ewerts. »Wenn das schöne Wetter kippt und die See kalt wird, bleiben die Netze ohnehin wieder leer.« Er drückte hastig seine Zigarette aus, schritt an das Steuer und beobachtete den Strahl des Radars. Dann griff er nach dem Nachtglas.

»Jonny, da kreuzt etwas unseren Kurs«, erklärte er und reichte Jonny das Fernglas. Der Maat verließ das Steuerhaus und eilte zum Bug.

Ewerts korrigierte den Kurs der Neptun, um so nahe wie möglich steuerbords das unbekannte Objekt zu passieren. Nach seiner Einschätzung betrug die Entfernung etwas mehr als eine Seemeile.

Jonny de Boer bediente den Bugscheinwerfer. Der starke Lichtstrahl huschte über das kabbelige Wasser und durchdrang etwa dreißig Meter der Dunkelheit. Jonny neigte sich über die Eisenbrüstung, stierte durch das Nachtglas und suchte das Umfeld ab.

Kapitän Ewerts schaltete den Suchscheinwerfer ein und richtete ihn aus. Er kalkulierte die Länge der Fangbäume in seine Kurskorrekturen ein und steuerte die *Neptun* mit dem Blick auf Jonny und den Radarschirm dem Objekt entgegen.

Die Entfernung betrug nur noch einige hundert Meter. Kapitän Ewerts drosselte den Motor, ließ ihn nach wenigen Minuten wieder aufheulen, um dem unbekannten Objekt auszuweichen. Der kleine Punkt auf dem Radarschirm ließ die Vermutung zu, dass es sich um ein kleineres Schiff handeln musste.

Ewerts sah, wie Jonny seine Arme hochwarf und sie dann kreuzte. Der Kapitän schaltete den Diesel in den Leerlauf und ließ die *Neptun* gegen den leichten Ostwind treiben. Er stellte das Steuer fest, verließ das Steuerhaus und eilte zu seinem Maat. Jonny reichte ihm das Glas an. Ewerts setzte es an – und entdeckte ein Boot. Die Segel flatterten matt im Wind. Offenbar bediente niemand das Steuer.

»Jonny, ein Havarist«, sagte er und eilte zurück zum Steuerhaus. Er legte die *Neptun* auf Kurs.

Sie passierten das Segelschiff. Die Scheinwerfer der *Neptun* fielen auf das treibende Boot.

Eine Yacht der Mittelklasse. Keine Funkkontakte.

Das Schiff war hochseetüchtig, stellte er fest.

Jonny betrat das Steuerhaus.

»Sie ist unbemannt«, sagte er.

Im Licht der Scheinwerfer, deren Licht auf das Heck fiel, lasen sie *Novesia, Y. C. Juist*. Kapitän Ewerts bediente das Funkgerät.

Kapitän Doyens und sein Offizier saßen in der Messe und spielten Schach. Auf dem Tisch stand das benutzte Teegeschirr. Im Aschenbecher lagen die gerauchten Kippen. Die kleine eingeschaltete Seitenlampe warf schummriges Licht auf das Schachbrett. Nur hin und wieder drangen Schritte und Stimmen von späten Spaziergängern zu ihnen durch.

Maat Smidt verließ seine Kajüte und betrat das Deck.

Über Norderney wölbte sich der Sternenhimmel. Die *Frisia VIII* lag mit eingeschalteter Nachtbeleuchtung am Kai.

Smidt stand im kühlen Ostwind, der leicht aufgebrist war. Eine ruhige Nacht, dachte er. Doch dann riss ihn die Alarmglocke aus seinen Gedanken. Überrascht eilte er zum Steuerhaus.

»Ein Havarist! Ein Segelboot«, rief Kapitän Doyens ihm entgegen.

Smidt hastete zur Bordwand, kletterte an Land, löste die Leinen. Der Motor heulte auf. Dachses, der Offizier, hatte die Scheinwerfer eingeschaltet. Smidt sprang an Bord. Kapitän Doyens steuerte den Seenotrettungskreuzer *Otto-Schüllecken* mit gedrosseltem Motor in das Hafenbecken, ging in Position und drosch mit aufgeschäumter Bugwelle dem Havaristen entgegen.

Die Ebbe hatte eingesetzt. Mit dem ablaufenden Wasser trieb die *Novesia* der Schifffahrtsstraße entgegen.

Kapitän Ewerts korrigierte den Kurs der *Neptun*. Er schaltete den Motor in den kleinen Gang und ließ die Scheinwerfer erneut über das Segelboot streichen, als er backbords weitertrieb.

»Ein Geisterschiff«, stellte er fest und blickte auf die fachmännisch gesetzten Segel, die jetzt schlaff im Ostwind blähten.

Jonny stellte ihm eine Tasse Tee auf den Kartentisch.

Ewerts rauchte, nippte an der Tasse, notierte die Position des Havaristen in das Logbuch.

»Jonny, geh zum Bug«, forderte er den Maat auf. »Ich ziehe einige Kreise. Bis die *Otto-Schüllecken* uns erreicht, versehen wir unsere verdammte christliche Pflicht«, sagte er und ließ erneut den Suchscheinwerfer kreisen. Vor ihnen trieb die Yacht, deren weiße Segel sich wie Nebelfetzen vom dunklen Horizont abhoben.

Als Ewerts die Positionslichter des Seenotrettungskreuzers ausmachte, der sich ihnen mit Höchstgeschwindigkeit näherte, bediente er die Funkanlage. Er gab ihre Position durch.

»Bitte, übernehmen Sie den Havaristen!« sagte er.

»*Otto-Schüllecken* an *Neptun*. Machen wir. Guten Fang!«

Ringena hatte eine ruhige Nacht verlebt und ungestört seine Arbeit zu Ende gebracht: die Auswertung einer Befragung über die Parkgewohnheiten der Autoreisenden.

Er trank Kaffee aus der Thermosflasche und schaute auf die Uhr.

Noch zwei Stunden. Um sieben Uhr löste ihn ein Kollege ab.

Er erschrak, als das Telefon ihn aus seinen Gedanken riss.

»Ringena, Revier Norderney«, meldete er sich.

»Doyens, Seenotrettungskreuzer *Otto-Schüllecken*. Wir haben ein von der Besatzung verlassenes Segelschiff in den Hafen geschleppt. Es handelt sich um die *Novesia*, Heimathafen Juist. Brandspuren an Bord lassen auf einen Unglücksfall schließen. Unsere Suche nach Überlebenden in der Nähe der vermutlichen

Unfallstelle blieb bisher erfolglos. Beteiligt an der Bergung war der Kutter *Neptun* aus Norddeich.«

»Ich benachrichtige Kommissar Meyers. Er wird sich zur Spurensicherung im Hafen einfinden«, sagte Ringena und legte den Hörer auf die Gabel.

Meyers fuhr aus dem Schlaf. Er rieb sich die Augen und blickte verwirrt um sich. Das Telefon läutete.

»O Gott, ist etwas mit Mutter?«, murmelte seine Frau verschlafen.

Er sah, wie sie im Nachthemd und mit wehenden Haaren aus dem Schlafzimmer hastete.

Heute ist Ostersamstag, schoss es Meyers durch den Kopf. Er erhob sich, suchte nach seinen Socken, denn er hasste kalte Füße.

Seine Frau betrat das Schlafzimmer. »Für dich«, sagte sie erleichtert. »Es ist Ringena vom Nachtdienst.«

Meyers eilte zum Telefon, das sich auf einem kleinen Tisch vor der Garderobe im Korridor befand.

Er nahm den Hörer in die Hand und meldete sich.

Ringena berichtete.

»Herr Meyers, holen Sie Ennega aus den Federn. Er soll zum Hafen kommen. Rufen Sie auch Renke Suerbier an. Wenn das ein Fall wird, benötigen wir scharf geschossene Fotos«, sagte er und legte den Hörer auf.

An Bord hatte es gebrannt. Er musste Brandmeister Sievert Focken hinzuziehen. Focken war nicht nur der Chef der Norderneyer Feuerwehr, sondern auch der vereidigte Sachverständige, wenn es um Brandschäden ging. Doch das hatte Zeit.

Meyers zog sich im Bad an. Er betrat den Korridor und griff zur Wetterjacke. Dann verließ er das Haus, holte aus der Garage das Fahrrad und radelte zum Revier. Er wechselte ein paar Worte mit Wachtmeister Ringena.

Anschließend eilte Meyers in sein Dienstzimmer. Dort griff er nach dem Spurensicherungskoffer, mit dem er wieder das Revier verließ und zum Hafen radelte. Er spürte den kalten Ostwind in seinem Rücken. Die Luft war klar und würzig. Im Osten, dort, wo die Küstenbadeorte Bensersiel und Neuharlingersiel lagen, begann sich der Himmel leicht zu färben. Über dem Hafen und der kleinen Wattenbucht kreisten bereits die Seevögel.

Ennega sah verschlafen aus, als Meyers ihm die Hand reichte. Sie kletterten über die rostigen Kaileiter an Bord der *Otto-Schülllecken*.

Die *Novesia* lag hinter dem Seenotrettungskreuzer an den Pollern vertaut. Seitlich der Kajüte entdeckten sie Brandspuren. Kapitän Doyens näherte sich ihnen und begrüßte sie.

»Moin, zurzeit sucht ein Hubschrauber die mutmaßliche Unfallstelle nach Vermissten ab. Wir wissen noch nicht genau, was passiert ist. Einiges spricht dafür, dass der Skipper oder jemand von der Crew unvorsichtig mit einem Benzinkanister umgegangen ist. Jedenfalls fiel uns ein Benzinkocher auf«, erklärte er.

»Käpt'n, wir müssen auf Renke Suerbier warten. Er muss die Yacht von innen und außen ablichten. Das ist Vorschrift«, sagte Meyers.

Sie folgten Doyens, kletterten an Bord des Segelschiffes und betraten die Plicht.*

Abgestandener Brandgeruch mischte sich in die frische Morgenluft.

Der Außenbordmotor der Yacht war hochgekippt.

»Ein schönes Schiff«, sagte Ennega. »Wie viele Schlafplätze hat es?«

»Dieser Bootstyp verfügt im Bug über eine Doppelkoje. Die Sitzbänke um den Kajüttisch können zu Schlafplätzen umfunktioniert werden,.Für eine Atlantiküberquerung ist es nicht gebaut aber für Törns nach England oder in die Ostsee hervorragend geeignet«, antwortete Doyens.

Am Kai erschien Renke Suerbier. Er kletterte an Bord des Seenotrettungskreuzers und betrat über das Deck der *Novesia* die Plicht.

* Plicht: offener Sitzraum hinten in Motor- u. Segelbooten

»Moin, heute ist Karsamstag. Hoffentlich keine verstümmelten Leichen«, sagte Renke. Dann holte er den Fotoapparat aus seiner Schultertasche.

»An Bord hat es gebrannt, aber wir haben keinen Notruf empfangen. Ob der Skipper oder die Crew sich retten konnten, wissen wir nicht. Die Yacht trieb etwa acht Seemeilen nördlich vor der Ostspitze von Norderney in der Nähe des Dowe Tiefs«, sagte Doyens.

»Herr Suerbier, vermutlich herrscht ein ziemliches Durcheinander in der Kajüte. Gehen Sie also behutsam zu Werke«, sagte Meyers.

Der Fotograf stieg von der Plicht über die Holzstufen in die Kajüte und schoss seine Fotos mit Blitzlicht.

»Die Tür stand offen?«, wollte Meyers wissen.

»Ich glaube, ja«, antwortete Doyens.

»Hat die Besatzung oder der Skipper einen Versuch unternommen, den Brand zu bekämpfen?«, fragte Enno Ennega.

»Vermutlich ja. Sehen Sie, hier seitlich an der Reling hängt ein Schöpfeimer. Zum Bau der Yacht wurden unflammbare Kunststoffe verwendet. Das Material verklumpt, brennt nicht, aber setzt Dämpfe frei«, sagte Doyens.

Dann betraten er, Ennega und Meyers über die kleine Treppe das Innere der Yacht. Der beißende Geruch vorschlug ihnen fast den Atem.

Meyers schaute sich um. Auf dem Boden lag ein verrußter Benzinkocher. Ein Campingutensil. Daneben lagen die Scherben einer Teetasse und eines Teekännchens. Auch ein Stövchen war zerbrochen.

»Gedeckt war für eine Person«, sagte Meyers.

Der Holzfußboden zeigte Brandspuren.

»Hier vor den Sitzbänken haben sich Schmelzklumpen gebildet. Die Holzvertäfelung hinter der Pantrywand ist zum Teil abgebrannt«, stellte Doyens fest.

»Auch der Pantryschrank mit dem Zweiflammenherd ist angekohlt«, sagte Ennega.

Der kleine Abstelltisch und die Spüle hatten ebenfalls in Flammen gestanden. In einem Abfalleimer und der Spüle lagen ein paar leere Bierflaschen.

»Jemand hat versucht, das Feuer zu löschen«, erkannte Ennega.

Doyens öffnete die angekohlte Tür des Schränkchens. Die Halterungen für die Gasflaschen waren leer, der Kühlschrank war eingeschaltet. Er enthielt Brot, Butter, Käse, eine Flasche Sprudel und drei Flaschen Bier.

»Der Skipper hätte keine Gasflaschen an Bord genommen. Die Menge des Proviants spricht dafür, dass der Skipper sich allein an Bord befand«, erklärte Doyens.

»Der Campingkocher diente als Wasserzubereiter«, stellte Meyers fest.

Doyens erblickte einen kleinen Plastikkanister und stellte fest, dass er nach Benzin roch. »Er hat den Kocher mit Benzin nachgefüllt. Das Benzin hat vermutlich Feuer gefangen«, sagte er.

Suerbier hatte auch die Kojen fotografiert, die sich im Bug befanden.

»Ich schieße noch einige Fotos an Deck, dann verziehe ich mich. Reicht es Ihnen, wenn ich die Bilder am Dienstag vorbeibringe?«, fragte er.

Meyers nickte.

»Schöne Feiertage«, sagte der Fotograf nur.

»Das war schon ein kleines Inferno! Der Skipper geriet vermutlich in Panik und verließ das Schiff«, mutmaßte Kapitän Doyens. Er wies auf den der Pantry gegenüberliegenden Kartentisch, unter dem ein Schemel stand. Weiter oberhalb befand sich das Funksprechgerät. »Er hat es nicht benutzt«, sagte er ernst.

»Vielleicht ist seine Kleidung in Brand geraten, und er war in heller Panik«, stellte Ennega fest.

»Wir haben unter Einbeziehung der Tide mehrere Seemeilen nach eventuellen Opfern abgesucht. Auch die *Neptun* hat ergebnislos Ausschau nach Opfern gehalten«, berichtete Kapitän Doyens.

Ennega inspizierte die Sitzbänke und hob die Auflagen hoch, »Stauraum«, sagte er und betrachtete den Inhalt. Er fand einen

Pullover, einige Taschenbücher, ein Lehrbuch ›Physik III‹ und eine Brieftasche.

Ennega reichte sie Meyers an.

Der Kommissar studierte den Inhalt. Die Brieftasche enthielt einen Pass, ausgestellt auf Pitt Hänneschen, geboren am 29.1.1976 in Neuss. Euroschecks nebst Scheckkarte, drei Hundertmarkscheine, einen Fünfzigmarkschein und drei Zwanziger.

In der mehrfächrigen Lederbrieftasche befanden sich das Foto einer hübschen jungen Frau, die südländisch wirkte, der Schülerausweis des Internatsgymnasiums von Juist, der dokumentierte, dass der junge Mann der Klasse 13a angehörte. Er war vermutlich der Skipper und Bootseigentümer, wie eine weitere Ledermappe bestätigte, die den Clubausweis und den abgegriffenen Bootsführerschein enthielt.

Für die Anwesenheit weiterer Personen an Bord zum Zeitpunkt des Unfalls gab es keine Anhaltspunkte.

»Das hier führt uns weiter«, sagte Meyers.

Er steckte die Brieftasche und die kleine Veloursledermappe in eine Plastiktüte.

Doyens gesellte sich zu ihm.

»Ich habe mich umgesehen«, sagte Meyers. »Der Skipper hatte die vorgeschriebenen Rettungsringe an Bord. Im Notschrank hängen die Rettungswesten und der Feuerlöscher. Er wurde aus der Halterung gerissen und weggeschmissen. Vielleicht funktionierte er nicht.«

Ennega durchsuchte den Inhalt des Stauraumes der gegenüberliegenden Sitzbank. Auf dem Fußboden hatte das erhitzte Plastik große Platschen hinterlassen. Unter zusammengefalteten Wolldecken, die er beiseite schob, stieß er auf eine Leuchtspurpistole und unberührte Leuchtspurpatronen in flachen Pappschachteln.

»Er hatte alles für einen weiten Törn und auch für einen Notfall an Bord. Es ist für mich unverständlich, was den Skipper und möglicherweise seinen Begleiter so in Panik versetzt haben kann«, sagte Doyens nachdenklich.

»Vermutlich die giftigen Dämpfe«, warf Enno Ennega ein und ließ die Klappe der Sitzbank einrasten.

»Ich werde die Tür versiegeln und im Laufe des Vormittags mit Brandmeister Focken die Yacht noch einmal aufsuchen. Focken muss ein Gutachten erstellen. Es wird Zeit, dass wir uns um den Verbleib des Skippers kümmern«, sagte Meyers, während sie die Kajüte verließen.

Doyens hob die Tür aus der Halterung und verschloss sie. Meyers klebte ein Siegel auf das Schloss.

»Der Skipper ist ertrunken. Das Meer wird seine Leiche bald anspülen«, sagte Doyens ernst.

Sie kletterten an Bord der *Otto-Schüllecken.*

»Meine Logbucheintragung bekommen Sie später«, sagte der Kapitän des Rettungsbootes. »Eine tragische Geschichte. Wir müssen die Eltern des jungen Mannes ausfindig machen«, sagte Meyers.

»Und das Ostern«, warf Ennega ein.

»Viel Erfolg!« Doyens schritt zum Steuerhaus.

Meyers und Ennega verließen die *Otto-Schüllecken* und kletterten über die Leiter auf den Kai.

Sie stiegen auf ihre Fahrräder und radelten zum Revier. Auf den Straßen begann das Leben.

Feriengäste befanden sich auf dem Weg zur Kirche. Das Läuten der Kirchenglocken verhallte im Wind.

Wenig später betraten die beiden Beamten das Revier. Ein Kollege hatte Ringena abgelöst.

»Moin«, sagte er.

»Ringena hat Sie gewiss informiert. Wir sind oben«, sagte Meyers.

Die Beamten stiegen die Treppe hoch und betraten das Dienstzimmer. Durch das Fenster fiel die Sonne, doch im Zimmer war es noch kühl. Die Heizung war abgestellt.

Meyers nahm die Schreibmaschine aus dem Schrank, stellte sie auf seinen Schreibtisch, schloss sie an, entnahm der Schublade Papier und tippte das Protokoll.

»Du bist wie ich der Meinung, dass es sich um einen Unfall

handelt und wir Fremdverschulden ausschließen können?«, fragte er.

Ennega nickte.

»Enno, zeichne bitte gegen«, sagte Meyers und zog das Protokoll aus der Maschine. Enno unterschrieb.

»Das war's. Frohe Feiertage. Ich werde mit Brandmeister Focken noch einmal die *Novesia* aufsuchen«, bemerkte Meyers.

»Frohe Ostern!« Ennega erhob sich und verließ das Revier.

Meyers nahm das Telefonbuch. Er fand den gesuchten Teilnehmer und wählte die Nummer.

»Sievert Focken«, meldete sich der Brandmeister.

»Meyers, Kripo. Herr Focken, wie Sie vielleicht wissen, hat die *Otto-Schüllecken* während der Nacht ein Segelboot an den Haken genommen. An Bord hatte sich Benzin entflammt. Der Skipper wird vermisst. Mir liegt daran, dass Sie die Yacht inspizieren und sich nach dem Brandherd umschauen«, sagte Meyers.

»Wann soll ich zu Ihnen kommen?«, fragte Focken.

Meyers schaute auf die Uhr. Es war neun Uhr. »Ich denke, sofort«, sagte Meyers.

»Ich frühstücke gerade. In einer halben Stunde«, schlug Focken vor.

»All up Steh«, antwortete Meyers und legte auf.

Er wählte die Nummer des Reviers Norden. »Kripo Norden, Boerkamp«, klang es ihm entgegen.

»Meyers, Norderney. Eike, der Seenotrettungskreuzer hat während der Nacht einen Havaristen an den Haken genommen. Es handelt sich um eine Segelyacht von Juist. An Bord ist ein Brand ausgebrochen. Der Skipper hat vermutlich in Panik das Boot verlassen. Wir wissen nichts über sein Schicksal. Die Suche nach ihm blieb bisher erfolglos. Aus den an Bord vorgefundenen Unterlagen geht hervor, dass der Eigner und Skipper ein Schüler des Internatsgymnasiums von Juist ist. Sein Name ist Pitt Hänneschen. Das Schiff heißt *Novesia*. Für Juist seid ihr zuständig. Ich werde noch einmal mit einem Brandsachverständigen das Schiff aufsuchen, um mich über die Ursache des Unglücks zu informieren«, sagte Meyers.

»Viel Erfolg. Ich bin im Bilde und gehe der Sache nach«, sagte Boerkamp und legte auf.

Boerkamp verfasste eine Aktennotiz und legte sie ab. Danach verließ er sein Dienstzimmer und suchte die Kantine auf. Sie war an diesem Ostersamstag verwaist. Aus dem Automaten zog er sich einen Becher Kaffee. Dann trat er an die Korkwand und studierte den Juistfahrplan.

Um Viertel nach eins legte die Fähre in Norddeich ab. Seinen Chef, Oberkommissar Kreisling, konnte er nicht mehr erreichen. Er war verreist. Eike Boerkamp nippte am Kaffee und entschloss sich, mittags nach Juist zu fahren.

Er wählte die Nummer seines Kollegen Rabe.

Rabe war bereit, ihn in Anbetracht der dringlichen Situation in Norden zu vertreten.

Boerkamp meldete sich auf Juist bei der Witwe Otringa an, die ihr kleines Dachapartment für eine Pauschale der Polizei das ganze Jahr über zur Verfügung hielt.

Den Polizeidienst auf Juist versah Oberwachtmeister Bonno Ohmen. Boerkamp rief auch dort an. Ohmens Frau meldete sich.

»Mein Mann befindet sich auf seiner täglichen Rundfahrt. Es gibt keine besonderen Vorkommnisse«, sagte sie.

»Frau Ohmen, ich nehme das Schiff um Viertel nach eins ab Norddeich. Richten Sie Ihrem Mann aus, dass ich ihn um fünfzehn Uhr bei der Pension Otringa erwarte. Danke«, sagte Boerkamp.

»Mein Mann wird dort sein«, erklärte sie freundlich.

Der sechzigjährige Sievert Focken hatte sich beruflich schon vor einiger Zeit zur Ruhe gesetzt und seinen Betrieb, die Inselschlachterei, seinem Sohn übergeben.

Jetzt versah er noch einige Ehrenämter, war Mitglied im Shanty-Chor und hatte sich auch als Chef der Freiwilligen Feuerwehr Ansehen verschafft.

Pünktlich um neun Uhr dreißig erschien Sievert Focken im Revier. Der Dienst tuende Beamte wies ihm den Weg zum Zimmer des Kommissars.

Meyers saß an seinem Schreibtisch, als Focken anklopfte.

»Herein«, sagte er und erhob sich.

Sievert Focken betrat das Dienstzimmer. Er trug eine alte abgewetzte Aktentasche unter dem Arm.

Meyers kam gleich zur Sache: »Herr Focken, ich sagte es Ihnen bereits am Telefon. Auf der Segelyacht eines Schülers des Inselgymnasiums von Juist ist vor Norderney ein Brand ausgebrochen. Die *Neptun* machte das Schiff aus und hat den Seenotrettungskreuzer angefordert. Die Suche nach dem Skipper blieb ohne Erfolg. Ich bitte Sie, sich auf dem Schiff umzusehen und die Brandursache zu erforschen.«

»Ich bin bereit, die Aufgabe als Gutachter zu übernehmen. Auch über das Honorar müssen wir nicht streiten«, sagte Focke und lachte.

Sie verließen das Revier und stiegen in den Opel Frontera. Meyers fuhr zum Hafen.

Die *Frisia III* hatte angelegt. Urlauber und Tagesgäste strömten ihnen entgegen. Radfahrer passierten das Hafengelände.

Meyers parkte das Polizeifahrzeug auf dem Betriebsgelände eines Bierverlages, um Aufsehen zu verhindern.

Dann begleitete er Focken über den Kai zum Liegeplatz der *Novesia*.

Boerkamp erreichte Norddeich nur wenige Minuten vor der Abfahrt der Juist-Fähre. Auch der Interregio aus Leipzig war in Norddeich an der Mole angekommen. Fahrgäste blockierten den Fußgängerüberweg zur *Frisia VIII*, die zur Abfahrt nach Norderney bereitlag. Auf dem Hafengelände spazierten die Touristen. Bei diesem schönen Wetter war das Nordseebad mehr als ausgelastet.

Boerkamp griff nach seiner Tasche, während der Gong die Abfahrt ankündigte. Er ging zum Schiff, betrat die Gangway und suchte das Restaurationsdeck auf.

Stunden später empfing Gesine Otringa, von den Polizeibeamten liebevoll ›Tante Gesine‹ genannt, Boerkamp wie einen vertrauten Verwandten. Sie nahm ihm die Reisetasche ab und bat ihn in den gemütlichen Salon.

»Ich bereite einen Tee zu«, sagte sie herzlich, als hätte Boerkamp die Reise unternommen, um sie zu besuchen.

Sie deckte den Tisch mit dem Geschirr der Ostfriesischen Rose und füllte eine Schüssel mit den ›Friesischen Leidenschaften‹, einem an der Küste beliebten Teegebäck.

In den Salon klang das Läuten der Hausglocke.

»Das wird Bonno Ohmen sein«, sagte Boerkamp.

Tante Gesine verließ den Salon und erschien gleich darauf mit dem Wachtmeister.

»Es kann spät werden«, sagte Boerkamp, als er sich wenig später mit Ohmen auf den Weg machte.

»Hier ist der Schlüssel. Schau noch rein, wenn ich noch nicht zu Bett bin«, sagte die Witwe Otringa.

Boerkamp verließ mit Ohmen die Pension. Sie schritten Richtung Internatsgymnasium.

Als sie wenig später dort ankamen, fanden sie das Schultor verschlossen. Der Hausmeister, der die Schlüssel hatte, wohnte in einem zurückgezogenen Flachdachanbau, zu dem ein schmaler Asphaltweg führte. Stiefmütterchen blühten auf einem kleinen Blumenbeet vor der Klinkerwand.

Boerkamp schaute auf die Türklingel. Hausmeister Hero Ukema, las er und drückte den Knopf.

Sie vernahmen Schritte. Die Tür wurde von einer etwa vierzigjährigen Frau geöffnet, die eine blassblaue Bluse und Jeans trug. In der Hand hielt sie eine Fernsehzeitung. Sie blickte die Besucher überrascht an und stutzte, als sie den Inselpolizisten erkannte.

»Helga, Herr Boerkamp kommt von der Nordener Kripo. Ist Hero zu Hause?«, fragte Ohmen.

»Wir haben heute Abend eine kleine Feier. Hero holt Kuchen.

Er wird gleich zurückkommen. Bitte, treten Sie ein«, wandte sie sich an Boerkamp.

Sie folgten Frau Ukema in die Wohnstube. Sie wies auf die Sesselgruppe.

»Bitte, nehmen Sie Platz«, sagte sie. »Darf ich Ihnen einen Tee anbieten?«

Wachtmeister Ohmen winkte ab. »Danke.« Er sah Helga Ukema aufmerksam an. »Wir müssen deinen Mann wegen eines Internatsschülers sprechen«, sagte er.

Im nächsten Moment klappte die Haustür, und gleich darauf betrat der Hausmeister das Wohnzimmer.

»Oh«, sagte er nur und reichte seiner Frau die Tortenschachtel an.

»Sie entschuldigen mich.« Helga verließ das Wohnzimmer.

Auch Ukema war um die vierzig. Er trug Jeans und eine Fliegerjacke. Sein Haar war grau, und sein Gesicht wirkte streng.

»Herr Ukema, mein Name ist Boerkamp. Ich bin bei der Nordener Kripo. Wir benötigen einige Auskünfte über einen der Internatsschüler. Sein Name ist Pitt Hänneschen«, sagte Boerkamp.

»Und was ist mit ihm?«, wollte Ukema wissen.

»Er wird nach einem Segelunfall vermisst«, antwortete Boerkamp.

Ukema blickte den Kommissar fragend an. Er setzte sich auf die Couch.

»Das ist ja furchtbar«, murmelte er. »Was ist passiert?«

»Auf seinem Segelboot ist ein Brand ausgebrochen. Er hat das Schiff verlassen und ist vermutlich ertrunken«, erwiderte Ohmen.

»Bonno, der Direktor ist verreist. Du weißt, wo Dr. Broichler wohnt. Er ist sein Stellvertreter«, sagte der Hausmeister.

»Wir haben bisher keinen Durchsuchungsbefehl. Allerdings möchte ich gern einen Blick in seine Wohnung werfen. Natürlich in Ihrem Beisein«, sagte Boerkamp.

»Ich bin der Hausmeister. Wenn Dr. Broichler es zulässt, dann werde ich Ihnen das Apartment des Schülers öffnen«, sagte er.

»Sie erwarten heute Abend Gäste, haben wir gehört. Sagen wir also, gegen siebzehn Uhr«, schlug Boerkamp vor.

Ukema nickte. »Es wäre mir lieb, wenn Dr. Broichler Sie begleiten würde«, antwortete er und erhob sich.

»Wir werden sehen. Entschuldigen Sie die Störung«, sagte Boerkamp.

»Bis dann, Hero«, verabschiedete sich Wachtmeister Ohmen.

Das Apartmenthaus Möweneck befand sich auf der Sanddornstraße, die an den Dünen entlang zum Weststrand führte.

»Eine elegante Wohngegend«, stellte Boerkamp fest.

»Seine Frau hat als Lehrerin an der Grundschule unterrichtet. Sie war Juisterin. Sie ist vor einigen Jahren an Brustkrebs gestorben«, sagte Ohmen.

Eine Kutsche, in der ein älteres Ehepaar im kühlen Fahrtwind saß, fuhr vorbei.

Die Hufe der Pferde klapperten rhythmisch.

Boerkamp blickte auf die Fassade des Hauses. Sie war mit rötlichen Handformsteinen verklinkert. Auf den Balkonen saßen Urlauber in der Sonne und genossen den Dünenblick.

Boerkamp trat an die Eingangstür und studierte den Klingelkasten.

»Broichler«, las er und drückte die Taste.

»Ja, bitte«, meldete sich der Lehrer.

»Bonno Ohmen, der Polizeiposten«, rief der Wachtmeister in die Sprechanlage.

Sie vernahmen den Summton, und die Tür ließ sich öffnen. Hintereinander betraten sie das Treppenhaus und stiegen die Stufen hoch.

Studiendirektor Dr. Broichler stand vor seinem Apartment und schaute ihnen aufmerksam entgegen.

»Entschuldigen Sie die Störung, Herr Dr. Broichler«, bat Ohmen. Dann stellte er seinen Begleiter vor. Der Lehrer reichte den Besuchern die Hand. »Sie müssen sich nicht entschuldigen. Sie befinden sich im Dienst, während ich mir an diesem Ostersamstag die Zeit nur mit der Lektüre eines Kriminalromans vertreibe. Ich habe Ferien. Bitte, treten Sie ein.«

Damit führte er sie in das Wohnzimmer. »Nehmen Sie Platz«, sagte er und zeigte auf die Sitzgruppe, die sich in der Ecke des geräumigen und behaglich eingerichteten Raumes befand.

Die Beamten ließen sich nieder.

Ohmen hielt seine Polizeimütze in der Hand.

»Darf ich Ihnen etwas anbieten?«, fragte der Lehrer.

»Danke, nein. Wir haben es eilig«, antwortete Ohmen.

»Wir möchten Sie bitten, uns zum Internat zu begleiten und den Hausmeister zu bitten, uns die Tür zur Wohnung des Schülers Pitt Hänneschen zu öffnen. Wir wollen uns in seinem Apartment ein wenig umschauen«, sagte der Kommissar.

»Was wollen Sie in Pitts Wohnung?«, wollte Dr. Broichler überrascht wissen.

»Während der Nacht hat der Seenotrettungskreuzer von Norderney eine Yacht geborgen. An Bord des Schiffes war ein Brand ausgebrochen. Der Segler wird vermisst. Er ist wahrscheinlich ertrunken. Das Segelschiff heißt *Novesia,* und Eigner ist Pitt Hänneschen«, erklärte Boerkamp.

»Mein Gott! Das ist furchtbar! Ich mochte Pitt wie einen Sohn«, sagte Dr. Broichler und rang nach Fassung. »Wie ist das passiert? Der Junge konnte doch segeln!« Mit einem Taschentuch wischte er sich über die Augen.

»Ein Kollege untersucht mit einem Experten das Schiff, um Hinweise auf die Brandursache zu finden«, sagte der Kommissar.

»Besteht noch Hoffnung, dass Pitt … ?«, fragte der Lehrer.

»Wir wissen noch nichts über den Hergang des Unglücks, doch wir gehen davon aus, dass der Schüler nicht mehr lebt«, antwortete Boerkamp.

Studiendirektor Broichler schüttelte fassungslos den Kopf. Die Nachricht hatte ihn tief getroffen.

Hausmeister Ukema öffnete die schwere Holztür und betätigte die Lichtschalter, denn durch die Fenster des Treppenhauses fiel nur wenig Licht. Gemeinsam betraten sie den breiten Korridor.

»Pitt wohnt oben«, sagte Ukema und schritt vor den Besuchern her, als machten sie eine Führung.

Ihre Schritte hallten in den unbewohnten Gängen. Die Wände waren fast kahl, nur ein paar Poster europäischer Großstädte waren angeklebt worden. Es roch nach Seife und Lauge. Das Apartment des Abiturienten Pitt Hänneschen befand sich im dritten Stockwerk. Es trug die Nummer 113. Vor der Tür lag eine Fußmatte aus grobem Sisal.

Hausmeister Ukema steckte den Schlüssel in das Schloss und öffnete die Tür. Dann betätigte er den Lichtschalter im Korridor.

Am Garderobenhaken hingen ein Anorak, ein bunt gestreifter Bademantel und ein Jogging-Anzug.

Auf dem Boden standen Sportschuhe. Die Tür zum Bad war angelehnt. Wachtmeister Ohmen schob die Tür auf und schaltete das Licht an, und sie warfen einen Blick ins Bad. Nichts Auffälliges!

Dann betraten sie das Wohn- und Schlafzimmer. Doch auch hier war nichts ungewöhnlich: ein Tisch mit zwei Stühlen, ein Bett mit einer bunten Tagesdecke. Die gegenüberliegende Wand füllte ein Bücherregal aus. Daneben befanden sich ein Musikturm und ein Fernsehgerät samt Videorecorder auf einem kleinen Tischchen.

Boerkamp trat an den Schreibtisch, der an der Wand vor der kleinen Küchenzeile stand.

Unter einer Plastikfolie lag der Stundenplan. Physik, Chemie, Werte und Normen, las er.

Der Direktorstellvertreter und Lehrer des Abiturienten fühlte sich sichtlich unwohl im Apartment seines Schülers. Während seiner langjährigen Tätigkeit an der Schule hatte er noch nie eines der Apartments betreten. Es kam ihm unwürdig vor, als der Kommissar die Schreibtischschubladen herauszog und damit begann, den Inhalt in Augenschein zu nehmen.

Boerkamp sichtete Belege, studierte Kontoauszüge, Abrechnungen mit Maklern. Der vermisste Schüler bezog offenbar Mieteingänge.

»Der Schüler besaß eine Eigentumswohnung auf Juist«, sagte er überrascht.

»Pitt entstammt einer reichen Unternehmerfamilie aus Neuss«, sagte Dr. Broichler verärgert.

»Daher das Segelschiff«, sagte Boerkamp, schob die Schublade zurück und widmete sich dem Inhalt der nächsten Schublade.

»Eine Menge Fotos«, sagte er und hielt ein Bild hoch. »Ein hübsches Mädchen.«

»Das ist Schagüll, seine türkische Freundin«, antwortete der Lehrer.

Was ging hier eigentlich vor?

Der Kommissar legte das Foto wieder weg und setzte seine Durchsuchung der Schreibtischschubladen fort.

Er stieß auf Bilanzen, Gewinnzuweisungen, Hinterlegungsnachweise von Wertpapieren bei einer hiesigen Bank in großen Summen. Ihm verschlug es den Atem.

»Ziemlich wohlhabend«, murmelte er.

Der Hausmeister stand mitten im Zimmer und wartete geduldig. »Trotzdem hat sich dieser Hänneschen ganz normal verhalten.«

Boerkamp suchte weiter und stieß auf einen Schuhkarton mit Ansichtskarten, die er flüchtig durchblätterte. Sie zeigten Motive aus Tel Aviv, New York, von den Bahamas und aus der Karibik.

»Tante Cecilia«, sagte er und sah Dr. Broichler fragend an.

»Pitt hat früh seine Mutter verloren. Sie verstarb bei einem Verkehrsunfall. Sein Vater schickte den Jungen zu uns. Der Vater verstarb ebenfalls vor etwa zwei Jahren. Seitdem kümmert sich seine Tante um ihn. Pitt ist der Erbe einer großen Baustofffirma in Neuss. Tante Cecilia, die Schwester seines Vaters, leitet als Kommanditistin die Firma«, sagte der Lehrer.

»Das erklärt so einiges«, erwiderte Boerkamp. »Haben Sie die Anschrift der Tante?«

»Ja, die habe ich. Ich bin allerdings der Meinung, dass Sie genügend Informationen über den verunglückten Schüler besitzen und wir das Apartment verlassen sollten«, sagte der Direktorstellvertreter ernst.

Doch Boerkamps Neugierde war nicht zu bremsen. Er war noch lange nicht fertig. Gerade entfaltete er einen Briefbogen und begann zu lesen.

Broichler wollte einschreiten, schwieg dann jedoch.

Schließlich wollte auch er wissen, was mit Pitt geschehen war.

»Herr Dr. Broichler, vermutlich der Liebes- und Abschiedsbrief Ihrer türkischen Schülerin an den Abiturienten. Ihre Flucht hat Hänneschen sicherlich stark mitgenommen«, sagte Boerkamp.

»Ich kenne den Inhalt des Briefes. Pitt hat mit mir darüber gesprochen. Ich glaube allerdings, Sie gehen jetzt zu weit. Das Privatleben des Schülers hat Sie nicht zu interessieren«, sagte Broichler mürrisch.

»Verzeihung.« Der Kommissar legte den Brief zurück in die Schublade – und zog eine Ansichtskarte hervor. Er nahm sie heraus und betrachtete sie.

Sie zeigte die Blaue Moschee von Istanbul. Er wendete die Karte und las den Text.

Selbst Bonno Ohmen empfand das Verhalten eines Kollegen mittlerweile als unpassend. Er räusperte sich, doch Boerkamp reagierte nicht.

»Herr Dr. Broichler, das dürfte Sie interessieren. Sie warten doch noch immer auf ein Lebenszeichen Ihrer Abiturientin, über deren Verbleib, wie Sie mir andeuteten, selbst das Auswärtige Amt nichts sagen konnte«, erklärte Boerkamp ironisch.

Er reichte dem Direktor-Stellvertreter des Inselgymnasiums die Ansichtskarte.

Broichler war verwirrt, doch er nahm die Karte und las.

»Man hat sie also verheiratet«, murmelte er.

Dann verließen sie endlich das Apartment.

»Sie sagten, Pitt und ein weiterer Schüler seien während der Osterferien die einzigen Gäste«, sagte Boerkamp draußen auf dem Gang.

Broichler nickte. »Ach, Herr Ukema, wo wohnt übrigens Henner Großmann? – Er ist der zweite Schüler«, erklärte er Boerkamp.

Der Hausmeister blieb stehen. »Drüben in 110«, sagte er.

Sie näherten sich der Apartmenttür und betätigten die Klingel.

Nichts tat sich; offenbar war der Schüler nicht anwesend.

»Sie mochten sich nicht sonderlich«, erklärte der Lehrer.

Dann verließen sie das Internatsgebäude.

Ukema verschloss die Haustür.

»Gehen Sie ruhig nach Hause, Herr Ukema«, schlug Broichler vor. »Ich werde mich jetzt weiter um die Herren von der Polizei kümmern und gemeinsam mit ihnen vom Sekretariat aus Pitts Tante benachrichtigen.«

Sievert Focken kannte sich mit Segelschiffen aus. Er war selbst gesegelt, hatte seine Yacht allerdings verkauft, weil seine Frau unter rheumatischen Beschwerden litt. Jetzt sah er sich auf der *Novesia* um.

Er machte ein paar Schritte in die Kajüte und schnupperte, denn meistens verließ er sich fürs Erste auf seine Nase. Er schlich an den Wänden entlang, beschnupperte den Fußboden. Ziellos, so schien es Meyers, schnitt, kroch, robbte der Brandmeister durch die Kajüte.

Verschmortes Kabel roch anders als verbrannter Bodenbelag. Holz hinterließ einen säuerlichen Geruch. Verbrannte Textilien rochen nach Schaf. Entflammtes Benzin hinterließ einen trockenen, parfümierten Dunst. Es entnahm der Luft den Sauerstoff und machte sie dünn.

Einen Kabelbrand schloss Sievert Focken auf Anhieb aus. Er suchte nach den Lüftungsschlitzen und -klappen, beschnupperte sie und kam zu dem Ergebnis, dass der Brand in der Nähe der Pantry ausgebrochen sein musste.

Er entnahm seiner Tasche die Lupe und die Halogenlampe, kniete sich auf den Boden und studierte die Brandflecken. Sie waren großflächig und zeigten Ränder. Der Kunstharzbelag hatte sich vom Zentrum des Brandes seitlich verkohlt. Vor dem Gasherd mit der Spüle waren die Platschen größer und in Richtung der Koje kleiner. Benzin war vor der Pantry geflossen, hatte auf die Holzvertäfelung übergegriffen, wie er von der verflammten Holzwand ableitete. Er nahm den verkohlten Campingkocher unter die Lupe. Unter ihm hatte sich der Bodenbelag aufgelöst, der Holzuntergrund war verbrannt, und die Glut hatte sich bis zur Eisenhaut durchgefressen. Ein Feuerlöscher lag einige Meter entfernt auf dem Boden.

Focken hob ihn auf und untersuchte ihn.

»Die Leute vergessen, dass diese hervorragenden Schutzgeräte nicht bis in das biblische Alter funktionsfähig bleiben. Der Segler hat ihn, vermutlich in Panik, aus der Halterung gerissen und falsch bedient. Der Druckhebel zeigt Erosionsspuren und ist abgebrochen«, stellte er fest.

Er näherte sich erneut der Pantry und sah, dass die Halterungen für Töpfe und Pfannen verbogen waren. Er suchte nach dem kleinen Benzinkanister.

»Der Brand ging vom Benzinkocher aus. Der Segler muss den Kocher unbedacht gefüllt haben. Er hat den Kanister weggebracht, und erst danach hat sich das Benzin entzündet«, stellte er fest.

Jetzt suchte er den Boden nach der Verschlussschraube des Kanisters ab. Er fand sie in der Nähe der Sitzbank. Sie roch immer noch nach Benzin.

Focken nahm sich des Campingkochers an. Die kleine Drehschraube für den Docht hatte sich verformt und ließ sich nicht bewegen. Er betrachtete durch die Lupe den Schlitz, in dem der Docht gesessen hatte. Mit einem Schraubenzieher, den er aus seiner Tasche holte, stocherte er im Schlitz herum. An der Spitze des flachen Stahls befand sich Asche. Er suchte den Boden nach verkohlten Streichhölzern oder einem weggeworfenen Feuerzeug ab. In den Scherben des Stövchens entdeckte er das verrußte, ausgebrannte Teelicht. Er hielt es an seine Nase. Dann griff er nach seiner Tasche, packte Lupe, Lampe und Schraubenzieher ein. Er hustete.

»Gehen wir«, sagte er.

Sie verließen die Kajüte.

Kapitän Doyens blickte ihnen erwartungsvoll entgegen.

Focken betrat die Plicht der *Novesia* und setzte sich auf die Bank, langte in seine Jeans, holte eine Zigarettenschachtel heraus und steckte sich eine Zigarette an.

Die Sonne hatte an Kraft gewonnen. Ihre Strahlen fielen auf das Boot.

Im Hafengelände radelten Urlauber dem Wattenmeer entgegen. Segelschiffe verließen den Hafen.

Meyers stand unter dem schlaffen Segel, das sich nur wenig im Wind blähte.

»Der Skipper hat sich grob fahrlässig verhalten. Er hat seinen Campingkocher mit Benzin aus einem Kanister gefüllt und dabei Benzin vergossen. Im Stövchen brannte das Teelicht. Unglücklicherweise hat er es vom Tisch gestoßen, oder es ist vom Tisch gefallen. Ich gehe davon aus, dass er mit dem Feuerlöscher den Brand bekämpfen wollte und in Panik geriet. Er ist entweder von Bord gesprungen oder von Bord gefallen, als er sich bemühte, mit dem Schöpfeimer den Brand zu bekämpfen. Die feuersicheren Bauelemente haben dafür gesorgt, dass sich der Brand nicht ausgeweitet hat«, sagte Focken.

»Sie meinen also, ich kann den Fall abschließen und Fremdverschulden ausschließen?«, fragte Meyers.

»Es spricht alles dafür, dass der Skipper ein Opfer seiner Leichtsinnigkeit wurde. Der Brandherd steht fest. Es war die Kerze im Stövchen. Die Ursache war verschüttetes Benzin. Sie bekommen von mir ein entsprechendes Gutachten«, erklärte Focken müde.

»Wir bringen die Yacht an einen unbenutzten Steg. Ich habe schon mit dem Hafenmeister gesprochen«, berichtete Kapitän Doyens.

Damit verließen sie das Deck der *Novesia* und kletterten an Bord der *Otto-Schüllecken*.

Die Insel Baltrum, im Prospekt des Verkehrsvereins und von den Stammurlaubern liebevoll das ›Dornröschen der Nordsee‹ genannt, war, wie die übrigen ostfriesischen Inseln, während der Osterferien ausgebucht. Das schöne Frühjahrswetter hatte auch am Mittwoch nach Ostern angehalten. Am Abend sank die Sonne am Horizont ins Meer und ließ einen herrlich roten Abendhimmel zurück. Wenig später hatte die Flut ihren Höchststand erreicht. Die Wellen donnerten schäumend auf den Strand. Möwen kreischten im aufgebristen Ostwind und stürzten sich auf die vom Wasser angespülten kleinen Schalentiere.

Auf den Bänken vor der breiten Flutschutzmauer der befestigten Strandpromenade saßen Urlauber und betrachteten fasziniert das Naturschauspiel. Die Luft roch nach Salz und Jod.

Im Blickfeld der Feriengäste lagen die Sanddünen der Insel Norderney und die Seehundbänke, an denen sich die Wellen mit spitzen Gischtkronen brachen.

Am Badestrand spazierten um diese Zeit nur wenige Gäste. In den Hotels und Pensionen wurde das Abendbrot gereicht.

Der Zahnarzt Dr. Jakob Bechlenburg und seine Frau Elisabeth hatten sich in diesem Jahr zum ersten Mal für den Besuch der Insel Baltrum entschieden und waren hellauf begeistert. Wegen eines Hautausschlags, der Frau Bechlenburg zu schaffen machte, hatten sie auf ihren traditionellen Bergurlaub verzichtet. Frau Bechlenburg unterzog sich einer offenen Kur und erhoffte sich von den vom Badearzt verordneten Anwendungen eine Besserung ihres Gesundheitszustandes. Am Vormittag suchte sie das Kurmittelhaus auf, hielt die Ruhepausen auf dem Balkon des Hotelapartments ein und freute sich auf den abendlichen Rundgang an der Seite ihres Mannes über den Strand und anschließend durch die Dünen zu dem kleinen Aussichtshügel hinauf. Dort ruhten sich die Bechlenburgs auf der Bank aus und genossen den Rundblick.

Auch an diesem Dienstagabend hielten sie sich an den Händen und schritten bei einsetzender Ebbe an den auslaufenden Wellen entlang über den nassen, knetigen Sand. Zu Hause, im Alltag, bestimmte die Praxis den Rhythmus. Hier aber vergaßen sie den Kleinkrieg um das Geld, die Haushaltsführung und die Sorgen um ihre Söhne, die in Frankfurt und Münster studierten. Beide Bechlenburgs waren knapp über sechzig und fanden hier auf Baltrum zurück zu Erinnerungen an die vergangenen Jahre.

Vor ihnen verengte sich der Strand. Sie erreichten den in den Sand gerammten Pfahl, der ihnen anzeigte, dass sie den Strand verlassen mussten. Seenebel war aufgekommen. Weiter vorn verschwanden einige schnelle Wanderer in der aufkeimenden Dämmerung.

Frau Bechlenburg betrachtete die Dünen und suchte nach der kleinen Plattform mit den Bänken. Ihre Füße begannen zu schmerzen. Dr. Bechlenburg warf noch einen Blick auf das Meer. Er ließ die Hand seiner Frau los und schritt eilig und neugierig den Wellen entgegen, die sich schaumig auf dem nassen Sand ausliefen.

Das Wasser stieg in seine Schuhe und nässte die Umschlagfalten seiner weißen Leinenhose. Er betrachtete die Umrisse eines Treibgutes, das das Meer angespült hatte.

Er überhörte die Stimme seiner Frau. Sie verfing sich im Rauschen der ausrollenden Wellen.

Doch Bechlenburg wagte einige weitere Schritte. Das Wasser umspülte seine Knöchel. Plötzlich blieb er wie angewurzelt stehen und blickte entsetzt auf den Körper, den die Wellenschübe ihm entgegentrieben.

Er empfand keinen Ekel, als er die Füße des Toten ergriff und die Wasserleiche an den Strand zog. Er hörte den Aufschrei seiner Frau. Sie waren mit dem Seeopfer allein am verlassenen Strand.

Dr. Bechlenburg beugte sich über den Ertrunkenen. Er sah in das leicht aufgedunsene Gesicht eines jungen Mannes. Der Tote trug eine Seglerjacke und Jeans.

»Jakob, das ist entsetzlich«, stöhnte seine Frau auf, die mittlerweile neben ihm stand.

»Elisabeth, komm, wir müssen die Polizei benachrichtigen«, sagte Bechlenburg.

Sie warfen noch einen letzten Blick auf den Toten, dann schritten sie hastig drauflos.

Am Donnerstagmorgen trat Boerkamp bereits um sieben Uhr seinen Dienst an. Auf seinem Schreibtisch lag die Meldung, dass ein Zahnarzt auf Baltrum eine männliche Wasserleiche entdeckt hatte. Der Inselpolizist hatte veranlasst, dass der Sarg mit dem Toten an Bord der *Baltrum* gebracht wurde, die um elf Uhr fünfzehn in Baltrum ablegte. Boerkamp langte zum Telefon, rief einen Bestatter an und beauftragte ihn, den Sarg vom Baltrumfährschiff zu übernehmen und in das Nordener Krankenhaus zu bringen. Ein kurzes Telefonat mit dem Inselpolizisten brachte weitere Klarheit.

Danach telefonierte er mit der Wasserschutzpolizei und der Staatsanwaltschaft.

Der Staatsanwalt bat ihn, nach der Identifizierung des Toten die Leiche zur gerichtsmedizinischen Untersuchung nach Oldenburg überführen zu lassen.

Boerkamp dachte an Broichler. Er griff zum Hörer und rief den Lehrer an.

»Jupp Broichler«, meldete sich der Studiendirektor.

»Boerkamp, Kripo. Herr Dr. Broichler, gestern Abend wurde, auf Baltrum die Leiche eines jungen Mannes gefunden. Sie wird im Nordener Krankenhaus nur kurz untersucht, um danach ins Gerichtsmedizinische Institut nach Oldenburg überführt zu werden. Es spricht alles dafür, dass es sich um Pitt Hänneschen handelt.«

»Also doch«, sagte der Lehrer mit heiserer Stimme.

»Um sicher zu gehen, wären wir Ihnen dankbar, wenn Sie die Leiche in Augenschein nehmen würden«, sagte Boerkamp.

»Das ist eine unangenehme Pflicht, der ich mich wohl nicht entziehen kann«, antwortete der Studiendirektor.

»Gut. Vor mir liegt der Flug- und Schiffsplan. Um vierzehn Uhr startet eine Maschine der FLN in Juist und um achtzehn Uhr dreißig legt die *Frisia* heute Abend in Norddeich ab. Ich werde mich dafür verwenden, dass die Bezirksregierung Ihnen die Kosten ersetzt«, sagte Boerkamp.

»Ich werde die Spesen nicht abrechnen. Ich komme«, sagte er.

»Ein Kollege holt Sie am Flughafen in Norddeich ab. Bis dann«, sagte Boerkamp und legte den Hörer auf die Gabel.

Wachtmeister Frerichs betrat das Dienstzimmer. »Moin«, sagte er und reichte Boerkamp den Posteingang.

»Danke«, sagte er.

Zu der Sendung gehörte ein prall gefüllter Umschlag, der direkt an ihn adressiert war. Absender war das Revier Norderney. Boerkamp öffnete das Kuvert und studierte den Inhalt.

Sein Kollege Meyers hatte einen Begleitbrief an ihn gerichtet und das Gutachten eines Brandmeisters Focken, ein Protokoll des Kapitäns des Seenotrettungskreuzers und den Bericht der Wasserschutzpolizei beigefügt.

Der Kreis schließt sich, dachte Boerkamp.

Der Skipper hatte grob fahrlässig gehandelt, Fremdverschulden war offenbar auszuschließen, wie er den Unterlagen entnehmen konnte. Fraglich blieb, ob der Segler nach Ausbruch des Brandes von Bord gesprungen oder bei dem Versuch, das Feuer zu löschen, in die Nordsee gestürzt war.

Ein tragischer Unfall jedenfalls. Kein Fall für uns, stellte Boerkamp fest.

Kurz vor vierzehn Uhr schob er die Akten zur Seite und wählte die Nummer des Krankenhauses. Der Pförtner verband ihn mit Dr. Snyders.

»Sie haben Glück. Seit dem Morgen sitze ich das erste Mal in meinem Stationszimmer und trinke eine Tasse Tee. Ich habe die Leiche untersucht. Die Ergebnisse liegen auf meinem Schreibtisch. Auf die schriftliche Abfassung müssen Sie noch ein wenig warten«, sagte der Arzt.

»Herr Doktor, in etwa dreißig Minuten besucht mich ein Lehrer des Inselgymnasiums von Juist, um die Leiche zu identifizieren. Passt Ihnen der Termin?«, fragte der Kommissar.

»Ja, falls nicht gerade ein Verkehrsunfall meine Mitarbeit im Hause erfordert. Ich erwarte Sie in einer halben Stunde«, sagte der Arzt.

»Danke, bis dann«, sagte Boerkamp und legte den Hörer auf.

Um vierzehn Uhr dreißig betrat Dr. Broichler das Dienstzimmer. Er wirkte blass. Er ist in den paar Tagen grauer geworden, dachte Boerkamp, als er auf das kurze Stoppelhaar des Lehrers der Inselschule schaute. Der Lehrer trug Jeans und eine Wildlederjacke.

»Herr Doktor, nehmen Sie Platz«, sagte Boerkamp und wies auf den Besucherstuhl.

Dr. Broichler setzte sich auf den Stuhl.

»Ich sagte es Ihnen schon, Pitt Hänneschen war für mich mehr als nur ein Schüler«, flüsterte er.

»Ich habe mit Dr. Snyders vom Krankenhaus telefoniert. Er erwartet uns. Ich schlage deshalb vor, dass wir uns sofort auf den Weg machen«, erklärte der Kommissar.

Dr. Broichler nickte.

Sie verließen das Dienstzimmer und stiegen die Treppe hinab.

»Ich nehme einen Dienstwagen. Wir fahren zum Krankenhaus«, sagte Boerkamp, als sie am Tresen des Polizeimeisters vorbeigingen.

Damit verließen sie das Gebäude.

»Unser Fahrzeug befindet sich drüben auf dem Hof des Reviers«, informierte der Kommissar seinen Begleiter.

Sie überquerten den Markt. Der Nebel hatte sich gelichtet, aber der Himmel war bewölkt. Auf der Hauptstraße floss der Verkehr.

Boerkamp führte den Lehrer zu einem Golf, und sie stiegen ein.

Der Kommissar reihte sich in den fließenden Verkehr ein, bog in die Osterstraße und fuhr am Café ten Cate und der Buchhandlung vorbei in Richtung Krankenhaus.

Boerkamp fand einen freien Parkplatz. Sie verließen den Wagen und schritten der Pforte entgegen.

»Wir sind angemeldet, Dr. Snyders erwartet uns«, sagte Boerkamp und hielt dem Pförtner sein Messingkettchen entgegen.

»Ich melde Sie an. Nehmen Sie bitte drüben Platz«, sagte der Pförtner.

Sie setzten sich auf die Klappstühle, die vor der weiß getünchten Wand aufgereiht waren.

Nach wenigen Minuten betrat Dr. Snyders die Wartehalle. Er hatte ein freundliches, rundes Gesicht und eine stämmige Figur.

»Herr Dr. Snyders, darf ich Ihnen Herrn Dr. Broichler vorstellen«, übernahm Boerkamp die Bekanntmachung.

Der Arzt reichte beiden nacheinander die Hand.

»Begleiten Sie mich bitte«, sagte er dann und führte sie zum Aufzug. Wenig später befanden sie sich in der Leichenhalle.

Dr. Snyders ging zu einer Bahre und wies auf das weiße Abdecktuch, das die Umrisse eines menschlichen Körpers erkennen ließ. Dann hob er das Tuch, und Pitt Hänneschen lag entblößt vor ihnen. Selbst im Tod wirkte sein muskulöser gut gewachsener Körper ästhetisch. Sein Gesicht war friedlich. So, als schliefe er.

»Ja, es ist Pitt«, schluchzte Dr. Broichler.

Dr. Snyders zog das Tuch wieder über die Leiche. Er wandte sich an Boerkamp.

»Sie interessiert gewiss mein Untersuchungsbericht«, sagte er. »Folgen Sie mir doch bitte nach oben.«

Sie gingen zum Aufzug und fuhren in den zweiten Stock.

»Um diese Zeit ist es noch ruhig. Das wird sich gleich ändern«, sagte Dr. Snyders und führte sie zu seinem Stationszimmer.

»Bitte, treten Sie ein«, sagte er und öffnete die Tür. »Es ist ein wenig eng. Nehmen Sie Platz.«

Er selbst ließ sich hinter dem Schreibtisch nieder.

»Der Tote ist also Pitt Hänneschen«, wandte er sich an Jupp Broichler. Der Lehrer nickte.

»Ein schlimmer Tag für mich«, murmelte er.

Jetzt sah der Arzt den Kommissar an. »Der junge Mann ist ertrunken«, erklärte er. »Ich habe übrigens auch einige Prellungen festgestellt.«

»Und Brandspuren?«, fragte Boerkamp.

»Nein, die habe ich nicht entdeckt. Auch seine Jacke und Jeans habe ich mir genau angeschaut. Sie waren nicht einmal angesengt«, antwortete Dr. Snyders.

»An Bord hat es aber einen Brand gegeben. Der Feuerlöscher hat versagt, und der Skipper hat daraufhin mit einem Schöpfeimer Wasser an Bord geholt, um das Feuer zu löschen. Ich gehe davon aus, dass er das Gleichgewicht verloren hat und von Bord gestürzt ist«, berichtete der Kommissar.

»Pitt war ein hervorragender Schwimmer«, warf Dr. Broichler ein.

»Die Wassertemperatur betrug grob geschätzt höchstens fünf bis sieben Grad. Nach nur wenigen Minuten beginnen sich die Gelenke zu versteifen. Der Körper verliert an Temperatur. Der Tod ist dann unausweichlich«, sagte Dr. Snyders.

»Sie schließen also Fremdverschulden aus?«, fragte Boerkamp.

»Mit ziemlicher Sicherheit«, bestätigte der Arzt.

»Ich danke Ihnen. Schicken Sie mir bitte den Untersuchungsbericht zu«, bat Boerkamp.

»Gewiss. Vermutlich werden Sie von den Kollegen vom Institut in Oldenburg auch noch weitere Ergebnisse erhalten.«

Eine Krankenschwester betrat das Stationszimmer. Sie war sichtlich nervös.

»Herr Doktor, im Zimmer 24, der Magen …«, erklärte sie.

Der Arzt verabschiedete sich von den beiden Besuchern.

»Schwester, ich komme mit!«, meinte er dann.

Boerkamp und Broichler verzichteten diesmal auf den Aufzug und gingen zur Treppe. Überall roch es nach Desinfektionsmittel.

»Herr Dr. Broichler, Ihnen bleibt noch viel Zeit. Das Schiff legt erst um achtzehn Uhr dreißig in Norddeich ab. Trinken wir einen Tee im Krankenhauscafé«, sagte der Kommissar.

»Einverstanden«, stimmte Broichler zu. Er wirkte müde und erschöpft.

Am Montag befand sich in der Schulpost ein schwarz umrandeter Trauerumschlag. Der stellvertretende Direktor Broichler öffnete ihn, entnahm dem Kuvert eine auf Büttenpapier gedruckte doppelseitige Todesanzeige und las:

»In tiefer Trauer teilen wir Ihnen mit, dass der hoffnungsvolle Erbe der Firma Hänneschen KG, unser Neffe und Vetter Pitt Hänneschen, bei einem Segelunglück ums Leben kam. In Trauer – Cecilia Kronenburg, geb. Hänneschen, Gottfried Kronenburg und Arnold Kronenburg.

Die Beisetzung findet im engsten Familien- und Freundeskreis statt. Wir bitten, von Beileidsbesuchen Abstand zu nehmen. Anstelle der zugedachten Kranz- und Blumenspenden haben wir bei der Rheinisch-Westfälischen Landesbank ein Konto zu Gunsten der Gesellschaft zur Rettung Schiffbrüchiger eingerichtet.«

Es folgten Kontonummer und Bankleitzahl.

Broichler weinte still vor sich hin. Er trug die Todesanzeige zum Kopieren, fertigte einige Kopien an und betrat damit das Lehrerzimmer. Dort verteilte er die Kopien in die Fächer seiner Kollegen.

Anschließend wählte er die Nummer eines örtlichen Fleurophändlers, bestellte einen Kranz und gab die Adresse des Trauerhauses durch. Er war fest entschlossen, zur Beisetzung nach Neuss zu fahren, auch wenn in der Todesanzeige darum gebeten wurde, von Beileidsbesuchen abzusehen. Das zumindest war er Pitt schuldig.

Es wurde schon dunkel, als der Zug über die Rheinbrücke raste. Schiffe fuhren mit eingeschalteten Positionslichtern. Über einem Wohnblock hing die bunte Neonwerbung einer Autofirma.

Endlich hielt der Zug. Jupp Broichler griff zum Trenchcoat, zog ihn über.

Er nahm seine Reisetasche und folgte den Mitreisenden. Aus den Lautsprechern dröhnte blechern die Ansage der Anschlusszüge. Die Gesichter der Bahnsteigbesucher, vom Licht der Neonröhren beleuchtet, wirkten müde.

Broichler stieg die Treppe hinab. Er hatte im Dammhotel ein Zimmer bestellt. Langsam ging er über die Krefelderstraße und erreichte den Büchel.

Es war ein milder Frühlingsabend. Die Stadt war voller Leben. Restaurants, Cafés und Eisdielen hatten keine freien Plätze mehr.

Broichler kam sich in der Stadt fremd vor, die doch eigentlich seine Heimat war.

Er erreichte die Drususallee. In einer überfüllten Kneipe luden Jugendliche mit hoch geschobenen Baseballmützen überlaut ihren Alltagsfrust ab. Broichler ging weiter und erreichte schließlich das Hotel.

Er trat ein und schaute sich um. Gemütliche Sitzecken, Blumenkübel und dezente Leuchten sorgten für wohnliche Atmosphäre. Den Rezeptionsdienst versah eine junge Frau. Sie blickte ihn freundlich an.

»Broichler. Ich habe vorgebucht«, sagte der Lehrer.

Das blonde Fräulein studierte ihre Computerliste.

»Zimmer 405«, sagte sie, lächelte, nahm einen Schlüssel vom Haken und reichte ihn Broichler. »Drüben befindet sich der Aufzug. Falls Sie noch etwas zu sich nehmen wollen: Unser Restaurant schließt erst um Mitternacht. Wenn Sie möchten, lasse ich Ihr Gepäck hochbringen.«

»Danke, das ist nicht nötig.« Broichler schritt zum Aufzug. Er fuhr auf die vierte Etage und suchte sein Zimmer auf.

Der Raum war ansprechend eingerichtet. Er schaute sich kurz um, dann packte er die wenigen Sachen aus seiner Reisetasche aus. Anschließend nahm er sein Pfeifenetui, fuhr wieder nach unten und ging zur Rezeption.

»Sie haben sich ja schnell eingelebt«, sagte das hübsche Fräulein freundlich.

»Broichler nickte. »Ich habe mich beeilt, weil ich es kaum erwarten konnte, mich bei einem bekömmlichen Alt zu erfrischen.«

»Kommen Sie deshalb von Juist zu uns?«, fragte sie. »Dann empfehle ich Ihnen unsere Kellerbar.«

»Nicht nur deshalb.« Broichler schüttelte den Kopf. »Ein Schüler von mir ist tödlich verunglückt, und ich nehme an seiner Beisetzung teil. Er wird morgen früh in Uedesheim beerdigt. Veranlassen Sie bitte, dass ich um Viertel nach acht geweckt werde.

Und bestellen Sie ein Taxi für neun Uhr.« Er bedankte sich, dann suchte er die Bar auf.

Am nächsten Morgen war Broichler pünktlich beim Friedhof. Auf dem Weg dorthin hatte er noch einen Blumenstrauß gekauft – Teerosen und Iris.

Er sah, wie einige Trauergäste, die etwa in seinem Alter sein mochten, gerade die Friedhofskapelle betraten. Von drinnen ertönte Orgelmusik.

Broichler schaut sich um. Er war der letzte Besucher.

Er zog die schwere Holztür auf und ging an dem Bestatter vorbei, der ihm schweigend und mit berufsmäßiger Trauermiene einen Kugelschreiber reichte und auf das aufgeschlagene Kondolenzbuch wies.

»Danke«, flüsterte der Lehrer und trug sich ein.

Der Bestatter nahm den Kugelschreiber wieder entgegen, reichte ihm ein Kärtchen, das Broichler zum Leichenschmaus in die Rheinterrasse Neuss-Uedesheim einlud, und fügte einen Gedenkzettel hinzu: eine Fotografie des Schülers. Darunter standen Pitts Geburtstag und sein Sterbetag.

Broichler betrat die Kapelle. Alle Bänke waren besetzt. Er blieb im hinteren Teil des Raumes stehen und blickte auf den kleinen Altar, auf dem Kerzen brannten. Seitlich stand der Sarg, eingebettet in ein Meer von Blumen und Kränzen. Offenbar sind nicht alle der Aufforderung gefolgt, das Konto der Gesellschaft zur Rettung Schiffbrüchiger zu füllen, dachte Broichler und schaute sich vergeblich nach jungen Leuten um, die Pitts Freunde hätten sein können.

In der ersten Bank saßen die engsten Familienangehörigen, weiter hinten Bekannte und Anverwandte.

In die Stille drang vereinzelt das Schluchzen der Trauergäste und das trockene Hüsteln ergriffener Besucher.

Der Pfarrer erschien. Er trug einen weißen Talar über dem schwarzen Rock. Zwei Messdiener folgten ihm. Er kniete sich vor den Altar, sprach ein Gebet.

Die Gäste schwiegen. Sie hatten die Köpfe gesenkt und gedachten des Toten.

Der Pfarrer erhob sich und wandte sich an die Trauergemeinde. Dann begann er zu predigen, und die Anwesenden hörten ergriffen zu. Offenbar hatte der Geistliche den jungen Mann gut gekannt.

»Pitt ist gestorben, weil sein sonst so zuverlässiges Schiff Feuer gefangen hat. Gott war bei ihm an Bord, als seine Seele den erschöpften Körper verließ. Pitt war fest im Glauben. So schrecklich und sinnlos der Tod dieses hoffnungsvollen jungen Menschen uns auch erscheinen mag, so war es doch Gott, unser Vater, der Pitt zu sich geholt hat. Er begleitet uns auf den Wegen unseres kurzen Erdendaseins bei der Bewältigung unserer Pflichten. Das Leben kommt von ihm, und nur er bestimmt den Zeitpunkt unseres Abschiedes. Pitts Tod hinterlässt einen tiefen Schmerz. Trost findet nur der, der an Gott glaubt. Der Sinn des Lebens bleibt uns verborgen. Das Geheimnis wird sich erst lüften, wenn wir selbst unseren von Gott geschenkten irdischen Körper verlassen. Allen, die da nicht glauben und anderer Meinung sind und sich nicht besinnen können auf die Nächstenliebe, sondern in der Maximierung irdischer Freuden und im Besitz von Geld und Macht ihren Erfolg sehen, sei gesagt, dass wir alle uns in der Finsternis befinden. Liebe Frau Kronenburg, lieber Herr Kronenburg. Sie haben sich um den Verstorbenen verdient gemacht. Sie haben für Ihren Neffen die Mutter- und Vaterrolle übernommen und Pitt wie ein eigenes Kind geliebt. Sie haben zu seinem Wohle sein Vermögen und seinen Besitz verwaltet. Pitts Tod fügt Ihnen Schmerz und Leid zu. Pitt hat Sie geliebt, das war sein Dank. Beten wir für ihn. Sprechen Sie mit mir und der Trauergemeinde das *Vater unser*.«

Broichler wartete noch ein paar Minuten, dann verließ er die Kapelle und wartete draußen in der Sonne auf das Ende der Trauerandacht.

Wenig später ertönte noch einmal die Orgel, dann wurde der Sarg herausgebracht, von Blumen und Kränzen umgeben. Anschließend erschienen der Pfarrer und seine Messdiener. Die Trauergäste folgten ihnen.

Broichler wartete, bis der Trauerzug vorbeigezogen war. Dann ging auch er hinterher und blieb ein Stück vom Grab entfernt stehen.

Er sah, wie die Friedhofsangestellten lange Leinengurte unter den Sarg legten und ihn langsam hinabließen.

Der Pfarrer sprach ein Gebet.

Er schwenkte das Weihrauchfässchen, segnete das Grab mit geweihtem Wasser. Danach griff er nach einer Schaufel, die ihm ein Friedhofsarbeiter anreichte. Er lud sie voll Erde, die er auf den Sarg warf.

»Erde zu Erde, Staub zu Staub. Lieber Pitt, so ruht dein Körper hier im Grab, das uns an dich erinnern wird. Deine Seele ist dort, wo die Ewigkeit ist, bei Gott, deinem Vater.«

Tante Cecilia schritt gefasst an das Grab. Sie blickte weinend auf den Sarg. Ihrer Hand entglitt der Strauß mit den weißen Orchideen. Sie wischte sich über die Augen und bekreuzigte sich.

Ihr Mann trat an ihre Seite. Er griff nach ihrem Arm, als wolle er ihr beistehen. Auch er weinte. Starrte für Sekunden in das Grab und ließ dunkelrote Rosen auf den Sarg fallen. Tiefer Schmerz zeichnete sein Gesicht.

Die Sonne warf helles Frühlingslicht auf die Trauergemeinde, die ergriffen zuschaute, als das Ehepaar einem jungen Mann Platz machte, der sein Haar zu einem Pferdeschwanz gebunden trug. Er verharrte für Sekunden, blickte mit ernstem Gesicht in die Gruft, ließ einen Strauß frischer Tulpen auf den Sarg fallen, bewegte seine Lippen, als spräche er einen Abschiedsgruß.

Der Pfarrer drückte den Kronenburgs nacheinander die Hand und verließ, gefolgt von den Messdienern, das Grab, während die Umstehenden sich ebenfalls von Pitt verabschiedeten.

Bleich, leidend und dennoch gefasst standen die Kronenburgs hinter dem aufgeworfenen Erdhaufen. Mit verweinten Gesichtern nahmen sie die Beileidsbekundungen einiger prominenter Gäste entgegen.

Broichler wartete. Er trat als Letzter an das Grab und warf den Strauß auf den schon mit Blumen und Erde bedeckten Sarg.

Schließlich wandte sich die Trauergemeinde vom Grab ab und schritt dem Friedhofstor entgegen.

Auch Broichler ging in Gedanken vertieft an unzähligen Gräbern vorbei dem Ausgang entgegen. Er hatte sich von Pitt verabschiedet, doch er würde seinen Lieblingsschüler nicht so schnell vergessen.

Der Lehrer überlegte kurz, dann nahm er das Kärtchen in die Hand, das der Bestatter ihm ausgehändigt hatte. Er entschloss sich, am Leichenschmaus teilzunehmen. Auf dem Parkplatz angekommen, blieb Broichler stehen und sah sich um.

Zu Fuß waren es etwa zwanzig Minuten. Er bemerkte einen Mercedes, der sich ihm auffällig langsam näherte. Der Wagen trug ein Neusser Kennzeichen.

Der Fahrer hielt neben ihm und öffnete das Fenster.

»Ich fahre zur Rheinterrasse. Sie können mit mir fahren«, bot er an, als habe er Broichlers Gedanken erraten.

Der Lehrer nickte verwirrt.

»Das ist sehr freundlich von Ihnen. Ich bin mit dem Zug angereist«, erklärte er, ging um den Wagen, öffnete die Beifahrertür und stieg ein.

»Gestatten Sie, mein Name ist Orbner, ich bin der Steuerberater der Firma Hänneschen«, stellte sich der Fahrer vor und startete den Wagen.

Broichler bemerkte seinen flüchtigen, neugierigen Seitenblick.

»Ich bin, genauer gesagt, ich war Pitts Mathelehrer. Mein Name ist Broichler«, erklärte er.

»Sie sind von Juist angereist, um die Internatsschule zu vertreten?«, fragte Orbner. Eben bog er in die Rheinfährstraße ein, an die sich Broichler erinnern konnte. Sie führte an der Kirche vorbei zur Rheinfähre, die Uedesheim früher mit dem Düsseldorfer Stadtteil Himmelgeist verbunden hatte.

Broichler nickte. »Vielleicht wollte ich auch einfach mal wieder die Heimat besuchen. Ich bin im benachbarten Stürzelberg aufgewachsen. Nach dem Studium habe ich einige Jahre in Neuss am Querinus-Gymnasium unterrichtet. Doch das liegt alles schon lange zurück.«

Die Rheinfährstraße endete vor dem Deich. Orbner lenkte den Wagen auf den Parkplatz der Rheinterrasse, auf dem bereits mehrere Autos standen.

»Ich mochte Pitt sehr«, bemerkte der Steuerberater, als sie ausstiegen. Dann betraten sie gemeinsam das Restaurant.

Vor der breiten Holztreppe stand ein Kellner und wies nach oben.

»Im Saal ist gedeckt«, sagte er nur.

Sie stiegen die Treppe empor und betraten den Saal.

Die Gäste standen vor den gedeckten Tischen und unterhielten sich. Die Stimmung war gelöst.

Broichler blickte über die Blumenbänke hinweg durch die großen Panoramascheiben auf den Rhein. In ihm regten sich Erinnerungen.

»Irgendwie müssen wir uns einen Weg durch die Menge bahnen«, sagte der Steuerberater.

Am Ende des Saales stand Tante Cecilia, umringt von einigen Herren in schwarzen Anzügen.

Orbner bugsierte Broichler am Arm an einigen Besuchern vorbei, die ihnen höflich Platz machten, in die Nähe von Cecilia Kronenburg.

»Das ist der Sohn«, flüsterte der Steuerberater ihm zu.

Pitts Vetter trug eine schwarze eng sitzende Lederhose, eine schwarze Steppweste und darunter ein weißes Hemd. Er hatte ein spitzes, aber gut geschnittenes Gesicht. Sein langes Haar war zu einem Lagerfeldzopf gebunden. Angeregt unterhielt er sich mit einem älteren, bärtigen Mann.

»Professor Hühnfeld, Kunstakademie«, flüsterte Orbner dem Lehrer zu. »Die Mutter spricht eben mit unserem Finanzminister.«

Der Junior entdeckte den Steuerberater, blickte ihn verärgert an und verabschiedete sich von seinem bärtigen Gesprächspartner, um einen anderen Herrn zu begrüßen.

Sie sprachen über Boote, wie Broichler vernahm.

Frau Kronenburg, die ihr Gespräch ebenfalls beendet hatte, wandte sich an den Steuerberater.

»Ich danke dir, dass du uns in der schweren Stunde beistehst«, sagte sie gequält und schaute dabei Broichler an.

Der Lehrer stellte fest, dass die Trauer um Pitt sie nicht davon abgehalten hatte, sich zu schminken.

»Cecilia, darf ich dir Herrn Broichler vorstellen? Herr Broichler kommt von Juist und war Pitts Lehrer«, sagte er.

Cecilia Kronenburg hob die Augenbrauen.

»Es sind so viele gekommen. Entschuldigen Sie, dass ich Sie nicht persönlich begrüßt habe«, sagte sie und reichte Broichler die Hand.

»Wir sind uns schon einmal begegnet. Sie waren vor Jahren zum Elternsprechtag auf Juist«, erklärte der Lehrer.

»Ja, das ist lange her«, murmelte sie abwesend.

»Herr Broichler ist sozusagen ein Landsmann. Er kommt aus Stürzelberg«, sagte Orbner.

Frau Kronenburg reagierte nicht auf diese Mitteilung. »Pitt hat uns nie schulische Probleme aufgelastet«, sagte sie stattdessen.

Ihr Gesicht verriet, dass ihr nicht viel daran lag, sich mit dem Lehrer auf ein langes Gespräch einzulassen. Sie hatte andere Sorgen.

»Er hatte keine Schulprobleme«, bestätigte Broichler.

»Ich habe Pitt wie meinen Sohn großgezogen und geliebt. Dann diese Katastrophe«, sagte sie und schluchzte.

»Auch ich habe ihn sehr gemocht«, sagte Broichler. »Er war einer der wenigen Schüler, zu denen ich auch privat Kontakt hatte. Wir haben uns oft lange unterhalten.«

Tante Cecilia blickte den Lehrer misstrauisch an.

»Dann ist Ihnen nicht entgangen, dass Pitt verrückt genug war, hinter dem türkischen Mädchen herzurennen, das ebenfalls zu Ihren Schülern gehört. Er hatte hier in Neuss genügend Chancen, ein Mädchen aus unseren Kreisen kennen zu lernen«, sagte sie.

Sie schaute zu ihrem Sohn, der sich immer noch mit dem Gast über Boote unterhielt, ohne von ihnen Notiz zu nehmen.

Broichler war verwirrt und schwieg.

»Diese Türkin hat Pitt betrogen. Er war ehrlich zu ihr, aber sie nicht zu ihm. Pitt war naiv genug, ihr zu glauben, aber sie wusste vermutlich, dass sie sich nicht von ihren orientalischen Traditionen lösen kann. Ich glaube, er hat sich aus Liebeskummer umgebracht.«

»Sie tun dem Mädchen unrecht. Und Pitt hat keinen Selbstmord begangen. Auch die Kripo ist nicht dieser Meinung.«

Frau Kronenburg lächelte hochnäsig.

»Die Argumente der Kripo haben mich nicht überzeugt«, sagte sie. »Wir wissen, dass diese Türkin ihn verlassen hat, um einen Landsmann zu heiraten.«

»Pitt hat Schagüll geliebt. Das Mädchen hat unser Gymnasium Weihnachten verlassen und gilt seither als vermisst. Von einer Hochzeit wissen wir genau so wenig wie die eingeschalteten Behörden«, sagte Broichler.

»Ach«, sie lächelte. »Und die Ansichtskarte aus Istanbul, die der Kommissar erwähnte?«

»Hat mit der ganzen Sache nichts zu tun, Frau Kronenburg. Ich bin der festen Überzeugung, dass Pitt kein Selbstmörder ist. Er hatte es nicht nötig, seine Yacht in Brand zu setzen, um einen Unglücksfall vorzutäuschen. Einen Selbstmord hätte er mit einer Pistole einfacher bewerkstelligen können, und einen Versicherungsbetrug wollte er gewiss auch nicht unternehmen. Falls ich irgendetwas Genaueres erfahren sollte, werde ich Sie natürlich informieren. – Übrigens können Sie sich mit der Räumung des Apartments Ihres Neffen noch ein wenig Zeit lassen«, wechselte er das Thema.

Cecilia Kronenburg nickte.

»Verzeihung«, sagte sie und wandte sich an ihren Sohn: »Arnold, Vater soll die Gäste an die Tische bitten und ein paar Worte sprechen.«

Der Sohn entschuldigte sich bei seinem Gesprächspartner.

Orbner hatte sich in den letzten Minuten mit einem Mann unterhalten, den Broichler vor der Kapelle gesehen hatte. Jetzt trat er wieder neben den Lehrer.

»Kommen Sie, setzen wir uns an den Tisch.«

Gottfried Kronenburg hatten die Beerdigung und die vielen Gespräche mit den angesehenen Trauergästen Kraft gekostet.

Er wirkte blass und müde, seine Augen waren gerötet.

Mühsam richtete er ein paar Dankesworte an die Trauergäste. Er hob hervor, dass die Anteilnahme der Anwesenden ihnen Kraft gegeben habe, die schwersten Stunden ihres Lebens zu überstehen.

»Wir werden noch lange trauern und unseren geliebten Neffen Pitt nicht vergessen können. Ich bitte Sie, Platz zu nehmen«, sagte er.

Kellnerinnen und Kellner trugen Tabletts mit belegten Brötchen in den Saal und stellten sie auf die Tische. Danach schenkten sie den Kaffee aus Thermoskannen aus.

Der Leichenschmaus hatte begonnen.

Die Gäste unterhielten sich. Das Bedienungspersonal hielt sich dezent zurück, füllte leere Platten auf und hielt volle Kaffeekannen bereit.

Selbst Frau Kronenburg, ihr Gemahl und auch ihr Sohn verzehrten die knusprigen Brötchenhälften mit Appetit, wie Broichler feststellte.

Orbner ließ es sich ebenfalls schmecken und beobachtete dabei die anwesenden prominenten Gäste.

»Herr Broichler, wann fahren Sie nach Juist zurück?«, fragte er schließlich.

»Erst morgen – wegen der Tide. Heute übernachte ich noch einmal im Dammhotel«, sagte Broichler und trank einen Schluck Kaffee.

»Wie wäre es heute Abend im *Münster* bei einem Glas Altbier?«, schlug Orbner vor.

»Ach, die Kneipe existiert noch?«, fragte Broichler erstaunt. »Ja, ich komme gern.«

»Sie haben nichts dagegen, wenn meine Frau auch mitkommt?«, vergewisserte sich der Steuerberater.

»Im Gegenteil. Ich freue mich, sie kennen zu lernen«, erklärte Broichler.

Wenig später verwickelte der Nachbar des Steuerberaters, ein schwerleibiger Mann mit rotem Trinkergesicht, Orbner in ein Gespräch. Es ging um Grundstückspreise in Neuss-Reuschenberg.

Broichler studierte die Gäste. Er war, wie er annahm, der einzige Geisteswissenschaftler im Kreise von Menschen, denen es allen nur um den Kommerz ging. Abgesehen vielleicht von Professor Hühnfeld, dem Dekan der Kunsthochschule Düsseldorf.

Broichler betrat das historische Altstadt-Restaurant *Zum Münster*. Im vorderen Teil des Fachwerkhauses befand sich der breite Tresen, den zahlreiche Altbiertrinker umstanden, die sich laut unterhielten. Die Wände des Raumes waren holzverkleidet, und die Deckenbalken entstammten der Zeit, als die Ratsherren der ehemaligen Hansestadt noch in dem Haus getagt hatten.

An den massiven Holztischen saßen elegant gekleidete Gäste. Kerzen brannten in den Haltern.

Der Steuerberater saß mit seiner Frau an einem Wandtisch in der Ecke des Restaurants.

Dr. Broichler näherte sich dem Tisch. Frau Orbner mochte wie ihr Mann so um die fünfzig sein. Sie hatte ein hübsches volles Gesicht und trug ihr Haar halblang.

Orbner erhob sich. »Meine Frau«, sagte er. Dann stellte er Broichler vor und bat ihn, am Tisch Platz zu nehmen.

»Ein Alt?«, fragte er.

Broichler nickte, und Orbner gab dem Kellner ein Zeichen.

»Mein Mann hat mir von Ihnen erzählt. Sie sind sozusagen Ostfriese geworden?«, fragte Orbners Frau den neuen Gast lächelnd.

»Meine Frau war Juisterin, so kam ich auf die Insel«, antwortete Broichler. »Doch das ist schon eine Weile her. Sie ist vor zwei Jahren an Krebs gestorben, und so blieb ich auf der Insel. Wir haben einen Sohn, der lebt in Stuttgart.«

Der Ober brachte das Alt, und Orbner hielt ihm den Deckel hin.

»Wir haben zwei Söhne«, erzählte seine Frau. »Sie besuchen das Gymnasium. Was man da mitmacht! Sogar ich leide, wenn sie Klassenarbeiten schreiben. Und die vielen sinnlosen Ablenkungen: Videos, die Scheinwelten vorgaukeln, Brutalität als Normalität hinstellen, und CDs mit schreiender Musik«, sagte sie.

Dr. Orbner hob sein Bierglas.
»Meine Frau gehört zu den Menschen, die sich ständig ängstigen. Stoßen wir trotzdem an auf die Zukunft unserer Kinder«, sagte er.
Broichler nahm einen kräftigen Schluck.
»Herr Dr. Broichler, ich habe Sie nicht eingeladen, um von einem erfahrenen Pädagogen, der sich seit Jahren um die Bildung einer elitären Schülerschaft bemüht, zu erfahren, woran das deutsche Bildungssystem kränkelt. Wir haben vor einigen Stunden Pitt Hänneschen die letzte Ehre erwiesen. Der Tod des Jungen hat uns alle geschockt«, sagte Orbner.
Broichler griff nach dem Bierglas und leerte es in einem Zug.
»Der Pfarrer hat die richtigen Worte gefunden. Pitts irdische Uhr war wohl abgelaufen«, sagte er bitter.
»Ich habe einige Fragen an Sie«, sagte Orbner.
Er hob die Hand, winkte den Ober an den Tisch und bestellte noch drei Alt.
»Bitte, stellen Sie Ihre Fragen«, sagte Broichler und blickte auf die brennende Kerze.
Frau Orbner schaute ihren Mann an.
»Pitt ist tot! Was soll das noch?«, fragte sie erstaunt.
Ihr Mann antwortete nicht.
»Herr Dr. Broichler, sind Sie, wie Frau Kronenburg, der Meinung, dass Pitt sich das Leben genommen hat?«, fragte er stattdessen.
»Nein, das habe ich ihr auch gesagt«, antwortete Broichler.
»Dann gehen Sie davon aus, dass Pitt nach dem Brand von Bord gestürzt ist?«, fragte der Steuerberater. »Wie ich von der Staatsanwaltschaft erfahren habe, soll er Probleme mit einem simplen Campingkocher gehabt haben. Das erwähnte Gutachten des Brandmeisters in Ehren, aber Pitt war nicht darauf angewiesen, billiges Campinggerät an Bord zu haben.«
Frau Orbner griff nach der Zigarettenschachtel. »Bitte«, bot sie Broichler eine Zigarette an.
»Danke, ich rauche nur Pfeife«, sagte dieser und öffnete sein Etui, entnahm ihm eine Pfeife und den Tabak, stopfte die Pfeife

und zündete sie an. Er paffte nachdenklich und blickte hinter den Rauchwölkchen her. Der Rauch roch nach Vanille.

»Pitt hat sich nicht auffällig benommen. Er hatte hervorragende Abiturergebnisse erreicht und bereitete sich intensiv auf die mündliche Prüfung vor«, sagte er schließlich.

»Zwischen dem Verschwinden seiner türkischen Freundin und dem tragischen Seeunfall sind mehrere Wochen ins Land gegangen. Gibt es einen Anlass für die Spekulationen von Frau Kronenburg?«, fragte Frau Orbner, die gut informiert schien.

»Die Kripo fand eine Ansichtskarte aus Istanbul in seinem Apartment. Schagüll teilte ihm mit, dass sie sich verheiratet hat. Die Karte erreichte ihn nur wenige Tage vor dem Segeltörn. Dennoch schließe ich, wie gesagt, einen Selbstmord aus«, erklärte Broichler.

»Und der Brand an Bord?«, wollte Frau Orbner wissen.

»Sie kennen die Version der Kripo. Dafür spricht auch ein Schöpfeimer, der an der Reling hing. Der Experte der Brandkasse hat festgestellt, dass verschüttetes Benzin durch die Kerze im Stövchen entfacht wurde. Ob eine plötzliche Böe, eine Unvorsichtigkeit oder irgendetwas anderes dazu geführt haben, dass das Stövchen vom Tisch fiel, lässt sich nicht mehr feststellen«, sagte der Lehrer.

Der Steuerberater drückte die Kippe im Aschenbecher aus. Er hob sein Glas, nahm einen tiefen Zug und setzte das Glas wieder hart auf den Tisch. Er blickte Broichler durchdringend an.

»Die Erklärung ist durchaus akzeptabel. Sie mag sogar stimmen. Was mich an den Bemühungen, den Hergang des Unglücks zu ergründen, stört, sind die Vernachlässigungen einiger Grundregeln, die ein passionierter Segler nie außer Acht lässt. Und Pitt war ein perfekter Segler«, erklärte er.

Dr. Broichler zuckte mit den Schultern. »Ich bin kein Segler. Ich gehe davon aus, dass auch Kommissar Boerkamp keine Erfahrungen mit Booten besitzt«, antwortete er.

»Pitts Eltern waren erfahrene Hochseesegler. Sie ließen selbst bei schwerer See und Windstärken um sechs bis sieben den Außenbordmotor uneingeschaltet«, sagte Frau Orbner.

»Verstehen Sie etwas vom Segeln?«, wollte Broichler wissen.

Frau Orbner lächelte.

»Mein Vater besaß ein Boot. Er ist allein zu den Azoren gesegelt und dann in die Karibik, Ich habe meinen Mann an Bord eines Segelschiffes kennen gelernt«, sagte sie stolz.

»Ich wohne seit Jahren auf Juist. Ich kann von meinem Fenster in die Nordsee spucken und befinde mich zwischen Festlandratten, die wissen, wovon sie reden«, scherzte Broichler.

Irgendwie fühlte er sich enttäuscht. Er hatte sich den Abend anders vorgestellt, hatte gehofft, endlich einmal wieder über das frühere Leben im Rheinland reden zu können.

»Hat Pitt bei diesem Törn gegen irgendwelche Grundregeln verstoßen?«, fragte er ohne besonderes Interesse.

Der Steuerberater gab sich einen Rück und blickte Broichler ernst an.

»Ja, das hat er. Genauer gesagt, gegen alle. Er hat den Seenotfunk nicht bedient. Er trug keine Schwimmweste. Er hat keine Leuchtspursignale gesetzt. Er hat entflammbares Benzin bei gesetzten Segeln in den Kocher gegossen. Er hat seine getakelte, funktionsfähige Yacht verlassen und vorher an Bord getrunken, während er sich auf der offenen See befand. Und noch etwas, Herr Dr. Broichler, Pitt besaß mehr Taschengeld, als ein durchschnittlicher Angestellter im Monat verdient. Er konnte sich Gasflaschen für seine Pantry leisten. In Norddeich hat, das weiß ich genau, das Seeausrüstungsgeschäft das ganze Jahr über geöffnet. Es gibt also einige noch offene Fragen.«

»Warum nehmen Sie es nicht als Tatsache hin, dass Pitt das Opfer eines von ihm fahrlässig verursachten Schiffsunglücks geworden ist? Was bezwecken Sie Mit Ihren Überlegungen?«, fragte Broichler.

»Pitts Vater war der beste Freund meines Mannes«, warf Frau Orbner ein. Dann entschuldigte sie sich, griff nach ihrer Handtasche und suchte die Toilette auf.

»Ich fühle mich verantwortlich für das Schicksal des Jungen«, fuhr Orbner fort.

»Dabei können Sie doch nicht einfach an den Tatsachen vorbei argumentieren«, sagte Broichler.

Orbner zuckte mit den Schultern. »Ich kann mir nicht vorstellen, dass Pitt sich an Bord anders verhalten hat als an Ihrer Schule«, erwiderte er. »Nämlich vernünftig.«

»Und was folgern Sie daraus?«, fragte Broichler.

»Zuerst einmal, dass ich eine Menge von Ungereimtheiten bei der Beurteilung des Seeunfalls entdecke. Weder die Schlussfolgerung der Kripo noch das Gutachten des Brandmeisters können mich überzeugen. Ich denke, dass Pitt sich nicht allein an Bord befunden hat«, sagte Orbner. Er langte zum Bierglas und nahm einen tiefen Schluck.

Broichler verschlug es die Sprache. Er schwieg und betrachtete die Flamme der Kerze. Erst nach einer Weile schaute er auf.

»Sie wollen doch nicht etwa behaupten, dass sich an Bord der *Novesia* ein Mitsegler befunden hat?«, fragte er irritiert.

Der Gedanke kam ihm überspannt und abenteuerlich vor.

Frau Orbner kam zurück.

Sie hängte ihre Handtasche über die Stuhllehne und setzte sich wieder hin.

Sie hatte sich frisch gemacht. Broichler roch ihr Parfüm.

»Habt ihr euch gestritten?«, fragte sie.

»Nein, keineswegs. Ihr Mann hat allerdings eine abenteuerliche Version des Unfalls, die mir den Atem verschlägt«, sagte Broichler.

Sie blickte ihren Mann vorwurfsvoll an.

»Bert, du hattest mir versprochen, mit niemandem darüber zu reden«, murmelte sie verärgert.

»Herr Dr. Broichler war immerhin Pitts Lehrer«, erwiderte Orbner. Damit erhob er sich und ging zur Toilette.

»Er vertraut Ihnen«, sagte sie zu Broichler.

»Aber er hat mich nicht von seiner gewagten These überzeugen können«, erklärte Dr. Broichler.

»Mein Mann beabsichtigt keineswegs, Ihnen seine Meinung aufzuzwingen. Er sucht nur jemanden, dem er sein Herz ausschütten kann«, sagte Frau Orbner einlenkend.

Sie tranken beide von ihrem Bier.

Broichler war verwirrt.

Als der Steuerberater von der Toilette zurückkam, erhob er sich.

»Entschuldigen Sie. Das Altbier treibt«, sagte er.

»Es ist gut für die Nieren«, sagte Frau Orbner lächelnd.

»Herr Doktor, selbst unsere Pinkelzeiten gleichen sich an«, scherzte der Steuerberater und setzte sich an den Tisch.

Broichler betrat die Toilette und überlegte. War es vielleicht wirklich kein Unfall gewesen, sondern Mord? Hatte Pitt den Mörder zu sich an Bord geladen? Das konnte, das durfte nicht wahr sein!

Er verließ die Toilette, schritt durch das Lokal dem Tisch entgegen.

Orbner schaute ihn aufmerksam an.

»Ich hoffe, ich habe Ihnen nicht die Freude am Abend verdorben. Das täte mir Leid«, sagte er.

»Nein, keineswegs.« Broichler lächelte. »Stoßen wir also auf unsere Bekanntschaft an. Ich freue mich, dass wir uns begegnet sind.«

Er hob sein Glas, und sie tranken sich zu.

»Meine Frau hat hinter meinem Rücken gewiss mit Ihnen getuschelt«, sagte Orbner und lächelte.

Frau Orbner winkte ab.

»Sie haben uns zu wenig Zeit gelassen, unsere Argumente gründlich auszutauschen«, antwortete der Lehrer.

»Dann setze ich dort an, wo unser Gespräch geendet hat. Pitt war kein Camper. Er war Segler. Kein eingefleischter Bootseigner bedient sich eines Campingkochers an Bord, wenn er einen mehrflammigen Herd auf Gasbasis besitzt. Größere Schiffe besitzen einen sechs bis zehn PS starken Motor zur Stromerzeugung. Pitt hat das Schiff in Norddeich in der Halle für die Saison startklar gemacht. Zur Ausrüstung gehören auch die Gasflaschen für die Pantry. Er konnte sie dort beim Bootsausstatter erwerben. Pitt war kein Erbsenzähler. Es fehlte ihm auch nicht an Geld«, fasste Orbner zusammen.

»Und was hat es mit dem Campingkocher auf sich?«, wollte der Lehrer wissen.

»Ich hege den Verdacht, dass Pitt den Campingkocher nicht mit an Bord genommen hat«, erklärte Orbner nachdenklich. Er fischte eine Zigarette aus der Packung und steckte sie an.

»Mein Mann hat mir das alles zum wiederholten Male vorgetragen«, stöhnte Frau Orbner gelangweilt auf.

»Sie nehmen an, dass jemand das Utensil mit an Bord gebracht hat?«, kombinierte Broichler verwirrt.

»Ja! Dieser Jemand war Pitts Mörder. Er hat ihn von Bord gestoßen. Pitt trug keine Schwimmweste, als man ihn vor Baltrum fand. Er hatte auch keine Brandwunden. Dabei hat er angeblich mit einem Schöpfeimer einen Brand gelöscht. Er hat keine Notsignale gesetzt. Kein SOS gefunkt. Seine *Novesia* war getakelt und trieb ohne zu brennen auf der Nordsee«, erklärte der Steuerberater.

Broichler spürte, wie ihn eine Hitzewelle überkam. Er wischte sich den aufkommenden Schweiß von der Stirn.

Den Argumenten des Steuerberaters fehlte es nicht an Logik.

»Sie glauben doch nicht etwa wirklich, dass Pitt ermordet wurde?«, fragte er entsetzt.

Orbner hob die Schultern. »Pitt ist ertrunken. Ich habe weder Beweise für meine Verdächtigungen, noch kenne ich Argumente, die dagegen sprechen. Aber vielleicht gab es wirklich einen uns unbekannten Mitsegler, der das alles inszeniert hat. Er hat den Brand gelegt und ihn unter Kontrolle gehalten. Und hat den Schöpfeimer an die Reling gebunden«, sagte Dr. Orbner.

»Eine entsetzlich logische Gedankenkonstruktion. Das stellt alles auf den Kopf«, stellte der Lehrer fest.

»Es hat keinen Sinn, meinem Mann diese fixe Idee ausreden zu wollen«, sagte Frau Orbner.

Orbner hielt sein leeres Glas hoch, als er den Ober entdeckte. Wenig später stellte der Ober Nachschub auf den Tisch.

»Jetzt müssen wir zuerst einmal Schagüll finden«, sagte Orbner.

Broichler sah ihn erstaunt an.

»Die beiden waren eng befreundet«, erklärte der Steuerberater. »Aber vor kurzem ist sie von ihren Eltern verheiratet worden. Es könnte zum Beispiel passieren, dass ihre Familie demnächst mit Forderungen auftaucht. Sie könnten behaupten, Pitt habe das Mädchen geschwängert, was ich persönlich natürlich nicht glaube. Also ist es jetzt vorrangig, Schagülls Aufenthaltsort herauszufinden und mit ihr Kontakt aufzunehmen.«

Broichler blickte verwirrt drein. Er fand diesen Gedanken absurd.

»Ich kenne Schagüll seit etlichen Jahren. Auf so eine Sache würde sie sich nie einlassen«, erklärte er empört.

»Ihr Vater befindet sich in Schwierigkeiten. Er musste untertauchen. Seine Familie könnte erpresst werden«, sagte Orbner.

»Sie haben eine recht wilde Fantasie«, murmelte Broichler.

Er griff zum Bierglas und leerte es.

Und doch hatten ihn die Argumente des Steuerberaters in Zweifel gestürzt.

»Wir werden uns um den Verbleib Ihrer Schülerin kümmern. Ich denke, dass es Wege gibt, sie ausfindig zu machen«, sagte Orbner.

»Mir ist es schleierhaft, wie Sie das bewerkstelligen wollen. Ich schlage vor, dass Sie Ihre Bedenken zuerst einmal Kommissar Boerkamp anvertrauen«, antwortete Broichler.

»Bert, das ist der einzig richtige Weg«, warf Frau Orbner ein. Sie schaute Broichler aufmunternd an.

»Der Staatsanwalt hat die Akte geschlossen«, berichtete Orbner.

»Und eine Detektei?«, schlug Broichler vor.

Orbner lächelte. »Zu auffällig. Ich halte private Recherchen für sinnvoller«, sagte er.

»Erwarten Sie von Schagüll Hinweise?«, fragte Broichler überrascht.

»Ja. Pitt ist zu früh gestorben. Er hat kein Testament hinterlassen und auch keinen Anwalt mit der Abwicklung seiner Hinterlassenschaft betraut. In meinen Akten befindet sich ein von Pitt unterschriebener Vertrag, der mich als seinen autorisierten Vermögensverwalter ausweist. Verstehen Sie, warum ich mich darum kümmere?«, fragte Orbner.

Broichler dachte an Schagüll. Sie hatte sich von rachsüchtigen Kurden bedroht gefühlt. Kurz vor dem schicksalhaften Törn hatte Pitt ihre Ansichtskarte erhalten.

»Glauben Sie etwa, dass Mitglieder der Kurdischen Arbeiterpartei die *Novesia* aufgebracht haben, um sich an Schagüll zu rächen?«, fragte Broichler.

»Das halte ich für eine gewagte Theorie. Fest steht, dass der Mörder sich an Bord der *Novesia* aufgehalten haben muss, aber danach nicht an Land gegangen ist. Pitt hatte mit Sicherheit kein Beiboot«, sagte der Steuerberater.

»An die Geschichte mit den Kurden glaube ich nicht«, erwiderte Broichler. »Aber wer könnte sonst noch ein Interesse an Pitts Tod gehabt haben?«

Dr. Orbner lächelte zynisch.

»Das kann ich Ihnen im Moment auch nicht sagen. Deshalb schlage ich Ihnen auch vor, dass wir den Verdacht zuerst für uns behalten. Lassen wir Onkel Gottfried und Tante Cecilia in dem Glauben, der geliebte Neffe hätte sich aus Liebeskummer von Bord der *Novesia* in die kalte Nordsee gestürzt«, schlug er vor.

»Herr Doktor, es fällt Ihnen sichtbar schwer, sich mit der Theorie meines Mannes anzufreunden«, sagte Frau Orbner.

»Und Sie, was halten Sie von seiner Theorie?«, stellte Broichler die Gegenfrage.

»Ich weiß es nicht. Aber ich hoffe sehr, dass er sich nicht in einen falschen Verdacht verrennt.«

»Da haben wir es wieder. Meine Frau meldet ihre Zweifel an«, sagte Orbner.

Broichler wunderte sich über die Verbissenheit des Steuerberaters. Tatsächlich hatten Orbners Argumente auch ihn aufgerüttelt, und er überlegte, ob dessen Verdacht möglicherweise sogar stimmte. War Pitt nicht unglücklich und zufällig von seiner Yacht in die kalte Nordsee gestürzt? War es kein Unfall gewesen, sondern Mord? Broichler wusste, dass sie die Antwort darauf nicht mehr an diesem Abend finden würden, und blickte auf die Uhr.

Es war bereits spät. Nur noch wenige Gäste saßen an den anderen Tischen.

»Ich schlage vor, dass wir auf die Mithilfe der Kripo verzichten. Und ich selbst werde mich bemühen, Schagülls Aufenthaltsort ausfindig zu machen«, nahm Orbner den Faden wieder auf. Er schaute Broichler herausfordernd an und ergriff sein Glas. »Stoßen wir auf einen Erfolg an«, sagte er.

Sie tranken sich zu.

»Sie können auf meine Mithilfe bauen«, sagte Broichler. »Das bin ich Pitt schuldig.«

Frau Orbner schüttelte den Kopf.

»Ihr werdet euch eine Menge Ärger einhandeln«, prophezeite sie.

Am Freitagmorgen betrat Broichler um zwanzig nach sieben das Schulbüro.

Die Sekretärin saß hinter der Schreibmaschine. »Keine Krankmeldungen«, sagte sie, ohne ihre Arbeit zu unterbrechen.

Broichler, mit der Tasche in der Hand, wandte sich wieder Richtung Tür. »Ich bin im Lehrerzimmer«, sagte er und blickte durchs Fenster in den grauen Aprilhimmel. Schneeschauer hatte der Wetterfunk angesagt. Broichler wollte eben das Büro verlassen, als Bommrank das Sekretariat betrat.

»Herr Dr. Broichler, ich habe vergessen, Ihnen mitzuteilen, dass Frau Kronenburg gegen zehn Uhr unser Internat aufsucht, um die Habseligkeiten ihres verstorbenen Neffen abzuholen. Sie hat die Firma J. Plüchter mit der Räumung des Apartments beauftragt. Der Hausmeister weiß Bescheid«, sagte er.

»Die Frau tut mir Leid«, murmelte Broichler.

»Ich habe Ihnen die Danksagung in Ihr Fach gelegt«, sagte der Direktor. »Die Karte war an Sie gerichtet. Übrigens sehr künstlerisch gestaltet.«

»Pitts Vetter ist Künstler. Er hat sie wohl entworfen«, erklärte Dr. Broichler.

»Ein letzter Freundschaftsdienst für den Jungen.« Der Direktor seufzte. »Mehr konnte man ja leider nicht für ihn tun. Seine Tante hat das restliche Schulgeld bezahlt. Sprechen Sie noch ein paar Worte mit ihr, falls sie hier vorstellig wird.«

Broichler nickte und verließ das Sekretariat. Wieder einmal dachte er an Orbners Verdacht. War Pitt vielleicht wirklich ermordet worden?

Broichler spürte ein leichtes Sodbrennen bei diesem Gedanken, und auf seiner Stirn bildete sich Schweiß. Er betrat das Lehrerzimmer, in dem schon einige Kollegen und Kolleginnen saßen. Sie alle hatten Pitts Tod verdrängt. Sie unterhielten sich, waren guter Laune, wie immer kurz vor dem Wochenende. Beim zweiten Klingeln, das wenige Minuten später ertönte, drängten sie sich um das Regal, griffen nach den Klassenbüchern und schritten lärmend wie Schüler ihren Klassen entgegen. Broichler blickte hinter ihnen her. Er war mit Abstand der älteste Lehrer des Inselgymnasiums. Er machte die Stundenpläne, ging auf die Wünsche seiner Kollegen ein und bemühte sich um den Ausgleich, wenn Konkurrenzansprüche aufeinander stießen.

Kurz darauf betrat auch er seine Klasse. Er setzte sich an das Pult und kontrollierte die Anwesenheit. Danach trat er an die Tafel und bemühte sich, den Schülern die Lösungsformel der quadratischen Gleichung zu erklären. Er leitete die Formel ab, unkonzentriert, wie er wusste. Die ganze Zeit über dachte er an Frau Kronenburg, die eben dabei war, Pitts Hinterlassenschaft mit Hilfe der Firma Plüchter in Kartons zu verfrachten.

Den Schülern gelang es nicht, die Musteraufgabe anhand der Formel zu lösen.

Broichler griff zur Kreide, trat an die Tafel und löste einigermaßen konzentriert die Aufgabe.

Nach diesem Aha-Erlebnis wandten sich die jungen Leute den übrigen Aufgaben zu.

Sie tuschelten miteinander.

Während sie rechneten, bereitete Broichler sich auf das Gespräch mit Cecilia Kronenburg vor. Er wollte ihr höflich und gelassen entgegentreten.

Nach dem Klingeln schritt er an das Fenster, während die Schüler in die Pause stürzten.

Für Sekunden beobachtete er die Arbeiter, die Umzugskartons auf dem Pferdewagen abstellten. Autos gab es nicht auf Juist.

Die Pause verbrachte Broichler in seinem Dienstraum. Anschließend nutzte er seine zwei Freistunden für die Aufarbeitung der Schülerstatistik. Beim Klingeln zur zweiten großen Pause verließ er das Zimmer und ging hinüber ins Sekretariat.

Frau Kronenburg hatte sich nicht gemeldet.

Die Sekretärin teilte ihm mit, dass der Hausmeister den Schlüssel des Apartments abgegeben hatte.

»Der Chef möchte Sie noch sprechen«, sagte sie anschließend. Broichler klopfte an die Tür des Schulleiterzimmers.

Direktor Bommrank rief ihn herein und bat ihn, Platz zu nehmen.

»Frau Kronenburg hielt es nicht für nötig, sich zu verabschieden«, sagte der Schulleiter. »Verstehen Sie das?«

»Wahrscheinlich hält sie sich für zu wichtig für so etwas. Sie ist die Schwester von Pitts Vater, leitet seit dessen Tod die Firma in Neuss und gilt als Mäzenin der Düsseldorfer Kunstszene. Vermutlich hat sie eher erwartet, dass wir sie verabschieden.«

Der Schulleiter winkte ab.

»Wir haben eine Neuanmeldung«, erklärte er. »Die Tochter eines Bonner Ministers. Ehescheidung. Sie kann in Pitts Apartment einziehen. Tja, so schnell wird Altes durch Neues ersetzt.«

Mitte der Woche zog eine Schlechtwetterfront über die ostfriesische Küste. Der aufgedrehte Nord-West erreichte Stärken zwischen sieben und acht. Die Strandkörbe lagen umgekippt im Sand, und die Urlauber nutzten die Zeit zwischen den Schauern und wanderten dann in Regenkleidung an den sich auftürmenden Wellen entlang.

Erst am Wochenende begann sich das Wetter zu bessern. Am Samstag kam die Sonne durch, und die Temperaturen stiegen an. Die Urlauber atmeten auf.

Broichler zog am späten Samstagnachmittag die Laufschuhe an und begann mit einem leichten Aufbautraining. Er lief am Strand entlang. Als die Sonne unterging, betrat er wieder seine Wohnung.

Er duschte, ließ sich danach im Wohnzimmer nieder und schaltete den Fernseher ein.

Gerade begannen die Nachrichten.

In einigen westdeutschen Großstädten war es erneut zu Ausschreitungen gekommen.

Mitglieder der verbotenen kurdischen Arbeiterpartei hatten randaliert, um auf ihre Situation in der Türkei aufmerksam zu machen. Fassungslos betrachtete der Lehrer die Bilder der hinterlassenen Verwüstungen. Mit solchen Aktionen schürten die Kurden nur den latenten Ausländerhass.

Plötzlich fiel ihm seine Schülerin Schagüll wieder ein. Ihr Apartment musste geräumt werden. Über Schagülls Verbleib wussten sie noch immer nichts.

Als das Telefon läutete, nahm er den Hörer ab.

»Broichler«, meldete er sich.

»Hier Orbner, hallo, wie geht es Ihnen?«, erklang die Stimme seines neuen Bekannten.

»Mir geht's gut, danke.«

»Haben Sie im Fall Hänneschen schon irgendwelche Neuigkeiten?«

»Bisher leider noch nicht«, bekannte Broichler.

»Dennoch bin ich der Meinung, dass wir unserem Verdacht konsequent nachgehen sollten. Ich habe etwas herausgefunden – durch einen türkischen Bekannten. Er ist Vertrauensmann der türkischen Nationalpartei und hat vor einiger Zeit seine Stelle verloren. Sein Sohn und seine Tochter besuchen hier das Gymnasium. Ich habe ihm einen Arbeitsplatz vermittelt, was er mir auch im Namen seiner Familie sehr gedankt hat. Als Gegenleistung will er den Unterschlupf Ihrer Schülerin ausfindig machen. Er ist schon nahe dran. Schagülls Vater steht, wie ich erfahren habe, wegen irgendwelcher Übergriffe auf Kurden tatsächlich auf einer kurdischen Suchliste.«

»Und haben diese Kurden etwas mit Pitts Tod zu tun?«, fragte Broichler aufgeregt.

»Darüber besitze ich noch keine Informationen, doch wahrscheinlich nicht. Sie sollten Ihre Sommerferien übrigens nicht verplanen«, erklärte der Steuerberater geheimnisvoll.

»Seit dem Tod meiner Frau verbringe ich die Ferien ohnehin auf Juist, abgesehen von einer Woche Stuttgart«, sagte Broichler.

»Ich denke mir, dass Sie diesmal einen Teil Ihrer Sommerferien in der Türkei verleben werden«, verkündete Orbner.

»Wenn das unserer Zielsetzung dienlich ist, können Sie mit mir rechnen«, sagte Broichler.

»Ich melde mich wieder, dann erfahren Sie Näheres. Viele Grüße auch von meiner Frau.«

»Grüßen Sie sie zurück.«

Damit war das Gespräch beendet.

Broichler verbrachte nicht nur die Vormittage, sondern auch mindestens drei Nachmittage pro Woche an der Schule. Es gab viel zu tun. Er kümmerte sich um Finanzen und Verwaltung, prüfte und überprüfte die Arbeitshefte der Schüler der Oberstufe. Es war Sommer geworden, und die Ferien rückten näher. Von Orbner hatte er erfahren, dass dessen türkischer Bekannter sich mittlerweile zu einem Urlaub in der Türkei aufhielt, um dort möglicherweise weitere Informationen zum Fall Schagüll zu sammeln. An der Schule war die Akte Schagüll mittlerweile geschlossen worden.

Nur wenige Tage vor den Ferien nahm Broichler an einer Sitzung teil, die Bommrank mit dem Landkreis vereinbart hatte.

Ein zuständiger Bauingenieur, der Dezernent vom Bauamt, ein Elektrikermeister und ein Bauunternehmer berieten sich mit ihnen. Es ging um die Errichtung und Einrichtung eines Computerraumes, in dem eine Klasse an modernen Geräten in Datenverarbeitung ausgebildet werden konnte.

Erst gegen sechzehn Uhr verließ Broichler die Sitzung. Da es ein sonniger, schöner Tag war, machte er noch einen Spaziergang. Dann ging er nach Hause.

Er bereitete sich einen Tee zu, trug Teekanne, Stövchen und Geschirr auf den Balkon und setzte sich nach draußen mit dem Blick auf die Dünen. Ihn wurmte die Ungewissheit, in die ihn seine zu schnelle Zusage getrieben hatte, falls erforderlich, selbst in die Türkei zu reisen. Der Sommer versprach sonnig zu werden und er hätte ein paar Wochen Ruhe gebrauchen können. Er besaß seit vielen Jahren einen Abonnementsstrandkorb, in dem er an sonnigen Tagen stundenlang ohne Langeweile die Zeit verbringen konnte.

Broichler fuhr aus seinen Gedanken, als das Telefon läutete. Es stand im Korridor auf der kleinen Anrichte.

»Broichler«, meldete er sich.

»Hier Orbner. Wie geht es Ihnen?«, fragte der Steuerberater.

»Danke. Ich wühle mich durch Berge von Klassenarbeiten, nehme als Leiter an vielen Zensurenkonferenzen teil. Die Bezirksregierung beschäftigt mich mit Statistiken, und das Kultusministerium belastet uns zusätzlich mit einer bildungspolitischen Revolution. Ich will dennoch nicht klagen, weil uns Lehrern sowieso niemand glaubt. Unser Ministerpräsident nennt uns faule Säcke. Das ist der Stand.«

»Es gibt Ausnahmen.« Orbner lachte. »Ich zähle Sie dazu. Doch nun zur Sache: Herr Studiendirektor, ich habe etwas für Sie. Ich biete Ihnen eine Reise in die Türkei an. Sie wohnen kostenfrei für vierzehn Tage in dem Vier-Sterne-Hotel Hanedan, Cumhurieyed Maydans in Cesme, in einem Einzelzimmer mit Meerblick, Halbpension«, erklärte der Steuerberater.

»Herr Orbner, nun noch einmal ganz langsam. Ich soll also in die Türkei reisen und im besagten Haus meinen Urlaub verbringen?«, fragte der Lehrer.

»So verhält es sich. Cesme liegt in einer Bucht an der Ägäischen Küste. Es ist ein historisches Heilbad. Die Entfernung von Izmir beträgt etwa achtzig Kilometer. Sie können per Flugzeug ab Hamburg oder Düsseldorf nach Izmir fliegen. Von dort führt Sie ein Transferbus zum Hotel. Sie können auch mit dem Auto nach

Ancona fahren und dort mit der *M. S. Samsun* nach Izmir übersetzen. Ich kann für Sie auf der *Samsun* die Passage mit Autoplatz und Kabine buchen. Die Überfahrt ist sehr reizvoll und dauert fast drei Tage.«

»Das klingt verlockend. Doch darf ich endlich erfahren, weshalb Sie mich von Juist in die Türkei verfrachten wollen?«, fragte Broichler ungeduldig.

»Ihre Aufgabe besteht darin, in Cesme in einem bestimmten Haus, dessen genaue Adresse ich Ihnen noch geben werde, unbemerkt den Kontakt zu Ihrer Schülerin Schagüll aufzunehmen, die sich dort bei einer älteren Verwandten versteckt hält. Für Sie besteht keine Gefahr, da der Vater in Bursa untergetaucht ist«, sagte Orbner.

Broichler überlegte. Durfte er so etwas überhaupt tun als Beamter?

»Und wenn wir der Bezirksregierung die Anschrift der Schülerin angeben?«, fragte er.

Orbner lachte.

»Ich denke, Ihnen liegt wie mir an der Aufklärung des Mordes an Pitt«, sagte er.

Broichler war kein Feigling.

Orbner hatte Recht.

»Ich bitte um Bedenkzeit. Ich rufe in wenigen Minuten zurück«, sagte er trotzdem.

Er betrat sein Arbeitszimmer, holte aus dem Bücherregal den Atlas und schlug ihn auf. Mit der Lesebrille auf der Nase suchte er nach Cesme. Er fuhr mit dem Finger über die Ägäis, suchte nach Ancona in Italien. Wie viele antike Städte es in der Nähe von Cesme gab! Es würde sicher interessant sein, sie zu besichtigen!

Schließlich verließ er den Schreibtisch, betrat erneut den Korridor und ging zum Telefon.

Er nahm den Hörer ab und wählte die Nummer des Steuerberaters.

Orbner meldete sich.

»Ich trete den Urlaub an. Mein Golf rostet in Norddeich vor

sich hin, da es auf Juist ja keine Autos gibt. Ich fahre mit ihm nach Ancona«, sagte er.

»Passt Ihnen der dreiundzwanzigste Juni? Die *Samsun* legt dann um zwanzig Uhr in Ancona ab«, fragte Orbner.

»Hervorragend. Die Ferien beginnen am Vortag«, antwortete Broichler.

»Sie fahren also einen Golf! Geben Sie mir bitte für die Buchung Ihr Autokennzeichen durch!« bat Orbner.

Broichler tat es.

»Danke. Ich schicke Ihnen die Reiseunterlagen und die Adresse in Cesme zu. Viel Erfolg und gute Erholung! Bis demnächst«, beendete Orbner das Gespräch.

Broichler legte den Hörer auf.

Er trank an diesem Abend einige Biere und studierte nachdenklich die Landkarte.

Schließlich nahm er sich vor, beim ADAC in Aurich eine geeignete Reiseroute anzufordern.

Bei der Aufteilung der Anwesenheitspflicht der Schulleitung während der Ferien, ›Stallwache‹ genannt, entschied Broichler sich für die Zeit vom neunzehnten Juli bis zum zweiten August.

In die ausgelegte Ferienanschriftskladde, ein alter Zopf der Bürokratie, trug er als Reiseziel ›Ägäis‹ ein und genügte damit den beamtenrechtlichen Vorschriften.

Am Mittwoch, dem einundzwanzigsten Juni, endete der Unterricht nach der dritten Stunde. Direktor Bommrank hatte sein Kollegium zu einer Dienstbesprechung in die Cafeteria eingeladen.

Im Internatsgebäude herrschte Chaos. Die Schüler hatten ihre Zeugnisse entgegengenommen, packten lärmend ihre Koffer und reinigten ihre Zimmer. Der Hausmeister stand an den Müllcontainern und achtete darauf, dass die Schüler entsprechend den Vorschriften Plastik, Metall, Papier und Restmüll richtig entsorgten, während Bommrank in einem halbstündigen Monolog ein Fazit des verflossenen Schuljahres zog. Er machte seine Lehrer auf die Aufgaben aufmerksam, die mit der Umsetzung der neuen Bildungspläne im kommenden Schuljahr zu bewältigen waren.

Sie gedachten in einer Schweigeminute des verstorbenen Schülers Pitt Hänneschen und erfuhren von Bommrank, dass Schagüll wegen ihrer unentschuldigten langen Fehlzeit als durchgefallen galt.

Danach trug die Frau des Hausmeisters Mett- und Käsebrötchen auf, stellte Kaffee in Wärmekannen auf die Tische.

Zusätzlich gab es Bier und Orangensaft. Es war zur Tradition geworden, dass runde Geburtstage, Beförderungen, Entlassungen und Neueinstellungen am Schuljahresende gefeiert wurden.

Gegen zwölf Uhr dreißig stahl Broichler sich davon. Er hatte seine Koffer für die Türkeireise gepackt, aber es gab noch anderes zu erledigen.

Er begab sich zur Wilhelmstraße, um noch einige Kleinigkeiten für die Reise zu besorgen.

Die Straßen waren wie leer gefegt. Juist erlebte einige ungetrübte Sommertage.

Er betrat das Fotogeschäft. Bettina, die hübsche Tochter des Inhabers, bediente gerade einen Kunden. Sie war früher Broichlers Schülerin gewesen.

Der Kunde, den Broichler nur von hinten sah, hatte sein langes Haar zu einem Lagerfeld-Schwanz gebunden. Er trug einen Jeansanzug und hochhackige Cowboystiefel. Seine Stimme klang arrogant. Es ging um Vergrößerungen von Fotos, die der Kunde in einem bestimmten Sonderformat reproduziert haben wollte.

Broichler wartete geduldig. Er betrachtete die ausgestellten Großaufnahmen von Juist, die der Vater des Mädchens gemacht hatte.

Ihm tat Bettina Leid, die höflich blieb, während der junge Mann im rheinischen Tonfall alle Register zog.

»Wir vergrößern die Bilder auf das gewünschte Format. Das ist allerdings nicht billig. Wir müssen pro Bild sechzehn Mark berechnen«, sagte Bettina.

»Für Qualität bin ich bereit zu zahlen«, sagte der Kunde und lachte.

»Darf ich Sie um eine Anzahlung bitten?«, fragte Bettina.

»Das ist kein Thema. An Geld fehlt es mir nicht, wohl aber an hübschen Mädchen. Hätten Sie nicht Lust, mich mal zu besuchen? Ich bin Maler«,, sagte der Kunde. Er entnahm seiner Brieftasche einen Hunderter.

Broichler sah, wie Bettina errötete.

»Danke«, sagte sie.

»Ich verzichte auf eine Quittung, und ich hoffe, Sie behalten mich in guter Erinnerung. Wenn ich die Fotos abhole, lade ich Sie zu einem Tee ein«, sagte er und wandte sich zum Gehen.

Broichler blickte in das Gesicht des Kunden, der von ihm keine Notiz nahm und das Geschäft verließ.

Der Lehrer versuchte sich zu erinnern: Woher kannte er den jungen Mann?

»Herr Dr. Broichler, was kann ich für Sie tun?«, fragte Bettina.

»Geben Sie mir drei Dia-Filme. Ich fahre in Urlaub«, sagte Broichler.

»36er?«, fragte sie.

»Ja, bitte.«

Sie reichte ihm die Filme. Er steckte sie ein und bezahlte.

»Wer war dieser junge Mann, den Sie eben bedient haben?«, fragte er.

»Ich kenne ihn nicht. Er besitzt hier eine Ferienwohnung. Er soll ein bekannter Maler sein«, erklärte sie.

Broichler fiel es wie Schuppen von den Augen.

»Dann wollen wir hoffen, dass er nicht gerade Juist malt. Ich halte nämlich wenig von der modernen Kunst.«

»Ich wünsche Ihnen eine gute Reise«, sagte Bettina.

»Danke«, antwortete Broichler und verließ das Geschäft.

Er suchte die Apotheke auf, kaufte dort ein Sportgel, Magentabletten und ein Mittel gegen Durchfall.

Anschließend ging er zur Wohnung und bestellte von dort ein Pferdetaxi, das ihn zum Hafen brachte.

Dr. Broichler fuhr die Nacht durch. In den frühen Morgenstunden erreichte er Kufstein. Er lenkte den Golf auf einen Parkplatz unterhalb der Burg, klappte den Sitz zurück und fiel in einen unruhigen Schlaf. Der aufkommende Verkehrslärm weckte ihn. Er fand in der Nähe ein Café, nahm dort ein Frühstück ein und fuhr anschließend über den Brenner nach Italien.

Am Abend übernachtete er in einem einfachen Hotel und erholte sich dort von den Strapazen. Am darauf folgenden Tag erreichte er gegen sechzehn Uhr Ancona. Er folgte den Hinweisschildern zum Hafen. Unterhalb der Festung befanden sich die Mole und die Auffahrten zu den Schiffen nach Patras und Izmir.

Es gab bereits eine Warteschlange, Broichler ordnete sich ein. Die Insassen der auf die Vorladung wartenden Fahrzeuge waren zumeist Türken, die ihren Urlaub in ihrem Heimatland verbringen wollten.

Broichler öffnete die Autotür und ließ frische Luft herein.

Er betrachtete fasziniert das große, weiße Fährschiff, das bereits am Anlieger lag.

Hinter ihm wurde die Warteschlange länger.

Neuankömmlinge hatten die restlichen Fahrstreifen belegt. Das Verladegeschäft begann. Die ersten Wagen fuhren in den Bauch der *Samsun,* und schließlich war auch er an der Reihe. Er folgte den Anweisungen der Deckmannschaft und setzte seinen Golf nur wenige Zentimeter hinter das Fahrzeug seines Vordermannes. Ein Seemann schob Bremsklötze unter die Reifen. Stewards in weißen Hemden und dunkelblauen Hosen wiesen den Passagieren den Weg zu den Kabinen.

Broichler wusste, dass er auf diesem Schiff sicherer war als in Abrahams Schoß, denn die Besatzung bestand aus trainierten Soldaten, die die Passagiere vor Anschlägen kurdischer Separatisten schützten. Selbst hinter dem Tresen der Cafeteria und in den Küchen arbeiteten keine Frauen. Trotzdem ließ der Service an Bord nichts zu wünschen übrig. Auch die zumeist türkischen Passagiere waren herzlich und liebenswert und bemühten sich fast bis zur Peinlichkeit um ihn.

Die Überfahrt dauerte drei Tage.

Broichler verbrachte die meiste Zeit auf dem Deck des Schiffes. Er sonnte sich in einem Liegestuhl und kühlte sich dann im Swimmingpool ab.

Am Abend trank er in der Bar das türkische Bier, das ihm gut schmeckte, rauchte Pfeife und unterhielt sich mit urlaubenden Gastarbeitern.

Broichler stand auf dem Sonnendeck, als die *Samsun* kurz nach neun Uhr den Passagierhafen von Izmir einlief. Er blickte in die Bucht und auf die Stadt, deren Häuser sich bis zu dem sanft ansteigenden Hügel hochzogen. Die schlanken, weißen Minarette der Moscheen ragten aus dem Häusermeer.

Eine Stimme aus dem Lautsprecher forderte die Passagiere auf, jetzt ihre Fahrzeuge aufzusuchen.

Broichler begab sich zum Autodeck. Die Fahrzeuge parkten auf vier übereinander liegenden Ebenen. Die Gänge waren mit hastenden Menschen angefüllt, und die Luft war warm und stickig. Broichler fand schnell zu seinem Golf und stieg ein. Sein Autoradio empfing zur Zeit nur einen Sender, der ihn mit der leiernden, wehmütig klingenden türkischen Musik vertraut machte.

Er atmete auf, als sich die Bugklappe öffnete. Die ersten Fahrzeuge verließen das Schiff. Doch er musste sich in Geduld fassen, denn erst nach vierzig Minuten wurde das Deck, auf dem er sich befand, abgesenkt. Der Ladeoffizier wies ihm die Spur. Vor ihm lag ein asphaltierter Platz mit acht parallel verlaufenden Bahnen. Broichler schätzte, dass hier mehr als dreihundert Autos auf die Abfertigung warteten. Schicksalsergeben fuhr er den Wagen im Stopp- and Go-Verfahren dem Nadelöhr entgegen, das sich als kleines Zollhäuschen entpuppte. Die Sonne knallte auf das Auto, und im Inneren war es mittlerweile glühend heiß.

Der Lehrer atmete erleichtert auf, als er das gelbe Verkehrsschild vor der Ausfahrt entdeckte, das Richtung Cesme wies. Das war ja einfacher, als er gedacht hatte!

Er warf einen Blick auf die Straßenkarte und näherte sich der

Abfertigung. Vor dem Zollhäuschen hielt er den Golf an. Er sah Soldaten, die Maschinenpistolen in den Händen hielten und im Schatten des Abfertigungsschalters das Umfeld beobachteten. Dann reichte er dem Beamten, der hinter dem offenen Schalter des Kontrollhäuschens saß, seinen Reisepass.

»Urlauber?«, fragte der Uniformierte, studierte den Pass und reichte ihn weiter an einen Zollbeamten, der vor dem Häuschen stand. An dessen Gürtel steckte eine Pistole im Holster.

Der Beamte winkte einen Kollegen zu sich, blickte Broichler auffordernd an.

»Aussteigen! Wir machen Kontrolle«, sagte er.

Broichler öffnete die Tür und verließ den Wagen. Ihm troff der Schweiß von der Stirn.

Die uniformierten Zollbeamten öffneten die Heckklappe und durchstöberten sein Reisegepäck. Anschließend baten sie ihn, einzusteigen und die Motorhaube zu öffnen. Sie notierten sich die Motornummer, sein Kennzeichen, schlossen die Haube wieder und gaben Broichler den Pass zurück.

»Gute Reise!«, sagte einer der Beamten.

Broichler lenkte den Wagen auf den Ring, der ihn um die Stadt geleitete und auf einer Fernstraße auslief, die direkt nach Cesme führte.

Nach zwei Stunden erreichte er den kleinen Badeort Blanches. Er parkte den Golf vor einem Straßencafé und trank dort im frischen Seewind einen Kaffee American.

Bauern fuhren mit Eselskarren die Maisernte ein. Im Schatten der Palmen hatten Straßenverkäufer Melonen zu kunstvollen Pyramiden gestapelt.

Broichler zahlte bei dem jungen Ober und gab ihm großzügiges Trinkgeld.

Es waren nur noch wenige Kilometer bis Cesme. Die Straße führte an Maisfeldern entlang, die Broichler den Blick auf das Meer nahmen. Kurz vor Cesme stieg die Straße an. Vor kleinen Gehöften weideten Ziegen und Schafherden.

Als er den Gipfel des Hügels erreichte, lag vor ihm in der Bucht Cesme, umrandet von Tomaten- und Melonenfeldern und

Olivenhainen. Die Straße führte direkt hinab in die Stadt. Er passierte weiß getünchte Häuser, seitlich entdeckte er eine Burgruine auf einem Felsen. Die Minarette einer Moschee ragten in den blauen Himmel.

Broichler roch das Meer, sah aber nur wenig davon. Er fuhr an kleinen Geschäften entlang, die ihre Waren auf dem Bürgersteig anboten.

Die Straße endete vor einem Rondell, auf dem Kakteen und Palmen wuchsen.

Broichler folgte dem Verkehrsfluss. Eine Abzweigung führte zu einem Platz. Broichler fuhr den Wagen auf einen freien Parkplatz und atmete auf. Hier war sein Hotel; er hatte es ohne Probleme gefunden. Die Beschreibung war ausgezeichnet gewesen. Er stieg aus, schritt an der Hausfront entlang und betrat eine Terrasse, auf der unter Sonnenschirmen Gäste an Tischen saßen, Kaffee und Tee tranken und den herrlichen Meeresblick genossen.

Werbeplakate internationaler Gesellschaften zierten die Wand. Selbst der ADAC bürgte mit einer kleinen Tafel für die Qualität des Hauses.

In der Eingangshalle standen Steinkübel mit blühenden Blumen. Der Fußboden war mit lindgrüner Teppichware belegt, die Wände waren gefliest. Den Rezeptionsdienst versah eine junge hübsche Frau. Sie studierte Unterlagen und blickte Broichler freundlich an, als er an den Tresen trat.

»Broichler, ich komme aus Deutschland. Für mich ist ein Zimmer gebucht«, erklärte er.

»Einen Moment bitte.«

Sie trat an den PC und gab seinen Namen ein.

»Ja, Herr Dr. Broichler, für vierzehn Tage. Sie haben bereits bezahlt«, bestätigte sie.

»Sind Sie eine Landsmännin?«, fragte Broichler erstaunt.

»Ich bin Türkin, aber in Osnabrück geboren. Ich studiere in Istanbul Germanistik. Wir haben Semesterferien«, sagte sie und reichte ihm den Zimmerschlüssel. »Zimmer 314. Wir haben einen Aufzug.«

Das Zimmer war behaglich. Außer dem Bett war es mit einem

Schreibtisch möbliert, einem Einbauschrank, einem runden Couchtisch mit zwei Sesseln, einem Fernseher und einer Stehlampe. Die Wände waren weiß geputzt, einige Bilder zeigten Großaufnahmen von Troya und Pergamon.

Broichler trat an das Fenster, zog den Vorhang beiseite und blickte in die Bucht, die von grünen Hügeln umsäumt wurde. Schließlich riss er sich von dem schönen Anblick los und ging noch einmal nach unten, um das Gepäck heraufzuholen.

Wieder in seinem Zimmer angekommen, packte er die Koffer aus. Danach duschte er ausgiebig. Erfrischt ließ er sich anschließend in einem der Sessel nieder. Durch das Fenster drang frische Seeluft ins Zimmer.

Broichler überlegte. Niemand hatte sich auf der *Samsun* oder auf dem Weg nach Cesme an seine Fersen geheftet. Im Hotel Hanedan wohnte er anonym als ein harmloser deutscher Urlauber.

Der Gedanke, dass Schagüll sich nur wenige Kilometer von ihm entfernt versteckt hielt, trieb ihm den Schweiß auf die Stirn.

Er erhob sich, entnahm dem Schrank seine leichte Sommerjacke und verließ das Zimmer. Diesmal nahm er den Aufzug.

Das hübsche Fräulein schaute auf, als er sich dem Tresen näherte.

»Herr Dr. Broichler, sind Sie zufrieden?«, fragte sie.

»Das Zimmer gefällt mir, und jetzt möchte ich als Erstes die Stadt erkunden. Von meinem Zimmer habe ich gesehen, dass ich an der Strandpromenade nicht baden kann«, sagte er.

»Ich gebe Ihnen einen Stadtplan. Wir haben mehrere Badestrände. Unser Kleinbus fährt stündlich zu unserem Beachclub Paradiso. Die Fahrt dauert zehn Minuten und ist kostenlos. Sie können auch am Neptun-Strand baden. Er befindet sich am Ende der Strandpromenade. Sie erreichen ihn in etwa zwanzig Minuten«, sagte sie und reichte ihm den Stadtplan an. »Er enthält eine kurze Beschreibung der Sehenswürdigkeiten in deutscher Sprache«, fügte sie hinzu.

»Danke«, sagte Broichler.

Er verließ die Rezeption, setzte sich auf die Terrassen an einen Tisch und bestellte einen Kaffee American. In der nächsten halben Stunde blickte er auf die Bucht, trank Kaffee, studierte den Stadtplan und las den Prospekt. Bereits sechshundert vor Christi Geburt hatten Griechen hier eine Niederlassung unterhalten. Die Festung stammte aus dem dreizehnten Jahrhundert. Die zentrale Lage des Hotels erleichterte ihm die Orientierung.

In der Nähe der Festung befand sich die Straße, in der Schagüll jetzt bei ihrer Großmutter wohnte. Er konnte sogar zu Fuß dorthin gelangen.

Der Badeort Cesme hatte vieles mehr zu bieten, doch das interessierte Broichler vorerst nicht. Er rauchte eine Pfeife, trank den Kaffee, bezahlte und suchte sein Zimmer auf, um sich ein wenig auszuruhen. Am Abend wollte er sich das Haus anschauen, in dem Schagüll sich versteckt hielt.

Als Broichler aufwachte, war es bereits zwanzig Uhr. Er trat ans Fenster und schaute fasziniert auf das Meer, welches das Licht der untergehenden Sonne spiegelte. Broichler nahm seine Wildlederjacke aus dem Schrank, zog sie über und verließ das Zimmer.

Im Speisesaal nahmen die Touristen das Abendessen ein. Er aber hatte keinen Appetit und verspürte ein leichtes Sodbrennen.

Er hielt den Stadtplan in der Hand, warf einen Blick auf die Strandpromenade. Seine innere Unruhe trieb ihn in die Stadt. Über eine belebte Fußgängerstraße gelangte er in die Inilap-Cadesi, eine größere Straße. Die Straßenleuchten waren bereits eingeschaltet, obwohl die Dämmerung noch nicht eingetreten war.

Unter Lampions und Palmen saßen Gäste in den Straßencafés. Die Luft war mild und roch nach Meer; Wind strich kühlend durch die Straße. Eine Moschee war hell angestrahlt, und auch auf die Festung fiel Scheinwerferlicht. Polizisten patrouillierten durch die Straßen. Am Straßenrand standen geparkte Autos.

Die Straße, in der Schagüll wohnte, war kleiner. An der Ecke befand sich ein Imbiss. Es roch nach gebratenem Fleisch. Eine Cola-Reklame warf rotes Licht von der Fassade auf den Bürgersteig. Die Straße stieg leicht an. Im Abstand von etwa hundert Metern standen Holzmasten, an denen die Elektrokabel schlaff herabhingen. Die Häuser und Häuschen wirkten ärmlich.

Broichler schritt an einer langen Lehmmauer entlang, hinter der Tomaten auf spärlichem Boden wuchsen.

Frauen saßen auf Stühlen vor den getünchten Häuschen und knüpften Teppiche, während ihre Männer sich unterhielten und rauchten. Kinder tobten im matter werdenden Licht.

Broichler bemerkte die neugierigen Blicke der Anwohner. Er war als Ausländer zu erkennen und erregte ihre Aufmerksamkeit. Sie grüßten den grauhaarigen Fremden höflich, denn nur selten betraten Touristen das Viertel.

Da die kleinen Häuschen keine Hausnummern trugen, zählte Broichler mit. Nummer neununddreißig war es, die er suchte – und ohne Hilfe finden wollte. Niemand hier musste wissen, dass er nicht nur als Tourist hier war. Langsam schritt er an den Menschen vorbei, als sei er ein zielloser und zufälliger Wanderer. Die Gasse stieg leicht an.

Er wechselte die Straßenseite und betrachtete ein kleines Haus. Das hier konnte es sein! Er näherte sich der Mauer, blickte in den Garten – und erschrak fast zu Tode, als ein Schäferhund sich ihm wild bellend entgegenstürzte.

Broichler, kein Freund von Hunden, nahm instinktiv eine Abwehrhaltung ein und trat nach der Schnauze des Tiers. Er fürchtete um sein Leben. In seiner Verzweiflung hastete er zum Eingang des kleinen Lehmhäuschens und warf sich in Panik gegen die Holztür. Laut schrie er um Hilfe und spürte gleich darauf einen heftigen Schmerz im Arm, als der Hund zubiss.

Ein aufgebrachter Nachbar näherte sich mit einem Stuhl und vertrieb das Tier, während Kinder mit Steinen nach dem Hund warfen.

Die Haustür wurde geöffnet. Eine Alte in dunkler Kleidung erschien vor Broichler und schaute ihn erschrocken an.

»War das Ihr Hund?«, fragte Broichler aufgeregt, ohne zu wissen, ob ihn die Frau verstand.

Die Alte blickte fassungslos um sich. Sie nahm von ihm keine Notiz und hastete auf die Straße.

»Rex«, rief sie, was Broichler verblüffte, und eilte zu dem Schäferhund, der sich hinter einer Palme vor den Steinwürfen in Sicherheit gebracht hatte. Die Alte schlug auf das Tier ein, ergriff es am Nacken und führte es um das Haus.

Broichler schob den Ärmel hoch. Der Hund hatte mit seinen Zähnen die Manschette des Hemdes zerfetzt und seinen Unterarm verletzt. Die Wunde blutete. Der Lehrer zog ein Tempotuch aus seiner Jackentasche und hielt es auf den Biss.

Vor dem Haus palaverten die Nachbarn.

»Verdammter Köter!«, schimpfte er.

»Entschuldigen Sie«, sprach ihn eine junge Frau auf Deutsch an, die eben aus dem dunklen Flur des Hauses hervortrat. »Sie sind doch Deutscher, oder?«

Broichler verschlug es den Atem. Er starrte die junge Frau an, als sei sie ein Geist.

»Schagüll!«, entfuhr es ihm.

Das Mädchen blickte ihn nicht weniger entgeistert an. Alle Farbe wich ihr aus dem Gesicht.

»Herr Dr. Broichler«, stammelte sie.

Sie griff nach seiner Hand und führte ihn in den Korridor, machte Licht und zog die Haustür hinter sich zu.

»Herr Dr. Broichler, ich kann es nicht fassen. Kommen Sie mit in die Stube.«

Die Wände des Flurs waren weiß getüncht, der Boden bestand aus Steinplatten. Auch die Stube war einfach eingerichtet. In der Ecke standen ein Elektroherd und ein Kühlschrank unter einem kleinen Fenster. Außerdem gab es einen Holzschrank, ein paar Regale mit Porzellan und eine Konsole, auf der ein Fernseher stand.

Vor der gegenüberliegenden Wand befand sich unter einem weiteren Fenster eine einfache Holzbank mit einem geschrubbten Holztisch. Außerdem gab es ein paar Binsenstühle.

»Nehmen Sie Platz! Das ist ja entsetzlich«, sagte Schagüll.

Broichler nahm Platz.

Schagüll setzte Wasser auf.

Von nebenan erklang das Kläffen des Hundes.

»Vater hat Rex in Deutschland abrichten lassen. Rex soll mich beschützen, und nun hat er Sie angefallen«, sagte sie bedauernd.

Die Alte betrat ungestüm den Raum. Sie war aufgebracht und entrüstet, wie ihr Tonfall verriet, als sie mit Schagüll redete.

Dann blickte sie Broichler misstrauisch an.

Die beiden Frauen unterhielten sich aufgeregt auf Türkisch, anschließend näherte die Alte sich Broichler und griff nach seiner verletzten Hand. Sie schob den Ärmel der Jacke hoch, betrachtete die Wunde, die nicht mehr blutete, schritt an den Schrank und kam mit einem Töpfchen in der Hand zurück. Dann bestrich sie die Wunde mit einer kühlenden Salbe und legte einen Verband an.

»Vielen Dank«, sagte Broichler.

Er spürte, wie der Schmerz ein wenig nachließ. Besondere Sorgen wegen der Verletzung machte er sich nicht, denn er hatte erst vor kurzem eine Tetanusimpfung erhalten.

Die Alte nickte ihm zu und setzte sich auf die Bank.

Der Wasserkessel begann zu flöten, und Schagüll bereitete einen Tee zu.

»Meine Tante hat in Antalya ihr Hotel verkauft, nachdem dort Terroristen eine Bombe gezündet hatten, bei dem neben mehreren Touristen auch mein Onkel starb«, berichtete sie. »Sie ist mit mir hier in die ärmliche Gegend von Cesme gezogen, in der Hoffnung, dass man uns hier nicht findet. Mein Vetter Assam, ihr Sohn, fiel als Soldat im Osten bei einem kurdischen Angriff«, sagte Schagüll.

Die Alte nickte, als hätte sie das Gespräch verstanden, und Schagüll trug das Teegeschirr auf.

»Ich hoffe, der Tee schmeckt Ihnen«, sagte sie und schenkte das Getränk ein.

Sie reichte ihrem ehemaligen Lehrer einen Honigtopf.

»Statt Kluntjen«, sagte sie und lächelte. Dann setzte sie sich ebenfalls an den Tisch.

»Schagüll, du hast die Schule vor dem Abitur abgebrochen«, sagte Broichler ernst, »und ich hoffe, du wirst es nie bedauern. Ich bin übrigens nicht zufällig hier. Es war nicht einfach, an deine Adresse zu kommen, aber du siehst, es hat geklappt. Ich habe einige Fragen an dich. Aber zuerst muss ich dir etwas sagen.« Er zögerte. »Pitt ist tot«, murmelte er dann.

Schagüll zuckte zusammen und starrte Broichler fassungslos an. »Das stimmt doch nicht, oder?«, fragte sie und begann zu weinen.

Die Alte schob die Teetasse beiseite und setzte sich neben Schagüll, als müsse sie die Nichte behüten.

»Pitt kam bei einem Segeltörn ums Leben. An Bord seines Schiffes ist ein Brand ausgebrochen. Es besteht der Verdacht, dass er Alkohol getrunken hatte. Bei seinen Bemühungen, den Brand zu löschen, stürzte er von Bord. Das zumindest ist die Version des Staatsanwaltes«, sagte Broichler.

Die Alte sah ihn unentwegt böse an.

Schagüll wischte sich über die Augen.

»Pitt hat an Bord nie getrunken«, sagte sie schluchzend.

»Kann es sein, dass sich die Kurden an euch rächen wollten und etwas mit Pitts Tod zu tun haben?«, fragte Broichler.

Schagüll schaute den Lehrer irritiert an. Sie besprach etwas mit ihrer Tante.

Die Alte schüttelte den Kopf.

»Meine Tante und ich hassen die PKK. Aber mit Pitts Tod haben sie nichts zu tun, denn damit konnten sie mir kein Leid zufügen«, sagte Schagüll ernst.

Broichler war verwirrt.

»Schagüll, das verstehe ich nicht. Pitt hat bei mir Trost gesucht, nachdem du ihn verlassen hattest. Ich habe deinen Abschiedsbrief gelesen. Ihr habt euch doch geliebt. Pitts Tante geht sogar davon aus, Pitt hätte sich aus Liebeskummer von Bord gestürzt.« Er griff zur Teetasse und nahm einen Schluck.

Schagüll unterdrückte die Tränen und sah ihn verzweifelt an.

»Mir geht Pitts Tod sehr nahe. Ich habe ihn wirklich geliebt. Aber er hat sich gewiss nicht aus Liebeskummer umgebracht.« Sie holte tief Luft, dann fuhr sie fort: »Ein Verwandter, er arbeitet auf Juist als Kellner, hat mir berichtet, dass Pitt, nachdem ich ihn verlassen hatte, mit einer neuen Freundin Silvester gefeiert hat.

Pitt hat diese Frau danach oft in ihrer Wohnung besucht und ist auch über Nacht bei ihr geblieben.«

Sie wandte sich an ihre Tante und übersetzte das Gespräch.

Broichler war überrascht. Davon hatte er nichts gewusst.

Die Schülerin weinte.

»Schagüll, du hast doch nur wenige Tage vor dem Unglück Pitt eine Ansichtskarte aus Istanbul geschickt und ihm mitgeteilt, dass du dich verheiratet hast«, erklärte der Lehrer.

Schagüll hielt sich an ihrer Teetasse fest.

»Herr Dr. Broichler, ich bin nicht verheiratet. Wir haben lange genug in Deutschland gelebt, und Vater hat sich durchgesetzt mit seiner Meinung, dass ich den Mann heiraten sollte, den ich liebe. Das konnte nicht Pitt sein, weil er mich bereits wenige Tage nach meiner Flucht mit einer anderen Frau betrogen hat. Pitts neue Geliebte ist die Frau eines bekannten älteren Musikers«, berichtete Schagüll, was sie ebenfalls von ihrem Verwandten erfahren hatte.

Sie wirkte sehr aufgeregt.

Die Alte erhob sich und schenkte Tee nach. Dabei strich sie ihrer Nichte liebevoll übers Haar.

»Habe ich dich richtig verstanden? Du hast diese Ansichtskarte, die von der Polizei in Pitts Apartment gefunden wurde und in Istanbul abgestempelt worden ist, gar nicht an ihn geschickt?«, fragte Broichler fassungslos.

Schagüll erhob sich, schritt an den Schrank und entnahm einer Schublade ein Päckchen Papiertaschentücher.

Sie schnäuzte sich die Nase frei, trocknete die Tränen und setzte sich wieder auf die Bank zu ihrer Tante.

»Vater und ich sind mit zwei Koffern, die das Notwendigste enthielten, von Freunden nach Hamburg zum Flughafen gebracht worden und dann nach Izmir geflogen, um unser Land zu retten. Ich habe seitdem Cesme nicht verlassen. Ich habe es nicht einmal gewagt, nach Izmir zu fahren, aus Angst, Mitglieder der PKK würden mich erkennen. Ich weiß nicht, wo mein Vater und meine Mutter sich aufhalten. Ich habe in Cesme meinen neuen Freund kennen gelernt, und wir haben uns hier ohne unsere Verwandten verlobt. Mein Freund ist Diplomingenieur. Er leitet eine kleine Maschinenfabrik.«

Sie tranken Tee.

»Du lebst also immer noch in Angst?«, fragte Broichler und setzte die Tasse ab.

»Ja. Doch ich muss nicht alle Kurden fürchten. Hier in Cesme leben auch viele Kurden in Angst vor unseren Leuten. Mein Zahnarzt ist Kurde. Es ist alles verrückt!«, sagte sie.

»Und die Ansichtskarte aus Istanbul?«, fragte er.

»Nein, die ist nicht von mir«, bestätigte sie.

Die Alte verfolgte das Gespräch. Broichler wusste noch immer nicht, wie viel sie verstand.

»Ein Freund von Pitt glaubt nicht daran, dass alles ein Unglück war, und er ist auch mit den Ergebnissen der Polizeiarbeit nicht zufrieden. Jetzt recherchiert er auf eigene Faust. Er hat übrigens viele türkische Freunde«, sagte Broichler.

»Herr Dr. Broichler, mich und auch meinen Verlobten verbindet viel mit Deutschland. Es ist abwegig, einen von uns zu verdächtigen, Pitt geschrieben zu haben. – Wie genau haben Sie mich eigentlich gefunden?«, wechselte sie das Thema.

»An den Häusern befinden sich zwar keine Hausnummern, aber ich habe mitgezählt«, erwiderte Broichler. Er erhob sich.

»Ich liebe Juist und hoffe, die Insel später mit meinem Verlobten besuchen zu können«, sagte Schagüll. »Ich habe mich über Ihren Besuch sehr gefreut.« Sie blickte Broichler wehmütig an.

»Ich möchte nicht weiter stören. Und ich hoffe, dass du eines Tages dein Abitur nachholst«, sagte der Lehrer.

Schagüll erhob sich ebenfalls.

»Die politische Situation bleibt weiterhin zugespitzt. Weder wir Türken noch die Kurden sind bereit, aufeinander zuzugehen. Ich fühle mich zur Zeit in Cesme sicher und werde in Kürze in der Fabrik, die mein Verlobter leitet, eine Stelle als Sekretärin antreten«, sagte sie.

In die Stube drang das Bellen des Hundes.

»Rex mag mich nicht«, sagte Broichler.

»Wahrscheinlich würde er Sie mögen, wenn er wüsste, wie viel

Anteil Sie an meinem Schicksal nehmen.« Sie trat auf den Lehrer zu und zog ihn kurz an sich. »Vielen Dank«, flüsterte sie.

»Ich wünsche dir und deinem Verlobten alles Gute«, sagte Broichler.

Anschließend reichte er der Alten die Hand.

Gleich darauf begleitete Schagüll ihn zur Haustür.

Über London wölbte sich der blaue Nachmittagshimmel. Orbner schaute durch das Fenster des Taxis. Er schwelgte in Erinnerungen. Zweimal hatte er in jungen Jahren mit der Schule die Stadt besucht. Später, als er studierte, war er mit einer Studentengruppe in England gewesen und hatte drei Tage in der Weltstadt verbracht.

Er blickte auf die Themse, die träge an den grünen Ufern entlangfloss. Das Taxi überholte rote Doppeldeckerbusse, die ihn schon damals fasziniert hatten.

Der Flug von Düsseldorf hatte ihn nicht sonderlich angestrengt. Das Ein- und Auschecken war zügig verlaufen.

Patrick Allen, der Inhaber der Firma Snowders & Allen, hatte für ihn im Hotel ›Knightsbridge‹, das sich in der Nähe seines Geschäfts befand, ein Zimmer gebucht.

Der Verkehr wurde dichter. Die Abstände zwischen den Ampeln kürzer, die Bürgersteige belebter.

Vor den U-Bahnstationen drängten sich die Menschen zu Trauben zusammen. Alte Stadthäuser bildeten riesige Häuserschächte, durch die sich das Taxi über schmale Einbahnstraßen Meter für Meter vorwärts quälte. Links und rechts befanden sich traditionsreiche Läden, Pubs und Restaurants.

Auf einem Rondell war ein Spielplatz erbaut worden, den die Mütter mit ihren Kindern belagerten. Das Taxi bog in eine Nebenstraße ein. Hochgeschossige Glaspaläste säumten die Straße. Dies war das Viertel der Banken und Versicherungen.

Eine Zeile mit neuen, eleganten Wohnungen schloss sich an. Die Straße endete vor einer Grünanlage. Der Taxifahrer lenkte den Wagen auf einen Parkplatz, und Orbner blickte auf die Hinweistafel. Wanderwege führten in die alten Wallanlagen. Seitlich befand sich eine verwitterte Steinbrücke.

»Knightsbridge«, verkündete der Fahrer das Ende der Fahrt. Er bot Orbner eine Zigarette an, und dieser nahm sie. »Thank you«, sagte er.

Der grauhaarige Mann reichte ihm Feuer und zündete seinen eigenen Glimmstängel an. »It's a nice place«, sagte er.

Orbner schaute auf die Fassade des alten Steinhauses. Das Werbetransparent trug vier Sterne. »Yes, it looks very nice«, bestätigte er.

Nachdem er gezahlt hatte, stieg der Fahrer mit ihm aus und reichte ihm sein Gepäck. Gleich darauf fuhr die Taxe wieder davon. Orbner schritt dem Hotel entgegen.

Die verwitterte Brücke führte über einen kleinen Wasserlauf.

Er betrat die luxuriöse Empfangshalle. Den Dienst an der Rezeption versah eine Dame, die um die vierzig sein musste. Sie trug ein elegantes dunkelblaues Kostüm und lächelte Orbner freundlich an.

»My name is Orbner«, sagte der Steuerberater.

»You are welcome. Mr. Allen has booked for you«, sagte sie und reichte ihm den Zimmerschlüssel.

Wenige Minuten später war Orbner in seinem Zimmer, das gemütlich eingerichtet war. Er trat zum Fenster, das ihm einen hervorragenden Blick über die Grünanlagen auf die Stadt bot. Bei dem herrlichen klaren Sommerwetter erkannte Orbner am Horizont die historischen Bauten von London.

In den folgenden Stunden ruhte er sich ein wenig aus und besuchte danach die Hotelsauna.

Schließlich wollte er abends fit sein. Patrick Allen hatte sich für zwanzig Uhr angesagt.

Als Treffpunkt war der Knights-Pub ausgemacht, das Kellerlokal des Hotels. Sie wollten sich dort bei einem Bier kennen lernen.

Nach dem Besuch der Sauna nahm Orbner unter schwatzenden Frauen und Rentnern im Café des Hauses einen Tee zu sich und aß ein Stückchen Nusskuchen.

Anschließend suchte er sein Zimmer auf, setzte sich an den kleinen Schreibtisch und ging noch einmal seine Unterlagen durch.

Er musste behutsam zu Werke gehen, denn er besaß nicht die Genehmigung seiner Mandantin, das Gespräch mit Patrick Allen zu führen. Er hatte sich als autorisierter Steuerberater des verstorbenen Schülers Pitt Hänneschen eingeschaltet, um dubiosen Kapitalbewegungen nachzugehen, die ihn als bestellten Steuerfachmann der Firma Hänneschen irritiert hatten.

Seiner Aufforderung, die Firma in eine OHG umzuwandeln, was juristisch erforderlich war, da der Vollhafter verstorben und die neue Inhaberin als Erbin nicht mehr nur Kommanditistin war, war man nicht nachgekommen.

Cecilia Kronenburg hatte ihn zurechtgewiesen und ihm mitgeteilt, dass sie einen Teil des ererbten Vermögens in London hatte anlegen lassen. Nach ihren Angaben hatte sie in London Büroräume gekauft, um sich dort am Immobilienhandel zu beteiligen. Ihr Sohn, ebenfalls durch das Erbe begünstigt, war von ihr ausersehen, als etablierter Künstler den Kontakt zu den Kunden zu suchen und die Immobilienfirma zu führen. Es handelte sich bei diesen Auslandsinvestitionen, die nach dem Steuerrecht hohe Abschreibungsquoten zuließen, um günstige Kapitalanlagen, doch ihre Absichten wurden behindert durch die Tatsache, dass sie kürzlich einen von der Firma Hänneschen in Leipzig erstellten Komplex mit attraktiven Eigentumswohnungen in der Vorstadt am Rudolf-Mickendy-Platz mit Krediten vorfinanziert hatte. Die Käufer für die Luxuswohnungen waren ausgeblieben und jetzt fehlte das Kapital. Die Banken spielten zwar noch mit, aber Orbner war besorgt, denn die euphorisch durchgeführte Expansion in Richtung Osten würde kaum die Erwartungen erfüllen. Sorgenvoll studierte er die Unterlagen.

Gegen zwanzig Uhr nahm er die Aktentasche und suchte den Pub auf, der antik eingerichtet war. In alten Gewölben standen geschrubbte, blanke Eichentische und Stühle mit hohen Rückenlehnen. Kerzen brannten in Zinnständern. Die Ober trugen weiße Hemden und hatten über ihre grünlichen Drillichhosen Lederschürzen gebunden, wie schottische Hufschmiede sie vor hundert Jahren getragen hatten. Seitlich vom Tresen brannte ein offenes Feuer. Orbner schritt an den besetzten Tischen vorbei. Die Gäste waren elegant gekleidet und gehörten den älteren Jahrgängen an. In einer Ecke des Lokals bemerkte er einen Gast, der allein an einem Tisch saß.

Sein Gesicht wirkte freundlich und offen. Der Steuerberater näherte sich dem Tisch.

»Mr. Allen?«, fragte er.

»Yes, Mr. Orbner?«

Der Gast erhob sich.

Sie reichten sich die Hände. »It's a pleasure to meet you«, sagte Allen und zeigte auf den Stuhl.

Sie nahmen Platz. Patrick Allen winkte den Ober an den Tisch und bestellte zwei Bier.

»It's o. k.?«, fragte er Orbner.

Der Steuerberater nickte.

»Viel Arbeit«, sagte Allen und zeigte auf die Dokumentenmappe, die Orbner auf den Tisch gelegt hatte.

»Sie sprechen Deutsch?«, fragte der Steuerberater überrascht.

»Ein bisschen. Ich habe in der Rheinarmee gedient. In Münster. Das war eine schöne Zeit«, sagte Patrick Allen und erzählte ein wenig von sich.

Nach dem Studium der Wirtschaftswissenschaften hatte er einige Jahre im Finanzministerium gearbeitet. Dann hatte er den Dienst quittiert und war bei dem Finanz- und Immobilienmakler Snowders als Kompagnon eingestiegen. Nach einigen Jahren hatte er den kinderlosen alten Partner ausbezahlt und in den weiteren Jahren sein Vermögen vervielfacht.

Der sechsundvierzigjährige Familienvater liebte den Fußball, betätigte sich nebenbei als Finanzberater des Präsidenten von Arsenal, besaß zwei Reitpferde, die seine Töchter und seine Frau auf Trab hielten, während er, wie er lächelnd bemerkte, noch nie auf dem Rücken eines Pferdes gesessen hatte.

»Aus Angst abzustürzen«, erklärte er.

Der Ober brachte das Bier, und sie prosteten sich zu.

»Der Kauf der Immobilie ist juristisch von einem Notar nach englischem Recht abgeschlossen worden«, ging Allen zum Geschäftlichen über und schob die Kopie, die Orbner ihm gereicht hatte, beiseite.

»Ich habe hier eine nähere Beschreibung des Kaufobjektes«, sagte Orbner und reichte Allen die Akte.

Im Kamin flackerte das Feuer. Aus den Lautsprecherboxen drang leise das Largo von Händel.

Die Ober huschten fast geräuschlos hin und her.

»Das ist eine vom Käufer frisierte Version«, sagte Allen.

»Mir scheinen die Nebenkosten immens hoch«, erklärte Orbner.

Allen schaute überrascht auf.

»Die kleinen Tricks. In England ist es gestattet, den Restbetrag des Altkredits und damit auch die Restzinsen auf den Neukredit draufzuschlagen, um die Abschreibungsquote zu erhöhen«, sagte er. Dann griff er zum Bierkrug und prostete Orbner zu.

Auch der Steuerberater griff zum Krug. Sie tranken sich zu.

»Mr. Allen, das hätte ich gerne etwas genauer«, sagte Orbner, nachdem sie die Krüge abgesetzt hatten.

»Zuerst einmal bin ich für dich Patrick«, antwortete der und grinste.

»Ich heiße Bert«, antwortete der Steuerberater.

»Bert, der Käufer hatte noch Schulden bei der Bank, die das Objekt finanziert hat. Altkredit, Zinsen plus Neukredit und weitere Zinsen bilden den Abschreibungsgrundbetrag«, sagte Patrick Allen.

»Meine Mandantin, Frau Kronenburg, hat nach ihren Angaben das Objekt gekauft, um in den Räumen ein Maklerbüro zu errichten. Sie wird deine Konkurrentin«, sagte Orbner ernst.

Patrick lachte.

»Bert, hier liegt ein Missverständnis vor. Käufer der Wohnung ist ein Maler, ein Künstler namens Arnold Kronenburg. Er richtet in den Räumen ein Atelier ein«, sagte er.

Damit griff er nach der kleinen Ledermappe, die neben ihm

auf einem freien Stuhl lag, und entnahm ihr eine Grundrisszeichnung des Ingenieursbüros.

»Arnold Kronenburg hat als Teilhaber der Firma Hänneschen das Objekt gekauft, um darin ein Atelier einzurichten. Es gab keine finanziellen Probleme. Er besaß einen hohen Eigenkapitalanteil, den Rest finanzierte eine Bank. Die Firma zahlte korrekt nach Vertragsabschluss den Kaufpreis auf das Konto der Trägergesellschaft«, sagte Patrick.

»Und wo befindet sich dieses Atelier?«, wollte Orbner wissen.

»Hier in der Nähe. Es hat eine Superlage. Balkon mit Blick auf London«, antwortete Allen.

»Und die ehemalige Wohnung des Käufers?«, fragte Orbner.

»Sie war nur angemietet«, sagte Allen.

»Das hilft mir weiter. Und der Zustand dieser ehemaligen Wohnung?«, fragte er.

»Ist eine abgewohnte Höhle.« Allen winkte ab.

»Na dann prost«, sagte Orbner.

Fast täglich fuhr Broichler mit dem Hotelbus an den Strand. Er badete und sonnte in der idyllischen, von Pinien und wild wachsenden Kakteen umstandenen Badebucht. Der Beachclub Paradiso bot ihm Schatten, Getränke und kleine Essen, wenn er sich kurzzeitig der unentwegt vom blauen Himmel scheinenden Sonne entziehen wollte.

Gelegentlich verließ er den Strand früher und fuhr nach Pergamon, besuchte Ephesus oder verbrachte einen Nachmittag in Troya.

Um Schagüll nicht zusätzlich in Gefahr zu bringen, hatte er von einem weiteren Besuch abgesehen, ihr stattdessen eine Ansichtskarte aus Troya geschickt und sie und ihren Verlobten zu einem Treffen in das Café Truva, das sich an der Strandpromenade von Cesme befand, eingeladen. *Natürlich nur, wenn es dir und deinem Verlobten passt,* hatte er dem knappen Text zugefügt.

Am letzten Nachmittag vor seiner Abreise, nach einem herrlichen Sonnentag, verließ Broichler das Hotel, machte einen ausgedehnten Spaziergang durch die Altstadt, kletterte auf die Burgruine, genoss das Panorama, suchte den Fischerhafen auf, beobachtete die schaukelnden Boote und die Fischer, die ihre Netze für den Fang vorbereiteten.

Er spazierte der Promenade entgegen und hoffte, dass Schagüll seine Einladung angenommen hatte.

Schließlich erreichte er das Café Truva. Touristen saßen an den Tischen unter dem Baldachin, erfrischten sich mit Getränken und genossen den kühlen Seewind und den Blick auf das Meer.

Broichler schaute sich suchend um. Ein jüngeres Paar zahlte und verließ eben einen Tisch. Der Lehrer bestellte bei dem Ober Kaffee und nahm auf einem der Plastikstühle vor dem Tisch Platz. Interessiert schaute er den Spaziergängern zu, die über die Promenade schritten.

Minuten später servierte der Ober ihm den Kaffee.

Broichler bemühte sich, seine innere Unruhe zu verdrängen. Er strich mit der Hand über die verheilte Wunde an seinem Arm und nippte an der Tasse. Er hätte seiner Schülerin gern noch ein paar Fragen gestellt, bevor er abreiste.

Er schaute auf die Armbanduhr und entschloss sich, noch eine Weile zu warten.

Dann sah er Schagüll. Hand in Hand mit ihrem Verlobten näherte sie sich dem Café und blickte suchend auf die Gäste. Ihr hübsches Gesicht wirkte ernst.

Broichler erhob sich und winkte das Pärchen an seinen Tisch.

»Mein Verlobter«, sagte Schagüll.

»Ötzan«, stellte der junge Mann sich vor und reichte Broichler die Hand.

»Bitte.« Broichler wies auf die freien Stühle.

Sie setzten sich an den Tisch. Broichler winkte den Kellner erneut zu sich.

»Schagüll, Herr Ötzan, Sie sind meine Gäste. Was darf ich für Sie bestellen?«, fragte er.

»Für mich Kaffee«, sagte Schagüll.

»Und Kuchen?«, fragte Broichler.

»Danke nein, meine Figur«, lehnte sie lachend ab.

»Herr Ötzan, was die Figur Ihrer Verlobten angeht, da sind wir Männer wohl anderer Meinung«, scherzte Broichler. Der junge Mann lächelte zustimmend.

»Ich trinke einen Tee«, sagte er in recht gutem Deutsch.

»Und für mich noch einen Kaffee«, sagte Broichler dem Ober.

»Es ist schön, dass wir uns noch einmal sehen. Ich werde oft an Juist denken«, erklärte Schagüll wehmütig.

»Meine Verlobte tut sich schwer damit, nicht mehr in Deutschland zu sein«, sagte Ötzan. »Auch mir hat es in Aachen sehr gut gefallen. Ich habe nach meiner Diplom-Prüfung ein respektables Angebot von einer Traktorenfabrik in Neuss bekommen. Aber ich habe es abgelehnt und mich dann für eine Stelle in der Türkei entschieden, weil ich mit dazu beitragen möchte, dass wir Arbeitsplätze im eigenen Land schaffen.«

»Eine gute Entscheidung, sonst hätten Sie Schagüll nicht kennen gelernt«, sagte Broichler.

»Es ist schade für unser Land, dass einige wenige Fundamentalisten und eine Minderheit rebellischer Kurden den wirtschaftlichen Aufschwung verhindern«, sagte er.

Der Ober servierte das Bestellte und reichte Broichler den Kassenbon.

»Auch unsere Republik wird von einer Minderheit in Verruf gebracht«, sagte Broichler. »Oft reichen wenige, um zu zerstören, was viele aufgebaut haben.«

Sie nippten an den Getränken.

Schagüll, die befürchtete, dass das Gespräch sich zu einer politischen Diskussion entwickeln würde, wechselte das Thema und fragte Broichler nach den Zukunftsplänen ihrer ehemaligen Mitschülerinnen und Mitschüler.

Ihr Verlobter schwieg höflich und zeigte auch keine Eifersucht, als sie danach über Pitt sprachen.

Broichler schilderte noch einmal die Umstände, die aus der Sicht des Staatsanwalts zu Pitts Tod geführt hatten. »Aber ich kann mir nicht vorstellen, dass es wirklich so gewesen ist.«

»Und was ist mit diesem Musiker?«, wollte Schagüll wissen. »Dem älteren Mann der Frau, mit der Pitt ein Verhältnis angefangen hat? Ich war damals sehr eifersüchtig, als ich davon erfuhr. Vielleicht war dieser Mann es auch. Ich hatte mir sogar vorgenommen, den Musiker im Hotel aufzusuchen, als er mit den Münchner Symphonikern in Izmir in der Atatürk-Halle gastierte.«

Sie weinte wieder.

Ihr Verlobter reichte ihr ein Taschentuch. »Ich war so verletzt, dass er sich schon so schnell mit einer anderen tröstet.«

Broichler schluckte.

»Davon habe ich nichts gewusst«, sagte er.

»Ich liebe Ötzan und weine, weil Pitt nicht mehr lebt«, schluchzte Schagüll.

»Ich verstehe meine Verlobte. Pitts Tod erscheint sinnlos. Und irgendwie passt nichts zusammen«, stellte Ötzan fest.

»Wir treten auf der Stelle, wissen noch immer nicht ...« Broichler schaffte es nicht mehr, den Satz zu beenden. Zuerst sah er einen Blitz, im nächsten Sekundenbruchteil spürte er eine Detonation.

Gleich darauf verlor er die Besinnung.

Passanten auf der Promenade schrien auf. Zerfetzte Menschenleiber wurden auf Steinplatten geschleudert. Es regnete Glasscherben, Plastik brannte. Über allem schwebte übel riechender schwarzer Rauch. Der Baldachin war heruntergekommen und hatte sich über die Terrasse gelegt wie ein Leichentuch. Trotz allem dudelte aus einem Lautsprecher noch immer fröhlich türkische Musik.

Der Sommerfrieden von Cesme war durch ein Attentat brutal gestört worden. Beherzte Passanten eilten zum Tatort, versuchten, Verletzte zu bergen. Erst nach einer Weile übertönten Martinshörner die anderen Laute. Doch für einige kam die ärztliche Hilfe zu spät.

Als Broichler zu sich kam, fühlte er warmes Blut auf seiner Jeans. Glas und Schutt bedeckten seinen Körper. Seitlich neben ihm lag ein umgekippter Tisch. Er bewegte die Beine und hob den Oberkörper an. Er spuckte den Staub von seinen Lippen. Die Luft roch nach Blut und angeschmortem Fleisch. Entsetzt blickte er sich um: Überall lagen tote und verletzte Menschen. Schwindel ergriff ihn, und endlich spürte er auch Schmerzen.

Er zog die Beine an und schob den Tisch beiseite. Lieber Gott, das alles durfte einfach nicht wahr sein! Seine Schülerin lag bewegungslos vor dem Tisch. Ihr schönes Gesicht war von Schutt bedeckt, ihr T-Shirt war zerfetzt. Auch Ötzan lag mit zerrissenen Jeans leblos zur Seite gekippt. Es gelang Broichler nicht, sich zu erheben. Er saß nur da und weinte leise vor sich hin.

Als ein Feuerwehrmann sich ihm näherte, blickte er auf, aber es gelang ihm nicht, sich zu artikulieren. Er zeigte auf das tote Mädchen. Der kräftige Feuerwehrmann hob ihn hoch.

Broichler zitterte am ganzen Körper. Er weinte, schluchzte und ließ sich von dem Feuerwehrmann zu einem Militärfahrzeug tragen. Soldaten griffen nach seinen Armen und schoben ihn in einen Sitz. Er hörte nicht das Stöhnen der Schwerverletzten und begriff noch nicht, dass er zu den wenigen Gästen des Café Truva gehörte, die mit dem Leben davongekommen waren.

Während der Mannschaftswagen dem Krankenhaus entgegenfuhr, das sich im Westen der Stadt vor den Hügeln befand, blickte Broichler plötzlich in das Gesicht des jungen Soldaten, der ihm mit einem feuchten Tuch das Gesicht wusch.

Langsam kam er zu sich. Er erhob sich und lächelte den Soldaten traurig an.

»Okay?«, fragte der und reichte dem Lehrer eine Tablette und ein Glas Wasser.

Broichler schluckte die Tablette und trank das kalte Wasser.

»Danke«, sagte er, und drückte dem Soldaten die Hand und wies auf die Sitzbank hinter sich. Der Soldat hatte ihn verstanden und bemühte sich um eine Frau, die in einen Weinkrampf gefallen war.

Broichler blickte durch die Frontscheibe des Mannschaftswagens. Er spürte eine tiefe Trauer, in die sich eine fast verrückte Freude mischte.

Ich lebe, schoss es ihm durch den Kopf. Er roch nicht den Gestank von Blut, Urin und Kotze. Er empfand keinen Ekel, als er mit den Händen klumpiges Blut und Erbrochenes von seiner Lederjacke abzuwischen versuchte.

Das Militärfahrzeug näherte sich dem Hintereingang des Krankenhauses, Die Krankenwagen mit den Schwerverletzten schossen mit Blaulicht an ihnen vorbei zum Haupttrakt.

Broichler hatte nur einen Schock erlitten. Sonst schien er unverletzt.

Als der Wagen vor dem Krankenhausportal anhielt, sah er Ärzte, Schwestern und einige Presseleute, die ihre Fotos schossen.

Der junge Soldat klopfte Broichler lächelnd auf die Schulter.

Broichler verließ als Erster den Mannschaftswagen.

Blitzlichter blendeten ihn, doch er riss sich zusammen und bahnte sich einen Weg.

Da sich weder Ärzte noch Schwestern um ihn kümmerten, hatte er plötzlich eine verrückte Idee: Er wollte versuchen, diesem schrecklichen Rummel zu entfliehen!

Schließlich war er nicht verletzt!

Er hastete nach links zu einer Mauer und einer Reihe von Oleanderbüschen, doch ein schnauzbärtiger Mann stellte sich ihm in den Weg.

»Police«, sagte er und hielt ihm seinen Ausweis entgegen.

Broichler schüttelte den Kopf.

»Ich will zu meinem Hotel. Ich brauche keine ärztliche Hilfe«, sagte er.

»Deutscher?«, fragte der Polizist.

Broichler bemerkte die Pistole, die unter der Weste des Mannes hervorlugte.

»Ja, ich bin Tourist«, antwortete er.

»Sie befanden sich als Gast im Café?«, fragte der Polizist.

Broichler war verwirrt.

»Sie sprechen gut deutsch«, murmelte er.

»War in Deutschland. Dann arbeitslos, jetzt Spezialeinheit gegen Kurden. Anschlag kommen von Kurden. Machen kaputt Tourismus«, sagte der Polizist.

»Ich verbringe hier in Cesme meinen Urlaub. Morgen fahre ich zurück. Ich trank Kaffee im Café Truva, dann explodierte die Bombe«, sagte Broichler.

»Und hatten Sie Kontakt mit Türken oder Kurden?«, fragte der Polizist und schaute Broichler eindringlich an.

»Nein, ich bin Lehrer. Ich wollte die Türkei kennen lernen. Ich habe Troya, Ephesus und Pergamon aufgesucht«, log Broichler.

»Viel Blut an Jacke und Hose. Sie sind Zeuge von Geschehen. Zeigen Sie mir Ihren Pass«, sagte der Polizist.

Broichler griff in die zerfetzte Jacke und entnahm ihr die unbeschädigte Brieftasche.

»Hier«, sagte er und reichte dem Polizisten den Reisepass.

»Danke. Wenn große Schaden, dann anmelden«, sagte der Mann und reichte ihm den Pass zurück.

Broichler schüttelte den Kopf. Dann wandte er sich ab und machte sich auf den Weg zum Hotel.

Eine Oase des internationalen Tourismus hatte ihre Unschuld eingebüßt. Für den Fremdenverkehr in der Stadt war es von untergeordneter Bedeutung, ob Kurden oder Fundamentalisten die Bombe gezündet hatten. Die ausländischen Touristen in Cesme und in der Umgebung bemühten sich schlagartig verängstigt um ihre Abreise.

Das Hotel Hanedan glich einem aufgescheuchten Bienenschwarm. Vor den Telefonzellen standen die Gäste Schlange. Nur wenige Touristen behielten einen klaren Kopf. Nach dem Gesetz der Wahrscheinlichkeit würde der nächste Anschlag in Cesme etwa in tausend Jahren stattfinden, schoss es Broichler durch den Kopf.

Er hatte sich bemüht, über Nebenstraßen das Hotel zu erreichen. Niemand hatte ihn angesprochen. Doch natürlich verrieten nicht nur seine blutige und verschmutzte Kleidung, sondern auch sein zerkratztes Gesicht und sein gehetzter Blick den Menschen, dass er mehr von dem schrecklichen Ereignis wusste als andere.

Im Hotel kursierten Gerüchte, Polizisten standen an der Rezeption. Hotelangestellte blickten mit bleichen Gesichtern auf Listen und warteten auf Rückmeldungen ihrer Gäste.

Broichler suchte so schnell wie möglich sein Zimmer auf, ohne auf Fragen einzugehen.

Er zog sich aus, steckte alles in eine Plastiktüte und ging unter die Dusche. Während das Wasser an seinem braun gebrannten Körper entlangfloss, weinte er.

Schagüll und ihr Verlobter waren nur zwei der sinnlosen Opfer.

Feriengäste mit Kindern hatten für den Urlaub gespart und nicht geahnt, dass sie eine Reise in den Tod buchten.

Broichler dachte an Schagülls Tante, die ihm vermutlich die Schuld am Tod ihrer Nichte zuweisen würde. Sie tat ihm Leid.

Broichler verließ die Dusche, frottierte seinen Körper, zog frische Wäsche an, saubere Jeans und ein frisches T-Shirt. Er trat an die Minibar, nahm sich ein türkisches Bier. Dazu rauchte er Pfeife und bemühte sich, die schrecklichen Erlebnisse und seine Trauer um die Opfer zu verdrängen.

Im Hotel herrschte Chaos. Ohne Unterbrechung summte der Aufzug. Menschen hasteten durch die Korridore.

Broichler dankte Gott, dass er überlebt hatte, und betete mit Tränen in den Augen für die Seelen seiner Schülerin und ihres Verlobten.

Seine Knie waren angeschwollen, seine Fußgelenke schmerzten, und sein Gesicht brannte von den Schnitten kleinerer Glassplitter.

Lappalien, stellte er fest, holte das Sportgel aus seiner Reiseapotheke und rieb es auf die Schwellungen. Sein Gesicht behandelte und desinfizierte er mit medizinischem Alkohol und Jod.

Es war wie eine Ironie des Schicksals. Seine pädagogische Verantwortung hatte ihn bewogen, die Türkei aufzusuchen. Doch Schagüll und Ötzan würden noch leben, wenn er sie nicht in das Café Truva eingeladen hätte.

Broichler verbrachte die Nacht im Sessel. Er nickte hin und wieder ein, fuhr dann aus Alpträumen hoch und blickte in das voll erleuchtete Zimmer.

Am frühen Morgen trank er das gekühlte Mineralwasser aus der Minibar, stand lange am Fenster und blickte auf die Bucht, schaute den Seevögeln nach, die wie auf Juist im frühen Sonnenlicht im Wind hingen, als wäre nichts geschehen. Über dem Hotel lag trügerische Ruhe.

Er packte seine Reisetasche, griff den Plastikbeutel mit der schmutzigen Kleidung in der Absicht, sie irgendwo loszuwerden. Dann verließ er das Zimmer, schloss die Tür und stieg über die Treppe nach unten. Die Rezeption war verwaist. Auf dem Tresen lagen Listen. Einem Hinweis entnahm er, dass verspätet eintreffende Gäste sich telefonisch unter der angegebenen Telefonnummer zurückmelden sollten.

Broichler klemmte einen Hunderter in das Kettchen des Zimmerschlüssels, schritt um den Tresen, fand dort einen Kugelschreiber und einen Block. Er schrieb seine Zimmernummer auf und legte den Schlüssel und das Blatt in sein Zimmerfach.

Dann trug er sein Gepäck zum Parkplatz und verstaute es im Wagen. Anschließend stieg er selbst ein, startete und fuhr durch die verlassenen Straßen von Cesme in Richtung Izmir.

Er fühlte sich ausgelaugt, dennoch nicht müde. Er beabsichtigte, seinen Wagen auf der Abfertigungsspur im Hafen vor dem kleinen Zollhäuschen abzustellen und bis zur Abfahrt der *Samsun*, die um siebzehn Uhr ablegte, ein bisschen durch die Stadt zu wandern.

Broichler bummelte ziellos durch Izmir und fieberte der Abfahrtszeit der *Samsun* entgegen. Er nahm eine Kleinigkeit zu sich, trank in einem Café einen Mokka und begab sich gegen sechzehn Uhr zu seinem Golf, den er auf dem Kai in der Abfahrtsstraße des Zolls geparkt hatte.

Im Wagen war es heiß. Die Sonne schien gnadenlos vom blauen Himmel, und der laue Seewind brachte nur wenig Kühlung.

Die ständige Angst, dass er sich vielleicht auf einer Fahndungsliste der türkischen Polizei befand, zerrte an seinen Nerven.

Broichler sammelte noch einmal all seine Kräfte, als er den Wagen dem Zollhäuschen entgegensteuerte. Bemüht, keine Hektik und Nervosität zu zeigen, reichte er dem Zollbeamten die Papiere.

Der Zollbeamte gab sie einem Kollegen, der sie überprüfte. Er wies Broichler an, die Motorhaube zu öffnen, und kontrollierte die Motor- und Chassisnummer.

»Bitte auch die Heckklappe«, sagte er.

Broichler stieg aus. Er schloss die Heckklappe auf.

Der Zollbeamte klopfte sein Gepäck nur oberflächlich ab.

Ein Polizeibeamter trat hinzu und zeigte auf die Plastiktüte, in die Broichler seine blutbeschmierte Jeans und die zerrissene Lederjacke gepackt hatte.

Broichler stand kurz vor einem Nervenzusammenbruch.

»Das stinkt«, sagte der junge Polizist.

»Schmutzige Wäsche«, erklärte der Lehrer geistesgegenwärtig.

»Aha«, sagte der junge Beamte, lächelte und schritt davon.

Sein Kollege reichte Broichler die Papiere.

»Gute Fahrt«, sagte er.

Broichler stieg in den Wagen, fuhr zum Schiff und folgte den Weisungen der Verlademannschaft. Er war mit den Nerven am Ende, suchte sofort seine Kabine auf und fiel wenig später in einen tiefen Schlaf.

Am Samstag, dem achten Juli, legte die *Samsun* um acht Uhr in Ancona an. Über der Stadt lag der frühe rote Morgenhimmel. Die Luft roch trocken nach Meer, Pinien und Oleander.

Broichler hatte es nicht über das Herz gebracht, seine verschmutzten, übel riechenden Kleidungsstücke ins Meer zu werfen. Er hatte den Plastikbeutel neben sich auf den Fahrersitz gelegt und ihn mit Broten, die er auf der *Samsun* in der Cafeteria gekauft hatte, bedeckt.

Wegen des sprunghaft angestiegenen Rauschgiftschmuggels aus der Türkei gingen die italienischen Zollbeamten akribisch zu Werke.

Broichler befürchtete erneut Schwierigkeiten, doch er bekam freie Fahrt, während das Fahrzeug vor ihm, in dem mehrere junge Leute saßen, gefilzt wurde.

Broichler fuhr mehrere Stunden, legte in Kufstein eine größere Pause ein, wechselte die Wäsche, nahm eine Mahlzeit ein und fuhr die Nacht durch.

Er erreichte Norddeich gegen Mittag und fuhr den Golf in die Frisia-Garage. Die *Frisia II* legte um Viertel vor zwei nach Juist ab.

Gegen fünfzehn Uhr betrat er seine Wohnung. Er war geschafft. Vollkommen fertig betrat er das Schlafzimmer, legte sich aufs Bett und schlief sofort ein. Erst gegen zwanzig Uhr wachte er auf. Er packte die Reisetasche aus, brachte die Jeans und Lederjacke in der Plastiktüte zum Müllcontainer. Danach bereitete er sich einen Tee zu, rauchte eine Pfeife und verließ anschließend seine Wohnung. Es war ein herrlicher Sommerabend.

Mit dem Gefühl, einer Katastrophe entkommen zu sein, schritt er über die Wilhelmstraße und atmete begierig die frische Luft ein. Er bog in den Kapitänsweg ein und betrat das Restaurant Sandbank. In der Nähe des Tresens nahm er an einem freien Tisch Platz und bestellte beim Ober ein Pils. Frau Gatema bediente den Tresen. Sie nickte ihm freundlich zu.

»Urlaub gemacht?«, fragte sie und spülte Gläser.

»Am Mittelmeer«, antwortete Broichler.

»Man sieht es«, sagte sie.

Der Ober servierte Broichler das Bier, und er trank.

Das Lokal galt als ein Treffpunkt prominenter Inselurlauber, und Broichler entdeckte unter den Gästen einen niedersächsischen Minister, der mit seiner Frau speiste.

Wieder stopfte er sich eine Pfeife. Das Bier schmeckte süffig, und er bestellte nach. Dabei dachte er an das, was hinter ihm lag.

Es war bereits sehr spät, als er den Kellner an den Tisch bat und bezahlte.

Er schritt an den Tresen, reichte Frau Gatema einen Zettel.

»Antje, ich benötige die Anschrift eines prominenten Gastes«, sagte er. »Er wohnt zeitweise hier auf der Insel und ist ein bekannter Komponist und Pianist.«

Die Wirtin lächelte.

»Er liebt keine Autogrammjäger«, erklärte sie, aber schrieb die Adresse auf den Zettel.

»Danke«, sagte Broichler und verließ das Lokal.

Am Himmel blinkten die Sterne.

Der Mond leuchtete schwach. Nur wenige Spaziergänger waren noch unterwegs.

Während die Internatsschüler den Rest ihrer Sommerferien genossen, Juist sich den Urlaubern im Glanz eines herrlichen Sommers darbot und voll ausgebucht war, bemühte sich Broichler, die schrecklichen Erlebnisse zu verarbeiten.

Wenige Tage nach seiner Heimkehr rief er Orbner an.

»Na endlich«, sagte der nur, als der Lehrer ihn begrüßt hatte.

»Ich bin wohlbehalten angekommen«, sagte Broichler.

»Ich habe mehrmals versucht, dich zu erreichen.«

Mittlerweile waren sie zum vertrauten Du übergegangen.

»Nach den Zeitungsartikeln und den Berichten im Fernsehen gab es kein deutsches Opfer in Cesme«, sagte Orbner. »Das hat mich ein wenig beruhigt.«

»Ich war auch in dem Café, aber ich habe überlebt. Schagüll und ihr Verlobter zählen zu den Opfern«, berichtete Broichler und schluckte.

»Das ist ja entsetzlich«, murmelte Orbner.

»Kannst du dich für ein paar Tage freimachen?«, fragte Broichler.

»Gewiss, ich komme gern. Besorg mir eine Unterkunft«, sagte Orbner.

»Du wohnst bei mir. Ich habe genug Platz«, sagte Broichler.

»In Ordnung. Ich komme morgen an. Bis dann«, verabschiedete sich Orbner.

Juist kam Broichler schöner vor denn je.

Über die Straße holperten die Pferdefahrzeuge. Radfahrer klingelten sich den Weg frei. Eltern zogen Polderwagen, in denen es sich die Kleinen gemütlich machten. Junge Leute alberten herum, spielten mit einem Ball auf dem Weg zum Strand.

Broichler betrat einen Blumenladen und kaufte Freesien. Mit dem kleinen Strauß in der Hand schritt er in die Dünen und suchte den Friedhof auf.

Dort ging er zum Grab seiner Frau Maria. Er steckte die Blumen in eine Vase und sprach ein Gebet.

Dass er noch lebte, verdankte er vermutlich einem umgestürzten Tisch.

So, als könne Maria ihn hören, berichtete er ihr von den schrecklichen Ereignissen während seiner Türkeireise.

Es war gut, sich die Dinge noch einmal vom Herzen zu reden.

Schließlich verließ er den Friedhof und suchte die Straße auf, in der der Musiker mit seiner jungen Frau eine Wohnung besaß.

Gegenüber dem Haus stand inmitten von Blumenbeeten eine Bank. Eine Steinmauer grenzte sie von den Dünen ab.

Broichler setzte sich auf die Bank und blickte auf das gegenüberliegende Apartmenthaus, von dem er wusste, dass hier prominente und wohlhabende Bürger ihre Zweitwohnungen hatten.

Broichler spielte mit dem Gedanken, einfach klingeln zu gehen. Dann sah er, wie die Haustür sich öffnete und ein Paar die Eingangshalle verließ.

Der Mann war etwa in seinem Alter. Er hatte lange graue Haare und einen gewaltigen Schnurrbart. Seine Kleidung bestand aus weißen Jeans, einem bunten Sommerhemd und einem pinkfarbenen Seidenblouson. Er trug einen Koffer, der schwer zu sein schien.

Die junge Frau an seiner Seite war sehr schön. Auch sie trug ein Gepäckstück.

Für Broichler gab es keinen Zweifel.

Das musste Pitts Geliebte sein!

Die beiden setzten ihr Gepäck ab, lächelten sich an und küssten sich. Von Broichler nahmen sie keine Notiz.

Das Klappern von Pferdehufen ertönte. Broichler verließ die Bank und schritt dem Fähranleger entgegen, doch er ließ das Paar nicht aus den Augen.

Die *Frisia II* lag vertaut an der Mole.

Broichler stellte sich in den Schatten des Reedereigebäudes und schaute den Matrosen zu, die Container auf das Schiff verluden.

Nur wenige Gäste gingen an Bord. Dann sah er die Kutsche, die auf die Mole holperte.

Der Kutscher stieg vom Bock, reichte den Gästen das Gepäck an und nahm das Fahrgeld entgegen. Das ungleiche Paar näherte sich dem Schiff. Der Musiker küsste seine junge Frau auf die Wange, hängte sich die Tasche über die Schulter, griff zum Koffer und betrat die Gangway. Von Bord winkte er der Frau noch einmal zu, bevor er sich zum Restaurationsdeck begab.

Die Frau wartete, bis die *Frisia II* ablegte, und winkte ihrem Mann zu, den sie hinter einem Bordfenster entdeckt hatte.

Broichler wartete geduldig.

Schließlich trat er aus dem Schatten des Reedereigebäudes und näherte sich der jungen Frau.

Sie blickte ihn überrascht an.

»Entschuldigen Sie bitte, Frau Wobazek. Mein Name ist Broichler. Ich bin Lehrer am hiesigen Inselgymnasium«, stellte er sich vor und deutete eine Verbeugung an.

Barbara Wobazek lächelte verwirrt und blickte ihn fragend an. »Darf ich Sie für ein kurzes Stück Ihres Weges begleiten?«, fragte Broichler höflich. »Sie gehen doch sicher nach Hause?«

Sie nickte. »Ich habe meinen Mann zum Schiff gebracht. Er ist Solist und Mitglied der Münchner Symphoniker. Sie gehen auf Amerika-Tournee«, sagte sie.

»Ich weiß, Ihr Mann ist in der Musikwelt eine geschätzte und anerkannte Persönlichkeit. Sein Name ist bekannt.«

»Sie haben mich doch wohl nicht angesprochen, um mir das mitzuteilen?«, fragte sie ironisch. Sie näherten sich dem Sieltor.

»Die Münchner Symphoniker haben im Frühjahr in der Türkei gastiert, nicht wahr?«, wollte Broichler wissen.

»Ja, davor waren sie in Japan«, sagte sie ärgerlich und blieb stehen.

»Und nach der Türkei-Tournee war Ihr Mann hier bei Ihnen auf Juist?«, fragte Broichler.

Frau Wobazek blickte ihn misstrauisch an.

»Wir haben keine Kinder und auch keine Nichten und Neffen, die Ihre Schule besuchen. Warum schnüffeln Sie in unserem Privatleben herum?«, fragte sie gereizt.

»Dazu habe ich eigentlich wirklich kein Recht. Das wäre eher eine Aufgabe für die Kripo«, sagte Broichler ernst.

Frau Wobazek starrte ihn fassungslos an.

»Was wollen Sie von mir? Antworten Sie mir endlich!« Ihr hübsches Gesicht wirkte kämpferisch.

»Wie wäre es, wenn Sie meiner Einladung zu einer Tasse Kaffee oder einem Eis in das Café Pirol folgen würden? Bei diesem herrlichen Wetter finden wir um diese Zeit einen Tisch in einer ruhigen Ecke, wo uns niemand zuhört«, schlug Broichler vor.

Sie überlegte kurz, dann nickte sie und folgte ihm.

Seite an Seite passierten sie schweigend den Brunnen, auf dem Kinder ihre Schiffchen im Wind treiben ließen, und betraten das Café.

Sie fanden einen freien Tisch im hinteren Raum, an dem sie Platz nahmen.

Das türkische Bedienungsfräulein erschien am Tisch.

»Was wünschen die Herrschaften?«

Frau Wobazek blickte unentschlossen drein.

»Wie wäre es mit einem Kännchen Ostfriesentee und einem Stück Torte?«, fragte Broichler. Die junge Frau nickte, und Broichler bestellte das Gleiche für sich.

Wenig später brachte die Kellnerin den Tee und die Torte. Sie war hübsch, und mit ihren dunklen Haaren und Augen erinnerte sie den Lehrer an Schagüll.

Als alles auf dem Tisch stand, wünschte sie einen ›guten Appetit‹ und ging wieder.

Sie bedienten sich.

Nahmen Kluntjen, gossen den Tee in die Tassen, fügten Sahne hinzu.

Broichler grub die Gabel in sein Tortenstück, Frau Wobazek nippte am Tee.

»Sie haben mich ganz schön erschreckt«, sagte sie, doch Broichler reagierte nicht gleich. Schweigend aß er seine Torte.

»Frau Wobazek, mein Schüler Pitt Hänneschen ist bei einem Segelunfall ums Leben gekommen, wie Ihnen bekannt ist. Ich habe erfahren, dass er mit Ihnen während der Wintermonate ein Verhältnis hatte«, sagte er dann.

»Sie wollen mir also Vorwürfe machen«, murmelte sie.

»Dazu habe ich kein Recht. Ich möchte Ihnen nur ein paar Fragen stellen.«

Barbara Wobazek sah ihn an und seufzte.

»Ich habe Pitt Silvester kennen gelernt. Wir haben uns auf Anhieb gut verstanden. Ich fühlte mich sehr einsam, und Pitt hatte Liebeskummer. Seine Freundin war auf und davon, um einen anderen zu heiraten. Ich habe Pitt geholfen, seinen Liebeskummer zu überwinden, und Pitt schenkte mir dafür eine schöne Zeit, die ich nie vergessen werde. Mein Mann hat von unserer Freundschaft nichts erfahren. Er wäre sehr enttäuscht, wenn er wüsste, dass ich ihn mit einem jungen Mann betrogen habe. Er neigt zur Eifersucht. Deshalb bitte ich Sie um Ihre Verschwiegenheit«, sagte sie und schaute ihn ernst an.

»Und Ihr Mann war auf Juist, als Pitt verunglückte?«, fragte Broichler.

»Ja, Pitt und ich haben uns nach Janoshs Rückkehr nicht mehr getroffen«, antwortete sie.

»Und sein Tod? Sie haben gelitten, und Ihr Mann hat nichts gemerkt?«, fragte Broichler.

Barbara Wobazek schwieg.

Sie blickte wie abwesend durch das Fenster auf den belebten Platz.

So, als tauche sie aus ihren Erinnerungen auf, wandte sie dem Lehrer plötzlich ihr Gesicht zu.

»Ja, ich erinnere mich an den Abend, als es bekannt wurde.

Mein Mann war, was selten vorkommt, lange ausgeblieben. Sein Atem roch nach Alkohol. Er brachte den Tratsch vom Yachtclub mit nach Hause. Er hatte dort erfahren, dass das Segelboot eines Schülers des Inselgymnasiums von Fischern aufgebracht worden war und der Segler vermisst wurde. Einige Tage später las ich in der Zeitung, dass Urlauber auf Baltrum Pitts Leiche gefunden hatten«, sagte sie.

Dann begann sie zu weinen.

»Sie haben Pitt vor dem Unfall lange nicht getroffen?«, fragte Broichler.

»Nein, das sagte ich bereits. Ich sah ihn einige Tage vorher am Steg, als er nach seiner Yacht schaute«, sagte sie.

»Und Sie sind davon überzeugt, dass er ertrunken ist?«, fragte Broichler.

Die junge Frau nippte an ihrem Tee.

»Gibt es da Zweifel?«, fragte sie überrascht.

»Seine Tante, die jetzt die Firma verwaltet, glaubt an Selbstmord. Sie geht davon aus, dass Pitt sich von Bord gestürzt hat, weil er erfahren hatte, dass seine türkische Geliebte geheiratet hat.«

Barbara Wobazek schüttelte den Kopf.

»Das ist Unsinn. Pitt hatte mich gebeten, mich von Janosh zu trennen. Er war vermögend. Aber ich habe ihn enttäuscht und bin bei meinem Mann geblieben«, sagte sie.

»Und Pitt hat sich in die Nordsee gestürzt, weil Sie bei Ihrem Mann geblieben sind?«, fragte Broichler.

»Ich habe Pitt geliebt, aber ich glaube, ich war nicht so wichtig für ihn. Er hat mich genau so schnell vergessen wie seine junge Mitschülerin«, sagte sie.

»Ich habe die Schülerin in der Türkei besucht. Sie hat Pitt geliebt und auf seine Treue gebaut. Von einem Vetter, der hier auf Juist kellnert, hat sie erfahren, dass Pitt ein Verhältnis mit Ihnen hatte. Sie hat darunter sehr gelitten. Später hat sie einen netten jungen Mann kennen gelernt und sich mit ihm verlobt, aber nicht geheiratet«, sagte Broichler.

»Diese Schagüll war eifersüchtig auf mich?«, fragte Barbara kleinlaut, als schäme sie sich.

»Das war sie. Doch ich muss hinzufügen, dass sie nicht mehr lebt«, sagte Broichler.

Frau Wobazek erschrak. »Selbstmord?«, fragte sie entsetzt.

»Nein, sie und ihr Verlobter sind in der Türkei bei einem Terroranschlag ums Leben gekommen«, erwiderte Broichler.

Barbara Wobazek seufzte.

»Es ist abwegig anzunehmen, mein Mann hätte diese Ansichtskarte an Pitt geschickt, wenn es das ist, was Sie meinen. Janosh weiß nicht, dass ich ihn betrogen habe«, sagte sie.

»Das würde ich nicht so schnell behaupten. Hier auf Juist wohnen und urlauben viele Menschen aus Ihren Kreisen. Jemand könnte es mitbekommen und ihm gesagt haben«, warf Broichler ein.

»Er kannte das türkische Mädchen nicht. Wie hätte er erfahren können, dass sie Pitts Geliebte war und sich verheiraten wollte?«, fragte sie ironisch.

»Juist ist ein Dorf. Schagülls Flucht hat für genügend Gesprächsstoff gesorgt.«

»Ich denke mir, dass wir diese Frage in Abwesenheit meines Mannes ohnehin nicht klären können«, sagte sie und rief nach der Bedienung.

»Ich zahle, Sie waren mein Gast«, erklärte Broichler.

»Dann kann ich ja gehen«, sagte sie, erhob sich und schritt grußlos davon.

Broichler schaute hinter ihr her.

Sie war wirklich eine Frau, die einem Mann den Kopf verdrehen konnte.

Über die Dünen strich der aufgebriste Wind hinweg und kämmte den Strandhafer. Möwen schossen über die bunten verlassenen Strandkörbe.

In den Prielen spiegelten sich die Strahlen der untergehenden Sonne. Am Strandsaum spazierten einige Urlauber an den schäumenden Wellen entlang.

»Ein herrlicher Abend«, sagte Orbner und atmete die frische

kühle Seeluft ein. Er schmecke das Salz auf seinen Lippen. »Meine Frau ist zu unserer Tochter gereist. Bald werde ich Opa.«

»Da wird deine Frau sich sehr freuen«, bemerkte Broichler.

»Sie war sauer«, erklärte Orbner lachend. »Allerdings nicht deswegen. Sie ist der Meinung, dass wir uns zu weit in die Angelegenheiten der Kurden und Türken vorgewagt haben.«

Sie verließen den mit Holzbohlen bedeckten Dünenweg und betraten den Strand.

»Es waren nicht die Kurden, die Pitt nach dem Leben getrachtet haben«, warf Broichler ein.

»Ich habe einen Fehler gemacht, als ich meiner Frau von dem Anschlag in Cesme erzählt habe«, sagte Orbner.

»Ich habe übrigens den jungen Kronenburg kurz vor meiner Reise im Fotoladen gesehen«, wechselte Broichler das Thema. »Er hat mich nicht wiedererkannt. Er hat Pitts Eigentumswohnung übernommen, um auch hier auf Juist zu malen.«

»Ich war auch nicht untätig und habe in London recherchiert«, erwiderte Orbner. »Arnold Kronenburg wird flügge. Er hat in London einen Berg von Schulden hinterlassen. Cecilia Kronenburg hat sie getilgt und ihm in einer reizvollen stadtnahen Umgebung von London ein Atelier einrichten lassen. Sie hatte versucht, den Kauf zu verschleiern, den sie zu einem ungünstigen Zeitpunkt getätigt hat. Die Investitionen in ein Ostgeschäft hatten sich als Flop erwiesen, wie ich vorausgesagt hatte. Sie hat mit dem von Pitt ererbten Vermögen die Verluste ausgeglichen und die drohende Liquiditätsschwäche der Firma verhindert. Ohne mich zu Rate zu ziehen, hat sie eine Immobilienfirma in der Rechtsform einer GmbH gegründet und Arnold zum Geschäftsführer ernannt. Es handelt sich um eine Scheinfirma. Nach den EC-Bestimmungen kann sie Steuern sparen«, berichtete Orbner.

Broichler hatte die Zusammenhänge nicht ganz verstanden. »Von EG-Beschlüssen weiß ich nichts«, erklärte er.

»Solche Steuertricks werden hingenommen, wenn ernsthafte Bemühungen des Investors erkennbar werden, später Gewinne zu erzielen. Nach englischem Steuerrecht erhöht sich die Abschreibungssumme zusätzlich um die Altschulden. Dieser

Nichtsnutz Arnold hat Cecilia bereits ein Vermögen gekostet. Seine Art und Weise zu leben kann ich nicht billigen. Und ich bin auch nicht bereit, meinen guten Ruf beim Finanzamt für diesen Playboy aufs Spiel zu setzen«, sagte Orbner.

»Das kann ich verstehen.« Broichler nickte.

»Es kam zu einer Auseinandersetzung mit Cecilia, als sie erfuhr, dass ich nach London geflogen bin und dort recherchiert habe. Sie nannte das eine Einmischung in ihre privaten Angelegenheiten«, sagte Orbner.

»Aber schließlich hat sie wieder eingelenkt?«, vermutete Broichler.

»Weit gefehlt. Nach einem Disput bat ich sie um die Urlaubsliste ihrer türkischen und kurdischen Gastarbeiter, weil ich feststellen wollte, ob jemand von ihnen in der Nähe von Cesme seinen Urlaub zu verbringen beabsichtigte. Sie war rasend vor Wut und kündigte mit sofortiger Wirkung meinen Beratervertrag. Gottfried Kronenburg bemühte sich, den Streit zu schlichten, bisher vergeblich.« Orbner machte eine Pause, fuhr dann fort: »Den finanziellen Ausfall kann ich verkraften. Ein japanischer Autohersteller, der sich im Gewerbegebiet von Stuttgart niedergelassen hat, hat mir einen Beratervertrag für fünf Jahre angeboten, das hilft mir finanziell. Dennoch hat mich der Streit sehr belastet. Pitts Vater war schließlich mein bester Freund.«

Die Sonne tauchte bereits hinter den Dünen ins Meer, als die *Frisia* auf Juist anlegte. Boerkamp verließ im Strom der Urlauber das Schiff. Er suchte die Pension auf und machte sich ein wenig frisch.

Um neunzehn Uhr dreißig verließ er die Pension und schlenderte über den Strand der Wohnung des Lehrers entgegen. Pünktlich um acht Uhr betätigte er die Türklingel. Er vernahm den Summton, öffnete die Haustür, betrat den Korridor, schritt an den Briefkästen entlang und stieg die Treppe hoch.

Broichler empfing ihn an der Wohnungstür.

»Herr Boerkamp, treten Sie ein«, sagte er freundlich und führte ihn ins Wohnzimmer. »Darf ich Ihnen Herrn Orbner vorstellen?«, fragte er.

»Angenehm. Sie sind also der Steuerberater«, sagte der Kommissar und reichte dem anderen Besucher die Hand.

»Ich habe Ihnen Tee zubereitet. Sie können auch Sprudel, Cola, Saft oder ein Bier bekommen«, erklärte Broichler und bat den Kommissar, Platz zu nehmen.

»Danke. Bier später«, sagte der Beamte und ließ sich in einem Sessel nieder.

Das Wohnzimmer war gemütlich und elegant eingerichtet, stellte er fest.

»Sie gehen bereits davon aus, dass es spät werden kann«, frotzelte der Steuerberater und lachte Boerkamp munter an.

»Im Moment rechne ich mit allem«, ging Boerkamp auf den lockeren Ton ein.

Broichler schenkte den Tee aus.

»Bitte, bedienen Sie sich«, sagte er, setzte den Kluntjetopf und das Sahnekännchen auf den Tisch und nahm ebenfalls in einem Sessel Platz.

»Herr Kommissar, wir haben die Ergebnisse unserer Recherchen auf mehreren Seiten zusammengefasst«, leitete er dann zum eigentlichen Grund des Treffens über. »Ich war in der Türkei und Herr Orbner in London. Bitte, lesen Sie.« Broichler reichte Boerkamp die in einem Schnellhefter zusammengefassten Seiten.

»Das klingt nach internationalen Verwicklungen. Sie machen mich neugierig«, sagte Boerkamp. Er trank Tee und vertiefte sich in den Text.

Durch das offene Fenster und die Balkontür drang die frische würzige Seeluft. Orbner rauchte eine Zigarette.

Broichler stopfte seine Pfeife, während Boerkamp konzentriert den Bericht las.

Schließlich legte er den Hefter auf den Tisch und schaute den Lehrer ernst an.. »Herr Dr. Broichler, Sie sind dem lieben Gott noch einmal von der Schippe gesprungen. Ein tragisches Ende für zwei junge hoffnungsvolle Menschen«, sagte er betroffen.

»Für drei«, korrigierte der Steuerbeamte.

»Richtig, Sie vertreten die Meinung, dass Pitt Hänneschen ermordet wurde«, murmelte Boerkamp.

»Hat unsere Dokumentation Sie nicht überzeugt?«, wollte Broichler wissen.

»Ich möchte mich im Moment noch vorsichtig äußern: Sie stimmt mich äußerst nachdenklich. Ihre Argumente sind logisch, aber sie bedürfen einer Überprüfung. Die Beweislage dürfte sich schwierig gestalten. Wenn Sie gestatten, dass ich den Bericht für den Staatsanwalt an mich nehme, dann gibt es ab jetzt einen Fall Pitt Hänneschen«, erklärte der Kommissar.

»Herr Dr. Broichler und auch ich waren Pitt sehr zugetan«, sagte der Steuerberater und steckte sich eine neue Zigarette an.

Boerkamp seufzte. »Das erklärt Ihr Engagement. – Dieser Künstler ist wohl das schwarze Schaf der Familie«, wechselte er das Thema.

»Ein Tunichtgut«, bestätigte Orbner.

»Und Pitt, der eigentliche Firmeneigner, stieß bei seiner Tante auf Unverständnis, weil er im Begriff war, sich ernsthaft an eine Türkin zu binden. Doch das ist Schnee von gestern. Interessanter finde ich Ihren Beitrag über die Finanzlage der Firma, die das althergebrachte Handelshaus bedroht. Das Erbe des verunglückten Schülers kam wohl wie ein unerwarteter Goldregen über seine Familie«, stellte Boerkamp fest.

»Sie haben das richtig erkannt. Arnold kann als Künstler wieder Fuß fassen, und Cecilia verliert weder in Kunstkreisen noch bei ihrer Kirchenarbeit ihren Ruf«, sagte Orbner.

»Und dieser Musiker, der in der Türkei gastierte, während seine Frau mit dem Abiturienten fremdging, kann die Ansichtskarte geschickt haben«, folgerte der Kommissar.

»Dafür spricht einiges. Es sei denn, noch jemand ganz anderes hat seine Hand im Spiel. Der große Unbekannte«, sagte Broichler.

»Herr Orbner, Sie sind vereidigter Buchprüfer und niedergelassener Steuerberater. Wie wäre die Rechtslage gewesen, wenn Pitt nicht verunglückt wäre? Ich entnehme dem Bericht, dass die Firma finanziell auf unsicheren Füßen stand«, erklärte Boerkamp.

»Pitt hätte wegen Veruntreuung seines Vermögens klagen können, weil die Tante trotz der Liquiditätsschwierigkeiten und des Kapitalmangels der Ostgeschäfte ihrem Sohn Arnold in London ein Atelier eingerichtet hat«, sagte der Steuerberater.

»Sie kann in eine Art Panik geraten sein. Ihr Sohn Arnold erntete gerade seine ersten Erfolge, aber er wäre weg vom Fenster gewesen, wenn sie nicht eingegriffen hätte«, sagte der Studiendirektor.

»Und ihr Mann?«, fragte Boerkamp.

»Er hat nur in die Familie eingeheiratet. Sie lässt ihm wenig Spielraum. Er verstand sich gut mit seinem Neffen«, sagte Orbner.

Vom Balkon her wehte kühle Meeresluft in das Zimmer. Broichler schloss das Fenster und die Balkontür.

Anschließend räumte er das Teegeschirr vom Tisch und servierte gekühltes Bier.

»Herr Kommissar, ich hoffe, Ihnen schmeckt das rheinische Altbier«, sagte er.

»Der Vetter meiner Frau wohnt in Korschenbroich. Wenn wir ihn besuchen, trinken wir dort nur Alt«, erklärte Boerkamp.

Draußen wurde es dunkel. Es war schon spät geworden.

Sie füllten die Gläser und prosteten sich zu.

»Herr Broichler, kurz vor der Explosion der Bombe erfuhren Sie von Ihrer Schülerin und deren Verlobtem, dass die beiden der Meinung waren, es erübrige sich, in Richtung Kurdische Arbeiterpartei und Fundamentalisten zu recherchieren?«, fragte Boerkamp.

»Das ist richtig. Bleibt der Verdacht gegen den Musiker. Ich werde mich erkundigen, ob er ein Boot besitzt«, sagte Broichler.

»Diese Ansichtskarte aus Istanbul ist dann sozusagen der schwarze Peter in unserem Ratespiel«, erklärte Boerkamp.

»Herr Kommissar, das herauszufinden ist Ihr Job«, sagte Orbner schmunzelnd. »Man kann der Polizei schließlich nicht alle Arbeit abnehmen.«

Sie hoben ihre Gläser und stießen an.

»Sie haben mich überzeugt. Ich werde mit dem Staatsanwalt sprechen. Und ich bitte Sie beide, uns weiterhin zur Verfügung zu stehen«, sagte Boerkamp.

Der Staatsanwalt betrat das Dienstzimmer und seufzte.

»Das war eine Glut im Wagen«, sagte er, hängte sein leichtes Sommerjackett an den Garderobenhaken und wischte sich mit einem Taschentuch den Schweiß von der Stirn.

»Nehmen Sie bitte Platz«, sagte Boerkamp. »Wie wäre es mit einem Tee?«

»Danke, gerne, ich hatte noch keine Frühstückspause.«

Boerkamp trat an die kleine Küchenzeile, setzte Wasser auf und brachte dann das Geschirr, die Sahne und Kluntjen zum Tisch.

»Sie waren auf Juist?«, fragte Staatsanwalt Mertens.

»Ja, einige Herren, sozusagen väterliche Freunde des verstorbenen Pitt Hänneschen, vertreten die Meinung, dass der Schüler nicht von Bord gefallen, sondern gestürzt worden ist. Sie haben ihre Argumente schriftlich festgehalten«, sagte Boerkamp. Er bereitete den Tee zu und stellte ihn dann auf das Stövchen.

»Bitte, bedienen Sie sich«, forderte er den Besucher auf. Dann ging er zum Schrank und holte die Akte.

»Das sind die Unterlagen«, erklärte er.

Der Staatsanwalt nippte an der Tasse und vertiefte sich in den Text.

»Eine heikle Geschichte«, erklärte er schließlich. »Die Verdachtsmomente der beiden Hobby-Detektive sind schlüssig. Aber so einfach, wie die Herren sich die Auflösung ihres Falles vorstellen, geht es nicht. Bis heute gilt die türkische Schülerin als vermisst. Jetzt erfahre ich, dass sie Opfer eines Anschlages wurde, bei dem auch ihr Verlobter ums Leben kam.«

»Diese Schülerin und ihr Verlobter sind Zufallsopfer des Terroraktes«, berichtete Boerkamp.

»Das ist richtig. Nur vergaß der Lehrer, uns den Tod seiner Schülerin mitzuteilen. Dabei gilt er für uns als wichtiger Zeuge.

Wir werden ihn auffordern, ein entsprechendes Protokoll anzufertigen, das wir an das BKA und die türkische Botschaft weiterleiten müssen. Die Türkin hatte auf Juist ihren ersten Wohnsitz«, sagte der Staatsanwalt.

»Der Ansichtskarte messen die beiden Freizeitdetektive eine hohe Bedeutung zu«, fuhr Boerkamp fort.

»Sie etwa nicht?«, fragte Mertens.

»Doch schon, vermutlich hat sie tatsächlich der Mörder geschrieben«, antwortete Boerkamp.

Der Staatsanwalt dachte nach.

»Wir werden uns die Frage nach der Todesursache des Schülers erneut stellen müssen. Sprechen Sie mit dem Arzt, der die Untersuchung der Leiche durchgeführt hat. Er soll seinen Bericht noch einmal interpretieren. Die Verdächtigungen des Steuerberaters und des Lehrers machen selbst keinen Halt vor dieser Tante Cecilia, wie sie sie nennen. Eine gewagte Vorstellung, jemand aus dieser angesehenen Familie hätte Pitt ermordet.«

»Ich denke, wir sollten mit Frau und Herrn Kronenburg reden und ihnen mitteilen, dass Pitts ehemalige Freundin nicht mehr lebt«, schlug Boerkamp vor.

»Anschließend sollten wir uns mal genauer mit diesem Arnold befassen.«

»Einverstanden«, erklärte Mertens. »Fahren Sie hin! Fragen Sie nach dem Verbleib der Ansichtskarte, und seien Sie nicht allzu zimperlich. Der Steuerberater lässt kein gutes Haar an dieser Frau.«

Boerkamp rief im Hause Kronenburg an und bat um einen Besuchstermin. Er war beeindruckt von Cecilias resoluter Art, das Telefongespräch zu führen. Er begründete seinen Besuch mit noch offenen Fragen, die das Verhältnis ihres Neffen zu der türkischen Freundin betrafen. Cecilia forderte Boerkamp auf, am Freitag um achtzehn Uhr in ihrem Privathaus zu erscheinen, und beschrieb ihm den Weg dorthin.

Anschließend telefonierte der Kommissar mit dem Steuerberater, der ihm vorschlug, in Uedesheim in der Rheinterrasse zu übernachten.

Während der Nacht entluden sich an der Küste mehrere Gewitter. Am Morgen des Freitags war der Himmel bedeckt, doch es wurde schnell warm. Gegen sechzehn Uhr fuhr Boerkamp völlig verschwitzt seinen Golf auf den Parkplatz der Rheinterrasse. Er stieg aus, schaute kurz durch das Dammtor auf den Rhein, ging zur Rezeption und ließ sich von einer Angestellten das Zimmer zeigen.

Es war einfach, hatte ein separates WC und bot ihm einen herrlichen Blick über die Rheinwiesen, den Fluss und die Kirchen vom Himmelgeist. Schiffe fuhren zu Berg und Tal. Boerkamp holte sein Gepäck aus dem Wagen, bestellte Kaffee und Kuchen auf sein Zimmer und erholte sich von der anstrengenden Autofahrt.

Zwischen Neuss und Dormagen führte kurz vor dem großen Baggersee, im Volksmund Silbersee genannt, in Stüttgen eine asphaltierte Straße in ein Wiesengelände. Sträucher, kleine Obstbäumchen und Blumen waren vor einer Klinkermauer gepflanzt, die ein Anwesen einfasste. Seitlich befand sich ein kleiner Birkenwald, durch den ein leichter Wind strich.

Boerkamp lenkte den Wagen auf den geräumigen Wendeplatz, der vor einem stabilen Eisentor endete. Er verließ das Auto und näherte sich dem Tor. Durch die verzinkten Stäbe schaute er in einen herrschaftlichen Park. In der Mitte eines gepflegten Rasens plätscherte ein Springbrunnen. Die Luft war heiß, und der laue Wind brachte keine Kühlung.

Boerkamp schritt an den Torpfeiler und betätigte den Klingelknopf.

»Ja bitte?«, ertönte Cecilia Kronenburgs Stimme.

»Kommissar Boerkamp, Kripo Norden«, antwortete er.

»Herr Boerkamp, folgen Sie dem schmalen Plattenweg, der rechts von Ihnen zu dem kleinen Birkenwald führt. Nach zehn Metern erreichen Sie eine Gartentür. Sie ist geöffnet.«

Boerkamp folgte der Beschreibung und ging den mit glasierten Steinfliesen bedeckten Weg entlang. Vor der Mauer blühten Margeriten, Studentenblumen und blaue Glockenstauden. Dazwischen rankten Rosen. Das grüne Holztor war geöffnet. Boerkamp betrat den Park und entdeckte Frau Kronenburg, die auf einer Terrasse stand und ihm winkte. Sie trug ein buntes, geblümtes Sommerkleid, das ihre Knie bedeckte.

Das dunkle Haar hing ihr über die Schultern.

Boerkamp trat auf die Gastgeberin zu, die trotz ihres Alters einen einnehmenden Charme ausstrahlte. Ihr Gesicht war sonnengebräunt und attraktiv. Wie eine Südländerin, dachte Boerkamp, als er sich ihr näherte.

Ihr Mann betrat die Terrasse.

Er war schlank, hoch gewachsen und sah gut aus. Sein kantiges Gesicht zierte ein grauer Schnurrbart.

Frau Kronenburg reichte Boerkamp die Hand.

»Darf ich Ihnen meinen Mann vorstellen«, sagte sie freundlich.

Gottfried Kronenburg reichte dem Gast ebenfalls die Hand. »Die Hitze ist erdrückend, nicht wahr?«

»Bitte, folgen Sie uns zu unserer anderen Terrasse. Dort ist es kühl.« Frau Kronenburg schritt voraus.

Boerkamp folgte den Kronenburgs durch das elegante, aber gemütliche Wohnzimmer, am offenen Kamin vorbei zu einer überdachten Terrasse, die an einem mit Rasen bepflanzten Wall endete.

»Hier ist es angenehmer«, sagte Frau Kronenburg.

Der Rhein floss unterhalb der Böschung an den flach auslaufenden Weiden entlang. Seitlich entdeckte Boerkamp die Kirche von Uedesheim.

»Bitte, nehmen Sie Platz«, sagte Frau Kronenburg.

Er setzte sich in einen der Gartensessel. Plötzlich hielt er es für absurd, diese Frau zu verdächtigen, diese gut aussehende Repräsentantin einer rheinischen Unternehmerfamilie für eine Mörderin zu halten.

Vielleicht hatte der angegraute smarte Gottfried Kronenburg wegen der finanziellen Schwierigkeiten Pitt von Bord gestoßen? Boerkamp wusste auf einmal gar nichts mehr.

»Darf ich Ihnen eine Erfrischung anbieten?«, fragte Frau Kronenburg.

Boerkamp nickte. »Wenn es Ihnen keine besonderen Umstände bereitet, würde ich gerne einen Kaffee trinken«, sagte er.

»Ich muss nur die Maschine bedienen. Gottfried, ich glaube, uns bekommt nach dem Stress der Woche ein Gläschen Wein besser«, sagte sie und erhob sich.

Sie verließ mit ihrem Mann die Terrasse.

Der Kommissar schaute auf die hohen Pappeln, die auf der anderen Rheinseite das Ufer säumten. Die untergehende Sonne hinterließ ein herrliches Abendrot. Schiffe glitten mit hohen Bugwellen vorbei.

Kronenburg kam zurück, stellte eine Weinflasche und zwei Gläser auf den Tisch. Er setzte sich auf die Bank.

»Ein herrliches Plätzchen«, sagte Boerkamp.

»Zu jeder Jahreszeit«, antwortete Kronenburg.

Frau Kronenburg trug Süßigkeiten und Gebäck zum Tisch und füllte alles in eine Schüssel.

»Ihr Kaffee kommt gleich«, sagte sie, garnierte die Kristallschale mit einigen blinkenden Mozartkugeln und trug die leeren Schachteln davon.

»Sie sind auch Segler?«, fragte Boerkamp seinen Gastgeber.

»Zurzeit bin ich der Präsident des Düsseldorfer Yachtclubs. Auf dem Rhein zu segeln ist mit großen Schwierigkeiten verbunden. Wir lassen uns bis Koblenz hochschleppen und segeln zu Tal. Hinzu kommt das Alter. Ich bin umgestiegen auf eine Motoryacht. Sie liegt zur Zeit in Holland. Meine Frau und ich hatten geplant, das gute Wetter zum Wochenende zu nutzen«, sagte Kronenburg.

Er öffnete die Flasche und füllte die Weingläser.

»Dann habe ich mit meinem Besuch Ihnen einen Strich durch die Rechnung gemacht«, folgerte Boerkamp. »Das Wochenende verdorben.«

»Keineswegs. Das müssen Sie nicht so sehen. Wir haben Pitt wie einen eigenen Sohn geliebt und sehr gelitten, nachdem er die Dummheit begangen hatte«, sagte er.

Frau Kronenburg betrat die Terrasse. Aufgeräumt setzte sie das Tablett ab, servierte dem Kommissar das Kaffeekännchen, setzte Milchtöpfchen und Zuckerbecher vor ihm auf den Tisch, legte das Tablett auf die Erde und setzte sich zu ihrem Mann auf die Bank.

»Danke«, sagte Boerkamp und bediente sich.

Cecilia Kronenburg griff zum Weinglas und prostete ihrem Mann zu.

Sie nahmen einen kleinen Schluck und stellten die Gläser ab.

»Herr Kommissar, wir haben ein Kind verloren. Wir haben getrauert, doch das Leben fordert uns weiterhin. Wir müssen vergessen«, sagte sie.

»Ihr Mann sagte eben, dass Sie ein Motorboot in Holland liegen haben. Ihr verstorbener Neffe besaß, wie ich erfahren habe, auf der Insel Juist eine Wohnung. Es bietet sich doch an, das Schiff nach Ostfriesland zu überführen. Unsere Küste ist ein Paradies für Wassersportler«, sagte Boerkamp.

Er trank Kaffee und griff in die Schale mit den Knabbereien.

»Unser Sohn hat die Wohnung übernommen. Wir haben die *Novesia* verkauft. Arnold macht sich nichts aus Schiffen. Er ist Künstler. Zurzeit stellt er im Landesmuseum in Düsseldorf seine Werke aus. Schirmherr ist der Wirtschaftsminister«, sagte Cecilia Kronenburg stolz, griff erneut zum Weinglas und nahm einen Schluck.

»Ich habe in Erfahrung gebracht, dass er auch in London ein Atelier besitzt und sehr erfolgreich ist«, erklärte Boerkamp.

Er blickte auf den Rhein, auf dem die Schiffe dahintuckerten.

»Wir waren anfangs enttäuscht, als Arnold sich für die Kunst entschied. Wir hätten lieber gesehen, er hätte Ökonomie oder Architektur studiert. Doch nun erntet er Erfolge, die unsere Investitionen rechtfertigen«, erwiderte Cecilia.

»Zu diesen Investitionen zählen Sie wohl auch die Schulden, die Ihr Sohn in London hinterlassen hat. Es soll sich um hohe Beträge gehandelt haben«, sagte Boerkamp ungerührt.

Frau Kronenburg nahm einen großen Schluck Wein und setzte das Glas dann verärgert ab. Sie schaute den Kommissar böse an.

»Ihre Frage ist unverschämt. Dennoch gebe ich Ihnen eine Antwort. Arnold hat, wie das bei großen Künstlern üblich ist, sich schwer getan mit den verlogenen Ansprüchen unserer bürgerlichen Welt. Er hat sich gehen lassen, war ausgestiegen aus dem, was mein Mann und ich für richtig hielten. Dabei hat er bürgerliche Maßstäbe verletzt und auch Schulden gemacht. Wir sind froh darüber, dass er sich jetzt gefangen hat«, erwiderte Frau Kronenburg mit hochrotem Kopf.

Der Kommissar hob die Schultern.

»Wenn Sie das so sehen«, sagte er, griff zum Kännchen und füllte den Rest in die Tasse.

»Herr Kommissar, wenn Sie sich mit uns über Segeln und Boote unterhalten wollen, dann garantiere ich Ihnen einen angenehmen, unterhaltsamen Abend. Ihre Attacken gegen unseren Sohn, der zurzeit die Beachtung angesehener Kunstkritiker erfährt, finde ich allerdings unangebracht«, sagte Kronenburg missmutig.

Boerkamp nickte, führte die Tasse an den Mund und trank einen Schluck.

»Ich besuche Sie nicht als Galerist und Kunstkenner«, sagte er gelassen.

»Ich habe den Eindruck, dass der von mir gefeuerte Steuerberater Orbner Ihnen irgendeinen Floh ins Ohr gesetzt hat«, schimpfte Frau Kronenburg. Ihr Gesicht wirkte abweisend.

»Orbner hat auch Ihren Neffen in Finanzdingen gelegentlich beraten. Da Sie ihn erwähnen, muss ich Ihnen sagen, dass sowohl er als auch Dr. Broichler, der Tutor und ehemalige Mathematiklehrer Ihres Neffen, davon ausgehen, dass Pitt nicht von Bord seiner Yacht gestürzt ist, sondern dass jemand ihn ermordet hat«, trug Boerkamp beherrscht vor.

Cecilia Kronenburg zuckte zusammen.

»Was für ein schrecklicher Unfug«, sagte sie.

»Pitt war für mich und meine Frau ein zweiter Sohn. Er hat uns nie Probleme aufgebürdet. Seine unglückliche Liebe zu dieser Türkin hat ihn in den Selbstmord getrieben. Dr. Orbner ist ein unverantwortlicher Schwätzer«, erklärte Gottfried Kronenburg mühsam beherrscht.

»Auch dieser Lehrer nimmt den Mund zu voll«, warf Cecilia ein.

»Ihnen fehlen einige Informationen. Ein Zeuge hat sich mit der ehemaligen Freundin Ihres Neffen unterhalten und erfahren, dass die Ansichtskarte aus Istanbul nicht von ihr stammt. Dieses Fräulein hatte sich auch nicht verheiratet. Ihr war zu Ohren gekommen, dass Ihr Neffe sie mit einer anderen Frau betrog«, berichtete Boerkamp.

»Das klingt alles ein wenig verworren«, murmelte Frau Kronenburg.

»Wenige Minuten nach dem Gespräch explodierte in dem türkischen Café, in dem das Gespräch stattfand, eine Bombe. Der Zeuge kam wie durch ein Wunder mit dem Leben davon, während Schagüll und ihr Verlobter ums Leben kamen«, sagte Boerkamp.

»Ach, das ist ja entsetzlich«, erklärte Cecilia ein wenig affektiert. »Gottfried, ich habe immer gesagt, sie bringt Pitt nur Unglück.«

»Ich glaube, Sie wollen nicht verstehen. Schagüll war nicht der Anlass für Pitt, von Bord zu springen«, wiederholte Boerkamp.

Kronenburg gab sich einen Ruck.

»Pitt war verliebt in das Mädchen. Ihre Flucht mit ihrem Vater hielten wir nur für eine kurzfristige Trennung. Von einer neuen Freundin wissen wir nichts. Der Bengel war erwachsen. Dass ihn jemand von Bord gestürzt haben soll, halte ich ebenfalls für baren Unsinn. Den Brand an Bord hat Pitt vielleicht selbst gelegt, um von seinem Selbstmord abzulenken. Wer sollte ihm nach dem Leben getrachtet haben?«, fragte Kronenburg.

Er trank sein Weinglas leer und füllte es nach.

»Vermutlich jedenfalls keine Kurden oder Türken. Dr. Broichler und Orbner behaupten, dass Pitt umgebracht wurde, weil sein Mörder sich Vorteile verschaffen wollte, weil er eifersüchtig war. Ich schließe mich der Meinung an«, sagte der Kommissar.

»Und Sie sind also nur angereist, um uns mitzuteilen, dass Pitt sich nicht aus Liebeskummer das Leben genommen hat?«, vergewisserte sich Cecilia Kronenburg.

»Frau Kronenburg, es war ein Unfall oder Mord, aber kein Selbstmord«, sagte Boerkamp. »Und ich bitte Sie, mir die Ansichtskarte aus Istanbul auszuhändigen, die das türkische Mädchen angeblich an Pitt geschickt hat. Wir wollen sie von Experten untersuchen lassen.«

Cecilia Kronenburg erschrak.

»Mein Gott, die habe ich nicht mehr, die habe ich zerrissen und in den Müllcontainer geworfen.«

»Wir haben nur die Dinge von Pitt aufbewahrt, die einen Erinnerungswert für uns besaßen«, erklärte Gottfried Kronenburg.

»Haben Sie während der Wintermonate einen Ausflug in die Türkei unternommen?«, wollte Boerkamp wissen.

»Ihre Frage ist nicht nur plump, sondern beleidigend. Sie besitzen doch wohl nicht die Unverschämtheit, uns der Mittäterschaft am Tode unseres Neffen zu verdächtigen«, sagte Frau Kronenburg entsetzt.

Boerkamp erhob sich.

»Der Tod Ihres Neffen macht es erforderlich, diejenigen Personen zu verdächtigen, die ein Motiv besaßen und Pitt wegen eines Vorteils oder aus persönlicher Rache aus dem Weg geräumt haben könnten«, sagte er.

»Sie glauben doch nicht etwa, dass wir uns wegen einer zwischenzeitlichen Liquiditätskrise Pitts Tod gewünscht hätten. Unser neuer Steuerberater kann Ihnen entsprechende Auskünfte erteilen«, sagte Kronenburg.

Frau Kronenburg begann zu schluchzen.

»Ich möchte mich verabschieden«, erklärte der Kommissar.

»Ich begleite Sie.« Kronenburg erhob sich.

Cecilia blieb sitzen und schluchzte vor sich hin, während Gottfried Kronenburg den Gast begleitete.

»Sie haben meiner Frau einen gewaltigen Schrecken eingejagt«, sagte Kronenburg. Er schaltete das Licht an, das Blumen, Rasen und Springbrunnen, hell beleuchtete.

»Herr Kronenburg, ich kann Sie beruhigen. Ich habe nicht vor, Einblick in die Urlaubsliste Ihres Personals zu nehmen, um festzustellen, ob jemand Ihrer türkischen oder kurdischen Mitarbeiter in Cesme Urlaub gemacht hat. Fest steht, dass die Ansichtskarte dazu gedient hat, uns bei der Ermittlungsarbeit zu täuschen«, sagte Boerkamp.

»Herr Kommissar, wenn Sie uns weiterhin verdächtigen, an dem Tod unseres Neffen schuldig zu sein, werde ich meinen Rechtsanwalt einschalten.« Kronenburg hatte Mühe, ruhig zu bleiben.

»Ich habe weder Sie noch Ihre Frau verdächtigt, sondern nur versucht, den Argumenten nachzugehen, die den Verdacht stützen. Uns fehlen zur Zeit noch Beweise«, sagte Boerkamp müde.

Gottfried Kronenburg wandte sich grußlos ab und ging zum Haus zurück.

Der Kommissar suchte seinen Golf auf und stieg ein. Er freute sich auf ein Bier auf der Rheinterrasse.

Arnold Kronenburg hatte Juist verlassen, das erfuhr Boerkamp von Dr. Broichler, der vermutete, dass der Künstler sein neues Atelier in London aufgesucht hatte, um seine Juister Inspirationen zu verarbeiten. Angereist war dagegen der Musiker Janosh Wobazek.

Der Lehrer hatte ihn in Begleitung seiner jungen Frau im Yachthafen gesehen, als sie das Deck der Motoryacht *Rhapsodie* betraten. Frau Wobazek hatte die Fender gehalten und die Leinen gelöst, während Wobazek das Schiff nach dem Ablegemanöver aus dem Hafen in Richtung Norderney gesteuert hatte. Boerkamp entschloss sich, den Musiker am folgenden Mittwoch auf Juist aufzusuchen. Die *Frisia* legte um Viertel vor zwölf in Norddeich ab und fuhr um sechzehn Uhr fünfzehn zurück.

Er suchte vergeblich die Rufnummer im Telefonbuch. Also wählte er die Nummer der Zentrale.

»Ich benötige dringend die Telefonnummer von Janosh Wobazek, Juist. Es kann sich um eine Geheimnummer handeln. Wenn es Schwierigkeiten gibt, lassen Sie sich die Nummer von der Staatsanwaltschaft beschaffen«, sagte Boerkamp und legte wieder auf. Er musste jetzt sehr überlegt vorgehen, denn bisher war so vieles schief gelaufen. Alles hatte dafür gesprochen, dass Pitt Hänneschen nach dem Brand bei Löschversuchen von Bord gefallen und ertrunken war.

Auch das Gutachten des gerichtsmedizinischen Institutes Oldenburg hatte keinen Anlass zu Bedenken gegeben.

Das Läuten des Telefons riss ihn aus seinen Gedanken. Er nahm den Hörer ab und meldete sich.

»Ich verbinde«, sagte die Kollegin von der Zentrale.

»Boerkamp, Kripo Norden«, meldete sich der Kommissar.

»Wobazek. Eine Kollegin von Ihnen hat mich gerade angerufen. Könnte ich bitte erfahren, was Sie von mir wollen?«, fragte der Musiker mit dröhnender Stimme.

»Herr Wobazek, wir recherchieren in dem Fall Pitt Hänneschen. Sie selbst besitzen eine Motoryacht. Ich wollte nachhören, ob Sie eventuell bei der Aufklärung helfen können«, sagte Boerkamp.

»Das glaube ich kaum. Ich befand mich damals vermutlich gerade mit unserem Orchester auf Tournee«, sagte der Musiker.

»Mir ist bekannt, dass Sie ein hervorragender und sehr gefragter Musiker sind. Ich bin morgen auf Juist. Mir liegt aus dienstlichen Gründen sehr daran, Sie kennen zu lernen«, sagte Boerkamp.

»Ich weiß nicht einmal genau, um was es geht«, antwortete Wobazek mit verärgerter Stimme.

Boerkamp ging nicht darauf ein. »Es wäre wohl kaum in Ihrem Interesse, wenn der Staatsanwalt sich gezwungen sähe, Sie nach Aurich einzuladen. Ist es Ihnen recht, wenn ich Sie um vierzehn Uhr aufsuche?«, fragte der Kommissar.

»Normalerweise würde ich Sie abweisen. Ich möchte aber Ihren Bemühungen nicht im Weg stehen und bitte Sie also nur um entsprechende Diskretion«, sagte Janosh Wobazek einlenkend.

»Abgemacht. Nennen Sie mir noch Ihre Adresse«, bat Boerkamp.

»Loggerstraße achtzehn«, diktierte Wobazek.

Boerkamp notierte die Anschrift und legte den Hörer auf.

Der Kollege lenkte den Passat auf den Parkplatz des Bahnhofes Norddeich-Mole.

»Viel Erfolg«, sagte er.

»Danke«, antwortete Boerkamp und verließ den Streifenwagen.

Er schritt über die Mole dem Schiff entgegen und betrat die *Frisia II*. Das Sonnendeck hatten die Tagesgäste und Urlauber bereits belegt. Boerkamp entschied sich für das Restaurationsdeck. Hier gab es noch genügend Plätze. Er setzte sich an einen Fenstertisch und blickte auf den Fischerhafen. Die Kutter lagen vertäut am Kai. Auf ihre bunten Rümpfe fiel das grelle Licht der Mittagssonne. Die Masten ragten in den wolkenlosen Himmel. Auf dem Kai standen Lastwagen. Ein Kran belud das Frachtschiff der Baltrumlinie.

Die *Frisia II* legte pünktlich ab. Möwen flogen am Fenster vorbei und hängten sich in den Wind.

Boerkamp bestellte ein Kännchen Kaffee. Er fühlte sich ein wenig aufgeregt. Immerhin war sein Gesprächspartner eine Persönlichkeit, ein weltweit bekannter und anerkannter Musiker, um den man sich nicht nur in Fachkreisen riss.

Auch Wobazek hatte, wie die Mitglieder der Familie Kronenburg, ein Motiv gehabt. Boerkamp nahm sich vor, vorsichtig zu Werke zu gehen. Er musste alle Risiken so klein wie möglich halten.

Als die *Frisia II* auf Juist anlegte, fuhr der Kommissar aus seinen Gedanken. Er verließ das Schiff im Strom der Ausflügler und schritt dem Sieltor entgegen. Es war sehr warm, die Straßen waren kaum belebt. Die Insulaner machten Mittagspause, und die Urlauber sonnten und badeten am Strand. Ohne Mühe fand er zum Apartmenthaus. Es war rot verklinkert und fügte sich harmonisch in das Inselbild ein. Nur die Straße trennte es von den Vordünen. Die Sonne schien auf die Fenster und Balkone.

Boerkamp trat an die Haustür und drückte die entsprechende Taste.

»Ja bitte«, dröhnte es ihm entgegen.

»Boerkamp, Kripo Norden«, sagte der Kommissar.

Er vernahm den Summton, öffnete die Haustür und stieg die Treppe hoch.

Janosh Wobazek stand in der Wohnungstür und blickte dem Kommissar neugierig entgegen.

»Boerkamp«, sagte der Kommissar und zeigte kurz seine Dienstmarke.

»Wobazek.« Er reichte dem Kommissar die Hand. »Bitte folgen Sie mir in meine Wohnung«, sagte er und hielt die Tür auf. Sie schritten durch den Korridor.

»Wenn Sie Ihre Jacke ablegen möchten?«, fragte er.

»Danke, ich behalte sie an«, antwortete Boerkamp und folgte dem Musiker in das Wohnzimmer.

Ein Vorhang bedeckte das Fenster und die Balkontür. Es war angenehm kühl im abgedunkelten Zimmer.

»Nehmen Sie Platz«, sagte der Musiker und wies auf die bequeme Sitzecke.

»Danke.« Boerkamp nahm auf der Couch Platz, während Wobazek sich in den Sessel vor dem Glastisch niederließ.

Über einer Anrichte hing ein echter Kokoschka, wie der Beamte erkannte. Alles war vom Feinsten und verriet Geschmack.

»Meine Frau ist zum Friseur«, erklärte der Musiker. »Sie ist um einiges jünger als ich, sehr hübsch und könnte sich diese Prozedur ersparen. Aber Sie kennen ja die Frauen. Heute Abend sind wir Gäste bei Mario van Delissen, dem Chef des Königlichen Orchesters von Amsterdam. Es geht um Plattenaufnahmen.«

Boerkamp nickte. Er war beeindruckt. »Und Ihre junge Frau beabsichtigt, an Ihrer Seite zu glänzen«, sagte er.

»So ist es. Sie unterstützt mich mit ihrer Schönheit«, sagte der Musiker. »Doch nun zu Ihnen. Was darf ich Ihnen anbieten?«

»Danke, im Augenblick nichts. Ich denke, dass ich Ihnen den Grund meines Besuchs ohne Schnörkel vortrage«, sagte der Kommissar.

»Ich bin ein geselliger Mensch. Trinken Sie wenigstens mit mir einen Espresso, den kann ich schnell zubereiten«, sagte Wobazek. Er blickte Boerkamp freundlich an.

»Gerne«, antwortete der.

Wobazek verließ das Zimmer und ging in die Küche, aber kam schon bald darauf mit dem Espresso zurück.

»Bitte, bedienen Sie sich. Danach tragen Sie mir vor, was Sie zu mir führt«, sagte er.

Boerkamp nippte verlegen am Mokkatässchen und setzte es wieder ab.

»Der Abiturient Pitt Hänneschen, ein Schüler des Inselgymnasiums, wurde das Opfer eines tragischen Unglücks. Vor einiger Zeit wurde seine Yacht im Hove-Tief von Fischern nachts entdeckt«, trug er vor.

»Er ist von Bord gestürzt«, sagte Wobazek.

»Da gibt es unterschiedliche Meinungen. Hänneschen hatte ein recht interessantes Privatleben. Er liebte eine türkische Mitschülerin, die Juist verlassen musste, weil sie und ihr Vater von Terroristen bedroht wurden. In einem Abschiedsbrief hatte sie angedeutet, dass sie einen Mann heiraten müsse, den Brüder und Eltern für sie ausgesucht hätten. Kurz bevor der Schüler mit seiner *Novesia* zu dem Törn aufbrach, erhielt er eine Ansichtskarte aus Istanbul. Das Mädchen teilte ihm mit, dass sie sich in der Türkei verheiratet hatte. Eine Befragung des Mädchens ergab, dass sie diese Ansichtskarte nicht geschrieben hat. Sie hatte von einem Vetter, der hier auf Juist kellnert, erfahren, dass Pitt Hänneschen sie betrog und mit Ihrer Gattin ein Verhältnis unterhielt«, sagte Boerkamp. Er war sich bewusst, dass er mit dieser Bemerkung möglicherweise eine Ehe zerstörte.

Wobazek schaute ihn ernst an, zeigte aber sonst keinerlei Regung.

»Und was wurde aus dem Türkenfräulein?«, fragte er.

»Es kam bei einem Bombenanschlag von Terroristen in Cesme um«, antwortete Boerkamp.

»Eine schreckliche Geschichte. Ich werde sie irgendwann in Musik umsetzen. Ich bin auch Komponist«, sagte er und erhob sich, schritt an den Flügel in der Zimmermitte, öffnete die Klappe, setzte sich auf den Drehstuhl, griff in die Tasten und begann zu spielen.

Boerkamp trank den Mokka in kleinen Schlucken und hörte

überrascht zu, wie der Künstler versunken eine Melodie spielte, die nach angenehmen, harmonischen Wellen in Disharmonie zerfloss. Plötzlich brach er abrupt ab, sprang auf und setzte sich wieder in den Sessel.

»Eine neue Komposition von mir. Ich habe das Werk Seitensprung getauft«, sagte er.

»Sie wussten also davon.« Boerkamp war erleichtert. »Und Sie haben ihr verziehen, nicht wahr?«

»So verhält es sich. Meine Frau ist jung. Ich bin sechzig Jahre alt und verdanke ihr immer noch viele Inspirationen«, antwortete der Komponist.

»Es spricht einiges dafür, dass der Geliebte Ihrer Frau ermordet wurde. Zur Tatzeit befanden Sie sich auf Juist. Sie könnten den Schüler umgebracht haben. Sie hatten ein Motiv. Eifersucht«, sagte Boerkamp.

Janosh Wobazek blieb gelassen.

»Herr Kommissar, Sie wollten sich während Ihres kurzen Besuchs doch ein Bild von mir machen. Ich würde liebend gerne mit Ihnen am Abend einen Bummel durch die Pinten von Juist unternehmen, um einmal loszuwerden, mit welchen sehr viel größeren Belastungen ich zu leben habe. Sie verdächtigen mich, weil ein paar Dinge sich zufällig zusammenfügen lassen«, sagte der Komponist.

»Ich gehe nur meinen Pflichten nach, das ist alles. Deshalb beantworten Sie mir bitte meine Fragen. Sie haben in Istanbul und Izmir gastiert. Haben Sie die besagte Ansichtskarte an Pitt Hänneschen geschickt?«, fragte Boerkamp.

Der Musiker lächelte. »Warum hätte ich das wohl tun sollen?«, fragte er und spielte mit dem Mokkatässchen.

»Herr Wobazek, wir suchen denjenigen, der Pitt die Karte geschickt hat und dem es gelungen ist, uns zu täuschen«, sagte Boerkamp.

»Mich würde es schon interessieren, ob Sie Beweise dafür haben, dass der Abiturient ermordet wurde«, stellte Wobazek eine Gegenfrage.

»Die Obduktion lässt den Verdacht zu. Hinzu kommen weitere Argumente, die sich aus dem Ablauf des Unfalls ergeben«, antwortete Boerkamp.

»Herr Kommissar, geben Sie es zu, Ihnen fehlen die Beweise«, sagte Wobazek.

»Unsere Ermittlungen dienen dem Zweck, in Erfahrung zu bringen, wie der Mörder an Bord der *Novesia* gelangt ist. Ich gehe davon aus, dass er ein schnelles Boot besitzt, es längsseits der *Novesia* legte und so seinen teuflischen Plan verwirklicht hat«, sagte der Kommissar.

Der Musiker lächelte.

»Ich besitze eine Motoryacht und hielt mich zur Tatzeit nicht nur auf Juist auf, sondern ich befand mich sogar an Bord. Ich hatte mein Schiff in Norddeich von der Werft überholen lassen und war dabei, es zu testen.«

»Sie sind nicht zum Hove-Tief gefahren, um dort nach einem Segelschiff Ausschau zu halten, in dem der verhasste junge Mann sich befand, der Ihnen so wehgetan hat?«, fragte Boerkamp ruhig.

»Für einen Polizisten haben Sie eine respektable Fantasie. Sie wollen mich in die Enge treiben«, sagte der Musiker.

»Ich denke, es ist mehr als das«, sagte der Kommissar. »Nach Ihrer Probefahrt mit der überholten *Rhapsodie* sind Sie alkoholisiert und verspätet nach Hause gekommen.«

»Um Gottes willen, reden Sie nicht so einen Unfug!«, entfuhr es dem Musiker. Er sprang auf.

»Alles Weitere ist bisher nur ein Verdacht«, erwiderte Boerkamp und stand ebenfalls auf.

»Herr Kommissar, halten Sie bitte Ihre voreiligen Fehlbeurteilungen für sich. Die Regenbogenpresse würde ohne jeden Beweis über mich herfallen«, sagte der Musiker.

»Das werde ich. Sie hören von mir«, sagte der Kommissar.

Der Musiker begleitete den Gast an die Haustür.

»Ich hoffe, dass Sie den Mörder bald finden. Bei mir sind Sie jedenfalls an der falschen Adresse«, sagte er und reichte Boerkamp die Hand.

Nach einem heißen Sommertag Anfang August saß Broichler auf dem Balkon, blickte grübelnd in die Dünen, trank kühles Bier, rauchte seine Pfeife und genoss den aufgefrischten Abendwind.

Das Telefon störte seinen Frieden. Er eilte in die Wohnung, nahm den Hörer ab und meldete sich.

Es war Orbner.

»Du musst am Wochenende die Ausstellung von Arnold Kronenburg hier bei uns im Kunstmuseum besuchen. Es wird sich lohnen. Ich muss wegen meiner Verpflichtung bei dem japanischen Konzern in Krefeld ein Steuerseminar leiten«, sagte er.

»Danke für den Tipp. Noch habe ich ja Ferien und Zeit«, antwortete Broichler.

»Viel Spaß. Wir sehen uns bald«, sagte Orbner und legte auf.

Broichler wählte die Nummer der Rheinterrasse in Neuss-Uedesheim. Er buchte für die Nacht von Samstag auf Sonntag ein Einzelzimmer mit Rheinblick.

Über Düsseldorf lag die schwüle, heiße Dunstglocke des Sommertages. Am Himmel bewegte sich kein Wölkchen.

In der Nähe des Schlossturmes fand Broichler einen Parkplatz. Er schritt der Altstadt entgegen und erreichte bereits nach wenigen Minuten den Prachtbau des Nordrhein-Westfälischen Kunstmuseums. Ihn überraschte das riesige Transparent an der Stirnseite, auf dem der Name des Künstlers stand.

Damit hatte er nicht gerechnet. Die Veranstalter stellten Arnold Kronenburg als einen der großen Künstler der Jetztzeit vor.

Broichler war kein Kunstbanause. Auch er interessierte sich ein wenig für die Werke zeitgenössischer Maler. Jetzt musste er umdenken. Dieser Schuldenmacher, dieser flegelhafte junge Mann, der die kleine Bettina im Fotogeschäft angemacht hatte, war ein hervorragender Maler. Das bestätigten auch die Warteschlangen vor der Eintrittskasse.

Broichler stellte sich ebenfalls an und wartete geduldig.

Als er an der Reihe war, nahm er von der hübschen jungen Frau die Eintrittskarte entgegen. Sein Blick fiel auf den dicken Katalog.

»Seine Werke?«, fragte er.

»Ein Renner, zweite Auflage«, sagte die Kassiererin und lächelte ihn freundlich an.

Broichler nahm ein Buch vom Stapel.

»Zweiunddreißig Mark«, sagte die junge Frau.

Broichler bezahlte und betrat die Ausstellung.

Die Räume waren klimatisiert. Broichler schaute sich um und näherte sich dem ersten Werk.

Er fühlte sich winzig vor der großen Leinwand.

Junge Männer mit verzerrten Gesichtern und Bierdosen in den Händen, Mädchen, die leicht bekleidet an den Bushaltestellen warteten. Riesige Gebäude, bunte Neonreklamen, Verkehr.

Kronenburg hatte dem Bild den Titel *Neun Uhr am Piccadilly Circus* gegeben.

Bedrückend und bedrohlich wirkten die Farben und flossen dennoch am unteren Bildrand harmonisch zusammen.

Auch das zweite Werk, das Broichler in Augenschein nahm, schockierte ihn. Vor einen lang gestreckten Lkw, der die Aufschrift UNO trug und mit Hilfsgütern beladen war, hatte der Künstler einen dunklen Körper gemalt, der mit lang gestreckten Armen einem Blauhelm-Soldaten die Gurgel umdrehte. Der Titel des Bildes hieß *Ausländerhass*.

Broichler mochte den Zynismus nicht, den das Werk ausstrahlte.

Ein weiteres Bild hatte Kronenburg *Der Trinker* betitelt.

Ein dürrer, knochiger Mann, ein Selbstporträt, saß vor einem Tisch, auf dem sich Bewerbungen neben einer Whiskey-Flasche stapelten. Daneben lag ein leeres Portemonnaie. Der Mann hielt ein Glas in der Hand und schaute fasziniert auf ein zugemauertes Fenster.

Doch der Künstler hatte auch Landschaft eingefangen, schön, mit groben Kontrasten, so zum Beispiel Wales und die südenglische Küste. Auch Szenen aus London, hervorragend gepuzzelt, farblich leuchtend und harmonisch abgestimmt.

Broichler musste sich eingestehen, dass Kronenburg, der seine

Eltern ein Vermögen gekostet hatte, ein Genie war. Ihm fiel auf, dass der Künstler keine Bilder ausgestellt hatte, die Formate für übliche Wohnzimmer besaßen. Arnold malte nicht für Bürger, sondern für Rathäuser und Hallen. Seine Bilder boten beim ersten Hinsehen ein verwirrendes Chaos aus Farben, Strichen und dicken Klecksen, die sich für den Betrachter erst langsam zu Gegenständen formten. So verhielt es sich auch mit dem Akt *Liddy*. Aus farbigen Linien wurden Wände. Kleckse zerflossen zu einer Liege, auf der Liddy ihren nackten Körper darbot. Das hatte nichts mit Porno zu tun.

Der junge abgemagerte Körper des Mädchens entstand aus Farbtupfern und Linien, die der Betrachter selbst entdecken musste.

Schließlich entdeckte Broichler ein Gemälde, das ihn faszinierte. Er betrachtete es lange. Suchte die Nähe und dann wieder den Abstand zu dem Werk. Die Farben verzauberten ihn.

Zwei alte Türken saßen auf einer Bank. Ihre Haare waren grau, ihre Gesichter abgehärmt. Ihre Kleidung war abgetragen. Zwei Mädchen schritten in das Bild. Die eine trug Jeans und ein T-Shirt und führte einen Hund an der Leine. Die andere trug einen langen tristen Mantel und war verschleiert. Hinter den Personen fielen rote, breite Blüten und grüne Blätter in das Bild und ließen den Blick frei auf die Kuppeln einer Moschee. Die Minarette ragten in den blauen Himmel.

Broichler stand lange vor dem Werk.

Arnold Kronenburg hatte es *Istanbuler Frühling* betitelt. Es fehlte die Jahresangabe.

Broichler schlug den Katalog auf. Das Werk war abgebildet, aber ebenfalls ohne Jahresangabe.

Broichler ließ kein Bild aus.

Je mehr er sah, desto mehr bewunderte er den jungen Künstler. Nach etwa drei Stunden verließ er beeindruckt die Ausstellung.

Boerkamp stand am Fenster. Der Himmel war Wolken verhangen. Gewitter waren angesagt. Die Marktbetreiber bauten ihre Stände auf, sorgfältiger als sonst, denn der Wind blies mit der Stärke fünf in die Stadt. Boerkamps Kollege Tjarden, der bisher nicht an dem Fall Hänneschen beteiligt war, hatte ein paar Tage Urlaub genommen. Boerkamp holte die Akte Hänneschen aus dem Schrank und bereitete sich auf den Besuch des Staatsanwalts vor, der sich für den späten Vormittag angemeldet hatte.

Gegen elf Uhr betrat Staatsanwalt Mertens das Dienstzimmer. Er nahm an Tjardens Schreibtisch Platz.

»Einen Tee?«, fragte Boerkamp.

»Danke, ich habe einen Termin in Wittmund. Machen wir es kurz«, sagte Mertens.

»Ich habe Sie zu mir gebeten, um mit Ihnen gemeinsam darüber nachzudenken, wie wir im Fall Pitt Hänneschen vorgehen sollen. Noch sitzt uns die Presse nicht im Nacken. Das Segelunglück ist so gut wie vergessen«, sagte Boerkamp.

»Sie haben den Musiker besucht?«, fragte der Staatsanwalt.

»Ein netter Herr, der mir meines Erachtens etwas verschwiegen hat. Er wusste vom Seitensprung seiner Frau, hat ihr verziehen und sogar eine Musik dazu komponiert. Immerhin befand er sich zur Zeit des Mordes an Bord seiner Motoryacht. Das Schiff war in Norddeich überholt worden, und Wobazek hat das Boot angeblich nur getestet. Sie wissen, dass seine Frau dem Lehrer gesagt hat, dass ihr Mann an dem entsprechenden Abend nicht nur spät, sondern auch alkoholisiert nach Hause gekommen ist«, trug Boerkamp vor.

»Halten Sie ihn für den Mörder?«, fragte Mertens.

»Er könnte zumindest der Verfasser der Ansichtskarte gewesen sein, weil er sich um diese Zeit in der Türkei aufgehalten hat«, sagte Boerkamp. »Allerdings habe ich auch noch eine neue Information von Dr. Broichler. Er hat bei einer Ausstellung von Arnold Kronenburg ein Bild entdeckt, das dieser *Istanbuler Frühling* genannt hat. Das Bild befindet sich auch in einem Katalog, allerdings ohne Jahresangabe. Der junge Kronenburg war also auch in der Türkei – fragt sich nur wann.«

Der Staatsanwalt spielte mit seiner Zigarettenschachtel.

»Ein interessanter Verdacht«, sagte er.

»Ich gebe zu bedenken, dass sich die Situation nicht nur für Arnold, sondern auch für seine Eltern katastrophal entwickelt hatte. Finanziell ging es ihnen so schlecht wie nie, was jedoch keiner wissen durfte. Onkel Gottfried repräsentiert schließlich den angesehenen Düsseldorfer Yachtclub, seine Frau verdingt sich im Kirchenkreis als spendable und hilfreiche Mitschwester, sponsert den Neusser Kunstkreis. Sie leitete die Firma, besaß aber nur einen geringen Kapitalanteil, während ihr Neffe Pitt Hänneschen Eigentümer und damit quasi ihr Chef war«, schilderte Boerkamp.

»Ein Familienkomplott?«, fragte der Staatsanwalt.

»Man könnte hinter allem die Regie von Tante Cecilia vermuten«, antwortete Boerkamp.

»Sie besaßen alle drei ein Motiv. Pitts Tod brachte ihnen finanzielle Vorteile, sicherte ihnen den Erhalt ihres sozialen Status und rettete die angesehene Firma für sie«, folgerte Mertens.

»Arnold Kronenburg hielt sich in Istanbul auf. Er schickte Pitt die Karte und hatte von ihm erfahren, dass er nach Helgoland zu segeln beabsichtigte. Vielleicht wollte Tante Cecilia uns deshalb immer davon überzeugen, dass Pitt sich aus Liebeskummer das Leben genommen hat«, sagte Boerkamp.

»Wir müssen weiter recherchieren. Pitt wollte nach Helgoland segeln, doch er kam nie an. Vieles liegt noch im Dunkeln«, sagte Mertens.

»Ich schlage vor, dass ich nach Helgoland fahre und mich auf der Insel umschaue. Ich werde mit dem Hafenmeister sprechen«, schlug Boerkamp vor.

»Machen Sie das«, sagte der Staatsanwalt.

»Und Janosh Wobazek?«, fragte Boerkamp.

»Dem lassen wir vorerst Zeit, diese miese Welt mit seiner Musik zu bereichern«, sagte Mertens und steckte sich eine Zigarette an.

Nach einem Schluck Tee und dem Verzehr einer Schnitte verabschiedete sich Boerkamp mit einem Kuss von seiner Frau, verließ die Wohnung, betrat die Garage, stieg in den Golf und fuhr nach Wilhelmshaven. Die Kirchenuhr zeigte sieben Uhr.

Gegen acht Uhr dreißig stellte er den Wagen auf dem Parkplatz neben der Einfahrt vor dem Rundbau des Restaurants Columbus ab. Das weiße Bäderschiff lag mit laufenden Generatoren am Kai. Die Luft war frisch. Der Himmel begann sich aufzuklären. Es wehte ein leichter Westwind. Aus dem Schornstein der *Wilhelmshaven* stiegen weiße Abgaswolken.

Hinter den Fenstern der ehemaligen Strandhalle frühstückten Hotelgäste. Boerkamp schritt zum Fahrkartenschalter, löste eine Fahrkarte und betrat das Schiff, Mannschaftsmitglieder verkauften Tickets für Liegestühle. Unter Deck befand sich die Cafeteria.

Boerkamp setzte sich auf einen Decksstuhl in die Nähe der Aufbauten, als das Schiff ablegte. Während die *Wilhelmshaven* an dem Küstensaum des Jadebusens der offenen See entgegenfuhr, genoss er die Sonne, die schöne Aussicht und die frische Seeluft.

Tanker und Frachtschiffe kreuzten den Kurs der *Wilhelmshaven*. Segelschiffe trieben im Wind und wirkten wie Spielzeuge.

Der Himmel spiegelte sich blau in blau im Wasser, und die lang auslaufenden Wellen trugen weiße Schaumränder.

Schon nach zwei Stunden Fahrtzeit tauchte am Horizont die Felseninsel mit der Langen Anna auf. Um elf Uhr dreißig warf die *Wilhelmshaven* nur wenige hundert Meter vor der Kaibrücke den Anker.

Offene, breitbauchige Motorboote tuckerten der *Wilhelmshaven* entgegen. Sie legten längsseits an. Braun gebrannte, kräftige Seeleute in Troyern und Jeans halfen den Passagieren durch die Ladeluke von Bord in die schaukelnden Boote, die voll beladen mit Passagieren zur Anlegebrücke tuckerten.

Die *Wilhelmshaven* war das erste Bäderschiff, das abgefertigt wurde. Am Horizont näherten sich bereits die Schiffe aus Cuxhaven, Hamburg und Bremerhaven.

Boerkamp scherte aus dem Strom der Besucher aus und blieb im Unterland.

Er schritt zu Fuß um die Bucht zum Yachthafen, der von bunten Lagerschuppen umrahmt wurde.

In der Nähe des Clubhauses, das auf einem offenen Platz stand, befand sich das Holzhaus mit dem Büro des Hafenmeisters.

Boerkamp ging darauf zu. Hinter einem breiten Fenster, mit dem Blick in den Hafen und auf die Schiffe, entdeckte er einen bärtigen Mann. Die Tür zum Haus stand offen.

»Moin«, sagte Boerkamp, als er das kleine Büro betrat und an den Tresen schritt.

Der Mann sah ihn missmutig an.

»Mein Name ist Boerkamp. Ich habe einige Fragen«, sagte der Kommissar.

»Jensen, ich bin der Hafenmeister. Wenn Sie einen Liegeplatz suchen, dann segeln oder schippern Sie nach Wilhelmshaven, wir sind dicht«, sagte er brummig.

»Herr Jensen, entschuldigen Sie bitte, ich bin mit der *Wilhelmshaven* angereist«, erwiderte Boerkamp und zeigte seine Messingmarke. »Ich untersuche den Tod eines Skippers, der nach einem Brand an Bord ertrunken ist. Das Schiff hieß *Novesia*«, sagte der Kommissar.

Jensen überlegte. Jetzt, wo sein Gegenüber sich als Polizist zu erkennen gegeben hatte, war er hilfsbereiter. »*Novesia*«, wiederholte er. »Ja! Da hatte jemand angerufen. Ich erinnere mich.« Jensen griff nach einer Kladde.

»Wann hat diese *Novesia* hier angelegt?«, fragte er.

»Ich nehme an, einige Tage vor Ostern«, antwortete der Kommissar.

»Ostern ist noch nicht viel Betrieb«, sagte der Hafenmeister und studierte die Eintragungen.

Boerkamp schaute ihm zu.

»Ja, Schiffsname *Novesia*, Eigner Pitt Hänneschen«, sagte der Hafenmeister und blickte auf.

»Danke, das ist aber erst die halbe Miete, Herr Jensen. Ich interessiere mich zusätzlich für eine Motoryacht, die in Düsseldorf, Neuss oder in Holland beheimatet ist. Der Name des Schiffes ist mir entfallen«, sagte Boerkamp.

Der Hafenmeister blickte ihn fragend an.

»Sonst wissen Sie nichts?«, fragte er.

»Der Eigner könnte Kronenburg heißen«, antwortete Boerkamp.

»Wann?«, wollte Jensen wissen.

»Auch während der Osterferien«, antwortete der Kommissar. Er wischte sich den Schweiß von der Stirn.

»Liegeplatz sechzehn. Das Schiff hieß *Querinus II,* Heimathafen Düsseldorf. Die Skipperin hieß Cecilia Kronenburg-Hänneschen«, sagte Jensen.

»Das ist hervorragend. Um diese Zeit könnte auch eine weitere Motoryacht hier gelegen haben. Eine große Yacht aus Juist. Sie heißt *Rhapsodie,* der Eigner heißt Janosh Wobazek«, sagte Boerkamp.

»Damit kann ich nicht dienen, Herr Kommissar«, sagte Jensen, nahm die Mütze vom Kopf und strich sich über das Haar. »Gelegentlich gibt es allerdings schwarze Schafe, die kommen, legen an, melden sich nicht und fahren am nächsten Tag weiter.«

»Danke, ich bin im Bilde«, sagte Boerkamp. »Und vielen Dank für Ihre Mühe, Herr Jensen, Sie haben mir geholfen.« Damit verließ er das Büro.

Boerkamp hatte noch viel Zeit. Er bummelte durch das Unterland an den vielen Lädchen entlang, die zollfreie Waren anboten, fuhr mit dem Aufzug zum Oberland. Dort setzte er sich auf eine Bank und beobachtete im scharfen Wind die Seevögel, die in den Felsen kreischend um ihre Brutstätten flatterten. Er blickte an der Langen Anna entlang auf das tintenblaue Meer. Anschließend aß er im Unterdorf bei einem Italiener Spaghetti mit Meeresfrüchten und trank danach einen Cappuccino. Er bezahlte, begab sich zur Anlegebrücke und wartete auf die Einschiffung.

Während der Nacht war eine Schlechtwetterfront über die ostfriesische Küste gezogen. Abgesehen von einigen örtlichen Gewittern war fast überall ein starker Regen niedergegangen.

Als Boerkamp nach dem Frühstück in seinen Golf stieg, regnete es immer noch. Den ausgetrockneten Feldern und Weiden tat der Regen gut. Boerkamp fuhr nach Aurich. Staatsanwalt Mertens hatte ihn zu einem Gespräch zu sich gebeten.

Auf den Straßen befanden sich viele Autos mit ortsfremden Kennzeichen. Urlauber fuhren in die Städte Aurich, Emden und Leer, um sich nach den vielen Strandtagen in Ostfriesland umzusehen. Sie nahmen sich Zeit und genossen ohne Eile den Blick auf die Felder und weiten Weiden, auf denen das Buntvieh graste. Die großen Bauernhöfe, die rot geklinkerten Häuser und die mächtigen Backsteinkirchen boten sich den Großstädten idyllisch dar und bildeten einen Gegensatz zu ihrem Stadtleben.

Boerkamp erreichte Aurich und fand in der Nähe des Schlosses einen Parkplatz. Es hatte aufgehört zu regnen. Die Bewölkung lockerte sich auf. Es wehte ein aufgebrister Ostwind.

Boerkamp bediente die Parkuhr und legte den Parkschein hinter die Frontscheibe. Er schritt am Piqueurhof und der Post vorbei durch die Grünanlage und betrat den Teil des Gebäudes, in dem die Räume der Staatsanwaltschaft sich befanden. Es herrschte bereits reger Publikumsverkehr.

Der Kommissar klopfte an die Tür des Vorzimmers und trat ein.

»Moin«, sagte er.

Die Sekretärin saß am Schreibtisch und bediente einen PC.

»Moin, Herr Boerkamp, gehen Sie nur durch«, sagte sie.

Boerkamp trat an die weiß lackierte Tür, griff zum Messinggriff und öffnete sie.

Der Staatsanwalt saß am Schreibtisch. Jetzt erhob er sich und reichte Boerkamp die Hand.

»Nehmen Sie Platz«, sagte er und zeigte auf die Sitzecke. »Kaffee oder Tee?«

Boerkamp entschied sich für einen Kaffee.

Mertens ging zur Tür, öffnete sie und bestellte bei seiner Sekretärin den Kaffee.

Dann nahm er neben Boerkamp Platz.

»Herr Boerkamp, ich gratuliere. Sie hatten den richtigen Riecher. Ihr Ausflug zur Felseninsel war ein voller Erfolg«, sagte er.

»Noch steht nicht fest, wer Pitt Hänneschen ermordet hat«, erwiderte Boerkamp.

»Aber immerhin haben wir eine deutliche Spur«, sagte der Staatsanwalt.

»Und trotz allem besaß Frau Kronenburg die Unverschämtheit, den Mord an ihrem Neffen als Selbstmord zu deuten«, erklärte Boerkamp.

»Das haben wir ihr nicht abgekauft, obwohl wir nichts Gegenteiliges beweisen konnten«, sagte der Staatsanwalt.

»Wer auch immer von der Familie Kronenburg das Boot gesteuert hat – mit dem schnellen Schiff konnte der Mörder die paar Seemeilen zwischen Helgoland und dem Hove-Tief schnell überwinden«, erklärte Boerkamp.

»Es ist denkbar, dass der Mörder sich auf der *Novesia* befand und mit einem Schiff von Bord ruderseits geholt wurde. Vermutlich ist er Pitt Hänneschen gefolgt, an Bord gegangen, hat seine schmutzige Arbeit erledigt und ist danach nach Helgoland zurückgefahren«, sagte Mertens.

Die Sekretärin brachte den Kaffee.

Mertens griff zur Zigarettenschachtel.

»Bitte, bedienen Sie sich«, sagte er.

»Danke.«

Der Kommissar entnahm der Packung eine Zigarette. Sie rauchten und tranken Kaffee.

»Der Obduktionsbericht schließt nicht aus, dass jemand Hand angelegt hat. Pitt hat sich dann allerdings nicht gewehrt. Ein Kampf mit dem Mörder hat nicht stattgefunden«, sagte Mertens.

»Mag sein«, stimmte Boerkamp zu. »Und die Ansichtskarte dürfte Arnold Kronenburg geschrieben haben.«

»Es ist anzunehmen, dass die Familie nicht wusste, dass ihr Neffe die Türkin bereits vergessen hatte und Pitt also keineswegs mehr an Liebeskummer litt«, stellte der Staatsanwalt fest.

»Die Ansichtskarte wird zum Bumerang«, erkannte der Kommissar.

»Aber leider sind das alles zur Zeit noch Spekulationen, die nicht ausreichen, beim Amtsrichter einen Haftbefehl zu beantragen. Allerdings sollten wir uns die Verdächtigen noch einmal vornehmen«, sagte Mertens.

»Zu denen ja im Augenblick auch noch der Musiker gehört«, erklärte Boerkamp.

Der Staatsanwalt drückte die Kippe aus und trank Kaffee. »Die Frage ist, wem treten wir zuerst auf die Füße?«, fragte er.

»Ich denke, Tante Cecilia. Sie ist die abgebrühteste von allen«, sagte Boerkamp.

»Sie haben sie bereits in Neuss besucht, und sie hat Ihnen verschwiegen, dass sie auf Helgoland war. Ich denke, dass unsere Position es jetzt rechtfertigt, sie als Zeugin zu uns einzuladen«, sagte der Staatsanwalt.

Boerkamp nickte.

»Dann sind wir uns also einig«, sagte der Staatsanwalt.

Frau Cecilia Kronenburgs Büro befand sich in der dritten Etage des Verwaltungsgebäudes. Ihr Schreibtisch stand vor dem breiten Fenster, durch das sie das Firmengelände überschauen konnte. Im Vorzimmer arbeiteten zwei Sekretärinnen, die sich unter ihrer Leitung hochgedient hatten.

Cecilia hatte aus ihrer Schlappe im Ostgeschäft die Konsequenzen gezogen und eine zusätzliche Stabsstelle gebildet, der zwei Prokuristen und ihr Mann beratend angehörten. Sie zahlte über Tarif und setzte Umsatzprämien aus, um die Leistungsbereitschaft der Funktionsträger zusätzlich zu fordern.

Diese organisatorischen Neuregelungen erwiesen sich als richtig und zeigten bereits erste Erfolge. Hinzu kam, dass der Bauboom bis in den Spätsommer hinein sich noch einmal als Motor für Umsatzsteigerungen erwiesen hatte.

Der Firmenchefin war es gelungen, Kredite abzutragen. Die Summe, die sie Pitts Vermögen zur Konsolidierung entnommen hatte, hatte sie mittlerweile auf ihr eigenes Konto überwiesen. Sie kam sich albern dabei vor, doch ihr neuer Steuerberater hatte ihr dazu geraten, weil er der Meinung war, dass es gut sei, das Kapital bei einer günstigen Verzinsung als Polster in der Rückhand zu haben, falls sich die Konjunktur abschwäche. Hinzu kam der zu erwartende Umsatzrückgang im Winter.

Cecilia hatte ihrem Mann Gottfried die Leitung der Verkaufsabteilung übertragen. Seine Beziehungen zu den Clubmitgliedern und seine Freundschaften nutzte er auch geschäftlich. Dabei gelang es häufig, bei großen Bauvorhaben im rheinischen Raum die Mitkonkurrenten auszustechen.

Ihr Sohn Arnold war dabei, sich einen großen Namen zu machen und von dem Erlös seiner Kunstwerke auf eigene Füße zu gelangen. Niemand sprach mehr von Pitt. Nur gelegentlich sahen Cecilia und Gottfried bei einem Spaziergang kurz nach dem Grab und schritten danach über den Damm und blickten auf dem Rhein den Schiffen nach.

An diesem Morgen saß Cecilia an ihrem Schreibtisch und blickte nach draußen auf den Lkw, dem ein Gabelstapler eben Paletten mit Klinkersteinen entgegenfuhr. Ein Klopfen an der Tür riss sie aus ihren Gedanken.

»Ja, bitte?«

Eine Sekretärin betrat das Büro und reichte ihr einen Briefumschlag.

»Danke«, sagte sie, blickte auf den Absender – und spürte einen leichten Stich im Magen.

Kriminalrevier Norden.

Schweißperlen traten auf ihre Stirn. Sie öffnete den Umschlag. Er enthielt eine Vorladung. Der Kommissar bat sie wegen der endgültigen Klärung des Segelunglücks ihres Neffen zu einem dringend notwendigen Zeugengespräch. Cecilia Kronenburg kämpfte mit einer aufsteigenden Übelkeit.

Sie drückte die Sprechtaste.

»Mein Mann muss sofort zu mir kommen«, teilte sie ihrer Sekretärin mit. »Sofort!«

Nur wenige Tage vor Schulbeginn erreichte den Studiendirektor Bommrank ein Schreiben von der türkischen Botschaft, in dem diese ihm mitteilte, dass die Abiturientin Schagüll Güyzcük tödlich verunglückt sei. Man bat ihn, noch vorhandene Akten, Leistungsnachweise und Unterlagen an die Botschaft zu schicken. Um die persönliche Habe würde sich in absehbarer Zeit eine Botschaftsangestellte kümmern.

Zur gleichen Zeit ging Broichler ein Schreiben der Rechtsabteilung des türkischen Amtes für Tourismus in Ankara zu. Das Amt forderte ihn auf, ein beigefügtes Formular, das in Türkisch, Deutsch und Englisch abgefasst war, auszufüllen, um seine durch den Anschlag entstandenen Kosten wie Arztrechnungen, Heilmittel, Reisespesen und Reinigungskosten aufzulisten. Broichler lag nichts daran, seine Lederjacke und die Jeans ersetzt zu bekommen. Er dachte auch nicht an ein Schmerzensgeld.

So setzte er hinter alle Fragen Striche, verzichtete damit auf Forderungen, unterschrieb und steckte den Fragebogen in einen Umschlag. Er war froh, dass er nicht als Zeuge in die Türkei reisen musste.

Am Montag empfing Broichler gegen elf Uhr in seinem Büro Frau Mesude K. Die junge hübsche Dame war Angestellte der türkischen Botschaft in Bonn. Sie tranken Tee, führten ein interessantes Gespräch, das überschattet wurde von der Erinnerung an die schrecklichen Ereignisse in Cesme. Dennoch ließ Broichler es sich nicht nehmen, Frau Mesude K. seine Begeisterung über ihr Land und ihre Landsleute auszudrücken.

Anschließend führte er die Botschaftsangehörige in Begleitung der Frau des Hausmeisters zum Apartment der verstorbenen Schülerin, das ausgeräumt werden sollte.

Um dreizehn Uhr erschien ein Pferdefuhrwerk. Der Kutscher nahm den Frauen die schwere Arbeit ab und trug die Kisten hinunter.

Am Nachmittag servierte die Sekretärin im Schulleiterzimmer den Tee. Broichler hatte die Stundenpläne der Kolleginnen und Kollegen bereits im Lehrerzimmer in die Fächer geschoben. Er ging mit dem Chef noch einmal die Raumverteilung durch.

Sie hatten Schagülls Apartment an eine Neuaufnahme vergeben. Das Inselgymnasium war wieder bis zum letzten Platz besetzt.

Kurz vor siebzehn Uhr war die Besprechung zu Ende.

Broichler machte noch einen kleinen Spaziergang am Strand, dann ging er nach Hause.

Er brühte sich einen Tee auf, aß eine Schnitte, setzte sich auf den Balkon und las ein politisches Magazin.

Das Läuten der Haustürklingel unterbrach seine Lektüre. Broichler fragte sich überrascht, wer das wohl sein konnte. Er erhob sich, ging zur Wohnungstür und drückte den Türöffner.

Gleich darauf sah er Bettina die Treppe heraufkommen, das Mädchen, das im Fotogeschäft seines Vaters arbeitete.

»Störe ich Sie, Herr Dr. Broichler?«, fragte Bettina und lächelte ihn verlegen an.

»Nein, keineswegs. Einsam, wie ich lebe, ist mir jede Abwechslung willkommen, soweit es sich um hübsche junge Damen handelt«, scherzte er und reichte Bettina die Hand.

»Kommen Sie.« Er hielt die Tür auf.

Sie folgte ihm in das Wohnzimmer.

»Bettina, bitte nimm Platz.«

»Gemütlich haben Sie es hier«, sagte sie und setzte sich in den Sessel.

»Darf ich dir etwas anbieten? Ich kann einen Tee aufbrühen, oder möchtest du lieber Cola, Apfelsaft, ein Glas Wein?«, fragte Broichler.

»Danke, Herr Dr. Broichler. Ich muss gleich zur Probe. Wir beginnen mit der Vorbereitung des neuen Theaterstückes für den Winter«, berichtete sie.

»Ach, bereits jetzt«, erklärte Broichler erstaunt.

»Wir sind ja keine Profis.« Sie lachte.

»Bisher habe ich kein Stück ausgelassen«, antwortete Broichler.

»Ich komme zu Ihnen, weil ich Pitt Hänneschen mochte«, kam Bettina jetzt auf ihr Anliegen. »Er war ein feiner Kerl. Da war nichts mit uns, aber wir verstanden uns irgendwie.« Sie schaute den Lehrer verlegen an.

»Pitt ist bereits vergessen«, erklärte Broichler bitter.

»Nein, weder von Ihnen noch von mir. Ich habe hier ein Repro von einem Foto. Vielleicht trägt es dazu bei, herauszufinden, wie er starb«, sagte sie traurig und reichte ihm das Bild.

Broichler nahm seine Lesebrille und setzte sie auf.

»Oh, Gott«, rief er aus. »Das ist seine Yacht!«

Seine Hand zitterte.

Das Bild zeigte die *Novesia,* wie sie mit flatternden Segeln im Wind trieb.

Selbst die Brandspuren vor der Plicht waren zu erkennen.

»Bettina, die Fischer haben die *Novesia* erst in der Nacht aufgebracht. Pitt war zu diesem Zeitpunkt nicht mehr an Bord«, sagte er ernst.

»Herr Dr. Broichler, daran habe ich auch gedacht. Deshalb habe ich für Sie den Abzug gemacht. Ich weiß, dass das gegen die Gesetze verstößt. Ich missbrauche das Vertrauen des Kunden und das meines Vaters«, sagte sie.

Ihr hübsches Gesicht wirkte ängstlich.

»Bettina, du trägst vielleicht dazu bei, ein Verbrechen aufzuklären. Uns verbindet ab jetzt ein Geheimnis«, sagte Broichler ruhig.

»Ich weiß, dass ich Ihnen vertrauen kann«, murmelte sie mit hochrotem Kopf.

»Und wer hat das Foto geschossen?«, fragte Broichler.

»Es fällt mir schwer, es zu sagen, aber es war dieser Komponist, Wobazek«, antwortete sie.

»Du kennst ihn?«, fragte Broichler.

Sie nickte. »Er ist ein begeisterter Fotoamateur.« Damit erhob sie sich.

»Bitte, Herr Dr. Broichler, niemand darf das erfahren, auch nicht mein Vater«, sagte sie.

Er nickte.

»Ja, aber ich behalte das Foto. Keiner wird je in Erfahrung bringen, dass ich es von dir erhalten habe.«

Er begleitete Bettina zum Flur.

»Vielen Dank. Das war couragiert von dir«, sagte er.

»Tschüs«, murmelte sie und näherte sich eilig der Treppe.

Am Freitagmorgen betrat Cecilia Kronenburg das Dienstzimmer. Boerkamp kam ihr entgegen und begrüßte sie. »Ich hoffe, Sie hatten eine gute Reise?«, fragte er höflich.

»Danke, ich habe in Norddeich übernachtet«, sagte sie.

Jetzt trat auch Mertens hinzu.

»Mein Name ist Mertens, ich bin Staatsanwalt«, stellte er sich vor und nahm neben dem Schreibtisch des Kommissars Platz.

Im Gesicht der Unternehmerin zuckte es leicht.

»Mein Kollege Tjarden, er führt das Protokoll«, stellte Boerkamp den dritten anwesenden Mann vor.

»Nehmen Sie bitte hier vor dem kleinen Tisch Platz«, sagte er dann und setzte sich an seinen Schreibtisch.

Frau Kronenburg folgte der Aufforderung.

»Frau Kronenburg, Sie wissen, warum wir Sie zu uns gebeten haben?«, fragte Boerkamp.

»Ich habe mich über Ihre Vorladung gewundert, denn Sie haben bei mir zu Hause bereits für genügend Wirbel gesorgt«, sagte sie schnippisch.

»Frau Kronenburg, haben Sie weitere Aussagen zu machen, die uns bei der Klärung des Mordes helfen könnten?«, fragte der Staatsanwalt.

»Entschuldigung. Sie reden von Mord?« Sie schaute Mertens ironisch an.

»Ja, das steht außer Zweifel. Der Mörder hat Pitt von Bord der *Novesia* gestürzt«, sagte der.

»Zuerst glaubte ich an Selbstmord, wegen des Mädchens«, antwortete sie und entnahm ihrer Handtasche ein Tempotuch.

»Und Sie haben Ihre Meinung geändert?«, fragte Boerkamp.

»Pitt wollte den Brand löschen und war wohl unvorsichtig oder hatte getrunken«, sagte sie.

»Diese Version hat uns eine Menge Zeit gekostet. Der Mörder hat den Brand selbst gelegt, zur Tarnung, und ihn auch gelöscht, bevor er von Bord ging. Unsere Aufgabe ist es, herauszufinden, wer sich außer Pitt auf der Yacht befand«, sagte der Staatsanwalt.

Cecilia Kronenburg rang nach Luft.

Sie tupfte sich mit dem Taschentuch unsichtbare Tränen aus dem Gesicht.

»Ich habe bereits alles gesagt. Warum quälen Sie mich mit Ihren Fragen?«, schluchzte sie.

»Über Ihre damalige Liquiditätskrise, die einerseits durch Verluste im Ostgeschäft entstanden ist und andererseits durch sehr hohe Ausgaben in London für Ihren Sohn Arnold, hat Boerkamp mit Ihnen bereits gesprochen«, fuhr der Staatsanwalt fort.

Frau Kronenburg verzog das Gesicht. Sie kochte jetzt förmlich vor Wut. »Das ist infam. Mein ehemaliger Steuerberater hat mich bei Ihnen angeschwärzt. Als ich mich damals für die Investition im Osthandel entschied, hat er mich nicht gewarnt. Der feine Herr wollte nur absahnen.«

»Darum geht es hier nicht. Sie hatten ein Motiv, weil Sie die Firma, die bis auf eine geringfügige Kapitalbeteiligung Ihrem Neffen gehörte, in eine schwere Finanzkrise geführt haben. Es gelang Ihnen, den Konkurs abzuwenden, weil Sie Pitts Vermögen verpfändet haben«, sagte Boerkamp.

»Bestellen Sie einen Buchprüfer. Das, was Pitt besaß, ist auch heute noch vorhanden«, erwiderte sie aufgeregt.

»Frau Kronenburg, für Sie stand noch mehr auf dem Spiel. Ihr soziales Engagement in der Kirchengemeinde. Und Sie gelten als großzügige Sponsorin in Sachen Kunst«, sagte der Staatsanwalt.

»Muss ich mir solche Unterstellungen noch weiterhin anhören?«, fragte sie empört, entnahm ihrer Tasche eine Zigarettenpackung und ein Feuerzeug.

Tjarden erhob sich und brachte einen Aschenbecher an den kleinen Tisch.

»Danke«, sagte sie kühl.

»Ja, es sei denn, Sie haben die Tat oder die Teilnahme an einem Verbrechen zu gestehen«, sagte der Staatsanwalt.

»Sie verdächtigen mich?«, fragte sie bleich.

»Nicht nur Sie. Zum jetzigen Zeitpunkt müssen wir jeden verdächtigen, der ein Motiv für das Verbrechen besaß. Es steht wohl außer Zweifel, dass sich die Finanzlage Ihrer Firma und damit auch Ihre Vermögensverhältnisse und die Ihres Mannes nach Pitts Tod verbessert haben. Das gilt auch für Ihren Sohn, der jetzt nicht nur ein Atelier in London, sondern auch noch eine Eigentumswohnung auf Juist besitzt«, sagte der Staatsanwalt.

Cecilia Kronenburg drückte die Kippe in den Aschenbecher.

»Das geht zu weit. Lassen Sie mich gehen«, forderte sie.

»Frau Kronenburg, Ihr Neffe hat mit der *Novesia* Helgoland verlassen und ist in der Nähe des Hove-Tiefs von Bord gestürzt worden. Ein Skipper mit einem schnellen Motorboot konnte die *Novesia,* die etwa sechs Knoten Geschwindigkeit erreichte, innerhalb einer knappen Stunde einholen. Er legte bei, um Pitt umzubringen. Eine andere Lesart wäre, dass jemand mit Pitt für den Törn nach Juist auf Helgoland an Bord der *Novesia* gegangen wäre«, sagte Boerkamp.

»Das ist doch alles Schwachsinn«, schluchzte Cecilia Kronenburg.

»Ist das alles, was Sie uns dazu zu sagen haben?«, fragte der Staatsanwalt ernst.

»Ja!« Sie schrie es förmlich.

»Dann muss ich Sie darauf aufmerksam machen, dass Sie uns bewusst Tatsachen vorenthalten, um uns zu täuschen«, sagte Mertens erregt. Frau Kronenburg fuhr auf und starrte den Staatsanwalt an.

»Sie befanden sich zur Tatzeit auf Helgoland mit Ihrer Motoryacht *Querinus II*«, sagte der Staatsanwalt.

»Ja, das ist doch nichts Besonderes. Wir fahren oft nach Helgoland«, erklärte sie.

»Und Sie haben auf Helgoland Pitt getroffen?«, fragte Boerkamp.

»Nein. Wir wussten überhaupt nicht, dass er auch auf Helgoland war«, sagte sie verlegen.

»Und Ihre *Querinus II* kreuzte irgendwann den Kurs der *Novesia*?«, fragte der Staatsanwalt ironisch.

Cecilia Kronenburgs Hände zitterten, als sie das nasse Taschentuch in ihre Tasche steckte und ein frisches hervorholte.

»Und Sie hatten Gäste an Bord?«, fragte Boerkamp.

»Ja, wir waren sozusagen geschäftlich unterwegs. Wir wussten nicht, dass Pitt überhaupt segelt«, sagte sie.

»Wenn Sie uns noch etwas mitteilen wollen, dann bitte jetzt, ansonsten kann Herr Tjarden das Protokoll anfertigen«, sagte der Staatsanwalt.

»Mir reichen Ihre Unverschämtheiten«, erklärte sie empört.

»Frau Kronenburg, bitte unterlassen Sie solche Entgleisungen. Ihnen sollte ebenfalls daran liegen, dass der Fall aufgeklärt wird«, sagte Boerkamp.

»In meinen Kreisen herrscht ein anderer Ton«, sagte sie hochnäsig.

»Haben Sie Ihren Neffen damals übrigens davon in Kenntnis gesetzt, dass Sie sich seines Vermögens bedient haben, um einen Konkurs zu verhindern?«, fragte der Staatsanwalt.

»Dazu sah ich keine Veranlassung. Ich habe es als Firmenkapital betrachtet«, sie blickte ihn kühl an, »und ich hoffe, dass Sie daraus keine negativen Schlussfolgerungen ziehen. Ich bin unschuldig am Tod meines Neffen.«

»Wir befinden uns erst am Beginn unserer Recherchen. Wir benötigen von Ihnen die Namen und Anschriften Ihrer Kunden, die Sie während Ihres Helgolandaufenthaltes begleitet haben«, forderte der Staatsanwalt sie auf.

»Dem steht nichts im Weg. Sie bekommen Sie postwendend«, sagte sie, nahm einen kleinen Schminkspiegel aus ihrer Tasche und bemühte sich, die Tränenspuren zu überdecken.

Tjarden brachte das Protokoll.

»Unterschreiben Sie bitte hier«, forderte er Cecilia Kronenburg auf.

Sie unterschrieb, ohne den Text zu lesen.

»Bitte schön, Ihre Ausfertigung«, sagte Tjarden.

Frau Cecilia Kronenburg faltete das Protokoll, steckte es in die Handtasche und erhob sich.

»Ich hoffe, wir sehen uns nicht wieder«, sagte sie und ging zur Tür.

Die Beamten sahen sich an, nachdem Cecilia Kronenburg die Tür krachend hinter sich ins Schloss gezogen hatte.

»Eine Frau mit großer Energie. Sie hat gelernt zu kämpfen und sich durchzusetzen«, sagte Tjarden und heftete das Protokoll in die Akte.

»Cecilia Kronenburg ist eine Schauspielerin. Ihre Tränen waren nicht echt. Ihr lag wenig an ihrem Neffen«, stellte Boerkamp fest.

»Sie meinen, sie hat vor Wut und Enttäuschung darüber geheult, dass es uns gelungen ist, zu beweisen, dass Pitt nicht einem Unfall zum Opfer gefallen ist, sondern kaltblütig ermordet wurde«, sagte der Staatsanwalt.

»Selbstmord, ein Segelunfall, ein Brand an Bord, höhere Gewalt, Schicksal, damit konnte die Familie Kronenburg leben. Die Firmenkrise ist vergessen und nie ans Tageslicht gekommen. Jetzt befürchten sie nicht zu Unrecht, ins Gerede zu kommen«, stellte Boerkamp fest.

»Wir haben ja ohnehin kein Geständnis von Frau Kronenburg erwartet. Noch wissen wir ja nicht, was sich an Bord der *Novesia* wirklich ereignet hat«, sagte der Staatsanwalt.

»Ihr Sohn Arnold stellt im Kunstmuseum in Düsseldorf seine Gemälde aus. Darunter befindet sich ein Werk, das den Titel *Istanbuler Frühling* trägt. Es ist auch im Katalog eingetragen. Was ist, wenn er die Karte an Pitt geschrieben hat?«, fragte Boerkamp.

»Und unser ungarischer Komponist?«, fragte der Staatsanwalt.

»Ich schlage vor, Arnold Kronenburg zu einem Gespräch einzuladen. Es würde mich schon interessieren, wo er sich aufhielt, als der Mörder seinen Vetter von Bord stieß und ihn ertrinken ließ«, sagte Boerkamp.

»Wir laden ihn vor. Danach sehen wir weiter«, sagte Mertens und erhob sich.

Die internationale Kunstszene war auf Kronenburg aufmerksam geworden. Redakteure namhafter Zeitungen suchten ihn im neuen Atelier in London auf, fotografierten seine Werke, lichteten ihn ab bei seiner Arbeit vor schräg gekippter Leinwand und machten ihre Leser aufmerksam auf den jungen Deutschen. Dabei bot Arnolds Vita und erst recht sein Erscheinungsbild ihnen Gelegenheit, den Künstler als einen exzentrischen Außenseiter werbewirksam in die Schlagzeilen zu bringen. Seine flotten Sprüche über Geld, Frauen und Politik reizten die naiven Gemüter und trugen zu seinem Ruhm bei, während der Kunstmarkt die ersten Nachfragen zu verspüren bekam.

Arnold Kronenburg hatte sich einen BMW zugelegt, ein Auto, das in England von erfolgreichen Jungunternehmern, Ärzten, Sportlern und Schauspielern geschätzt wurde.

Am Freitagmorgen hatte Arnold lange geschlafen, geduscht und war in die City gefahren. Er kannte die Tipps der Insider und fand auf Anhieb einen Parkplatz. In einem Café frühstückte er. Danach machte er Einkäufe.

Er fühlte sich ein wenig beunruhigt. Die Kripo in Norden war besessen von der Idee, sein Vetter Pitt wäre ermordet worden und nicht aus Liebeskummer selbst in die Nordsee gesprungen oder bei dem Versuch, einen Brand an Bord seiner *Novesia* zu löschen, einfach ins Wasser gestürzt und ertrunken.

Arnold hielt es für idiotisch, seine Arbeit zu unterbrechen, um der Vorladung nach Deutschland zu folgen. Die Kripo besaß keine Beweise, dass er mit der Sache etwas zu tun hatte.

Am Freitagabend begab er sich wieder an die Arbeit und richtete das grelle Licht der Scheinwerfer auf die Leinwand. Auf dem Ateliertisch lagen Hunderte von geöffneten Farbtuben. In großen Einweckgläsern bündelten sich die Pinsel wie Blumen in einer Vase. Durch das Fenster zog der säuerliche Farbgeruch nach draußen.

Auf dem Boden in der Ecke stand ein Radio. Der Sender BBC übertrug ein Konzert aus der Music-Hall.

Um seinen Ärger loszuwerden, bearbeitete Arnold die Leinwand. Er wählte ein dunkles Blau, mischte Weiß unter. Selbstvergessen schuf er mit dem Pinsel Wellen, die zu Schlünden wurden. Er gab Grün dazu, wechselte Farben und Pinsel, ließ die Sonne aufleuchten mit einem Tupfer Rot, schuf Dünen aus Gelb und Weiß, griff nach Schwarz und ließ den Rumpf eines Fischkutters sichtbar werden. Er strich den Mast und die Netze zurecht, setzte Kleckse, die zu Möwen wurden. Er trat vom Bild zurück, trank Bier aus der Flasche. Verärgert unterbrach er seine Arbeit, als das Telefon schrill läutete. Er verließ das Atelier, nahm den Hörer ab und meldete sich unkonzentriert. Es war seine Mutter, die mit ihm über seinen Besuch bei der Kripo reden wollte.

»Mutter, ich weiß gar nicht, was ich dort soll«, erklärte er. »Pitt ist verunglückt.«

»Arnold, bitte, fahr hin. Sag der Kripo, dass auch du nichts anderes zu berichten weißt als ich«, bat Cecilia.

»Okay, dann werde ich mich morgen auf den Weg machen. Danke für die Buchung im Fährhaus«, brummte Arnold gelangweilt.

»Arnold, werde nicht ausfallend. Und zieh dein Jackett an. Hörst du!«, sagte sie.

»Mutter, ich will denen schließlich kein Bild verkaufen. Ich werde ihnen erzählen, dass mich Pitt ewig angewidert hat, dass du und Vater zur Mehrung seines Reichtums habt schuften müssen, während er nur kassiert hat, die *Novesia* besaß und sich eine Wohnung auf Juist kaufen konnte. Ich bin froh, dass er ertrunken ist«, sagte er ärgerlich.

»Arnold, lass diesen Unsinn«, forderte seine Mutter entsetzt.

»Mutter, die Kripo blufft doch nur. Lass mich nur machen. Du hörst am Montagabend von mir«, sagte Arnold und legte einfach auf.

Er ging zurück ins Atelier, nahm eine Flasche Bier aus dem Kasten, zündete sich eine Zigarette an und betrachtete sein Werk. Er war zufrieden. Den toten Vetter hatte er längst vergessen.

Am frühen Morgen regnete es. Boerkamp parkte den Wagen vor dem Revier und hastete zur Eingangstür. Er stieg die Treppe hoch und betrat sein Dienstzimmer. Tjarden war noch nicht da. Er stellte seine Tasche ab, öffnete das Fenster und blickte auf den Markt. Der Bus aus Großheide näherte sich mit eingeschaltetem Licht der Haltestelle.

Eine Kollegin brachte die Post.

Boerkamp setzte sich an seinen Schreibtisch und sah den Posteingang durch. Tjarden betrat das Dienstzimmer und zog die Regenüberhose aus.

»So ein Sauwetter«, schimpfte er. »Was Neues von der Front?«, fragte er ironisch.

»Wenn du das Unternehmen Hänneschen dazu zählst«, erwiderte Boerkamp. Er reichte Tjarden einen mit Schreibmaschine geschriebenen Brief.

Tjarden las:

... Nach den vielen Belastungen, denen ich als Geschäftsführerin ausgesetzt war, nutzte ich einige Urlaubs- und Ostertage, um mich an Bord unserer Motoryacht zu erholen. Unsere Bemühungen, im Ostgeschäft weitere Stammkunden zu gewinnen, sind oft mit persönlichen Bekanntschaften und Freundschaften verbunden. Im Rahmen unserer Geschäftsbeziehungen reiste ich auf Einladung eines Lieferanten zur Insel Rügen. Daraufhin habe ich spontan einige Geschäftsfreunde zu einer Reise nach Helgoland eingeladen. An dieser Stelle scheint es mir angebracht, noch einmal darauf hinzuweisen, dass ich völlig in Unkenntnis darüber war, dass mein Neffe sich mit seinem Segelschiff ebenfalls auf Helgoland aufhielt. Ich habe ihn während meines Aufenthaltes nicht getroffen und auch seine Yacht Novesia nicht gesehen. Meine Bordgäste waren: Dr. Guido Tschad nebst Frau, Leipzig, Anton-Nazmann-Straße 25, Richard Duderklen, Architekt, Dresden, Fliegerallee 12 A, Malte Springfeld, Dipl. Ing-, Rostock, Töpfergasse 9, Arnolde Sudmann, Architektin, Leipzig, Findelgasse 45, Wayer Tobischeck, Makler, Berlin, Arnold-Streber-Straße 87. Ich hoffe, Ihnen genügend entgegengekommen zu sein.

Mit freundlichen Grüßen Cecilia Kronenburg.

»Das klingt ja entschieden weniger kratzbürstig als bisher«, sagte Tjarden und reichte Boerkamp den Brief.

»Das ist reine Taktik. Der Staatsanwalt hat Sohn Arnold zu

einem Gespräch eingeladen. Jetzt zeigt sie sich von ihrer besten Seite«, sagte Boerkamp.

»Sie hat doch sicherlich einen Anwalt hinzugezogen«, erklärte Tjarden.

»Wahrscheinlich noch nicht. Sie möchte keine Mitwisser. Solange wir ihr den Mord oder eine Mittäterschaft nicht nachweisen können, verzichtet sie auf juristischen Beistand«, sagte Boerkamp. »Sie will so unbefangen wie möglich wirken.«

»In dem Brief ist gar keine Rede von ihrem Sohn und Ehemann. Dabei ist Ostern nach Weihnachten das größte Familienfest, das die meisten zusammen begehen«, stellte Tjarden nachdenklich fest.

Boerkamp nickte. »Vermutlich hatten sie keinen Grund zum Feiern. Schließlich gab es eine große Schuldenlast.«

»Und nach Pitts Tod war für die Familie Kronenburg die Welt wieder in Ordnung.«

Der Wind ließ Regen gegen das Fenster prasseln.

»Arnold Kronenburg stieg auf vom verschuldeten Bohemien in London zum großen Künstler mit Wohnsitzen in London und auf Juist«, warf Boerkamp ein.

»Und Onkel Gottfried?«, fragte Tjarden.

»Er wirkt blass an Cecilias Seite. Nach Aussage des Steuerberaters hat er mehr repräsentiert und war weniger produktiv in der Firma tätig. Noch wissen wir nicht, wo er sich zur Tatzeit aufgehalten hat. Wir müssen ihn in unsere Überlegungen durchaus einbeziehen«, antwortete Boerkamp.

Arnold Kronenburg aß ein Krabbenbrot und trank dazu Wein. Er blickte durch das Fenster auf den Fährhafen. Über die Mole fegte ein Sturm. Die *Frisia* näherte sich im bewegten Wasser schaukelnd dem Anleger. Die Reedereifahne flatterte am Mast der Anlegebrücke, und Passagiere kämpften mit vorgeneigten Oberkörpern gegen den starken Wind.

Am Horizont entdeckte Arnold die Insel Juist, die nur als winziger Streifen sichtbar war.

Der Maler nahm sich vor, nach dem Gespräch mit dem Staatsanwalt einige Tage auf Juist in seiner Wohnung zu verbringen.

Er verdrängte seine innere Unruhe.

Was konnten der Staatsanwalt und diese Provinzbullen ihm schon anlasten?

Er war schließlich jemand! Sein Name hatte längst in allen angesehenen Zeitungen gestanden.

Er schob den Teller beiseite, steckte sich eine Zigarette an, blickte auf den dunkler werdenden Abendhimmel und versank in Gedanken.

Er rauchte viel an diesem Abend und trank einige Gläser Wein. Kurz vor Mitternacht suchte er sein Zimmer auf und schlief sofort ein.

Am nächsten Morgen aß Arnold Kronenburg ein Brötchen, trank Kaffee und bereitete sich gedanklich noch einmal auf das Gespräch vor. Schließlich verließ er den Restaurationsraum und ging zur Rezeption. Er bezahlte am Tresen und trat vor das Hotel. Er hatte keinen Blick übrig für den schönen Sommerhimmel und die weißen Möwen.

Er stieg in seinen BMW und war stolz auf das englische Kennzeichen.

Problemlos fand er trotz des dichten Verkehrsaufkommens zum Marktplatz und parkte seinen Wagen vor der Musikschule.

Er sah das Polizeischild an der Fassade des alten Giebelhauses und betrat das Gebäude. Der Beamte am Tresen wies ihm den Weg zum ehemaligen historischen Weinhaus, in dem die Kripo ihre Diensträume hatte, und nannte ihm die Zimmernummer.

Arnold überquerte den Marktplatz, warf nur einen flüchtigen Blick auf die Ludgerikirche und betrat das Gebäude.

Er klopfte höflich an, öffnete dann die Tür und blickte in das Zimmer. Es erinnerte ihn an die Büros der Firma seiner Mutter. Er schaute die Beamten in dem Raum fragend an, und sie nickten ihm zu. Er trat ein und zog die Tür hinter sich ins Schloss. Dann ging er zum ersten Schreibtisch.

»Herr Kronenburg? Mein Name ist Boerkamp, darf ich Ihnen Staatsanwalt Mertens vorstellen?«, begrüßte ihn der Beamte.

Der Staatsanwalt nickte höflich.

»Mein Kollege Tjarden, er führt das Protokoll.« Dabei wies Boerkamp auf den dritten und jüngsten Mann. »Nehmen Sie bitte dort auf dem Stuhl Platz, Herr Kronenburg.«

»Danke«, sagte Arnold und setzte sich auf den Stuhl, der neben einem kleinen Besuchertisch stand. Scheinbar gelassen streckte er die Beine von sich.

»Herr Kronenburg, Sie wissen, um was es geht?«, fragte Mertens freundlich und bemüht, sich nicht vom extravaganten Äußeren des Künstlers und seinem arroganten Getue beeindrucken zu lassen.

Arnold Kronenburg verzog das Gesicht. Seine schlanken Hände spielten mit den Fransen seines Lederhemdes.

»Offen gestanden, nein. Ich gehe davon aus, dass auf diesem Stuhl, auf dem ich sitze, vor kurzem bereits meine Mutter Platz genommen und Ihnen das gesagt hat, was auch ich Ihnen nur bestätigen kann«, erwiderte er schnippisch.

»Bitte, dann tun Sie es«, forderte Boerkamp ihn auf. Er mochte diesen arroganten jungen Mann nicht.

»Mein Vetter war ein ausgezeichneter Segler. Irgendetwas muss ihn aus dem Gleichgewicht geworfen haben. Im Gegensatz zu mir trank er nur mäßig Alkohol. Vermutlich geschah das Unglück, weil er beim Auffüllen des Benzinkochers nicht vorsichtig genug war. Bald brannte es lichterloh, und er stürzte von Bord, als er Wasser schöpfen wollte. Vielleicht hatte er tatsächlich etwas getrunken. Zuerst gingen wir davon aus, dass er sich selbst hat umbringen wollen, wegen seiner unglücklichen Liebe«, erklärte Arnold Kronenburg.

»Unsere Ermittlungen sind längst auf einem anderen Stand. Pitt hatte, das behaupten zumindest seine Freunde, keinen Campingkocher an Bord. Wir gehen davon aus, dass der Mörder ihn auf der *Novesia* deponierte, nachdem Ihr Vetter bereits ertrunken war. Es ist erstaunlich, dass Ihre Mutter Sie nicht auf dem Laufenden gehalten hat. Sie sprachen vom Gleichgewicht Ihres Vetters. In der Tat hat der mutmaßliche Mörder Pitt mit einer Ansichtskarte aus Istanbul verunsichern wollen. Denn weder die Karte noch die Mitteilung kam von Pitts Mitschülerin und Freundin. Immerhin ließ die lancierte Mitteilung den Schluss zu, Pitt habe sich das Leben genommen. Herr Kronenburg, es gibt Gründe, die dafür sprechen, dass Sie Pitt diese Ansichtskarte geschickt haben«, sagte der Staatsanwalt geradewegs.

Arnold Kronenburg verzog das Gesicht zu einem spöttischen Grinsen.

»Das ist recht amüsant. Mich hat es nie interessiert, mit welchen Mädchen Pitt es trieb«, sagte er.

»Ihre Mutter war da wohl anderer Meinung. Pitts Freundin war Türkin. Wir haben in Erfahrung gebracht, dass Ihre Mutter das Mädchen ablehnte«, sagte Boerkamp.

Kronenburg blickte den Beamten irritiert an.

»Sie waren im Frühjahr in Istanbul«, sagte Mertens forsch.

»Ja, das schon. Ich wollte die Stadt kennen lernen. Als Künstler bin ich für alles Fremde offen«, antwortete Kronenburg leicht verunsichert.

»Ihnen war damals nicht bekannt, dass Ihr Vetter das türkische Mädchen bereits vergessen und eine neue Geliebte hatte. Wir sind auch davon überzeugt, dass Pitt an Bord keinen Alkohol zu sich genommen, sondern dass der Mörder das Leergut auf der *Novesia* deponiert hat. Pitt hat keinen Brand gelöscht. Sein Mörder stieß ihn von Bord und hinderte ihn daran, wieder an Bord zu gelangen. Er ließ Pitt gnadenlos ertrinken. Er legte den Brand, um einen Unfall vorzutäuschen«, trug Mertens seine Theorie vor.

Kronenburg rutschte unruhig auf dem Stuhl hin und her. Er hatte die Arme auf den kleinen Tisch gestützt und blickte den Staatsanwalt empört an.

»Sie nehmen doch nicht etwa an, dass ich meinen Vetter …, dass ich Pitt … oder meine Mutter …, das ist doch absurd …«, stammelte er.

»Der Mörder stieg auf Helgoland an Bord der *Novesia,* oder er kreuzte den Kurs der Yacht und legte bei, um Pitt umzubringen. Ihre Mutter hatte mit Geschäftsfreunden an Bord ihre Motoryacht *Querinus II* vor Helgoland angelegt. Nach unseren Ermittlungen könnte sie mit dem schnellen Schiff, ohne Aufsehen zu erregen, den Hafen verlassen haben, um Pitt, der mit seiner *Novesia* bereits einige Stunden zuvor zum Törn nach Juist ausgelaufen war, einzuholen. Sie ging an Bord. Der Rest der Geschichte ist nun wohl schon oft genug durch die Mangel gedreht worden«, sagte der Staatsanwalt.

Kronenburg saß jetzt kerzengerade. Sein Gesicht war rot angelaufen.

»Sie müssen verrückt sein«, schrie er. »Meine Mutter hat Pitt nicht weniger als mich geliebt.«

»Bitte, beruhigen Sie sich. Besäßen wir Beweise, dann hätten wir den Amtsrichter bereits um einen Haftbefehl gebeten«, sagte Boerkamp.

Der Künstler schüttelte den Kopf. »Mir reichen Ihre Spielchen!«, schimpfte er erregt. »Endgültig!«

»Herr Kronenburg, Sie sind Künstler, dazu auch noch anerkannt. Sie verdanken Ihren Erfolg Ihrer Kreativität. Zur Aufklärung des Verbrechens müssen auch wir Denkmodelle erstellen, um uns dem wirklichen Ablauf des Mordes zu nähern«, sagte Mertens.

»Bitte, lassen Sie meine Mutter aus dem Spiel«, forderte Kronenburg.

»So weit unsere Recherchen das zulassen, werden wir sie nicht weiter behelligen. Trotzdem werden wir auch noch Ihren Vater zu uns einladen müssen, um auch ihn zu befragen«, sagte Boerkamp.

»Ach, ist er auch Teil Ihres Modells?«, fragte Kronenburg höhnisch.

»Nicht nur«, antwortete Boerkamp.

»Und weshalb ist er in Verdacht geraten?«, fragte Kronenburg.

»Denken Sie nur an die Finanzkrise der Firma, die Pitt gehörte! Ihre eigenen hohen Schulden in London! Der drohende Ruin. Der Verlust des erworbenen Ansehens«, sagte Mertens.

»Ich verstehe Sie nicht. Pitts Erbe liegt unangetastet auf den Bankkonten«, erwiderte Kronenburg hochnäsig.

»Mag sein oder auch nicht. Aus diesem Grund sind Sie ohnehin nicht hier«, erklärte Mertens. »Mich interessiert eher, wo Sie sich aufhielten, als Ihr Vetter von der Yacht gestürzt wurde.«

Kronenburg zuckte leicht zusammen. Diese Frage hatte er erwartet, doch nun, wo sie gestellt war, suchte er vergeblich nach einer Antwort.

»Was hat das mit mir zu tun?«, fragte er.

»Ich denke, schon eine ganze Menge. Nach seinem Tod haben Sie finanzielle Vorteile. Trotzdem nehme ich an, dass Ihnen viel daran liegt, in Erfahrung zu bringen, wer Pitt gewaltsam daran gehindert hat, an Bord seiner Yacht zu gelangen«, sagte Boerkamp.

Kronenburg schloss die Augen, als müsse er sich erinnern.

»Waren Sie zur Tatzeit in London?«, fragte der Staatsanwalt.

Kronenburg gab sich einen Ruck.

Er atmete tief durch.

»Ich befand mich auf Helgoland«, sagte er trotzig.

Die Beamten schauten sich überrascht an.

»Ach, und Sie haben dort Ihre Mutter getroffen?«, fragte Boerkamp.

»Nein, ich wusste nicht, dass meine Mutter sich auf der Insel aufhielt«, antwortete er mit fester Stimme.

»Und Sie wussten auch nicht, dass Ihr Vetter mit seiner *Novesia* Helgoland angesteuert hatte, um dort einige Ferientage zu verbringen?«, fragte der Staatsanwalt ungläubig.

»Ich war mit ihm verabredet«, antwortete Kronenburg.

»Das ist ja interessant«, stellte Boerkamp grinsend fest.

»Ihre Ironie ist nicht angebracht«, konterte Kronenburg.

»Ihr Vetter unternahm den Törn von Juist nach Helgoland, um Sie auf der Insel zu treffen?«, wollte der Staatsanwalt wissen.

»Nein, so war es nicht. Ich habe Pitt angerufen und wollte ihn treffen. Er teilte mir mit, dass er während der Osterferien nach Helgoland segeln wolle. Ich verabredete mich mit ihm. Ich bin von London nach Bremen und dann nach Helgoland geflogen«, sagte Kronenburg.

»Und Sie haben sich auf der Insel getroffen?«, fragte Boerkamp.

»Ja«, bestätigte Kronenburg.

»Sie haben das Flugticket aufbewahrt?«

»Ich erinnere mich nicht daran, es abgeheftet zu haben«, sagte Kronenburg.

»Und Sie hatten Hin- und Rückflug gebucht?«, fragte der Staatsanwalt.

»Nein, ich hatte mit Pitt vereinbart, mit ihm nach Juist zu segeln«, entgegnete Kronenburg.

Er wirkte nervös.

»Aber dazu kam es nicht?«, fragte Boerkamp.

»Ich habe bei Pitt nur Tee getrunken. Anschließend bin ich mit dem Seebäderschiff der Harleline nach Wilhelmshaven gefahren«, antwortete Arnold.

»Hatten Sie sich mit Pitt gestritten?«, fragte Mertens.

»Das Kulturamt der Stadt Wilhelmshaven hatte sich an mich gewandt. Es hatte eine Anschlussausstellung einiger meiner Bilder für den Herbst geplant.« Kronenburg ging nicht auf die letzte Frage ein.

»Und?«

»Es steht Ihnen frei, sie ab dem fünfzehnten Oktober in der Kunsthalle Wilhelmshaven zu betrachten«, antwortete Kronenburg stolz, als hätte ihm der Erfolg den Rücken gestärkt.

»Sie haben Ihre Mutter auf Helgoland nicht getroffen und auch die Motoryacht Ihrer Eltern nicht entdeckt?«, fragte der Staatsanwalt, den das Verhör zu ermüden begann.

»Ich habe sie nicht zu Gesicht bekommen und weiß auch nicht, ob sie bereits auf Helgoland waren, als ich Pitt getroffen habe. Ich hatte meinen Eltern nur telefonisch mitgeteilt, dass ich während der Osterferien nicht in Neuss sein würde«, sagte Kronenburg.

»Warum wollten Sie Ihren Vetter treffen? Gab es einen besonderen Anlass?«, hakte Mertens nach.

Kronenburg sah den Staatsanwalt ungläubig an.

»Ich sagte es Ihnen doch bereits. Ich wollte mit Pitt nach Juist segeln«, antwortete er.

»Keine Hintergedanken?«, fragte Mertens.

»Sie gehen mir mit Ihren Fragen auf die Nerven. Wollen Sie mir etwas anhängen?« Kronenburg blickte böse drein.

»Keineswegs, aber es hätte doch sein können, dass Sie Ihren Vetter anpumpen wollten, denn Sie lebten zu der Zeit noch recht locker, und Pitt besaß Geld im Überfluss«, sagte Boerkamp.

»Soll ich jetzt ja sagen, damit Sie das vermeintliche Motiv bestätigt sehen?«, fragte er wütend.

»Sie wissen, dass wir Sie verdächtigen, etwas mit dem Tod Ihres Vetters zu tun zu haben. Zwischen Ihrer Ankunft mit dem Flugzeug auf Helgoland und der Abfahrt der Wilhelmshaven blieb Ihnen genügend Zeit, die Tat zu begehen – unter der unbestätigten Annahme, dass Ihre Mutter und Ihr Vater die Hände mit im Spiel hatten«, stellte der Staatsanwalt fest.

Arnold Kronenburg starrte den Staatsanwalt fassungslos an.

»Sie nehmen den Mund ein wenig zu voll. Das müssen Sie erst mal beweisen!«

»Wir suchen Pitt Hänneschens Mörder. Da müssen wir allen Möglichkeiten nachgehen. Es wäre wichtig für Sie, wenn Sie uns das Ticket der Harleline für Ihre Rückreise nach Wilhelmshaven vorlegen könnten«, erklärte Mertens.

»Es tut mir Leid, dass ich damit nicht dienen kann. Ich reise viel herum und sammle keine Tickets«, erwiderte Kronenburg verärgert.

»Und in welchem Hotel haben Sie übernachtet?«, wollte Boerkamp wissen.

»Das Hotel hieß *Nordseeperle*, glaube ich«, sagte er.

»Und die Ansichtskarte aus Istanbul?«, fragte der Staatsanwalt.

Arnold Kronenburg schaute sein Gegenüber für Sekunden fassungslos an.

Die Frage brachte ihn aus dem Konzept.

»Welche Karte?«, fragte er, bemüht, sich zu sammeln.

»Bitte beenden Sie Ihr Versteckspiel. Sie haben zugegeben, dass Sie in der Türkei waren. Sie wollten Pitt irritieren und uns auf eine falsche Fährte locken«, sagte Mertens.

Kronenburg schüttelte den Kopf.

»Was soll denn das schon wieder?«, sagte er empört.

»Beantworten Sie die Frage«, erinnerte Boerkamp den Künstler.

»Ich habe Pitt eine Ansichtskarte aus der Türkei geschickt«, antwortete er und blickte Boerkamp ironisch an.

»Uns geht es nicht um irgendeine Ansichtskarte. Werden Sie präziser«, forderte ihn der Staatsanwalt auf.

»Ich kann mich nur noch schwach an den Abend erinnern. Während eines Besuches des Deutsch-Türkischen-Künstlervereins im Pressezentrum in Istanbul habe ich nach einem fröhlichen Beisammensein am Tresen eine Ansichtskarte gekauft. Die habe ich später beschrieben und Pitt geschickt. Aber das war wohl nicht die Karte, von der Sie sprechen. Vergleichen Sie doch einfach die Schriften!«

»Das wird nicht gehen. Ihre Mutter hat die Karte, von der wir reden, vorsorglich oder zufällig entsorgt«, erklärte Boerkamp.

»Das ist unverschämt«, schimpfte Kronenburg.

»Wenn Sie noch etwas zur Aufklärung des Falles beisteuern wollen, Herr Kronenburg, dann bitte jetzt. Ich habe selbst keine Fragen mehr an Sie«, sagte der Staatsanwalt.

Kronenburg zuckte mit den Schultern.

»Dann beenden wir das Verhör«, sagte Mertens.

»Herr Tjarden wird das Protokoll fertig stellen. Fassen Sie sich noch für wenige Minuten in Geduld«, erklärte Boerkamp.

Kronenburg stand auf, machte ein paar Schritte in das Zimmer, als müsse er sich vom langen Sitzen erholen.

»Sie haben nichts gegen mich in der Hand. Sie wollen mich nur reinlegen«, sagte er aufgebracht.

»Lesen Sie das Protokoll in Ruhe durch, dann werden Sie feststellen, dass es uns nur um die Aufklärung des Verbrechens geht«, sagte der Staatsanwalt.

»Und ich bin immer noch der Meinung, dass Pitt verunglückt ist«, beharrte Kronenburg.

Tjarden erschien mit dem Protokoll und legte es Kronenburg vor.

Der Künstler nahm den Kugelschreiber aus den Händen des

Beamten und setzte seine Unterschrift darunter, als gebe er den Beamten ein Autogramm.

»Machen Sie damit, was Sie wollen«, sagte er verärgert.

Tjarden reichte ihm eine Kopie.

»Für Ihre Unterlagen«, sagte er höflich.

Kronenburg faltete das Protokoll und schob es lässig in die Innentasche seines Western-Hemdes.

»Sie können mich ...«, sagte er, schritt zur Tür und verließ das Dienstzimmer.

Die Beamten sahen sich an.

»War er's oder war er's nicht?«, fragte Tjarden.

»Wer weiß. Sein Auftritt hier lässt wohl jede Möglichkeit zu. Er selbst behauptet ja, noch immer an einen Unfall zu glauben«, sinnierte Mertens laut.

»Für ihn war sein Vetter ein Spießer. Vielleicht hat er ihm die besagte Ansichtskarte aus einer Bierlaune geschickt, um ihn zu ärgern. Jedenfalls stinkt die Geschichte, die er uns erzählt hat, doch zum Himmel. Diese angebliche Verabredung, um Pitt auf dem Törn von Helgoland nach Juist zu begleiten. Und dann nimmt er doch ein Fährschiff nach Wilhelmshaven. Absoluter Quatsch«, sagte Boerkamp.

»Da kann ich mich anschließen«, stimmte der Staatsanwalt zu.

»Ich schlage vor, dass wir auch Gottfried Kronenburg zu uns einladen. Von ihm war bisher kaum die Rede«, erklärte Boerkamp.

»Einverstanden. Herr Tjarden, in den Akten befindet sich die Passagierliste von Cecilia Kronenburgs Segelgästen. Fahren Sie nach Leipzig oder Dresden und befragen Sie einige dieser Leute. Herr Boerkamp, Sie überprüfen bitte die Aussagen des Künstlers, so weit das durchführbar ist«, sagte der Staatsanwalt. Damit erhob er sich.

Am Nachmittag suchte Broichler die Schule auf. Die Schüler waren bereits angereist, Leben war ins Internat zurückgekehrt. Er überprüfte die Rückmeldungen der Schüler. Es gab erfreulicherweise keine Krankmeldungen. Auch die Kollegen hatten ihre Stundenpläne aus den Fächern genommen.

Broichler war froh darüber, dass die Schule wieder begann und ihn ein wenig von den aufregenden Recherchen ablenkte, die er mit seinem Freund Orbner immer noch durchführte. Er brauchte dringend eine Verschnaufpause.

Gegen siebzehn Uhr verließ er die Schule. Der Westwind war aufgebrist.

Pferdefuhrwerke holperten durch die Straßen. Fahrradfahrer klingelten dicht an den Fußgängern vorbei.

In den Straßencafés saßen die Urlauber, tranken Kaffee. Kinder schleckten Eis.

Broichler überquerte die Wilhelmstraße und blickte kurz auf die Werbetafel, auf die Gerno Schwitters, der alteingesessene Fischhändler, mit Kreide sein Sonderangebot geschrieben hatte: frische Greetsieler Krabben, das Pfund nur drei Mark neunzig.

Broichler fühlte, wie ihm das Wasser im Mund zusammenlief. Er betrat den Laden, stellte sich in die Reihe der Kunden. Schwitters begrüßte ihn freundlich. Er füllte Krabben in einen Plastikbeutel und reichte sie ihm ungewogen an.

»Herr Doktor, weil Sie es sind. Das ist für vier Mark«, sagte er freundlich.

Broichler bedankte sich, zahlte und verließ das Fischgeschäft. Er ging nach Hause, setzte sich auf den Balkon und begann, die Krabben zu pulen. Anschließend aß er sie mit Schwarzbrot und Zwiebelringen. Danach trank er Bier und rauchte seine Pfeife. Plötzlich schoss ihm eine Idee durch den Kopf. Er griff zum Telefonhörer und wählte eine Nummer, die er sich vor einiger Zeit notiert hatte. Sein ehemaliger Schüler Großmann meldete sich. Der junge Mann freute sich über den Anruf.

Broichler erfuhr, dass Großmann sich an der Uni in Mannheim für Wirtschaftswissenschaften eingeschrieben hatte, da er wegen seiner Fettleibigkeit vom Wehrdienst befreit worden war. Henner beabsichtigte, nach dem Studium in das Unternehmen seines Vaters einzusteigen.

»Herr Dr. Broichler, auch für Büstenhalter muss jemand zuständig sein«, scherzte er am Telefon.

»Henner, ich rufe Sie an, weil Sie der letzte mir bekannte Mensch sind, der mit Pitt gesprochen hat«, sagte Broichler.

Henner seufzte. »Ich bin meinem Schutzengel dankbar, dass ich Pitt nicht begleitet habe. Sie wissen, ich wäre sonst wahrscheinlich auch ertrunken«, sagte er.

»Henner, es gibt einige Unstimmigkeiten in Pitts Familie. Verschiedenes ist nicht ganz klar. Wissen Sie zufällig genau, ob Pitt seinen Onkel darüber informiert hat, dass er nach Helgoland segeln wollte?«, fragte Broichler.

»Ja, das weiß ich. Er hat in meinem Beisein mit seinem Onkel telefoniert und ihm mitgeteilt, dass er während der Osterferien mit mir nach Helgoland segeln wolle. Er hat die Einladung, nach Neuss zu kommen, abgelehnt«, antwortete Henner Großmann. »Aber warum ist das so wichtig?«

»Es dreht sich um Versicherungsfragen«, log Broichler.

»Haben Sie etwas von Schagüll gehört?«, fragte Großmann.

Broichler schluckte. »Sie ist bei einem Anschlag in der Türkei ums Leben gekommen«, murmelte er.

»Das ist ja entsetzlich.«

»Nehmen Sie es sich nicht so zu Herzen. Karma oder Schicksal. Und sonst?«, fragte Broichler.

»Danke, ich denke, dass ich an der Uni klarkomme. Ich hoffe, dass ich in Mathe genug mitbekommen habe«, sagte Großmann.

»Ich wünsche Ihnen viel Erfolg«, verabschiedete sich Broichler.

»Danke, ich melde mich mal«, sagte Großmann und legte auf.

Broichler entnahm dem Kühlschrank eine Flasche Bier, schritt an den Schrank und holte das Foto der *Novesia* aus der Schublade, das der berühmte Musiker geschossen hatte. Dann setzte er sich an den Balkontisch und betrachtete das Bild.

Der Schulleiter hatte zur ersten Stunde eine Dienstbesprechung angesetzt. Das hatte Tradition. Er verlas einige Erlasse, die während der Ferien eingetroffen waren. Zudem sprach man über Lehrerfortbildungsveranstaltungen, die den Kollegen und Kolleginnen die Möglichkeit boten, sich auf die neu eingeführte handlungsorientierte Bildung vorzubereiten.

Es gab einige Wortmeldungen. Danach fand der Direktor lobende Worte für seinen Stellvertreter, der die organisatorischen Vorbereitungen für das neue Schuljahr wie immer hervorragend bewältigt hatte.

Die Kollegen und Kolleginnen waren mit ihren Stundenplänen zufrieden und spendeten Broichler Beifall.

Doch bevor sie den Unterricht aufnahmen, teilte Bommrank ihnen mit, dass die Abiturientin Schagüll Güyzcük das Opfer eines Anschlages in der Türkei geworden war und nicht mehr lebte. Er bat das Kollegium, sich von den Plätzen zu erheben und ihrer mit einer Trauerminute zu gedenken.

Danach suchten die Lehrer ihre Klassen auf.

Broichler schritt kontrollierend durch die Gänge und half einigen Neulingen, sich zurechtzufinden. Er hatte zwei Freistunden, ging in sein Dienstzimmer und setzte sich an den Schreibtisch.

Entschlossen nahm er den Hörer ab und wählte die Nummer der Kripo.

Die Zentrale meldete sich.

»Bitte Herrn Boerkamp«, sagte er.

»Kripo Boerkamp«, meldete sich gleich darauf der Kommissar.

»Inselgymnasium Juist, Broichler. Herr Kommissar, ich will mich in Ihre Ermittlungsarbeiten nicht einmischen, muss Sie aber bitten, mir auf Juist einen Besuch zu machen. Meine Unterrichtsverpflichtungen gestatten es mir nicht, nach Norden zu kommen«, sagte er. »Aber wir müssen miteinander reden.«

»Das klingt sehr geheimnisvoll«, erwiderte der Beamte.

»Die Angelegenheit ist dermaßen heiß, dass ich am Telefon nicht mit Ihnen darüber sprechen möchte«, sagte Broichler.

»Einen Augenblick, ich schaue eben auf meinen Kalender. Ich habe morgen keinen Termin. Haben Sie den Fahrplan zur Hand?«, wollte Boerkamp wissen.

Broichler blickte auf den Fährkalender. »Die *Frisia* legt um acht

Uhr fünfundvierzig in Norddeich ab, und um neunzehn Uhr verlässt das Schiff Juist. Packen Sie Ihre Badetasche für einen Tagesausflug«, schlug der Lehrer vor.

»So viel Zeit habe ich nicht«, entgegnete der Kommissar.

»Die FLN fliegt elf Uhr fünfunddreißig und zwölf Uhr fünfzehn ab Norddeich«, sagte Broichler.

»Und wann passt es Ihnen am besten?«, fragte Boerkamp.

»Besuchen Sie mich um fünfzehn Uhr zum Tee«, schlug Broichler vor.

»All up steh!«, sagte Boerkamp.

Tjarden betrat am Freitagmorgen das Dienstzimmer. Boerkamp studierte eben die Eingangspost.

»Moin«, sagte er.

»Chef, Sie bekommen von mir etliche Seiten Lesestoff. Viel Filz im Osthandel. Doch das ist zum Glück nicht unser Bier«, sagte Tjarden und setzte sich an seinen Schreibtisch.

»Hat Tante Cecilia geschmiert?«, wollte Boerkamp wissen.

»Das auch. Ihre Gäste waren sehr angetan von der Unterbringung auf Helgoland. Niemand von ihnen hatte vorher in so einem edlen Luxushotel gewohnt. Es gab Ostfriesentee mit Petit Fours, eine Inselführung mit einer ortsansässigen Hostess.

Das Hotel besaß eine Sauna und einen Pool. Am Abend aßen sie nach der großen Karte. Ich will es auf den Punkt bringen: Die Gäste waren hellauf begeistert. Alles vom Feinsten«, trug Tjarden vor und grinste hinterlistig.

»Und?«, fragte Boerkamp ungeduldig.

»Nach dem feudalen Abendessen zog die erlesene Gesellschaft um. Im Clubzimmer erwartete sie bei freier Getränkewahl ein Dia-Vortrag. Ein Japaner, von Hause aus Diplom-Ingenieur und Direktor einer Investitionsgesellschaft, stellte Änderungsvorschläge und alternative Projektgestaltungen für die von der Hänneschen KG in Angriff genommenen Wohn- und Geschäftscenter in Leipzig vor. Seine Gesellschaft hat bereits eine entsprechende Vorfinanzierung geleistet«, sagte Tjarden.

»Frau Kronenburg hält uns wohl für Idioten«, schimpfte Boerkamp.

»Möglicherweise. Allerdings lief die gesamte Veranstaltung in ihrer Abwesenheit ab«, sagte Tjarden.

»Und Gottfried Kronenburg?«, fragte der Kommissar.

»Er unterrichtete die Gäste darüber, dass seine Frau mit der japanischen Investitionsgesellschaft einen Kooperationsvertrag abgeschlossen habe«, fuhr Tjarden fort.

»Befand sich Gottfried Kronenburg an Bord der Yacht?«, fragte Boerkamp.

»Nein, er hat den japanischen Geschäftsfreund in Düsseldorf auf dem Flughafen empfangen und ist mit ihm nach Helgoland geflogen«, antwortete Tjarden.

»Das deutsch-japanische Engagement mag interessant sein, ist für uns aber nicht so wichtig. Mich interessiert nur das Familientreffen. Haben die Kronenburgs ihr Firmenimperium gerettet und dafür Pitt geopfert?«, fragte Boerkamp.

»Es sieht fast so aus. Jedenfalls haben die Kronenburgs sich so spendabel gezeigt, weil sie die Gäste für das Bauprojekt gewinnen wollten«, erklärte Tjarden.

»Das erfordert eine Menge organisatorischer Vorbereitungen. Hast du dich bei den Teilnehmern umgehört?«, fragte Boerkamp.

»Die Einladung ging ihnen zwar Ende Januar zu, doch da war nicht die Rede von Helgoland«, sagte Tjarden.

»Sondern?«, fragte Boerkamp.

»Der Tagungsort sollte später festgelegt werden. Es war die Rede von den Ostfriesischen Inseln«, sagte Tjarden.

»Und wann erfuhren die Geschäftsfreunde, wo die Veranstaltung stattfinden sollte?«, fragte Boerkamp.

»Eine Woche vor Ostern«, sagte Tjarden. »Freie Kapazitäten in Kongresshotels gibt es Ostern auf allen Inseln. Haben die Kronenburgs etwa schon im Januar beschlossen, Pitt umzubringen?«, murmelte er, ohne eine Antwort zu erwarten, und schaute auf die Uhr.

»Dr. Broichler hat angerufen. Er gab sich sehr geheimnisvoll«, informierte ihn Boerkamp.

»Vielleicht hat er einen heißen Tipp«, meinte Tjarden.

»Das hoffe ich. Fertige das Protokoll an. Ich fliege mit der FLN um zwölf Uhr fünfzehn nach Juist«, sagte Boerkamp.

»Sie fliegen?«, wiederholte Tjarden überrascht.

»Nur ungern. Das erste Mal während meiner vielen Dienstjahre.« Boerkamp schaute durchs Fenster in den sich aufklarenden Himmel.

»Ich fahre Sie nach Norddeich zum Flugplatz«, erklärte Tjarden.

Broichler empfing den Kommissar im Treppenhaus und begrüßte ihn.

»Sie haben also das Flugzeug genommen?«, fragte er.

»Entgegen meinen sonstigen Gewohnheiten. Der Blick auf die Nordsee bei diesem Wetter war märchenhaft«, antwortete Boerkamp.

Der Lehrer führte ihn in das Wohnzimmer.

»Bitte, nehmen Sie Platz«, bat er.

»Haben Sie heute Geburtstag?«, fragte der Kommissar lächelnd mit Blick auf den gedeckten Tisch.

»Nein, keineswegs. Ich ging davon aus, dass Sie ohne Mittagessen unterwegs sind. Deshalb der Kuchen. Ich bereite einen Tee zu«, sagte er und ging in die Küche.

Boerkamp setzte sich an den Tisch und schaute durch das Fenster auf die Dünen. Er hatte Lehrer nie sonderlich gemocht. Seine Tochter ging noch nicht zur Schule, doch was er so von seinen Bekannten erfuhr, das ließ nicht viel Gutes erwarten. Doch dieser Dr. Broichler begann immer mehr, sein Lehrerbild zu verändern.

Broichler brachte den Tee und stellte die Kanne auf das Stövchen.

»Bitte, hier sind die Sahne und der Kluntjentopf. Bedienen Sie sich«, forderte er den Gast höflich auf und setzte sich in den Sessel.

Boerkamp nahm vom Butterkuchen und trank den heißen Tee.

Sie unterhielten sich über das Wetter, über die Insel, die vielen Feriengäste im Sommer.

Erst als beide die Teller von sich geschoben hatten, kam Broichler zum Thema. »Herr Boerkamp, ich habe Sie zu mir gebeten, weil ich durch eine Bekannte in den Besitz eines Indizes gelangt bin, das den Musiker sehr belastet«, sagte der Lehrer ernst.

»Ach. Da bin ich aber neugierig«, antwortete der Kommissar.

Er dachte an die Familie Kronenburg, die er verdächtigte.

»Bevor ich Ihnen das belastende Material zugänglich mache, muss ich von Ihnen die Garantie erhalten, dass die Bekannte weder wegen einer strafbaren Handlung belangt wird noch bei einer möglichen Strafverfolgung als Zeugin auftreten muss«, sagte der Lehrer ernst.

»So etwas ist nicht gerade üblich.« Der Kommissar trank Tee.

»Anders geht es leider nicht«, erklärte Broichler.

»Ich bin bereit, auf Ihre Bedingungen einzugehen, es sei denn, sie übersteigen meine Kompetenzen. Natürlich muss ich noch mit dem Staatsanwalt reden«, sagte Boerkamp.

»Den Staatsanwalt können Sie später selbst hinzuziehen, wenn Sie unsere Abmachung einhalten«, sagte Broichler.

»Lüften Sie Ihr Geheimnis, ich verspreche Ihnen, fair zu bleiben«, forderte Boerkamp.

»Einverstanden.« Der Lehrer nickte. Er erhob sich, trat an den Wohnzimmerschrank, entnahm der Schublade ein Foto und brachte es dem Kommissar.

Boerkamp nahm es und schaute es nachdenklich an. »Heraus mit der Sprache, Herr Doktor, wer hat die *Novesia* fotografiert?«, fragte er dann.

»Der Komponist Janosh Wobazek«, antwortete Broichler.

»Das ist allerdings ein Hammer«, stellte Boerkamp fest.

»Er lässt seine Filme oft hier auf Juist entwickeln. Die Tochter des Geschäftsinhabers kannte Pitt und wusste, wie sehr mich sein Schicksal berührt hat. Sie machte einen zusätzlichen Abzug und brachte ihn mir«, berichtete der Lehrer.

»Wir werden sehen, inwiefern das den Stand der Dinge verändert«, sagte der Kommissar ernst.

»Aber diese Sache passt nicht zu Ihren bisherigen Schlussfolgerungen?«, fragte Broichler.

»Doch, das schon. Dennoch muss ich umdenken. Die Familie Kronenburg strapaziert die Zufälle, überspannt meines Erachtens ihre Glaubwürdigkeit. Onkel Gottfried und Tante Cecilia befanden sich zur Tatzeit auf Helgoland und gaben zu Protokoll, dass sie nicht gewusst hätten, dass ihr Sohn Arnold sich zufällig ebenfalls auf Helgoland aufhielt. Angeblich haben sie auch von Pitts Segeltörn erst durch uns erfahren.«

Der Lehrer blickte Boerkamp nachdenklich an.

»Ich habe kürzlich mit meinem ehemaligen Schüler Henner Großmann telefoniert. Er hat mir bestätigt, dass Pitt in seiner Anwesenheit seinen Onkel telefonisch davon unterrichtet hat, dass er das Osterfest nicht in Neuss verbringen wollte, sondern mit Henner nach Helgoland zu segeln beabsichtigte. Henner Großmann musste, wie ihnen bekannt ist, absagen, da sein Vater, ein Miederwarenfabrikant, ihn während der Feiertage besuchen wollte«, sagte Broichler.

Durch die offene Balkontür drang das Rauschen des Wassers, in das sich das rhythmische Klappern von Pferdehufen mischte.

»Der Steuerberater Orbner ist auch fest davon überzeugt, dass der Mörder zur Familie gehört«, erklärte der Lehrer.

»Und Sie?«, fragte Boerkamp.

»Das ist schwer zu sagen. Ich denke, dass der Musiker uns an der Nase herumführt«, antwortete Broichler.

»Zumindest entlastet das Foto die Familie Kronenburg. Ich werde die Sache mit dem Staatsanwalt besprechen, ohne Ihre Bekannte in Schwierigkeiten zu bringen«, erklärte der Kommissar.

»Die Fischer haben die *Novesia* nachts im Hove-Tief ausgemacht. Das Foto zeigt, dass Pitt bereits am frühen Abend ertrunken sein muss. Die Tide und der Wind können die führungslose Yacht auf einen Pendelkurs gebracht haben«, sagte Broichler.

»Ich habe mir von den Fischern sagen lassen, dass der Mörder mit einem PS-starken Motorschiff die *Novesia* sowohl von Juist als auch von Helgoland aus innerhalb weniger Stunden hätte einholen können. Sowohl die *Rhapsodie* des Musikers als auch die

Querinus II der Familie Kronenburg erfüllen diese Voraussetzungen«, sagte Boerkamp.

»Herr Kommissar, ich halte es für sinnlos, so zu spekulieren«, stellte Broichler fest.

»Und Ihr Fazit?«, fragte der Kommissar.

»Ich weiß, dass Sie anderer Meinung sind als ich. Sprechen Sie mit dem Komponisten«, bat Broichler.

»Wir werden ihn verhören«, erklärte Boerkamp.

»Ich habe erfahren, dass er sich zur Zeit für Plattenaufnahmen in Hamburg aufhält. Er verbringt seine Wochenenden auf Juist. Ende September geht er auf Tournee. Singapur«, berichtete Broichler.

»Danke für die Hinweise«, sagte Boerkamp.

Am Freitag lag über Hamburg ein grauer Himmel, Nebelschwaden trieben durch die Straßen, ein frischer Wind wehte. Trotzdem pulsierte in der Innenstadt das Leben.

Janosh schritt über den Gänsemarkt. Die vielen Menschen, den Lärm, die Hektik empfand er an diesem späten Vormittag nicht als störend, obwohl sein Gesicht noch die Anstrengungen der Schlussaufnahme der Vier Jahreszeiten von Vivaldi unter der Leitung von Mario van Delissen verriet.

Janosh schritt an den kleinen eleganten Läden entlang, die sich mit ihrem exklusiven Warensortiment an betuchte Käufer wandten. Im Strom der Passanten studierte er die Auslagen.

Vor dem Schaufenster des Juweliers Korn blieb er stehen. Er blickte auf die hinter Panzerglas dekorierten Schmuckstücke. Ein mit Diamanten besetzter Goldanker an einer Kette erregte seine Aufmerksamkeit. Ihm blieb nicht viel Zeit. Der IC Senator, den er bis Bremen benutzen konnte, um danach in den Interregio nach Norddeich umzusteigen, verließ um vierzehn Uhr fünfzehn den Hamburger Hauptbahnhof.

Er dachte an Juist, an seine Frau und seinen Erfolg und betrat das Geschäft.

Eine hübsche Verkäuferin blickte ihm freundlich entgegen. Sie trug ein elegantes dunkelblaues Kostüm, das ihre schlanke Figur unterstrich.

»Wünschen Sie meine Beratung, oder ziehen Sie es vor, sich zuerst ein wenig bei uns umzusehen?«, fragte sie lächelnd.

»Ich habe mich bereits entschieden. Und zwar für den mit Edelsteinen besetzten Anker in Ihrer Auslage«, sagte Janosh.

»Das Schmuckstück gehört zu unserer maritimen Kreation«, erklärte sie. »Einen Moment bitte, ich hole es eben aus dem Schaufenster.«

Sie kam zurück und legte den Anker auf eine Samtunterlage. Dann schaute sie Janosh freundlich an.

»Sind Sie Segler?«, fragte sie.

»Ich besitze eine Motoryacht«, antwortete er.

»Der Anker ist ein Symbol für Beständigkeit«, erklärte sie.

»Und der Preis?«, fragte Janosh, während die Verkäuferin das Schmuckstück hochhob. In den Steinen brach sich das Licht.

Sie nannte eine stolze Summe, was Janosh reglos hinnahm. »Ein Einzelstück«, fügte sie erläuternd hinzu.

Der Musiker holte eine Kreditkarte hervor.

»Ich habe mich entschieden«, sagte er. »Ich nehme die Kette.«

Die Verkäuferin packte den Schmuck in eine Schmuckkassette und packte diese als Geschenk ein.

»Bitte schön«, sagte sie und reichte dem Musiker das kleine Päckchen an. Sie nahm die Kreditkarte und steckte sie in den Automaten.

»Bitte, unterschreiben Sie diesen Bon«, bat sie.

Wenig später verließ Janosh Wobazek das Geschäft.

Barbara stand am Kai. Außer ihr warteten nur einige wenige Hotelangestellte mit ihren Fahrrädern auf ankommende Gäste. Die Saison war zu Ende. Barbara sah die Lichter der sich langsam nähernden *Frisia II*.

Das Hupen des Nebelhorns drang zu ihr durch. Barbara wartete geduldig. Ihr Mann, der auch in Hamburg an die Erfolge der Tourneen hatte anknüpfen können, kam nach Hause, um sich auszuruhen. Sie hatte sich schon lange damit abgefunden, ohne Kinder zu leben. Auch wenn es schwer war, sie musste ihr Glück darin finden, die Frau eines bewunderten Genies zu sein. Janosh war für sie nicht nur Ehemann, sondern gleichzeitig auch Vater, Bruder und Kind. Barbara hatte sich längst mehr als einmal dabei ertappt, wie sie versuchte, seine Angelegenheiten gluckenhaft für ihn zu regeln.

Das nahm er ihr nicht übel. Er war ein lieber Mensch, der es genoss, von ihr umsorgt zu werden.

Die Bordstrahler der *Frisia* kamen näher und stießen ihre Strahlen durch die Nebelschleier.

Barbara freute sich darauf, Janosh in die Arme zu nehmen und ihm zu zeigen, dass sie stolz auf ihn war.

Doch da war der Brief von der Staatsanwaltschaft Aurich. Sie hatte es nicht gewagt, ihn zu öffnen. Er trübte wie ein bitterer Wermutstropfen ihre freudige Erwartung.

Der Bug stieg aus dem Nebel.

Barbara verdrängte ihre Befürchtungen und beobachtete ungeduldig das Anlegemanöver.

Auf dem hell ausgeleuchteten Deck standen die Passagiere. Ein Reedereiangestellter fuhr die Gangway an das Schiff. Im Licht eines Bordscheinwerfers kontrollierte ein Offizier die Fahrkarten.

Barbara entdeckte Janosh, wie er schweren Schrittes die Gangway betrat. Auf dem Kopf trug er seine russische Pelzmütze.

Sie eilte ihm entgegen, als er den Kai betrat.

In der Nacht vom Mittwoch zum Donnerstag überquerte eine Schlechtwetterfront das Weser-Ems-Gebiet und die ostfriesischen Inseln. Der kalte Ostwind erreichte Stärken zwischen sechs und acht. Am Morgen hatte der Sturm nachgelassen. Die Felder und Weiden lagen unter Wasser, und es regnete immer noch, als Boerkamp zum Dienst fuhr. Er parkte vor dem Dienstgebäude, hastete durch den Regen und begab sich zu seinem Dienstzimmer. Er schaltete das Licht an, hängte seine Jacke an den Haken, schloss den Panzerschrank auf und entnahm ihm die Akte Hänneschen. Dann vertiefte er sich in die Protokolle.

Staatsanwalt Mertens hatte ihn gebeten, in Anbetracht der kulturellen Verdienste des Verdächtigen Wobazek das Verhör mit möglichst viel Fingerspitzengefühl durchzuführen. Zudem hatte er ihm untersagt, das von dem Komponisten geschossene Foto der führungslosen *Novesia* zum Bestandteil des Verhörs werden zu lassen. Das stand auch nicht in Boerkamps Absicht. Er suchte noch immer krampfhaft nach einer Trumpfkarte für das Gespräch mit Janosh Wobazek.

Tjarden unterbrach seine Gedanken. Er trat ein, schimpfte mal wieder über das Sauwetter und schälte sich aus seiner Regenmontur.

Plötzlich schoss Boerkamp ein Gedanke durch den Kopf. Er erhob sich, schritt an das Fenster und blickte auf den verlassenen Markt. Regen perlte an den Fensterscheiben herab.

»Das ist die Lösung«, murmelte Boerkamp vor sich hin.

»Chef, ich hoffe, dass der sensible Künstler uns keine Abfuhr erteilt, weil er es ablehnt, bei diesem Mistwetter bei uns zu erscheinen«, hörte er Tjarden sagen.

»Dem Musiker liegt viel daran, keinen Ärger zu bekommen«, erwiderte Boerkamp.

»Und Staatsanwalt Mertens?«, fragte Tjarden.

»Er hat einen Rückzieher gemacht. Er überlässt uns das Verhör. Wenn es Knatsch gibt, kann er unbeteiligt aus dem Hinterhalt operieren. Der Gast ist schließlich wer. Wenn auch nur ein leiser Verdacht an die Öffentlichkeit gelangen würde, dann gäbe es auf Juist keine freien Betten mehr. Ein Heer von Journalisten würde anreisen«, erklärte Boerkamp.

»Das würde uns nicht stören, falls Janosh Wobazek der Mörder ist«, meinte Tjarden.

»Das ist richtig. Nur müssen wir ihm den Mord zuerst einmal nachweisen können. Und bisher haben wir schlechte Karten«, stellte Boerkamp fest und setzte sich wieder an seinen Schreibtisch.

Janosh war es von Berufs wegen gewohnt, ihm gesetzte Termine exakt wahrzunehmen. Er klopfte an und betrat, fast auf die Sekunde pünktlich, mit dem Einsetzen des Glockenspiels der Ludgerikirche das Dienstzimmer. Er nahm seine Prinz-Heinrich-Mütze in die Hand, von der Regenwasser rann. Sein Gesicht war vom Sturm gerötet. Mit seinem langen, gewellten grauen Haar und seinem Vollbart ähnelte er mehr einem Kutterkapitän als einem weltbekannten Künstler.

»Guten Morgen«, sagte er ungezwungen.

Boerkamp verließ seinen Schreibtisch, schritt Wobazek entgegen und begrüßte ihn.

Auch Tjarden erhob sich zur Begrüßung. Dann reichte er dem Musiker einen Kleiderbügel für die Jacke.

»Bei diesem Wetter jagt man keinen Hund vor die Tür, Herr Kommissar«, sagte Janosh Wobazek und hängte den Bügel an den Haken.

Tjarden rückte einen Stuhl an den Besuchertisch.

»Nehmen Sie bitte Platz«, bat er den Künstler.

»Danke.« Janosh Wobazek atmete tief durch.

»Möchten Sie einen Tee?«, fragte Tjarden höflich.

Der Musiker winkte ab.

»Meine Frau wartet im Café Ten Cate. Unser Einkaufsbummel fällt heute regelrecht ins Wasser.«

»Einen Moment«, sagte Boerkamp, nahm den Telefonhörer von der Gabel und wählte eine Nummer.

»Frau Frerichs, unser Gast ist anwesend«, sprach er in den Hörer.

Wobazek blickte Boerkamp irritiert an.

»Herr Wobazek, wir haben Sie zu einem, sagen wir ruhig, Verhör eingeladen, weil wir von Ihnen im Mordfall Pitt Hänneschen noch einige Auskünfte erwarten«, sagte Boerkamp.

»Das habe ich Ihrer Einladung entnommen. Ich halte es allerdings für Zeitverschwendung, denn ich habe während Ihres Besuchs auf Juist zu Ihren Fragen Stellung genommen«, antwortete der Musiker.

Wachtmeisterin Frerichs betrat das Dienstzimmer.

Sie war um die dreißig, sah hübsch aus und wirkte in ihrer Uniform recht attraktiv. In ihrer Hand hielt sie einen Stenoblock.

»Moin«, sagte sie freundlich und setzte sich an den kleinen Schreibtisch in der Ecke, auf dem sonst die Schreibmaschine abgestellt war.

»Meine Kollegin wird das Protokoll führen«, sagte Boerkamp.

»Ach, also wollen Sie meine Worte festhalten?«, fragte Janosh Wobazek missgelaunt.

»Herr Wobazek, Pitt Hänneschen wurde ermordet. Auch Sie hatten ein Motiv: Eifersucht!«, sagte Tjarden.

»Doch nicht schon wieder«, antwortete der Künstler verärgert und ließ seine Prinz-Heinrich-Mütze durch die Hände gleiten.

»Nach unseren Ermittlungen besaß der Mörder ein hochseetüchtiges, schnelles Boot. Einige Seemeilen vor dem Hove-Tief näherte er sich der *Novesia,* legte bei und ging an Bord. Pitt war freundlich, vielleicht sogar kumpelhaft, weil er den Besucher nicht fürchtete. Doch dann kam es vielleicht zu einem Streit. Der Mörder stürzte den Abiturienten von Bord und hinderte ihn daran, sich zu retten. Dann ging er möglicherweise noch einmal an Bord seines Motorbootes, holte dort Campingkocher und einige Bierflaschen und deponierte sie auf der *Novesia.* Er legte einen Brand, den er selbst wieder löschte. Danach überließ er das Schiff dem Wind«, trug Boerkamp vor.

Janosh Wobazek lächelte gequält.

»Mit der Eifersucht mögen Sie Recht haben. Es war sehr bitter für mich, als ich erfuhr, dass meine Frau mit dem Schüler geschlafen hatte. Aber damit muss ich leben. Sie glauben doch wohl nicht im Ernst, dass ich als kultivierter Mensch und als anerkannter Komponist das Risiko auf mich genommen hätte, die restlichen Jahre meines Lebens hinter Gefängnisgittern zu verbringen? Ich bin bereits sechzig und habe noch einiges vor. Ich habe meiner Frau ihren Fehltritt verziehen und bitte Sie, mich jetzt nicht erneut zu fragen, ob ich dem Schüler diese ominöse Ansichtskarte aus Istanbul geschickt habe!«, antwortete er und grinste gelassen.

»Vergessen wir die Ansichtskarte. Nach Zeugenaussagen haben Sie an dem Nachmittag, als Pitt ermordet wurde, gegen fünfzehn Uhr mit Ihrer Motoryacht *Rhapsodie* den Juister Hafen verlassen«, sagte Tjarden.

»Habe ich Ihnen das nicht schon mal erzählt?«, fragte er. »Ich wollte meine Yacht nach der Überholung in der Norddeicher Werft testen, bevor ich die Rechnung bezahle.« Er wirkte jetzt sichtlich nervös.

»Sie sind der *Novesia* entgegengefahren«, sagte Boerkamp kalt.

»Herr Kommissar, ich kann mich nur wiederholen. Ich habe den Bengel gehasst, weil er mir Barbara weggenommen hatte. Ich litt unter der Vorstellung, meine Frau könnte den Schüler immer noch lieben. Das tat weh. Aber ich habe den Jungen nicht auf See getroffen und ihn erst recht nicht umgebracht«, sagte der Musiker erregt. Er atmete schwer.

»Herr Wobazek, meine Kollegin protokolliert Ihre Aussagen. Ich bitte Sie, das bei Ihren Antworten zu berücksichtigen«, sagte Boerkamp.

»Dieser Hinweis erübrigt sich wohl. Ich sage die Wahrheit«, schimpfte der Musiker.

»Sind Sie sicher?«, Boerkamp blieb gelassen.

»Herr Kommissar, werden Sie nicht unverschämt. Ich sagte, dass ich den Bengel nicht zu Gesicht bekommen habe«, beteuerte er.

»Aber trotzdem verschweigen Sie etwas, Herr Wobazek«, sagte Boerkamp.

»Mein Skatbruder, Dr. Eberhard Rick, emeritierter Professor für Geologie an der Universität Hamburg, ist zurzeit dabei, mit einem bekannten Journalisten unserer Heimatzeitung einen Luftatlas von Ostfriesland für einen Verlag zu erstellen. Sie haben ein Flugzeug gechartert und sind an mehreren Tagen mit der Maschine des Aeroclubs Norden über die angrenzende Nordsee geflogen, um Luftaufnahmen zu machen. Es war ein Zufall, dass sie ein Bild schossen, auf dem Sie Ihre Motoryacht *Rhapsodie* in der Nähe der dahintreibenden *Novesia* steuerten«, trug Boerkamp seine kleine Erfindung vor.

Janosh Wobazek verschlug es die Stimme. Er senkte den Kopf

und blickte für Sekunden wie gelähmt auf den Boden, als fände er dort eine Antwort.

Der Chef ist ein Schlitzohr, dachte Tjarden und beobachtete den Musiker, dem anzusehen war, dass er sich höchst unwohl in seiner Haut fühlte.

»Heraus mit der Sprache, Herr Wobazek«, forderte er den Musiker auf.

Janosh Wobazek wischte sich mit dem Ärmel den Schweiß von der Stirn.

»Befinden sich die Aufnahmen in Ihren Akten?«, fragte er.

»Nein, wir haben sie an den Staatsanwalt weitergereicht«, erklärte Tjarden.

»Ich bitte Sie um Ihre Stellungnahme und mache Sie darauf aufmerksam, dass Ihre Aussagen gegen Sie verwendet werden, können«, folgte Boerkamp seiner Pflicht.

»Bitte, glauben Sie mir, ich habe den jungen Mann nicht umgebracht«, stammelte Wobazek erregt. »Es war alles ganz anders.« Er zögerte und fuhr dann fort: »Ich hatte mich mit meiner Frau zerstritten. Meine Yacht lag nach der Überholung am Steg. Das Wetter war gut. Ich bin wütend und enttäuscht an Bord gegangen und einfach drauflos gefahren. Die frische Seeluft tat mir gut.« Janosh Wobazek blickte den Kommissar fragend an, als wolle er in Erfahrung bringen, ob seine Aussagen den gegen ihn erhobenen Verdacht fürs Erste entkräften konnten.

»Sie steuerten Ihre schnelle *Rhapsodie* auf Kurs nach Helgoland, natürlich ohne Absicht, den Schüler und seine *Novesia* zu treffen. Doch plötzlich kreuzte die *Novesia* Ihren Kurs. An Bord befand sich der verhasste junge Liebhaber Ihrer Frau«, sagte Boerkamp.

Janosh wirkte verlegen. Sein Gesicht war bleich.

»Ich war wie vor den Kopf geschlagen und traute meinen Augen nicht. Ich drosselte den Motor und beobachtete das Segelschiff. Die schlaffen Segel irritierten mich. Dann sah ich, dass es an Bord gebrannt hatte«, sagte Wobazek müde. Er wirkte plötzlich sehr alt.

»Sie haben Ihr Schiff an die Yacht angelegt und sind an Bord gegangen, um nach dem Rechten zu sehen?«, fragte Tjarden ironisch.

»Ja, aber der Skipper befand sich nicht an Bord«, antwortete Wobazek und atmete erleichtert auf.

»Sie versuchen, uns erneut hinters Licht zu führen. Sie haben von Juist den Hafenmeister der Insel Helgoland angerufen und sich nach der Ablegezeit der *Novesia* erkundigt«, warf Boerkamp ihm vor.

Janosh stutzte.

Er saß in der Klemme.

»Ihnen fehlen die Beweise für Ihre Behauptung«, konterte er dann jedoch.

»Darum geht es nicht. Sie sind von Juist losgefahren, um den verhassten Schüler aus Eifersucht umzubringen. Es gibt keinen Zweifel daran, dass Sie es waren, der den Hafenmeister auf Helgoland um die Auskunft gebeten hat«, sagte Boerkamp.

Janosh Wobazek seufzte, dann nickte er langsam.

»Ich habe mit dem Hafenmeister telefoniert, ja. Ich war aufgebrochen, um mit dem Pennäler ein ernstes Wort zu reden und ihn zu bitten, meine Frau nicht mehr zu treffen. Irgendwie hasste ich ihn. Er hatte mich zutiefst gekränkt. Dann sah ich die *Novesia*. Aber es gab keinen Zweifel, der Junge war nicht an Bord«, sagte Janosh.

Seine Hände zitterten. Er hielt immer noch die Prinz-Heinrich-Mütze fest.

»Und Sie erwarten von uns, dass wir Ihnen diese Story abkaufen?«, fragte Tjarden.

»Sie müssen mir glauben. Es war so. Ich habe die *Novesia* fotografiert«, murmelte er.

»Warum?«, fragte Tjarden.

»Zum Beweis, dass ich Pitt Hänneschen nicht angetroffen habe«, sagte er.

»Da war der Schüler bereits ertrunken«, sagte Boerkamp. »Und ein solches Foto ist kein Beweis.«

»Aber ich bin nicht sein Mörder. Jemand muss vor mir auf der Yacht gewesen sein«, antwortete Wobazek aufgebracht.

»Und warum haben Sie nicht den Seenotrettungskreuzer angefordert oder die Polizei benachrichtigt?«, wollte Tjarden wissen.

Janosh sah den Beamten gequält an. »Weil ich verhindern wollte, was nun eingetreten ist. Ich wollte nicht, dass man mich verdächtigt.«

»Und Sie erwarten von uns, dass wir Ihre Aussagen so akzeptieren, zu den Akten nehmen und Sie unbehelligt verabschieden, damit Sie sich unbelastet Ihrer Musik zuwenden können?«, fragte Boerkamp.

Der Komponist nickte.

»Ich habe Ihnen die Wahrheit gesagt. Ich habe Fotos, die mich entlasten. Ich stelle sie Ihnen zur Verfügung«, sagte er.

»Herr Wobazek, Ihre Aufnahmen interessieren uns. Ich hoffe allerdings wirklich, dass sie nicht nach vollendeter Tat geschossen wurden«, sagte Boerkamp.

»Ich bin unschuldig. Der Schüler befand sich in der Tat nicht mehr an Bord der *Novesia*. Ich habe das nur deswegen nicht gemeldet, weil ich Angst um meinen Ruf hatte«, sagte der Musiker eingeschüchtert.

»Das war es«, sagte Boerkamp.

Frau Frerichs erhob sich und verließ das Dienstzimmer.

»Meine Kollegin tippt das Protokoll. Wir werden es dem Staatsanwalt zuleiten«, sagte Boerkamp.

Janosh Wobazek saß niedergeschlagen da.

»Es war töricht von mir, dass ich vor Freude wie von Sinnen war, als ich feststellte, dass der Liebhaber meiner Frau offenbar verunglückt ist. Gott ist mein Zeuge, dass ich nicht sein Mörder bin«, sagte er.

»Stellen Sie uns Ihre Fotos für die weiteren Recherchen zur Verfügung«, bat Boerkamp.

Der Musiker nickte.

»Ich muss demnächst mit dem Orchester nach Singapur«, sagte er unruhig. »Es darf nichts dazwischenkommen.«

»Der Staatsanwalt wird mit dem Amtsrichter sprechen. Suchen Sie einen Anwalt auf und bieten Sie dem Gericht eine entsprechend hohe Kaution an«, schlug Boerkamp vor.

Der Musiker erhob sich.

»Darf ich jetzt gehen?«, fragte er.

Frau Frerichs brachte das Protokoll.

»Herr Wobazek, überzeugen Sie sich bitte von der Richtigkeit und unterschreiben Sie danach«, forderte der Kommissar den Musiker auf.

Wobazek unterschrieb, nahm die Jacke vom Bügel, setzte die Prinz-Heinrich-Mütze auf seine graue Mähne, schaute die Beamten mit müden Augen an und verließ das Dienstzimmer.

»Mein Mann besitzt eine CD von ihm«, erklärte Frau Frerichs voller Stolz. Sie stand am Schreibtisch und hielt das unterschriebene Protokoll in den Händen.

»Ich hoffe nur, dass sein ungarisches Temperament ihm nicht zum Verhängnis geworden ist«, sagte Boerkamp. Dann wies er auf das Protokoll. »Schicken Sie eine Kopie an den Staatsanwalt.«

Frau Frerichs nickte und verließ das Zimmer.

Staatsanwalt Mertens saß an seinem Schreibtisch. Er klappte den Aktendeckel zu, nahm die Lesebrille ab und lehnte sich zufrieden zurück.

Boerkamp hatte hervorragend geblufft und den Musiker in die Enge getrieben. Janosh Wobazek hatte sich an Bord der *Novesia* aufgehalten.

Seine wirre Geschichte klang unglaubwürdig und trug nicht dazu bei, den Verdacht gegen ihn zu entkräften.

Der Amtsrichter hatte sich nach Abwägung aller Argumente dazu entschlossen, den Vorschlag des Anwalts Harri Griefenkamp, Hamburg, anzunehmen, und hatte den Komponisten gegen Zahlung einer Kaution von neunzigtausend Mark zur Wahrnehmung seiner Verpflichtungen auf freiem Fuß gelassen. Eine ernst zu nehmende Fluchtgefahr hatte er dabei ausgeschlossen.

Mertens langte nach dem Telefonhörer und wählte die Zentrale.

»Verbinden Sie mich mit Kommissar Boerkamp, Kripo Norden«, sagte er in die Muschel. Er legte auf und wartete kurz, dann meldete sich Boerkamp.

»Hier Mertens, Herr Boerkamp. Janosh Wobazek bleibt in Freiheit. Er zahlt eine Kaution. Suchen Sie ihn unverzüglich auf und stellen Sie das Bildmaterial sicher, bevor er Juist verlässt. Wir stehen schlecht da, falls sein Hamburger Anwalt das Foto zu sehen wünscht, das Ihr Skatbruder aus der Luft geschossen hat«, sagte er und lachte.

»Ich werde ihn gleich anrufen und einen Termin mit ihm vereinbaren«, erklärte Boerkamp.

»Die Einladung an Gottfried Kronenburg werde ich dennoch abschicken«, sagte der Staatsanwalt.

Damit war das Gespräch beendet.

Boerkamp blickte auf den Schifffahrtsplan. Um sechzehn Uhr legte die *Frisia II* in Norddeich ab. Er langte zum Telefonhörer und wählte die ihm bekannte Geheimnummer des Komponisten.

»Wobazek, Juist«, meldete sich eine Frauenstimme.

»Boerkamp, Kripo Norden. Frau Wobazek, kann ich kurz Ihren Herrn Gemahl sprechen?«, fragte er.

»Einen Moment bitte«, sagte sie.

»Wobazek«, meldete sich der Künstler.

»Boerkamp, Herr Wobazek, guten Tag. Ich werde nachher kurz vorbeikommen, um mir Ihre Fotos anzuschauen«, sagte er.

»Ich habe nichts dagegen«, antwortete Wobazek freundlich.

»Ich nehme das Schiff um sechzehn Uhr«, erklärte Boerkamp.

»Ich erwarte Sie um siebzehn Uhr dreißig bei mir«, sagte der Musiker.

»Danke, bis dann.« Boerkamp legte den Hörer auf.

Kurz darauf langte er erneut danach, rief Tante Gesine auf Juist an und bestellte ein Zimmer für eine Nacht.

Janosh Wobazek begrüßte den Kommissar freundlich und führte ihn ins Wohnzimmer.

Er wirkte ruhig und ausgeglichen.

»Herr Kommissar, bitte nehmen Sie Platz«, bat er und wies auf einen Sessel. »Da haben Sie auch gesessen, als Sie Ihre Recherchen begannen und mich auf die Liste der Verdächtigen gesetzt haben«, sagte er.

»Das stimmt. Sie haben übrigens weiterhin den Spitzenplatz auf der besagten Liste«, entgegnete Boerkamp und setzte sich in den Sessel.

Der Musiker lächelte.

»Zu Unrecht. Es wird Ihnen nicht möglich sein, mir den Mord nachzuweisen«, sagte er.

»Das wird sich noch herausstellen«, antwortete Boerkamp.

»Meine Frau hat Tee zubereitet und Kuchen bereitgestellt«, sagte Wobazek. »Sie zieht es vor, an dem Gespräch nicht teilzunehmen. Sie kennen die Gründe.«

Damit ging er hinaus und holte das Geschirr.

Kurz darauf kam er zurück, deckte den Tisch und zündete das Teelicht im Stövchen an.

»Bitte schön«, sagte er einladend, und Boerkamp langte zu.

Sie aßen Butterkuchen und tranken den Tee dazu.

»Heute werde ich Sie nicht mit meinen Kompositionen langweilen«, erklärte er. »Heute gibt es andere Dinge zur Unterhaltung.« Damit wies er auf einen Kartenständer, an dem eine ausgerollte Leinwand hing. In der Nähe des Schrankes stand ein Projektor auf einem kleinen Tischchen.

»Ich habe einige Dias vorbereitet, die ich Ihnen zeigen werde«, sagte der Musiker.

Er räumte das Geschirr ab und trug es in die Küche. Danach schritt er zum Fenster und zog die Vorhänge zu.

»Einige meiner Bilder sind sehr gut geworden«, kündigte er stolz an.

Er begab sich zum Projektor, schaltete ihn ein. Auf der Leinwand erschien die *Novesia*.

Boerkamp schwieg. Das Bild kannte er bereits.

»Ich habe diese Aufnahme gemacht, als ich mich der Yacht näherte«, kommentierte Janosh Wobazek. Er bediente erneut den Projektor.

Auf dem folgenden Bild sah man die *Novesia* aus der Nähe. Die Brandstelle an der Zugangstür zur Kajüte war sichtbar.

Janosh schob nach. Die nächsten Dias zeigten die verbrannte Kochstelle, die verkohlte Holzvertäfelung.

Beim folgenden Dia runzelte der Kommissar plötzlich die Stirn.

»Befindet sich da am Horizont ein kleines Schiff, oder handelt es sich um eine Orientierungstonne?«, fragte er.

Der Musiker trat an die Leinwand. Der Schatten seines Fingers fiel auf das Objekt.

»Hier gibt es keine Tonnen mehr. Das ist die Deutsche Bucht, eine der befahrensten Seestraßen der Welt«, sagte er.

»Dann muss es sich um ein Schiff handeln«, folgerte Boerkamp.

»Das ist anzunehmen. Es nimmt Kurs auf Helgoland«, sagte der Künstler.

»Hatten Sie eigentlich irgendwelche Hintergedanken, als Sie diese Fotos schossen?«, fragte der Kommissar.

»Nein, hatte ich nicht. Ich habe einfach drauflos fotografiert. Ich befand mich wie in einem Rausch. Der Schüler war nicht an Bord. Das stimmte mich glücklich. Es roch nach Rauch und verbranntem Plastik. Der Gedanke, dass meine Frau an Bord des Segelschiffes mit ihm schlafen würde, während ich auf Tournee bin, machte mich rasend.«

»Sie haben Pitt Hänneschen sehr gehasst«, stellte Boerkamp fest.

»Ja, ich hätte ihn umgebracht, wenn ich ihn angetroffen hätte«, erwiderte der Musiker ernst.

Er bediente den Projektor. Seine Fotos verrieten die Routine. Er hatte das Innere der Yacht fotografiert. Die Kojen, die Sitzbank, den Fußboden und die Pantry. Auf einer dieser Aufnahmen entdeckte Boerkamp einen blinkenden Gegenstand, den er nicht sofort erkannte.

»Stopp«, rief er, als der Musiker den Projektor bediente.

Wobazek holte das Bild zurück.

»Was interessiert Sie an dieser Aufnahme?«, fragte er.

»Dieses blinkende Etwas auf dem angeschwärzten Boden der Yacht«, sagte Boerkamp.

»Was weiß ich. Vielleicht ein Gegenstand aus der Schublade der Pantry, auf den das Licht fällt«, sagte der Musiker.

»Es sieht aus wie ein Pfeifenbesteck oder Taschenmesser«, murmelte Boerkamp.

»Möglich«, sagte Wobazek und drückte den Bedienungsknopf.

»Das letzte Bild meiner Serie«, erklärte er.

»Das ist der Campingkocher, den der Mörder mit an Bord genommen hat«, sagte Boerkamp.

»Herr Kommissar, Sie glauben doch wohl nicht, dass ich ihn auf die *Novesia* gebracht habe«, entgegnete der Musiker.

»Zumindest kann ich diese Möglichkeit nicht ausschließen.« Boerkamp seufzte. »Packen Sie bitte die Dias in eine Kassette, damit ich sie dem Staatsanwalt übergeben kann.«

Der Musiker stellte das Magazin mit den Bildern in einen Karton, holte aus der Küche einen Stofftragebeutel und legte den Karton in den Beutel.

»Hier, Herr Kommissar, nehmen Sie.«

»Danke«, sagte der Kommissar erleichtert. »Wir werden weitersehen.«

»Bei mir sind Sie jedenfalls an der falschen Adresse«, erklärte Wobazek.

»Ich habe von Ihnen auch noch kein Geständnis erwartet. Der Fall ist wohl nicht abgeschlossen.«

Damit reichte der Kommissar dem Künstler die Hand und verabschiedete sich.

Boerkamp überquerte die Straße und schritt in die Dünen. Er fühlte, dass Wobazek ihm vom Wohnzimmerfenster aus nachschaute.

Boerkamp überlegte. Er war noch immer nicht weitergekommen.

Einzig das Dia, welches neben der *Novesia* noch ein zweites

Boot zeigte, konnte ihm vielleicht weiterhelfen. Handelte es sich vielleicht um die schnelle Motoryacht der Kronenburgs?

Und dann dieser blitzende Gegenstand, der aussah wie ein Pfeifenbesteck …

Im Bericht des Kollegen Meyers, der die *Novesia* nach dem Unglück auf Spuren untersucht hatte, war davon nicht die Rede gewesen.

Boerkamp nahm sich vor, Meyers anzurufen. Die Dias mussten zwecks weiterer Aufklärung an das Landeskriminalamt geschickt werden. Mit Hilfe moderner Computervergrößerungen war es gewiss möglich, herauszufinden, ob es sich um eine Seetonne oder in der Tat um ein Schiff handelte und was dieses blinkende Etwas auf dem anderen Dia darstellte. Wozu gab es schließlich Experten?

Mit diesem beruhigenden Gedanken verließ Boerkamp den Dünenweg und suchte seine Pension auf.

Gottfried Kronenburg hatte im Hotel *Fährhaus* in Norddeich übernachtet und den hervorragenden Service des Hauses genossen. Es war windig und kühl, als er am Morgen nach dem Frühstück zum Revier nach Norden fuhr. Er parkte seinen Mercedes vor der Post, schritt an der Ludgerikirche vorbei und suchte die Dienststelle der Kripo auf.

Kronenburg war elegant gekleidet. Unter seinem marineblauen Trenchcoat trug er einen dunklen Blazer und eine graue Hose. Der kleine, gestutzte Lippenbart verlieh ihm den Hauch eines wohlhabenden Hanseaten.

Sein Blick wirkte offen und ehrlich, ja fast gutmütig.

Boerkamp empfing ihn freundlich.

»Mein Kollege Tjarden und Frau Frerichs«, stellte er vor. »Frau Frerichs ist zuständig für das Protokoll. Bitte nehmen Sie Platz.«

Kronenburg blickte auf den Stuhl und den kleinen Tisch und runzelte die Stirn.

»Wenn Sie ablegen möchten?«, reagierte Tjarden prompt.

»Danke, ich denke, dass ich Ihre Neugierde schnell befrieden kann. Ich habe noch einen Termin in Soltau. Es geht um Baustoffe«, sagte er in leicht rheinischem Tonfall.

Kronenburg nahm Platz. Auch Wachtmeisterin Frerichs setzte sich an den kleinen Schreibmaschinentisch und zückte ihren Bleistift.

»Herr Kronenburg, ich kann mir einleitende Worte ersparen. Sie kennen den Grund, weshalb wir Sie zu uns eingeladen haben?«, fragte Boerkamp.

Kronenburg nickte und lächelte höflich.

»Meine Frau und mein Sohn haben sich hier in Ihrem Dienstzimmer bereits vergeblich bemüht, Sie davon zu überzeugen, dass mein Neffe Pitt das Opfer eines Seeunfalls wurde. Ich gehe davon aus, dass Sie mich ebenfalls eines anderen belehren wollen.«

»Das stimmt. Zum einen lässt die gerichtsmedizinische Untersuchung den Verdacht zu, dass Pitt von Bord seiner Yacht in die Nordsee gestürzt wurde. Zum anderen sind wir der Meinung, dass der Brand an Bord erst nach Pitts Tod gelegt worden ist – zur Tarnung. Der Mörder hat Pitt daran gehindert, sich an Bord zu retten. Um uns zu täuschen, hat er den Campingkocher an Bord gebracht und Benzin entflammt. Ihr Sohn hatte Pitt zuvor eine Ansichtskarte aus Istanbul geschickt, die für viel Verwirrung gesorgt hat«, sagte Boerkamp.

»Das Letztere war wohl mehr ein Streich«, erwiderte Kronenburg reserviert.

»Über die geschäftlichen Transaktionen, die mit Verlusten im Ostgeschäft und hohen Schulden Ihres Sohnes einhergingen und dazu führten, dass Sie das private Vermögen Ihres Neffen zur Schuldenkonsolidierung heranzogen, haben wir bereits mit Ihrer Frau gesprochen«, wechselte Boerkamp das Thema.

Kronenburg bemühte sich, gelassen zu wirken.

»Pitts Vermögen befindet sich immer noch auf den Konten der Bank. Die Vorwürfe gegen meine Frau entbehren jeder Grundlage. Mein Sohn rechtfertigt mit seinen Erfolgen als Künstler unsere Investitionsbereitschaft in seine Ausbildung«, erklärte er.

»Und welche Rolle haben Sie in dem Drama gespielt?«, fragte Tjarden unvermittelt.

»Pitt mochte Ihre Frau nicht sonderlich. Sie rangierten dagegen bei ihm als Vaterersatz«, ging Boerkamp darauf ein.

Kronenburg blickte verwirrt drein.

»Pitt war sehr ehrgeizig. Er machte uns keine Probleme. Arnold hingegen hat uns oft herausgefordert«, sagte er.

»Sie haben Ihren Neffen vor den Osterferien angerufen und ihn zum Osterfest eingeladen. Ihr Neffe hat Ihnen mitgeteilt, dass er mit einem Mitschüler nach Helgoland zu segeln beabsichtigte«, erklärte Boerkamp.

Kronenburg zögerte. »Das kann schon sein«, murmelte er.

»Sie hätten Ostern aber ohnehin keine Zeit gehabt, da Ihre Frau Geschäftsfreunde zu einem Helgolandtörn eingeladen hatte. War Ihre Einladung nur so etwas wie ein Alibi?«, fragte Tjarden.

Kronenburg begann zu schwitzen.

»Das kann man nicht sagen. Bei dem Helgoland-Treffen ging es um Anschlussverträge und eine Kooperation mit einer japanischen Gesellschaft. Die Entscheidung dazu kam überraschend. Unser Prokurist sollte die Werbe- und Informationsveranstaltung auf Helgoland leiten«, sagte er.

»Wir sind im Bilde. Ihr Seminar auf der Insel war zeitlich so abgestimmt, dass Ihre Frau, Ihr Sohn und auch Sie Zeit genug fanden, mit Ihrer Motoryacht *Querinus II* das Segelschiff Ihres Neffen, der nur einige Stunden vor Ihnen den Hafen verlassen hatte, einzuholen. Sie, Ihre Frau oder Ihr Sohn Arnold haben Pitt ins Meer gestürzt und ihn ertrinken lassen«, sagte Boerkamp.

Kronenburg stieg die Zornesröte in das Gesicht.

»Ihre Behauptungen entbehren jeder Grundlage. Weder meine Frau noch ich haben gewusst, dass Pitt sich mit seinem Segelboot auf Helgoland aufhielt. Ich habe auch erst von meinem Sohn erfahren, dass er sich mit Pitt verabredet hatte. Es war alles nur purer Zufall«, behauptete er böse.

»Ach! Ihr Neffe hatte Ihnen doch mitgeteilt, dass er nach Helgoland zu segeln beabsichtigte«, sagte Tjarden.

»Das stimmt. Ich wollte von ihm nur wissen, ob er über Ostern bei uns sein wollte. Pitt segelte für sein Leben gern. Am liebsten legte er auf Norderney, Baltrum oder Langeoog an.«

»Nun, das hat er in diesem Fall nicht getan. Allerdings fanden Urlauber seine Leiche auf Baltrum«, sagte Tjarden.

»Fest steht, dass Pitt sich auf Helgoland aufhielt, während Sie und Ihre Frau dort gleichzeitig nach Wegen aus der finanziellen Krise suchten. Auch Ihr Sohn hat sich nach eigenen Aussagen mit Pitt auf der Insel getroffen. Gab es etwa keine andere Lösung, die Firma zu retten, als Pitt zu opfern?«, fragte der Kommissar.

»Sie werden unverschämt. Sie verdächtigen nicht nur mich, sondern auch meine Familie, Pitts Tod geplant und eiskalt ausgeführt zu haben«, erklärte er aufgeregt.

»Wir gehen nur die Möglichkeiten durch«, entgegnete der Kommissar. »Der Mörder bediente sich einer schnellen Motoryacht, wie Sie sie besitzen. Der Mord geschah nur wenige Seemeilen vor dem Hove-Tief. Ein Zeuge sah die *Novesia*, als sie bereits führungslos im Wind trieb. Das war gegen circa achtzehn Uhr.«

»Hören Sie, wir alle mochten Pitt«, sagte Kronenburg ernst.

»Wer hat an diesem Abend Ihre *Querinus II* gesteuert?«, fragte Tjarden.

Kronenburg schluckte.

»Haben Sie, Ihre Frau oder Ihr Sohn das Schiff gesteuert?«, wiederholte Tjarden ruhig.

»Keiner von uns«, behauptete er. »Meine Frau half mir, die Gäste zu betreuen.«

»Nach unseren Ergebnissen haben Sie Ihre Frau bei den Gästen entschuldigt«, widersprach Tjarden.

»Sie hat sich nur auf ihr Zimmer zurückgezogen, weil sie Kopfschmerzen hatte«, sagte Kronenburg.

»Das können wir nicht überprüfen. Auch Ihnen blieb zwischen Tee und Abendessen genügend Zeit, die *Novesia* mit Ihrer Yacht einzuholen«, sagte Boerkamp.

Kronenburg schaute die Beamten gequält an.

»Ihre Fantasie reicht aus, auch meinen Sohn zu verdächtigen, der wegen eines Termins in Wilhelmshaven mit dem Seebäderschiff die Insel verlassen musste«, sagte er.

»Das Kulturamt hat den Besuch Ihres Sohnes bestätigt. Er konnte uns allerdings keine Schiffskarte vorzeigen«, erklärte Tjarden.

»Ihre Vermutungen sind wirklich haarsträubend. Anzunehmen, wir hätten zu dritt auf unserer Yacht Jagd auf Pitt gemacht und ihn dann in die See geworfen …«

»Ihre Ironie ist keineswegs angebracht. Es ist nicht auszuschließen, dass Ihr Sohn eine Gelegenheit gesucht hat, mit Pitt an Bord der *Novesia* Helgoland zu verlassen, und nach dem Mord an seinem Vetter von Ihnen oder Ihrer Frau abgeholt wurde«, widersprach Boerkamp.

»Das ist blanker Unsinn.« Kronenburg erhob sich.

»Fassen Sie sich bitte noch für wenige Minuten mit Geduld, meine Kollegin verfasst eben das Protokoll«, sagte Boerkamp und zeigte auf den Stuhl.

»Ich habe es eilig, weil ich – wie bereits gesagt – nach Soltau muss.« Kronenburg bemühte sich, seine Fassung zu bewahren. Die folgenden Minuten schwieg er.

Wenig später erschien Wachtmeisterin Frerichs und legte Kronenburg das Protokoll zur Unterschrift vor. Dieser setzte seinen Namen darunter.

»Viel Erfolg«, sagte er dann und verließ das Dienstzimmer.

An diesem kalten Herbsttag fiel der Wind mit der Stärke 7 von Norddeich in die Stadt ein und fegte die ersten welken Blätter von den Bäumen.

Boerkamp saß schon im Dienstzimmer, als Tjarden eintrat.

»Moin«, sagte er und setzte sich ebenfalls an seinen Schreibtisch.

Wachtmeisterin Frerichs betrat den Raum und reichte Boerkamp die Post an.

»Vom LKA«, sagte sie. »Ich bin gespannt, ob der Künstler der Mörder war.«

»Ich werde es Ihnen mitteilen, noch bevor der Staatsanwalt davon erfährt«, sagte der Kommissar und schaute hinter ihr her, als sie das Zimmer verließ.

Er öffnete den Briefumschlag und entnahm ihm den Bericht. Ein wenig nervös begann er zu lesen. Erst nach der letzten Zeile schaute er auf.

Tjarden blickte ihn fragend an.

»Die Computerausschnittvergrößerung hat ergeben, dass es sich bei dem Gegenstand auf dem Foto um einen vergoldeten Kugelschreiber handelt, der die Gravur *Salzburger Mozartwochen 1994* trägt. Das Objekt am Horizont, das ich für eine Seetonne gehalten habe, ist in der Tat eine Motoryacht. Mehr war nicht herauszuholen«, sagte Boerkamp.

»Dann hat Wobazek sich selbst ans Messer geliefert«, stellte Tjarden fest.

»Eine kleine, eine winzige Unbedachtsamkeit«, murmelte Boerkamp.

»Der Maestro hat Pitt in die See geworfen und danach seine Fotos geschossen«, folgerte Tjarden.

»Genies sind auch nur Menschen.« Boerkamp griff zum Telefonhörer. Er wählte die Nummer des Reviers Norderney.

Ein junger Wachtmeister meldete sich. »Kripo Norden, bitte Kommissar Meyers«, sagte Boerkamp.

Der Beamte stellte durch.

»Meyers, Kripo Norderney.«

»Hier Boerkamp, ich rufe in Sachen Pitt Hänneschen an. Ihr habt doch die Yacht *Novesia* inspiziert. Befand sich an Bord ein vergoldeter Kugelschreiber mit der Gravur *Salzburger Mozartwochen 1994*?«, fragte Boerkamp.

»Nein, das kann ich mit Sicherheit sagen. Weder der Brandmeister noch ich haben einen solchen Kugelschreiber gefunden«, antwortete Meyers.

»Danke, das war es«, sagte Boerkamp und legte auf, nachdem er sich verabschiedet hatte.

»Chef, da gibt es keine Zweifel. Wobazek versucht, uns reinzulegen«, erklärte Tjarden.

»Wir werden Janosh Wobazek einen Besuch abstatten.« Boerkamp nahm erneut den Telefonhörer und wählte die Geheimnummer des Musikers.

»Barbara Wobazek«, meldete sich seine Frau.

»Befindet sich der Herr Gemahl auf Juist?«, fragte Boerkamp.

»Nein, er befindet sich auf Tournee«, erwiderte sie.

»Und wann erwarten Sie ihn zurück?«

»Anfang Oktober«, antwortete Sie.

»Vielleicht können Sie uns helfen«, schlug Boerkamp vor.

»Um was geht es?«, wollte sie wissen.

»Um einen Gegenstand, von dem wir nicht wissen, wem er gehört«, erwiderte Boerkamp.

»Mir soll es recht sein«, sagte sie. »Wenn Sie vorbeikommen möchten ...«

»Danke, das werden wir«, sagte Boerkamp und legte auf.

Barbara Wobazek empfing die Beamten an der Wohnungstür. Sie trug eng sitzende Jeans und einen grob gestrickten Troyer, der ihr gut stand. Eine schöne Frau, dachte Boerkamp.

Sie begrüßte die Männer freundlich und bat sie, einzutreten.

»Nehmen Sie bitte Platz«, sagte sie.

»Danke.« Boerkamp kam gleich zur Sache: »Im Zusammenhang mit dem Tod des Abiturienten Hänneschen interessieren wir uns für die Herkunft eines Kugelschreibers. Er befand sich an Bord der *Novesia,* als Ihr Mann seine Bilder schoss. Bei der polizeilichen Durchsuchung der Yacht war er allerdings nicht an Bord.« Er entnahm seiner Tasche die Repro des LKA und reichte sie Frau Wobazek.

»Das ist ja toll. Was die heute alles fertig bringen«, murmelte sie und gab Boerkamp die Abbildung zurück.

»Bei dem Stift handelt es sich nicht um einen billigen Wegwerfartikel«, sagte Tjarden.

»Den Kugelschreiber habe ich nie gesehen«, erwiderte sie.

»Hat Ihr Mann die Salzburger Festwochen besucht?«, fragte Boerkamp.

»Nein, zu der Zeit war er nicht in Salzburg«, entgegnete sie.

»Schauen Sie bitte nach, vielleicht liegt der Stift auf seinem Arbeitstisch oder steckt in einer Anzugjacke«, gab Tjarden zu bedenken.

»Begleiten Sie mich in sein Arbeitszimmer. Es war ursprünglich als Kinderzimmer vorgesehen«, sagte sie.

Sie öffnete die Tür. »Bitte.«

Vor dem Fenster war ein antiker Holzschreibtisch platziert.

An der Wand befand sich eine Liege.

Die andere Wand bedeckte ein Bücherregal.

Auf dem Schreibtisch stand ein alter Bierkrug, in dem sich Füllfederhalter, Bleistifte und Kugelschreiber bündelten.

»Wir haben keinen Durchsuchungsbefehl. Gestatten Sie dennoch, dass wir uns die Schreibgeräte anschauen?«, fragte Boerkamp und trat an den Schreibtisch.

Werbegeschenke sowie Kugelschreiber und Füllfederhalter teurer Marken füllten den Krug. Mitten im Bündel entdeckte Boerkamp den mit einer 333er Goldauflage versehenen Kugelschreiber, der die bekannte Gravur trug.

»Frau Wobazek, hier ist das Corpus delicti«, sagte er.

»Und was folgern Sie daraus?«, fragte Barbara Wobazek gleichgültig. »Ich jedenfalls glaube nicht, dass Janosh es getan hat.«

»Dieser Kugelschreiber belastet ihn aber zusätzlich«, erklärte Tjarden.

»Mein Mann ist sechzig«, sagte sie ironisch.

»Sein Alter hat Ihren Mann offenbar nicht abgeschreckt, sich auf etwas einzulassen, das für ihn ernste Folgen hat«, sagte Boerkamp.

»Wenn Sie wollen, durchsuchen Sie seinen Schreibtisch. Ich zeige Ihnen auch unser Schlafzimmer und gestatte es Ihnen, eine Durchsuchung durchzuführen«, erwiderte sie lächelnd.

»Danke«, sagte Boerkamp verärgert.

»Weder mein Mann noch ich waren im Sommer in Salzburg«, wiederholte sie.

»Vielleicht hat irgendjemand ihm den Kugelschreiber zugesteckt. Oder er hat ihn aus Versehen irgendwo mitgenommen«, schlug Tjarden vor.

»Ich werde meinen Mann fragen, wenn er zurückkommt«, sagte sie.

»Wir nehmen den Kugelschreiber mit. Wir stellen Ihnen natürlich einen Beleg darüber aus«, sagte Boerkamp.

»Unfug, ich benötige keine Quittung«, erwiderte sie und begleitete die Beamten zur Wohnungstür.

»Entschuldigen Sie nochmals die Störung, Frau Wobazek«, bat Boerkamp.

Damit verabschiedeten er und Tjarden sich und verließen die Wohnung.

Bereits am frühen Morgen hatte der feine Nieselregen eingesetzt. Der Himmel zeigte sich Grau in Grau. Der Wind war abgeflaut. Die wenigen Passanten auf der Straße trugen Schirme.

Der Staatsanwalt lenkte seinen Wagen auf den kleinen Parkplatz vor dem ehemaligen Weinhaus. Als er ausstieg, spürte er die nasse Kälte, die ihn umgab. Er eilte zur Tür, betrat das Gebäude und stieg die Treppe hoch. Er hatte sich verspätet. Es war bereits elf Uhr dreißig.

»Moin«, sagte er, als er das Dienstzimmer betrat. Rasch entledigte er sich seiner Jacke und hängte sie an die Garderobe.

»Entschuldigen Sie, ich hatte noch ein Gespräch mit dem Amtsrichter«, erklärte er.

»Bitte, nehmen Sie Platz«, sagte Boerkamp und rückte den Besucherstuhl in die Nähe seines Schreibtisches.

»Ich habe Ihren Bericht gelesen.« Mertens ließ sich auf den Stuhl nieder und kam gleich zur Sache: »Die junge Frau scheint keinen Hehl daraus zu machen, dass ihr Mann im Bett am Ende ist, während er als Künstler große Erfolge feiert«, stellte er fest.

»Sie verhält sich zumindest kooperativ«, sagte Boerkamp.

»Der Amtsrichter ist entschlossen, Janosh Wobazek in Haft zu nehmen, wenn er von seiner Tournee zurückkommt«, berichtete Mertens.

»Das ist überfällig«, sagte Tjarden.

»Zwei Telefongespräche haben allerdings ausgereicht, um bestätigt zu bekommen, dass der Musiker sich während der Mozartwochen nicht in Salzburg aufgehalten hat«, sagte Boerkamp.

»Aber er hat sich zur Tatzeit auf der *Novesia* aufgehalten. Er spielt mit uns Blindekuh«, erklärte Tjarden böse.

»Dem stimme ich zu«, sagte Mertens.

Boerkamp blickte durch das Fenster in den grauen Himmel. Die Scheiben waren regennass.

Auch er war der Meinung, dass der Staatsanwalt in Anbetracht der kulturellen Verdienste des Künstlers zu viel Rücksicht genommen hatte.

Er dachte an Cecilia, an Maler Arnold und Gottfried Kronenburg. Plötzlich schoss ihm ein Gedanke durch den Kopf.

»Herr Boerkamp, was meinen Sie dazu?« Unvermittelt riss ihn Mertens, der sich mit Tjarden unterhalten hatte, aus den Gedanken.

Boerkamp blickte auf.

»Verzeihen Sie, ich habe nicht zugehört«, sagte er.

»Eine kuriose Geschichte. Alles sprach für einen Segelunfall. Nur Örbner und der Lehrer haben uns gedrängt, der Sache noch einmal nachzugehen. Das Ergebnis war Mord. Zuerst haben wir die Familie Kronenburg verdächtigt. Und nun die Wende«, sagte der Staatsanwalt.

»Wir wären ihm schon früher auf die Schliche gekommen, wenn er nicht bei seiner Fotografiererei den Kugelschreiber entdeckt und an sich genommen hätte«, behauptete Tjarden.

»Und was halten Sie davon, wenn wir noch einmal mit Cecilia Kronenburg reden?«, fragte Boerkamp. »Einlenkend, gefühlvoll, in Richtung von ›Es tut mir Leid‹?«

Der Staatsanwalt sah ihn überrascht an.

»Es gelingt mir nicht, den Kugelschreiber mit der Familie Kronenburg in Verbindung zu bringen. Andererseits ist es zu früh, den Kronenburgs unsere Aufwartung zu machen«, entgegnete er.

»Ich denke, dass es an der Zeit ist, Janosh Wobazek dem Amtsrichter zuzuführen«, beharrte Tjarden.

»Da stimme ich zu.« Mertens nickte.

Er erhob sich, schritt an das Fenster und blickte durch die nasse Scheibe auf den Markt.

Immer noch fiel feiner Nieselregen vom grauen Himmel. Autos passierten die Kreuzung vor der Osterstraße.

»Darf ich Sie zu einem Kaffee in das Café Ten Cate einladen?«, fragte er.

»Nichts dagegen«, sagte Tjarden.

Boerkamp nickte.

An einem verregneten Oktobernachmittag, Boerkamp bearbeitete die Akte einer Diebstahlserie, klingelte das Telefon.

Er nahm den Hörer ab und meldete sich.

»Hier Mertens. Janosh Wobazek hat seine Tournee beendet und befindet sich auf Juist. Ich hole Sie morgen um neun Uhr ab. Sie begleiten mich nach Juist. Benachrichtigen Sie auch Tjarden. Mit Frau Frerichs habe ich bereits gesprochen«, sagte er.

»In Ordnung, Herr Mertens«, sagte Boerkamp und legte den Hörer nachdenklich auf. Nun wird es ernst, dachte er.

Um siebzehn Uhr beendete er seine Arbeit, verschloss die Akten, zog seine Jacke über, legte Tjarden eine Notiz auf den Schreibtisch und verließ das Büro. Unten stieg er in seinen Wagen und ordnete sich in den fließenden Verkehr ein. Er fuhr nach Hause.

Nachdem er Nadörst passiert hatte und sich Osteel näherte, entschloss er sich, in Marienhafe den Baumarkt Siebolts aufzusuchen. Er fand in der Nähe der aufgebockten alten Lokomotive, die ein Werbegag der Firma war, einen Parkplatz.

Rasch stieg er aus und betrat den Baumarkt.

Boerkamp hatte vor kurzem selbst gebaut. Er kannte einige Verkäufer und unterhielt sich mit ihnen, ließ sich in verschiedenen Fragen beraten und schlenderte durch die Hallen.

Anschließend kaufte er zwei Fußmatten, um die abgenutzten Matten vor der Eingangs- und Balkontür zu ersetzen.

Dann verließ er den Baumarkt und fuhr nach Hause.

Barbara Wobazek hatte Grünkohl mit Speck, Pinkel und Kassler für ihren Mann gekocht, der die fremde Küche nach der erfolgreichen Tournee leid war.

Nach dem Essen, das Janosh hervorragend geschmeckt hatte, brühte sie einen Tee auf.

»Janosh, die Kripo war hier«, berichtete sie ihm erst jetzt. »Sie hat sich im Arbeitszimmer umgeschaut und einen Kugelschreiber mitgenommen. Ein goldener Kugelschreiber mit der Gravur *Salzburger Mozartwochen 1994*«, sagte sie.

Sie holte das Stövchen und steckte mit einem Streichholz das Teelicht an.

»Ach«, sagte Janosh nachdenklich. »Die Kripo, die hatte ich bereits vergessen. Und die Kaution«, stöhnte er auf.

Barbara trug das Geschirr an den Tisch.

»Die machen ernst«, sagte sie. Sie holte den Kluntjebecher, den Sahnetopf und die Teekanne aus der Küche, stellte die Kanne auf das Stövchen.

»Bitte, bedien dich«, sagte sie.

Janosh langte nach dem Sahnetöpfchen und legte ein Kluntjes in die Tasse.

»Die können mich mal«, brummte er.

Barbara schenkte den Tee aus und nahm ihrem Mann gegenüber im Sessel Platz.

»Auch den Tee habe ich vermisst. Es ist schön, wieder zu Hause zu sein«, sagte Janosh und nippte an der Teetasse. Er schaute seine Frau dankbar an.

Sie trug eine weiße Jeans und den groben blauen Troyer, der einen reizvollen Kontrast zu ihrem hellen Haar bildete. Sie sah jung aus und wunderschön.

»Barbara, ich liebe dich«, sagte er.

Sie lächelte, aber auf ihrer Stirn zeigte sich eine Sorgenfalte.

»Ich ängstige mich um dich. Bring das bitte in Ordnung mit der Kripo«, murmelte sie.

»Barbara, du hast mir doch bisher dein Vertrauen geschenkt. Glaub mir, ich habe Pitt nicht umgebracht«, sagte er.

»Ich glaube dir ja, aber ich will, dass es auch für alle anderen klar ist. Ich will keine Angst mehr um dich haben«, antwortete sie ernst.

»Barbara, was hältst du davon, wenn wir morgen nach Hamburg fahren? Ich melde mich beim Rechtsanwalt an«, sagte er.

Er blickte nach draußen auf die dahinziehenden Wolken. Der Wind blies gegen das Fenster. Die Sanddornsträucher wirkten knochig ohne ihr Grün.

»Und ich rufe das Hotel an und bestelle ein Zimmer«, sagte sie freudig.

Janosh reichte ihr die Hand, die sie annahm. Sie spürte den Druck, mit dem er wortlos das ausdrückte, was er für sie empfand.

»Unser Boot muss nach Norddeich in die Halle. Ich muss mich auch darum kümmern«, sagte Janosh.

Das Läuten der Türglocke schreckte sie auf. Sie schauten sich überrascht an.

Barbara wurde blass und ließ seine Hand los.

»Besuch«, sagte Janosh betont gelassen, schritt in den Korridor und betätigte die Sprechtaste.

»Bitte?«, fragte er.

»Kripo Norden«, vernahm er ein wenig erschrocken.

Er drückte den Türöffner, öffnete die Wohnungstür und wartete. Diesmal waren die Beamten zur viert gekommen.

»Herr Wobazek, entschuldigen Sie, wir müssen mit Ihnen sprechen«, sagte der Staatsanwalt, ohne sich vorgestellt zu haben.

Janosh hielt die Tür auf und ließ sie eintreten.

Barbara kam den Besuchern entgegen. Sie bemühte sich um Haltung.

»Mein Gott, ohne Anmeldung«, murmelte sie dann aber trotzdem.

»Verzeihung, der Mörder hatte sich bei Pitt auf dem Schiff auch nicht angemeldet«, sagte Tjarden gereizt.

Barbara schüttelte fassungslos den Kopf.

Janosh Wobazek schloss die Zimmertür hinter sich.

»Worum geht es diesmal?«, fragte er.

»Herr Wobazek, zuerst sollten Sie und Ihre Frau sich ein wenig zu beruhigen versuchen. Das wäre in unser aller Sinn. Mein Name ist übrigens Mertens, ich bin Staatsanwalt.«

Janosh hatte begriffen. Er wies den Beamten Sitzgelegenheiten zu und nahm selbst auf dem Klavierhocker Platz.

Barbara Wobazek verließ weinend das Zimmer.

»Herr Wobazek, uns bleibt viel Zeit für ein ausführliches Gespräch. Die *Frisia II* legt erst um sechzehn Uhr ab. Frau Frerichs wird sich Stichpunkte für ein Ergebnisprotokoll machen. Sie haben Ihren bisherigen Aussagen nichts hinzuzufügen?«, fragte der Staatsanwalt.

Janosh blickte starr geradeaus.

»Nein«, sagte er nur.

»Der Amtsrichter hatte es Ihnen ermöglicht, Ihre Konzerttermine unter Einhaltung einiger Auflagen wahrzunehmen. Sie hatten sich verpflichtet, sich nach Beendigung Ihrer Tournee bei uns zurückzumelden. Ihr Rechtsbeistand hat ebenfalls keinen Antrag auf Verlängerung gestellt. Wir sind gekommen, um Sie hier auf Juist zu inhaftieren. Ich habe den vom Amtsrichter ausgestellten Haftbefehl dabei.« Mertens entnahm seiner Tasche das Dokument und legte es dem sprachlosen Musiker vor.

So, als könne er immer noch nicht begreifen, was hier vor sich ging, benötigte Wobazek mehrere Sekunden für eine Antwort. Er schaute den Staatsanwalt an.

»Sie wollen mich verhaften?«, fragte er fassungslos.

Sein Gesicht wirkte sehr alt. Nervös fuhr er sich mit der Hand durch sein langes, graues Haar.

»Bevor wir Sie bitten, eine Reisetasche mit dem Notwendigsten zu packen, haben Sie das Wort«, sagte Mertens.

»Ich bin unschuldig. Ich habe Pitt Hänneschen nicht umgebracht. Meine Frau hatte mich mit dem Schüler betrogen, das wusste ich. Aus Sorge, der junge Mann könnte während meiner beruflich bedingten Abwesenheiten meiner Frau weiterhin nachstellen, hatte ich mich entschieden, ein offenes Wort mit ihm zu reden. Die Werft hatte meine Yacht überholt, sie war wieder einsatzbereit. Ich trank im Clubheim ein paar Bier, rief auf Helgoland an und entschloss mich, Hänneschen entgegenzufahren. So war das«, sagte er.

»Diese Version kennen wir. Sie sahen die *Novesia*. Sie trieb führungslos einige Seemeilen vom Hove-Tief entfernt im Wind. Sie betraten das Schiff, machten Fotos und kümmerten sich einen feuchten Kehricht um das Schicksal des Skippers. Sie benachrichtigten weder die Polizei noch den Seenotrettungskreuzer, um nach Pitt Hänneschen zu suchen. Sie waren glücklich darüber, dass der potente Nebenbuhler Ihrer Frau nicht mehr zu nahe treten konnte«, sagte Boerkamp.

»Nur das können Sie mir vorwerfen«, sagte Wobazek.

»Sie irren sich, nicht nur das! Ihnen wäre fast ein perfekter Mord gelungen. Der Zufall durchkreuzte Ihren genial geplanten Mord. Das Foto mit dem Kugelschreiber half uns weiter. Er befindet sich auf Ihrem Bild, doch von unserem Kollegen wurde er bei der Durchsuchung der *Novesia* nicht gefunden. Sie haben ihn während des Gerangels mit dem Opfer verloren«, sagte Boerkamp.

»Das stimmt nicht. Pitt war schon ertrunken, als ich das Schiff betrat. Ich habe den Kugelschreiber gefunden und ihn an mich genommen«, sagte Janosh Wobazek mit fester Stimme.

»Und warum haben Sie uns den Fund nicht anvertraut oder gemeldet?«, fragte Tjarden.

»Weil ich unschuldig bin. Der Kugelschreiber hätte Ihnen doch nur dazu gedient, den Verdacht gegen mich zu verstärken«, sagte Janosh Wobazek. »So wie er es jetzt tut.«

»Sie haben den Kugelschreiber geschenkt bekommen«, riet der Staatsanwalt. »Ein wertvolles Stück.«

Der Musiker schüttelte nervös den Kopf.

»Nein, er lag an Bord auf dem Boden in der Nähe der Pantry«, sagte er.

»Sie werden später Gelegenheit haben, Ihre Argumente vorzutragen. Hiermit muss ich Ihnen leider erklären, dass Sie sich ab jetzt in Untersuchungshaft befinden. Bitten Sie Ihre Frau, Ihnen zu helfen, eine Reisetasche zu packen. Wachtmeisterin Frerichs wird Ihnen beim Packen zuschauen«, sagte der Staatsanwalt.

Am Montag fuhr Boerkamp früh zum Dienst. Ein schöner Herbsttag kündigte sich an. Am blauen Himmel stand noch der blasse Mond. Hinter dem Nordwald leuchtete das Morgenrot. Auf der Straße war nur wenig Verkehr. Er fuhr an der Ludgerikirche vorbei zum Parkplatz, betrat das Dienstgebäude, stieg die Treppe hoch und ging in sein Dienstzimmer. Hier hängte er die Jacke an den Haken und setzte sich an den Schreibtisch. Hajo Tjarden würde heute etwas später kommen.

Um zehn Uhr hatten sie einen Termin beim Staatsanwalt in Aurich. Es hatte Ärger gegeben. Zum einen hatte Rechtsanwalt Griefenkamp aus Hamburg mit juristischen Raffinessen versucht, seinen Mandanten aus der Schusslinie zu bringen. Seine Rechtskonstruktion lief darauf hinaus, Janosh Wobazek in eine Krisensituation hineinzuinterpretieren, die, einer Phobie ähnlich, ihn daran gehindert hatte, nach Pitt Ausschau zu halten und über Bordfunk Hilfe anzufordern. Seine psychischen Ängste und die bereits im Vorfeld bestandenen Verdächtigungen gegen ihn glichen einer Situation physischer Gefahr, bei der das Gesetz den Passus der Notwehr vorgesehen hatte. Seelische Notwehr, ein Novum für den Staatsanwalt.

Winkeladvokat, hatte Mertens geschimpft.

Zum anderen hatte Janosh Wobazek bereits nach wenigen Tagen seiner Inhaftierung Schmerzen im linken Brustbereich verspürt, die eine ärztliche Untersuchung zur Folge hatten.

Der Staatsanwalt hatte auf Anraten des Amtsrichters die Kaution nicht zurückgezahlt und die Verlegung des angesehenen Künstlers seinem eigenen Wunsch entsprechend nach Wilhelmshaven in das Reinhard-Nieter-Krankenhaus angewiesen.

Boerkamp dachte noch immer nach, als Tjarden das Dienstzimmer betrat.

»Chef, fahren wir los?«, fragte der jüngere.

»Ja«, antwortete Boerkamp nur und erhob sich. Sein Gesicht wirkte ernst. Er ging zur Garderobe und langte nach seiner Jacke.

»Ist was?«, fragte Tjarden.

»Was soll schon sein?«, brummte Boerkamp.

»Gab es Knatsch zu Hause?«, hakte Tjarden nach.

»Nein, es gibt nachher Knatsch in Aurich«, erklärte Boerkamp unfreundlich.

»Das kann gut sein«, bestätigte Tjarden.

Cecilia Kronenburg schaute durch das Fenster ihres Büros auf das Betriebsgelände. Ein MAN-Sattelschlepper wurde entladen. Sie öffnete die Unterschriftenmappe, studierte und kontrollierte gewissenhaft die Ausgangspost, bevor sie unterschrieb. Es handelte sich um die Korrespondenz, welche die Kompetenz ihrer Abteilungsleiter überstieg, sowie um Schecks und Zahlungsanweisungen.

Es war bereits fünfzehn Uhr dreißig, als sie die Mappe schloss.

Die Geschäfte liefen hervorragend. Zufrieden ordnete sie ihren Schreibtisch.

Sie drückte die Sprechtaste und bat ihre Sekretärin, die Unterschriftenmappe abzuholen.

»Ich mache Feierabend«, erklärte sie.

»Liegt noch etwas an?«

»Nein, ich wünsche Ihnen einen schönen Abend«, sagte die Sekretärin.

»Danke, Ihnen auch«, entgegnete Cecilia.

Sie öffnete den Schrank, entnahm ihm einen teuren Trenchcoat, den Gottfried auf der Kö in Düsseldorf für sie ausgesucht hatte. Dann warf sie noch einen Blick durch das Fenster auf ihre emsigen Arbeiter und verließ das Büro.

Sie stieg in den Mercedes und fuhr nach Hause, lenkte ihren Wagen in die Garage.

Frau Poschmann, die gute Fee, hatte bereits im Salon, den Cecilia das ›Frühstückszimmer‹ nannte, die Tische zurückgerückt und eingedeckt. Der Schlachter Walmenring aus Uedesheim hatte das kalte Buffet angeliefert und mit Frau Poschmann angerichtet. Sie hatten die Platten mit Silberfolie abgedeckt.

In der Vorratskammer standen Kästen mit Altbier, Limo, Sprudel und Orangensaft. Für die Weintrinker hatte Gottfried einige Flaschen Ingelheimer Kirchenstück bereitgestellt.

Aus der Küche zog der Duft des Kaffees, den Frau Poschmann eben in Warmhaltekannen füllte.

Cecilia Kronenburg war zufrieden.

Sie stieg die Treppe hoch und betrat das Badezimmer, entkleidete sich und duschte.

Anschließend betrat sie das Schlafzimmer, öffnete den Kleiderschrank und entschied sich für das marineblaue Kostüm, das die Düsseldorfer Designerin Uta Aiben anlässlich des Stiftungsfestes für die Damen des Yachtclubs entworfen hatte.

Es stand ihr gut. Das Jackett war lang geschnitten und ließ sie schlanker erscheinen, wie sie vor dem Spiegel feststellte. Sie freute sich auf den Abend.

Sie hatte die Mitglieder des Kunst- und Förderkreises eingeladen, dessen erste Vorsitzende sie war. Zufrieden verließ sie das Schlafzimmer.

Mit Frau Poschmann besprach sie die letzten Vorbereitungen. Das Läuten der Türglocke überraschte sie.

Frau Kronenburg schaute ihre Angestellte an.

»Die ersten Gäste«, sagte Frau Poschmann.

»Es ist noch zu früh«, Cecilia Kronenburg schüttelte den Kopf.

Die Hausangestellte ging zum Korridor und bediente die Sprechanlage.

»Ja bitte?«, fragte sie.

»Boerkamp, Kripo Norden«, klang es ihr entgegen.

Frau Poschmann erschrak.

»Einen Moment bitte.«

»Was ist?«, fragte Cecilia Kronenburg und betrat den Korridor.

»Kripo Norden«, antwortete Frau Poschmann verängstigt.

Sie sah, wie ihre Chefin blass wurde.

»Mein Gott, doch nicht jetzt«, schimpfte Cecilia und trat an die Sprechanlage.

»Folgen Sie rechts dem Plattenweg an der Mauer entlang. Die Gartentür ist geöffnet«, forderte sie die Beamten dann aber doch zum Eintreten auf. Sie selbst trat auf die Terrasse. Dort blickte sie den Besuchern entgegen.

»Sie kommen unangemeldet und auch äußerst ungelegen«, erklärte sie unfreundlich, als die Männer die Terrasse betraten. »Ich erwarte heute Abend einige Gäste. Sie kommen in einer Stunde.«

»Das ist Zeit genug«, sagte Boerkamp. »Mehr werden wir nicht brauchen.«

»Fassen Sie sich bitte kurz. Was wollen Sie von mir?«, fragte Cecilia Kronenburg mit ernstem Gesicht.

In ihrem Kostüm wirkte sie äußerst elegant.

»Ich halte es für unangebracht, aus unserem Besuch eine Freiluftveranstaltung zu machen«, erklärte Tjarden ironisch.

»Folgen Sie mir ins Wohnzimmer«, sagte sie.

Ihre Aufforderung klang wie ein Befehl. Sie schritt ihnen voraus. Vorbei an eingedeckten Tischen mit frischen Blumen und Kerzen. In der Nähe der Tür stand eine alte Frau, die ihnen eingeschüchtert entgegenblickte.

»Frau Poschmann, ich habe oben geduscht. Putzen Sie das Bad«, ordnete die Hausherrin an.

»Bitte, nehmen Sie Platz«, forderte sie die Beamten dann auf und zeigte auf die Sesselgruppe vor dem Kamin.

Tjarden war beeindruckt von der geschmackvollen und gleichzeitig gemütlichen Einrichtung.

»Wenn Sie wünschen, lasse ich die Scheite anzünden«, sagte Cecilia ironisch.

Die Beamten nahmen in den bequemen Sesseln Platz.

Auch Frau Kronenburg setzte sich zu ihnen. Sie blickte die Besucher kalt an.

»Darf ich Ihnen etwas anbieten?«, fragte sie von oben herab.

»Frau Kronenburg, wir sind nicht aus Ostfriesland angereist, um mit Ihnen vor einem lodernden Feuer Tee zu trinken«, erwiderte Boerkamp verärgert.

»Nein, vermutlich wollen Sie sich bei uns für die grundlosen Verdächtigungen entschuldigen. Ich habe in Erfahrung gebracht, dass Pitts Mörder ein bekannter Komponist und Virtuose sein soll.«

Sie saß aufrecht im Sessel und lächelte überlegen.

»Pitt hatte ein Verhältnis mit der Frau dieses Mannes«, fügte sie hinzu.

»Frau Kronenburg, es ist an der Zeit, Klartext zu reden«, sagte Boerkamp.

»Bitte, tun Sie das«, antwortete sie arrogant.

»Der Staatsanwalt geht davon aus, dass Sie Ihren Neffen von Bord seines Segelschiffes gestoßen haben. Sie hatten mit Pitt eine Auseinandersetzung. Die Geschäftslage war äußerst kritisch. Es erübrigt sich, das Weitere zu wiederholen«, sagte Tjarden.

Cecilia Kronenburg starrte den Beamten an. Sie verzog keine Miene.

»Sie haben Pitt daran gehindert, sich auf das Schiff zu retten«, sagte Boerkamp.

»Diesen Unsinn haben Sie mir schon einmal vorgetragen, und ich bin sicher, dass Ihnen auch heute die Beweise fehlen«, entgegnete sie kalt.

»Frau Kronenburg, wir werden ein Ergebnisprotokoll führen. Der Amtsrichter wird Ihre Äußerungen zur Kenntnis nehmen«, sagte Boerkamp.

»Ihr Protokoll interessiert mich nicht im Geringsten. Kommen Sie endlich zur Ihrem Klartext«, forderte sie.

»In meiner Tasche befindet sich der vom Amtsrichter unterschriebene Haftbefehl. Doch bevor ich ihn vollstrecke, bin ich bereit, mich Ihren Fragen zu stellen«, sagte Boerkamp.

Frau Kronenburg blickte den Kommissar fassungslos an.

»Sie wollen mich verhaften?«, fragte sie ungläubig. »Ich habe Gäste eingeladen. Bedeutende Bürger der Stadt Neuss.«

Es schien, als habe sie den Ernst der Situation noch immer nicht erfasst.

Boerkamp entnahm seiner Tasche den Haftbefehl. »Frau Kronenburg, packen Sie für einen zeitlich unbestimmten Aufenthalt im Untersuchungsgefängnis eine Reisetasche. Sie werden uns nach Aurich begleiten müssen. Falls Sie Schwierigkeiten bereiten, werde ich die Polizei in Neuss um Amtshilfe bitten.«

»Sie sind verrückt. Ich verlasse mein Haus nicht«, erklärte sie laut.

»Dann werden unsere Neusser Kollegen Ihnen Handschellen anlegen«, erwiderte Tjarden hart.

Die Tür wurde geöffnet.

Gottfried Kronenburg betrat das Zimmer. Er blieb wie angewurzelt in der Tür stehen.

»Was geht hier vor?«, fragte er verwirrt.

Er blickte in das bleiche Gesicht seiner Frau, die jetzt trocken aufschluchzte.

»Herr Kronenburg, wir haben einen Haftbefehl dabei«, sagte Boerkamp. »Ihre Frau muss uns nach Aurich begleiten. Sie steht unter dem Verdacht, ihren Neffen Pitt Hänneschen ermordet zu haben.«

»Nimmt denn der Spuk kein Ende? Es hieß doch, dieser Musiker ...«, sagte er entrüstet.

»Die Gerüchte«, warf Tjarden ein.

»Mich interessieren Ihre Beweise.« Kronenburg lehnte sich an die Wand, als benötige er eine Stütze. Er sah müde aus.

»Nicht wir, sondern der Amtsrichter ist zuständig für die Beweisführung«, erklärte Boerkamp. »Ich bin allerdings bereit, Ihnen entgegenzukommen. An Bord der *Novesia* fand ein Zeuge einen Kugelschreiber mit einer 333er Goldauflage. Er trug die Gravur *Salzburger Mozartwoche 1994*. Ich erinnere mich an meinen ersten Besuch bei Ihnen. Ihre Frau servierte mir Mozartkugeln und andere Knabbereien. Auf der Packung bemerkte ich das Preisschildchen. Es lautete auf österreichische Schillinge. Weitere Recherchen ergaben, dass Ihre Frau Gast der Herstellerin von Austriaholzit-Gartenzäunen war, die umsatzträchtige Kunden nach Salzburg zu dem Musikspektakel eingeladen hatte. Die Besucher bekamen zum Abschluss der Veranstaltung zusätzlich einen solchen Kugelschreiber als Gastgeschenk.«

Cecilia Kronenburg weinte. Das war selbst für sie zu viel.

»Gottfried, es ist alles so schrecklich«, schluchzte sie.

»Das sind doch alles reine Spekulationen«, murmelte Kronenburg, aber es klang nicht sehr überzeugt.

»Es gibt weitere Beweise«, sagte Tjarden.

»Bitte nicht wieder das Ostgeschäft«, entrüstete sich Kronenburg.

»Nein, eben nicht. Ich erfuhr bei der Deutschen Bank in Neuss, dass Ihre Frau dort einen Kreditantrag über eine hohe Summe gestellt hatte. Eine getilgte Grundschuld diente als Sicherheit. Ihre Frau benötigte nur die Unterschrift Ihres Neffen. Es ist anzunehmen, dass Pitt sich geweigert hat. Ihre Frau folgte Pitt mit Ihrer Motoryacht *Querinus II* nach Helgoland. Sie hatte den Kreditantrag in der Tasche. Sie überraschte Pitt beim Törn nach Juist, legte bei und trank mit Pitt Tee an Bord. Ich erinnere mich noch einmal an die Ansichtskarte aus Istanbul, die Ihr Sohn Arnold an Pitt geschickt hatte, um ihn zu irritieren. An Bord kam es zu einer Auseinandersetzung, bei der Ihre Frau den Kugelschreiber verlor. Wir können bisher nicht beweisen, wie es weiterging: dass Ihre Frau nämlich den Campingkocher an Bord trug, den Brand inszenierte, leere Bierflaschen in das Abwaschbecken stellte und einen leeren Benzinkanister hinterließ. Frau Kronenburg, das war eine kriminelle Meisterleistung, die Ihnen um ein Haar den Erfolg beschert hätte.«

Kronenburg schwieg. Er setzte sich in einen freien Sessel. Schweiß perlte auf seiner Stirn.

Cecilia Kronenburg richtete sich auf. Ihr Gesicht war verweint, aber sie wirkte schon wieder kämpferisch.

»Ich besaß den Kugelschreiber nicht mehr. Ich hatte ihn irgendwie verlegt, oder er war mir abhanden gekommen«, sagte sie betont ruhig.

»Frau Kronenburg, gratuliere! Sie haben endlich die Selbstmordtheorie verworfen«, sagte Tjarden.

»Sie haben sie mir ausgeredet«, empörte sie sich.

»Nicht zu Unrecht, denn Pitt hat die Grundschuld nicht unterschrieben. Nach seinem Tod hatten Sie freien Zugriff auf sein Vermögen«, warf Boerkamp ein.

Erneut begann Cecilia Kronenburg zu weinen.

Sie wirkte hilflos.

Gottfried Kronenburg verließ das Wohnzimmer, kam nach wenigen Sekunden zurück, reichte seiner Frau ein Päckchen Papiertücher und setzte sich wieder in den Sessel, bleich, geschafft und müde.

Cecilia Kronenburg trocknete ihre Tränen. Noch einmal sammelte sie ihre Energien.

»Herr Kommissar, mein Mann kann bestätigen, dass wir den Kredit der Deutschen Bank nicht angenommen haben, weil es uns auf Helgoland gelang, einen japanischen Investor für unser Projekt in Leipzig zu gewinnen. Das allein half uns aus der Krise«, erklärte sie.

Gottfried Kronenburg sah plötzlich beängstigend schlecht aus. Seine Hände zitterten, als er den Krawattenknoten löste, das Jackett auszog und es über den Sessel hängte.

»So war es«, sagte er. »Wir hatten daran gedacht, Pitt, der all die Jahre von den Gewinnen profitiert hatte, um eine Bürgschaft zu bitten. Doch dazu kam es nicht mehr«, sagte er.

Unter seinen Augen lagen dunkle Ränder. Er schien um Jahre gealtert.

»Herr Kronenburg, wir sind im Besitz eines Fotos, genauer eines Dias, das ein Zeuge machte, als er die führungslos treibende *Novesia* betrat. Es zeigte ihre *Querinus II* auf dem Kurs nach Helgoland. Ich finde es müßig, Ihren steten Ausreden noch Bedeutung zuzumessen. Wir sind gekommen, um Ihre Frau in Untersuchungshaft zu nehmen«, sagte Boerkamp.

»Die Gäste …«, schrie Frau Kronenburg hysterisch.

»Nehmen Sie doch Vernunft an. Sie haben einen Mord begangen – einen Mord an Ihrem Neffen.«

»Nein«, sagte Gottfried Kronenburg schroff.

»Gottfried, halt dich da raus«, schrie Cecilia Kronenburg.

»Aber Cecilia«, murmelte Kronenburg.

»Gottfried, ich bin am Ende. Es hat keinen Sinn. Ja, ich war es. Ich kannte nur noch ein Ziel. Es war schrecklich. Ich habe Pitt vom Schiff gestürzt. Er war aufsässig, und ich war wie von Sinnen. Ich habe in seine Augen geblickt, und ich sah nur Kälte und Überheblichkeit. Ich hatte in aufopferungsvollen Jahren seine Firma ausgebaut. Er aber redete von Betrug. Er wollte mich anzeigen«, stieß sie hervor.

»Cecilia, lass das. Bitte, hör damit auf«, schrie Gottfried Kronenburg.

»Frau Kronenburg, wir betrachten das als ein Geständnis«, sagte Boerkamp.

»Ja«, schluchzte sie.

»Sie geben zu, dass Sie im Gerangel mit Ihrem Neffen den Kugelschreiber verloren haben?«, fragte Tjarden.

»Ich habe Pitt von Bord gestoßen. Ich hatte seine Vorwürfe nicht verdient. Es war zu viel. Ich bin durchgedreht.« Sie schluchzte auf. »Am besten, ich bringe mich um.«

»Frau Kronenburg, stehen Sie ein für das, was Sie getan haben! Packen Sie Ihre Reisetasche und begleiten Sie uns nach Aurich«, sagte Tjarden ungerührt.

»Meine Frau sagt Ihnen nicht die Wahrheit.« Gottfried Kronenburg war weiß wie die Wand. »Ich habe unsere Yacht gesteuert.«

Er sah den Kommissar herausfordernd an.

»Haben Sie Ihren Neffen umgebracht?«, fragte Boerkamp.

Gottfried Kronenburg schüttelte den Kopf.

»Nein, das habe ich nicht«, sagte er und senkte den Blick.

»Herr Kronenburg, wenn Sie zur Aufklärung noch etwas beisteuern können, dann tun Sie das«, forderte Boerkamp.

»Gottfried, die Gäste …« Frau Kronenburg schluchzte.

»Cecilia, besinn dich. Es ist zwecklos«, forderte Kronenburg seine Frau auf.

»Herr Kronenburg, Sie befanden sich also an Bord der *Novesia*?«, fragte Tjarden.

»Ja«, antwortete er.

»Vor dem Mord oder nach dem Mord?«, fragte Boerkamp.

»Es war kein Mord. Nach dem Unglück«, antwortete Gottfried Kronenburg verbissen.

»Und Ihre Frau ist unschuldig?«, fragte Boerkamp. »Auch sie befand sich an Bord. Ebenfalls *nach* dem Tod Ihres Neffen?«

»Ja«, antwortete Kronenburg.

»Also war es Ihr Sohn Arnold«, folgerte Boerkamp. »Er segelte mit Pitt nach Juist. Es kam irgendwie zu einem Streit, und er stieß Pitt von der Yacht und ließ ihn ertrinken.«

Gottfried Kronenburg erhob sich und ging zu seiner Frau. Er legte seinen Arm um ihre Schultern und wischte sich über die Augen.

»Cecilia, ich kann es nicht zulassen, dass du für Arnold eine langjährige Strafe absitzen willst.«

»Gottfried, warum hat er das nur getan?«, fragte sie und weinte.

»Herr Kronenburg, schildern Sie uns bitte den Tathergang, damit der Amtsrichter den Haftbefehl gegen Ihre Frau aufheben kann«, forderte der Kommissar Kronenburg auf.

»Pitt war ertrunken. Mein Sohn segelte die *Novesia* nach Helgoland zurück. Er erzählte meiner Frau seine Geschichte. Pitt war nach einem Streit mit ihm von Bord gefallen, und mein Sohn hatte vor Wut das Steuer herumgerissen und war davongesegelt«, trug Gottfried Kronenburg vor.

»Sie, Ihre Frau und Ihr Sohn entschlossen sich, den Vorfall zu verschweigen, und begaben sich an Bord der *Novesia*, um einen Segelunfall vorzutäuschen. Sie trugen auch den Campingkocher an Bord«, sagte der Kommissar.

»Ja.« Kronenburg nickte.

»Und der Kugelschreiber gehört Ihnen?«, fragte Tjarden.

Cecilia Kronenburg nickte nur.

»Und Sie segelten mit Ihrem Sohn nach Juist und verließen im Hove-Tief das Schiff. Anschließend stiegen Sie auf Ihre Yacht um?«, fragte Boerkamp Frau Kronenburg.

»Nein, mein Sohn fuhr mit der *Wilhelmshaven*, während ich mit der *Novesia* Richtung Juist fuhr. Mein Mann holte mich danach von Bord. Den Rest kennen Sie«, sagte sie schluchzend.

Der Amtsrichter erließ nach dem Studium der Protokolle und einer Anhörung der Beamten in Rücksprache mit dem Staatsanwalt Haftbefehl gegen Arnold Kronenburg.

Während Arnolds Kunstwerke in Wilhelmshaven bei den Besuchern höchste Bewunderung erfuhren, flog Boerkamp nach London. Arnold Kronenburg ließ sich ohne Gegenwehr verhaften.

Er sitzt zurzeit noch in Untersuchungshaft. Seine Eltern haben einen angesehenen Münchener Strafverteidiger mit der Wahrnehmung seiner Interessen beauftragt.

Das Dünengrab

BASTEI LÜBBE

Rolf Kleedorf hatte das Abitur an der Steindorfschule in Emden bestanden und sich für das Studium der Wirtschaftswissenschaften entschieden, obwohl seine Eltern es lieber gesehen hätten, wenn er sich den Agrarwissenschaften zugewandt hätte, um den traditionsreichen Hof in der Krummhörn zu übernehmen, auf dem er groß geworden war.

Er hatte seinen Eltern, Gela und Tinus Kleedorf, nur Freude bereitet und ihnen bei der Ernte oder der Bestellung der Felder im Frühjahr immer tatkräftig zur Seite gestanden.

Rolf hatte das Studium mühelos geschafft und an der Kölner Universität sein Examen als Diplomkaufmann mit der Note Gut bestanden.

Kurz danach hatte er bei der ›Gesellschaft zur Exportförderung deutscher Agrarprodukte‹, der so genannten ›DEDAP‹, als Marketingassistent seine erste Stelle angetreten, wo er schon bald zum Abteilungsleiter aufgestiegen war.

Er hatte eine Kommilitonin geheiratet, die ebenfalls in Ostfriesland zu Hause war und mit der ihn neben der Liebe zum Norden auch noch viele gemeinsame Interessen verbanden.

Wibke hatte Wirtschaftspädagogik studiert, das Studienseminar in Hannover besucht und danach vor allem als Leiterin von Ausbildungsseminaren gearbeitet. Sie sah gut aus, war sportlich und naturverbunden, und ihre Ehe mit Rolf gestaltete sich harmonisch und für beide Teile sehr zufrieden stellend.

Als Rolf bei seiner Firma keine Aufstiegschancen mehr sah und ihn nichts mehr in der Großstadt hielt, die er ohnehin nicht liebte, entschied er sich dafür, dem Drängen seines alten Vaters nachzugeben und den Hof der Eltern zu übernehmen.

Er zog mit Wibke nach Pilsum.

Rolfs Eltern erwarben eine Eigentumswohnung in Bad Zwischenahn und verließen den Hof.

Im Lauf der Zeit wurde daraus unter Rolfs umsichtiger Führung ein gut gehender Reiterhof. Wibke versah den Haushalt und erledigte die Büroarbeiten, und schon nach einigen Jahren konnten die erfolgreichen Jungunternehmer Wibke und Rolf Kleedorf vom erwirtschafteten Gewinn auf dem Gelände für sich einen Bungalow errichten, dessen Planung und Gestaltung sich Wibke mit großem Eifer widmete.

Gela und Tinus Kleedorf saßen an diesem Frühlingsabend auf dem Balkon ihrer Dreizimmerwohnung und nippten an ihren Weingläsern.

Die untergehende Sonne tauchte den Himmel in ein herrliches Abendrot, das sich auf dem Zwischenahner Meer spiegelte.

Sie saßen im Windschatten und genossen den Blick auf den See. Möwen segelten am Balkon vorbei.

»Rolf hat sich wirklich Zeit damit gelassen, uns zu Großeltern zu machen«, sagte Gela.

»Mutter, das Kind kommt zur rechten Zeit. Wir gehören schließlich noch nicht zum alten Eisen. Wir werden doch wohl noch einen Kinderwagen schieben können – und du liest unserem Enkel dann Geschichten vor«, sagte Tinus.

»Ich bin ja so glücklich!« Gela Kleedorf stieß einen tiefen Seufzer aus.

»Ich schenke Wibke die goldene Kette mit unserem Familienwappen, wenn es ein Junge wird«, sagte Tinus. Er hob sein Weinglas, nahm einen Schluck.

»Ich hätte auch nichts gegen ein Mädchen«, warf Gela ein.

»Mutter, ich auch nicht. Aber es muss weitergehen. Wir schreiten dem Grab entgegen!«, antwortete Kleedorf und blickte auf das Zwischenahner Meer, über dem jetzt die Dunkelheit aufzog. Die Cafés und Restaurants in Dreibergen hatten schon ihre Lichter eingeschaltet.

»Wir wollen Wibke und unser werdendes Enkelkind in unser

Nachtgebet einschließen«, sagte Gela Kleedorf. Sie erhob sich mühsam, denn in letzter Zeit machte ihr die Gicht zu schaffen, und griff nach der leeren Weinflasche.

»Mutter, nach dieser guten Nachricht würde ich gern noch einen Schluck Wein mit dir trinken, um mit dir auf unsere Zukunft anzustoßen«, sagte Tinus und strich sich über seine grauen Bartstoppeln.

»Wenn du meinst ...«, Gela ächzte bei den ersten Schritten. »Der lange Spaziergang heute Nachmittag war zu viel für meine Knie«, sagte sie und holte eine Flasche Wein aus der Küche. Tinus entkorkte sie und füllte die Gläser. Sie nahmen einen Schluck.

»Wibke lebt recht fortschrittlich, findest du nicht auch? Sauna, Tennis ... Das alles hat es zu unserer Zeit nicht gegeben«, sagte Gela nach einer Weile und stellte ihr Glas ab.

Inzwischen hatte sich Dunkelheit über den See gelegt.

»Es ist eine alte Weisheit unserer Familie, dass ein feuriger Bulle und eine geduldige Kuh Garanten für gute Kälber sind«, erwiderte der alte Tinus augenzwinkernd und hob sein Glas.

»Na dann – auf das Kälbchen!«, sagte Gela lachend und prostete ihrem Tinus zu.

Wibke Kleedorf, geborene van Heesen, brachte nach sechs Jahrhunderten ununterbrochener Erfolge der Familie ihres Mannes dem Hof in Pilsum Unglück.

Wibke hatte einen Krüppel zur Welt gebracht, der nie auf einem Pferd würde sitzen können und nie imstande sein würde, die Worte Oma und Opa zu artikulieren. Wibke hatte ein Kind geboren, das sie selbst nicht betreuen konnte.

Im ganzen Ort wurde von nichts anderem gesprochen, überall hieß es: Eine Missgeburt! Das hatte niemand erwartet!

Die unglückliche Mutter, die nur weinte, hatte darauf bestanden, dass ihr Kind bereits wenige Tage nach der Geburt getauft wurde und den Namen Marco erhielt.

Aus Angst vor neugierigen Blicken wurde der kleine Marco im

Schutze der Nacht nach Ortel gebracht und in die Obhut der ›Gesellschaft Christlicher Nächstenliebe‹ gegeben.

Wibkes Tränen erregten nicht das Mitleid der Schwiegereltern und hielten Bekannte ab, ihr Trost zu spenden.

Gela und Tinus Kleedorf gingen auf Distanz und strichen den Enkel Marco aus ihrem Denken.

Für sie stand fest, dass Rolf sich von Wibke trennen musste, um ihnen mit einer gesunden Frau Enkelkinder zu zeugen.

Wibke hatte der traditionsreichen Familie Schande gemacht und ihnen einen Bastard ins Nest gelegt.

»Entsetzlich!«, stellte Gela Kleedorf ohne einen Funken Mitgefühl fest.

»Zum Teufel mit der Brut«, hatte der alte Kleedorf geschimpft.

Der Blick auf die Kinderwagen junger Mütter war für Wibke schmerzlich. Der Kontakt mit den Gästen, die Erholung suchten und mit gesunden Kindern anreisten, belastete Wibke in den folgenden Monaten ebenso sehr wie die Tatsache, dass auch Rolf ihr die Schuld an dem zu geben schien, was geschehen war, und sich langsam von ihr zurückzog.

Wibke buchte eine Übernachtung im ›Westfälischen Hof‹ in Bielefeld und fuhr ohne Absprache mit Rolf an einem Frühlingstag dorthin, um Marco zu besuchen. In ihrer Verzweiflung wollte sie dem Sohn ihre Mutterliebe zeigen, denn er war der Einzige, gegenüber dem sie tatsächlich ein Schuldgefühl empfand. Am Morgen führte eine Pflegerin sie zu ihrem Sohn.

Es war, als erlebe sie einen Alptraum! Marco lag in einem Bettchen, das sich in einem hellen Saal befand. Röcheln und monotone Schreie klangen ihr entgegen.

Die Pflegerin nahm ihren Arm und stützte sie, während eine Krankenschwester wässrigen Schaum von dem entstellten Gesichtchen wischte, in dem nichts an ein gesundes Kind erinnerte. Marcos Körper war ein Klumpen mit Armansätzen, und der Kleine würde nie fähig sein, irgendetwas selbst zu tun oder Kontakt zu seiner Umwelt aufzunehmen.

Wibke schluchzte haltlos und blickte verzweifelt um sich.

Die Krankenschwester nahm ihren Arm. »Besuchen Sie uns

nicht wieder! Suchen Sie lieber eine Kirche auf und beten Sie für Ihr Kind«, sagte sie.

Wibke ließ sich von der Schwester zur Cafeteria führen, setzte sich auf einen Stuhl und starrte blicklos auf das Waldgelände hinter der Panoramascheibe. Die Schwester brachte ihr einen Kaffee.

»Danke«, sagte Wibke mit verweinten Augen.

»Wenn Sie noch mal mit Dr. Bleek sprechen möchten, dann müssen Sie sich ein wenig gedulden. Er hat gerade Dienst in der Aufnahme«, meinte die Schwester.

Wibke winkte ab.

»Dann wünsche ich Ihnen eine gute Heimfahrt«, sagte die Schwester und ließ Wibke allein.

Über den Türmen der Sparrenburg hingen graue, tief ziehende Wolken. Wibke trank den Kaffee schwarz in kleinen Schlucken.

Sie hatte Marco neun Monate voll freudiger Erwartung in sich getragen. Sie konnte sein Schicksal nicht ändern, aber dennoch war er für immer mit ihr verbunden. Sie musste damit fertig werden. Rolf schien sie und das Kind aus seinem Leben streichen zu wollen. Er sprach nur das Nötigste mit ihr, arbeitete rund um die Uhr und ließ sich kaum noch in dem schönen Zuhause sehen, das sie für ihn geschaffen hatte.

Wibke beschloss, ihr Leben in die eigene Hand zu nehmen und einen neuen Anfang zu machen – auch wenn es fast über ihre Kräfte ging.

Pflegerinnen und Pfleger betraten die Cafeteria, setzten sich an die Tische und unterhielten sich lebhaft.

Wibke brach auf und grübelte während der ganzen Rückfahrt über ihre Zukunft nach. Als sie schließlich wieder in Pilsum ankam, war sie entschlossen, sich bei der Bezirksregierung Weser-Ems um eine Stelle im Schuldienst zu bewerben. Sie sah darin eine Aufgabe, die sie vor Depressionen schützen und ihr helfen würde, die Trennung von Rolf zu verkraften, dem sie kein zweites Kind gebären durfte.

Wibke Kleedorf betrat das Lehrerzimmer. Sie hatte in der zweiten Stunde Mathematik an der Fachoberschule.

Sie schaute sich um und stellte fest, dass sie allein war. Wibke trat vor den Spiegel, ordnete ihr langes blondes Haar, drehte sich seitlich und warf einen Blick auf ihren Po. Der Rock saß wirklich sehr eng.

In ihr Gesicht stieg eine leichte Röte, als sie an Hinni Synninga dachte.

Gestern hatte sie eine Klassenarbeit korrigiert und war dabei hin und wieder an das Fenster ihrer Eigentumswohnung getreten, um sich für Sekunden Ablenkung zu verschaffen.

Sie hatte in den Park geschaut und Hinni Synninga, ihren Lieblingsschüler, bemerkt, als er langsam mit dem Fahrrad vorbeigeradelt war.

Wibke Kleedorf blieb einen Moment in Gedanken versunken stehen, dann verließ sie das Lehrerzimmer, um zum Unterricht zu gehen. Der Klassenraum der 12 A befand sich im Anbau.

Sie betrat die Klasse, stellte die Tasche auf das Pult und begrüßte die Schüler.

»Haben Sie unsere Arbeiten mit?«, fragte eine Schülerin eifrig.

Wibke blickte in die erwartungsvollen Gesichter.

Sie nickte und schaute dabei Hinni Synninga an, der sie strahlend anlächelte. Er sah gut aus und besaß eine athletische Figur.

»Die Arbeit ist gut ausgefallen«, sagte sie, nahm die Hefte aus ihrer Schultasche und teilte sie aus.

Anschließend setzte sie sich ans Pult. »Herr Synninga, hier ist mein Kopienzähler. Suchen Sie bitte den Schulassistenten und bitten Sie ihn, von Ihrer Arbeit Abzüge anzufertigen!«, sagte sie und trug die Noten in die Zensurenleiste des Klassenordners ein.

Hinni Synninga kam nach zehn Minuten zurück und verteilte die Kopien.

»Wir sprechen jetzt die Aufgaben durch«, erklärte Wibke. Sie ging zur Tafel, griff zur Kreide, gab erklärende Hinweise und skizzierte einzelne Lösungsschritte.

Dann diktierte sie den Schülern noch einige Übungsaufgaben, und als es läutete, fügte sie rasch hinzu:

»Die Vorzensuren für die schriftliche Prüfung besprechen wir während der nächsten Stunden. Uns bleibt zum Üben nur noch wenig Zeit, ich plane deshalb eine kleine Generalwiederholung.«

Die Schüler stürmten aus dem Klassenraum.

Wibke trug das Klassenbuch ins Lehrerzimmer, wo einige ihrer Kolleginnen bereits am Tisch saßen. Sie wirkten abgekämpft und müde.

»Der Mai ist gekommen«, sagte Wibke und setzte sich zu ihnen.

»Das hilft mir auch nicht weiter«, scherzte eine unverheiratete Kollegin.

»Das Maivergnügen ist was für die Jüngeren. Irgendwie vergehen einem langsam alle romantischen Gefühle«, warf eine andere Kollegin ein.

»Bei diesem herrlichen Frühsommerwetter könnte ich schon mal schwach werden«, meinte Wibke, stand auf und trug das Klassenbuch zum Schrank. »Viel Spaß noch«, rief sie und verließ das Lehrerzimmer, um sich nicht vom Missmut ihrer Kolleginnen anstecken zu lassen.

In den Fluren standen noch Schüler und Schülerinnen herum, die auf den Nachmittagsunterricht warteten.

Wibke Kleedorf bahnte sich ihren Weg nach draußen, stieg in ihren Sportwagen und fuhr nach Hause.

Am Nachmittag setzte sie sich aufs Fahrrad und radelte in Richtung Bedekaspeler Meer. Auf den Wiesen wuchs zartes, frisches Grün. Der blaue Himmel spannte sich über heranreifende Rapsfelder, überall hörte man lautes Vogelgezwitscher.

Wibke blickte auf die weiten Felder, die bis zum Horizont reichten.

Am Bedekaspeler Meer stellte sie ihr Fahrrad auf dem Parkplatz ab und ging zu Fuß über den schmalen Weg zum Ufer.

Dort setzte sie sich auf den Holzsteg und schaute den Libellen zu, die sich nach kurzen Flügen auf den Schilfhalmen niederließen. Die Sonnenstrahlen spiegelten sich auf dem dunklen Moorwasser des Sees. Ein Entenpärchen schoss aus dem Dickicht und flog mit plumpen Flügelschlägen davon.

Wibke zog sich die Bluse über den Kopf, legte sich auf die Latten des Stegs und genoss die warmen Sonnenstrahlen auf ihrer Haut. Sie lauschte auf das leise Plätschern der Wellen, die der leichte Wind an die Böschung trieb, und hatte bald alles Düstere in ihrem Leben vergessen.

Oberstudienrat Hubertus von Kalksund war mit seinen zweiundvierzig Jahren Junggeselle geblieben. Er hatte seiner Mutter, die ihn allein großgezogen hatte, viel zu verdanken.

Die ehemals berühmte Pianistin hatte allerdings auch sehr großzügig über ihren Sohn und dessen Leben verfügt und von ihm erwartet, dass er ganz für sie da war.

Während der Ferien hatte sie sich von ihm durch Europas Hauptstädte kutschieren lassen. Sie war anspruchsvoll gewesen, was die Hotelunterkünfte betraf, und sie pflegte ihren Kaffee nur in den elegantesten Cafés auf den teuersten Boulevards einzunehmen. Sie hatte Hubertus immer als Bestandteil ihres eigenen Lebens betrachtet und ihm nicht viel Freiheit zugestanden.

Sie hatte jeweils nur wenige Tage oder sogar Stunden benötigt, um alle junge Frauen in die Flucht zu schlagen, die sich ihrem Sohn genähert hatten.

Das Geld war ihr reichlich zugeflossen, und immer zahlten die Rundfunkanstalten, wenn sie Aufnahmen aus ihrer Zeit sendeten, reichlich Tantiemen.

Bettina von Kalksund war inzwischen gestorben und hatte ihrem Sohn ein großes Vermögen hinterlassen. Dieser hatte schon als Kind seine berühmte Mama auf vielen Gastspielreisen begleitet.

Mit sechs Jahren war er selbst bereits als Solist gelegentlich bei Konzertabenden aufgetreten. Er hatte das musische Gymnasium besucht, Geigenunterricht bei Professor Günsterberg genommen und nach dem Abitur an der Musikhochschule in Lübeck studiert.

Doch ein Unfall hatte seiner Musikerlaufbahn ein jähes Ende gesetzt: An einem kalten Winterabend war sein Wagen bei Lübeck mit einer Panne liegen geblieben. Ein hilfsbereiter Polizist hatte den Wagen abschleppen wollen, und dabei war Hubertus das sich spannende Seil so durch die Finger gerutscht, dass er sich schwere Verbrennungen zugezogen hatte – ein Unfall, im Protokoll der Polizei eine Lappalie, der zur Folge gehabt hatte, dass die Bewegungsfreiheit des Handgelenks für immer eingeschränkt blieb. Aus war der Traum von der Virtuosenlaufbahn. Hubertus von Kalksund hatte danach in Hamburg Wirtschaftspädagogik und Betriebswirtschaft studiert und war Gewerbelehrer geworden.

Die Schüler mochten ihn, weil er freundlich und gerecht war, und auch bei den Kollegen war er sehr beliebt.

Hubertus von Kalksund sah mit seinen scharf geschnittenen, markanten Zügen nicht schlecht aus. Seine Nase war ein wenig lang geraten, doch das verlieh seinem schmalen Gesicht mit den grauen Augen einen Hauch von Kühnheit.

Ein dichter, leicht ergrauter Schnurrbart und sein volles gewelltes Haar ließen ihn reif und männlich wirken. Er hatte, genau betrachtet, ziemlich viel Ähnlichkeit mit dem ehemaligen Landwirtschaftsminister.

Hubertus von Kalksund, befreit von den unersättlichen Wünschen und Meckereien seiner verstorbenen Mutter, schöpfte nach ihrem Tod Hoffnung, doch noch eine Lebensgefährtin zu finden, mit der er in dem für ihn allein zu groß gewordenen Bungalow gemeinsam leben konnte. Und tatsächlich schien auch für ihn das Leben noch ein Glück bereitzuhalten …

Auf Anhieb fand er Gefallen an der jungen Kollegin, die vor einiger Zeit neu an die Schule gekommen war. Es dauerte allerdings lange, bis er den Mut fasste, sich ihr zu nähern, obwohl sie es ihm keineswegs allzu schwer machte.

Wibke Kleedorf, von ihrem Mann zutiefst enttäuscht, fand zwar in ihrem Beruf durchaus Befriedigung, doch sehnte sie sich manchmal nach einer starken Schulter zum Anlehnen, einem Partner, mit dem sie reden konnte.

Allein schon die Sorgen um den kleinen Marco, der noch immer von den Schwestern in Ortel versorgt wurde, lagen ihr schwer auf der Seele und trieben ihr an langen, einsamen Abenden oft die Tränen in die Augen.

Dann trank sie ein Glas Wein, um ihren düsteren Gedanken zu entfliehen.

Die Bilder kamen und gingen, während Wibke sich auf dem Steg am Bedekaspeler Meer sonnte …

Irgendwann fuhr sie hoch, weil sie ein Geräusch gehört hatte, und in ihrer Verwirrung vergaß sie völlig, sich wieder anzuziehen.

Vor ihr auf dem Steg stand Hubertus von Kalksund, dem die Verlegenheit deutlich anzusehen war, die ihr Anblick in ihm auslöste.

Hastig griff Wibke nach ihrem BH, zog ihn an und schlüpfte dann rasch in ihre Bluse. Hubertus, der sich verlegen abgewandt hatte, trat jetzt einen Schritt näher und setzte sich zu ihr auf den Steg. Er blickte auf das braune Moorwasser.

»Ich muss Ihnen etwas gestehen«, sagte er. »Ich bin Ihnen gefolgt.«

»Na so was!«, erwiderte Wibke mit gespielter Empörung.

Von Kalksund lachte verlegen. Er wurde rot wie ein Schuljunge. »Ich ging spazieren und sah Sie radeln. Wissen Sie, ich bin viel allein. Ich habe meinen Wagen drüben vor dem Café geparkt, und als ich Sie sah, bin ich Ihnen nachgegangen«, erklärte er und schaute die Lehrerin abwartend an.

Wibke blickte auf ihre Armbanduhr. »Ich war tatsächlich eingeschlafen! Das muss an der Wärme gelegen haben«, sagte sie.

»Und jetzt haben Sie Durst?«, fragte der Kollege.

»Ja, wenn ich's mir recht überlege«, antwortete Wibke Kleedorf und schaute ihn leicht belustigt an. Er trug trotz der sommerlichen Temperaturen ein Jackett und eine unmoderne Tweedhose.

»Frau Kollegin, wie wäre es, wenn ich Ihr Fahrrad in den Kofferraum meines Mercedes packe und Sie zu mir zum Tee einlade? Seit dem Tod meiner Mutter vor einigen Monaten hat kein weibliches Wesen mehr mein Haus betreten«, sagte er.

»Ein Frauenheld scheinen Sie also nicht gerade zu sein«, gab Wibke lächelnd zurück.

»Das heißt, Sie würden es wagen, meine Einladung anzunehmen?«

»Das würde ich«, erwiderte sie. »Ich heiße übrigens Wibke.«

»Mein Vorname ist Hubertus«, antwortete er hocherfreut.

Sie unterhielten sich noch eine Weile, bevor sie aufstanden und Seite an Seite zum Parkplatz hinübergingen.

Hubertus von Kalksund lenkte den Wagen die Auffahrt hinauf.

»Eine schöne Wohngegend«, stellte Wibke Kleedorf fest, als sie ausstieg.

Überall blühten Ginstersträucher. Der Rasen war frisch gemäht, und an den jungen Birken zeigten sich die ersten grünen Blätter.

Das Haus, auf das sie nun zugingen, war mit blassroten Blenden verklinkert und das Walmdach mit roten Dachpfannen gedeckt. Alles wirkte geschmackvoll und großzügig. Vögel zwitscherten in den Bäumen hinter der Garage.

Wibke warf einen Blick um die Kante der Hausfront herum. Eine Reihe von Tannen fasste das riesige Grundstück ein.

»Erledigst du die Gartenarbeit selbst?«, fragte sie.

Hubertus schloss die Haustür auf. »Nein – ich habe mit dem Haus schon genug zu tun. Für mich alleine ist es im Grunde zu groß«, erklärte er.

Er nahm Wibke an die Hand und führte sie in die Diele, wo auf den roten Terracottafliesen wertvolle Perserteppiche lagen.

Die Küche mit massiver Holzverkleidung war so geräumig wie die eines kleinen Restaurants. Die Wände waren mit teuren Fliesen gekachelt, und mitten im Raum stand ein großer Tisch, an dem gut zehn Gäste Platz gehabt hätten.

»Hubertus, du kannst hier ja das ganze Kollegium bekochen«, rief Wibke.

Hubertus lachte. »Vielleicht ergibt sich dazu ja einmal ein Anlass«, sagte er und führte sie weiter ins Wohnzimmer.

Wibke bestaunte die schweren flämischen Eichenmöbel mit dem reich verzierten Schnitzwerk und den alten Eisenbeschlägen.

Hubertus wies auf die Sitzecke vor dem Kamin, dessen Wände mit historischen Delfter Kacheln geschmückt waren.

Wibke ließ sich in einem Sessel nieder. »Einfach toll«, sagte sie überwältigt. An der Wand hing ein altes Ölgemälde, das einen Lotsensegler im hohen Seegang vor einem Windjammer zeigte.

»Ein Erbstück von meiner Mutter«, erklärte Hubertus stolz.

»Und deine verstorbene Mutter hat dieses Haus nach ihrem Geschmack eingerichtet?«, fragte Wibke.

»Mutter hat bis zu ihrem Tode nichts anderes im Sinn gehabt, als ihr Umfeld zu verschönern. Je älter sie wurde, um so höher wurden ihre Ansprüche und um so stärker ihr Wille. Ich bin mit ihr, als sie dreiundachtzig wurde, noch nach Athen geflogen, weil es dort im Nationalmuseum eine berühmte Plastik gibt, die sie unbedingt haben wollte. Leider war das Stück aber unverkäuflich!«

»Und du hast ihre Vitalität geerbt?«, fragte Wibke freundlich.

»Das hoffe ich. Meinen Vater habe ich nicht gekannt, und Mutter war nicht bereit, über ihn auch nur ein Sterbenswörtchen zu äußern«, sagte Hubertus trocken.

»Sicher hast du darunter sehr gelitten?«

»Nein, ich habe ihn nicht vermisst. Ich mache uns rasch einen Tee«, antwortete Hubertus und verschwand in der Küche.

Wibke schaute sich interessiert um, während er dort hantierte. Schließlich erschien er mit einer Schale voller Teegebäck wieder im Wohnzimmer, stellte sie auf den Tisch und holte dann Geschirr aus dem Schrank.

Wibke blickte nachdenklich aus dem Fenster in den parkähnlichen Garten. Hier musste man sich trotz all der Schönheit manchmal einsam fühlen!

Hubertus trug die Teekanne zum Tisch und setzte sie auf das Stövchen. Wibke nahm ein Kluntje aus der Zuckerschale. Hubertus schenkte ihr Tee ein und bediente sich dann selbst. Wibke horchte auf, als die Wanduhr dumpf ertönte. Hubertus blickte stolz auf die Uhr, die sogar die Mondphasen anzeigte.

»Mutter hat das gute Stück von Großvater geerbt, der in Amsterdam eine Werkstatt besaß«, erklärte er.

Als sich ihre Blicke per Zufall trafen, schaute er sofort in eine andere Richtung und spielte nervös mit seinen Händen herum. Seine Verlegenheit war irgendwie rührend, und Wibke fragte behutsam: »Sicher hattest du zu ihren Lebzeiten wenig Gelegenheit, dein eigenes Leben zu führen, nicht wahr?«

Hubertus seufzte. »Mutter hatte mich ganz in ihren Klauen. Dabei war sie eine faszinierende Frau und mir gegenüber immer sehr großzügig.« Er stand auf, holte ein Album aus dem Eichenschrank und rückte seinen Sessel in Wibkes Nähe. Dann schlug er das Album auf, schenkte Tee nach und begann ihr anhand der Bilder vieles über das gemeinsame Leben mit seiner Mutter zu erzählen. Er übersah dabei, dass Wibke es viel lieber gehabt hätte, wenn er sich ihr zugewandt und ihr etwas von dem männlichen Trost gegeben hätte, nach dem sie sich so sehnte!

Irgendwann fiel ihm jedoch auf, dass sie nicht ganz bei der Sache war, und er schlug vor, das Album bei einer späteren Gelegenheit zu Ende anzusehen.

»Dank dir für den Tee«, sagte Wibke und stand auf.

»Ich hoffe, du kommst einmal wieder«, meinte Hubertus und blickte sie fragend an.

»Ich denke schon«, erwiderte sie lächelnd. Gemeinsam verließen sie das Haus und gingen zu seinem Wagen. Hubertus hob das Fahrrad aus dem Kofferraum und stellte es vor sie hin.

»Danke«, sagte Wibke und stieg auf.

»Einen schönen ersten Mai!«, wünschte sie ihm noch und radelte davon.

Hubertus war glücklich. Er ging zurück ins Wohnzimmer und legte eine CD auf, um sich ganz seiner freudigen Stimmung hinzugeben. Es waren die ›Vier Jahreszeiten‹ von Vivaldi, eine historische Aufnahme, die er sehr liebte.

Wibke ihrerseits fuhr nach Hause, stellte das Rad in den Schuppen und betrat die Wohnung. Sie fühlte sich müde von der weiten Radtour, und ihre Beinmuskeln schmerzten. Sie hatte die

Entfernung unterschätzt und war froh darüber, dass Hubertus ihr aufgelauert hatte.

Ein feiner Kerl, kein Draufgänger, dachte sie, während sie das Bad betrat, sich auszog und sich unter die Dusche stellte.

Sie genoss das prickelnde Wasser auf ihrer Haut, und als sie sich später abtrocknete und sich wieder anzog, fühlte sie sich angenehm erfrischt.

Eine Weile lang setzte sie sich in ihrem behaglichen Wohnzimmer auf die Couch und hing ihren Erinnerungen nach, die sie in letzter Zeit wieder häufiger überfielen: Die erste Zeit mit Rolf, ihrer großen Liebe, die Geburt des kleinen Marco, ihre Entscheidung, ein neues Leben zu beginnen …

Die lauten Töne einer Blaskapelle draußen auf dem Platz rissen sie schließlich aus ihren Gedanken.

Sie trat ans Fenster und schaute in den Park, wo einige Feuerwehrmänner gerade einen Maibaum aufstellten.

Eine Schar von Neugierigen sah ihnen dabei zu; auf dem Rasen zwischen den Rhododendronsträuchern stand ein Zelt, und um einen riesigen Grill herum waren Tische aufgestellt worden.

Die Sonne ging gerade unter und tauchte den Park in rötliches Licht. Der Wind spielte mit den Bändern des Kranzes an der Krone der Birke.

Wibke verdrängte ihre trüben Gedanken vollends und verspürte plötzlich den Drang, unter fröhlichen Menschen zu sein. Sie steckte ihr Portemonnaie in die Tasche ihrer weißen Jeans und verließ die Wohnung, überquerte die Straße und betrat den Park. Die meisten Besucher saßen mittlerweile im Zelt vor vollen Gläsern. Einige Gäste warteten vor dem Grill auf Koteletts und Würstchen. Wibke entdeckte Hinni Synninga, der von jungen Mädchen umlagert wurde, während er Lose für die Tombola verkaufte. Sie betrat das Zelt, ging zum Tresen, ließ sich ein großes Bier zapfen und setzte sich auf eine Bank vor einen unbesetzten Tisch.

Girlanden hingen an den Holzverstrebungen des Zeltes. Bunte Glühbirnen warfen ihr Licht auf die Besucher, die Tische und die Holzbohlen des Bodens.

Die Kapelle auf dem Podium spielte einen Marsch. Langsam füllte sich das Zelt, und es waren nicht nur junge Leute, die sich an die Tische setzten.

Wibke ließ sich anstecken von der heiteren Atmosphäre, trank ihr Bier und holte sich sogar noch ein weiteres. Ihren Schüler hatte sie inzwischen aus den Augen verloren.

Draußen wurde es bereits dunkel. Vor dem Grill standen noch wenige Besucher, die im Dämmerlicht Würstchen und Koteletts verspeisten. Die Feuerwehrkapelle sorgte für Stimmung, und als sie das alte Volkslied ›Alle Vögel sind schon da‹ anstimmte, sangen und schunkelten die Gäste fröhlich mit.

Wibke saß noch immer ein wenig abseits, aber das störte sie nicht, denn so konnte sie in Ruhe alles beobachten und weiter ihren Gedanken nachhängen.

Sie dachte an Hubertus. Würde er nach den vielen Jahren der Zurückgezogenheit und des Alleinseins noch zu einer romantischen Beziehung fähig sein? Ob er sich in dieser Umgebung ebenso wohl fühlen würde wie sie?

Die Feuerwehrskapelle spielte das Ostfriesenlied, und Wibke summte leise mit.

»Wo die Nordseewellen trecken …« Mit ihren Blicken suchte sie Hinni Synninga.

Keinem Orchester von Weltruf, keinem berühmten Dirigenten wäre es an diesem Abend gelungen, sie so froh zu stimmen, wie es diesem simplen Feuerwehrkapellmeister gelang. Wibke fühlte sich den Menschen nahe, die hier im Zelt auf ihre Art den Beginn des Wonnemonates feierten.

Als die Kapelle gerade eine kurze Pause einlegte, betrat Hinni Synninga das Zelt. Er hatte seine Uniformjacke aufgeknöpft, und Wibke sah, wie er zur Theke ging, um sich etwas zu trinken zu holen.

Sie unterdrückte den Wunsch, zu ihm zu gehen, und fragte sich gleichzeitig, was an diesem Jungen sie eigentlich so anziehend fand.

Ein Frauenchor formierte sich auf der Bühne, um ein Frühlingsständchen vorzutragen.

Wibke beobachtete Synninga. Er stand an der Theke, den Bierkrug in der Hand, und sein Blick glitt über die voll besetzten Tische.

Wibke sah, wie er stutzte, als er sie entdeckt hatte. Sofort eilte er an ihren Tisch.

»Was eine Überraschung! Meine Mathelehrerin bei unserer Maifeier! Frau Kleedorf, das finde ich toll!«, sagte er überschwänglich und reichte Wibke die Hand.

»Ich bin Ostfriesin und habe den ersten Mai immer gefeiert«, sagte sie. »Und oft verrückter als heute«, fügte sie lächelnd hinzu.

»Trinken Sie ein Bier mit mir?«, fragte Hinni, der sein Glas mittlerweile ausgetrunken hatte.

»Gerne, aber das muss dann auch mein letztes sein«, antwortete sie.

Hinni eilte davon. Kurz darauf kam er mit zwei Gläsern wieder und setzte sich zu Wibke.

Der Chorleiter auf der Bühne gab den Frauen ein Zeichen, und es ging weiter.

Wibke und Hinni Synninga sangen mit: »Wir sind Ostfriesenkinder und haben guten Mut ...«

Nach dem Vortrag des Frauenchores spielte die Blaskapelle Volkstümliches. Wibke ließ sich von ihrem gut aussehenden Schüler zu einem weiteren Bier überreden und im Laufe des Abends kamen sich die beiden jungen Menschen immer näher. Sie redeten und redeten, erzählten sich von dem, was sie bedrückte, und vergaßen die wenigen Jahre, die sie trennten.

Hinni berichtete von seinem Zuhause, seinen Eltern, seinen Plänen für die Zukunft.

Wibke sprach über Rolf, der es zum mehrfachen Millionär gebracht hatte, und von seinen Eltern, die nicht bereit gewesen waren, ihr Unglück mitzutragen, sondern ihren Sohn gedrängt hatten, ihnen mit einer anderen Frau gesunde Enkel zu zeugen.

Als die Morgendämmerung aufzog und nur noch wenige Besucher den Klängen der Musik lauschten, deutete Wibke an, dass sie nach Hause wollte.

Sie hatte nichts dagegen, als Hinni ihren Arm nahm und sie aus dem Zelt führte.

»Den schönen Maibaum kann ich jetzt dreißig Tage lang von meinem Fenster aus anschauen«, murmelte sie und lehnte sich Halt suchend an ihren Begleiter.

Hinni gab sich überrascht. »Ach, Sie wohnen in den Neubauten?«, fragte er.

»Ja, gleich da drüben – es ist nur ein Katzensprung!«

Es war eine herrlich laue Nacht, fast windstill und sternenklar. Fast bedauerte Wibke, keinen längeren Heimweg zu haben, denn es tat gut, Hinnis starken Arm um sich zu fühlen, und seine Bewunderung für sie war wirklich rührend.

Vor der Haustür holte sie den Schlüssel aus ihrer Jeanstasche und blickte Hinni an.

Er stand vor ihr, die Uniformjacke lässig umgehängt, und sah Wibke zärtlich an, wobei sein Blick ihr all seine Wünsche verriet.

»Hinni, nur eine Tasse Kaffee, in Ordnung?«, sagte sie leise, schloss die Tür auf und nahm ihm die Feuerwehrmütze ab.

Er nickte stumm und sah so niedergeschlagen aus, dass Wibke ihn am liebsten tröstend in den Arm genommen hätte. Sie legte ihren Zeigefinger auf seinen Mund. »Pst! Das Haus ist sehr hellhörig«, sagte sie leise.

Vorsichtig stiegen sie die Treppe hoch. Wibke schloss die Wohnungstür auf und führte Hinni in ihr Wohnzimmer.

»Gemütlich«, stellte er fest und schaute sich um.

»Setz dich ruhig – ich mache uns schnell einen Kaffee«, sagte Wibke und verschwand in der Küche.

Hinni Synninga trat an die Bücherwand und studierte die Buchrücken. Die Auswahl der Titel imponierte ihm. Er entledigte sich seiner Uniformjacke und setzte sich in einen Sessel.

Als Wibke wiederkam und den Tisch deckte, erhob Hinni Synninga sich, zog sie an sich und küsste sie.

Wibke wehrte sich nur sehr oberflächlich und erwiderte schließlich seine Küsse.

Hinni schob ihr den Pullover über die Arme, fand die Häkchen des BH, öffnete ihn und küsste ihre Brüste.

»Aber Hinni«, murmelte Wibke, ohne ihm jedoch Einhalt zu gebieten.

Hinni öffnete ihre Jeans und streifte sie von ihrem Körper, zog ihr den Schlüpfer aus, entledigte sich dann seiner eigenen Kleidung und presste Wibke an sich.

Auch sie fühlte, wie sie immer erregter wurde, vergessen war alles andere, und schließlich gewann ihre Sehnsucht nach Zärtlichkeit die Oberhand. Sie liebten sich mit großer Heftigkeit.

Wibke Kleedorf war nicht nur beliebt wegen ihrer klaren, offenen Ansichten, mit denen sie nicht hinter dem Berge hielt. Auch ihr Engagement für ihre Schüler war außergewöhnlich groß.

Wenn Frau Kleedorf ›*mangelhaft*‹ unter eine Mathematikarbeit schrieb, gab es kein Lamentieren; die Schüler akzeptierten ihre Entscheidung, weil sie fair und korrekt war.

Wibke Kleedorf half den Schülern, sich eine eigene Meinung zu bilden, ohne in Fanatismus zu verfallen, und für ihre Grundsätze zu streiten.

Wibke nutzte auch die Konferenzen, um ihre Meinung kundzutun, und verstand die Kollegen nicht, die nur mit dem Blick auf die Uhr ihre Stunden abrissen und in Passivität fast zu ersticken drohten.

Der Direktor, ein dynamischer, weltoffener Pädagoge, war auf Frau Kleedorf aufmerksam geworden.

Er bemühte sich, in Gesprächen mit dem Personalrat die flotte Kollegin für eine in Zukunft zu besetzende besser dotierte Stelle zu favorisieren.

Wibke Kleedorf hatte ihr Referendariat in Hannover mit Bravour bestanden und erfüllte alle Voraussetzungen. Direktor Bornfeld war in Eilsum geboren und groß geworden und besaß als Einheimischer genügend Hintergrundinformationen über den holprigen Lebensweg seiner Kollegin. Wibke Kleedorf passte in das Konzept seines Organisationsplanes, den es in den nächsten Jahren zu verwirklichen galt.

Der Ostwind brachte kühle Meeresluft. Er fegte mit Windstärke Sechs durch den Garten und rüttelte heftig an den Zweigen der großen, alten Tannen.

Hubertus verließ seinen Platz am Fenster, trat an den Kamin und zündete die Anthrazitwürfel an.

Er sah zu, wie die Flammen um die Birken- und Buchenscheite züngelten und allmählich die Glut entfachten.

Er hatte den Tisch gedeckt, Knabbereien auf Schälchen verteilt, einige Flaschen ›Umweger Stich den Buben‹ bereitgestellt und eine CD mit der Ouvertüre aus ›Ein Sommernachtstraum‹ von Felix Mendelssohn-Bartholdy bereitgelegt.

Seine Mutter hatte diese Musik sehr gerne gehört, wenn sie am Nachmittag im Sessel gelegen und in den Garten geschaut hatte. Doch an seine Mutter wollte er an diesem Abend nicht denken.

Er war überaus nervös und führte das auf seine fehlenden Erfahrungen im Umgang mit Frauen zurück.

Dabei war Wibke nicht irgendeine Frau. Sie sah bezaubernd aus und besaß genau die Art von Charme und Geist, nach der er sich stets gesehnt hatte. Er hatte sie für diesen Abend zu einem Glas Wein eingeladen. Als er einen Wagen die Auffahrt hinaufkommen hörte, verließ er das Wohnzimmer und öffnete die Haustür.

Wibke stieg gerade aus ihrem Golf. Sie trug weiße Jeans, einen weißen Pulli und darüber eine schwarze Wildlederweste. Ihr blondes Haar hatte sie zu einem Zopf geflochten.

»Hallo!«, rief sie fröhlich und kam ihm entgegen.

Sie hielt ein kleines Usambaraveilchen in der Hand.

»Große Stauden hast du ja genug im Garten. Das hier ist für den Tischschmuck«, sagte sie.

»Danke, ich mag kleine Blumen sehr«, erwiderte Hubertus und nahm ihr das Papier und die Blume ab. »Herzlich willkommen! Du kannst dich am Kamin aufwärmen«, fügte er hinzu und geleitete Wibke ins Wohnzimmer. »Bitte, nimm Platz!« Er stellte das Veilchen auf den Tisch. Wibke ließ sich in einem Sessel nieder.

Hubertus ging zum Schrank und stellte den Recorder an.

Gleich darauf war der ganze Raum von der leisen, getragenen Musik erfüllt.

Hubertus holte den Wein, füllte die Gläser und nahm im zweiten Sessel Platz.

Dann prosteten sie sich zu.

»Hier vor dem Kamin habe ich mit Mutter schöne Abende verlebt. Wibke, glaubst du an ein Leben nach dem Tode?«, fragte Hubertus und schaute die junge Frau prüfend an.

Der Kamin strahlte eine angenehme Wärme aus. Die Flammen loderten. Wibke saß lässig im Sessel, die langen, schlanken Beine ausgestreckt. Ihr enger Pullover betonte ihre weiblichen Formen. »Irgendwie schon. Ich habe allerdings keine genaue Vorstellung vom Verbleib der Seele, und es fällt mir schwer, an einen gerechten Gott zu glauben!« Sie blickte geistesabwesend vor sich hin.

Hubertus riss sie aus ihren Gedanken. »Es gibt einen Gott, und unsere Seele lebt weiter«, sagte er überzeugt und erzählte ihr einiges über asiatische Philosophie, seine Meinung dazu und angeblich nachgewiesene Reinkarnationen.

Wibke hörte fasziniert zu. Einerseits war sie skeptisch, andererseits schienen ihr seine Argumente durchaus logisch.

Sie tranken den hervorragenden trockenen Wein, knabberten Gebäck, blickten in die knisternde Glut der Scheite.

»Unser Leben ist ein Karma. Wir müssen uns an gestellten Aufgaben bewähren«, sagte Hubertus überzeugt. Er erhob sich, ging zum Schrank und kam mit einem Packen Bücher zurück.

»Wibke, es lohnt sich, mit einem dieser Werke den Anfang zu machen, wenn dich dieses Thema wirklich interessiert«, meinte er.

Wibke nippte an ihrem Wein und studierte die Titel, während Hubertus die zweite Flasche entkorkte.

Er füllte die Gläser, sie tranken sich zu, und während er weitersprach, ließ die junge Lehrerin ihr bisheriges Leben vor ihrem geistigen Auge Revue passieren. Wenn es stimmte, was Hubertus da sagte, war dann all ihre durchlebte Verzweiflung, all ihr Kummer vorbestimmt gewesen? Diese Gedanken trieben ihr, ohne dass sie es wollte, die Tränen in die Augen.

Hubertus griff nach ihrer Hand und drückte sie. »Wibke, was ist?«, erkundigte er sich besorgt und ein wenig schuldbewusst.

»Du weißt nur sehr wenig von mir«, schluchzte sie. »Willst du wirklich wissen, warum ich jetzt weine?«

Er nickte stumm.

»Hubertus, ich habe einen Sohn. Er ist mehr als nur behindert. Marco ist ein lebenslanger Pflegefall. Er kennt mich nicht. Er kann nicht einmal ›Mutter‹ sagen und wird es auch nie lernen. Er wird in einer Anstalt in Ortel am Leben erhalten – wenn man sein Dasein überhaupt Leben nennen kann«, fügte sie, noch immer schluchzend, hinzu.

»Und dein Mann?«, fragte Hubertus.

»Seine Familie gibt mir die Schuld und hat uns beide auseinander gebracht. Jetzt frage ich mich, ob er mich überhaupt jemals geliebt hat, denn ich habe im Nachhinein erfahren, dass er mir nicht treu war«, sagte sie stockend.

Hubertus stand auf, holte aus dem Bad Taschentücher und tupfte ihr liebevoll die Tränen aus dem Gesicht.

»Danke«, murmelte sie.

»Wenn du möchtest, begleite ich dich einmal nach Ortel«, sagte Hubertus.

»Das ist lieb von dir«, schluchzte sie.

»Und wenn du nicht gern allein bist und Trost und Ansprache brauchst – mein Haus ist zu groß für mich. Zieh zu mir! Ich lasse dir Zeit. Überleg es dir«, fuhr er eindringlich fort und drückte Wibke das gefüllte Weinglas in die Hand. »Vergiss, was du nicht ändern kannst. Es ist das Karma deines Kindes. Gott hat es so gewollt.«

Wibke schaute ihn dankbar und voller Zuneigung an. Sie zwang sich ein Lächeln ab und trank einen Schluck Wein.

Die Musik von Mendelssohn-Bartholdy war verklungen.

Hubertus stand auf, griff in die Kassettenbox und entschied sich für die fünfte Symphonie von Ludwig van Beethoven.

Wibke empfand die Klänge wie sanft tröstende Berührungen, und ein starkes Gefühl der Geborgenheit ergriff von ihr Besitz, hüllte sie ganz ein. Hubertus hatte Worte gefunden, die ihr wohl taten, und die Wunden, die die Vergangenheit ihr geschlagen hatte, schmerzten auf einmal nicht mehr ganz so sehr …

Noch lange saßen sie an diesem Abend zusammen, und da es spät geworden war und Wibke den Gedanken, allein in ihr leeres Apartment zurückzukehren, nicht ertragen zu können glaubte, ließ sich überreden, in Hubertus' Gästezimmer zu übernachten.

Sie ließ sich von ihm an der Hand über die Treppe in den ersten Stock führen. Er bezog gekonnt das Bett, zeigte ihr den Weg ins Bad, entnahm dem Schrank einen Schlafanzug und drückte Wibke kurz an sich. Dann wünschte er ihr eine gute Nacht und schöne Träume und eilte aus dem Zimmer.

Wibke verschloss nicht die Tür, doch wenn sie geglaubt hatte, er würde die Situation ausnutzen, so hatte sie sich geirrt. Sie hörte die Vögel, die in den Bäumen zu zwitschern begannen, hörte das Gurren der Tauben und schlief schließlich ein.

Sie hätte mit Sicherheit keinen Schlaf gefunden, wenn sie gewusst hätte, dass Rolf inzwischen in Abständen mehrmals vergeblich die Klingel ihres Apartments betätigt hatte.

Im ›Neuen Theater‹ erscholl Beifall, als Justus Frantz mit seinem ›Symphonieorchester der Nationen‹ die Bühne betrat. Für Wibke war der Besuch des Konzerts ein besonderes Erlebnis. Rolf hatte das Vereinsleben gepflegt, sich aber weder für Kunst noch für klassische Musik interessiert.

Wibke, die im kleinbürgerlichen Milieu aufgewachsen war, hatte nie ein Instrument in Händen gehalten und selbst während ihrer Studienzeit selten den Weg in die Konzertsäle gefunden.

An diesem Abend saß sie im Theatersessel wie verzaubert und fühlte sich davongetragen in eine Welt jenseits ihrer alltäglichen Sorgen und Nöte.

Sie empfand eine unerklärliche Nähe und Verbundenheit mit ihrem Sohn Marco, der in Ortel dahinvegetierte – als gäbe es eine andere Realität, in der sie mit ihrem Kind glücklich sein konnte. Es wäre ihr schwer gefallen, ihre Empfindungen in Worte zu kleiden, doch sie fühlte sich plötzlich frei und schwebend!

Wibke ergriff die Hand von Hubertus, der neben ihr saß, und drückte sie dankbar.

Als Justus Frantz am Ende den Taktstock senkte, seine Solisten dem Publikum vorstellte und ihnen die Hand reichte, wachte sie auf wie aus einem Traum.

»Das war himmlisch«, flüsterte sie Hubertus ins Ohr. Im ›Neuen Theater‹ erscholl begeisterter Beifall.

Noch Minuten nach dem Abklingen der Zugabe, es war der ›Bolero‹ von Ravel, saßen die Besucher klatschend in ihren Sesseln.

Wibke und Hubertus verließen das Theater und schritten im Strom der Besucher zum Parkplatz.

Es war ein milder Frühlingsabend. Die Sterne standen schon am Himmel, und im Wind, der vom Wald über den Parkplatz strich, lag der Duft frischer Blumen.

Hubertus ließ den Wagen an. »Das war wunderbar – vor allem, weil du neben mir gesessen hast«, sagte er.

»Nimmst du mich mit zu dir?«, bat Wibke, und in diesem Moment war es ihr gleichgültig, dass sie kein Nachthemd dabei hatte und ihre Schultasche in ihrer Wohnung stand. Sie schauderte bei dem Gedanken, diesen Abend allein zu verbringen.

»Wann hast du morgen Schule?«, fragte Hubertus und fuhr los.

»Die ersten beiden Stunden, in einer Verkäuferinnenklasse mit abgestumpften jungen Dingern«, antwortete sie müde.

Hubertus lenkte den Wagen auf die Auricher Straße. »Dann holen wir morgen früh deine Schultasche in der Gartenstraße ab«, meinte er.

Es war bereits spät, als sie sich schließlich mit einer Flasche Wein vor dem Kamin niederließen und nachempfanden, was sie erlebt hatten.

Durch das Fenster fiel helles Mondlicht, und die Zeiger der Uhr schienen schneller als sonst über das Zifferblatt zu huschen. Sehr spät erst rafften sie sich auf, um ins Bett zu gehen.

Hubertus holte den Schlafanzug aus dem Schrank, in dem Wibke schon einmal geschlafen hatte, und begleitete sie zum Gästezimmer.

Sie scherzten ausgelassen miteinander, und irgendwann zog Wibke sich aus, steckte den Pyjama unter das Kopfkissen und legte sich nackt auf das Laken.

Auch Hubertus verzichtete auf seinen bunten Schlafanzug, legte sich zu Wibke und erwiderte ihre heißen Küsse. Er fühlte ihre Lust, und ein Schatten flog über sein Gesicht. Langsam setzte er sich auf.

»Ich habe noch nie mit einer Frau geschlafen«, gestand er höchst verlegen. »Ich war zu lange mit Mutter allein.«

Wibke strich ihm über das volle Haar und küsste seine behaarte Brust. Dann kuschelte sie sich zufrieden an ihn und zog die Decke über sie beide.

»Uns bleibt noch viel Zeit, uns aneinander zu gewöhnen«, sagte sie leise.

Wibke Kleedorf war eine schöne und begehrenswerte Frau. Im Kollegium hatte sich schnell herumgesprochen, dass sie einen reichen und angesehenen Mann verlassen hatte. Hinter vorgehaltener Hand wurde getuschelt, dass sie einen Scheidungsprozess eingeleitet hätte, in dem es um eine Abfindung in Millionenhöhe ging.

Die Wahrheit war, dass sie einen Anwalt aufgesucht hatte, der sie beriet. Es ging um den Unterhalt für ihren Sohn Marco, dessen intensive Pflege ein Vermögen verschlang und Wibkes Möglichkeiten überstieg.

Rolf, dessen Geschäfte hervorragend liefen, hatte indessen eine zusätzliche lukrative Marktlücke entdeckt.

Der Handel mit Reitpferden aus seinem Gestüt lief sehr gut, weil immer mehr Eltern aus den mittleren Einkommensschichten gutmütige und pflegeleichte Pferde für ihre Kinder kauften. Sie stellten keine hohen Ansprüche an die Abstammung der Tiere, und oft wünschten sie möglichst kleinwüchsige Pferde.

Rolf hatte diese Tatsache schneller als seine Konkurrenten erkannt. Nach dem Fall der Mauer und der Öffnung der Ostgrenzen war er nach Polen gefahren und hatte dort gefunden, was er suchte. Er importierte Reit- und Panjepferde nach Pilsum und erfüllte damit die Wünsche seiner wachsenden Kundschaft im norddeutschen Raum. Als die Nachfrage weiter stieg, bekam er sogar Aufträge aus Spanien und organisierte mit einem Partner regelmäßige Transporte dorthin.

Schwache Tiere, die auf dem langen Weg krank wurden, verkaufte der spanische Partner an die Schlachthäuser in Malaga oder Sevilla.

Rolf, dessen Vermögen mittlerweile kräftig angewachsen war, schlug den Wunsch seiner Eltern aus, sich scheiden zu lassen und nach einer passenden Frau zu suchen.

Er hatte es sich plötzlich in den Kopf gesetzt, mit Wibke einen Neuanfang zu versuchen. Für Marco war gesorgt.

Rolf hatte die Pflegekosten übernommen und war verwundert darüber, dass Wibke sich hartnäckig weigerte, zu ihm zurückzufinden.

Die harmlosen Seitensprünge mit jungen Dingern konnten sie doch nicht so tief verletzt haben. Und das Geschwätz seiner alten Eltern musste sie nicht für bare Münze nehmen! Rolf entschied sich, Wibke Zeit zu lassen, und ging ganz in der Rolle des erfolgreichen Unternehmers auf.

Wibke Kleedorf kleidete sich nicht nach der Mode, wenn diese ihren Vorstellungen nicht entsprach. Sie kaufte das, was ihr stand und elegant wirkte.

Mit ihrer Eleganz erregte sie oft den Neid der Kolleginnen, die ihr sogar heimlich nacheiferten. Anders verhielt es sich in ihrer Verkäuferinnenklasse! Die Schülerinnen reagierten eher zurückhaltend auf ihre gut aussehende und gewandte Lehrerin.

Die Mädchen kamen aus einer anderen Welt. Sie waren nach dem Besuch der Hauptschule froh darüber gewesen, bei der hohen Jugendarbeitslosigkeit in den Supermärkten einen Ausbildungsplatz bekommen zu haben. Sie zeigten kein Interesse an kulturellen und historischen Bildungsgütern, konsumierten die amerikanischen Videos und suchten abends in den Discos ein wenig Zerstreuung.

Sie waren früh erwachsen geworden, hatten ihre Illusionen und Träume im harten Berufsalltag schnell verloren, und Wibke gelang es nicht, sie für den Unterrichtsstoff zu begeistern oder auch nur Zugang zu ihnen zu gewinnen. Sie war enttäuscht von den Schülerinnen, die träge in ihren Bänken hockten und ihre Stunden absaßen.

Sie fanden es fad, über die Parteien und die Fundamente der Demokratie zu reden. Sie hatten zwar das Wahlalter, lasen jedoch weder Zeitungen, noch informierten sie sich anderweitig.

Wibke ärgerte sich über die vielen fehlgeschlagenen Versuche, die Klasse in den Griff zu bekommen. Mit der Fachoberstufe hatte sie kaum Probleme, und auch die von ihr betreuten Industriekaufleute, die bei der Nordseewerft, in der Fisch verarbeitenden Industrie und bei den Zuliefererbetrieben des Volkswagenwerkes lernten, waren begeistert von ihrer Unterrichtsführung. Sie liebten ihren Charme und ihre lockere, witzige Art.

Für die Schülerinnen der Verkäuferinnenklasse hingegen war sie eine schöne Frau, die selbstbewusst, sicher und fordernd vor ihnen stand und all das ablehnte, was den Lebensinhalt der Schülerinnen ausmachte. Zwischen ihnen klaffte ein breiter Graben.

Wibke stand an diesem Morgen vor der Klasse. Das Thema der Lektion hieß ›Meine Familie und ich‹. Wibke bemühte sich, den Unterricht sachlich zu gestalten, und überhörte die albernen Zwischenbemerkungen. Sie hatte eine Folie angefertigt und sie auf den Tageslichtprojektor gelegt. An der weißen Wand oberhalb der Tafel erschien die Statistik der geschlossenen und aufgelösten Ehen. Sie interpretierte die Zahlen und forderte die Klasse auf, nach Ursachen für die hohe Zahl der Scheidungen zu suchen.

Bei diesem Thema wachten viele der Mädchen aus ihrer Lethargie auf, und es entspann sich eine recht lebhafte Diskussion. Doch Wibke musste wieder einmal feststellen, wie nüchtern und illusionslos die meisten Schülerinnen das Problem sahen und wie viele von ihnen schon zu Opfern der gescheiterten Ehen ihrer Eltern geworden waren.

Noch lange gingen der jungen Lehrerin an diesem Nachmittag diese Probleme im Kopf herum, und sie musste auch wieder an ihre eigene gescheiterte Ehe denken.

Denn gescheitert war sie für sie, auch wenn Rolf in letzter Zeit telefonisch und per Brief einige Versuche unternommen hatte, sie zu überreden, zu ihm zurückzukommen.

Die Schülerinnen verließen lärmend die Klasse und ließen sie allein. Wibke erhob sich. Sie schritt an das Fenster und schaute von der dritten Etage des Schulgebäudes aus weit hinein in die Krummhörn.

Ihr Blick folgte dem Wassergraben, der sich durch die grünen Wiesen bis hin zu einer fernen Straßenbrücke schlängelte.

Der Himmel war blau. Wibke nahm den Blick von den weiten, grünen Feldern und Weiden. Nein – so schnell würde sie Rolf nicht verzeihen können – dazu hatte er sie zu sehr verletzt.

Rolf Kleedorf war erst nach Mitternacht aus Nerja in Spanien zurückgekommen und todmüde in sein Bett gefallen. Er schlief bis in den Morgen, duschte, stieg in seine Jeans, zog ein Oberhemd über, schob den Kragen hoch und legte sich den Schlips um.

Dann betrachtete er sein Spiegelbild. Er hatte zugenommen und nahm sich vor, sich ein wenig einzuschränken.

Er zog einen dunkelblauen Blazer über, und bevor er das Schlafzimmer verließ, warf er einen Blick zurück auf die Ehebetten.

»Wibke, das geht so nicht weiter«, murmelte er vor sich hin. Er strich sich mit der Hand durch die schon von einigen grauen Fäden durchzogenen Haare und schaute auf die Uhr. Ihm blieb noch genügend Zeit, eine Schnitte zu essen und einen Kaffee aufzubrühen.

Er hatte Tebbo Franzen, einen Privatdetektiv, in sein Büro bestellt.

Nach dem Frühstück verließ er seinen Bungalow und schritt über den fest gestampften roten Sandweg an den Koppeln entlang dem Hoteltrakt entgegen, in dem sich sein Büro befand.

Am Himmel trieben große, dunkle Wolken. Der Wind war kühl und frisch.

Die Rhododendronsträucher standen kurz vor der Blüte.

Am Rand der Weiden spross Schafgarbe hoch, und gelbe Löwenzahnblüten leuchteten in saftigem Grün. Die Reitpferde grasten mit gesenkten Köpfen. Ihre Felle glänzten.

Rolf konnte mit sich zufrieden sein – seine Apartments waren ausgebucht.

An der Rezeption bediente Marion Harms die Gäste. Sie grüßte höflich, als er am Tresen vorbei in sein Büro ging.

Seine Sekretärin, Frau Oedinga, begrüßte ihn freundlich.

»Der Transporter hat gestern gegen achtzehn Uhr Twernica mit zwölf Pferden verlassen. Er wird heute gegen siebzehn Uhr eintreffen. Ich habe bereits alles in die Wege geleitet, damit die Tiere in den Freilauf kommen und morgen früh verfrachtet werden können«, berichtete sie.

»Hervorragend«, sagte Kleedorf.

Sein Kompagnon Möllemann rief an und teilte ihm mit, dass die Firma Daimler-Benz den neuen Viehtransporter am Dienstag ausliefern würde. Er hatte zwei erfahrene Kraftfahrer eingestellt.

Rolf war zufrieden und setzte sich an seinen Schreibtisch. Er betrachtete nachdenklich das in satten Farben gehaltene Bild des verstorbenen Emder Künstlers Uprecht, die Heringslogger im Emder Hafen, das die gegenüberliegende Wand schmückte.

Kleedorf wartete auf seinen Besucher. Nach einer Weile stand er auf, ging zum Wandschrank und entnahm ihm die gekühlte Corvitflasche und ein Gläschen. Er zog eine Zigarettenpackung aus der Tasche, goss den Schnaps in das Gläschen, steckte die Zigarette an, rauchte und trank dazu den kalten Schnaps. Ihm blieb noch ein wenig Zeit, sich seinen Gedanken hinzugeben. Er dachte an seinen Vater, der von ihm erwartete, ihm gesunde Enkel und Erben zu schenken.

Kleedorf genehmigte sich einen zweiten Korn und dachte an Wibke.

Sie war immer noch seine Frau, doch sie schien zu einer Versöhnung nicht bereit. Jetzt fehlte sie ihm, denn ihm war klar geworden, dass er sie noch immer begehrte und bewunderte. Aber diese Einsicht schien zu spät zu kommen. Er drückte die Zigarette aus.

Das Telefon riss ihn aus seinen Gedanken. Er nahm den Hörer ab.

»Herr Kleedorf, Herr Franzen möchte Sie sprechen«, sagte Marion Harms.

»Führen Sie ihn zu mir«, bat er seine Angestellte und zog seine Krawatte zurecht.

Franzen betrat das Büro, blickte sich rasch um und ging auf Rolf zu. »Moin«, sagte er.

Kleedorf erhob sich und reichte dem Besucher die Hand. »Herr Franzen, nehmen Sie bitte Platz!« Er zeigte auf die kleine Sesselgruppe vor dem runden Tisch.

Franzen, ein kräftiger Mann mittleren Alters, trug eine saloppe Lederjacke und herkömmliche Jeans. Sein Haar war kurz und stoppelig, sein gebräuntes Gesicht kantig. Er schaute Rolf Kleedorf mit seinen graublauen Augen wachsam an, setzte sich in den Sessel, lehnte sich zurück und streckte die Beine von sich.

Kleedorf setzte sich ihm gegenüber.

»Ich bin Ihrem Auftrag nachgegangen, und es ist mir gelungen, scharfe Fotos zu schießen«, sagte Franzen und lachte anzüglich.

»Darf ich Ihnen etwas anbieten?«, fragte Kleedorf und zeigte auf die Corvitflasche, die auf seinem Schreibtisch stand.

»Danke«, antwortete Franzen, »Ich bin im Dienst. Und rauchen tue ich auch nicht«, fügte er hinzu, als Kleedorf ihm seine Zigarettenschachtel hinhielt.

Er griff in seine Lederjacke und zog einen Packen Fototaschen hervor. »Farbfotos, die Ihren Verdacht bekräftigen. Sie sind nicht für irgendeinen Scheidungsrichter geschossen worden. Klammheimlich, Herr Kleedorf, unter Verletzung der Intimsphäre von Menschen, die mich persönlich nichts angehen«, sagte er und blickte Rolf Kleedorf mit einer Miene an, die diesen an einen Geier erinnerte, obwohl er noch nie einen zu Gesicht bekommen hatte.

Kleedorf trank noch einen Korn. »Nennen Sie mir Ihren Preis«, sagte er.

»Ich weiß, dass Sie Geld haben – trotzdem fordere ich nicht mehr als beim letzten Fall auf Mallorca«, erwiderte Franzen.

»Lassen Sie das Gerede! Wie viel?«, fragte Kleedorf.

Franzen lehnte sich im Sessel zurück und spielte mit seinen klobigen Händen.

»Ich bin Profi. Sie kennen sich ja aus in den Kosten – Miete, Personalkosten und Reisespesen, zerrissene Jacken, Fotomaterial. Ich bekomme von ihnen fünftausend Mark«, sagte Franzen.

»Ich gehe davon aus, dass der Betrag Ihre Alterssicherung und das Berufsrisiko enthält«, scherzte Kleedorf, erhob sich, schritt an die Regalwand, schob einige Aktenordner auseinander und öffnete den Tresor.

Er entnahm ihm fünf Tausendmarkscheine, verschloss den Tresor dann wieder, schob die Akten davor und reichte Franzen die Scheine.

»Ohne Quittung«, sagte er.

Franzen reichte Kleedorf die Fototaschen. Er zog das rechte Hosenbein seiner Jeans ein Stück hoch und zeigte Rolf eine runde Narbe an seinem Bein.

»Ein Andenken aus der Pistole eines halbseidenen Barbesitzers«, sagte er.

»Herr Franzen, ich gehöre nicht zur Unterwelt«, bemerkte Kleedorf spitz.

Franzen erhob sich. »Wenn Sie meine Dienste wieder einmal benötigen, rufen Sie mich an. Ansonsten schönen Dank«, sagte er noch, reichte dem Unternehmer die Hand und verließ das Büro.

Die schriftliche Prüfung der Fachhochschulreife hatte die Klasse mit den erwarteten Leistungen bestanden. Nur wenige Schüler mussten sich in einer mündlichen Prüfung den Fragen der Fachlehrer stellen.

Der Schulleiter hatte Wibke zu den Erfolgen der Schüler und deren Leistungen in Mathematik gratuliert.

Hinni Synninga hatte nicht nur in Mathematik, sondern auch in Englisch und Deutsch eine Eins erhalten und mit Abstand das beste Zeugnis bekommen.

Wibke hatte ihren Schüler anschließend nur kurz auf der Abschlussfeier der Schule gesehen.

Er hatte ihr mitgeteilt, dass er nach Gießen ziehen wolle und sich dort zuerst einmal umzusehen beabsichtigte.

Die Bezirksregierung Weser-Ems hatte in Absprache mit dem Leiter der Hans-Susemihl-Schule in Emden eine Oberratsstelle im Fach Wirtschaftslehre ausgeschrieben.

Seit etlichen Jahren waren nur Kollegen in die Beförderungsstellen aufgerückt, und deshalb sprach nichts dagegen, die neue Position mit einer Frau zu besetzen. Der Personalrat stimmte zu.

Der junge Schulleiter war dabei, sich ein seinen Vorstellungen entsprechendes Kollegium aufzubauen.

Er bestellte Wibke Kleedorf in sein Büro und forderte sie auf, sich auf die Stelle zu bewerben.

Wibke war zuerst erstaunt, doch sie beschloss recht schnell, sich der Herausforderung zu stellen, und reichte ihre Bewerbungsunterlagen ein.

Am selben Abend parkte sie ihr Cabrio in der Einfahrt des Kalksund'schen Anwesens, und Hubertus sah fasziniert zu, als sie graziös aus dem Wagen stieg und ihm lächelnd entgegenkam.

Ihr Gesicht war sonnengebräunt. Die weißen Jeans betonten ihre mädchenhafte Figur, und auch die flotte Bluse stand ihr sehr gut. Hubertus zog spielerisch an ihrem blonden Zopf, drückte Wibke an sich und küsste sie auf die Wange.

»Schön, dass du da bist«, sagte er und geleitete sie ins Haus. »Ich dachte, wir trinken den Tee auf der Terrasse; das Wetter ist einfach traumhaft!«

Wibke ging durch den Flur und betrat durch das ehemalige Bügel- und Nähzimmer die Terrasse, wo der Tisch schon liebevoll gedeckt war. Ein Strauß wild wachsender Margeriten stand in einer Vase.

Wibke setzte sich in einen Plastiksessel an den Tisch und blickte in den Garten. Azythehensträucher standen in voller Blüte. Die

Birken trugen schon zarte Blätter, und die hohen Tannen trieben kräftig aus. Der Rasen war frisch gemäht und leuchtete in der Sonne.

»Eine Idylle«, sagte Wibke, als Hubertus die Teekanne auf dem Tisch absetzte.

Er zündete die Kerze im Stövchen an und stellte die Kanne darauf.

»Einen Moment, Wibke«, sagte er und eilte ins Haus zurück.

Wibke sah ihm kopfschüttelnd nach. Wie er sie umsorgte! Was mochte er wohl in ihr sehen? Er gab vor, sie zu lieben, und war doch immer noch nicht fähig, nach vielen Zärtlichkeiten ihre Lust zu erwidern!

Sollte sie die Rolle seiner verstorbenen Mutter einnehmen?

Wibke griff nach einer Serviette, die stilecht zum Teegeschirr mit dem Rosenmuster passte, und tupfte sich den Schweiß von der Stirn. Sie bemühte sich, ihre seltsamen Gedanken zu verdrängen. Ich reagiere sicher zu empfindlich, beruhigte sie sich selbst. Bestimmt entsprang sein Verhalten echter Zuneigung, denn sie hielt ihn keiner Hintergedanken für fähig.

»Was ist, Wibke? Ist dir nicht gut?«, fragte Hubertus besorgt und stellte eine Platte mit Kuchen auf den Tisch.

»Nein, nein, alles in Ordnung«, erwiderte sie hastig und fühlte eine Gänsehaut, als Hubertus ihr liebevoll über die Stirn und das Haar strich und den Zopf durch seine Hand gleiten ließ. Sie blickte ihn an und lächelte verlegen.

»Bist du etwa extra zum Bäcker gefahren, um Kuchen zu holen?«, fragte sie.

»Den habe ich selbst gebacken«, sagte Hubertus stolz und nahm die Teekanne vom Stövchen.

Wibke bediente sich mit Kluntjes, Hubertus schenkte Tee ein. Wibke gab Sahne in die Tasse und beobachtete, wie diese auf dem Tee zusammenschmolz und zerfloss.

Dann blickte sie hoch. »Die schönen Margeriten«, sagte sie und bemühte sich um einen weichen Klang ihrer Stimme.

»Ich wusste, dass sie dir gefallen würden. Sie wachsen dort neben dem Schuppen in den großen Schalen. Mutter mochte sie besonders gern«, erwiderte Hubertus und legte ihr ein Stück Butterkuchen auf den Teller.

»Danke«, sagte sie.

In den Bäumen zwitscherten Vögel. In der Luft lag der harzige Duft der Tannen.

»Dein Kuchen ist gut gelungen«, stellte Wibke nach dem zweiten Stück fest und schob ihren Teller zurück.

»Mutter mochte ihn besonders gern«, antwortete Hubertus.

Wibke fühlte einen Stich im Magen. Sie schluckte und griff nach ihrer Teetasse.

»Wie sieht es bei dir mit den Abschlussprüfungen aus?«, fragte sie ablenkend.

»Du kennst ja die Motivation der Schüler«, meinte Hubertus. »Die Oberstufe hat dafür nicht schlecht abgeschnitten, und die Zeugnisse der Unter- und Mittelstufen bereiten sowieso keine Probleme.«

»Bei mir stapeln sich die Arbeiten auf dem Schreibtisch. Ich muss mich nachher wieder hinsetzen, damit ich durchkomme«, meinte Wibke seufzend und lud doch noch ein weiteres Stuck Kuchen auf ihren Teller.

Hubertus legte seine Hand auf ihren Arm. »Das ist schade. Ich hatte gehofft, du würdest über Nacht bleiben. Ich habe ein schönes Musikprogramm für uns zusammengestellt!«

»Ein andermal«, gab sie zurück und lächelte ihn an.

»Wibke, warum ziehst du nicht ganz zu mir? Du kannst deine Wohnung günstig vermieten und ohne Hemmungen über mein Bankkonto verfügen«, schlug Hubertus wie schon so oft vor und lehnte sich im Gartensessel zurück.

Wibke seufzte. »Hubertus, bitte lass mir Zeit! Ich bin noch nicht so weit, dass ich mich wieder binden möchte! Ich muss erst einmal lernen, auf eigenen Füßen zu stehen«, antwortete sie ernst, schaute dann auf ihre Armbanduhr und erhob sich.

Auch Hubertus stand auf und küsste sie. Seine Lippen waren kalt und trocken. Wibke schloss die Augen, ohne den Kuss zu erwidern.

Am nächsten Tag, es war ein Samstag, legte Wibke gegen Abend aufatmend die letzte Arbeit auf den Stapel mit den Klassenarbeitsheften. Sie ordnete sie alphabetisch, nahm ihr Notenbuch und trug die Ergebnisse ein. Dann stand sie auf, reckte sich erleichtert, machte ein paar Kniebeugen und trat ans Fenster.

Eine Weile schaute sie auf die Blumenbeete in der Anlage, blickte auf die Bäume, deren Äste leicht im Wind wippten.

Sie dachte gerade an Hinni Synninga, als das Telefon sie aus ihren Gedanken riss. Hastig nahm sie den Hörer ab und meldete sich.

Als sie die Stimme ihres Mannes erkannte, fühlte sie, wie ihr Herz hart zu pochen begann. Schweiß trat auf ihre Stirn.

»Rolf, auf keinen Fall komme ich zu dir zurück! Unterlass bitte den Telefonterror, und sag deinem Vater, dass ich von seinen Mendel'schen Gesetzen genug habe!«, schrie sie und knallte den Hörer auf die Gabel.

Sie hasste Rolf und seine Eltern, die nur um sich selbst und ihren Erfolg kreisten und egoistisch und herzlos waren.

Wibke zwang sich, an etwas anderes zu denken, und stellte sich unter die Dusche, um sich ein wenig zu entspannen.

Während das warme Wasser angenehm prickelnd auf sie herabströmte, wurde sie auch tatsächlich etwas ruhiger.

Ich möchte doch nur glücklich werden wie andere junge Frauen auch, dachte sie, aber ihre Zweifel daran, ob es Hubertus gelingen würde, sie zu einer zufriedenen und glücklichen Frau zu machen, wollten nicht weichen. Seine Besuche bei den Ärzten hatten immer noch keine Besserung gebracht: Hubertus war impotent, und sein Mutterkomplex nahm immer seltsamere Formen an.

Wibke stellte die Dusche ab, frottierte ihren Körper, zog ihre Wäsche an, holte aus dem Schrank ein leichtes Pulloverhemd, schlüpfte in ihre engen Jeans und fühlte sich etwas besser.

Als das Telefon klingelte, fuhr sie zusammen. Doch nicht schon wieder Rolf, dachte sie, eilte barfuß zum Schreibtisch und nahm den Hörer ab, ohne sich zu melden. Sie wartete aufgeregt und horchte. Ihr Atem ging schnell.

»Hallo, Wibke?«

Sie erkannte Hinnis Stimme und atmete erleichtert auf.

»Wibke, melde dich doch! Bist du etwa krank?«, fragte Synninga.

»Nein, nein, alles in Ordnung«, sagte sie erleichtert.

»Wibke, wie wäre es mit einer Fahrradtour? Das Wetter ist so schön, und mein Freund hat mir den Schlüssel für sein Ferienhaus gebracht, weil er mit seiner Familie zu seinen Schwiegereltern nach Meschede fährt. Ein solides Holzhäuschen mit Steg und Seeblick. Es ist voll eingerichtet und hat Wohn- und Schlafzimmer«, sagte Hinni.

»Das klingt verlockend«, antwortete Wibke.

»Es ist jetzt sechs. Wenn es dir passt, hole ich dich um sieben ab«, meinte Hinni so unternehmungslustig, dass es ansteckend wirkte.

»All up Stee«, rief Wibke.

»Wir bleiben über Nacht«, fügte Hinni noch hinzu, »pack deine Zahnbürste ein!«

Wibke wollte protestieren, doch er hatte bereits aufgelegt.

Warum nicht?, dachte sie. Ihr Lieblingsschüler war ein hervorragender Plauderer, sie fühlte sich wohl in seiner Gesellschaft – und der Vorfall nach dem Schützenfest musste sich ja nicht unbedingt wiederholen.

Dass sie bewusst mit dem Feuer spielte, war ihr in diesem Moment nicht klar. Sie war so ausgehungert nach Zuwendung und Zärtlichkeit, dass es ihr schwer fallen würde, Hinnis Annäherungsversuche zurückzuweisen …

Wibke hatte ihren Rucksack schnell gepackt, zog feste Schuhe an, legte sich ihren leichten Anorak über die Schulter und schritt noch einmal kontrollierend durch die Wohnung. Dann zog sie die Vorhänge zu und verließ ihr Apartment.

Hinni Synninga stand bereits mit seinem Fahrrad vor dem Haus.

»Hallo«, begrüßte er sie, als sie ihr Rad aus dem Verschlag holte und den Rucksack auf ihrem Gepäckträger befestigte.

Hinni führte auf seinem Gepäckträger eine große Reisetasche mit.

»Die Fahrt kann beginnen«, sagte Wibke gut gelaunt.

»Frau Lehrerin, folgen Sie mir, heute kenne ich das Ziel«, antwortete Hinni ironisch.

Der Wind hatte nachgelassen.

Sie radelten los. Die Sonne stand wie ein riesiger roter Ball am Himmel und tauchte alles in weiches Licht. Nach einer halben Stunde erreichten sie Wolthusen. Sie fuhren über die Dorfstraße zum Ostermeederweg, an den Weiden und den schon grünenden Getreidefeldern vorbei. Der Wind führte am Ems-Jade-Kanal entlang bis zum Friedhof. Dort folgten sie dem Schwagerweg.

Die Luft war würzig. Ein Sperber erhob sich von einem Weidezaun und glitt über eine Wiese, auf der Kühe grasten. Ein Bussardpärchen schwebte hoch über einem kleinen Wäldchen. Am üppig grünen Wegesrand bündelte sich die Schafgarbe. Blauknospige Distelsträucher mischten sich in die Getreidefelder, und Kamille säumte die Ränder der ausgetrockneten Trekkerspuren.

Wibke vergaß an diesem schönen Frühsommerabend alles, was sie bedrückte, und gab sich ganz dem Augenblick hin.

Hinni wechselte nach der Beschaffenheit des Weges die Spur. Er hatte die Führung übernommen und radelte langsam voraus.

Aus einer Laune heraus pflückte er am Wegrand einen Strauß Margeriten, die am Saum der Böschung wuchsen.

Er legte den Blumenstrauß auf seine Sporttasche, stieg wieder auf und trat mächtig in die Pedale. Wibke blickte auf die Margeriten und errötete: Sie hatte nicht an Hubertus denken wollen.

Sie beeilte sich, denn Hinni näherte sich bereits den Ferienhäusern am See. Die Dämmerung begann hereinzubrechen.

Ein Fischreiher flog mit weiten Flügelschlägen über sie hinweg zum Wasser hinüber, auf dem noch ein einsamer Segler kreuzte.

Hinni winkte ihr zu. Er stand neben seinem Fahrrad auf einem Trampelpfad. Der Weg war holprig und führte an kleinen Holzhäuschen entlang, die Wibke an ihre Schwedenreise erinnerten.

Sie stieg ab und schob das Rad über Grasbüschel und Lehmbrocken.

»Wir sind da«, sagte Hinni und zeigte auf die Eingangstür des Holzhäuschens.

Sie stellten die Räder ab, nahmen das Gepäck und stiegen die Holztreppe hoch.

Hinni nahm den Schlüssel aus seiner Jacke und öffnete die Tür. Sie betraten einen kleinen holzgetäfelten Korridor, von dem eine Tür in einen großen, behaglichen Wohnraum führte. Sie trugen das Gepäck in das Zimmer und stellten es ab.

»Einfach toll! Es riecht so schön nach Holz«, sagte Wibke.

Sie schauten eine Weile durch das große Fenster auf den See. Wasserpflanzen säumten den Steg und eine Entenmutter zog mit ihrer paddelnden Brut vorbei.

»Natur pur«, scherzte Hinni und überreichte Wibke den Margeritenstrauß. Sie strich liebevoll über die weißen Blütenblätter und schaute sich um. Sie fand eine Vase, holte Wasser aus dem kleinen Waschraum nebenan und stellte den Strauß auf den Tisch.

»Wirklich urig«, sagte sie, als Hinni wieder hereinkam, der die Fahrräder in einen kleinen Verschlag neben der Hauswand gestellt hatte. Sie verstauten ihre Sachen in einem Hochschrank in dem winzigen Schlafzimmer, und Wibke überzog die Betten. Sie duschten anschließend, und als Hinni zärtlich wurde, wies sie ihn nicht zurück. Sie liebten sich auf den frischen Laken.

Im Zimmer hatte sich die Hitze gestaut. Hinni hatte Bier mitgebracht, Wibke eine Flasche Sekt, und beide waren durstig.

Sie setzten sich an den Tisch im Wohnzimmer, tranken bei Kerzenschein das Bier, blickten auf den See, über dem die Dunkelheit lag, während der Mond aufstieg und die Sterne am Himmel blinkten.

Irgendwann holte Wibke die Flasche Sekt aus dem Eisschrank und ließ den Korken knallen. Sie prosteten sich zu, und Wibke seufzte.

»Morgen trennen sich unsere Wege«, sagte sie wehmütig, denn Hinni musste am nächsten Tag nach Gießen abreisen.

Hinni lächelte.

Wibke war nicht die erste Frau, mit der er geschlafen hatte. Er hatte eine Freundin gehabt, die ihn bewunderte, als er noch boxte. Sie war sehr schön gewesen, und er hatte sie geliebt, sich aber aus Angst vor einer zu frühen Bindung von ihr getrennt. Hinzu kam, dass sie sehr eifersüchtig gewesen war und ihm ständig ohne jeden Grund Szenen gemacht hatte.

»Wibke, sei nicht traurig – wir sehen uns sicher bald wieder! Jedenfalls werde ich dich bestimmt nicht vergessen«, sagte er jetzt.

Sie stießen miteinander an, tranken den Sekt, küssten sich heiß und löschten die Lichter. Dann schliefen sie aneinander geschmiegt auf den kühlen Laken, liebten sich in Abständen und bemühten sich, die bevorstehende Trennung zu vergessen …

In der Woche nach Pfingsten kündigte der Leitende Oberschulrat der Bezirksregierung Weser-Ems seinen Besuch an.

Wibke musste in ihrer Einzelhandelsklasse im Fach Wirtschaftslehre eine Lehrprobe vorbereiten und den entsprechenden Unterrichtsentwurf am Montagmorgen im Schulsekretariat abgeben.

Sorgen bereiteten ihr die Schülerinnen der Verkäuferinnenklasse, zu denen sie trotz vieler Bemühungen keinen Zugang gefunden hatte.

Am Wochenende arbeitete sie bis in den späten Abend an dem Entwurf. Sie fertigte Skizzen an, analysierte den Unterrichtsstoff, formulierte Lernziele, beschrieb die Klassensituation und verschwieg auch nicht ihre Schwierigkeiten mit einzelnen Schülerinnen.

Am Montagmorgen war sie schon um sieben Uhr in der Schule. Die beiden Sekretärinnen im Schulbüro nahmen den Unterrichtsentwurf mit aufmunternden Bemerkungen entgegen. Sie drückten ihr die Daumen für gutes Gelingen.

Der Direktor war noch nicht da, wie Wibke erfuhr.

Sie ging zum Lehrerzimmer, verzog sich in eine Ecke und setzte sich an einen Tisch, um in Gedanken ungestört den Einstieg noch einmal durchzuspielen.

Der Konrektor kam kurz an ihren Tisch, klopfte ihr lächelnd auf die Schulter und ging wortlos davon.

Wibke war froh darüber, dass man sie allein ließ.

Als der Gong ertönte, verließ sie im Strom der Kollegen und Kolleginnen das Lehrerzimmer und schritt ihrer Klasse entgegen.

Die Mädchen standen vor dem verschlossenen Klassenraum und schauten ihr erwartungsvoll entgegen.

»Und der Besuch?«, fragte Katja Jerdjens. Sie gehörte zu den Schülerinnen, mit denen Wibke überhaupt nicht zurechtkam. Die junge Lehrerin schloss die Klassentür auf. »Der Oberschulrat und der Direktor kommen gleich«, erklärte sie.

Einige Schülerinnen kicherten, als sie die Klasse betraten.

»Setzt euch bitte«, sagte Wibke, nahm den Abfallkorb und schritt an den Bänken entlang. »Der Direktor sieht rot, wenn unter euren Pulten leere Coladosen oder Getränketüten liegen!«

Nur einige Schülerinnen hatten sich bereits am Automaten bedient und warfen jetzt ihren Müll in den Eimer.

»Todschick!«‹ rief Anja, als die Lehrerin an ihrem Pult vorbeikam.

Wibke trug eine elegante cremefarbene Leinenhose im Jeansschnitt und einen dunkelblauen Blazer mit goldenen Knöpfen, darunter eine weiße Bluse.

»Wollen Sie ins Konzert oder in die Kirche?«

Die Clique lachte schallend.

Wibke hörte nicht hin. Sie stellte den Papierkorb in der Ecke des Klassenzimmers ab, trat ans Lehrerpult und ordnete ihre Unterlagen.

Die Tafel war sauber. Die Kreide lag griffbereit neben dem Wischtuch im Handkasten.

Auch die Schülerinnen waren nervös, wie Wibke feststellte.

»Ich habe eine Bitte! Seid fair!«, sagte sie und blickte dabei Katja und deren Freundin Tanja an.

»Sieht der Oberschulrat gut aus?«, erkundigte sich eines der Mädchen.

Wibke lachte. »Euch ist er sicherlich zu alt.«

In diesem Moment wurde die Klassentür geöffnet, und der Direktor betrat in Begleitung des Oberschulrates die Klasse.

»Moin!«, sagte er und trat ans Lehrerpult. »Mich kennt ihr ja. Ich darf euch Herrn Dr. Merkes vorstellen, unseren leitenden Oberschulrat. Er wird mit mir am Unterricht teilnehmen, um sich davon zu überzeugen, dass ihr bei uns genauso viel lernt wie die Verkäuferinnen in Osnabrück«, sagte er und nahm mit dem Oberschulrat im hinteren Teil der Klasse an einem unbesetzten Pult Platz.

Wibke teilte die vorbereiteten Kopien aus. Dann wandte sie sich an eine Schülerin, von der sie wusste, dass diese ihr gut gesonnen war. »Melanie, lies bitte den Text laut und deutlich vor!«

Melanie las: »Jupp Pfeiffer aus Aachen machte mit seiner Frau Urlaub in Ostfriesland …«

Die Stunde ging herum wie im Flug, und außer Katja und Tanja, die kein Wort sagten und auch auf Wibkes Fragen nicht antworteten, arbeiteten die Mädchen recht gut mit.

Wibke, die anfangs sehr nervös war, gewann an Sicherheit, vor allem, als der Oberschulrat ihr anerkennend zulächelte, während sich ihre Blicke begegneten.

Sie war erstaunt, als es schellte und die Stunde beendet war, und atmete erleichtert auf. Der Oberschulrat lächelte ihr noch einmal zu und verließ mit dem Schulleiter das Klassenzimmer.

Wibke packte erleichtert ihre Unterlagen zusammen und steckte sie in ihre Tasche. Sie hatte das Gefühl, dass alles gut gelaufen war.

Katja und Tanja schossen davon, die übrigen Mädchen schritten am Pult vorbei.

»Das habt ihr nett gemacht«, sagte Wibke dankbar und verabschiedete sich.

Im Lehrerzimmer wartete Hubertus schon auf sie. Sie holte sich eine Tasse Tee und setzte sich zu ihm.

»Und?«, fragte er.

»Ich hab ein gutes Gefühl«, antwortete Wibke. Ihre Hand zitterte, als sie die Tasse an den Mund führte.

»Und diese Gören?«, fragte Hubertus.

»Sie waren nett. Nur zwei fuhren ihr Störmanöver, warum, weiß ich nicht. Ich habe ihnen nichts getan«, sagte Wibke, die sich langsam entspannte. Der Tee tat ihr gut.

Es war wie immer sehr laut im Lehrerzimmer. Die Kollegen traten an ihre Fächer, suchten nach dem Mitteilungsbuch, studierten die Vertretungspläne am Anschlagbrett.

Gewöhnlich ging um diese Zeit der Schulleiter an den Tischen entlang und nahm Kollegen beiseite, um irgendwelche Probleme anzusprechen, doch heute saß er mit dem Oberschulrat in seinem Büro.

Der Gong ertönte. Hubertus gab Wibke unauffällig einen Klaps auf die Schulter, nahm dann seine Tasche und verließ den Raum, um zum Unterricht zu gehen.

Im Lehrerzimmer blieben die Kollegen sitzen, die eine Freistunde hatten. Sie hefteten Entschuldigungen ab, füllten Mahnkarten aus oder suchten in Zeitungen nach Entspannung.

Wibke war glücklich und auch irgendwie stolz. Sie hatte es geschafft!

Sie stand auf eigenen Füßen, mehr noch, sie wurde zur Verbeamtung vorgeschlagen und begann in der Schulkarriere ihre Erfüllung zu finden.

Mit der Krankheit des kleinen Marco musste sie leben, das hatte sie gelernt. Sie war nicht mehr nur die Frau des erfolgreichen Unternehmers Rolf Kleedorf. Sie würde bald Oberstudienrätin sein, genug Geld verdienen und endlich ihren Platz im Leben gefunden haben.

Frau Wiedmann, die Sekretärin des Direktors, erschien im Lehrerzimmer. »Frau Kleedorf, die Herren erwarten Sie«, sagte sie freundlich.

Wibke erhob sich, verließ den Raum, blickte im Flur kurz in den Spiegel, zupfte ihren Blazer zurecht und betrat das Sekretariat.

Frau Wiedmann wies auf die Tür hinter ihr. »Bitte«, sagte sie.

Wibke trat ein. Sie kannte das Dienstzimmer. Sie blickte auf die Marionette, die einen Professor darstellen sollte und an Fäden von der Bücherwand hing, und die bunten Drucke an den Wänden, die dem Raum einen freundlichen Charakter verliehen. Der Direktor hatte neben dem Oberschulrat am Konferenztisch gesessen, doch jetzt stand er auf und kam ihr entgegen.

»Wibke, nimm Platz! Frau Wiedmann hat dir bereits Tee eingeschenkt«, sagte er.

Wibke setzte sich an den Tisch.

Der Oberschulrat blickte sie freundlich an.

»Bitte, trinken Sie den Tee, bevor er kalt wird. Sie erhalten von mir noch eine schriftliche Beurteilung der Lehrprobe. Es gab da einige kleinere Punkte, die ich bemängeln könnte, aber wenn ich das Ganze sehe, bleibt unter dem Strich die Beurteilung ›Sehr gut‹. Ich bin der Meinung, dass wir in Ihnen die gewünschte Funktionsträgerin gefunden haben. Meinen Glückwunsch«, sagte er und reichte Wibke die Hand.

Der Direktor nickte ihr lächelnd zu. »Es hat ja alles sehr gut geklappt«, sagte er und langte nach seiner Teetasse. Auch Wibke trank Tee und griff nach einem Plätzchen.

»Aber wie erklärst du dir das Verhalten von Katja Jerdjens und ihrer Freundin Tanja? Hast du sie vielleicht irgendwann einmal ungerecht behandelt oder in die Enge getrieben?«

»Nicht dass ich wüsste. Sie stören auch sonst ständig. – Das ist ihr normales Verhalten«, sagte Wibke.

»Frau Kleedorf, Sie haben Ihren Unterricht gut vorbereitet und ihn exzellent durchgeführt. Diese beiden auffälligen Schülerinnen hatten Sie ja in Ihrem Entwurf bereits entsprechend charakterisiert«, sagte der Oberschulrat.

Er griff nach seiner Tasse, nahm einen Schluck Tee und steckte sich eine Zigarette an. »Trotzdem würde mich interessieren, warum sie derart verbiestert sind!« Sein Blick verriet seine Neugier, und Wibke fühlte sich bemüßigt, sich zu verteidigen.

»Als ich die Klasse übernahm, waren sowohl Katja als auch Tanja eher still und unauffällig. Während meiner Lehrtätigkeit begannen sie damit, die Klasse gegen mich aufzubringen. Als Pädagogin fehlt mir aber leider jeder Grund für ihr Verhalten«, sagte Wibke.

»Gibt es vielleicht private Gründe?«, fragte der Schulleiter.

Wibke hob die Schultern. »Ich kenne das Privatleben der Schülerinnen nicht. Ihre soziale Herkunft habe ich im Unterrichtsentwurf geschildert.«

»Im pädagogischen Bereich treten oft Animositäten auf, die unergründlich sind. Das ist nichts Neues. Ich werde verfügen, dass Sie in die ausgeschriebene Stelle eingewiesen werden«, sagte der Oberschulrat. Dann entließen die Herren Wibke und wünschten ihr einen guten Start in der neuen Position.

Hubertus von Kalksund glaubte fest daran, dass die Seele seiner Mutter ihn in seinem Hause hin und wieder aufsuchte.

Dann sprach er mit ihr und meinte, ihre Antworten zu hören.

Gegen Wibke als Schwiegertochter habe sie nichts, hatte sie ihm auf diese eigenwillige Art mitgeteilt.

Er trat vor den Kleiderschrank und ging ihre teuren Röcke und Kleider durch. Schließlich entschied er sich für das lange Brokatkleid, dessen aufgenähte Perlen im Licht funkelten, das durch das Fenster fiel:

Er nahm das Kleid vom Bügel und legte es auf den Tisch.

Wibke musste es überziehen, es mit ihrem schönen Körper füllen.

»Mutter, sie wird dir gefallen«, murmelte er und horchte in sich hinein. »Ich liebe Wibke, und du wirst sie mögen«, sagte er laut vor sich hin.

Rasch schloss er den Kleiderschrank und verließ das Zimmer.

Er griff nach seiner Schultasche, packte die Bücher aus und steckte den Konferenzordner ein, denn um sechzehn Uhr war Gesamtkonferenz.

Als die Lehrer nach der Konferenz die Schule verließen, war es Abend geworden, ein herrlich milder Frühsommerabend.

Spontan entschlossen sich einige Kolleginnen und Kollegen, in der nahe gelegenen Kneipe noch ein Bier zu trinken.

Wibke winkte ab. Ihr stand nicht der Kopf nach einer Manöverkritik in Bierlaune.

»Wir sehen uns morgen!«, rief sie Hubertus zu.

Dann ging sie zum Fahrradständer, steckte den Schlüssel in das Schloss an ihrem Rad und sah verärgert, dass jemand die Reifen mit einem Messer zerschnitten hatte. Das Rad stand auf den Felgen.

»Gemeinheit!«, schimpfte sie, stellte das Rad ab und blickte sich um. Die Kollegen hatten sich bereits lärmend entfernt. Wibke ging zurück in die Schule, wo der Schulleiter noch in seinem Dienstzimmer saß.

»Was ist, Wibke?«, fragte er.

»Jemand hat meine Fahrradreifen zerschnitten«, berichtete sie empört.

»Ich werde morgen die Versicherung benachrichtigen«, sagte der Schulleiter.

»Mir geht es nicht um den materiellen Schaden«, stieß sie hervor, »sondern um die Schuldigen.«

»Die Schülerinnen deiner Verkäuferinnenklasse?«, fragte der Chef.

»Vielleicht? Der Verdacht liegt zumindest nahe«, antwortete Wibke.

»Lass dein Rad stehen! Ich fahre dich nach Hause«, schlug der Schulleiter vor.

»Das ist nicht nötig. Ich kann es nach Hause schieben«, sagte Wibke und verabschiedete sich. Es war sicherlich voreilig, Tanja und Katja zu verdächtigen, dachte sie. Aber wer sonst hätte ihr diesen Streich spielen sollen?

Wibke schob das Rad ihrer Wohnung entgegen. Auf den Plastikstühlen der Pinten am Markt saßen junge Leute vor ihren Biergläsern, als gäbe es etwas zu feiern.

Der Italiener und der Grieche hatten alle Hände voll zu tun. In einem Spielsalon, dessen Tür offen stand, klimperten Jugendliche an den Automaten.

Zu Hause angekommen, schob Wibke das Rad in den Schuppen. Aus den übrigen Wohnungen der Anlage fiel Licht, sodass sie den Weg zur Haustür ohne Schwierigkeiten fand. Die Tür stand offen. Wibke schob die kleinen Holzkeile beiseite und stieg die Treppe hinauf.

Sie schrie auf, als sie die tote, ausgeblutete Ratte bemerkte, die vor ihrer Wohnungstür lag.

Wibke hastete heulend die Treppe hinunter, lief um den Block und klingelte an der Tür des Hausmeisters.

Der knapp sechzigjährige Rentner schaute sie überrascht an.

»Frau Kleedorf, wo brennt's?«, fragte er und nahm seine Brille ab.

Wibke atmete schwer und schluchzte. Sie griff nach seinem Arm und versuchte, den Hausmeister mit sich zu ziehen.

»Herr Groen, es ist schrecklich«, brachte sie stockend hervor.

»Nun mal sachte, ich komme ja mit«, meinte er beruhigend. Er stellte keine Frage, während sie über den Hof und um das Eckhaus herumgingen.

Die Haustür war zugeschlagen. Wibke schloss sie nervös wieder auf. »Da oben«, sagte sie angewidert und drückte auf den Lichtschalter.

Groen stieg die Stufen hoch und zuckte zusammen, als er das tote, blutende Tier sah. Entschlossen griff er in das Fell der Ratte und hob sie hoch, während das Blut aus der geöffneten Schnauze tropfte.

Der lange, Ekel erregende nackte Schwanz des Tieres, der sich nach unten verjüngte, baumelte im Licht der Neonlampe hin und her.

»Seltsam«, sagte Groen und wies auf die Blutspur auf den Treppenstufen. »Das ist eine Wasserratte. Stand die Haustür offen?«

»Ja«, antwortete Wibke leise. Sie hatte sich noch nicht ganz von ihrem Schock erholt.

»Ich vermute, dass das Tier von einem Hund angegriffen wurde. Die Fischers haben heute Möbel bekommen, deshalb stand die Tür offen.«

Wibkes Blick fiel auf das wippende Ende des Schwanzes, an dem sie einige offene Stellen entdeckte.

»Mir wird übel, Herr Groen«, flüsterte sie.

»Frau Kleedorf, das Tier ist durch die offene Tür gekommen, weil es sich vor einem Hund retten wollte, kein Grund zur Aufregung! Ich werfe den Kadaver in den Schlot«, sagte er und trug die Ratte davon.

Wibke betrat ihre Wohnung. Ihr war speiübel. Sie ging geradewegs ins Badezimmer, beugte sich über das Klobecken und übergab sich.

Anschließend setzte sie sich in einen Sessel der Sitzgruppe und bemühte sich, das Bild zu verdrängen.

In diesem Moment sehnte sie sich nach Hinni Synningas Frische und Unbekümmertheit. Sie hatte ihm nach der Nacht am See gesagt, dass es vernünftiger war, wenn sich so etwas nie wiederholte. Denn erstens war Hinni etliche Jahre jünger als sie, und zweitens war Emden eine kleine Stadt.

Sie wollte Rolf keine Argumente für einen bevorstehenden Scheidungsprozess liefern und auch ihre Karriere nicht in Gefahr bringen. Hinni hatte keine Einwände gemacht. Er war jung und besaß genügend Charme bei Gleichaltrigen. Er war nach Gießen gezogen und hatte sich seitdem nicht wieder gemeldet.

Rolf Kleedorf fuhr aus dem Schlaf. Er rieb sich die Augen, blickte benommen um sich.

Dann stand er auf und betrat das Wohnzimmer.

Auf dem Couchtisch lagen die Fototaschen neben dem leeren Cognacschwenker. Die Flasche enthielt nur noch einen kleinen Rest. Der Aschenbecher war randvoll mit Zigarettenkippen.

Ein schaler Geruch hing noch im Zimmer, und Rolf spürte den faden Geschmack auf seiner Zunge und einen leichten Kopfschmerz.

Er machte das Fenster auf, trug das Glas und die Cognacflasche in die Küche und leerte den Aschenbecher.

Dann nahm er eine Aspirin mit Sprudelwasser, ging ins Bad und duschte ausgiebig. Anschließend rasierte er sich, sparte dabei nicht mit Aftershave und zog sich im Schlafzimmer an.

Er entschied sich für eine Jeans, zog ein frisches Oberhemd an, legte eine Krawatte um und entnahm dem Kleiderschrank das leichte Jackett, das er in Münster während des Reit- und Fahrturniers gekauft hatte.

Er verspürte keinen Hunger, nur einen gewaltigen Teedurst. Rasch füllte er den Wasserkessel. Während er Tee machte, schimpfte er laut vor sich hin:

»Nicht mit mir! Das wirst du bereuen!«

Der Versuch seines Anwalts, Wibke zu einem Versöhnungsgespräch zu bewegen, um die Ehe vielleicht doch noch zu kitten, war erfolglos geblieben.

Auf seine Briefe bekam Rolf keine Antwort.

Er lachte gehässig, brühte den Tee auf und trug ihn zum Couchtisch, holte den Kluntjebecher und den Sahnetopf und stellte die Kanne auf das Stövchen.

Dann trank er den heißen Tee und rauchte dazu eine Zigarette. Dabei studierte er voller Eifersucht erneut die Fotos, die der Detektiv geschossen hatte.

Die Bilder bewiesen, dass Wibke an einem Wochenende am Uphuser Meer mit einem jungen Mann in einem Wochenendhaus geschlafen hatte. Doch nicht nur das! Weitere Fotos zeigten Wibke nackt mit einem ihrer Kollegen auf dem Rasen eines Bungalows. Der Lehrer war unverheiratet, wie der Detektiv berichtet hatte.

»Feine Dame! Einer reicht dir wohl nicht!«, zischte Rolf. »Noch bist du mit mir verheiratet, vergiss das nicht!«

Rolf fühlte sich gedemütigt und betrogen. Er ging an seinen Schreibtisch, holte die Lupe aus der Schublade und hielt sie über die Fotos. Seine Hand zitterte dabei leicht. Durch die Lupe sah er den gut gewachsenen, durchtrainierten Körper des jungen Mannes, und ihm stockte der Atem.

»Ein Playboy«, zischte er wütend. »Sie hält ihn aus, und ich soll zahlen!«

Aber auch der ältere Kollege seiner Frau hatte eine gute Figur und ein ernstes, gut geschnittenes Gesicht, das ein Schnurrbart zierte.

Kleedorf steckte die Fotos in die Tasche seines Jacketts und nahm sich vor, sie seinem Anwalt vorzulegen.

Er blies das Teelicht aus, verließ seinen Bungalow und schaute missmutig auf den bedeckten grauen Himmel. Der Wind blies kühl aus nördlicher Richtung.

Auf dem Reitplatz ließ der Reitlehrer ein Voltigierpferd seine Runden drehen, und Rolf schaute einen Moment den Übungen der Kinder zu.

»Herr Kleedorf, die Saison läuft an. Wir sind ausgebucht«, begrüßte ihn wenig später die Empfangsdame an der Hotelrezeption.

»Das freut mich«, antwortete er und ging rasch weiter.

Im Vorzimmer zu seinem Büro bediente Frau Oedinga den Computer.

»Moin«, sagte Kleedorf.

»Ich habe die Bankeingänge gebucht, Schecks und Überweisungen ausgefüllt. Sie liegen in der Unterschriftenmappe«, sagte sie.

»Das hat Zeit«, erwiderte er und suchte sein Büro auf. Er setzte sich an den Schreibtisch und fühlte den Druck der Fototaschen auf seinen Rippen.

Keine müde Mark hat Wibke beigesteuert! Und nun will sie abkassieren, dachte er.

Er fuhr aus seinen Gedanken hoch, als das Telefon läutete.

Er nahm den Hörer ab.

»Die Autobahnpolizei aus Bunde«, sagte die Angestellte an der Rezeption.

Rolf erschrak.

»Kleedorf«, meldete er sich.

»Polizeistation, Hauptwachtmeister Nanninga. Herr Kleedorf, wir haben Ihren Spezialtransporter, Kennzeichen Aurich CS 709, kontrolliert. Der Fahrer heißt Enno Esders. Abgesehen davon, dass er von Polen kommend mehr als zwölf Stunden ohne Pause den Wagen gelenkt hat, beanstanden wir die Fracht. Von den achtzehn in Polen aufgeladenen Pferden sind zwei verendet, und die übrigen Tiere befinden sich in einem erbärmlichen Zustand.

Wir haben einen Veterinär hinzugezogen und die Pferde auf einer Weide in den Freilauf gegeben. Ein Tierschutzverein will gegen Sie Klage einreichen. Wir werden dem Fahrer erst dann die Erlaubnis geben, den Transport nach Spanien durchzuführen, wenn die Tiere sich erholt haben. Die Kadaver der toten Tiere haben wir zum Schlachthof Leer bringen lassen. Wir haben die Staatsanwaltschaft eingeschaltet.«

Kleedorf verschlug es den Atem, und es dauerte eine Weile, bis er dem Wachtmeister antworten konnte.

»Sie haben nur Ihre Pflicht getan«, sagte er schließlich. »Ich werde mit meinem Anwalt sprechen. Ich gehe davon aus, dass mein Lieferant in Polen seine Sorgfaltspflicht nicht erfüllt hat.«

»Die Tiere befinden sich auf den Weiden des Landwirts Broers in Bunde. Ich erwarte, dass Sie sich wieder bei uns melden«, sagte Nanninga.

»All up Stee!«, erwiderte Kleedorf und legte den Hörer auf.

Was soll das ganze Spektakel?, fragte er sich. Die Polen waren schlitzohrig, und es kam häufiger vor, dass sie ihm ausgemergelte Tiere in die Ladung schoben. Doch das hatte er ins Kalkül gezogen und die Preise für die Pferde mit einem Risikozuschlag versehen. Und die Tierschützer nahm er ohnehin nicht ernst.

Der Kadaver- und Knochenhändler aus Wilhelmshaven zahlte gut für die verwertbaren Rückstände der geschlachteten Tiere, die in Containern an die Rheinischen Chemiekonzerne geliefert wurden. Sie dienten zur Herstellung von pharmazeutischen Produkten.

Kleedorf kannte die Rechtslage: Er hatte weder gegen eine Vorschrift des Gesundheitsministeriums verstoßen, noch war ihm selbst anderes Verschulden nachzuweisen. Er befürchtete nur eine Rufschädigung durch eine Kampagne der Tierschützer, die seinem Unternehmen möglicherweise kurzfristig Schaden zufügen konnte.

Er griff zum Telefonhörer, rief seinen Partner Möllemann an und bat ihn, in Bunde den Vorfall zu klären.

Kleedorf kannte keine Skrupel. Selbst wenn die Presse ihn aufs Korn nahm – auch das würde nicht ewig dauern.

Es war die ›Ostfriesen-Post‹, die den Reigen eröffnete. Ein Foto eines geschundenen Pferdes zierte die Wochenendbeilage.

Der Bericht hielt sich an die Tatsachen, soweit diese den Reportern zugänglich gewesen waren.

Rolf Kleedorf war für die Presse nicht zu sprechen.

Als das Fernsehteam von Radio Bremen bei ihm anklopfte, trat er in Jeans, mit einem blauen Oberhemd, einer Strickkrawatte und dem Jackett aus Münster vor die Kamera.

Er erinnerte daran, dass die wirtschaftlichen Verhältnisse in Polen noch lange nicht den westlichen Standard erreicht hatten und seine dortigen Lieferanten nicht immer zuverlässig arbeiteten. Er bedauerte, dass sein Fahrer Esders die erlaubte Stundenzahl hinter dem Steuer des LKW überschritten hatte, weil seine Frau ein Baby erwartete.

Auf die Frage, was mit den Pferden geschehen würde, die die Tierschützer in Gewahrsam genommen hatten, um sie gesund zu pflegen, sagte Kleedorf vor laufender Kamera, dass man ihm keine Schuld zuweisen könne und es für seinen Rechtsanwalt kaum Schwierigkeiten geben würde, seine Besitzansprüche geltend zu machen.

Sein Geschäftspartner Möllemann richtete sich darauf ein, die Pferde mit ein wenig Verzögerung nach Spanien zu verfrachten. Einen ihm entstehenden Schaden würde sein Anwalt einklagen.

Bereits zwei Tage nach dem Vorfall wurden die Tiere von der Weide geholt, und Esders fuhr sie nach Spanien. Er war Vater eines Sohnes geworden.

Selbst überregionale Zeitungen berichteten mit scharfer Feder. Rolf berührte das wenig, denn für ihn und seine Firma war der Presserummel eine hervorragende Werbung.

Pferdeliebhaber aus den Großstädten fragten bei ihm nach preiswerten und pflegeleichten Reitpferden an, und ein paar Wochen später verzeichnete er einen Umsatzzuwachs um mehrere Prozente.

Wibke schob das Fahrrad in den kleinen Verschlag. Sie hatte sechzig Mark für neue Reifen und für die Montage bezahlt, doch sie lehnte es ab, dafür die Versicherung in Anspruch zu nehmen. Ihr war fröstelig in ihrer Sommerbluse. Der Wind hatte aufgefrischt und wehte aus östlicher Richtung.

Wibke ging zu ihrem Apartment. Der Hausmeister hatte die Treppe gründlich geschrubbt, und dort, wo die Ratte verblutet war, prangte eine neue Fußmatte.

Wibke verdrängte ihre Erinnerungen und schloss die Wohnungstür auf. Sie ging in ihr Arbeitszimmer, setzte sich an den Schreibtisch und bereitete den Unterricht für den folgenden Tag vor.

Morgen gab sie in einer Industrieklasse vier Stunden Wirtschaftslehre.

Der Unterricht in dieser Klasse machte ihr Spaß und bereitete ihr viel Freude. Die Schüler waren diszipliniert und arbeiteten mit. Als sie fertig war, packte sie ihre Schultasche, brühte sich einen Tee auf und setzte sich damit ins Wohnzimmer. Sie griff zum Prospekt der Insel Baltrum, trank ihren Tee und betrachtete die vielen bunten Fotos von Wellen, Dünen und Stränden.

Das Dornröschen der Nordsee, wie die Insel im Prospekt genannt wurde, gefiel ihr, und sie hatte beschlossen, in den Sommerferien dort einige Wochen zu verbringen.

Hubertus hatte keine Einwände gehabt. Er selbst zog es vor, zu Hause zu bleiben, seinen Garten zu pflegen und seine Termine bei seinem Therapeuten wahrzunehmen.

Wibke suchte Abstand. Das Verhältnis mit Hinni Synninga, eine aufregende und glückliche Episode in ihrem Leben, war vorbei. Hinni war jung, sah gut aus und wollte studieren. Sie hatte nicht das Recht, ihn an sich zu binden.

Die Sache mit Rolf überließ sie ihrem Anwalt. Nach dessen Aussagen musste er ihr nach der Scheidung eine hohe Abfindung zahlen.

Für ihren Sohn Marco konnte sie nur beten und Gott bitten, das Kind zu sich in den Himmel zu holen. Sie hatte aufgehört, mit ihrem Schicksal zu hadern. Langsam blätterte sie die Seiten des

Prospekts um und entschloss sich für ein Apartment in einem Haus an der Wattseite, in der Nähe der Kirche mit Dünenblick.

Sie griff zum Telefonhörer und buchte ihren Urlaub.

Zum ersten Mal seit vielen Jahren wollte sie sorgenfrei und unabhängig ihre Ferien genießen.

Am folgenden Tag hatte Wibke erst zur dritten Stunde Unterricht. Sie fühlte sich ausgeruht und fuhr mit dem Fahrrad zur Schule. Noch war es dunstig und kühl, aber es würde ein schöner Tag werden.

Sie schob das Fahrrad in den Ständer und betrat die Schule.

In der Pausenhalle hielten sich nur wenige Schüler auf. Der Hausmeister bereitete sich am Verkaufstresen auf den späteren Andrang vor. Er grüßte freundlich.

Wibke betrat das Lehrerzimmer und ging zu ihrem Fach. Ihr Blick fiel auf eine Mitteilung des Schulleiters. Wibke nahm den Zettel in die Hand und las: *Ich bitte um deine Teilnahme an einer Besprechung mit den Ausbildern der Schülerinnen Katja und Tanja deiner Verkäuferinnenklasse nach der sechsten Stunde.*

Für Sekunden dachte sie wieder an die tote, blutende Ratte, an die kleinen spitzen Zähne und den kaum behaarten Schwanz.

Sie fühlte, wie Lampenfieber in ihr aufstieg.

»Gibt es noch Ärger vor den Ferien?«, fragte eine Kollegin und blickte Wibke neugierig an.

»Der Chef ist konsequent. Ein Gespräch mit Ausbildern«, sagte Wibke. Sie schob den Zettel zurück in das Fach, ging zum Wandregal hinüber und entnahm ihm das Klassenbuch.

Dann setzte sie sich an einen Tisch und wartete auf das Klingeln.

Sie verbrachte die Pause im Gespräch mit ihren Kollegen. Hubertus drängte sie, auf eine Bestrafung der Schülerinnen hinzuwirken.

»Wibke, der Chef muss durchgreifen. Wir verlieren unser Gesicht, wenn wir solche üblen Machenschaften dulden«, sagte er eindringlich.

Wibke hatte ihre Klasse nach der sechsten Stunde entlassen. Sie bemühte sich, ihre Erschöpfung nicht zu zeigen, und betrat das Sekretariat. Die Tür zum Chefzimmer stand offen. Frau Wiedmann servierte den Tee.

»Frau Kleedorf, nehmen Sie bitte Platz«, sagte der Schulleiter.

Wibke grüßte, setzte sich an den Tisch, langte nach dem Kluntjebecher und ließ ein Zuckerstück in ihre Tasse fallen.

Frau Wiedmann schenkte ihr den Tee ein.

»Meine Mitarbeiterin, Frau Studienrätin Kleedorf. Sie ist die Klassenlehrerin«, sagte der Schulleiter.

Er wandte sich an Wibke. »Darf ich vorstellen? Herr Ommen und Herr Konken. Die Herren sind die Marktleiter in den Betrieben, in denen die beiden Mädchen arbeiten.«

Die Ausbilder trugen Jeans, leichte Sommerjacketts und Oberhemden mit Krawatte. Beide besaßen sie das forsche Auftreten, das ihnen geholfen hatte, den mühsamen Aufstieg in den Ladenketten zu schaffen.

Sie nippten an ihren Teetassen und taxierten Wibke mit ihren Blicken.

»Wibke, wir haben ja bereits ein Vorgespräch geführt. Berichte bitte über das Verhalten der Schülerinnen in deinem Unterricht!«, forderte der Schulleiter sie auf.

Wibke schilderte einige typische Beispiele. Dabei erwähnte sie auch das Verhalten der Auszubildenden während ihrer Lehrprobe.

»Ich verdächtige die beiden Mädchen außerdem, meine Fahrradreifen zerschnitten zu haben«, fügte sie am Ende hinzu.

Der Ausbilder, den der Schulleiter als Herrn Ommen vorgestellt hatte, räusperte sich. »Frau Kleedorf, ich nehme Ihre Vorwürfe einmal unwidersprochen hin. Zur Verteidigung von Tanja muss ich jedoch sagen, dass sie sich im Betrieb bewährt hat. Sie ist pünktlich, arbeitsfreudig und kann anpacken. Ihre intellektuellen Fähigkeiten kann ich nicht beurteilen. Tanja hat behauptet, dass Sie im Unterricht mehr fordern als in der Realschule. Schwerwiegender empfand ich jedoch den Vorwurf, dass Sie sie von oben herab behandeln.«

Ommen lehnte sich zurück und sah Wibke selbstgefällig an.

Dieser vorschlug es die Sprache.

Während sie noch nach Worten suchte, meldete sich Herr Konken zu Wort.

»Wie Sie selbst am besten wissen, empfinden unsere Auszubildenden die Berufsschule oft als eine lästige Pflicht und sind deshalb nicht sehr motiviert. Was meine Auszubildende anbelangt, muss ich Ihnen sagen, dass Katja aus einer sozial schwachen Familie kommt. Ihr Vater ist Alkoholiker, vorbestraft wegen Körperverletzung. Katja hat keinerlei Rückhalt in der Familie, auch bei der Mutter nicht. Wenn ich sie vor die Tür setze, gerät sie völlig unter die Räder«, sagte er.

Wibke griff nach ihrer Tasse und nahm einen Schluck Tee. Dann sagte sie: »Was ich vermisse, ist ein bisschen Engagement und guter Wille, im eigenen Interesse der Mädchen. Machen Sie Ihren Auszubildenden bitte klar, dass sie die Kenntnisse und das Wissen, das sie brauchen, um die Prüfung zu bestehen, nur bei uns an der Berufsschule vermittelt bekommen. Ich kann es nicht hinnehmen, wenn die Schülerinnen meinen Unterricht sabotieren, aus welchen Gründen auch immer. Ich gehe streng nach den Richtlinien vor und benachteilige niemanden. Deshalb verstehe ich nicht, warum die Mädchen sich dazu hinreißen ließen, mir die Fahrradreifen zu zerschneiden.«

»Dafür haben Sie aber keine Beweise«, antwortete Ommen. »Mit solchen Beschuldigungen sollten Sie vorsichtig sein!«

Wibke dachte an die Ratte und nahm sich vor, darüber zu schweigen.

»Frau Kleedorf, wir sprechen mit unseren Auszubildenden. Es liegt aber doch sicherlich nicht in Ihrem pädagogischen Interesse, wenn wir die Mädchen auf die Straße schicken«, sagte Ommen.

»Davon spricht ja auch niemand. Wir würden Sie aber bitten, ein offensichtlich vorhandenes Misstrauen abzubauen. Wir folgen konsequent den Lehrplänen und setzen sozialisiertes Verhalten voraus. Unsere Schulordnung kann jeder akzeptieren, der sich zum Kaufmannsgehilfin ausbilden lassen will«, sagte der Schulleiter.

»Ich werde mir Katja vornehmen. Es gibt sowieso noch einige interne Probleme, die ich mit ihr besprechen muss«, erklärte Konken.

Wibke trank einen Schluck Tee. Sie mochte die Marktleiter nicht.

»Ich erwarte von den Mädchen keine Entschuldigung, aber ich werde sie vom Unterricht ausschließen, wenn sie ihre Mätzchen fortsetzen. Frau Kleedorf hat Geduld genug bewiesen«, sagte der Schulleiter.

»Benachrichtigen Sie uns, falls es Grund zu weiteren Beschwerden gibt«, bat Ommen, und sein Kollege nickte zustimmend.

»Frau Kleedorf wird übrigens im neuen Schuljahr eine andere Klasse betreuen«, erklärte der Schulleiter noch, dann stand er auf.

Auch die Besucher erhoben sich. Sie dankten für den Tee und verabschiedeten sich.

Die ›Gesellschaft für Christliche Nächstenliebe‹ in Ortel war ein Hort der Vergessenen, und wer dort arbeitete, tat es sicher nicht, um reich zu werden, denn die Gehälter waren sehr bescheiden. Das Pflegeheim war nicht sehr bekannt, dabei lag es nur wenige Kilometer vom belebten Stadtkern einer westfälischen Großstadt entfernt, hinter der Sparenburg mit ihrem Spielkartenmuseum und in der Nähe des Stadtbergs mit seinem Vogelpark, der an den Wochenenden Ausflügler zu Tausenden anlockte.

An einem schönen, lauen Juniabend begann der Zivildienstleistende Uwe Stölting seinen Nachtdienst und begann seinen Rundgang durch die Krankenzimmer der Station.

Er schaute in jedem Zimmer nach dem Rechten. Die Kollegin hatte die Patienten bereits gewendet und frisch gebettet, und die Schwester hatte ihre Medikamente verteilt.

Im Zimmer Achtzehn blickte er über die Betten. Hier lebten Kinder, zu denen weder die Ärzte noch das Personal Zugang fanden.

Ihre Gesichter waren verzerrt und entstellt, ihre Körper verwachsen.

Uwe Stölting stutzte, als der kleine Xaver, der mit Gurten in einem Bett angeschnallt war, ihn feindlich anblickte und ihn zu beißen versuchte, als er seine Stirn berühren wollte.

Xaver war der Sohn einer bekannten Münchener Schauspielerin. Der Zivildienstleistende wunderte sich über die Unruhe im Zimmer. Die Kranken hatten ihre Medikamente bekommen und hätten bereits schlafen müssen. Doch auch der kleine Alexander warf ängstlich seinen Kopf hin und her. Stölting blickte sich weiter um und bemerkte schließlich, dass der kleine Marco schwer nach Luft rang. Der Atem des Jungen kam rasselnd und stoßweise.

Stölting erschrak. Der Junge drohte zu ersticken! Rasch drückte er die Nottaste, legte ein Ohr auf die flache Brust des Jungen und versuchte eine Mund-zu-Mund-Beatmung, doch vergebens. Der entstellte Körper entkrampfte sich. Marco wurde seltsam still.

In diesem Moment kam der Dienst habende Arzt und trat an das Bettchen.

Er horchte das Kind mit dem Stethoskop ab, schüttelte dann müde den Kopf.

»Gott hat ihn erlöst«, sagte er leise.

Wibke Kleedorf stellte die Waschmaschine ab, nahm die Wäsche heraus, legte sie in einen Korb und trug sie die Treppe herunter in den Hof. Sie hängte die Wäsche auf die Leinen der Wäschespinne und blieb danach noch einen Moment stehen, um die Wärme zu genießen. Die Sonne schien von einem wolkenlosen Himmel, die Vögel zwitscherten in den Bäumen, kurz – es war ein Sommertag, wie er im Buche stand. Eigentlich zu schade, um ihn beim Hausputz zu verbringen, aber Wibke hatte sich für heute vorgenommen, alles blitzblank zu schrubben.

Um siebzehn Uhr brühte sie sich einen Tee auf, betrachtete zufrieden ihr Werk und legte eine Pause ein. Anschließend nahm sie die Wäsche von der Spinne, trug sie hoch und bügelte sie.

Es war bereits nach acht Uhr abends, als sie sich schließlich müde auf die Couch fallen ließ, die Beine hoch legte und sich einen Schluck Wein gönnte. Sie freute sich sehr auf ihren Urlaub, der in einigen Tagen beginnen würde.

Das Läuten des Telefons riss sie aus ihren Gedanken.

Sie erhob sich und trat an den kleinen Schreibtisch. Vorsichtig nahm sie den Hörer auf, bereit, ihn sofort wieder aufzulegen, falls es Rolf sein sollte.

»Wibke Kleedorf«, sagte sie entschlossen. Die Stimme am anderen Ende klang fremd.

»Gesellschaft für Christliche Nächstenliebe«, vernahm sie.

Wibke fühlte, wie ihr ein Schauder über den Rücken lief, und eine dunkle Ahnung stieg in ihr auf. Ihre Lippen waren trocken.

»Ja?«, fragte sie.

»Frau Kleedorf, ich muss Ihnen eine traurige Mitteilung machen: Ihr Sohn Marco ist vor einer Stunde verstorben. Eine Virusinfektion im Lungenbereich. Ihr Mann gab mir Ihre Telefonnummer durch. Sie sprechen mit Dr. Bons, dem Dienst habenden Arzt.«

Wibke schwieg einen Moment. Sie fühlte einen bohrenden Schmerz, der irgendwo aus ihrem Innern kam, doch die Nachricht an sich begriff sie erst etwas später.

»Hören Sie?«, fragte Dr. Bons.

»Es ist schrecklich!«, stieß sie leise hervor und wunderte sich, dass sie nicht weinen konnte.

»Frau Kleedorf, als Mediziner bin ich der Meinung, dass Gott das Kind erlöst hat. Sein Tod ist sehr schnell eingetreten«, sagte der Arzt, und seine Worte gaben Wibke ein wenig Trost.

»Und was geschieht jetzt?«, fragte sie.

»Ihr Mann wird Marco überführen. Er kümmert sich um alles Weitere und hat mich gebeten, Ihnen das auszurichten. Auf Wiederhören«, sagte der Arzt und legte auf.

Rolf Kleedorf besaß nur nebulöse Vorstellungen von Gott. Er bezahlte Kirchensteuer und ließ sich hin und wieder zu Spenden überreden, ansonsten hatte er mit der Kirche nichts zu schaffen.

Doch ein christliches Begräbnis sollte seinem Sohn schon zuteil werden. Rolf verzichtete auf eine Todesanzeige, da Marco in Pilsum nie in Erscheinung getreten war. Er bat den Pastor um die Ansetzung einer kleinen Trauerandacht in der Kreuzkirche im engsten Kreis der Angehörigen.

Rolf hatte gehofft, dass der Tod ihres gemeinsamen Kindes Wibke vielleicht dazu bewegen würde, mit ihm Kontakt aufzunehmen, doch er wartete vergeblich auf eine Nachricht von ihr. Schließlich beauftragte er seinen Anwalt, Wibke Kleedorf über den Termin und den Ort der Beisetzung zu informieren.

Ein Bielefelder Bestatter brachte den kleinen weißen Sarg nach Pilsum.

Hubertus von Kalksund begleitete Wibke in die Kirche. Sie kamen als Letzte und knieten sich in eine Bank im hinteren Teil der Kirche.

Der kleine weiße Sarg stand vorne neben dem Altar, von Blumen und Kränzen umgeben.

Rolf und ihre Schwiegereltern weinten wie sie. Der Pastor war etwa in ihrem Alter, und seine Miene verriet sein Mitgefühl. Hinter dem Sarg brannten flackernd Kerzen auf hohen Leuchtern.

»Liebe Trauergäste, der Schmerz sitzt tief«, begann der Pastor. »Marcos leidvolle Jahre erscheinen uns sinnlos. Gott allein kennt die Antwort, wenn wir fragen, warum dieses Kind auf ein normales Leben verzichten musste. Marco wurde geboren, ohne sich uns mitteilen zu können. Er starb, ohne uns etwas zu hinterlassen. Er lebte dennoch in der Gnade seines Schöpfers, der uns ermahnt, nicht mit dem Schicksal zu hadern. Marco besaß die Liebe seiner Eltern, die hilflos seinen trostlosen Zustand hinnehmen mussten und ihn für immer in ihr Herz geschlossen haben. Er hat bis zu seinem letzten Atemzug eine christliche Betreuung erfahren. Dieses Kind war unfähig zu sündigen, und so wollen wir Gott jetzt seine reine Seele anvertrauen!«

Der Pastor neigte den Kopf, faltete die Hände und sprach ein Gebet.

Noch bevor der Organist die Orgel zum ›Halleluja‹ erklingen

ließ, nahm Wibke den Arm ihres Freundes und flüsterte ihm mit tränenerstickter Stimme zu: »Bring mich weg von hier!«

Am nächsten Morgen stellte sie den Golf auf dem Parkplatz vor der Kirche ab. Es war sehr schwül, und am Himmel zogen schon schwere Gewitterwolken auf.

Wibke Kleedorf schritt durch das Friedhofstor, ging den langen, mittleren Weg hinunter und suchte das Grab ihres Kindes auf. Dort legte sie einen großen Strauß Margeriten zu den noch frischen Kränzen. Jetzt endlich konnte sie weinen, und die lange zurückgehaltenen Tränen strömten nun ungehindert über ihr Gesicht. Lange stand sie da und hielt Zwiesprache mit ihrem toten Sohn, dessen Name noch nicht auf dem Grabstein stand, in den in Gold gefassten Buchstaben die Namen des alten Geschlechts der Kleedorfs eingemeißelt waren.

Das ferne Grummeln des sich nähernden Gewitters schreckte sie schließlich auf.

Es begann schon zu regnen, als sie den Friedhof verließ, in ihren Wagen stieg und nach Hause fuhr.

Sie war froh, als nachmittags Hubertus anrief. »Wibke, wann fährst du morgen nach Baltrum?«, fragte er.

»Die Fähre legt um halb eins in Nessmersiel ab«, antwortete Wibke.

»Dann lade ich dich für heute zu einem gemütlichen Kaminabend ein, um ein bisschen Abschied zu feiern«, sagte Hubertus. »Einverstanden?«

»Danke, ich komme gern. Ein wenig Aufmunterung kann mir nicht schaden«, meinte Wibke und legte den Hörer auf.

Das Gewitter war abgezogen und hatte für angenehme Kühle gesorgt. Wibke holte das Fahrrad aus dem Schuppen, stieg auf und fuhr nach Wolthusen.

»Reif für die Insel«, murmelte sie vor sich hin und trat mächtig in die Pedale, denn sie hatte Gegenwind. Das war ihr nur recht, denn es würde sicher spät werden, und sie konnte sich dann abends vom Wind nach Hause schieben lassen.

Sie benötigte mehr als eine halbe Stunde für den Weg, den sie normalerweise in zwanzig Minuten zurücklegte. Sie lehnte ihr Rad an die Hauswand, ging zur Tür und klingelte. Hubertus öffnete ihr, drückte sie an sich und gab ihr einen Kuss auf die Stirn.

Er trug Jeans und ein weißes Pulloverhemd und sah sehr gut aus.

Er führte Wibke ins Wohnzimmer. Im Kamin loderten die Flammen um die Buchenscheite, und Kerzen flackerten auf dem feierlich gedeckten Tisch.

»Habe ich etwa deinen Geburtstag vergessen?«, fragte Wibke überrascht.

Hubertus lächelte. »Nimm Platz! Wir feiern einen kleinen Abschied. Du fährst immerhin für drei Wochen nach Baltrum. Ich werde dich vermissen«, sagte er.

Wibke setzte sich an den Tisch.

»Ich bin gleich zurück«, murmelte Hubertus und verließ das Zimmer.

Er kam ihr seltsam aufgekratzt vor. Als er wiederkam, stellte er eine große Kasserolle auf den Tisch. »Lachs«, sagte er, »im Salzmantel, in der Backröhre geschmort!« Er stellte die Platte ab und verschwand gleich noch einmal in der Küche.

»Frische Dillkartoffeln, eine Senf-, Curry-, Zitronen-Petersilien-Sauce und dazu heimischer Salat aus der Leybucht«, rief er stolz, als er zurückkam.

»Du hast dir wirklich viel Mühe gemacht«, sagte Wibke anerkennend.

»Und dazu trinken wir wie immer unseren bewährten Tropfen ›Umweger Stich den Buben‹.«

Wibke war gerührt.

»Bitte!« Hubertus schob ihr eine Lachsscheibe auf den Teller.

Aus den Boxen der Stereoanlage erklang leise und feierlich Beethovens Neunte.

»Ein hervorragendes Essen. Das hätte ich nicht hinbekommen«, sagte Wibke, als sie fertig waren, und schob das zusammen.

Sie hatte es so genossen, ein wenig umsorgt zu werden, dass

sogar der Kummer der vergangenen Tage ein wenig gelindert schien.

»Für Mutter habe ich am Heiligen Abend den Lachs immer so zubereitet«, sagte Hubertus, nahm sein Weinglas und prostete Wibke zu. Sie tranken schweigend, und schließlich stellte Wibke ihr Glas ab, stand auf und lud das Geschirr auf ein Tablett.

»Lass, Wibke, das erledige ich!«

Hubertus trug das Geschirr in die Küche.

»Soll ich dir nicht beim Abwasch helfen?«, fragte sie, als er wiederkam.

»Ich habe morgen genügend Zeit«, meinte er und setzte sich an den Tisch.

Sie unterhielten sich vor den lodernden Flammen.

Hubertus füllte die Gläser nach. »Wie wäre es, wenn wir uns jetzt verloben würden?«, fragte er feierlich.

»Verlobung?«, wiederholte sie lächelnd. »Lieber Hubertus, dazu gehört ein bisschen mehr als Lachs im Salzmantel!«

Hubertus sah sie ernst an. »Meine Mutter hätte dich als Schwiegertochter sofort akzeptiert«, sagte er.

Wibke schwieg nachdenklich. Sein Vorschlag war für sie sehr überraschend gekommen. Er schaute sie liebevoll an.

»Wibke, ich habe eine große Bitte.«

»Und die wäre?«

»Ich möchte dich fotografieren«, sagte er ernst.

»Dagegen habe ich nichts. Ich mache mir zwar nicht viel aus Fotos, aber wenn du das möchtest«, antwortete Wibke.

Hubertus verließ das Zimmer und kam mit einem Fotoapparat zurück.

»Eine Leica?«, erkundigte sie sich.

»Ja, ein wertvolles Stück«, antwortete Hubertus und hantierte mit dem Zubehör.

Dann hob er kurz die Kamera, und ein Blitz blendete sie für Sekunden.

Wibke lachte weinselig. »Ein kleiner Gruß deiner verstorbenen Mutter«, scherzte sie.

Hubertus beugte sich über sie. »Wibke, ich liebe dich. Sei bitte so nett und folge mir!« Er griff nach ihren Händen und zog sie aus dem Sessel.

»Und jetzt?«, fragte Wibke. »Willst du etwa mit mir tanzen?«

»Komm, du wirst schon sehen«, sagte Hubertus feierlich.

»Du spannst mich wirklich auf die Folter«, erwiderte Wibke lachend. Sie fühlte den Druck seines Armes und folgte ihm ins Terrassenzimmer, wo auf einem Stuhl ein wunderschönes Kleid lag.

»Bitte, zieh das Brokatkleid über«, meinte Hubertus. »Es war Mutters Lieblingskleid. Sie hat es in der Met in New York getragen. Hier liegt auch das Diadem. Ich möchte dich in ihrer Robe fotografieren.«

Wibke betrachtete das mit Perlen und Ornamenten bestickte Kleid, das einem Kunstwerk gleich kam.

»Mutter hat es das letzte Mal in der Mailänder Scala bei einem Konzert getragen, das Furtwängler dirigiert hat«, erklärte Hubertus stolz. In seinen Händen hielt er die Leica.

»Und ich soll es wirklich anziehen?«, fragte Wibke ungläubig.

»Ja, und auch das Diadem. Das Kulturhistorische Museum in Wien möchte diese Stücke ankaufen«, antwortete Hubertus.

»Und ich bin das Modell?«, erkundigte sie sich.

»Nicht nur«, sagte Hubertus. »Es wird dir glänzend stehen!«

»Gut, wenn ich dir damit einen Gefallen tue«, willigte Wibke ein.

»Ich warte im Wohnzimmer vor dem Kamin auf dich«, meinte Hubertus und verließ das Zimmer.

Wibke entledigte sich ihrer Jeans. Dann zog sie das Kleid über, drückte die Perlmuttknöpfe in die Knopflöcher, zupfte das Oberteil zurecht und stellte fest, dass Bettina von Kalksund die gleichen Maße gehabt haben musste wie sie. Zum Schluss setzte sie das Diadem auf und suchte vergeblich nach einem Spiegel.

Wibke verließ das Zimmer und ging, bemüht, nach dem Weingenuss nicht zu schwanken, lachend ins Wohnzimmer. Sie hielt den unteren Teil des langen Kleides mit den Händen hoch, damit der teure Stoff den Boden nicht berührte.

»Du bist noch schöner als Mutter«, stieß Hubertus erregt hervor und sah sie mit glühenden Augen an.

Hubertus schoss ein Foto, ließ dann die Kamera zu Boden fallen und stürzte sich unvermittelt auf die junge Frau.

Wibke schrie auf, als sie fiel. Hubertus hob das teure Kleid hoch, riss ihren Schlüpfer nach unten, presste seine Hand auf ihren Mund und vergewaltigte sie trotz ihrer Gegenwehr. Sprachlos starrte sie Hubertus an, als es vorüber war. Schweißperlen standen ihm auf der Stirn, und sein Gesicht wirkte verzerrt.

»Es hat geklappt«, sagte er triumphierend.

Wibke sprang auf, so schnell es ihr möglich war. Das Diadem fiel auf den Boden. Sie lief zur Haustür, öffnete sie, eilte zu ihrem Fahrrad und radelte davon, so rasch sie konnte.

Ihr Atem ging schnell. Hubertus hatte sie enttäuscht und missbraucht, und sie stand noch immer unter Schock. Ängstlich schaute sie sich wieder und wieder um, weil sie fürchtete, er könne ihr folgen.

Bei jedem Auto, das sie auf der Straße überholte, stieg wieder namenlose Angst in ihr auf.

Irgendwann jedoch wurde sie etwas ruhiger und konnte wieder klarer denken. Der Schock flaute ab, doch zurück blieb ein Gefühl tiefer Erniedrigung.

Sie dachte an Hinni Synninga, der sie so liebevoll und zärtlich geliebt hatte, und sehnte sich nach seiner beruhigenden Nähe.

Sie hätte Hubertus niemals trauen dürfen – er war krank, das wurde ihr jetzt klar. Aufatmend lenkte sie ihr Fahrrad auf den Hof – und erschrak fast zu Tode, als sie glaubte, ihre ehemalige Schülerin Katja Jerdjens im Schein der Hauslampe zu sehen.

Sie schrieb es ihrem Weinkonsum zu, als sie sah, wie eine junge Frau im Schatten hinter dem Haus verschwand. Kurz danach hörte sie das Motorengeräusch eines davonfahrenden Wagens. Sicher eine Besucherin, die eine zufällige Ähnlichkeit mit der Schülerin besaß, die sie aus ihr immer noch unbekannten Gründen gehasst hatte!

Wibke stellte das Fahrrad in den Schuppen und beeilte sich, in ihr Apartment zu kommen.

In der Ferienwohnung gab es ein kleines Schlafzimmer mit einem breiten Doppelbett, einem Kleiderschrank mit Spiegelaufsatz und zwei Nachtkonsolen mit kleinen Lampen darauf.

Im Wohnzimmer standen ein massiver flämischer Eichenschrank und eine dazu passende Sitzecke mit Fernseher und Radio. An den Wänden hingen Ölgemälde mit friesischen Motiven, die Wibke gefielen.

Im vorderen Bereich, zur Haustür hin, stand ein Esstisch mit rustikalen Stühlen.

Die kleine Küchenzeile war gut bestückt.

Wibke trat auf den Balkon an der Ostseite. Ihr Blick reichte weit in die Dünen und aufs Wattenmeer. Sie atmete tief durch. Die Luft war sauber und klar, und am Himmel trieben kleine Schäfchenwolken.

Wibke packte den Koffer und die Tasche aus, hängte ihre Garderobe in den Kleiderschrank, legte ihre Wäsche und Pullover auf die Borte. Dann stellte sie ihre Kulturtasche in das kleine Badezimmer.

Draußen auf der Straße hörte sie das Klappern von Pferdehufen und das Poltern eines Wagens.

Endlich Urlaub, dachte sie zufrieden und fühlte, wie die Anspannung der vergangenen Tage ein wenig nachließ.

Sie brühte sich einen Tee auf und trug das Geschirr zum Balkontisch. Dann setzte sie sich und blickte hinaus in die Dünen, die im Sonnenlicht leuchteten.

Sie freute sich auf das Baden in der Brandung, auf ruhige Stunden im Strandkorb. Sie hatte einige Bücher mitgebracht, die sie lesen wollte. Nur nicht zu viel nachdenken, vor allem nicht über Hubertus, nahm sie sich vor. Doch sie konnte nicht verhindern, dass ihre Gedanken sehnsüchtig zu Hinni Synninga wanderten, der sich in Gießen an der Gesamthochschule eingeschrieben und dort eine Wohnung bezogen hatte. Ob sie ihn anrufen sollte?

Wibke schaute auf die Uhr. Um sechs Uhr, also in einer Stunde, schlossen die Geschäfte.

Sie räumte das Geschirr ab und spülte es.

Dann verließ sie das Apartment und ging zum Supermarkt

hinüber, der nur wenige Gehminuten entfernt lag, um Aufschnitt, Brot und Teesahne einzukaufen.

Hubertus hatte den Rasen gemäht, die Beete gejätet und sich am Abend vor den Kamin gesetzt. Er trank Wein und dachte dabei an Wibke. Das Brokatkleid würde sie ihm nach ihrem Urlaub sicher irgendwann wiederbringen. Es hatte ihr hervorragend gestanden.

Sie hatte noch nicht angerufen, doch dafür besaß er genügend Verständnis.

Sie musste Abstand finden von der tristen Beerdigung ihres Sohnes, den juristischen Streitereien mit ihrem Mann. Hubertus liebte sie, und er war froh darüber, dass er ihr, die ihn wegen seiner Impotenz oft mitleidig belächelt hatte, endlich bewiesen hatte, dass er sie glücklich machen konnte. Doch das war für Wibke so überraschend gekommen, dass sie vor seiner männlichen Kraft geflohen war.

Das nahm er ihr natürlich nicht übel, aber sie hätte wirklich nicht gleich so davonzustürzen brauchen.

Er blickte in das lodernde Feuer und ließ noch einmal den letzten Abend mit ihr vor seinem geistigen Auge Revue passieren. Und er dachte auch an die Besuche bei seinem Therapeuten. Der Arzt hatte ihm eröffnet, dass er nach einem pubertären Erlebnisschock jahrelang den Wunsch unterdrückt hatte, mit der von ihm verehrten Mutter zu schlafen. Das sei der Grund für seine Impotenz.

Deshalb hatte er Wibke gebeten, die Kleider seiner Mutter anzuziehen, und es hatte funktioniert. Sie besaß eine kaum zu leugnende Ähnlichkeit mit seiner Mutter, als diese jung gewesen war. Hubertus erhob sich, verließ das Wohnzimmer und stieg die Treppe hoch. Er öffnete den Kleiderschrank im Ankleidezimmer und suchte nach Stücken, von denen er annahm, dass sie Wibke gefallen würden.

Er war fest entschlossen, die junge Lehrerin glücklich zu machen.

Hero Glauwitz fegte verärgert die winzigen Gewitterfliegen von den Seiten der Akte, die er gerade bearbeitete, klappte den Ordner zu und legte ihn zurück in den Metallschrank in seinem Büro. Dann fuhr er sich mit dem Ärmel über die Stirn, auf der etliche kleine Tierchen zu sitzen schienen.

Er trat ans Fenster und schaute auf das Panorama der Stadt. Sein Blick glitt über die Häuser und den Wasserturm und blieb für Sekunden an den schwarzen Gewitterwolken haften, die sich drohend über allem auftürmten.

Schließlich setzte er sich wieder an seinen Schreibtisch und räumte auf. Den ganzen Tag über hatte ihm die schwüle Hitze zugesetzt. Jetzt hatte er endlich Feierabend!

Es klopfte an der Tür. Glauwitz horchte auf. »Ja!«, rief er und packte weiter seine Tasche.

Kurz darauf blickte er überrascht auf den Besucher, der das Dienstzimmer betrat. Der Mann war hoch gewachsen und schlank. Er trug ein buntes Oberhemd und weiße Jeans, und sein gut geschnittenes Gesicht zierte ein Schnurrbart.

»Herr Kommissar, mein Name ist Kalksund. Ich bin Oberstudienrat und arbeite an der Hans-Susemihl-Schule hier in Emden«, sagte er.

»Nehmen Sie bitte Platz«, sagte Glauwitz höflich und rückte den Besucherstuhl in die Nähe des kleinen Schreibmaschinentisches. Der Lehrer setzte sich auf den Stuhl und wischte sich mit einem Papiertaschentuch den Schweiß von der Stirn.

»Herr Kommissar, ich komme zu Ihnen, weil ich mir vergeblich die Finger auf den Tasten des Telefons wund getippt habe. Meine Verlobte ist am Freitag nach Baltrum gefahren, um auf der Insel ihren Urlaub zu verbringen. Ich habe entgegen unserer Abmachung nichts von ihr gehört, und meine Bemühungen, sie über die angegebene Telefonnummer zu erreichen, blieben ohne Erfolg«, sagte der Oberstudienrat und blickte Glauwitz besorgt an.

»Ihre Braut hat auf Baltrum eine Pension gebucht?«, fragte Glauwitz.

»Nein, eine Ferienwohnung. Sie hat mir die Telefonnummer hinterlassen«, sagte von Kalksund.

»Vielleicht hat sie sich verschrieben«, meinte der Kommissar.

»Das schließe ich aus«, antwortete der Lehrer. »Meine Verlobte ist in solchen Dingen sehr sorgfältig.«

»Handelt es sich um ein Apartmenthaus?«, fragte Glauwitz.

»Das kann schon sein. Ich bin wirklich sehr in Sorge«, erwiderte von Kalksund.

»Herr von Kalksund, bitte notieren Sie mir die Telefonnummer. Ich werde mich bemühen, den Telefonteilnehmer zu ermitteln«, sagte Glauwitz, riss ein Blatt aus dem Kalender, nahm einen Kugelschreiber aus der Schublade und bat von Kalksund, die Nummer aufzuschreiben. Der Lehrer notierte die Telefonnummer und reichte dem Kommissar den Zettel.

»Wenn Sie zusätzlich eine Vermisstenanzeige aufgeben möchten, dann bitte ich um detaillierte Angaben«, sagte er dann, ging zum Schrank, schloss ihn auf und entnahm ihm einen Vordruck.

Er wandte sich an den Lehrer.

»Füllen Sie das Formular aus. Es wäre unserer Arbeit dienlich, wenn Sie ein Foto Ihrer Verlobten beifügen könnten.«

Der Oberstudienrat griff in die Hemdtasche. »Hier, nehmen Sie«, sagte er, »es handelt sich um Wibke Kleedorf, Lehrerin, wohnhaft in Emden, Gartenstraße 28.«

Hubertus von Kalksund studierte das Formular und begann es auszufüllen, während Glauwitz das Foto betrachtete.

Wibke Kleedorf hatte lange, blonde Haare und ein hübsches, sympathisches Gesicht.

»Heute ist erst Montag – halten Sie es nicht für etwas zu früh, bereits nach wenigen Tagen eine Suchaktion in die Wege zu leiten?«, fragte Glauwitz vorsichtig.

»Meine Braut ist sonst sehr zuverlässig. Und außerdem fühle ich eine große innere Unruhe in mir«, sagte von Kalksund.

»Und private Gründe, den Hörer nicht abzunehmen, hatte Ihre Braut nicht?«, wollte Glauwitz wissen.

Von Kalksund runzelte die Stirn. »Nicht dass ich wüsste«, sagte er.

Draußen war inzwischen das Gewitter herangezogen. Der Wind frischte auf und warf Regentropfen gegen das Fenster.

»Vielleicht hat Ihre Braut an einer gefährlichen Stelle gebadet?«

Der Lehrer winkte ab. »Nein, auch das schließe ich aus.«

»Und Selbstmord? Ich will Ihnen nicht zu nahe treten, wir reden über eine mir vollkommen unbekannte Person«, sagte Glauwitz. »Aber als Polizeibeamter muss ich diese Möglichkeit natürlich in Betracht ziehen.«

Er sah durch das Fenster, wie ein Blitz vom Himmel schoss.

Der Donner erscholl fast gleichzeitig.

Von Kalksund winkte ab. »Wibke hatte so viel Lebensmut und Energie. Außerdem war sie dabei, in ihrem Beruf Karriere zu machen. Unser Direktor hielt viel von ihr«, antwortete er nervös. Er schien das Gewitter mehr zu fürchten als die Fragen des Kommissars.

»Herr von Kalksund, wieso sprechen Sie in der Vergangenheit? Vielleicht lebt Ihre Braut und erfreut sich blendender Gesundheit?« Glauwitz war sichtlich befremdet.

Hubertus von Kalksund rutschte unruhig auf dem harten Stuhl hin und her.

»Herr Kommissar, es wäre schön, wenn Sie Recht hätten. Meine schlaflosen Nächte, die ständigen Ängste und eine böse Ahnung drängen mich jedoch, Sie zu bitten, sich einzuschalten«, sagte er.

Das Donnergrollen wurde schwächer, und auch der Regen hatte nachgelassen. Die Bremsgeräusche des Interregios aus Koblenz drangen vom nahen Bahnhof her durch die schlecht schließenden Fenster ins Zimmer.

Glauwitz schaute auf seine Armbanduhr. Er hielt die Suchmeldung in der Hand. »Wir werden trotzdem besser nichts überstürzen. Ich werde morgen mit dem Polizeiposten von Baltrum sprechen und mich bemühen, die Anschrift des Vermieters der Ferienwohnung oder des Apartments zu erfahren«, erklärte er. »Alles Weitere besprechen wir dann.«

»Ich danke Ihnen, Herr Kommissar«, sagte von Kalksund.

»Hat Ihre Verlobte Freundinnen oder Kolleginnen? Rufen Sie sie an und fragen Sie nach, ob Ihre Braut mit ihnen telefoniert hat oder ob sie ihnen eine Ansichtskarte geschickt hat«, schlug Glauwitz noch vor.

Sein Besucher ließ die Schultern hängen. »Es wäre schön, wenn Wibke noch leben würde«, sagte er. »Aber warum meldet sie sich dann nicht?«

Glauwitz erhob sich.

Hubertus von Kalksund tat es ihm nach und reichte dem Kommissar die Hand.

»Kopf hoch! Wenn Sie etwas von Ihrer Verlobten erfahren, rufen Sie mich bitte sofort an«, sagte Glauwitz.

»Das werde ich tun. Guten Abend!«, sagte der Oberstudienrat und verließ den Raum.

Glauwitz heftete die Suchmeldung ab und schob das Foto in seine Schublade. Eine hübsche Frau! Vielleicht hat sie einfach den Stecker aus der Dose gezogen, um von dem Alten einmal eine Weile nichts zu hören, dachte der Kommissar und machte Feierabend.

Kommissar Glauwitz stand am nächsten Morgen früh auf. Er schlich aus dem Schlafzimmer und duschte, während seine Frau und sein Sohn noch schliefen. Dann zog er sich an, brühte sich in der Küche einen Tee auf und machte sich eine Schnitte. Er aß am Küchentisch und schaute durch das große Fenster in den roten Morgenhimmel.

Es war noch vor sechs Uhr, als er aufbrach.

Seine Frau Amanda und er hatten vor zehn Jahren im Stadtteil Constantia ein Reihenhaus gekauft, in dem sie mit ihrem sechzehnjährigen Sohn Eike wohnten.

Glauwitz verließ das Haus, öffnete die Garage, stieg in seinen Wagen und fuhr zum Dienst.

Auf dem Bahnhofsvorplatz war schon Betrieb. Pendler verließen gerade den Linienbus. Die Bahnhofsuhr zeigte sechs Uhr fünfzehn an.

Die Sonne ging wie ein roter Ball zwischen dem Hochhaus und dem Revier auf.

Vor der Post wurden gerade die gelben Kleinlaster beladen. Glauwitz stellte den Wagen ab, stieg aus und blickte sich um: Über der Gracht hing leichter Morgendunst. Es roch nach Sommer. Der Kommissar ging zum Revier hinüber, stieg die Treppe hinauf und betrat sein Dienstzimmer, wo er als Erstes das Fenster öffnete und die stickige Luft abziehen ließ.

Er setzte sich an seinen Schreibtisch, wählte die Nummer des Fernmeldeamtes in Leer und bat das ›Fräulein vom Amt‹ um die Anschrift des Fernsprechteilnehmers mit der Rufnummer, die der Oberstudienrat ihm notiert hatte. Es gab Schwierigkeiten: Die Dame erklärte, sie sei nicht zuständig, und stellte durch.

Ein männlicher Beamter meldete sich als Nächstes, doch auch dieser machte Einwände und sprach von Datenschutz.

Mit dem Hinweis, er könne auch den Staatsanwalt einschalten, bewegte Glauwitz den Mann dann doch, die Anschrift des Eigentümers der Ferienwohnung preiszugeben.

Glauwitz notierte: *Landwirt Wiechert Rosenga, Hagermarsch, Am langen Acker 14.*

Er griff zum Telefonbuch. *Hagermarsch – Vorwahl 04938* – Da – er hatte die Rufnummer gefunden.

Landwirte schlafen nicht lange, dachte er und wählte kurz entschlossen.

»Hier Rosenga«, meldete sich gleich darauf eine Frauenstimme.

»Frau Rosenga, Kripo Emden. Mein Name ist Glauwitz. Sie besitzen auf Baltrum eine Ferienwohnung?«, sagte er.

»Ja – aber die Wohnung ist bis Ende September ausgebucht«, antwortete Frau Rosenga.

»Und wo befindet sich die Wohnung?«, fragte Glauwitz weiter.

»Auf Baltrum gibt es keine Straßennamen. Das Haus hat die Nummer 213 und liegt in der Nähe der Kirche auf der Wattseite, vor den Dünen«, antwortete sie.

»Im Rahmen unserer Ermittlungsarbeit möchte ich gern von Ihnen wissen, wer die Wohnung zur Zeit gebucht hat«, sagte Glauwitz.

Die Frau schwieg einen Moment. »Eine Lehrerin aus Emden«, antwortete sie dann.

»Handelt es sich um Frau Wibke Kleedorf?«, fragte Glauwitz.

»Ja, sie hat die Miete bezahlt und das Apartment für drei Wochen gebucht. Ist was mit ihr?«, fügte sie misstrauisch hinzu.

»Nichts besonderes. Es handelt sich um eine Zeugenaussage, deretwegen wir mit ihr sprechen müssen«, log der Kommissar. »Lautet die Telefonnummer ihres Apartments 04939 für Baltrum und 9028?«

»Ja, das stimmt«, bestätigte die Bäuerin.

»Dann entschuldigen Sie bitte die Störung. Vielen Dank«, sagte Glauwitz und legte den Hörer auf.

Anschließend wählte er die Nummer seines Kollegen Saathoff, der den Polizeidienst auf Baltrum versah.

Der Inselposten meldete sich.

»Hier Glauwitz, Kripo Emden. Herr Saathoff, haben Sie bisher irgendwelche auffälligen Ereignisse in Ihrem Tagesbericht notiert?«

»Es ist noch sehr früh, aber wenn der Tag so friedlich und harmonisch verläuft wie die übrigen Tage der Saison, dann werden meine neidischen Kollegen auf dem Festland mich wieder einen faulen Hund schimpfen«, scherzte der Beamte.

»Danke.« Glauwitz legte auf. Warum bereits jetzt für Wirbel sorgen, fragte er sich. Baltrum war ein Dorf, und nur der leiseste Verdacht würde wie ein Lauffeuer über die Insel gehen und die Touristen aufschrecken. Er ging zum Schrank, holte die Schreibmaschine und stellte sie auf seinen Tisch. Er verfasste ein Kurzprotokoll über das Gespräch mit dem Oberstudienrat von Kalksund, notierte die Telefonate mit dem Amt, der Bäuerin und dem Polizeiposten von Baltrum. Dann holte er den Aktenordner und legte das Protokoll, zu der Suchmeldung.

Sein Assistent, Dieke Noosten, betrat das Dienstzimmer, leger in Jeans und Sporthemd.

Er war dreißig Jahre alt, mittelgroß und kräftig und trug sein dunkelblondes Haar kurz geschnitten.

Noosten trat an seinen Schreibtisch und stellte seine Tasche ab.

»Eine frische Akte?«, fragte er und blickte den Kommissar fragend an.

»Gestern Abend, kurz vor Dienstschluss, hat mich ein Berufsschullehrer aufgesucht. Er wollte eine Vermisstenanzeige aufgeben, aber ich bin mir nicht sicher, ob es dazu nicht noch zu früh ist.« Er reichte Noosten den Ordner.

»Hier, lies!«, sagte er.

Noosten studierte die Vermisstenanzeige und pfiff durch die Zähne, als er das Bild sah. »Chef, wenn diese Wibke Kleedorf in natura genauso hübsch ist wie auf dem Bild, muss sie wirklich gut auf sich aufpassen. Was machen wir jetzt damit?«

»Warten wir zunächst einmal ab. Unser Inselposten auf Baltrum hatte keine besonderen Vorkommnisse zu melden«, sagte Glauwitz.

Noosten brachte die Akte zum Schrank zurück.

Am Mittwochnachmittag klingelte das Telefon und riss Glauwitz aus seinen Gedanken. Er nahm den Hörer ab und vernahm am anderen Ende der Leitung die Stimme des Lehrers.

Er schaute Noosten an und entnahm der Schublade das Foto von Wibke Kleedorf.

»Hier von Kalksund. Wie sieht es aus, Herr Kommissar?«, fragte der Oberstudienrat.

»Wir kennen inzwischen den Vermieter der Wohnung. Ihre Braut hat das Apartment für drei Wochen angemietet und bezahlt. Haben Sie mittlerweile irgendetwas erfahren? Ich denke zum Beispiel an die Kolleginnen«, fragte der Kommissar.

»Nein!«, erwiderte von Kalksund. »Ich befürchte das Schlimmste! Jetzt bin ich schon seit fünf Tagen ohne Nachricht!«

»Wir werden uns heute an die Zeitungen wenden und mit Ihrer Genehmigung das Foto Ihrer Braut veröffentlichen lassen«, erklärte Glauwitz.

»Ich bin natürlich einverstanden«, erwiderte der Oberstudienrat müde.

»Wir fahren morgen nach Baltrum und schauen uns dort ein

bisschen um. Sie hören dann von uns«, sagte Glauwitz. »Machen Sie sich nicht zu viel Gedanken.«

Von Kalksund bedankte sich und legte auf.

»Dieke, hier ist das Foto. Ruf die Zeitungen an. Das Bild muss in den morgigen Ausgaben erscheinen«, ordnete der Kommissar an. Dann nahm er den Telefonhörer wieder ab und wählte die Nummer des Fuhrparks.

»Glauwitz«, meldete er sich. »Menke, wir müssen morgen früh um elf Uhr nach Hagermarsch und anschließend nach Nessmersiel zum Baltrumanleger. Wir bleiben für eine Nacht.«

»Hero, einen Moment ... Ja, das geht klar! Wachtmeisterin Piepers fährt euch hin.«

Glauwitz bedankte sich und legte auf.

Dann nahm er das Telefonbuch zur Hand und blätterte darin. Die Fernsprechteilnehmer der Insel beanspruchten nur zwei Seiten im Buch.

Im Apartmenthotel ›Wattblick‹ war gegen Zahlung einer Jahresmiete für Beamte der Polizei, des Finanzamtes und der kommunalen Behörden ein Doppelzimmer reserviert.

Glauwitz wählte die Nummer und gab die Buchung durch.

Pit Saathoff versah den Dienstposten auf der Insel seit mehr als zwanzig Jahren. Er näherte sich der Pensionsgrenze.

Während seiner langen Dienstzeit hatte er bis auf die üblichen kleinen Delikte wie Zechprellerei, Fahrraddiebstähle oder Einbrüche in Ferienwohnungen nie schwer wiegende Verbrechen bearbeiten müssen.

An diesem schönen Sommernachmittag saß er mit seiner Frau in der Küche beim Tee, als das Telefon läutete. Er eilte zum Dienstzimmer und nahm den Hörer ab.

»Saathoff, Polizeistation Baltrum«, meldete er sich.

Durch das Fenster des Dienstzimmers fiel das Licht der untergehenden Sonne.

»Glauwitz, Kripo Emden. Herr Saathoff, uns liegt eine Vermisstenanzeige vor. Mein Kollege Noosten und ich werden Sie deshalb morgen aufsuchen. Wir nehmen die Vierzehn-Uhr-Fähre ab Nessmersiel.«

Saathoff war verwundert, doch er ließ es sich nicht anmerken.

»Ich erwarte Sie, Herr Glauwitz. Würden Sie mir denn auch verraten, wen Sie vermissen?«, antwortete er.

»Eine Lehrerin, die auf Baltrum ihren Urlaub angetreten hat. Wir werden uns morgen darüber unterhalten«, sagte der Emder Kollege.

Saathoff legte nachdenklich den Hörer auf die Gabel zurück.

Wachtmeisterin Piepers steuerte den Passat über den Bahnhofsvorplatz und fädelte sich in den fließenden Verkehr ein. Kurz vor der Autobahnzufahrt warteten sie einige Minuten vor einer Baustelle, doch dann hatten sie freie Fahrt. Sie fuhren über die Bundesstraße, durch Suurhusen, an der schiefen Kirche vorbei und bogen in Georgsheil nach Norden ab.

Auf den Weiden graste das Vieh, an den Böschungen und den Straßenrändern wuchsen und blühten wild wachsende Margeriten, Brennnesseln und wilde Lilien. Der malerische Luftkurort Hage mit seiner alten Backsteinkirche und der alten Mühle erstickte im Verkehr.

Einige Kilometer vor Dornum verließ Frau Piepers die Landstraße.

»Diese paar Häuser und die umliegenden Höfe bilden die Gemeinde Hagermarsch«, sagte sie und bog kurz vor einer Pension von der Straße ab.

Ein Trecker zog eine Mähmaschine über die Weiden. Glauwitz sog tief den Sommerduft ein, den das geschnittene Gras verströmte.

Wachtmeisterin Piepers lenkte den Passat über einen holprigen Versorgungsweg einem Hof entgegen.

Der Kommissar blickte durch das Fenster auf das Anwesen der Familie Rosenga. Das rot verklinkerte Bauernhaus war seitlich von Scheune und Viehställen eingefasst.

Vor dem Scheunentor stand ein mit Heuballen beladener Anhänger. Zwei weiße Silos ragten wie Raketen in den blauen Himmel, und daneben erhoben sich als Kontrast zwei majestätische alte Buchen, deren Kronen den ganzen Hof beschatteten.

Wachtmeisterin Piepers fuhr den Wagen bis vor die Eingangstür des Wohnhauses.

Ein Schäferhund trottete ihnen durch die Mittagshitze entgegen.

»Was für eine Idylle«, sagte Dieke Noosten.

»Nehmen Sie sich ruhig Zeit«, sagte Wachtmeisterin Piepers und zeigte auf die Deichkante, die das Grünland abgrenzte. »Es sind nur noch zehn Kilometer bis zum Anleger.«

Glauwitz stieg aus. Der Hund bellte und lief auf ihn zu.

»Sagen Sie etwas Nettes, Herr Kommissar«, rief die Wachtmeisterin ihm zu.

Noosten hatte ebenfalls den Wagen verlassen. Er sah, wie Glauwitz unschlüssig stehen blieb.

»Bello, ist ja gut!«, rief er. »Wir wollen dir doch gar nichts.«

Der Hund wedelte mit der Rute. Noosten schritt ihm entgegen und fuhr dem Tier mit der Hand über die Schnauze. Friedlich begleitete es sie nun zu den Steinstufen der Haustür.

Glauwitz drückte den Klingelknopf.

Nach einigen Sekunden wurde die Tür geöffnet, und eine korpulente ältere Frau, sie mochte Mitte der Fünfzig sein, trat ihnen entgegen. Ihr Haar war grau, ihr volles Gesicht von einer gesunden Röte.

Sie schaute die Beamten fragend an.

»Kripo Emden, mein Name ist Glauwitz, mein Kollege Noosten«, sagte der Kommissar.

Die Bäuerin rieb ihre Hände an ihrer verwaschenen Schürze ab.

»Ich habe vorgestern mit Ihnen telefoniert, Sie erinnern sich sicher. Leider haben wir Frau Kleedorf nicht erreicht«, sagte Glauwitz.

»Wenn Sie reinkommen möchten? Mein Mann und mein Sohn sind gerade bei der Heuernte auf der Wiese am Deich«, sagte die Bäuerin.

»Danke, machen Sie sich keine Umstände«, erwiderte Glauwitz. »Der Verlobte der Lehrerin bat uns, seiner Vermisstenanzeige nachzugehen. Wir sind auf dem Weg nach Baltrum, um nach dem Rechten zu schauen. Würden Sie uns bitte den Zweitschlüssel mitgeben?«

Die Bäuerin schritt davon, kam gleich darauf zurück und reichte Glauwitz die Schlüssel.

»Im Haus befinden sich sechs Wohnungen. Die Apartments Nr. 5 und 6 gehören uns. Frau Kleedorf hat das Apartment 5 gebucht. Um die Heizungsanlage, den Müll und die Reparaturen kümmert sich Herr Rabenstein. Er wohnt gleich nebenan.«

»Danke, Frau Rosenga! Wir werden uns in Ihrer Ferienwohnung kurz umsehen. Sie hören dann von uns«, erklärte Glauwitz.

»Und diese Frau ist verschwunden, sagten Sie? So etwas ist uns noch nicht vorgekommen«, murmelte die Bäuerin.

Die Beamten stiegen in den Wagen. Der Hund lief kläffend noch ein Stück hinter ihnen her.

Wachtmeisterin Piepers lenkte den Wagen zurück auf die Landstraße nach Nessmersiel, wo sie über die lange Dorfstraße an kleinen Klinkerhäuschen vorbei zum Schiffsanleger fuhren.

Frau Piepers hielt auf dem Parkplatz vor dem Café ›Utkiek‹, das auf der langen Steinmauer, die den Anleger vom Strand trennte, ins Watt hineinragte.

Im alten Siel lagen Segelboote an den Stegen.

Das Wasser lief gerade auf.

Die Beamten sahen Baltrum wie einen roten Flecken vor dem blauen Horizont liegen.

Möwen schossen im Tiefflug über die Mole.

Das Fährschiff befand sich auf der halben Strecke zwischen Insel und Festland. Auf dem Anleger standen schon die Container mit dem Gepäck der wartenden Urlauber.

Glauwitz und Noosten stiegen aus und nahmen ihre Reisetaschen aus dem Kofferraum.

»Viel Erfolg!«, rief die Wachtmeisterin ihnen noch zu und fuhr davon.

Die Beamten betraten über die Steinböschung den Deich, von dem aus sie den Strand überblicken konnten. Kinder spielten im Sand oder planschten im Flutsaum. Der Wind kam aus Osten und sorgte für angenehme Kühle

»Ein herrlicher Ferientag«, meinte Noosten trocken.

»Leider nicht für uns«, erwiderte Glauwitz und beobachtete das Anlegemanöver der Fähre, die im Hafenbecken wendete.

Die ›Baltrum‹ legte an, und die Gäste strömten von Bord.

»Komm«, sagte Glauwitz. Sie schritten langsam dem weißen Schiff entgegen, um das die Möwen segelten.

Die Pension ›Wattblick‹ lag an einem Platz, von dem die Straßen zum Strand, zum Meerwasserwellenbad, zum Kurzentrum und zur Deichpromenade abzweigten. Im Dorf gab es nur kurze Wege.

Die Beamten betraten die Rezeption.

»Moin«, sagte Glauwitz und wies sich aus.

Die Dame warf einen Blick in ihr Buch und reichte ihm den Schlüssel. »Rechts die Treppe!«, sagte sie, und Glauwitz bedankte sich.

Das Zimmer hatte einen Balkon, der zur Westseite hin lag und einen schönen Blick auf das Dorf bot.

Die Beamten stellen ihr Gepäck ab, verließen das Hotel und suchten den Inselposten auf, dessen Häuschen mit Dienstzimmer sich ganz in der Nähe befand.

Pit Saathoff öffnete ihnen die Tür. Er trug seine Sommeruniform und hielt seine Dienstmütze in der Hand.

Saathoff war eine stattliche Erscheinung, groß, kräftig, mit vollem grauem Haar und einem scharf geschnittenen Gesicht mit sympathischen Zügen.

»Treten Sie ein! Meine Frau macht uns sicher einen Tee, wenn Sie möchten«, sagte er und reichte den Kollegen vom Festland die Hand.

»Danke, vielleicht später. Wir haben etwas zu erledigen und bitten Sie, uns zu begleiten«, sagte Glauwitz.

Sie gingen in östlicher Richtung und bogen vor der Bäckerei auf einen Weg ein, der zum Ostdeich und den Dünen führte.

Das Apartmenthaus war ein dreistöckiger Klinkerbau. Sie betraten einen Plattenweg, der um das Haus herumführte, und kamen zu einer Liegewiese, auf der ein Strandkorb stand. Sie betrachteten die Rückfront des Gebäudes, wo jetzt, am Abend, die meisten der Balkone bevölkert waren.

Die Beamten gingen zur Haustür, und Kommissar Glauwitz studierte die Nummern auf dem Klingelkasten; dann drückte er die Taste mit der Nummer 5. Wie erwartet meldete sich niemand.

Er nahm den Schlüssel der Bäuerin aus seiner Tasche und öffnete die Haustür.

Sie betraten den Korridor. Der Boden war gefliest, die Wände mit hellblauer Raufasertapete beklebt. Sie gingen an den Apartments Nr. 1 und 2 vorbei und gelangten zu einer Treppe, die nach oben führte. Bunte Fotos hinter Glas zierten die Wand. Sie passierten die Wohnung Nr. 4 und näherten sich der Wohnung, die die Lehrerin gemietet hatte.

Vor der Tür des Apartments lag ein vertrockneter Strauß aus weißen Margeriten. Die welken Blumen fielen in sich zusammen, als Glauwitz sie mit dem Fuß beiseite schob.

»Kein gutes Zeichen«, sagte Noosten.

Glauwitz drückte den Klingelknopf, wartete einige Sekunden und klopfte danach an die Tür. »Höflichkeitshalber«, sagte er nervös; dann steckte er den Schlüssel ins Schloss und öffnete die Tür.

Ihnen strömte schwüle, stickige Luft entgegen.

Sie betraten eine kleine Diele. Unter dem Spiegel stand ein kleiner Tisch mit dem Telefon. Auf einer Ablage lagen die örtlichen Telefonbücher. Seitlich befand sich die Garderobe, an der auf einem Bügel ein Anorak hing. Auf dem Boden stand ein Paar Schuhe.

Glauwitz öffnete die seitliche Tür und drückte auf den Lichtschalter. Im Bad hingen Handtücher über den Halterungen. Auf der Spiegelablage sahen die Beamten eine Dose Gesichtscreme neben einer Tube Haarwaschmittel, Kamm und Bürste.

»Ihr Kosmetikkonsum hält sich anscheinend in Grenzen«,

stellte Noosten trocken fest. Am Haken hing ein bunter Bademantel mit Kapuze, darunter stand auf dem gefliesten Boden eine Kulturtasche.

Glauwitz öffnete die Wohnzimmertür. An der Seite stand ein massiver flämischer Eichenschrank. Eine dazu passende Sitzecke mit Radio und Fernseher füllte den restlichen Raum aus.

An den Wänden hingen Ölgemälde mit friesischen Motiven.

Im vorderen Teil des Zimmers stand ein Esstisch mit rustikalen Stühlen. Dahinter befand sich die Küchenzeile.

Eine Seitentür führte in ein kleines Schlafzimmer mit einem Doppelbett und zwei kleinen Nachtkonsolen.

Glauwitz öffnete die Schranktüren. Auf den Borten lag säuberlich geordnet die Leibwäsche, die übrige Garderobe der Lehrerin hing auf Bügeln im Schrank, auf dem ein Koffer und eine Reisetasche gestapelt waren.

Sie verließen das Schlafzimmer und gingen zur Balkontür hinüber.

»Eine hübsche Wohnung«, sagte Saathoff.

»Sie hat sie in der Absicht verlassen, zurückzukommen«, meinte Noosten.

Glauwitz öffnete die Balkontür, und wohltuend frische Seeluft strömte ihnen entgegen. Der Blick reichte weit in die Dünen. Seitlich schauten sie auf das Wattenmeer.

»Wir besitzen keinen Durchsuchungsbefehl«, murmelte der Kommissar.

»Sie hatte nicht die Absicht zu verreisen«, sagte Saathoff, der sich ein wenig umgesehen hatte. »Im Kühlschrank liegen Käse, Brot, Butter und Teesahne. Das Geschirr ist sauber, aber im Abfalleimer liegen Teeblätter.«

»Gehen wir! Ich werde den Staatsanwalt bitten, uns einen Durchsuchungsbefehl auszustellen«, sagte Glauwitz.

Sie verließen den Balkon. Saathoff zog die Balkontür in die Halterung und bediente den Hebel.

»Fest steht, dass Wibke Kleedorf die Wohnung verlassen hat und nicht zurückkam. Die Blumen hat wohl ein Besucher zurückgelassen, der sie nicht angetroffen hat«, stellte Noosten fest.

Sie verließen das Apartment, und Noosten klebte ein polizeiliches Siegel auf das Türschloss.

Glauwitz ging hinüber zum Apartment Nr. 6 und drückte auf die Klingel.

Eine ältere Frau öffnete die Tür und schaute die Beamten überrascht an.

»Sie wünschen?«, fragte sie.

»Kriminalpolizei. Ihre Nachbarin vom Apartment 5 wird vermisst«, sagte Glauwitz und sah, wie die Frau erschrak.

»Wir haben sie nicht näher kennen gelernt«, meinte sie verunsichert. Sie trug einen bunten Sommerrock, eine weiße Bluse und hatte ihr Haar blond gefärbt. Ihr faltiges Gesicht war tief gebräunt. Sie mochte um die sechzig sein.

»Sie haben die junge Frau gesehen?«, fragte Noosten nach.

»Ja, am Freitag voriger Woche im Supermarkt. Sie stand an der Kasse und hatte den gleichen Weg wie ich«, sagte die Frau.

Glauwitz nahm das Foto der Lehrerin aus seiner Tasche. »Das ist Wibke Kleedorf, Berufsschullehrerin in Emden«, sagte er und reichte der Frau das Foto. »War sie es, die Sie gesehen haben?«

»Ja, das war sie. Eine hübsche Erscheinung, schlank und gut gewachsen. Und sie hatte schönes Haar«, schwärmte die Alte.

»Sind Sie ihr später noch einmal begegnet?«, erkundigte sich Noosten.

»Nein, nicht ich. Aber meine Schwägerin. Kommen Sie herein, das kann sie Ihnen selbst berichten!« Sie hielt die Tür auf.

»Hanna, Besuch!«, rief sie und führte die Beamten durch den Korridor ins Wohnzimmer.

Einrichtung wie Raumaufteilung entsprachen genau denen in der Wohnung gegenüber. »Die Herren kommen von der Kripo. Die junge Frau von nebenan wird vermisst«, sagte sie.

»Das ist ja entsetzlich!«, rief die Schwägerin und erhob sich von ihrem Platz am Tisch. Auch sie war um die sechzig und sah ihrer Schwägerin so ähnlich, dass die beiden Schwestern hätten sein können.

»Tja«, sagte sie, »wir kommen schon seit Jahren hierher in Urlaub, und da fallen einem natürlich neue Gesichter sofort auf. Die junge Frau von nebenan ist sehr hübsch. Ich bin ihr am Samstagabend begegnet, als ich den Müll wegbrachte. Es war kurz vor sechs. Sie trug Jeans und eine schicke Lederweste über einem Hemd«, fügte die Frau hinzu.

»Sie sind der Lehrerin danach nicht wieder begegnet?«, fragte Noosten.

»Nein«, erwiderte die Nachbarin.

»Gab es denn Geräusche, zum Beispiel den Fernseher, Türen schlagen, Radio, Telefon oder die Toilettenspülung?«, fragte Glauwitz.

Die Nachbarin lächelte. »Wissen Sie, wir hören nicht mehr so gut, und außerdem gibt es ja noch mehr Mieter hier im Haus«, sagte sie.

»Danke«, meinte Glauwitz, »und entschuldigen Sie die Störung.«

»Nicht der Rede wert«, erwiderte die Frau, und ihre Schwägerin begleitete die Beamten zur Tür.

Glauwitz klingelte an der Tür des Apartments Nr. 4. Eine junge Frau öffnete die Tür. Kinderlärm drang den Beamten entgegen. Die Frau blickte die Beamten fragend an. Als ihr Blick auf Saathoff fiel, der seine Uniform trug, fragte sie ängstlich: »Ist etwas passiert?«

»Wir sind zwar von der Kripo Emden, doch das betrifft Sie nicht. Die Dame von Apartment 5 wird vermisst. Haben Sie diese Frau gesehen oder mit ihr gesprochen?«, fragte Glauwitz und hielt der Urlauberin das Foto entgegen.

»Nein, nicht dass ich wüsste«, war die Antwort.

»Danke, entschuldigen Sie die Störung«, sagte Glauwitz.

Es war bereits spät, als die Beamten die Befragung der Bewohner ohne Erfolg beendet hatten.

Sie verließen das Haus und traten auf die Straße.

Die letzten Kunden verließen gerade die Bäckerei. Eine wahre Prozession von Urlaubern kam vom Strand zurück. Die Sonne sorgte für ein eindrucksvolles Abendrot, und der Wind war aufgefrischt und brachte ein wenig Kühlung.

»Drüben wohnt Rabenstein, der sich um die Wohnungen

kümmert«, sagte Saathoff. Sie näherten sich der kleinen Pension ›Wattkant‹. Daneben stand das Häuschen in einem kleinen Vorgarten mit Sträuchern und Blumenbeeten. Ein Waschbetonweg führte zur Eingangstür.

»*Reno Rabenstein*«, las Glauwitz und betätigte die Klingel.

Sie warteten eine Weile vor der grün gestrichenen Holztür, dann wurde sie geöffnet. Reno Rabenstein war bemerkenswert korpulent und trug eine grüne Drillichhose und ein buntes Flanellhemd. Er war ein wendiger Mann in seinen Fünfzigern.

Er blickte die Besucher misstrauisch an und wandte sich dann an Saathoff, als sei der Polizist allein gekommen.

»Pit, wat sal de Schiet?«, fragte er verärgert.

»Herr Rabenstein, Kripo Emden. Wir haben nur ein paar Fragen, die eine Mieterin des Apartments der Rosengas betreffen. Sie versehen den Hausmeisterdienst?«, erkundigte sich Glauwitz.

»Ja, und?«, fragte der Hausmeister verärgert.

»Reno, das hat nichts mit dir zu tun«, meinte Saathoff beruhigend. »Die Urlauberin aus dem Apartment 5 wird vermisst. Es handelt sich um eine Lehrerin aus Emden.«

Glauwitz hielt dem Mann das Foto entgegen. »Sie heißt Wibke Kleedorf«, sagte er.

Der Alte griff in die Tasche seines Flanellhemdes, zog seine Lesebrille hervor, setzte sie auf und betrachtete das Bild.

»Ja, die hab ich gesehen. Eine hübsche Dirn mit langem Zopf. Sie verließ das Haus, als ich es betrat. Bei Dr. Mühlenfels war eine Sicherung defekt«, sagte er.

»Und wann war das?«, fragte Glauwitz.

»Am Samstag, so gegen siebzehn Uhr.«

»Wie war sie bekleidet?«, fragte Glauwitz weiter.

»Da bin ich überfordert. Jeans, glaube ich, und irgendetwas Elegantes«, sagte Rabenstein.

»Wir haben vor dem Apartment einen vertrockneten Blumenstrauß gefunden«, sagte Noosten.

»Davon weiß ich nichts! Meine Frau putzt zweimal in der Woche die Flure«, sagte der Hausmeister.

»Und wann?«, wollte Noosten wissen.

»Dienstags und am Freitagmorgen, wenn neue Gäste kommen. Sie hat ihn vielleicht absichtlich liegen gelassen.«

»Herr Rabenstein, Sie sind eingesessener Insulaner. Wenn Sie etwas erfahren, dann rufen Sie uns doch bitte an«, bat der Kommissar.

»In Ordnung – ich spreche dann mit Pit«, antwortete der Hausmeister.

»Danke«, erwiderte Glauwitz und verabschiedete sich.

Eddi de Jonge kam von der Arbeit. Er schob das Fahrrad in den Schuppen, ging zur Haustür und betrat das Haus.

In der Küche nahm er eine Flasche Bier aus dem Kühlschrank, setzte sich im Wohnzimmer in den Sessel und drückte die Knöpfe der Fernbedienung. Seine Frau war noch nicht zurück. Sie half während der Saison beim Bäcker aus.

Eddi de Jonge arbeitete bei der Kurverwaltung. Er war gelernter Maler- und Lackiermeister, doch von Mitte April bis Mitte Oktober vermietete er am Strand in einem weiß gestrichenen Bürocontainer Strandkörbe an die Touristen. Ehrenamtlich versah er noch Dienst als Brandmeister bei der Inselfeuerwehr. Er war um die fünfzig, und sein Haar über dem sonnenverbrannten Gesicht war grau. Doch das blieb den meisten Badegästen verborgen, weil er bei Wind und Wetter eine Elbseglermütze trug.

Bei dem herrlichen Sommerwetter, das schon seit Wochen anhielt, waren alle Strandkörbe ausgeliehen, und um die wenigen Rückbuchungen stritten sich die Neuankömmlinge.

Eddi trank durstig sein Bier und sah sich eine Werbesendung an, als es an der Tür läutete. Er stand auf, stellte seufzend den Fernseher leiser und ging zur Haustür.

Das Licht der untergehenden Sonne blendete ihn, deshalb blinzelte er erst einmal irritiert, doch dann erkannte er den Inselpolizisten, der mit zwei fremden Männern auf dem Absatz vor der Tür stand. Pit trug seine Uniform, war also im Dienst.

»Moin, Eddi, darf ich vorstellen? Kommissar Glauwitz und sein Assistent Noosten von der Emder Kripo.«

Die Beamten schauten Eddi freundlich an.

»Herr de Jonge, uns liegt eine Vermisstenanzeige vor. Frau Wibke Kleedorf, eine Lehrerin aus Emden, hat vermutlich am Samstag gegen achtzehn Uhr ihr Apartment im ›Haus an den Dünen‹ verlassen und ist nicht zurückgekehrt. Ob Frau Kleedorf einen Badeanzug mitnahm und vielleicht an einem unbewachten Strand gebadet hat, wissen wir nicht, aber wir müssen diese Möglichkeit in Betracht ziehen, denn um kurz vor sieben war Hochflut. Jedenfalls befürchten wir, dass sie nicht mehr lebt«, sagte Glauwitz.

»Also eine Suchaktion?«, fragte de Jonge.

»Ja, darum geht es uns. Ihre Feuerwehrleute kennen nicht nur die Strände, sondern auch die Dünen, die die Urlauber nicht betreten dürfen und auch so gut wie nie aufsuchen«, meinte Glauwitz. »Dürfen wir um Ihre Hilfe bitten?«

Eddi de Jonge schaute auf seine Armbanduhr. »Jetzt sofort?«

»Um diese Zeit nehmen die Feriengäste das Abendbrot ein oder sitzen vor dem Fernseher«, sagte Glauwitz. »Es wäre also günstig!«

»Eddi, aber bitte ohne Aufsehen!«, bat Pit Saathoff.

»Gut, ich werde mein Bestes tun. Treffen wir uns in einer Stunde vor dem Feuerwehrhaus«, sagte er und ging davon, seine Männer zusammenzurufen.

Die Beamten folgten Saathoff zu seiner Dienststelle, wo er noch schnell einen Tee aufbrühte, den sie eilig tranken.

Es waren etwa zwanzig meist junge Männer, die sich eine Stunde später vor dem aus Backsteinen errichteten Feuerwehrhaus eingefunden hatten.

Einige trugen Jeans und T-Shirts, die Sportler waren in Trainingsanzügen erschienen.

Einige ältere Feuerwehrmänner waren in ihrer Alltagskleidung dem Aufruf gefolgt.

Eddi de Jonge trug seinen Trainingsanzug und hielt eine Inselkarte in der Hand, teilte seine Leute in Gruppen auf, legte die Suchabschnitte fest und verteilte Walkie-Talkies so, dass die gegenseitige Verständigung gesichert war.

Danach begaben sich die Feuerwehrleute auf die Suche, während die Abendsonne ein herrliches Rot über die Dünen warf.

Glauwitz und Noosten liefen mit Saathoff am Flutsaum entlang den Strand ab.

Das herumliegende Strandgut täuschte sie gelegentlich, wenn sie aufgeregt aus der Ferne in den Umrissen angetriebener Balken oder Plastikbehälter eine Gestalt zu sehen glaubten.

Erst gegen zweiundzwanzig Uhr, als es dunkel wurde, kamen die Männer zum Feuerwehrhaus zurück. Sie hatten keine Leiche gefunden, auch keine einsame Sandale oder sonst einen Gegenstand, der der Vermissten hätte zugeschrieben werden können.

Wibke Kleedorf galt weiterhin als vermisst.

Das hübsche Foto der Lehrerin Wibke Kleedorf, das ihr Verlobter in glücklichen Tagen irgendwo ohne erkennbaren Hintergrund geschossen hatte, erschien in der ›Emder Zeitung‹, in der ›Ostfriesen-Post‹, in der ›Ostfriesen-Zeitung‹, ja selbst in Wilhelmshaven und Bremen.

Der leitende Staatsanwalt Erik Bronzema hatte bei der Pressekonferenz darauf hingewiesen, dass vor dem Apartment der Lehrerin ein Blumenstrauß aus Margeriten abgelegt worden war. Die verwelkten Blumen trugen nicht nur Schnittkanten, sondern auch Bruchstellen. Die Gleichmäßigkeit der Blüten ließ darauf schließen, dass sie aus einem Gartenbeet stammten, denn wild wachsende Margeriten besaßen dünnere und verflochtenere Stängel.

Es gab einige Hinweise, doch sie betrafen alle den Zeitraum vor dem Verlassen des Apartments. Zu dieser Zeit hatte niemand auf Baltrum eine Person mit Margeriten gesehen.

Als hätte Wibke sich am Samstagabend nach achtzehn Uhr in Luft aufgelöst, fehlte von ihr jede Spur.

Die Emder Kripo ging deshalb von einem Verbrechen aus.

Staatsanwalt Erik Bronzema war schlank und mittelgroß. Er trug sein graues Haar, das sich an den Schläfen zu lichten begann, kurz geschnitten, und seinen stahlgrauen Augen entging nicht viel von dem, was um ihn herum vorging.

Bei seinen Untergebenen galt er als fair und war recht beliebt.

Bronzema hatte den Amtsrichter aufgesucht. Auf seinem Schreibtisch lagen die unterschriebenen Durchsuchungsbefehle für das Apartment auf Baltrum und die Stadtwohnung der Lehrerin. Er ging ans Fenster und blickte in den Schlosspark hinunter. Vor den Tannen und den verblühten Rhododendronsträuchern rankten Rosen und standen unzählige Sommerblumen in voller Blüte, deren Namen er nicht kannte.

Er setzte sich wieder an seinen Schreibtisch und studierte seinen Terminkalender.

Nichts hinderte ihn daran, nach Emden zu fahren, um mit den Kripobeamten den Fall Kleedorf zu besprechen, der ihn sehr interessierte.

»Niemand verschwindet spurlos, erst recht nicht auf einer kleinen Insel wie Baltrum«, murmelte er vor sich hin.

Bronzema packte die Dokumente in seine Tasche. Er schob seinen Stuhl vor den Schreibtisch, trat an die Garderobe, hängte sich sein leichtes Sommerjackett über den Arm und betrat das Vorzimmer.

»Ich fahre nach Emden. Wenn was Besonderes anliegt, können Sie mich dort im Revier erreichen«, sagte er zu seiner Sekretärin.

Die Sekretärin nickte, ohne ihre Arbeit am Computer zu unterbrechen.

Kurze Zeit später parkte Staatsanwalt Bronzema seinen Wagen auf dem Platz hinter dem Emder Polizeirevier. Er blickte über die Gracht hinweg auf die Bäume und Sträucher des Walls.

Ein leichter Wind war aufgekommen und machte die Hitze erträglicher. Er verließ den Parkplatz und ging hinüber zum Revier.

Der Dienst habende Beamte grüßte. Bronzema stieg die Treppe hoch und betrat das Dienstzimmer des Kommissars.

»Moin«, sagte er und reichte Glauwitz und Noosten die Hand.

»Ich hatte kein Sitzfleisch«, sagte er. »Musste einfach mal sehen, was Sie hier konkret machen.«

»Darf ich Ihnen trotzdem einen Stuhl anbieten?«, sagte Glauwitz lächelnd und rückte den Besucherstuhl an seinen Schreibtisch heran.

Der Staatsanwalt nahm Platz.

»Hier sind die Durchsuchungsbefehle«, sagte er, nahm die in einer Plastikhülle steckenden Dokumente aus seiner Tasche und reichte sie Glauwitz. »Es war sehr heiß im Wagen. Im Büro vergisst man ganz, dass Hochsommer ist«, sagte er und wischte sich den Schweiß von der Stirn.

»Einen Tee?«, fragte Noosten. Der Staatsanwalt nickte dankbar.

»Beamtenschweiß nimmt leider niemand ernst«, scherzte er. »Also, meine Herren – wie sieht es aus?«

»Es gibt keine nennenswerten Hinweise im Margeritenmord«, sagte Noosten, während er Tee aufbrühte.

»Ein pressereifer Titel, Herr Noosten. Ich entnehme Ihrer Äußerung, dass Sie annehmen, der Mörder habe sich nach seiner grässlichen Tat mit Margeriten von Wibke Kleedorf verabschiedet?«

»Eine reine Spekulation«, meinte Glauwitz.

Noosten stellte Teegeschirr auf den Schreibtisch.

»Vielleicht hat auch ein geladener Besucher enttäuscht den Blumenstrauß vor die Apartmenttür gelegt, weil Wibke Kleedorf nicht zu Hause war«, sagte er.

»Wenn es diesen Besucher gibt, dann hat er es leider versäumt sich als Zeuge zu melden. Wir müssen einfach mehr über die Lehrerin erfahren«, erwiderte der Staatsanwalt.

Durch das geöffnete Fenster drang der Lärm des Berufsverkehrs. Noosten stellte die Teekanne auf das Stövchen.

»Bitte«, sagte er und nahm an seinem eigenen Schreibtisch Platz. Der Staatsanwalt bediente sich mit Kluntje, Tee und Sahne.

»Wir werden uns heute Nachmittag in der Wohnung der Lehrerin umsehen und um achtzehn Uhr erwartet uns Herr von Kalksund. Eddi de Jonge hat mit seinen Feuerwehrleuten noch einmal unauffällig die Dünen abgesucht, aber leider ohne Erfolg! Mitglieder des Aeroclubs sind mit einer Chessna über die Insel geflogen, aber auch sie haben keine Spur entdeckt«, erklärte der Kommissar.

»Und was gedenken Sie jetzt zu unternehmen?«, erkundigte sich Bronzema.

»Wir haben die Suchhundestaffel aus Hannover angefordert«, sagte Glauwitz.

»Die werden nicht viel Zeit haben, die Insel abzusuchen«, sagte Noosten. Der Staatsanwalt blickte fragend auf.

»Die Baltrumfähre legt morgen um dreizehn Uhr in Nessmersiel ab, und die Kollegen aus Hannover wollen mit den Hunden nicht über Nacht auf Baltrum bleiben«, sagte Glauwitz und nippte an seinem Tee.

Über Emden stand die glühende Mittagssonne, und das lang gezogene Heulen der Sirene der Thyssen-Nord-Werke war zu hören: Die Werftarbeiter hatten Mittagspause.

Bronzema griff nach seiner Tasse, trank sie leer und erhob sich.

»Meine Herren, ich danke für den Tee und wünsche Ihnen viel Erfolg«, sagte er und verließ das Dienstzimmer.

Im Park jäteten die Stadtgärtner Unkraut und lockerten die trockene Erde der Blumenbeete. Auf den Bänken saßen alte Leute im Schatten der Bäume. Mütter schoben ihre Kinderwagen an den gepflegten Grünflächen entlang.

Die Beamten verließen den Park und näherten sich dem Komplex mit den Eigentumswohnungen, in dem Wibke Kleedorf zu Hause gewesen war. Sie gingen über den Hof zu dem zurückliegenden Gebäude, und Glauwitz wies auf das kleine Schild, das an der Klinkerwand neben dem Eingang befestigt war.

»Der Hausmeister«, sagte er und drückte die Klingel.

»Groen«, drang es aus der Sprechanlage.

Glauwitz neigte sich vor. »Kripo Emden«, sagte er.

Nach wenigen Sekunden trat ein circa sechzigjähriger Mann vor die Tür. Er sah die Beamten fragend an, nahm die Prinz-Heinrich-Mütze von seinem grauen Haarschopf und drehte sie in der Hand. Der Mann war kräftig und machte ganz den Eindruck, als könne er zupacken.

Glauwitz wies sich aus. Groen schaute auf die Polizeimarke.

»Seltener Besuch«, sagte er mürrisch.

»Mein Name ist Glauwitz, mich begleitet mein Kollege Noosten. Ihnen ist sicher schon bekannt, dass die Lehrerin Wibke Kleedorf seit mehr als einer Woche vermisst wird. Sie besitzt in der Anlage eine Wohnung«, erklärte der Kommissar.

»Ach«, sagte Groen überrascht.

»Lesen Sie denn keine Zeitung?«, fragte Noosten.

»Sonst schon, meistens den Sport. Aber meine Frau und ich waren diese Woche in Krefeld auf einer Beerdigung, weil mein Schwager gestorben ist. Herr Kommissar, die Einschläge kommen näher«, sagte der Hausmeister gequält.

»Herr Groen, Frau Kleedorf war noch jung, aber wir gehen davon aus, dass sie auf Baltrum eines gewaltsamen Todes gestorben ist«, erwiderte Glauwitz.

Der Hausmeister wischte sich den Schweiß von der Stirn.

»Eine schreckliche Nachricht«, sagte er, hob die Mütze kurz hoch und setzte sie wieder auf.

»Wir haben einen Durchsuchungsbefehl und müssten uns in der Wohnung umschauen«, sagte Glauwitz.

»Furchtbar! ja, dann … Ich hole schnell den Schlüssel«, erwiderte Groen und verschwand im Haus. Doch er war sofort zurück. »Gehen wir«, meinte er.

Sie verließen den Innenhof. Groen führte sie zu dem Eckhaus, dessen Fenster zur Parkseite lagen.

Er öffnete die Haustür und führte die Beamten die Treppe hinauf. »Das ist ihr Apartment«, sagte er, steckte den Schlüssel ins Schloss und blickte seine Begleiter ernst an, während er auf die bunte Fußmatte zeigte. »Hier lag die Ratte«, murmelte er und schüttelte sich.

»Was lag da?«, fragte Glauwitz verständnislos.

»Frau Kleedorf hat mich abends nach einer Schulkonferenz, das liegt bereits einige Wochen zurück, herausgeklingelt. Sie war außer sich, weil hier eine tote, ausgeblutete Ratte lag. Sogar ich hab mich geekelt und das will was heißen!«

»Und? Weiter?«, fragte Noosten.

Groen blickte auf. »Ich hab sie rausgebracht«, antwortete er.

»Haben Sie für diesen Vorfall eine Erklärung?«, fragte Glauwitz aufmerksam.

»Zur Beruhigung von Frau Kleedorf habe ich eine gefunden. Im Parterre hatten die Fischers neue Möbel bezogen, und die Leute von der Lieferfirma hatten wohl vergessen, die Holzkeile von der Haustür zu entfernen, sodass sie offen stand. Ich sagte Frau Kleedorf, dass die Ratte nach einem Kampf mit einem Hund oder mit einer Katze das Treppenhaus als Fluchtweg genommen hatte und vor der verschlossenen Tür hier oben verendet war«, sagte Groen stolz. Er hielt die Klinke schon in der Hand.

»Gibt es noch eine andere Version?«, erkundigte sich Noosten.

Der Hausmeister nickte. »Das Blut an der Ratte war verklumpt«, antwortete er.

»Die Ratte ist also nicht selbst die Stufen heraufgekommen?«, fragte Glauwitz.

»Das ist schon möglich«, erwiderte der Hausmeister vieldeutig.

»Herr Groen, mit anderen Worten, es kann auch jemand die tote Ratte vor die Apartmenttür gelegt haben?«, fragte Noosten misstrauisch.

Groen nickte.

»Ich denke, dass wir den Vorfall ins Protokoll aufnehmen«, sagte Glauwitz.

»Herr Kommissar, jetzt fällt mir auch wieder ein, dass Frau Kleedorf in derselben Woche ihr Fahrrad nach Hause schieben musste, weil jemand die Reifen zerschnitten hatte«, warf Groen ein und öffnete die Tür.

»Bitte bleiben Sie hier, wenn Sie Zeit haben«, forderte Glauwitz ihn auf.

Sie betraten den kleinen Korridor. Groen drückte den Lichtschalter hinunter. An der Kleiderablage hingen leere Bügel.

»Hier gibt es nichts zu erkunden«, meinte Glauwitz, der die

Tür zum Bad geöffnet hatte. Im Schlafzimmer war es ähnlich – das einzig Interessante war die recht gewagte Unterwäsche der Lehrerin, die den Kommissar zu der Bemerkung veranlasste, seine Frau habe so etwas noch nie getragen.

»Chef, nichts für ungut, aber Ihre Frau ist auch nicht unbedingt der Typ dazu«, frotzelte Noosten, was ihm einen Rippenstoß eintrug.

Sie verließen das Schlafzimmer.

Im Wohnzimmer war alles fein säuberlich aufgeräumt, und auch hier wurden die Beamten nicht fündig.

Im Arbeitszimmer, in dem ein Regal mit Schulbüchern und wissenschaftlichen Werken aus der Studienzeit stand, ging das Fenster nach Osten hinaus und ließ strahlendes Morgenlicht herein.

An der Wand stand ein Schreibtisch. Die Lehrerin hatte ihren Schulterminplaner auf die Tapete geklebt, dessen Eintragungen kurz vor den Sommerferien endeten. Es waren schulische Termine und Angelegenheiten.

An der Wand hing ein Ölgemälde eines Emder Malers: Margeriten, die in verschwenderischer Fülle aus einer irdenen Vase quollen.

»Wieder Margeriten«, sagte Noosten.

Glauwitz trat an den Schreibtisch. Er zog die Schublade auf und studierte den Inhalt. Sie enthielt Postkarten von Bekannten, Anschriftlisten ehemaliger Mitstudenten, Fotos von ehemaligen Schülern und Klassenfahrten.

Ein Sammelsurium unwichtiger Dinge, von denen Wibke sich nicht hatte trennen können.

Glauwitz öffnete die Tür des Seitenfachs. Die Aktenordner enthielten die Belege, die bei einer Haushaltsführung im Laufe eines Jahrs anfallen und zum Teil für die Steuererklärung wichtig sind.

Ein weiterer Ordner enthielt den Schriftwechsel mit ihrem Anwalt. Zusätzlich fand Glauwitz dort abgeheftete Briefe, die Wibkes Ehemann an sie gerichtet hatte. Sie enthielten Beschimpfungen, denen es lohnte nachzugehen.

Ein weiterer Aktenordner enthielt Dokumente der ›Gesellschaft für Christliche Nächstenliebe‹, die zu Herzen gingen.

In der zweiten Schublade stieß Glauwitz auf ein Album, das Fotos neueren Ursprungs enthielt: Wibke im Garten vor weißen Frühjahrsbirken, Wibke mit einem Weinglas in der Hand vor einem Kamin, Wibke im offenen Golf …

Glauwitz durchsuchte die Schublade und förderte ein bemaltes kleines Holzkästchen zutage. In ihm befanden sich Briefe von einem Mann namens Hinni Synninga, denen zu entnehmen war, dass er in Gießen studieren wollte. Die Inhalte der Briefe sprachen dafür, dass er mit der Lehrerin ein enges Verhältnis unterhalten haben musste.

Glauwitz notierte sich seine Adresse.

Die letzte Schublade war verschlossen.

»Herr Groen, dafür haben wir keinen Schlüssel. Können Sie ohne Beschädigung des Holzes das Schloss öffnen?«, fragte der Kommissar. Groen hatte bisher schweigend der Durchsuchung zugeschaut. Er zog seine Brille aus der Gesäßtasche, setzte sie auf, trat an den Schreibtisch und betrachtete das Schloss.

»Ich denke schon«, sagte er, »notfalls bohre ich das Schloss auf. Ich hole schnell meinen Werkzeugkasten.«

Er verließ das Apartment, war aber nach wenigen Minuten zurück und stellte seinen Werkzeugkasten vor dem Schreibtisch ab. Dann probierte er einige Schlüssel aus, die an einem Ring hingen, doch ohne Erfolg. Schließlich formte er Drahtenden zu einer Schlinge und schob sie in das Schloss. Er schwitzte, als gelte es, einen Baum zu fällen, und atmete erleichtert auf, als er die Schublade hervorzog.

»Hervorragend, Herr Groen«, sagte Glauwitz anerkennend.

Der Hausmeister nahm seinen Werkzeugkasten und machte dem Kommissar Platz.

Glauwitz studierte den Inhalt der Schublade.

Er fand zwei Sparbücher der Stadtsparkasse Emden. Das eine war auf den Namen Marco Kleedorf angelegt, das andere trug den Namen der Lehrerin. »Ein Vermögen«, sagte Glauwitz und reichte es Noosten.

»So viel könnte ich bei der Kripo in hundert Jahren nicht sparen«, stellte Noosten grinsend fest.

»Du hättest eben Pferde züchten sollen, statt Verbrechen aufzuklären«, sagte Glauwitz trocken.

Er widmete sich dem weiteren Inhalt der Schublade.

Er fand einen Schnellhefter, in dem sich notarielle Urkunden und Auszüge des Katasteramtes befanden, denen er als Laie entnahm, dass der Bungalow in Pilsum, das Hotel und das Reiteranwesen je zur Hälfte auf die Eheleute eingetragen waren.

Er reichte Noosten den Schnellhefter. »Ein Notar kann uns da sicher weiterhelfen.«

Auf dem Boden der Schublade fand er einen aus Silber gefertigten Rahmen. Die Oberfläche bedeckten ein eingraviertes Kreuz und lauter kleine Herzchen, die Tränen oder kleinen Regentropfen glichen …

Glauwitz hob das seltsame flache Etui aus der Schublade. Er fand die kleinen Scharniere und öffnete es.

Auf einer roten Samtunterlage lag das Stammbuch der Eheleute Rolf und Wibke Kleedorf, das auch die Geburt des gemeinsamen Kindes aktenkundig machte. Getrocknete Margeriten bedeckten das standesamtliche Dokument.

Glauwitz wendete die Stammbuchseite und fand dort den Sterbetag des kleinen Marco, außerdem, in Plastik verschweißt, eine Haarlocke. »Das geht an den Nerv«, sagte er leise und legte das Etui zurück auf den Boden der Schublade.

Noosten untersuchte noch die Inhalte der Schubladen unterhalb der Bücherregale im Wohnzimmer.

»Das war es«, sagte Glauwitz schließlich zum Hausmeister. »Ich werde Sie im Protokoll als Zeugen aufführen und danke Ihnen für Ihre Hilfe.«

Sie verließen das Apartment der Lehrerin, und Glauwitz klebte von außen ein Siegel an das Türschloss.

»Herr Groen, bitte benachrichtigen Sie uns, falls jemand sich für die Wohnung interessiert«, bat der Kommissar noch, dann verabschiedeten sich die Beamten.

Spät am Nachmittag lenkte Glauwitz den Passat an den Straßenrand vor dem Bungalow von Kalksund. »Ein hübsches Haus«, sagte er.

»Und ein gepflegter Vorgarten«, stellte Noosten fest.

»Die Lehrer scheinen wirklich viel Zeit zu haben, sonst könnte er das alles nicht so gut in Schuss halten!«, fügte der Kommissar hinzu.

Sie stiegen aus und gingen zur Haustür. Glauwitz klingelte.

Hubertus von Kalksund öffnete ihnen und blickte die Besucher hoffnungsvoll an.

»Bitte, treten Sie ein«, sagte er höflich und führte die Beamten ins Wohnzimmer. Die solide Einrichtung verriet Geschmack und ließ auf seinen Wohlstand schließen.

Von Kalksund zeigte auf die Sitzgruppe vor dem Kamin und bat sie, dort Platz zu nehmen.

»Mein Kompliment, Sie wohnen fürstlich«, sagte Noosten aufrichtig, und Glauwitz nickte zustimmend.

»Das Haus und auch die Einrichtung hat mir meine Mutter hinterlassen«, erklärte der Oberstudienrat. »Sie war eine berühmte und gefeierte Pianistin. Nach ihrer Karriere hat sie sich hier in Ostfriesland niedergelassen. Sie saß immer hier vor dem Kamin, wo Sie jetzt gerade sitzen, Herr Kommissar. Auch Wibke hat mit mir hier gesessen und Musik gehört. Und nun kommt sie vielleicht nie mehr wieder«, sagte er traurig.

»Wir haben die Insel absuchen lassen: keine Spur von Ihrer Verlobten. Sie ist auch nicht abgereist, denn ihre Reisetasche und ihr Koffer befanden sich im Apartment. Dort sah alles so aus, als sei sie nur kurz fortgegangen, um etwas zu erledigen«, sagte Glauwitz.

»Darf ich Ihnen einen Tee anbieten? Um diese Zeit habe ich früher mit meiner Mutter und später mit Wibke immer eine Tasse Tee getrunken«, meinte von Kalksund geschwätzig.

»Gerne«, sagte der Kommissar, und auch Noosten nickte.

Der Lehrer verschwand in der Küche, und wenig später saßen sie vor dampfenden Tassen.

Durch das große Fenster schauten sie auf die hohen Tannen, durch die das Rot der untergehenden Sonne schimmerte.

Im Zimmer war es angenehm kühl.

»Ihre Verlobte zog es vor, ihren Urlaub auf Baltrum allein zu verleben«, stellte Glauwitz fest. »Und wir wüssten gern, warum.«

»Darüber haben wir uns doch bereits unterhalten«, gab von Kalksund ärgerlich zurück. »Wibke hatte Probleme mit ihrem Mann. Er forderte sie auf, zu ihm zurückzukommen, und es gab Ärger um das gemeinsame Kind. Wibke fühlte sich bedrängt und war der Meinung, allein könne sie am besten zur Ruhe kommen. Kurz vor ihrer Abreise ist dann auch noch der kleine Marco gestorben, ein schwerer Schlag …«

»Frau Kleedorf suchte also Abstand. Kann ihr mutmaßlicher Tod im Zusammenhang mit der Ehekrise gesehen werden?«, fragte Noosten.

Von Kalksund winkte ab. »Rolf Kleedorf stand einer Scheidung im Wege, aber es wäre vollkommen absurd, anzunehmen, dass er Wibke nach Baltrum gefolgt wäre, um sie umzubringen«, sagte er angewidert.

»Nun, einen Freitod können wir nach Ihren Aussagen wohl ebenfalls ausschließen«, meinte der Kommissar.

Von Kalksund trank einen Schluck Tee. Er nickte nur stumm.

»Vor dem Apartment haben wir einen fast vertrockneten Blumenstrauß gefunden. Es waren Margeriten«, sagte Glauwitz.

Von Kalksund stellte die Tasse ab. »Ich habe es im Kurier gelesen. Wibke mochte Margeriten besonders gern«, sagte er.

»Warum sind Sie eigentlich nicht selbst nach Baltrum gefahren, um sich nach dem Verbleib Ihrer Braut zu erkundigen?«, fragte Noosten.

»Wibke hatte mich gebeten, sie nicht zu besuchen. Ich besaß nur die Telefonnummer«, erklärte der Oberstudienrat.

»Die Anschrift hätten Sie auch bei der Kurverwaltung bekommen können«, sagte Glauwitz.

Von Kalksund zuckte mit den Schultern. »Um ehrlich zu sein, ich besaß nicht die Nerven, auf Baltrum vor verschlossener Tür zu stehen und irgendeinen unbekannten Hausmeister anzuflehen, das Apartment meiner Verlobten zu öffnen, der meine Ängste nicht verstanden und sie sicher fehlgedeutet hätte«, sagte er, den Tränen nahe.

Noosten gab Sahne in den Tee und beobachtete, wie die beiden Flüssigkeiten sich vermischten. »Was hat es denn nun eigentlich auf sich mit Ihrer Vorahnung?«, fragte er den Lehrer und lehnte sich in seinem Sessel zurück.

Von Kalksund stellte die Tasse auf den Tisch, strich mit Daumen und Zeigefinger seinen Schnurrbart zurecht und schaute Noosten ein wenig verlegen an. »Darüber spreche ich ganz selten und äußerst ungern. Nur Wibke habe ich mich bisher anvertraut«, sagte er.

»Nicht so geheimnisvoll«, ermunterte ihn der Assistent des Kommissars.

Der Lehrer beugte sich leicht vor. Leise und fast ein bisschen feierlich erklärte er: »Meine Mutter hat mein Leben mehr als alles andere geprägt. Sie war nicht nur eine großartige Frau, sondern auch eine berühmte Künstlerin. Sie ist hier in diesem Haus alt geworden, und ich habe sie bis zu ihrem Tode gepflegt. Seitdem sie tot ist, höre ich oft ihre Stimme, die aus dem Jenseits zu mir spricht.« Jetzt, da es heraus war, fuhr er lauter und fast befreit fort: »Nach ihrem Tod lernte ich Wibke kennen. Mutter bat mich, Wibke zu heiraten. Und Mutter war es auch, die mir schließlich signalisiert hat, dass etwas Schlimmes geschehen war. Ich bin dann zu Ihnen gekommen«, erklärte er und stand auf. »Ich werde Ihnen einige Fotos von Mutter zeigen.«

»Danke, Herr von Kalksund, ein andermal«, wehrte Glauwitz ab. Noosten nahm seine Zigarettenschachtel aus der Tasche.

»Darf ich?«, fragte er.

»Gerne«, antwortete der Lehrer, ging zum Schrank und holte einen Aschenbecher hervor, den er Noosten reichte.

Dieser steckte sich eine Zigarette an, blies den Rauch von sich und wandte sich wieder an Kalksund: »Sie besitzen also so etwas wie das ›zweite Gesicht‹?«

Der Lehrer schüttelte den Kopf. »Nein. Aber Mutters Seele

lebt und sucht aus dem jenseits Kontakt mit mir. Das gelingt nicht immer, aber doch meistens«, antwortete er voller Überzeugung.

»Und nach den vergeblichen Versuchen, Ihre Braut telefonisch zu erreichen, bekamen Sie Kontakt mit der Seele Ihrer Mutter?«, fragte Glauwitz, und nur jemand, der ihn gut kannte, hätte die leise Ironie in seinem Tonfall bemerkt.

»Ja, Mutters Stimme forderte mich auf, nach Wibke suchen zu lassen«, erwiderte von Kalksund verlegen.

»Aber einen Tipp aus dem Jenseits, der uns helfen würde, die Leiche Ihrer Braut zu bergen und ihren Mörder zu überführen, kann uns Ihre Mutter nicht zufällig geben?«, fragte Noosten ironisch und drückte seine Kippe im Aschenbecher aus.

»Ich besitze weder übernatürliche Fähigkeiten, noch kann ich hellsehen. Ich habe nur die unerklärliche Möglichkeit, ihre Stimme zu hören. Sie sind Polizeibeamte, und ich gehe davon aus, dass Sie meinen Beitrag ernst nehmen«, meinte der Oberstudienrat.

»Daran gibt es keinen Zweifel. Können wir von Ihnen vielleicht erfahren, wer ein Motiv besessen haben kann, Ihre Braut zu töten und die Leiche vor unserem Zugriff versteckt zu halten?«, fragte Glauwitz. »Es spricht nämlich einiges dafür, dass Ihre Braut nicht das Opfer eines Zufallsmörder wurde. Irgendjemand muss sie gehasst haben.«

»Es tut mir Leid, da kann ich Ihnen nicht weiterhelfen. Ich leide jedenfalls sehr unter dem Verlust«, antwortete der Lehrer, der sichtlich mit den Tränen kämpfte.

»Und die Margeriten?«, hakte Noosten nach.

»Ich sagte Ihnen doch schon, dass Wibke Margeriten besonders gerne mochte«, erwiderte von Kalksund.

»Hatte sich Ihre Braut vielleicht im Kollegium Feinde geschaffen?«, fragte Glauwitz, griff nach seiner Teetasse und nahm einen Schluck.

»Es gab den üblichen Kollegenneid, als unser Direktor Wibke die Möglichkeit zum Aufstieg bot, aber sonst nichts, von dem ich wüsste. Auseinandersetzungen mit Schülern und Schülerinnen sind in unserem Beruf alltäglich. Aber Mord! Nein, ich kann Ihnen da wirklich nicht weiterhelfen«, antwortete der Lehrer.

»Dann danken wir Ihnen für den Tee! Wir melden uns, wenn wir etwas erfahren«, versprach der Kommissar.

Auf der Mole in Nessmersiel kam der Zubringerbus vom Norddener Bahnhof an. Die Fahrgäste strömten der ›Baltrum-Fähre‹ entgegen, die abfahrbereit am Kai lag.

Wachtmeisterin Piepers lenkte den Passat in die Nähe eines grünen Opel-Kombis, der ein Hannoveraner Kennzeichen trug. »Ihr werdet bereits erwartet«, sagte sie, stellte den Motor ab, stieg aus, schritt um den Wagen und öffnete die Heckklappe. Glauwitz und Noosten nahmen ihre Reisetaschen von der Ladefläche. »Viel Erfolg«, sagte die Wachtmeisterin, schlug die Klappe zu, setzte sich hinter das Steuer und fuhr davon.

Die Beamten näherten sich dem Opel. Durch das Heckfenster des Wagens sahen sie die Schäferhunde.

Die Türen des Wagens wurden geöffnet, und zwei Männer, sie mochten um die dreißig sein, kamen ihnen entgegen.

Sie trugen Jeans und bunte Sommerhemden. Sie waren schlank, drahtig und wirkten großstädtisch.

»Wir kommen vom LKA. Im Wagen warten Blanka und Harro auf den Einsatz«, sagte der eine und fügte hinzu: »Mein Name ist Grendel.«

»Mantzen«, stellte sich der andere vor.

»Kripo Emden, Glauwitz, mein Kollege Noosten«, sagte der Kommissar.

»Herr Glauwitz, es bleibt bei unserer Vereinbarung: Wir werden mit den Hunden nicht über Nacht auf der Insel bleiben«, erklärte Grendel.

»Herr Grendel, nehmen Sie Ihre Hunde an die Leine, und begleiten Sie uns an Bord. Ich sorge dafür, dass Sie am Abend wieder auf dem Festland sind«, erklärte der Kommissar.

Mantzen öffnete die Heckklappe. Dabei sprach er beruhigend auf die Hunde ein. Sie sprangen heraus und ließen sich friedlich an die Leine legen. Es waren schöne Tiere mit grau-schwarzer Zeichnung und glänzendem Fell, und sie gehorchten Mantzen aufs Wort. Sein Kollege schlug die Heckklappe zu und verschloss sie.

Wenig später betraten die Beamten über die Gangway das Schiff. Nur wenige Passagiere saßen bei dem herrlichen Sommerwetter drinnen, deshalb fanden sie unter den Sonnenhungrigen an Deck nur noch mit Mühe eine Bank und nahmen Platz.

Glauwitz stellte sich in die Schlange vor dem Fahrkartenschalter. Das Fährschiff legte ab und fuhr mit hoher Bugwelle der Insel entgegen.

»Allein für diese kleine Seereise hat sich das Kommen gelohnt«, scherzte Mantzen und beruhigte die Hunde, die auf das Kläffen eines Dackels reagierten.

Zwischen den Inseln kreuzten Segelboote.

»Ich war noch nie in Ostfriesland«, sagte Grendel.

»Drüben sehen Sie den Leuchtturm von Norderney, rechts von uns die Spitze von Langeoog«, sagte Noosten.

Das Schiff erreichte das offene Fahrwasser und passierte wenig später die Seehundsbänke. Dickleibige Robben lagen mit ihren Heulern auf der Sandbank und sonnten sich. Möwen leisteten ihnen Gesellschaft.

Glauwitz kam vom Schalter zurück und verteilte die Fahrkarten.

Das Schiff änderte den Kurs und näherte sich dem Hafen. Durch den Lautsprecher erklang eine Durchsage. »Wir legen in wenigen Minuten auf Baltrum an. Tagesgäste haben Gelegenheit, um neunzehn Uhr dreißig die Rückreise anzutreten. Wir bitten Sie, beim Verlassen des Schiffes die Fahrkarten bereitzuhalten.«

Auf dem Deck wurde es unruhig. Kinder drängten an die Reling, und die übrigen Fahrgäste griffen nach ihrem Gepäck.

Auf dem Anleger standen die Angestellten der Hotels und Pensionen mit Schildern, um die Gäste zu empfangen. Die Passagiere verließen das Schiff über die Gangway, an deren Ende zwei Besatzungsmitglieder die Fahrkarten knipsten.

Die Beamten warteten geduldig und nahmen sich Zeit, um den Hunden das Gedränge zu ersparen.

Mit kleinen Schritten folgten sie den Passagieren. Auf dem Anleger lockerte Mantzen die Leinen, und dann schritten sie an der Post vorbei dem Dorf entgegen.

Pferdewagen holperten über die Straße, Radfahrer klingelten sich den Weg frei, und alles ging recht geruhsam zu.

Die Hunde folgten dem leisesten Druck der Leine.

Sie ließen sich nicht ablenken von den Gerüchen an Straßenkanten, Gartenzäunen und Gemarkungssteinen und reagierten auch nicht auf das Knurren und Bellen ihrer Artgenossen, die von Spaziergängern ausgeführt wurden.

Glauwitz und Noosten brachten ihre Reisetaschen zur Rezeption der Pension ›Wattblick‹. Niemand erkannte in der Männergruppe Polizisten, die auf Baltrum nach dem Verbleib einer Urlauberin suchten, von der sie annahmen, dass sie Opfer eines Verbrechens geworden war.

Der Ostwind brachte ein wenig Kühlung. Die Luft roch nach Salz und Tang, man hörte das Meeresrauschen, und die Sonne ließ die bunten Vorgärten und die roten, teilweise reetgedeckten Backsteinhäuser noch malerischer aussehen, als sie es ohnehin schon waren.

»Eine Idylle«

Die Hunde saßen hechelnd bei Fuß. Noosten wandte sich an die beiden Beamten vom Landeskriminalamt. »Der Hausmeister hat sie gesehen, als sie gegen Abend das Haus verließ. Soll ich eines ihrer Kleidungsstücke besorgen?«

»Das tue ich selbst«, erwiderte Glauwitz und begab sich zur Eingangstür des Apartmenthauses. Auf dem Rasen davor saß eine ältere Frau in einem Liegestuhl. Sie legte überrascht ihr Buch beiseite, griff nach ihrem Bademantel, zog ihn hastig über und verließ, als schäme sie sich, den Rasen, als die Beamten das Grundstück betraten.

Glauwitz kam schnell zurück. »Ich habe ihr Nachthemd mitgebracht«, sagte er.

»Geben Sie es mir«, bat Grendel. Mantzen lockerte die Leinen.

»Such«, befahl Grendel und hielt ihnen das Nachthemd vor die Schnauzen.

Die Hunde sprangen auf und beschnupperten es eingehend von allen Seiten.

Mantzen zog die Leinen an. Grendel steckte das Nachthemd in die Tasche, und dann folgten die Männer den beiden Hunden, die wild an den Leinen zerrten.

»Vorwärts! Sucht!«, rief Mantzen den Hunden zu.

Die Tiere senkten die Köpfe und schnupperten auf dem Boden herum. Mantzen grinste erleichtert. »Sie haben die Spur«, sagte er. Die Beamten folgten den Hunden an den beiden Kirchen vorbei und gelangten auf den mit roten Betonsteinen gepflasterten Wanderweg.

Er führte in Wendungen durch die Dünentäler und endete nach etwa zwei Kilometern an einer Hinweistafel. In der Nähe stand eine Bank, Blanka und Harro blieben einen Moment stehen und bellten aufgeregt.

Vom befestigten Weg gingen zwei ausgetretene Pfade in verschiedene Richtungen. Der eine führte zur Bildungsstätte, der andere durch die Dünen zum Strand.

»Sie hat auf der Bank gesessen«, sagte Grendel. Die Hunde schnupperten und drängten in Strandrichtung. Der Weg stieg an und kreuzte einen mit Stroh angefüllten Reiterweg. Aufgeschreckte Enten schossen aus dem Dickicht. Die Hunde zerrten Mantzen auf den Reiterweg. Sie ließen sich weder von den Reißaus nehmenden Fasanen noch von den erschrocken davonhoppelnden Kaninchen beirren, sondern zogen immer weiter.

Wibke Kleedorf hatte diesen Weg gewählt, war hier an den verkrüppelten Birken und dem hoch geschossenen Schilf vorbei ahnungslos ihrem Mörder entgegengegangen.

Moosröschen, Buschrosen, Sanddornsträucher, pink blühende Disteln und Klettensträucher säumten den Weg. Über die mit Strandhafer bewachsenen Dünen ging der Wind.

Ein Graureiher stand vor einem Tümpel, unbeweglich, starr wie aus Porzellan auf der Suche nach Nahrung für seine Brut.

Die Beamten schritten wortlos durch die Landschaft, die zum

Verweilen einlud. Sie hörten nicht das leise Singen des Windes, nicht das Rauschen der Wellen, das vom Meer zu ihnen drang.

Sie folgten konzentriert dem Gespann der hechelnden Hunde.

Der Reiterweg stieg an bis auf einen Dünenkamm. Im Blickfeld lag der Horizont, der sich blaugrau abhob vom schon leicht rötlich gefärbten Himmel. Große Brecher mit weißen Kämmen rollten der Insel entgegen. »Der Mörder hat sich nicht nur an der Lehrerin versündigt, sondern auch an dieser wunderschönen Insel«, sagte Grendel tief beeindruckt.

Glauwitz blickte überrascht auf, als die Hunde an dem Wegweiser des Bildungsheimes vorbeiliefen und in nordwestlicher Richtung einem nur wenig ausgetretenen Pfad folgten, der im Sand vor einer hohen Düne endete.

Die Hunde bellten, zerrten an den Leinen und liefen zu einer seitlichen Dünenerhebung, die nur wenig Grün trug.

Mantzen lockerte die Leinen. Die Hunde gruben mit den Pfoten im Sand, scharrten ihn weg.

»Hier gibt es eine Spur«, meinte Grendel zufrieden.

Mantzen löste die Hunde von der Leine. Unentwegt schlugen ihre Pfoten in den Sand.

»Blanka, Harro, bei Fuß!«, befahl Mantzen.

Die Hunde gehorchten; er belohnte sie mit Leckerbissen und streichelte ihre glänzenden Felle. »Herr Glauwitz, es wird sich lohnen, hier zu buddeln«, sagte er.

Noosten stieg auf den Dünenkamm und schaute sich um. Das Wetterhäuschen, das Urlaubern vor Regen und bei Gewitter Schutz bot, lag etwa einen Kilometer entfernt. Bis zur Nordspitze von Baltrum waren es noch drei Kilometer. Von der Düne aus konnten sie nur durch unwegsames Gelände zum Strand gelangen.

Mantzen redete beruhigend auf die Hunde ein.

»Die Tiere brauchen Wasser«, sagte er.

»Kehren wir um«, schlug Grendel vor.

Die Sonne begann schon unterzugehen und tauchte den Himmel in kräftiges Rot.

Glauwitz war sehr nachdenklich. Noosten dagegen unterhielt

sich mit den Hundeführern über Gott und die Welt, während sie dem Dorf entgegenschritten.

Es war bereits nach achtzehn Uhr, als sie das Dorf erreichten.

Glauwitz führte die Kollegen zur Pension ›Wattblick‹.

»Ich lade Sie zu einem Getränk ein«, sagte er. Sie betraten die Terrasse und setzten sich an einen Tisch vor der kleinen Begrenzungsmauer, auf der in Blumentöpfen Geranien blühten.

»Harro, Blanka, Platz!«, befahl Mantzen. Die Hunde legten sich in den Schatten der Mauer.

Der Kommissar ging in die Küche und kam mit einer Schüssel Wasser für die Hunde zurück.

Mit dem Blick auf den Leuchtturm, die Landzunge mit den Dünen und die Seehundsbänke, über die jetzt das Wasser der Flut stieg, saßen die Männer vor ihren Gläsern. Limonade und Mineralwasser taten gut nach dem Marsch in der Nachmittagshitze.

Der Wirt, ein schwergewichtiger Mann, erschien mit Fleischknochen und warf sie den Hunden vor.

Die Urlauber kamen vom Strand zurück, und die Straßen belebten sich.

Der dienstliche Ausflug nach Baltrum hatte den Kriminalbeamten aus Hannover zugesetzt. Sie wirkten müde. Glauwitz ließ die Rechnung kommen und zahlte.

Die Hunde hatten die Knochen abgenagt, das Wasser getrunken und wirkten wieder frischer.

Glauwitz und Noosten begleiteten die Kollegen zum Fähranleger. Auf der Mole verabschiedeten sie sich mit herzlichen Dankesworten von den beiden Hundeführern.

Sie sahen zu, wie die Beamten mit ihren Tieren im Strom der Tagesausflügler über die Gangway das Deck betraten, und winkten ihnen zu, als das Schiff ablegte.

»Uns bleibt noch genug Zeit, den Staatsanwalt zu benachrichtigen. Bitten wir erst mal Saathoff und de Jonge her«, sagte Glauwitz.

Sie riefen den Inselpolizisten in seinem Büro an und baten ihn, mit dem Brandmeister in die Pension zu kommen. Dann folgten sie dem Geschäftsführer zu einer in friesischem Blau lackierten Tür, auf der in Eisenbuchstaben ›Privat‹ stand.

»Der Seniorchef trifft sich hier regelmäßig mit einigen Honoratioren. Morgen ist ihr Skatabend, aber heute ist der Raum frei«, sagte er und öffnete die Tür. Die Wände des Zimmers waren mit Fichtenholz getäfelt. Um einen massiven Eichentisch standen hochlehnige Stühle mit geflochtenen Sitzen.

In der Ecke befand sich eine Seemannskiste, die ein Segelschiff in naiver Malerei zierte. Über dem Tisch hing eine Schiffslampe. Die Seitenwand schmückte ein Gemälde, das die ›Baltrum‹, die erste Fähre, mit schwarzer Rauchfahne und offenem Deck im kabbeligen Wasser zeigte. Neben der Tür hing eine Schiffsglocke. Durch das Fenster reichte der Blick bis zum offenen Meer.

»Sehr gemütlich«, meinte Glauwitz.

Der Geschäftsführer verließ das Zimmer.

Kommissar Glauwitz blickte aufs Meer. Das letzte Licht der Sonne, von der gerade noch ein kleines Stück über den Horizont lugte, färbte die Wolken blutrot. Er setzte sich an den Tisch. Auf den Inselpolizisten und den Feuerwehrchef mussten sie nicht lange warten.

Eddi de Jonge trug wieder seine Prinz-Heinrich-Mütze, Pit Saathoff erschien in Uniform.

»Nehmen Sie bitte Platz«, sagte Glauwitz.

Eddi de Jonge legte seine Mütze auf einen Stuhl. »Herr Kommissar, was für eine Ehre! Nur wenige Insulaner haben Zutritt zu diesem Zimmer. Hier hat schon der ehemalige Bundespräsident gefrühstückt, unser Ministerpräsident speiste hier, und der Finanzminister aß hier Rumflockentorte und trank Tee«, sagte er scherzhaft.

»De Jonge hat Recht«, bestätigte Saathoff. Sie setzten sich an den Tisch.

Als der Ober kam, bestellten sie Pils.

»Kommen wir zur Sache«, sagte Glauwitz. »Die Suchhunde haben in den Dünen eine Spur gefunden. Es ist zu vermuten, dass dort die Leiche der Lehrerin liegt. Die Düne befindet sich auf einer gedachten Linie von der Schutzhütte zur Bildungsstätte.

Die Entfernung bis zur Ostspitze der Insel beträgt geschätzte zwei bis drei Kilometer.«

»Ich kenne das Gelände«, sagte Saathoff nachdenklich.

»Herr de Jonge, wir benötigen morgen Ihre Hilfe«, sagte Glauwitz. Pit Saathoff entfaltete den Inselplan, nahm einen Kugelschreiber und studierte die Karte.

»Dann muss meine Frau sich morgen um die Strandkorbvermietung kümmern. Sie kennt sich zum Glück aus in dem Geschäft«, meinte Eddi und blickte auf die Karte, die Saathoff ihm vorlegte.

Der Ober brachte das Bier und stellte es auf den Tisch.

»Mein Deckel«, sagte Glauwitz.

»Nach dem Wetterbericht bleibt das Hoch stabil«, sagte Noosten. »Das heißt, es gäbe keine Probleme in dieser Hinsicht.«

»Das Gerät können wir mit dem Unimog bis zum grünen Pfahl schaffen«, meinte der Feuerwehrchef.

»Und Ihre Männer?«, fragte Glauwitz.

»Ich habe bereits mit einigen Leuten telefoniert. Wir treffen uns um neun Uhr vor der Feuerwehrzentrale«, erwiderte de Jonge.

»Herr Saathoff, wir benötigen einen Sarg«, sagte Noosten.

»Unser Inselschreiner wird uns aus seinem Vorrat sicher einen liefern können«, erwiderte der Wachtmeister. »Ich rufe ihn nachher an.«

»Dann auf einen Erfolg!«, meinte Glauwitz und hob sein Glas.

Sie tranken durstig und wandten sich wieder ihren Planungen zu.

»Wir werden nach der Bergung der Leiche den Inselarzt hinzuziehen«, sagte Noosten.

»Mit der Überführung zum Rechtsmedizinischen Institut in Oldenburg werde ich ein Bestattungsunternehmen aus Norden beauftragen«, meinte Glauwitz.

»Für die Dokumentation fehlt uns noch ein Fotograf. Wenn Sie eine gute Kamera beschaffen können, kann ich das übernehmen. Bei diesem Wetter kann man nicht viel falsch machen«, schlug Noosten vor.

Saathoff dachte einen Moment nach. Dann fiel ihm etwas ein: »Ich wüsste jemanden hier aus Baltrum. Sönke Bakker studiert Kunst in Hannover. Er war vorher Fotograf. Er müsste jetzt in den Semesterferien hier sein.«

»Rufen Sie ihn bitte an, und auch den Schreiner«, ordnete Glauwitz an.

Pit Saathoff verließ das Zimmer und ging zum Telefon. Eddi de Jonge und Noosten rauchten Zigaretten, deren Qualm in Schwaden im Raum hing.

Der Kommissar stellte das Fenster auf Kippe, und sofort drang angenehm kühle Abendluft herein und vertrieb den Rauch.

Saathoff kam zurück und nahm wieder Platz. »Sönke Bakker ist zuverlässig«, meinte er. »Er wartet morgen um acht Uhr dreißig an der Rezeption auf Sie. Der Schreiner liefert einen Sarg aus seinem Bestand und bringt ihn zur Feuerwehrzentrale.«

»Hervorragend«, war Glauwitz' Reaktion.

Sie tranken die Gläser leer und riefen mit der Glocke den Ober noch einmal herein.

Sie hatten Durst nach dem heißen Sommertag, und die normale Dienstzeit war längst vorüber.

Die Sonne stand an einem fast wolkenlos blauen Himmel, und ein frischer Morgenwind trieb die Wellen mit ihren weißen Schaumkronen in unablässiger Folge auf den Strand. Möwen schossen über die leeren Strandkörbe, denn es war noch sehr früh, und die Touristen saßen noch beim Frühstück in ihren Hotels.

Eddi de Jonge saß am Steuer des Unimogs. Das Fahrzeug trug auf rotem Grund den weißen Schriftzug *›Freiwillige Feuerwehr Baltrum‹*.

Eddi und seine Leute hatten keinen Blick übrig für die Schönheit der Landschaft.

Eddi hatte eine Corvitflasche im Kühlmantel in die Provianttasche gelegt, und die Leiterin der Rot-Kreuz-Gruppe hatte eigens für die Männer an diesem Morgen Warmhaltekannen mit starkem Kaffee gefüllt.

»Man kann nie wissen«, hatte sie gesagt und zusätzlich einen Kasten Sprudel auf die Ladefläche gestellt.

Eddi de Jonge blickte den Strand hinunter, sah den grünen Pfahl, der Wanderern zur Orientierung diente, und lenkte den Unimog zur Düne hin.

Der Frontera war dicht hinter ihm.

Er hielt an, der Fahrer des Frontera tat es ihm gleich, und die Männer sprangen heraus.

Sie luden die Schaufeln und Stangen aus und besprachen sich kurz.

Dann wateten sie durch den lockeren Sand auf die Düne und gelangten auf den mit Binsen und Strandhafer bewachsenen Trampelpfad, der zur Schutzhütte führte.

Dort war der Weg gepflastert und führte geradeaus mitten durch die Dünen.

Es war jetzt sehr warm, und den Männern brach schon beim Gehen der Schweiß aus.

Sie entdeckten die Kripobeamten und den Fotografen, die ihnen von einer Erhebung aus zuwinkten.

Sönke Bakker fotografierte die Feuerwehrmänner, die trotz der Hitze ihre Uniformjacken trugen. »Fürs Familienalbum«, sagte er ironisch.

Wachtmeister Saathoff trug seine Uniformjacke schon über der Schulter, und er keuchte vor Anstrengung.

Glauwitz watete durch den Sand nach unten und begrüßte die Ankömmlinge.

Die jungen Feuerwehrmänner legten das Gerät auf einen mit Strandhafer bewachsenen Dünenkamm.

Glauwitz führte Eddi de Jonge zu der Stelle, an der die Hunde begonnen hatten, zu bellen und mit den Pfoten zu scharren. Der Sand war hier bedeckt mit Kaninchenköteln.

Sönke Bakker fotografierte. Er war ein sympathischer junger Mann mit wachen Augen, dem nichts entging.

Noosten kam näher. »Ja, hier war es«, sagte er.

»Bringt mal die Stangen her!«, wandte Eddi sich an die Feuerwehrmänner.

Dann trieb er die langen Eisenstangen in den Sand und steckte so eine quadratische Fläche ab.

Die Feuerwehrleute legten die Uniformjacken ab, dann griffen sie nach den Schippen und begannen, damit den Sand abzutragen.

Noosten hatte seinen Spurensicherungskoffer bereitgestellt und schaute den Männern gespannt zu.

Sand lief nach, und lange hörte man nichts als das knirschende Geräusch der Schaufeln, die sich in den Untergrund gruben.

»Wenn wir etwas finden, dann nur hier«, sagte Eddi de Jonge. Die Männer entfernten den lockeren Sand, bis sie auf nasseren Boden stießen.

Ein leises Knirschen ließ alle aufhorchen. Die Feuerwehrleute schoben nun sehr behutsam die Schaufeln in den Sand, und gleich darauf stockte ihnen der Atem.

Eine Hand, über und über mit Sand bedeckt, lag auf der breiten Schaufel eines Feuerwehrmannes. Im Licht der Sonne blinkte ein Ring, der an einem Finger steckte. Glauwitz verspürte Ekel, gleichzeitig aber auch so etwas wie ein Gefühl der Befriedigung.

Noosten bewies, dass er gute Nerven hatte: Er entnahm seinem Spurensicherungskoffer Gummihandschuhe, streifte sie über, langte nach einem Plastikbeutel, nahm dann die Hand, entfernte den Ring und warf beides mit verkniffener Miene in den Plastikbeutel.

Eddi de Jonge schaute den Kommissar fragend an. Die jungen Feuerwehrleute bemühten sich um Haltung.

»Hier hat sich ein Drama abgespielt«, sagte der Brandmeister leise. Dann griff er nach einer Sonde und steckte sie in den Sand. Er schüttelte den Kopf.

»Hier liegt keine Leiche, Herr Kommissar«, sagte er.

»Es spricht aber vieles dafür, dass die Lehrerin hier umgebracht wurde«, erwiderte Glauwitz.

»Vorsicht, wir nehmen noch etwas Sand weg«, ordnete Eddi de Jonge an. Der Sand war mit Blut getränkt, aber es kamen keine weiteren Leichenteile zum Vorschein. Noosten füllte etwas von dem Sand in eine Tüte.

Die jungen Männer schwitzten. Sie legten die Schippen ab und arbeiteten mit kleinen Handschaufeln und Handfegern weiter.

Sie fanden noch einige Knochenstücke, die Noosten eintütete.

Saathoff war speiübel. »Der Mörder wird die Leiche doch wohl nicht zerstückelt und dann auf der Insel verteilt haben«, murmelte er dumpf. Sönke Bakker fotografierte die Funde und die Grube.

De Jonge setzte noch einmal die Sonde ein, doch es war nichts mehr zu finden.

Die Feuerwehrleute holten ein Sandsieb vom Unimog, und Eddi de Jonge ließ das Grabungsgebiet erweitern, doch auch diese Mühen waren vergeblich. Der Brandmeister schüttelte den Kopf und bedeutete seinen Männern, mit dem Graben aufzuhören.

»Wir halten es aber für ausgeschlossen, dass der Mörder Teile der Leiche mit auf das Festland genommen hat«, sagte Glauwitz.

»Warum sollte er auch? Hier finden sich genügend Dünentäler, in denen Kaninchen und Fasane unter sich sind«, meinte Saathoff trocken.

»Die Lehrerin hat diese Düne nicht mehr lebend verlassen. Hier hat er sie umgebracht. Die Hunde haben das Umfeld abgesucht und keine weitere Spur ausfindig gemacht«, stellte Noosten fest. Die Gesichter der Feuerwehrmänner spiegelten ihre Enttäuschung. Sie hatten sich darauf eingestellt, eine intakte Leiche zu bergen.

Zum Vorschein gekommen war aber nur die abgetrennte Hand mit dem Ring, die von der Brutalität der Tat Zeugnis gab.

»Der Gedanke, dass ein Mörder auf Baltrum sein Unwesen treibt, würde unsere Urlauber in Scharen vertreiben«, meinte Saathoff besorgt.

»Wir gehen davon aus, dass der Mörder vom Festland kam, und sind der Meinung, dass er zum Opfer Beziehungen unterhalten hat«, sagte Glauwitz und dachte an die Margeriten.

Eddi de Jonge bat seine Leute, die Corvitflasche, den Sprudel und die Thermoskannen aus dem Unimog zu holen.

Noosten schloss seinen Spurensicherungskoffer ab. Sönke

Bakker schoss noch einige Fotos. »Man kann nie wissen«, sagte er, als der Polizist ihn fragend ansah.

Die Feuerwehrmänner brachten die Getränke. Eddi de Jonge griff zur Corvitflasche, nahm das Schnapsglas und goss ein. Er ging mit der Flasche herum, und selbst Saathoff nahm einen Schluck, um seinen Magen wieder ins Gleichgewicht zu bringen.

Glauwitz jedoch winkte ab und teilte sich mit Noosten eine Flasche Sprudel.

»Herr Saathoff, würden Sie bitte den Spurensicherungskoffer an sich nehmen? Wir gehen zu Fuß zum Dorf zurück«, sagte Noosten.

»Das Protokollarische können wir dann anschließend in Ihrem Dienstzimmer erledigen«, fügte Kommissar Glauwitz hinzu.

Saathoffs Büro besaß ungefähr die Maße einer Gefängniszelle. Das kleine Fenster ging nach Osten hinaus und ließ den Blick frei auf den Garten einer Pension, in dem Kinder spielten. An einer Wäscheleine trockneten Badeanzüge, Badehosen und Frotteetücher im Wind.

Die Wände des Dienstzimmers waren von Regalen mit Aktenordnern bedeckt, und in einer Ecke stand auf einem kleinen ehemaligen Kantinentisch eine altmodische Schreibmaschine.

Der Schreibtisch, ein massives Möbel aus Holz mit Rollverschluss, war noch älteren Jahrgangs, und die Wand zierte ein Kalender der Stadtsparkasse mit einem Foto des Lütgenburger Schlosses.

Vor dem Schreibtisch stand ein Drehstuhl, ein zweiter Stuhl stand in der Ecke.

»Nehmen Sie Platz! Meine Frau macht uns schnell einen Tee – das ist bei der Hitze sehr erfrischend«, sagte Saathoff.

Er verließ das Dienstzimmer.

Glauwitz setzte sich auf den Bürostuhl und griff nach dem Telefonhörer.

Er wählte die Nummer der Staatsanwaltschaft, doch Staatsanwalt Bronzema war nicht im Hause. Glauwitz teilte deshalb der Sekretärin das Ergebnis ihrer Bemühungen mit.

»Ich denke, wir sollten auch Kleedorf benachrichtigen«, murmelte er dann.

Noosten fand das Telefonbuch und blätterte darin.

»Vorwahl Pilsum, Gemeinde Krummhörn, 04923«, sagte er.

Glauwitz wählte den Anschluss an.

»Hotel und Reiterhof Kleedorf«, meldete sich eine junge Frau.

»Kripo Emden. Verbinden Sie mich bitte mit Herrn Kleedorf«, sagte der Kommissar.

Er hörte einige Takte Musik, dann meldete sich der Unternehmer.

»Herr Kleedorf, ist Ihnen bekannt, dass Ihre Frau vermisst wird? Es besteht der Verdacht, dass sie nicht mehr lebt. Hier ist Kommissar Glauwitz von der Kripo Emden. Wir haben den Tatort in den Dünen von Baltrum entdeckt und eine abgehackte Hand mit einem Ring gefunden«, sagte der Kommissar.

»Das ist ja schrecklich!«, stieß der Unternehmer geschockt hervor. »Was wollte sie auf Baltrum?«

»Sie hat auf der Insel Urlaub gemacht«, antwortete Glauwitz.

»Davon weiß ich ja gar nichts! Und was wird jetzt weiter geschehen?«

»Wir werden Sie aufsuchen und Ihnen den Ring vorlegen«, erklärte der Kommissar.

»Mein Gott, entschuldigen Sie, aber mit dieser furchtbaren Nachricht muss ich erst einmal fertig werden!«, antwortete Kleedorf.

»Es besteht der Verdacht, dass der Mörder die Leiche Ihrer Frau für uns noch unauffindbar in den Dünen verscharrt hat«, sagte Glauwitz. »Können Sie uns sagen, was Ihre Frau für einen Ring getragen hat?«

»Einen Ring?«, sagte Kleedorf mit zittriger Stimme. »Nein, tut mir Leid. Den Ehering hat sie mir vor die Füße geworfen.«

»Vielen Dank, Herr Kleedorf. Wir melden uns dann bei Ihnen«, sagte Glauwitz und legte auf.

Noosten fand im Schreibtisch Papier, setzte sich an die

Schreibmaschine und tippte ein vorläufiges Protokoll. Als er gerade damit fertig war, kam Pit Saathoff zurück und verkündete. »Meine Frau hat den Tee fertig.«

Die Beamten erhoben sich und folgten ihm hinüber ins Wohnzimmer.

Die Kreuzkirche in Pilsum, zu Zeiten der Normannenbelagerung erbaut, stand auf einer Warf. Sie überragte mit ihrem historischen Turm die Dächer der großen Höfe und war so etwas wie das Wahrzeichen des Ortes.

Auf den Feldern reifte das Getreide. Buntvieh graste auf den umliegenden Weiden. Hinter dem Dorf führte eine Straße zum Anwesen des Unternehmers Kleedorf. Glauwitz lenkte den Golf auf den Hotelparkplatz, stieg aus und blickte sich um. Sein Assistent tat es ihm nach.

Gut gewachsene Pferde galoppierten auf der riesigen, holzumzäunten Koppel. Auf dem Reitplatz herrschte reger Betrieb, und auf dem Parkplatz standen fast nur Wagen der oberen Preisklassen, die den Kennzeichen nach aus der ganzen Republik kamen.

»Man trägt wieder Pferd«, murmelte Noosten spöttisch, als sie das Hotel betraten.

In der Vorhalle befand sich eine Sesselgruppe mit einem Holztisch, auf dem Zeitungen auslagen.

Ein Ventilator vertrieb die Hitze aus dem weiträumigen Empfangsbereich. Palmen und Zimmerlinden wuchsen in glasierten Steinkübeln, und der Boden war mit roten Fliesen belegt.

An der Rezeption stand eine junge Frau, die die beiden Beamten mit freundlichem Lächeln begrüßte.

»Bitte schön?«, fragte sie und schob einige Computerlisten beiseite.

»Wir hätten gerne Herrn Kleedorf gesprochen«, erklärte Glauwitz.

»Da kommen Sie leider sehr ungelegen. Er ist am frühen Morgen aus Spanien zurückgekehrt und möchte nicht gestört werden«, sagte die junge Frau. Sie mochte um die zwanzig sein, besaß ein hübsches Gesicht und trug ihr langes blondes Haar zu einem Pferdeschwanz gebunden.

»Hat er in Spanien Urlaub gemacht?«, fragte Noosten.

»Nein, wir exportieren Reitpferde nach Nerja«, antwortete sie.

»Und nun schläft er sich hier im Hotel aus«, sagte Glauwitz.

»Nein, sein Bungalow befindet sich hinter der Koppel«, sagte die Angestellte.

»Frau …?«, fragte Noosten.

»Britta Albers«, antwortete sie.

»Wir fahren nicht gerne unverrichteter Dinge zurück«, meinte der Kommissar.

»Wir sind aber leider ausgebucht. Unser Reitlehrer hat keinen Termin mehr frei, und in unserer Pferdepension sind alle Boxen besetzt«, sagte die Empfangsdame bedauernd.

»Frau Albers, bitte greifen Sie zum Telefonhörer und melden Sie uns an. Wir beabsichtigen weder Reitstunden zu buchen noch ein Pferd bei Ihnen unterzubringen. Wir kommen von der Kripo«, erklärte der Kommissar und zeigte seine Marke.

Britta Albers erschrak. »Mein Chef bringt mich um, wenn ich ihm wieder mit der Sache komme. Suchen Sie doch besser seinen Rechtsanwalt, Herrn Renke Wirda in Emden, auf. Er wird Ihnen die entsprechenden Auskünfte erteilen«, sagte sie und lächelte verlegen.

Glauwitz schaute sie überrascht an.

»Frau Albers, wovon sprechen Sie? Ich glaube, wir reden da aneinander vorbei!«

Britta Albers stutzte. »Diese Hetzkampagne der Tierschützer wegen der toten Pferde auf dem Transport von Polen hat den Chef genügend Nerven gekostet«, sagte sie.

»Junge Frau, lesen Sie denn keine Zeitungen?«, fragte Glauwitz ironisch.

»Offen gestanden, habe ich dazu wenig Zeit«, antwortete sie und schaute die Beamten fragend an.

»Dann ist Ihnen auch nicht bekannt, dass die Frau Ihres Chefs auf Baltrum verschwunden und wahrscheinlich ermordet worden ist?«, fragte Noosten.

Britta Albers schaute die Beamten irritiert an. »Nein, das wusste ich nicht. – Aber das ist ja furchtbar. Ich habe Frau Kleedorf selbst nicht kennen gelernt. Ich bin noch nicht lange hier. – Aber sie muss eine hübsche und tüchtige Frau gewesen sein!«

»Ich denke, Ihnen reicht der Anlass, Ihren Chef aus dem Schlaf zu klingeln«, sagte Noosten. »Wir nehmen die Schuld gern auf uns!«

Die Empfangsdame nahm den Hörer von der Gabel und wählte eine Nummer.

Dabei blickte sie mit ernster Miene auf die Holzbalken der Decke, die der Empfangshalle einen rustikalen Charakter verliehen.

»Britta, Rezeption, entschuldigen Sie bitte die Störung! Zwei Beamte der Kriminalpolizei aus Emden wünschen Sie zu sprechen«, sprach sie in den Hörer.

Dann wartete sie die Antwort ab und erklärte leise: »Nein, sie kommen wegen Ihrer Frau.« Nach einer weiteren Entgegnung ihres Chefs blickte sie die Beamten an und legte den Hörer auf.

»Herr Kleedorf wird gleich kommen. Bitte nehmen Sie drüben am Tisch Platz«, bat sie und zeigte auf die Sitzecke in der Vorhalle. Dann widmete sie sich wieder ihrer Arbeit.

Rolf Kleedorf betrat die Eingangshalle. In seinem welligen Haar zeigten sich schon die ersten grauen Strähnen.

Er trug Jeans und ein weißes Seidenoberhemd. Um seinen Hals hatte er ein Tuch mit Reitermotiven geschlungen. Auch die Schnalle seines Gürtels bestand aus einem stilisierten Hufeisen.

Kleedorf war nicht sehr groß und von stämmiger Figur, und dem Blick seiner blauen Augen schien nichts zu entgehen, wie Glauwitz bemerkte. Er wirkte nicht unsympathisch, aber es war schwer einzuschätzen, was in seinem Kopf vorging. Er entsprach ganz dem Typus des gehetzten mittelständischen Unternehmers, der meint, sich um alles selbst kümmern zu müssen.

»Meine Herren, es tut mir Leid, dass ich Sie habe warten lassen. Die Nachricht vom Ableben meiner Frau …«, er schluckte, kämpfte für Sekunden um Haltung und fuhr dann fort: »Schlimmer noch, die Tatsache, dass sie Opfer eines Verbrechens geworden ist.« Er reichte den Beamten die Hand. »Begleiten Sie mich bitte in mein Büro«, sagte er und schritt seinen Besuchern voraus zu einer weiß gestrichenen Tür ohne Aufdruck.

Eine Angestellte saß am Computer.

»Meine Sekretärin, Frau Krutten«, sagte Kleedorf und zeigte auf einen zweiten, verwaisten Schreibtisch. »Frau Werda ist gerade zum Zahnarzt gegangen. Treten Sie ein«, sagte er und zeigte auf die Sitzgruppe, die sich hinter einer Trennwand befand.

»Nehmen Sie bitte Platz!«

Die Beamten setzten sich in die Sessel.

»Darf ich Ihnen eine Erfrischung anbieten?«, fragte Kleedorf.

»Das muss nicht sein«, meinte Glauwitz.

»Es war sehr warm im Wagen«, erwiderte Noosten. »Mineralwasser würde ich nicht ablehnen.«

Kleedorf trat an seinen Schreibtisch und drückte eine Taste seiner Sprechanlage. »Ich habe Besuch. Eine Flasche Mineralwasser und drei Gläser bitte«, sagte er, dann setzte er sich den Beamten gegenüber auf die Couch.

»Eine schöne und tragische Geschichte. Wibke war meine große Liebe«, begann er das Gespräch.

Die Beamten ließen ihm das Wort.

»Wir haben uns geliebt, hatten ein gemeinsames Kind, das, zum Leben verurteilt, all das nicht besaß, was einen Menschen ausmacht. Darüber ist unsere Ehe zerbrochen. Ich habe mich mit Alkohol betäubt. Wibke wollte kein weiteres Kind, weil meine Eltern sie ablehnten und mich drängten, eine neue Verbindung zu suchen. Sie wünschten sich gesunde Enkel und machten Wibke verantwortlich für das, was geschehen war«, erzählte der Unternehmer. »Darunter hat sie sehr gelitten, und ich habe es versäumt, mich hinter sie zu stellen.«

Eine Serviererin betrat das Chefzimmer und stellte die Flasche und drei Gläser auf den Tisch. Sie schenkte Kleedorf und, auf seinen Wink, auch Noosten ein, stellte die Flasche wieder auf den Tisch und verließ das Zimmer.

Kleedorf bot Zigaretten an. Er und Noosten rauchten.

Durch das Fenster reichte der Blick bis zu der großen Koppel, auf der die Pferde grasten und sich hin und wieder wie auf ein geheimes Signal zu wilden Sprüngen hinreißen ließen.

»Herr Kleedorf«, begann der Kommissar, »Spürhunde haben uns zum mutmaßlichen Tatort geführt. In den Dünen der Insel hat der Mörder Ihre Frau vermutlich auf brutale Weise getötet. Die Feuerwehrleute haben dort die Hand des Opfers und einen Ring geborgen, wie wir Ihnen bereits telefonisch mitgeteilt haben.«

Noosten hielt den schmalen Goldreifen, dessen Profile kleine, winzige Herzchen zeigten, in der geöffneten Hand. »Gravur: A. S., sechshundertsechsundsechziger Goldauflage«, sagte er.

Kleedorf schaute angewidert auf den Schmuck.

»Meine geschäftlichen Erfolge haben es mir zum Glück gestattet, Wibke anderen Schmuck zu kaufen. Diesen Ring hat sie nie getragen, während wir zusammen waren. Vielleicht hat ihn ihr einer ihrer Hausfreunde geschenkt. Wenn er von mir gewesen wäre, dann hätte sie ihn nie aufgesteckt. Er wäre ihr zu billig vorgekommen«, sagte Kleedorf bitter.

»Wir haben die abgetrennte Hand an das Rechtsmedizinische Institut geschickt, um anhand von Fingerabdrücken nachweisen zu lassen, dass Ihre Frau das Dünenopfer war. Wir wissen nicht, wo der Mörder die Leiche verscharrt hat. Wir gehen allerdings davon aus, dass er sie im Landschaftsschutzgebiet von Baltrum vergraben hat«, sagte Glauwitz.

Kleedorf zog ein Taschentuch hervor und tupfte sich den Schweiß von der Stirn. Er war blass wie ein Leintuch und rang sichtlich um Fassung.

Die Beamten schwiegen und ließen ihm Zeit.

Nach einigen Minuten gab Kleedorf sich einen Ruck. Er hatte sich offensichtlich wieder gefangen.

»Ich musste erst begreifen, dass meine Frau nicht mehr lebt. Wissen Sie, ich habe Wibke gleichzeitig geliebt und gehasst. Ich war eifersüchtig auf die Männer, mit denen sie geschlafen hat. Ich trauere um Wibke, weil ich immer noch an ihr gehangen und mir so sehnlich einen Neuanfang mit ihr gewünscht hatte«, sagte Kleedorf. Er blickte einen Moment stumm vor sich hin.

Die Beamten warteten geduldig, bis er weitersprach.

»Die vielen Fahrten nach Emden, die vergeblichen Anrufe, das hat mich aber auch bitter werden lassen«, sagte er. »Sie hatte kein Recht, mich so zu behandeln!.«

»Herr Kleedorf, Ihnen ist doch sicherlich bekannt, dass Ihre Frau Margeriten liebte«, meinte Noosten, als er wieder schwieg.

Der Unternehmer nickte. »Sie wachsen in meinem Garten. Wibke hat sie gepflanzt«, sagte er.

»Und Sie sind nicht zufällig mit einem Strauß aus Ihrem Garten nach Baltrum gereist, um Ihre Frau im gebuchten Ferienapartment zu besuchen?«, fragte Glauwitz.

Kleedorf überwand seine Trauer und richtete sich auf. Er blickte den Beamten finster an.

»Unterlassen Sie bitte solche Unterstellungen. Ich war auf Baltrum, aber ohne Margeriten, und ich wusste auch nicht, dass sich meine Frau auf der Insel aufhielt«, schimpfte er aufgeregt.

»Sie waren auf der Insel, als Ihre Frau dort ermordet wurde?«, wiederholte Noosten überrascht.

Kleedorf erhob sich. Er trat an die Regalwand, entnahm ihr eine Cognacflasche.

»Möchten Sie auch?«, fragte er und schaute die Beamten fragend an.

»Danke, wir sind im Dienst«, antwortete der Kommissar förmlich.

Kleedorf griff nach einem Kognakschwenker und setzte sich wieder an den Tisch. Er öffnete die Flasche, goss Cognac in das Glas, schwenkte es eine Weile in der Hand und trank es dann in einem Zug leer.

Die Beamten beobachteten ihn verstohlen.

»Sie haben Ihre Frau auf Baltrum besuchen wollen und nicht angetroffen?«, fragte Noosten.

»Bitte keine voreiligen Schlüsse! Der Kontakt zu meiner Frau war abgerissen. Ja, ich bin in Baltrum gewesen, aber ohne Blumen. Ich habe dort am Samstag in der Pension meines Kunden Tuittjer übernachtet. Er hat drei Pferde bei mir bestellt, die ich nächste Woche, wenn der Transport aus Polen eintrifft, ausliefern werde«, sagte Kleedorf.

»Und Sie haben keine Zeitungen gelesen? Unsere Suchmeldungen haben Sie nicht erreicht?«, erkundigte sich Glauwitz misstrauisch.

»Nicht die hiesigen Zeitungen. Ich habe am Sonntag Baltrum verlassen und bin nach Spanien gefahren. In Nerja, das liegt bei Malaga, habe ich meinen Vertreter besucht. Wir haben uns um Aufträge bemüht und auch Erfolg gehabt: In drei Wochen geht eine Lieferung von fünfundzwanzig Pferden aus Polen und Russland an meine spanischen Kunden«, sagte der Unternehmer stolz.

»Sie erwähnten vorhin Ihre Eheprobleme«, warf Glauwitz ein.

»Sind Sie verheiratet?«, antwortete Kleedorf mit einer Gegenfrage.

»Ja, und zwar glücklich. Meine Frau und ich haben einen Sohn«, antwortete Glauwitz.

»Dann werden Sie sicher nachempfinden können, was man verliert, wenn eine Ehe in die Brüche geht. Mir ist das leider erst recht spät klar geworden. Wibke schlief nicht mehr mit mir. Meine Eltern bedrängten mich. Sie wünschten die Scheidung und eine neue Heirat mit einer jungen Frau aus ihren Kreisen. Wir lebten uns immer mehr auseinander, und schließlich verließ Wibke den Hof, bewarb sich um eine Stelle als Lehrerin und stellte sich auf eigene Füße«, erzählte der Unternehmer. Wieder griff er nach der Cognacflasche und goss sich ein, und wieder leerte er das Glas in einem Zug. »Und dann erfuhr ich von diesen ... Abenteuern. – Es hat mich sehr getroffen, schließlich war sie noch immer meine Frau«, stieß er hervor.

»Besitzen Sie für den Abend, den Sie auf Baltrum verbracht haben, ein Alibi?«, fragte Noosten ganz direkt.

Der Unternehmer blickte den Beamten böse an. »Reichen Ihnen meine Angaben etwa nicht?«, fragte er. Ihm stieg das Blut ins Gesicht.

»Nein. Denn Sie könnten durchaus ein Motiv gehabt haben, Ihrer Frau den Tod zu wünschen. Wir wissen zum Beispiel von Ihrem Streit um die Vermögensanteile und den Unterhalt für Ihren gemeinsamen Sohn«, erwiderte der Polizist.

»Das ist doch absurd«, schimpfte Kleedorf.

»Was machten Sie an dem Abend, an dem Ihre Frau ermordet wurde?«, beharrte Noosten.

Kleedorf schluckte nervös und senkte den Blick, als versuche er, sich zu erinnern …

»Ich habe mir im Fernsehen die Sportschau angesehen und bin danach durch das Dorf spaziert, zum Fähranleger gewandert und über die Promenade zurückgegangen. Eine Weile habe ich auf einer Bank gesessen und die Einsamkeit genossen«, sagte er dann.

»Für uns nachprüfbar bleibt nur die Zeit, die Sie in der Pension verbrachten. Oder können Sie uns Zeugen benennen, die uns Ihren abendlichen Rundgang bestätigen werden?«, fragte Glauwitz.

»Nein, das kann ich nicht. Als ich die Pension wieder aufsuchte, befanden sich die Gäste auf ihren Zimmern. Georg Tuittjer und seine Frau feierten in der Nachbarschaft einen Geburtstag. Ich habe aus der Bierkiste im Vorratsraum einige Flaschen herausgenommen und sie auf meinem Zimmer getrunken. Meine Herren, ich gehe davon aus, dass Sie mich in Ihrem Protokoll nicht als den mutmaßlichen Mörder meiner Frau erwähnen. Ich kann Schweine schlachten und zerlegen, aber einen Menschen töten, erst recht, wenn ich ihn geliebt habe, nein, niemals!« Rolf Kleedorf schüttelte sich, griff nach der Cognacflasche und füllte sein Glas zum dritten Mal, wie Glauwitz feststellte.

»Sie erwähnten Ihre Eifersucht. Wer waren denn eigentlich die Liebhaber Ihrer Frau?«, fragte Noosten.

Kleedorf sprang wie elektrisiert auf, schritt an seinen Schreibtisch und entnahm der Schublade einige Fototaschen. Dann setzte er sich wieder auf die Couch.

»Hier«, sagte er und legte die mit Werbedruck versehenen Umschläge auf den Tisch. »Das sind nackte Tatsachen! Schauen

Sie sich die Bilder nur an! Ich verdanke sie einem Privatdetektiv und habe sie teuer erstanden!«

Die Beamten studierten die Fotos. Wibke Kleedorf war wirklich eine schöne Frau gewesen. Ihr von langen blonden Haaren umrahmtes markantes Gesicht, ihre festen Brüste, die schmale Taille und die langen schlanken Beine ließen den Beamten den Atem stocken.

Doch mehr noch überraschte sie der athletische Körper eines jungen Mannes, der kein Gramm Fett zu viel besaß und nackt wie ein Urbild des griechischen Schönheitsideals aussah.

Diese Fotos konnten einen Ehemann schon zur Verzweiflung treiben, fand der Kommissar.

Bei dem zweiten Liebhaber der jungen Lehrerin handelte es sich um Oberstudienrat von Kalksund, der ebenfalls eine gute Figur besaß. Die Aufnahme zeigte ihn nackt vor Rhododendronsträuchern.

»Ihre Ehefrau wusste nichts von diesen Aufnahmen?«, erkundigte sich Glauwitz.

»Nein, Wibke und ich waren so weit, dass wir fast nur noch über unsere Rechtsanwälte miteinander verkehrten. Sie stellte hohe Ausgleichsansprüche und wollte sich von mir scheiden lassen«, sagte Kleedorf.

»Ich verstehe«, erwiderte der Kommissar.

»Und dieser Musterathlet ist Hinni Synninga?«, fragte Noosten.

Kleedorf blickte überrascht auf. »Sie kennen den Mann?«

»Nein, noch nicht. Aber Ihre Frau korrespondierte mit einem ehemaligen Schüler, der diesen Namen trägt und in Gießen studiert«, antwortete Glauwitz.

»Wibke war noch mit mir verheiratet und hat es schamlos mit diesen Männern getrieben! Dieser Kollege hat sie sogar zur Beerdigung unseres Sohnes begleitet«, stieß Kleedorf bitter hervor.

»Herr von Kalksund sprach in diesem Zusammenhang von seiner Verlobten«, sagte Glauwitz.

»Hat er ihr vielleicht die Margeriten nach Baltrum gebracht

und sie Wibke vor die Tür gelegt?« Der Unternehmer wirkte jetzt sehr erregt.

»Wir haben ihn gefragt. Er war angeblich die ganze Zeit über zu Hause. Er hat auch die Vermisstenmeldung aufgegeben«, erklärte Glauwitz.

»Herr von Kalksund wollte Ihre Frau heiraten«, sagte Noosten. »Er hätte also auch gar kein Motiv gehabt.«

»Aber ich? Das könnte Ihnen so passen! Ich habe weder gewusst, dass sie auf der Insel war, noch habe ich die Blumen vor der Ferienwohnung abgelegt. Ich habe auf Baltrum Pferde verkauft und bin dann nach Spanien gefahren«, äußerte Kleedorf verärgert.

»Das haben Sie uns ja bereits berichtet. Ihre Frau ist während Ihres geschäftlichen Aufenthaltes auf Baltrum ermordet worden. Sie besaß zwei Liebhaber, auf die Sie erklärtermaßen eifersüchtig waren. Das macht Sie verdächtig, darüber müssen Sie sich im Klaren sein.« Noosten trank einen Schluck Mineralwasser.

»Hören Sie! Es passt mir nicht, dass Sie immer wieder versuchen, mich zu beschuldigen. Ich sage die Wahrheit, und selbst wenn ich eifersüchtig war, hätte ich sie doch nicht gleich umgebracht«, meinte der Unternehmer, dessen Gesicht vor Ärger hochrot angelaufen war.

Glauwitz blickte ihn nachdenklich an.

»Wir werden mit Herrn Synninga sprechen. Haben Sie sich wegen Ihrer Frau mit ihm gestritten?«, sagte Noosten.

»Das ist blanker Unsinn. Ich habe diesen Mann nie kennen gelernt, und selbst wenn – ein Streit mit einem ihrer Liebhaber wäre doch das sicherste Mittel gewesen, Wibke endgültig zu verlieren«, sagte Kleedorf spöttisch.

»Herr Kleedorf, wir werden den Inhalt unseres Gespräches mit Ihnen protokollieren und zu den Akten nehmen«, erklärte Kommissar Glauwitz und reichte dem Unternehmer die Fototaschen zurück.

»Protokollieren Sie nur – und vergessen Sie nicht, auch die Typen zu befragen, mit denen es meine Frau getrieben hat, während ich hart arbeitete. Sie wollte nur noch mein Geld«, sagte Kleedorf, trug die Fotos zum Schreibtisch zurück und schob sie in die Schublade.

»Herr Kleedorf, wir werden Ihre Aussagen überprüfen. Auf Sie fällt ein Verdacht, ob berechtigt oder unberechtigt. Sie besaßen genügend Gründe, sich von Ihrer Frau zu trennen, ob gewaltsam oder auf juristischem Wege«, sagte Glauwitz und erhob sich. »Leider können wir unsere Nachforschungen nicht im Geheimen führen.«

»Um Gottes willen. Halten Sie mir wenigstens die Presse vom Halse! Ich bin unschuldig«, erwiderte Kleedorf heftig.

»Dem stimme ich zu, soweit die weiteren Recherchen uns nicht zu anderen Ergebnissen führen«, sagte Glauwitz.

»Bei mir sind Sie an der falschen Adresse!«, schimpfte der Pferdehändler.

»Das wird sich herausstellen«, meinte Noosten trocken.

Dann verabschiedeten sich die Beamten und ließen Kleedorf mit seiner Cognacflasche allein.

Hinni Synninga hatte sich als Student für das Wintersemester an der Gesamthochschule für Wirtschaftswissenschaften eingeschrieben.

Mit etwas Glück hatte er auf Anhieb eine kleine Altstadtwohnung gefunden.

Bis zum Semesterbeginn arbeitete er bei einer international operierenden Speditionsfirma in Gießen, um sein Studium zu finanzieren.

Hinni Synninga hatte die Nachricht vom Tod seiner Lehrerin und Geliebten hart getroffen. Wibke war zwar nicht seine große Liebe gewesen, aber sie hatten sich gut verstanden. Auch der Altersunterschied war zwischen ihnen nie ein Problem gewesen.

Sein Chef hatte ihm zwei Tage Urlaub gegeben, weil die Kripo Emden ihm eine Vorladung geschickt hatte.

In seiner Brieftasche befand sich bereits die Fahrkarte nach Emden, als er seinen Rucksack aus dem Personalraum holte, um zum Bahnhof zu gehen. Er fühlte, wie wachsende Nervosität von ihm Besitz ergriff, als er an das bevorstehende Gespräch mit den Beamten dachte.

Die Kripo hatte vermutlich Wibkes Wohnung durchsucht. Er dachte an die Briefe, die er ihr geschrieben hatte, und hoffte, dass die Beamten die Intimsphäre der Lehrerin respektieren würden.

Synninga verzichtete an diesem Tag auf das Kantinenessen, aß am Bahnhof eine Bratwurst und kaufte sich eine Dose Limo für unterwegs. Zwanzig Stunden später betrat er das Dienstzimmer des Kommissars.

»Sie haben mir eine Vorladung geschickt«, sagte er unsicher.

»Glauwitz, mein Kollege Noosten«, sagte Glauwitz, erhob sich, schritt dem Studenten entgegen und begrüßte ihn. »Nehmen Sie bitte auf dem Stuhl dort Platz«, sagte er und setzte sich wieder an seinen Schreibtisch.

»Sie studieren in Gießen, wie wir erfahren haben«, begann er.

»Ja. Ehrlich gesagt, hatte ich Ihre Vorladung schon erwartet, als ich aus der Zeitung von Wibkes ... Frau Kleedorfs Tod erfuhr. Ich bin mit dem Zug angereist und habe in Greetsiel in der Jugendherberge übernachtet«, sagte der Student.

Er zog die Vorladung aus der Tasche seiner Jeansjacke, und seine Hände zitterten dabei leicht.

»Warum in der Jugendherberge? In Emden gibt es eine Menge preiswerter Hotels. Außerdem bekommen Sie die Kosten erstattet«, sagte Noosten.

»Das habe ich nicht bedacht.« Synninga lachte verlegen. »Ich komme sogar aus Emden, bin aber mit meiner Familie so zerstritten, dass ich nicht dort schlafen wollte. Das Übliche – Krach mit meinem Vater, weil der meint, ich sollte lieber anfangen zu arbeiten, statt meine Zeit mit dem Studium zu vertun.«

»Herr Synninga, Ihre Bemerkungen über Ihre Familie interessieren uns im Moment wenig. Ihnen ist also schon bekannt, dass Frau Kleedorf auf Baltrum ermordet wurde?«, fragte Glauwitz, und als Synninga nickte, fuhr er fort: »Wir haben Sie zu uns gebeten, weil Sie, wie wir bei der Durchsicht der Korrespondenz des Opfers herausfanden, mit der Lehrerin ein Verhältnis unterhielten.«

»Das habe ich befürchtet. Ich hatte insgeheim gehofft, Sie würden aus Pietätsgründen den Intimbereich der Verstorbenen außer Acht lassen«, meinte der Student verlegen.

Noosten beobachtete das Mienenspiel des jungen Mannes und schaute auf die kräftigen Hände, in denen dieser die Vorladung hielt.

»Für uns darf es da keine Schranken geben«, meinte Glauwitz. »Die Motive für solch ein Verbrechen liegen selten klar auf der Hand, und deshalb setzt unsere ›detektivische Arbeit‹ oft in Bereichen an, die unter normalen Umständen für Außenstehende tabu sind. Das ist auch in diesem Fall so, wie Sie sich sicher denken können!«

Synninga nickte. »Erkenntnisse Ihrer beruflichen Erfahrungen, denen ich die Vorladung verdanke«, sagte er.

»Herr Synninga, gestatten Sie mir eine Frage. Welcher Art war die Beziehung zwischen Ihnen und Wibke Kleedorf?«

Der Student errötete.

»Frau Kleedorf war meine Lehrerin. Ich verdanke ihr viel, denn sie hat mich sehr gefördert«, sagte er. »Ohne sie würde ich heute nicht studieren.«

»Und aus der Schüler-Lehrerbeziehung wurde irgendwann ein Liebesverhältnis«, meinte Glauwitz.

Der Student nickte.

»Kennen Sie die näheren Umstände des Verbrechens?«, fragte Noosten.

»Nein, ich habe nur eine kurze Notiz aus unserer Heimatzeitung gelesen, die ein Mitschüler mir zuschickte.«

Der Student senkte für Sekunden den Blick.

»Zeugen haben Frau Kleedorf samstags gegen achtzehn Uhr gesehen, als sie das Apartmenthaus verließ«, erklärte der Kommissar. »Danach blieb sie unauffindbar, bis wir letzte Woche Spürhunde einsetzten, die uns in die Dünen führten. Dort fanden wir die abgehackte Hand des Opfers. An einem Finger steckte ein Ring«, sagte Noosten.

Synninga blickte die Beamten ernst an und wartete auf weitere Erklärungen.

Noosten entnahm der Schublade den Goldreifen. »Trug Frau Kleedorf Ihres Wissens diesen Ring? Er trägt die Gravur ›A. S.‹?«, fragte er.

Der Student nickte. »Ich habe ihn ihr selbst geschenkt. Ich bekam ihn von meiner Großmutter. Er besitzt keinen sonderlichen Wert«, fügte der junge Mann verlegen hinzu.

»Und die Gravur?«, fragte Noosten.

»Adelheid Synninga, der Name meiner Großmutter.«

»Und Frau Kleedorf hat sich über das Geschenk gefreut?«, fragte Glauwitz.

»Ja, es war ein Freundschaftsring, so zum Andenken. Oma wollte immer, dass ich was Besseres würde, und dabei hat Wibke mir sehr geholfen«, antwortete Synninga ernst.

»Damit gibt es keine Zweifel mehr: Der Mörder hat Frau Kleedorf die Hand abgehackt oder abgetrennt und die Leiche irgendwo auf der Insel für uns noch unauffindbar versteckt«, sagte Glauwitz.

Durch das gekippte Fenster strömte warme Luft ins Dienstzimmer.

Synninga steckte die Vorladung in seine Jacke und wischte sich mit einem Taschentuch den Schweiß von der Stirn.

»Entsetzlich«, stieß er hervor.

»Ich gehe davon aus, dass Sie nicht auf Baltrum waren, als die Lehrerin ermordet wurde«, sagte Noosten.

Synninga hob die Schultern. »Ich war auf Baltrum«, sagte er gefasst.

»Ach«, meinte Glauwitz, »Sie wollten Frau Kleedorf besuchen?«

»Ja«, erwiderte der Student, beugte sich ein Stück vor und blickte den Kommissar herausfordernd an.

»Berichten Sie!«, forderte Glauwitz Synninga auf.

»Ich habe mit dem Mord nichts zu schaffen. Ich habe Wibke sehr gemocht und hatte auch Mitleid mit ihr, konnte aber nicht viel für sie tun. Ihr Mann tyrannisierte sie. Der Kollege in der Schule stand ihr bei, doch dem fehlte das, was ich ihr geben konnte. Wegen Wibke habe ich mich von einer Freundin getrennt, mit der ich schon lange zusammen war«, sagte der Student.

»Die Lehrerin war also nett, gut gebaut und gut im Bett. Und nebenbei hatte sie eine Menge Probleme«, meinte Noosten bewusst flapsig, um den jungen Mann zu provozieren, und das gelang ihm: Synninga sah den Beamten geringschätzig an.

»Sie sind ein gut aussehender junger Mann, Frau Kleedorf war eine hübsche junge Frau – und es kam zu dem, was kein Geheimnis mehr ist«, stellte Glauwitz fest.

»Wir mochten uns, gaukelten uns aber nichts vor«, antwortete Synninga.

»Und Sie haben Wibke also auf Baltrum besucht. Besitzen Sie denn ein Alibi für den Abend der Tat?«

Synninga wurde unruhig. Ihn überfiel eine unübersehbare Nervosität, und sein Gesicht wirkte blass und ernst.

»Ich verdiene mir Geld bei einer Transportfirma in Gießen, das sagte ich ja bereits. Vor mir lag ein freies Wochenende, als Wibke mich anrief und mich nach Baltrum einlud«, erklärte er.

»Sie sind also am Samstag angereist, vermutlich mit dem Zug nach Norden gefahren, dann mit dem Bus nach Nessmersiel. Dort haben Sie die Fähre genommen«, sagte Glauwitz.

»Ja, das stimmt. Vom Fähranleger bis zum Dorf war es nicht weit. Ich kam an einer Bäckerei vorbei, es war so kurz vor Ladenschluss. Ich stellte mich an, musste eine Weile warten und kaufte Kuchen für den Tee mit Wibke. Danach ging ich zu dem Apartmenthaus, das sie mir genau beschrieben hatte. Die Haustür stand offen. Ich betrat das Haus und suchte das Apartment auf. Vor der Tür lag ein Strauß Margeriten. Ich war ein wenig irritiert und klingelte, aber Wibke war nicht da. Ich beschloss, es später noch einmal zu versuchen, und bin um das Haus herumgegangen. Auf einer Liegewiese stand ein Strandkorb. Ich habe meinen Rucksack abgestellt, den Kuchen gegessen und im Strandkorb die Abendsonne genossen. Nach einer Stunde habe ich das Apartment erneut aufgesucht, aber Wibke war noch nicht zurück«, erklärte der Student.

»Machten Sie sich zu diesem Zeitpunkt Sorgen um Frau Kleedorf?«, fragte Glauwitz.

»Nicht direkt. Ich war sauer und hoffte, dass Wibke bald kommen würde«, antwortete Synninga.

»Sie haben also weiterhin gewartet?«, vergewisserte sich Noosten.

»Ja, bis es dunkel wurde. Der Hausmeister hatte unten schon abgeschlossen. Ich bin mehrmals zur Haustür gegangen und habe geklingelt, aber ohne Erfolg. Danach bin ich zur ›Teestube‹ gegangen, habe dort Tee getrunken und von dort aus Wibkes Nummer angewählt. Sie hat sich nicht gemeldet«, berichtete Synninga.

»Und Sie haben nicht daran gedacht, den Polizeiposten aufzusuchen?«, fragte Noosten.

Der Student lachte gequält. »Zum einen fühlte ich mich nicht berechtigt, ihr Ausbleiben zum Anlass eines Spektakels hochzujubeln, ich war mit Wibke schließlich nicht verheiratet, zum anderen habe ich den Blumenstrauß als Hinweis verstanden, die Insel unverrichteter Dinge wieder zu verlassen«, meinte er.

»Das müssen Sie uns aber etwas genauer erklären«, sagte der Kommissar.

»Ist das etwa ein Verhör?«, fragte der Student aufgebracht. Er wirkte müde.

»Keineswegs. Wir führen mit ihnen nur ein kooperatives Gespräch. Fahren Sie bitte fort. Was hat es auf sich mit den Margeriten?« Der Kommissar lehnte sich abwartend zurück.

»Vor einigen Wochen habe ich mit Wibke in einem Wochenendhäuschen am Uphuser Meer ein Wochenende verbracht. Wir sind mit dem Fahrrad zu der Hütte geradelt. Ein Freund war verreist und hatte mir den Schlüssel anvertraut. Ich habe wild wachsende Margeriten gepflückt und sie Wibke beim Betreten der Hütte überreicht, und sie hat sich sehr darüber gefreut. Als ich den Strauß sah, nahm ich an, dass sie einen unaufschiebbaren Termin beim Anwalt auf dem Festland hatte oder sonst wie gezwungen gewesen war, ihren Urlaub zu unterbrechen, und dass der Strauß vielleicht ein Zeichen für mich sein sollte. Als es dunkel wurde, bin ich noch einmal zur Haustür gegangen und um das Haus geschlichen. Nur ein Apartment war dunkel, nämlich das von Wibke«, berichtete Synninga, bemüht, glaubhaft zu wirken. Das Gespräch setzte ihm sichtlich zu.

»Die Margeriten lagen noch vor der Tür des Apartments, als wir unsere Recherchen im Hause begannen«, meinte Noosten. »Frau Kleedorfs Verlobter, Herr von Kalksund, hatte eine Vermisstenanzeige aufgegeben.«

Synninga runzelte die Stirn und schaute den Kommissar überrascht an. »Wibke war nicht verlobt«, antwortete er dann verärgert.

»Herr von Kalksund hat mich aber hier in diesem Zimmer gebeten, nach seiner Braut zu fahnden, weil er sie telefonisch nicht erreichen konnte«, sagte Glauwitz irritiert.

Synninga lächelte arrogant. »Das ist doch wohl ein Witz«, platzte er heraus.

»Sie sprechen erneut in Rätseln«, bemerkte Noosten.

Synninga seufzte. »Der Lehrer mochte Wibke, das stimmt. Er hat sich mit ihr angefreundet und ihr beigestanden, als der kleine Marco beerdigt wurde. Aber da war sonst nichts, das hat sie mir selbst erzählt! Er hat einen Mutterkomplex, hat Wibke sogar in einem Brokatkleid seiner Mutter fotografiert. Er ist ein Schlappschwanz, Herr Kommissar, wenn Sie wissen, was ich meine. Wibke hatte im Übrigen mich nach Baltrum eingeladen und nicht ihn«, fügte Synninga geringschätzig hinzu.

Glauwitz erinnerte sich an die Fotos, die der Privatdetektiv geschossen hatte …

»Und wer könnte Ihrer Meinung nach die Margeriten vor der Apartmenttür abgelegt haben?«, fragte Noosten.

»Fragen Sie den Oberstudienrat, der von meiner Existenz mit Sicherheit keine Ahnung hat«, antwortete der Student.

»Und die tote Ratte?«, fragte Glauwitz.

Synninga änderte ungeduldig seine Haltung auf dem Besucherstuhl.

»Jetzt sprechen *Sie* in Rätseln«, meinte er ironisch.

»Nach der Schulkonferenz hat jemand Wibkes Fahrradreifen zerstochen und später vor der Wohnungstür in Emden eine sterbende Ratte deponiert«, sagte der Kommissar.

Synninga blickte den Beamten ungläubig an.

»Hat die Lehrerin Ihnen das nicht erzählt?«, wollte der Kommissar wissen.

»Nein, ich habe Wibke nach der Prüfung nur noch einmal getroffen«, sagte Synninga.

»Haben Sie denn vielleicht diesbezüglich Vermutungen, die uns weiterhelfen können? Wir messen diesen Vorfällen nämlich durchaus eine Bedeutung zu«, erklärte Glauwitz.

»Ich war es jedenfalls nicht«, gab der Student zurück. »In solchen Sachen kann man nie wissen. Vielleicht ein Schüler? Oder ihr Mann, aus Eifersucht?«

»Noch einmal zurück nach Baltrum. Sie hatten die Reise vergeblich angetreten. Wie ging es weiter?«, fragte Noosten.

»Ich habe im ›Charly‹ ein paar Bier getrunken, bin dann zum Strand gegangen und habe in einem Strandkorb übernachtet. Am Morgen bin ich noch einmal zum Haus gegangen und habe die Klingel betätigt. Wibke war nicht zurückgekehrt. Ich bin davon ausgegangen, dass sie Baltrum verlassen hatte, habe im ›Stehcafé‹ gefrühstückt, in den Sanitäranlagen am Weststrand geduscht, mich noch eine Weile gesonnt und bin danach mit der Fähre nach Nessmersiel gefahren«, erklärte Synninga.

»Ein dürftiges Alibi!«, stellte Noosten trocken fest.

Dem Studenten ging die Befragung merklich an die Nerven. Er schüttelte den Kopf. »Es tut mir Leid! Ich hätte Ihnen zum Beweis meiner Unschuld besser die Rechnung und einen fetten Verzehrbon des Nobelhotels ›Strandblick‹ vorgelegt«, meinte er ironisch.

»Wenn Sie dort gewohnt hätten und dafür Zeugen beibringen könnten, die Ihnen für den Abend ein Alibi gäben, dann hätten wir tatsächlich keine weiteren Fragen«, konterte Noosten.

Der Student winkte ab. »Ihre Anspielungen entbehren jeder Grundlage. Ich war angereist, um mit Wibke zu kuscheln, nicht, um sie zu ermorden«, sagte er böse.

»Ich gehe davon aus, dass Sie die Wahrheit sagen. Wir werden ein Ergebnisprotokoll anfertigen. Schicken Sie uns bitte die Belege über Ihre Reisekosten zu, und geben Sie Ihre Kontonummer an. Wir werden für die Begleichung Sorge tragen«, meinte Glauwitz.

Synninga atmete auf. »Emden ist für mich ein Alptraum. Meine Eltern, meine Ehemalige – und nun auch noch die Sache mit Wibke«, sagte er geschafft. »Herr Kommissar, rufen Sie mich bitte an, wenn Sie ihre Leiche geborgen haben.«

Glauwitz bemerkte, wie erleichtert der junge Mann war, die lästigen Fragen hinter sich zu wissen.

»Vielleicht läuft man sich noch einmal über den Weg«, sagte Noosten und grinste.

»Aber dann privat«, gab Synninga zurück und verließ das Dienstzimmer.

»Fertige ein Gedächtnisprotokoll an«, bat der Kommissar seinen Assistenten. »Ich mache inzwischen einen Termin mit dem Direktor der Berufsschule.« Er schaute ins Telefonbuch und griff nach dem Hörer.

Auf dem Parkplatz der Schule ließ Glauwitz den Wagen in eine Parklücke rollen und stieg aus. An diesem schönen Sommermorgen standen dort nur wenige Autos, denn die großen Ferien hatten längst begonnen.

Im Hallenbad nebenan installierten Handwerker eine neue Warmwasseraufbereitungsanlage und führten Renovierungsarbeiten durch.

Auch Noosten stieg aus, und die Beamten blickten auf die hässliche Fassade des Zweckbaus.

Auf dem Rasen zog der Gehilfe des Hausmeisters mit einem kleinen Trecker seine Runden um die jungen Bäume, die der Verschönerungsausschuss des Kollegiums gepflanzt hatte. Sie nahmen dem Gebäude etwas von seiner Strenge. Hinter den Scheiben der großen Fenster hingen verblichene Vorhänge.

Die Beamten gingen zum Hintereingang, der nur während der Ferien für Besucher geöffnet war.

Glauwitz drückte die Klinge. »Wiedmann«, klang es ihm entgegen.

»Kripo, wir haben einen Termin mit Herrn Bomfeld«, sprach der Kommissar in die Sprechanlage.

Die Tür sprang summend auf, sie betraten den langen Flur, gingen an unzähligen Klassentüren und einem Getränkeautomaten vorbei bis zum Verkaufstresen des Hausmeisters.

An den Wänden hingen künstlerisch gestaltete Schülerarbeiten. Eine Treppe führte in die erste Etage.

Es roch überall durchdringend nach Farbe. Sie folgten dem Hinweispfeil in einen Korridor, der vor dem Lehrerzimmer endete.

Seitlich befand sich die Tür zum Sekretariat.

Glauwitz klopfte an und öffnete die Tür.

Sie betraten den kleinen Vorraum, der nur für eine Hand voll Besucher Platz bot.

Hinter einem Schreibtisch, auf dem die Telefonanlage stand, saß eine nicht mehr ganz junge Frau und blickte den Beamten freundlich entgegen.

»Glauwitz, mein Kollege Noosten«, sagte der Kommissar.

»Sie werden schon erwartet«, antwortete die Sekretärin und zeigte auf eine Tür mit dem Aufdruck ›Büro‹.

Glauwitz klopfte kurz an, dann betraten sie das Dienstzimmer des Schulleiters. Bomfeld war von untersetzter Statur, doch sein sympathisches Gesicht unter dem schon schütteren blonden Haar war eher schmal.

»Bitte, nehmen Sie Platz«, sagte der Direktor, reichte den Beamten die Hand und wies auf zwei Besucherstühle vor seinem Schreibtisch.

»Während der Ferien wechsle ich mich mit meinen Koordinatoren ab, sodass immer jemand hier ist. Die Bezirksregierung besteht darauf, und außerdem müssen die Stundenpläne ausgearbeitet und die Raumnutzungsordnung festgelegt werden. Aber auch ich bin ferienreif. Sie ahnen gar nicht, was hier manchmal los ist und wie wenig Rückmeldung man auch bei überdurchschnittlichem Engagement bekommt. Und dann steht man auch noch Schülern gegenüber, die zum Teil ihre Stunden bei uns nur widerwillig absitzen, statt unser Bildungsangebot zu nutzen!«

Direktor Bomfeld wirkte hektisch und einigermaßen desillusioniert.

»Herr Bomfeld, ich habe noch nie einen Lehrer beneidet. Auch wir als Polizeibeamte gehören zu den ›Prügelknaben‹, und das bei steigender Kriminalität und sinkendem Einkommen. Wir recherchieren im Mordfall Kleedorf«, erklärte der Kommissar.

»Ich habe vor einer halben Stunde ein Gespräch mit dem Staatsanwalt geführt«, sagte der Schulleiter. Er stand auf und ging zur Tür, die er kurz öffnete.

»Frau Wiedmann, machen Sie uns bitte einen Tee«, bat er seine Sekretärin und setzte sich wieder an den Tisch.

»Das ist doch recht so?«, erkundigte er sich.

»Ja, danke. Um diese Zeit machen wir im Büro auch immer Teepause«, sagte Noosten.

»Sie erwarten von mir sicher Auskünfte über meine Kollegin Frau Kleedorf«, fuhr Herr Bomfeld fort. »Das ist wirklich eine schreckliche Sache. Wissen Sie, an meiner Schule unterrichten etwa vierzig hauptamtliche Lehrkräfte. Im Großen und Ganzen läuft der Betrieb zu meiner Zufriedenheit, und das Betriebsklima ist ausgezeichnet, wenn ich das sagen darf. Es gibt so gut wie keine Querelen … Auch Frau Kleedorf hat sich von Anfang an gut in unser Kollegium eingefügt. Sie hat sich sehr für ihre Arbeit engagiert, und ich habe sie als Kollegin sehr geschätzt. Kurz vor ihrem Tod ist sie Oberstudienrätin geworden. Ihr Tod bedeutet einen Verlust für unsere Schule, denn Frau Kleedorf besaß die Hochachtung des Kollegiums und kam auch bei den Schülern gut an«, berichtete Bomfeld.

»Sie meinen also, dass wir ihren Mörder nicht in Ihrem Kollegium finden?«, fragte Noosten.

Bomfeld wippte nervös mit der Fußspitze auf und ab. »Davon gehe ich aus!«, erklärte er im Brustton der Überzeugung.

»Frau Kleedorf unterhielt mit einem ihrer Schüler ein Verhältnis«, sagte Glauwitz.

»Das ist mir auch zugetragen worden. Aber der Schüler war ein erwachsener Mann. Wir sind keine Klosterschule, meine Herren! Frau Kleedorf war eine reife, schöne Frau! Ihr Privatleben geht mich als Schulleiter nichts an«, antwortete der Direktor und lächelte jovial.

»Sie soll auch mit ihrem Kollegen von Kalksund mehr als nur befreundet gewesen sein. Zumindest lassen Fotos, die ihr Mann besitzt, auf ein intimes Verhältnis schließen«, sagte Noosten.

Bomfeld lachte. »Das mag alles sein. Aber Herr von Kalksund ist ein zuverlässiger und bewährter Pädagoge. Mich interessieren weder seine Hobbys noch seine Amouren.«

Die Sekretärin betrat das Zimmer und trug das Geschirr herein. Es waren hübsche Tassen mit Rosenmuster.

»Der Tee ist gleich fertig«, sagte sie und ging wieder hinaus.

Der Tisch stand vor einem großen Fenster, das nach Osten hin lag. Es war angenehm kühl im Raum.

Noosten ließ seinen Blick über die mit Bücherregalen bedeckten Wände gleiten und musterte interessiert eine Marionette, die einen Lehrer oder Professor darstellen sollte.

»Wir haben vom Hausmeister der Wohnanlage erfahren, dass jemand nach einer Schulveranstaltung Frau Kleedorfs Fahrradreifen zerstochen hat. Außerdem hat die Lehrerin vor ihrem Apartment eine tote Ratte gefunden. Wir fragen uns jetzt, ob das vielleicht schon verstecke Drohungen des späteren Mörders gewesen sein können«, meinte der Kommissar.

Frau Wiedmann brachte den Tee. Sie zündete das Teelicht an, setzte die Kanne auf das Stövchen und verließ das Zimmer wieder.

»Bitte, bedienen Sie sich«, sagte Bomfeld nachdenklich.

Noosten griff erst einmal zur Zigarettenschachtel. Der Schulleiter schob ihm einen Aschenbecher zu und nahm seinerseits eine Zigarette aus der Packung, die der Assistent des Kommissars ihm hinhielt.

»Ich rauche nur sporadisch«, sagte er. Noosten gab ihm Feuer.

»An den Vorfall mit dem Fahrrad erinnere ich mich, aber von der Ratte weiß ich nichts«, erklärte der Direktor dann.

Die Beamten tranken ihren Tee.

»Hat Frau Kleedorf sich vielleicht in irgendeiner Klasse unter den Schülern Feinde geschaffen?«, erkundigte sich der Kommissar. »Ich meine, so etwas passiert ja schnell, wenn Schüler sich ungerecht behandelt fühlen ...«

Der Schulleiter überlegte. »Bei ihrer Lehrprobe hat es Ärger gegeben. Warten Sie, darüber besitze ich ein Protokoll. Zwei Gören haben den Unterricht sabotiert und anstößige Bemerkungen gemacht«, sagte er dann, drückte seine Zigarette aus und verließ das Zimmer.

»Üble Streiche«, sagte Noosten. »Wenigstens könnte hier endlich ein Ansatzpunkt für unsere Ermittlungen liegen«, meinte Glauwitz.

Bomfeld hielt die Akte in der Hand, als er zurückkam und sich an den Tisch setzte.

Er schlug den Ordner auf. »Der leitende Oberschulrat hat die Lehrprobe bei Frau Kleedorf mit ›Sehr gut‹ beurteilt. Zwei Schülerinnen haben allerdings die Mitarbeit verweigert. Auf Befragen gaben sie an, die Lehrerin nicht zu mögen, weil sie sie angeblich von oben herab behandelt hätte. Meine Meinung ist, dass die Schülerinnen, die beide zu Verkäuferinnen ausgebildet wurden, so etwas wie Neid auf die Position, die finanziellen Verhältnisse und vielleicht auch auf das gute Aussehen von Frau Kleedorf empfanden und deshalb so reagierten. Ich spreche nicht von der Mehrheit der Klasse. Es waren nur einige, die sich mit Frau Kleedorf angelegt haben«, erklärte der Schulleiter und schob den Beamten die Akte hin.

Dann griff er nach seiner Tasse und trank seinen Tee, während die Polizisten das Protokoll und die Bewertung der Lehrprobe studierten.

»Neid kann schon ein Motiv gewesen sein, der Lehrerin die Fahrradreifen zu zerschneiden. Die tote, blutende Ratte vor ihrer Tür abzulegen, das allerdings setzt schon ein gewisses Maß an Gefühlskälte voraus«, sagte Glauwitz schließlich und lehnte sich zurück.

»Ich stimme Ihnen zu«, meinte der Direktor. »Es gab aber noch ein Nachspiel. Ich war so erbost darüber, dass diese Mädchen es bewusst darauf abgesehen hatten, Frau Kleedorf zu schaden, dass ich ihre Ausbilder zu einem Gespräch eingeladen habe. Das hatte zur Folge, dass die hübsche Katja vom Betrieb entlassen wurde, obwohl ihr Ausbilder dagegen war. Ihre Freundin und Mitstreiterin erhielt eine Abmahnung«, erklärte er.

»Steht in Ihren Akten zufällig auch, wo diese Katja sich jetzt ihre Brötchen verdient?«, fragte Noosten.

»Nein, darüber weiß ich nichts«, antwortete der Schulleiter.

»Wie heißt denn ihre Freundin?«, fragte Glauwitz.

»Sie heißt Tanja und lernt im Supermarkt in der Hauptstraße«, antwortete Bomfeld.

»Wirklich nicht gerade ein Traumjob«, meinte Noosten trocken.

»Dem stimme ich zu«, sagte der Schulleiter und lachte.

»Herr Bomfeld, entschuldigen Sie bitte die Störung. Wir danken für den Tee«, erklärte Kommissar Glauwitz zum Abschluss.

»Viel Erfolg für Sie«, wünschte der Schulleiter und begleitete die beiden Beamten zur Tür.

Deutschland erlebte einen Rekordsommer: Seit Wochen hatte es nicht mehr geregnet. Das Thermometer neben der Haustür der Groens war auf dreißig Grad gestiegen.

Der Hausmeister wirkte mürrisch, als er die Tür öffnete. Er trug eine Drillichhose und ein verwaschenes Oberhemd. »Moin«, sagte er und nahm die Prinz-Heinrich-Mütze vom Kopf.

»Ich hab gerade vor dem Block den Rasen gemäht, aber die Hitze war fast unerträglich!«

»Herr Groen, hat sich Herr Kleedorf für das Apartment seiner Frau interessiert?«, fragte Glauwitz.

Der Hausmeister nickte. »Ich habe ihn bis zur Wohnungstür begleitet und auf das Siegel gezeigt, das Sie angebracht hatten. Er hat fürchterlich geschimpft und wollte heute noch mit Ihnen sprechen.«

»Sie sind doch ein Menschenkenner. Welchen Eindruck hat Kleedorf auf Sie gemacht?«, fragte Noosten.

Der Hausmeister grinste. »Ein hektischer Mensch ... Er schimpfte auf die blöden Bullen, die ihn daran hinderten, seine eigene Wohnung zu betreten, und forderte mich auf, die Tür zu öffnen. Aber ich habe ihn abblitzen lassen«, sagte er stolz.

»Wir wollen Sie nicht lange aufhalten. Würden Sie bitte den Wohnungsschlüssel holen? Wir müssen uns noch einmal kurz in dem Apartment umsehen«, erklärte der Kommissar.

Groen ging ins Haus und kam kurz darauf mit dem Schlüsselbund zurück.

Sie schritten im Schatten des Hauses zur Eingangstür und stiegen die Treppe hoch.

Glauwitz entfernte das Siegel. Der Hausmeister steckte den Schlüssel ins Schloss und öffnete die Tür.

In der Wohnung stand förmlich die Hitze. »Es wäre schon angebracht, wenn sich jemand um das Apartment kümmern würde«, sagte Groen ein wenig vorwurfsvoll.

»Am Morgen kann der Pferdehändler tun und lassen, was er will«, sagte Glauwitz und ging ins Schlafzimmer.

Noosten folgte ihm.

Der Kommissar schaute kurz auf das Bett und öffnete dann den Kleiderschrank.

»Synninga hat von einem Brokatkleid gesprochen«, meinte der Assistent. Glauwitz schob die Kleider, Jacken und Röcke zur Seite. »Da ist ja das gute Stück!«, rief er erfreut und nahm das Kleid vom Bügel.

Groen blickte überrascht auf das Kleid, dessen Perlen im Licht der einfallenden Sonne funkelten.

»Ist das etwa echt?«, fragte er.

»Ja, und sehr alt«, erwiderte Noosten.

»Ein bisschen ramponiert ist es auch schon«, warf Glauwitz ein und zeigte auf eine Risskante. Er faltete das Kleid vorsichtig zusammen und legte es über seinen Arm.

»Das war es schon, Herr Groen«, sagte Noosten.

Sie verließen die Wohnung. »Auf ein Siegel können wir jetzt verzichten«, meinte der Kommissar und stieg die Treppe hinunter.

Der Hausmeister schloss die Tür ab und begleitete die Beamten bis zum Wagen.

»Haben Sie sie denn inzwischen gefunden?«, fragte er verlegen.

»Nein, leider nicht. Einen schönen Tag noch«, sagte Noosten.

Glauwitz startete den Wagen und lenkte ihn zum Revier.

Der Berufsverkehr hatte eingesetzt. Vor den Ampeln stauten sich die Fahrzeuge, warteten Fußgänger in luftiger Sommerkleidung dicht gedrängt auf Grün. Radfahrer schlängelten sich an den wartenden Fahrzeugen entlang.

Über dem Asphalt flimmerte die heiße Sommerluft. Die Beamten schwitzten im Wagen.

»Von Kalksund hat es nicht für nötig gefunden, sich bei uns über den Stand der Ermittlungen zu erkundigen«, meinte Glauwitz.

»Warum auch. Es ist schließlich nicht seine Aufgabe, für die Lehrerin eine Grabstätte zu kaufen und sie beerdigen zu lassen. Durch die Hinweise seiner Mutter aus dem Jenseits oder seine böse Ahnung hat er früher als alle anderen vom Tod seiner Verlobten erfahren. Er trauert eben auf seine Weise um seine Wibke«, sagte Noosten.

Glauwitz steuerte den Golf im Stopp-and-go-Tempo einer Ampel entgegen. »Trotzdem müsste es ihn doch interessieren, was weiter geschehen ist. Synninga kann ich kein Motiv unterstellen. Er war, so weit ich das beurteilen kann, nicht einmal eifersüchtig auf den Lehrer«, sagte er.

»Im Gegenteil, seinen hinterlistigen Bemerkungen war zu entnehmen, dass der Oberstudienrat impotent ist«, stellte Noosten fest.

»Noch interessanter fand ich den Hinweis, dass Wibke Kleedorf nicht mit ihm verlobt war. Und dass er seine Kollegin in der historischen Robe seiner Mutter fotografiert hat, ist doch ziemlich verrückt!«

»Eine Sünde ist es nicht, aber es erhärtet den Verdacht, dass von Kalksund unter einem ausgewachsenen Mutterkomplex leidet!«

»Die Fotos des Privatdetektivs sprechen allerdings nicht unbedingt dafür! Abscheulich, wie schamlos diese Leute die Intimsphäre anderer verletzen!«, sagte Glauwitz.

Das Licht der Ampel sprang um. Glauwitz lenkte den Golf Borsum entgegen. Noosten blickte aus dem Fenster.

»Wibke Kleedorf wird die Erde aber auch nicht gerade mit einem Heiligenschein verlassen haben«, murmelte er, während sie an der nächsten Ampel warteten.

»Das stimmt. Sie muss ihren Mörder herausgefordert haben. Er ist ihr nach Baltrum gefolgt«, sagte Glauwitz und lenkte den Wagen an der Nesseländer Straße vorbei.

Noosten blickte auf die Wohnblocks am Straßenrand.

»Irgendwo in diesen Häusern muss Synninga früher gewohnt haben«, sagte er.

Glauwitz nickte. »Er trennte sich von einem Mädchen, um seiner attraktiven Lehrerin das zu geben, was sie von ihrem Mann nicht mehr wollte und das von Kalksund nicht in der Lage war, ihr zu bieten«, meinte er und steuerte den Golf Richtung Wolthusen.

»Chef, vulgär ausgedrückt, die Lehrerin förderte die geistigen Anlagen ihres Schülers, und Synninga schlief aus Dankbarkeit mit ihr«, erwiderte Noosten.

»Die Dame hat es verstanden, die Verehrung des Kollegen, die Liebe ihres Schülers und die Gunst ihres Direktors zu erringen«, stellte Glauwitz fest und lenkte den Golf über die Hauptstraße von Wolthusen an den Bungalows mit den hübschen Vorgärten entlang.

»Hier wohnen wohl nur Leute, die keine Geldsorgen haben«, meinte sein Assistent, und eine Spur Neid schwang in seinen Worten mit.

Glauwitz stellte den Wagen in der Auffahrt ab, die Beamten stiegen aus und gingen zur Haustür.

Der süßliche Duft einer blühenden Hagebuttenhecke stieg ihnen in die Nase. Glauwitz drückte den Klingelknopf. Sie vernahmen Schritte, und gleich darauf wurde die Tür geöffnet.

Von Kalksund trug nur eine enge Badehose, sein Oberkörper war tief gebräunt.

»Entschuldigen Sie, ich habe mich im Garten gesonnt«, sagte er und bat die Beamten einzutreten. Seinem Körper entströmte der Geruch eines Kokosöls.

»Wir können uns im Garten unterhalten«, schlug er vor und schritt ihnen voran. Sie folgten ihm durch einen langen Flur. Auf den Regalen lag Fotozubehör, in einer Ecke stand eine Nähmaschine, an der anderen Wand eine Vitrine, in der hinter Glas Pokale, Statuen und Orden aufbewahrt wurden. Eine Tür führte in den Garten.

Auf der großen, gefliesten Terrasse stand ein Tisch mit Kunststoffstühlen.

Auf dem gepflegten Rasen sahen die Beamten eine Sonnenliege. Vor den hohen Tannen, die das Grundstück einfassten, wuchsen Rhododendronsträucher und Studentenblumen. Seitlich vor einem Schuppen mit Kaminholz blühten Margeriten in einer blau glasierten Tonschale.

»Nehmen Sie bitte Platz, ich ziehe mich nur schnell um«, sagte von Kalksund und wies auf die Stühle. Die Beamten setzten sich an den Tisch.

»Eine Idylle«, meinte Noosten.

»Ja, ein kleines Paradies! Erinnerst du dich an die Fotos? Hier haben Wibke Kleedorf und von Kalksund nackt gestanden«, sagte Glauwitz.

»Ja, aber viel mehr kann nicht passiert sein, wenn der Student Recht hat«, kommentierte Noosten spöttisch.

»Er kleidet sich gerade für seinen Auftritt um«, meinte Glauwitz ironisch.

Der Lehrer kam zurück, kaum dass der Kommissar zu Ende gesprochen hatte.

Er trug weiße Jeans und ein dunkelblaues Oberhemd, auf dem ein Schriftzug prangte. Glauwitz las ›Pierre Trottoni‹. Die Füße des Lehrers steckten in weißen Ökosandalen.

»Können Sie verstehen, warum ich im Urlaub am liebsten hierbleibe?«, fragte er.

»Ihr Garten ist in der Tat ein kleiner Kurpark«, bestätigte Noosten.

»Ehrlich gesagt, ich trenne mich nicht gern von meinem Zuhause. Die wachsende Kriminalität macht mir Sorgen. Einbrüche sind an der Tagesordnung; die Angst vor dem Verlust wertvoller Gegenstände aus Mutters Hinterlassenschaft macht mir sehr zu schaffen«, sagte von Kalksund.

Noosten dachte an das Brokatkleid, das in Plastik eingeschlagen im Wagen lag und sicherlich zu diesen Gegenständen zählte.

»Und die Gartenarbeit und die Pflege Ihres schönen Hauses füllen Sie ganz aus?«, fragte Glauwitz.

»So ist es. Nach dem Tod meiner Mutter hatte ich mich ein wenig gehen lassen und die Putzerei der Zimmer auf ein Minimum beschränkt. Ich hatte gehofft, Wibke würde zu mir ziehen und das Haus beleben. Ich hatte auch an Kinder gedacht, die hier im Grünen hätten heranwachsen können. Aber jetzt ist Wibke tot«, fügte er traurig hinzu.

»Und eine Eigentumswohnung in der Stadt wäre nichts für Sie? In der Nähe des Kunstmuseums entstehen herrliche Wohnungen mit Blick auf die Gracht und den Park«, sagte Glauwitz.

»Um Gottes willen! Meine Mutter hat das Haus geliebt. Ihre Seele verweilt hier gelegentlich«, erklärte von Kalksund im Brustton der Überzeugung.

»Und die Seele Ihrer Verlobten?«, fragte Noosten ernst.

Von Kalksund stutzte und schaute den Beamten prüfend an. »Wenn Sie die Wahrheit wissen wollen und das, was ich auf Ihre Frage antworte, nicht an Ihrem Kegelabend zum Gelächter Ihrer Freunde zum Besten geben, dann hören Sie genau hin. Wibkes Seele lebt. Sie hat sich vom Irdischen gelöst und ist bei ihrem Sohn Marco«, sagte von Kalksund. »Ich weiß es von ihr!«

Er stand noch immer vor dem Tisch.

»Wir wissen nicht, wo sich die Leiche befindet, und suchen ihren Mörder. Hat Ihre Verlobte Ihnen nicht vielleicht einen Hinweis gegeben?«, fragte Glauwitz.

»Nein. Ich habe leider kein zweites Mal Kontakt zu ihr gefunden. Aber lassen wir das Thema. Ich mache uns schnell einen Tee«, sagte er und betrat das Haus.

Noosten blickte Glauwitz fragend an.

»Spinnt er sich etwas zusammen, um sich der Verantwortung zu entziehen?«

»Damit käme er nicht weit. Staatsanwalt Bronzema wird ihn in die Psychiatrie einweisen lassen, sollte sich herausstellen, dass er seine Braut auf Baltrum getötet hat«, erwiderte der Kommissar verärgert. Ihm ging das Geschwafel des Lehrers sichtlich auf die Nerven.

»Vielleicht hat er gewusst, dass Wibke Kleedorf mit Synninga ein Verhältnis hatte. Vielleicht ist er nach Baltrum gefahren, um hinter den beiden herumzuschnüffeln!«, vermutete Noosten.

»Ich denke, wir müssen ihn ein wenig härter anfassen. Was mag es mit dem Brokatkleid auf sich haben?« Der Kommissar versank in Nachdenken.

»Seine Geheimniskrämerei geht mir jedenfalls auf den Keks«, antwortete Noosten.

Die Strahlen der untergehenden Sonne drangen durch das Grün der dichten Tannen. Die Beamten saßen im Schatten des Hauses und genossen die kühle Abendluft. Von Kalksund trug das Teegeschirr auf. Er wirkte traurig und war für seine Verhältnisse bemerkenswert schweigsam.

»Ich bringe gleich den Tee«, sagte er und verschwand wieder im Haus. Die Beamten blieben geduldig wartend sitzen und beobachteten das Treiben der Vögel im Garten.

Von Kalksund brachte den Tee, zündete das Teelicht an, setzte die Kanne auf das Stövchen und stellte eine Schale mit ›Friesischen Leidenschaften‹ auf den Tisch.

»Bitte, bedienen Sie sich«, sagte er und nahm selbst Platz.

Die Beamten tranken Tee und knabberten das lockere Blätterteiggebäck.

Am wolkenlosen Himmel kreiste ein Bussardpärchen, und von Kalksund folgte Noostens Blick.

»Ich beobachte sie oft. Sie haben sicher drüben am Uphuser Meer ihr Nest«, sagte er.

»Sie verhelfen uns zu einem beschaulichen Spätnachmittag. Wir sind dabei, unsere Dienstgeschäfte völlig zu vernachlässigen«, sagte Glauwitz.

Von Kalksund lächelte glücklich. »Auch Wibke konnte hier stundenlang sitzen, den Vögeln zuschauen und ihre Kümmernisse vergessen. Bald kommen die Graureiher vom Uphuser Meer«, sagte er.

»Bevor Sie uns ein Nachtglas reichen, um die Fledermäuse zu beobachten, müssen wir aber trotzdem noch einmal dienstlich werden«, sagte Noosten.

Von Kalksund schenkte gerade Tee nach. Er blickte überrascht von seiner Tätigkeit auf.

»Sie haben noch Fragen?«, sagte er und setzte sich.

Glauwitz nickte. »Wir haben Suchhunde eingesetzt, die uns zum Tatort geführt haben. Dort fanden wir aber nur die abgetrennte Hand Ihrer Braut. An einem Finger saß ein Ring. Der Mörder hat die Leiche irgendwo im Dünengelände der Insel verscharrt.«

»Mein Gott, das ist ja entsetzlich!«, rief der Lehrer aus und langte nach seiner Teetasse, wie um sich daran fest zu halten.

Noosten nahm den Ring aus seiner Tasche und hielt ihn in der geöffneten Hand. »Kennen Sie dieses Schmuckstück?«, fragte er.

Von Kalksund stellte die Tasse ab und zog die Augenbrauen hoch. »Nein! Wibke hat ihn nie getragen«, sagte er distanziert.

»Sie trug ihn aber, als der Mörder sie in den Dünen umbrachte«, erwiderte Noosten ernst.

»Haben Sie sich zur Tatzeit auf Baltrum aufgehalten? Und haben Sie die Margeriten vor der Apartmenttür Ihrer Verlobten abgelegt?«, fragte Glauwitz.

Der Lehrer schaute böse auf.

»Ich finde es unverschämt von Ihnen, mich zu verdächtigen. Ich habe Wibke geliebt. Warum sollte ich ihr nach Baltrum gefolgt sein, geschweige denn, sie umgebracht haben?«, fragte er und blickte die Beamten verächtlich an.

»Weil Ihre Verlobte einen gut aussehenden ehemaligen Schüler, der es im Boxen zur Niedersachsenmeisterschaft gebracht hat, zu sich eingeladen hatte. Er unterhielt mit Ihrer Verlobten eine Verhältnis. Wir haben seine Aussagen protokolliert, es gibt keinen Zweifel daran. Von ihm erhielt Wibke auch den Ring«, erklärte Glauwitz.

Von Kalksund verschlug es für einen Moment die Sprache, und er rang um Haltung. »Sie lügen! Sie wollen mir etwas anhängen!«, zischte er böse und schaute die Beamten empört an.

»Der Liebhaber Ihrer Verlobten befand sich auf Baltrum, um das Wochenende mit ihr zu verbringen. Er hat die Margeriten bemerkt, die vor der Apartmenttür lagen, und vergeblich auf Ihre Braut gewartet«, sagte Noosten.

»Wibke war kein Flittchen! Das ist alles Unsinn! Sie liebte mich!«, sagte von Kalksund aufgeregt.

»Verzeihen Sie, aber der junge Mann war da anderer Meinung«, beharrte Noosten.

»Ich wollte Wibke heiraten«, beharrte der Lehrer.

»Haben Sie Frau Kleedorf in alten Gewändern Ihrer Mutter fotografiert?«, erkundigte sich der Kommissar.

»Ja. Sie haben Wibke fantastisch gestanden. Mutters historische Roben sind wertvolle Stücke, die ich später einem Museum anvertrauen werde«, sagte von Kalksund.

»Wir haben im Apartment von Frau Kleedorf ein prächtiges Brokatkleid gefunden. Ich gehe davon aus, dass es zu Ihrer Sammlung gehört«, meinte Glauwitz.

»Ja«, antwortete von Kalksund trotzig und runzelte die Stirn.

»Und wie ist es in die Wohnung Ihrer Verlobten gelangt?«, fragte Noosten und trank einen Schluck Tee.

Auch Glauwitz langte nach seiner Teetasse und beobachtete den Oberstudienrat, der sich um Haltung bemühte und mit seinen Fingern nervös an seinem Schnurrbart herumspielte.

»Ich habe es meiner Verlobten anvertraut. Sie hatte einige Kolleginnen zum Kaffeeklatsch eingeladen und wollte sie in dem Kleid, das meine Mutter in der Met in New York getragen hatte, überraschen«, antwortete von Kalksund schließlich schnippisch und blickte die Beamten herablassend an.

»Eine plausible Erklärung. Aber das besagte Prachtkleid zeigt Rissspuren. Frau Kleedorf hat es wohl nicht mit dem gebührenden Respekt getragen«, sagte Glauwitz.

Der Oberstudienrat schaute ihn verblüfft an. Dann griff er nach seiner Teetasse und nahm einen kräftigen Schluck, wie um Zeit zu gewinnen.

Aus war es mit der Harmonie vor blühenden Rosen, Studentenblumen und den Tannen, durch die das Licht der untergehenden Sonne fiel.

Von Kalksund wurde immer nervöser.

»Ich weiß nicht, was Sie von mir wollen«, sagte er feindlich.

»Wir können Ihnen das wertvolle Kleid leider nicht zurückgeben. Es gehört ins Labor, weil weiße Flecken und dunkle Ölspuren darauf zu sehen sind, die normalerweise nicht bei einem Kaffeeklatsch entstehen«, gab Glauwitz ungerührt zurück.

»Ach! Meine Verlobte hat wohl vergessen, mir etwas mitzuteilen«, meinte der Lehrer und lächelte einlenkend.

»Sie sprechen immer von Ihrer Verlobten. Der Liebhaber von Frau Kleedorf gab jedoch zu Protokoll, dass seine Lehrerin keineswegs mit Ihnen verlobt war und dass Sie außerdem nicht in der Lage waren, Wibke Kleedorf körperlich zu lieben«, sagte Noosten im Plauderten.

Oberstudienrat von Kalksund geriet außer sich, und seine Miene wurde so finster, dass ihm deutlich anzusehen war, wie gern er seine beiden ungebetenen ›Gäste‹ in diesem Augenblick vor die Tür gesetzt hätte.

Sein Gesicht lief über und über rot an. »Das sind infame Unterstellungen! Deshalb also Ihre hinterlistigen Fragen! Ich hatte mit Wibke Verkehr, während sie das Kleid trug«, brüllte er.

»Sie schliefen mit Frau Kleedorf im Apartment an der Gartenstraße?«, fragte Noosten ungerührt.

»Nein, hier in meinem Wohnzimmer«, erwiderte der Oberstudienrat und warf sich dabei herausfordernd in die Brust.

»Und …?«, fragte Glauwitz kalt.

»Was – und?«, wiederholte von Kalksund verwirrt.

»Die Rissstellen und das Fahrradöl?«, half ihm Noosten auf die Sprünge.

»Wibke hat sich danach nicht umgezogen, sondern ist gleich nach Hause geradelt«, sagte von Kalksund stockend.

»Und der Kaffeeklatsch?«, fragte Noosten ironisch.

Der Lehrer bebte vor Wut.

»Beruhigen Sie sich bitte! Ihr Intimbereich ist für uns von untergeordneter Bedeutung«, erklärte der Kommissar. »Wir wollen von Ihnen wissen, ob Sie auf Baltrum waren, als Frau Kleedorf ermordet wurde.«

Von Kalksund erhob sich und blickte verärgert in den Garten. Auch die Beamten standen auf.

Der Lehrer fuhr herum. »Ihre unverschämte Art, mich zu verdächtigen, ist skandalös!«, rief er.

»Waren Sie auf Baltrum? Haben Sie die Margeriten vor der Ferienwohnung Ihrer … Verlobten abgelegt?«, fragte Noosten unbeeindruckt.

»Bitte, verlassen Sie sofort mein Haus!«, sagte von Kalksund, und dabei sah er aus, als würde er im nächsten Moment einen Herzinfarkt erleiden.

»Verzeihen Sie, falls wir Ihnen Unrecht tun!«, sagte Glauwitz und gab Noosten einen Wink. Die Beamten suchten sich ihren Weg durch den gepflegten Garten ums Haus herum zurück zum Wagen.

Am nächsten Morgen betrat Noosten die Geschäftsstelle der ›Emder Zeitung‹. Hinter dem Tresen versahen zwei junge Frauen ihren Dienst. Noosten zeigte ihnen seinen Dienstausweis und stellte sich vor. »Ich suche nach dem Bild eines Zeugen. Es handelt sich um einen Sportler namens Hinni Synninga, einen Boxer hier aus Emden. Sie haben öfter über ihn berichtet.«

»Brauchen Sie ein Foto, das den Boxer im Ring zeigt?«, fragte die Angestellte.

»Nein – wenn möglich, ein Foto vor einem Kampf und aus seinen späten Tagen«, antwortete Noosten.

Die hübsche junge Dame überlegte. »Vielleicht kann ich Ihnen helfen. Ich sehe schnell im Archiv nach. Wie war noch mal der Name?«

»Hinni Synninga«, antwortete Noosten.

»Warten Sie bitte«, sagte die Angestellte und verließ den Raum.

Auf dem Tresen lagen die druckfrischen Ausgaben der ›Emder Zeitung‹. Kunden betraten die Geschäftsstelle, nahmen sich ein Exemplar und bezahlten bei der Kollegin.

»Marianne wird im Archiv bestimmt fündig«, sagte sie und blickte Noosten freundlich an. »Aber es kann einen Moment dauern.«

»Ich stehe nicht unter Zeitdruck«, erwiderte Noosten.

Die Angestellte kam zurück. »Ich habe ein Foto gefunden – ein hübscher Junge«, sagte sie. »Hoffentlich können Sie was damit anfangen.«

»Marianne, zeig doch mal«, bat die Kollegin und betrachtete das Bild. »Den kenne ich! Der hatte Chancen!«, meinte sie und rechte das Foto an Noosten weiter.

»Kein Wunder, bei der Figur«, scherzte der Beamte.

Hinni Synninga trug auf dem Bild Boxershorts und hielt seine bandagierten Fäuste in Abwehrhaltung vor dem gebeugten Oberkörper. Er hatte breite Schultern und muskulöse Oberarme.

»Die Aufnahme hat unser Fotograf vor einem seiner Kämpfe geschossen«, sagte Marianne und schob dem Beamten eine ausgefüllte Quittung zu. »Sie müssen mir nur den Empfang bestätigen«, fügte sie hinzu.

Ihre Kollegin bediente gerade einen Kunden.

Noosten steckte das Foto in seine Jackentasche und unterschrieb den Beleg mit dem Kugelschreiber, den die Angestellte ihm gereicht hatte.

»Das Idol ist mittlerweile ein wenig älter geworden«, sagte er.

Der Kunde verließ die Geschäftsstelle, und die Kollegin wandte sich mitteilungsbedürftig an den Polizisten.

»Wegen dieses Typen soll es hier in der Disco mal Ärger gegeben haben.«

»Was ist denn passiert?«, fragte Noosten, der sich gerade hatte verabschieden wollen.

»Er hatte eine bildhübsche Freundin, die wohl aus einfachen Verhältnissen kam und irgendwann beim Tanzen aus Eifersucht für Wirbel gesorgt hat, weil dieser Synninga sich nicht genug mit ihr beschäftigt hat. Mitten auf der Tanzfläche ist sie ausgeflippt, hat ihren Freund ins Gesicht geschlagen, ihm in den Unterleib getreten und ist abgedampft. Der Diskjockey hat hinterher für Ruhe gesorgt. Das liegt allerdings schon eine Weile zurück«, sagte die Kollegin.

»Vielen Dank für die Information. Ich wünsche Ihnen einen angenehmen Tag«, sagte Noosten zufrieden. Er verließ die Geschäftsstelle, ging zum Parkplatz und stieg in seinen Dienstwagen.

Dann fuhr er nach Greetsiel. Die Sonne stand schon hoch, und es wurde wieder heiß. Noosten lenkte den Wagen über die Küstenstraße an den großen Höfen und Weiden vorbei.

Er hing seinen Gedanken nach und hatte keinen Blick für die idyllische Landschaft, die für ihn zur Alltäglichkeit geworden war.

Auch in Greetsiel fuhr er achtlos an der historischen Kirche vorbei und warf nur einen kurzen Blick in den Hafen auf die bunten Leiber der Kutter, die erst vor wenigen Stunden vom Fang zurückgekehrt waren.

Er parkte den Wagen vor der Jugendherberge und ging an einer Gruppe lärmender Schüler vorbei, die sich in der Halle auf eine Wanderung vorbereiteten.

Noosten betrat den Empfangsraum, ging zur Anmeldung, zeigte dem Angestellten seine Polizeimarke und holte das Foto des Boxers aus seiner Jackentasche.

»Kripo Emden, mein Name ist Noosten. Hat dieser Mann bei Ihnen vor einigen Wochen übernachtet?«, fragte er.

»Ja, da muss ich gar nicht erst die Eintragungen kontrollieren. Das liegt allerdings schon eine Zeit zurück«, sagte der Mann.

»Danke, das war es schon«, erwiderte Noosten und blickte auf die Herbergsuhr. Er war noch gut in der Zeit.

Er stieg in seinen Wagen und fuhr zum Revier. Sie hatten in der Pension ›Wattblick‹ gebucht, und ihre Taschen für den Inselaufenthalt waren schon gepackt. Ein Streifenwagen brachte sie nach Nessmersiel zum Fähranleger.

Das Schiff nach Baltrum legte um vier Uhr ab.

Auf der Insel gingen die Beamten direkt zum Hotel.

Sie trugen ihr Gepäck auf das Zimmer, tranken auf der Terrasse Tee und aßen ein Stückchen Rumflockentorte, denn sie hatten keine Mittagspause gehabt. Es war schon später Nachmittag, als sie sich auf den Weg zum Fuhrunternehmer Tuittjer machten.

Das Backsteinhaus lag auf der Wattseite. Hinter dem Haus befanden sich die weiten Deichwiesen, auf denen die Pferde grasten, wenn sie nicht vor Kutschen traben oder Lastanhänger ziehen mussten.

Das Wohngebäude mit den Stallungen und dem Schuppen lag hinter einer von Lebensbäumen verdeckten Mauer in der Nähe des alten ›Spritzenhäuschens‹ und besaß eine eigene, asphaltierte Zugangsstraße.

Der Vorgarten des Backsteinhauses, in dem Tuittjer seine Firma unterhielt, war gut gepflegt, der Rasen frisch gemäht. Die Eingangstür mit den weiß umrandeten Sprossenfenstern war blau lackiert.

Glauwitz betätigte die Klingel. Eine rundliche ältere Dame, sie trug einen beigen Leinenrock und eine helle Sommerbluse, öffnete die Tür.

Ihr Gesicht war gebräunt, ihr graues Haar in einem Knoten zurückgesteckt.

»Bitte schön?«, fragte sie freundlich.

»Kripo Emden. Wir hätten gerne Herrn Tuittjer gesprochen«, sagte Glauwitz.

»Mein Mann befindet sich in seinem Büro. Treten Sie ein«, bat sie höflich.

Sie folgten ihr durch einen langen Korridor an vielen Türen vorbei. Die Wände waren getäfelt, der Boden mit roten Fliesen belegt. Eine Seitentür stand offen, und Glauwitz blickte in einen Speiseraum, dessen Fenster dem Wattenmeer zugewandt waren.

Es roch nach Bratfisch.

Der Gang endete vor einer Tür, an der ein Schild mit der Aufschrift ›*Privat*‹ hing.

»Mein Mann kümmert sich um den Fuhrbetrieb, ich sorge für die Gäste«, sagte sie und öffnete die Tür.

»Georg, Besuch!«, rief sie, dann wandte sie sich zum Gehen.

Tuittjer war ein untersetzter, kräftiger Mann um die sechzig. Er besaß ein freundliches, volles Gesicht mit listigen Augen. Sein Haar war grau und kurz geschnitten.

»Treten Sie ein«, forderte er die Beamten auf. »Sie kommen durch die Hintertür. Unsere Angestellten haben bereits Feierabend.«

Tuittjer rückte zwei Stühle in die Nähe seines Schreibtisches.

»Nehmen Sie Platz«, sagte er.

»Danke«, erwiderte Glauwitz. Die Beamten setzten sich auf die Stühle.

»Herr Tuittjer, Kripo Emden«, sagte Glauwitz, zog seine Dienstmarke aus der Tasche und wies sich aus. »Wir benötigen von Ihnen einige Auskünfte.«

»Sie recherchieren sicher im Mordfall Kleedorf«, sagte Tuittjer und setzte sich an seinen Schreibtisch.

»So ist es. Wir vermuten, dass die Leiche der Lehrerin hier auf Baltrum versteckt wurde. Leider besitzen wir zur Zeit keine heiße Spur. Der Unternehmer Kleedorf befand sich mit seiner Frau in finanziellen Auseinandersetzungen wegen einer geplanten Scheidung. Wir halten es deshalb für angebracht, seine Aussagen zu überprüfen«, sagte Glauwitz.

»Ich kenne Rolf Kleedorf seit etlichen Jahren«, erwiderte der Unternehmer. »Er ist ein zuverlässiger und angenehmer Geschäftspartner. Er war vor etwas mehr als zwei Wochen unser Gast und hat in einem Fremdenzimmer übernachtet.«

»Das war die Nacht, in der seine Frau ermordet wurde«, warf Noosten ein.

Tuittjer nickte. »Was Kleedorf nach dem Abendbrot, also ab neunzehn Uhr dreißig, unternommen hat, das entzieht sich leider meiner Kenntnis. Meine Frau und ich haben an diesem Abend an einer Geburtstagsfeier bei Freunden teilgenommen.«

»Und Sie sind spät nach Hause gekommen?«, erkundigte sich Noosten.

Tuittjer lachte. »Nein, im Gegenteil, sehr früh. Es wurde bereits hell«, antwortete er.

»Und haben Sie Herrn Kleedorf vor seiner Abreise noch angetroffen?«, fragte der Kommissar.

»Nein, ich bin spät aufgestanden«, antwortete Tuittjer.

»Und sein Zimmer?«, wollte Noosten wissen.

Der Fuhrunternehmer schaute den Beamten irritiert an. »Kleedorf hat bezahlt, wenn Sie das meinen«, sagte er.

»Wie hat er das Zimmer verlassen?«, präzisierte der Assistent des Kommissars.

»Ich weiß nicht, worauf Sie hinauswollen, mir sind aber keine Klagen zu Ohren gekommen. Gesine Bengen, die Tochter eines Freundes, studiert in Aachen Pharmazie und hilft uns während der Saison, alles in Ordnung zu halten. Warten Sie, ich nehme an, dass sie noch im Hause ist«, sagte Tuittjer. »Sie denken an einen übermäßigen Alkoholgenuss? Kleedorf ist sicher kein Kostverächter, aber wir Insulaner sind schließlich auch keine Kinder von Traurigkeit!« Damit stand der Fuhrunternehmer gelassen auf und verließ das Zimmer.

»Chef, der ist richtig«, murmelte Noosten.

Gesine Bengen sah hübsch aus mit ihrem blonden Haar und dem frischen, sonnengebräunten Gesicht.

Sie trug ein dunkelblaues T-Shirt und Jeans, die ihre Figur sehr vorteilhaft zur Geltung brachte.

»Gesine, nimm bitte dort an dem Schreibtisch Platz! Herr Glauwitz und Herr Noosten sind Kriminalbeamte. Sie recherchieren im Fall Kleedorf«, sagte Tuittjer und setzte sich wieder an seinen Schreibtisch.

»Frau oder Fräulein …?«, fragte Noosten und schaute die Studentin freundlich an.

»Gesine«, antwortete sie lächelnd.

»Gesine, Sie haben das Zimmer des Pferdehändlers Kleedorf nach seiner Abreise wieder hergerichtet?«

Die Studentin nickte.

»Hat der Geschäftsfreund Ihres Chefs das Zimmer in ordentlichem Zustand hinterlassen?«, erkundigte sich Noosten.

»Fast, bis auf ein paar Dinge«, sagte Gesine Bengen und blickte zu ihrem Chef hinüber.

Tuittjer schwieg. So als ginge ihn das Gespräch nichts an, studierte er Computerlisten.

»Und worüber haben Sie sich geärgert?«, fragte Glauwitz.

Gesine zögerte, doch dann gab sie sich einen Ruck. »Zuerst hatte ich den Eindruck, dass Herr Kleedorf auf der Überdecke genächtigt hatte. Im Abfallkorb fand ich Bierflaschen und Papiertaschentücher mit Blutflecken. Auf der Ablage vor dem Spiegel lag ein Wegwerfrasierer mit Blutspuren daran, und in den Handtüchern befanden sich ebenfalls Blutflecken«, sagte die Studentin.

»Sie haben Herrn Tuittjer davon keine Meldung gemacht – also gab es Ihrer Meinung nach eine verständliche Ursache für die Flecken?«, hakte Noosten nach.

»Ja, ich bin davon ausgegangen, dass der Gast sich beim Rasieren geschnitten hatte«, sagte die Studentin.

»Sie haben das Handtuch in den Wäschesack geworfen?«, fragte Glauwitz, und das Mädchen nickte.

»War der Boden durch Sand verschmutzt?«

»Ja, aber das ist er in allen Zimmern, das sind wir gewohnt!«, sagte sie.

»Ist Ihnen sonst noch irgendetwas aufgefallen?«, wollte der Kommissar noch wissen.

»Der Gast hatte das Fenster weit geöffnet, dennoch stank es nach Alkohol und Zigarettenrauch. Ich habe die gefüllten Aschenbecher geleert«, erklärte Gesine Bengen.

Tuittjer schob die Listen in die Schreibtischschublade.

»Gesine, schönen Dank«, meinte Glauwitz.

»Wir werden Ihre Aussage in unseren Tagesbericht aufnehmen«, sagte Noosten.

»Dagegen habe ich nichts einzuwenden«, erwiderte Gesine Bengen und verließ das Büro.

»Es ist gut, dass man nicht alles erfährt, was in den Zimmern geschieht«, meinte Tuittjer trocken.

Der Kommissar nickte. »Das kann ich mir vorstellen«, murmelte er.

»Kleedorf gab an, einen weiten Spaziergang unternommen zu haben und dann schließlich am Hafen angekommen zu sein. Das lässt sich leider nicht überprüfen«, fügte er hinzu. »Wissen Sie zufällig, ob er Probleme hatte, ich meine dabei nicht die Streitigkeiten mit seiner Frau.«

»Er hat wohl auch Ärger mit seinen Eltern«, sagte Tuittjer.

»Sie auf die Liste der Verdächtigen zu setzen halte ich allerdings für unangebracht«, erwiderte der Kommissar.

»So war das auch nicht gemeint«, sagte der Unternehmer lachend.

»Für die Untersuchung der Blutflecken sind wir wohl zu spät gekommen«, stellte Noosten fest.

»Kleedorf machte auch keinen wütenden oder verzweifelten Eindruck. Ich nehme an, dass er sich in der Tat beim Rasieren geschnitten hat«, erklärte Tuittjer.

Die Beamten erhoben sich.

»Wir danken für das Gespräch«, meinte Glauwitz.

»Ich wünsche Ihnen viel Erfolg bei Ihren Nachforschungen«, sagte der Fuhrunternehmer, begleitete die Beamten zur Haustür und verabschiedete sich von ihnen.

Glauwitz und Noosten verließen die Straße und betraten den Wanderweg, der am Friedhof entlang zum Süßwasserteich führte.

Auf dem Wattenmeer spiegelte sich das Abendrot.

Über die Deichwiesen strich eine frische Brise vom Meer her, und die Luft war angenehm würzig.

Feriengäste nutzten die Kühle des Abends für einen Spaziergang zur Aussichtsdüne.

Die Beamten näherten sich der hell erleuchteten ›Teestube‹. Auf der Terrasse saßen die Gäste an den Tischen vor ihren Tassen, und die Kinder schleckten Eis. Die Serviererinnen trugen weiße Blusen und weite Röcke mit ostfriesischen Webmustern.

Im Café gab es keinen freien Platz mehr. Im Kamin loderte ein helles Feuer, und auf den Tischen brannten die Kerzen mit flackernden Flammen. Eine Oase der Gemütlichkeit, dachte Glauwitz und trat an den Tresen, hinter dem eine hübsche junge Frau die Bestellungen der Kellnerinnen entgegennahm. Sie schaute den Kommissar nicht eben freundlich an.

»Sind Sie die Chefin?«, fragte Glauwitz.

»Ja; Sie sind unzufrieden?«, fragte sie und schob Kuchenteller, Tassen und Teekännchen auf den Tabletts zurecht.

»Nein, keineswegs. Wir hätten gerne einen Tee getrunken, aber es gibt keinen freien Platz mehr. Wir kommen von der Kripo Emden und möchten in Erfahrung bringen, ob der hier auf dem Foto abgebildete Sportler vor drei Wochen Ihr Gast gewesen ist«, sagte Glauwitz.

»Das lässt sich schnell feststellen. Ich hatte keinen Bedienungswechsel«, antwortete die Frau und betrachtete das Bild.

Dann nahm sie Glauwitz das Foto aus der Hand und zeigte es den Mädchen, die ihre Bestellungen vom Tresen abholten.

Die Beamten mussten nicht lange warten.

»Ja, ich habe den Gast bedient«, sagte eine kesse Blondine. »Ein toller Typ!«

»Danke«, meinte Kommissar Glauwitz und verabschiedete sich.

Die Beamten schritten dem Dorf entgegen

»Bis jetzt ein lückenloses Alibi«, sagte Noosten.

»Was noch nichts zu bedeuten hat. Der Mörder ist ein eiskalter Hund!«, erwiderte Glauwitz.

Im ›Charly‹ saßen die Gäste an den Tischen und speisten bei Kerzenschein und leise dudelnder Musik.

Die Theke, die mitten im Raum stand, war von einer Gruppe Touristen umlagert, die sich lautstark unterhielten.

Der Wirt zapfte ununterbrochen Biere, die die Kellner an die Tische brachten, und fand dabei noch Zeit, mit seinen Thekengästen zu klönen.

Die Kneipe war gemütlich, doch für ein Bier auf die Schnelle war es Glauwitz zu laut.

Er zog die Dienstmarke aus seiner Tasche und wies sich aus. »Kripo Emden«, sagte er und reichte dem Wirt das Foto.

»Ach, ein Champ! Ja, er saß drüben am Tisch zwei. Er hat mehrere Biere getrunken und wirkte unruhig und nervös. Aber Probleme hat es keine gegeben«, sagte der Wirt und reichte Glauwitz das Foto zurück.

»Danke«, erwiderte der Kommissar.

Die Beamten verließen die Kneipe und suchten ihre Pension auf.

Dort setzten sie sich an einen Tisch auf der Terrasse, bestellten Pils und zogen das Fazit ihres Inselaufenthalts. Die Kripo hatte das teure Kleid, in dem die Sängerin Bettina von Kalksund in der ›Metropolitan Opera‹ in New York und in der Mailänder ›Scala‹ große Erfolge gefeiert hatte, an das Rechtsmedizinische Institut der Uni Oldenburg geschickt.

Das Untersuchungsergebnis stand noch aus.

In den Zeitungen erschien auf Veranlassung des Staatsanwaltes erneut Wibke Kleedorfs Foto mit einem entsprechenden Bericht. Die stille Hoffnung, dass Urlauber, vor allem junge Menschen, die vielleicht verbotenerweise in den Dünentälern zwischen Sanddornbüschen und Krüppelkiefern ihre Decken ausbreiteten und in Schlafsäcken nächtigten, zufällig auf das Leichenversteck stoßen würden, hatte sich nicht erfüllt.

Auch die Hunde der Feriengäste, die gegen die Vorschriften im Schutzgebiet frei herumliefen, hatten mit ihren Schnüffelnasen nur Fasane, Kaninchen und Enten aufgeschreckt.

Die Akte ruhte. Erfolge blieben aus.

In Soltau suchte die Kripo bereits seit Mitte April nach dem ›Heidemörder‹, dem zwei knapp dreißigjährige Frauen zum Opfer gefallen waren …

Ihre zerstückelten Leichen waren durch Zufall von Spaziergängern entdeckt worden.

Der Inselmord zeigte deutliche Parallelen, denn die Mordwaffe war in allen Fällen mit großer Wahrscheinlichkeit ein scharf geschliffenes großes Messer gewesen, und das Alter der Opfer stimmte ebenfalls überein. Es war nicht auszuschließen, dass der Heidemörder möglicherweise auch auf der Nordseeinsel Baltrum zugeschlagen hatte.

Dagegen sprachen die Margeriten, die allerdings nicht unbedingt der Mörder vor dem Apartment der Lehrerin abgelegt haben musste, die dem Fall aber auf jeden Fall eine ganz eigene Note verliehen.

Das herrliche Sommerwetter blieb beständig. Die befürchteten starken Gewitter blieben aus. Dafür gab es nachts mehrmals kräftige Schauer, sodass man um die Ernte nicht fürchten musste. Auf den Feldern fuhren schon die Mähdrescher, und auch die zweite Heuernte war zur Zufriedenheit der Landwirte ausgefallen.

Auf Baltrum erholten sich die Feriengäste in der sauberen Luft, sonnten sich an den Stränden, bauten Sandburgen, erfrischten sich in der Brandung und wanderten durch die Dünen.

Die Kaufleute, Wohnungsbesitzer und Inhaber der Pensionen und Hotels vermieden das Getratsche um den Mord an der Lehrerin, damit das Geschäft keinen Schaden nahm. Das Verbrechen aufzuklären war Sache der Emder Kripo, und alle hofften auf einen baldigen Erfolg.

Glauwitz und Noosten saßen im Dienstzimmer und studierten den Bericht des Rechtsmedizinischen Instituts der Uni Oldenburg.

Jetzt bestanden keine Zweifel mehr: Eine Überprüfung der Fingerabdrücke hatte bestätigt, dass es sich bei dem Opfer um die vermisste Lehrerin Wibke Kleedorf aus Emden handelte.

Weiterhin erfuhren die Beamten, dass im Galakleid der Sängerin Spuren von Sperma gefunden worden waren, und andere Details ließen darauf schließen, dass Wibke Kleedorf das Kleid während eines Geschlechtsaktes getragen hatte.

Die dunklen Flecken waren von herkömmlichem Fahrradöl verursacht worden, und die Risse in dem an sich festen Gewebe führten die Gutachter auf gewaltsame Einwirkung zurück.

Glauwitz reichte Noosten das Gutachten. »Die Ergebnisse entsprechen nur zum Teil den Aussagen des selbst ernannten Verlobten der Studienrätin. Von Gewaltanwendung war in seiner Schilderung nicht die Rede«, sagte er nachdenklich.

Noosten las seinerseits den Bericht durch und legte ihn dann beiseite. »Der Lehrer hat uns da wohl mit voller Absicht einiges verschwiegen«, meinte der Assistent des Kommissars.

»Faxe bitte nachher den Bericht an den Staatsanwalt durch«, sagte Glauwitz.

»Chef, dieser von Kalksund ist pervers«, stellte Noosten trocken fest.

»Wie meinst du das?«, erkundigte sich der Kommissar.

»Frau Kleedorf wäre doch nie auf die Idee gekommen, sich an einem heißen Sommertag so gekleidet in der Öffentlichkeit zu präsentieren. Sie ist wahrscheinlich fluchtartig in dem teuren Kleid zu ihrer Wohnung geradelt. Von Kalksund hat sie, so nehme ich an, in seinem Bungalow vergewaltigt und dabei das Kleid zerrissen«, vermutete Noosten.

»Und sie wollte von ihm nichts mehr wissen«, sagte Glauwitz und fuhr nachdenklich fort: »Von Kalksund, dem nach vielen Jahren des Verzichts endlich ein sexueller Höhepunkt gelungen war, packte vermutlich weitere Kleidungsstücke seiner Mutter in eine Reisetasche und fuhr nach Baltrum, um sich und seine Verlobte zu beglücken. Er reiste mit Margeriten an. Und erlebte eine herbe Enttäuschung!«

»Vielleicht hat von Kalksund sogar irgendwie erfahren, dass seine ›Verlobte‹ ihn mit einem Schüler betrog«, sagte Noosten.

»Unserer Fantasie sind keine Grenzen gesetzt«, antwortete Glauwitz.

»Chef, angenommen, von Kalksund war angereist, legt enttäuscht die Blumen vor dem Apartment ab und wartet irgendwo versteckt mit Blick auf die Haustür. Er ist besessen und blind vor Eifersucht. Er folgt Wibke in die Dünen und verrichtet sein schreckliches Werk«, folgerte Noosten.

»Sollten unsere theoretischen Erkenntnisse dem wirklichen Ablauf nahe kommen, dann hätte auch von Kalksund die Nacht in den Dünen verbracht«, stellte Glauwitz fest.

»Ein Messer kann er mitgebracht haben, weil er seine Braut nicht Auge in Auge mit seinen bloßen Händen erwürgen wollte oder weil er damit rechnen musste, seinem Nebenbuhler zu begegnen. Doch wie verhält es sich mit einer Schaufel oder einem Spaten?«, fragte Noosten.

»Da gab es keine Probleme. In den meisten Strandkörben liegen Sandschüppen, und selbst Eddi de Jonge lässt seine Schaufeln, Spaten und Besen über Nacht vor seinem Container stehen«, sagte der Kommissar.

»Motiv Eifersucht! Nur mal angenommen, dass die Blutspuren im Handtuch der Pension nicht durch einen Wegwerfrasierer verursacht wurden. Der alkoholisierte Pferdehändler hat mit seiner Wibke ein Hühnchen zu rupfen und befindet sich auf Baltrum. Er verkauft Pferde und besitzt kein Alibi für die Zeit vom Abendbrot bis zum frühen Morgen. Den Heidemörder können wir vergessen«, stellte sein Assistent lakonisch fest.

»Rolf Kleedorf wusste aber von nichts, wie er behauptet. Der Mörder löste sozusagen seine Probleme, denn Wibkes Ansprüche sind erloschen, und mehr noch, der Pferdehändler ist der Erbe ihrer Wertpapiere und ihres hübschen Apartments in der Gartenstraße«, sagte Glauwitz ironisch.

»Der Privatdetektiv hat möglicherweise bei ihm abkassiert und ihm weitere Informationen geliefert, die seine Eifersucht noch gesteigert haben. Kleedorf ist es sicher nicht gewohnt, dass jemand sich seinem Willen widersetzt.«

»Und er versteht es auch, mit einem scharfen Messer umzugehen. Hatte er seinen Termin bei Tuittjer vielleicht eiskalt geplant, um mit seiner Frau Schluss zu machen? Für ihn stand finanziell viel auf dem Spiel«, sinnierte der Kommissar. Dann fiel ihm noch etwas ein, und er fügte hinzu: »Den Mörder muss auch der Ring an der Hand gestört haben.«

»Ihm traue ich den Mord zu. Er ist das Urbild eines konsequenten, erfolgreichen Mannes, der rücksichtslos alles niederwalzt, was sich ihm in den Weg stellt«, meinte Noosten.

»Richtig. Auf der anderen Seite haben wir es bei von Kalksund mit einem Mann zu tun, der offenkundig und vielleicht krankhaft an einem Komplex leidet, was die Beziehung zu seiner verstorbenen Mutter angeht. Dieser Komplex war der Grund dafür, dass er die Lehrerin in den Kleidern fotografierte und sie zum Beischlaf gezwungen hat«, sagte Glauwitz.

»Der Schulleiter sprach aber mit Hochachtung von ihm«, sagte Noosten.

»Ich bin kein Psychologe, erst recht kein Therapeut. Der Staatsanwalt könnte sich, wenn es erforderlich sein sollte, anhand der Beihilfeleistungen des Lehrers über Arztbesuche und Anwendungen ein Bild verschaffen. Ich könnte mir vorstellen, dass da einiges im Argen liegt«, stellte der Kommissar fest.

»Und ich gehe davon aus, dass er uns ganz einfach belogen hat. Seine parapsychologische Macke zieht bei mir nicht. Ich habe da so meine eigenen Vorstellungen«, sagte Noosten.

»Du gehörst zu denen, die der so genannten Patchwork-Religion frönen, sich den Glauben aus den Aussagen der großen Richtungen selbst zusammenbasteln. Das ist deine Angelegenheit. Doch unabhängig davon, ob er die Stimme seiner Mutter gehört hat oder nicht, müssen wir von ihm erfahren, ob er sich zur Tatzeit auf Baltrum aufgehalten hat«, murmelte Glauwitz.

»Seine Margeriten vor der Apartmenttür könnten ihrerseits wiederum Rolf Kleedorf um den Verstand gebracht haben«, sagte Noosten.

In das Dienstzimmer drang Glockengeläut. Glauwitz schaute auf seine Armbanduhr: Es war genau sechs Uhr abends.

Durch das Fenster drang kühle Luft in das Dienstzimmer. Noosten spielte nachdenklich an seiner Zigarettenpackung herum.

»Synninga befand sich zwischen den Fronten«, sagte er.

»Vielleicht war er auch der Mörder – aber ich finde dafür einfach kein Motiv«, meinte Glauwitz.

»Und dennoch dürfen wir ihn nicht außer Acht lassen«, warnte Noosten. Er zog eine Zigarette aus der Schachtel und steckte sie an. Dann stieß er heftig den Rauch aus und lehnte sich zurück.

»Solange wir die Leiche der Lehrerin nicht gefunden haben, werden wir weiterhin in jeder Hinsicht im Dunkeln tappen«, vermutete der Kommissar.

Der Rauch zog in dichten Schwaden nach draußen, und dafür drang der Lärm des Berufsverkehrs in den Raum.

»Warten wir also auf einen Fehler des listigen Mörders«, sagte Noosten und drückte seine Kippe im Aschenbecher aus.

Der PREWEKA-Markt, eine stattliche Filiale der großen Ladenkette, befand sich auf der Auricher Straße in der Nachbarschaft weiterer Großmärkte und Tankstellen.

Die Parkplätze waren an diesem Morgen nur spärlich genutzt.

Der Wind war lau und wehte aus südwestlicher Richtung. Die Sonne schien. Am Himmel trieben weiße Wolken. Unter dem Dachvorbau des Supermarktes standen die zusammengeschobenen Einkaufswagen.

Grelle Plakate verkündeten Sonderangebote.

Glauwitz steckte eine Mark in den Schlitz des Schlosses, löste die Kette und schob den Einkaufswagen durch die breite Eingangstür.

»Wir wollen sie aber nicht erschrecken, oder?«, meinte Noosten, der den Kommissar begleitete.

»Keineswegs. Ich kaufe ein paar Kleinigkeiten ein«, antwortete Glauwitz.

Sie gingen am Tresen des Bäckers vorbei, wo es nach knusprigen Brötchen und frischem Kuchen duftete.

Die Sperre öffnete sich. Zwischen den gut gefüllten Regalen bewegten sich die Kunden.

Am Obststand lud gerade eine Verkäuferin Pappkisten mit spanischen Strauchtomaten vom Schiebewägelchen.

»Entschuldigen Sie, wir suchen Tanja Dechner«, sagte Noosten.

Die junge Frau richtete sich nicht einmal auf. »Käsestand«, sagte sie knapp, ohne ihre Arbeit zu unterbrechen.

Die Beamten gingen durch die Feinkostabteilung, an den Gefriertruhen entlang zum Käsestand, der sich am Kopfende des Marktes befand.

Noosten hielt sich zurück und studierte das Angebot der benachbarten Frischfleischabteilung.

Glauwitz stellte sich hinter einer alten Frau an. Die Verkäuferin packte Schnittkäse ein, schrieb den Preis auf das Papier und reichte der Kundin die Ware.

»Bitte schön?«, fragte sie und sah den Kommissar freundlich an. Sie war noch jung und recht hübsch mit ihrer blonden Haarmähne und den blauen Augen. In ihrem weißen Kittel wirkte sie adrett.

»Ein Pfund vom Oldenburger Gouda aus dem Angebot«, sagte Glauwitz und zeigte auf das Plakat, das an der weißen Fliesenwand hing.

»Am Stück oder geschnitten?«, fragte das Mädchen und nahm den Käselaib aus der Kühlung.

»Am Stück«, bat Glauwitz und beobachtete, wie geschickt sie mit dem Käsemesser umging.

Die Verkäuferin legte das Käsestück auf die Waage. »Ein paar Gramm mehr?«, fragte sie lächelnd.

Glauwitz nickte und sah zu, wie sie mit ihren schlanken Fingern den Käse einwickelte und den Preis auf das Papier schrieb.

»Haben Sie sonst noch einen Wunsch?«, erkundigte sie sich dann und reichte dem Kommissar den Einkauf.

»Kripo Emden, mein Name ist Glauwitz. Drüben wartet mein Kollege. Wir haben ein paar Fragen, die wir Ihnen gern ohne Aufsehen stellen würden«, sagte Glauwitz.

Tanja Dechner erschrak sichtlich und schaute sich ängstlich um. Ihre Hände fuhren nervös durch ihre blonden Haare.

»Wir hatten heute Morgen Lieferung. Ich habe eingeräumt und noch keine Frühstückspause gehabt. Ich komme gleich zur Cafeteria, wenn es Ihnen recht ist – da sind um diese Zeit nur wenig Kunden«, sagte sie.

Glauwitz nickte und schob den Einkaufswagen am Fleischtresen vorbei. Noosten begleitete ihn.

Die Cafeteria war ein mit künstlichen Blumen und schreiend bunten Postern geschmückter Raum. Durch eine Fensterwand ging der Blick über den riesigen Parkplatz hinweg bis auf die weiten Felder.

An einigen Tischen saßen Rentner.

Sie lasen Zeitung, einige rauchten und nippten an ihren Kaffeetassen.

Die Beamten suchten sich einen Tisch im unbesetzten hinteren Teil der Cafeteria und entschieden sich für Kaffee.

Noosten holte die Kännchen vom Tresen ab.

Tanja Dechner hatte ihren Kittel abgelegt. Sie blickte gehetzt zum Tisch der Beamten, während ihre Kollegin ihr ein Kännchen Kaffee auf das Tablett stellte.

Sie trug Jeans und ein weißes Pilotenhemd, das sich über ihren vollen Brüsten spannte.

Mit dem Tablett in der Hand trat sie wenig später an den Tisch. »Darf ich?«, fragte sie höflich.

»Wir bitten darum«, sagte Noosten und blickte in das angespannte Gesicht des Mädchens. Tanja stellte das Tablett auf den Tisch und nahm auf dem freien Stuhl Platz.

Dann goss sie sich Kaffee ein, gab Sahne dazu und nahm einen kräftigen Schluck.

Glauwitz bemerkte die einfachen Ohrstecker und die billigen Ringe an ihren Händen.

Noosten zog seine Zigarettenschachtel aus der Jacke und hielt sie Tanja hin. »Danke«, sagte sie und lächelte verkrampft.

Noosten reichte ihr Feuer und steckte sich selbst auch eine Zigarette an.

»Frau Dechner, haben Sie erfahren, dass Ihre Lehrerin, Frau Kleedorf, auf Baltrum ermordet worden ist?«, fragte Glauwitz.

Die Auszubildende nickte stumm, nahm einen kräftigen Zug, blies den Rauch von sich und senkte den Blick.

»Nach den Aussagen des Leiters der Berufsschule haben Sie und Ihre Freundin Katja Jerdjens sich mit der Lehrerin angelegt und versucht, während einer für Frau Kleedorf wichtigen Lehrprobe den Unterricht zu sabotieren«, sagte Noosten.

Tanja Dechner griff nach ihrer Tasse und nahm einen Schluck Kaffee. Sie rutschte unruhig auf ihrem Stuhl hin und her und schien nach Worten zu suchen. Zwischen ihren Fingern glimmte die Zigarette. Schließlich blickte sie die Beamten verlegen an.

»Das bedaure ich heute. Aber Frau Kleedorf war maßlos arrogant. Sie ließ uns fühlen, dass wir für sie nicht zählten. Kann doch nichts dafür, dass mein Vater arbeitslos ist, wir von der Sozialhilfe leben und uns einschränken müssen! Sie war schön und konnte sich alles leisten, wie die Frauen in den Filmen«, sagte sie, zog noch einmal an der Zigarette, blies dann den Qualm aus und drückte die Kippe in den Aschenbecher.

»Und was hatte es mit der Ratte auf sich?«, fragte Glauwitz.

Tanja erschrak, und jetzt schien sie wirklich Angst zu haben.

»Nur heraus mit der Sprache!«, forderte Noosten sie auf.

Tanja atmete tief durch.

»Das war nicht meine Idee. Katja hatte ihren Hund mit auf einen Spaziergang genommen und ihn im Feld auf eine Ratte gehetzt. Der Hund biss zu und schleppte die Ratte zu uns. Es war ekelhaft«, sagte sie und begann zu weinen.

»Ihr habt den Hund dann samt seiner Beute zur Tür des Apartments der Lehrerin geführt?«, fragte der Kommissar.

»Ja. Mir war wahnsinnig schlecht«, murmelte Tanja.

»Sie und Ihre Freundin haben auch die Fahrradreifen der Lehrerin zerschnitten«, vermutete Noosten.

Tanja Dechner entnahm ihren Jeans ein Taschentuch und tupfte sich damit die Tränen ab.

»Ja«, antwortete sie.

»Und deine Freundin Katja Jerdjens? Der Schulleiter berichtete uns, dass sie ihren Ausbildungsplatz verloren hat«, sagte Noosten.

Tanja schaute auf. In ihrem Gesicht lag ein Ausdruck des Bedauerns.

»Bei ihr zu Hause lief gar nichts mehr. Hinzu kam, dass sie sich unglücklich verliebt hatte. Ihr Freund hat sie mit einer anderen betrogen, weil er von ihr genug hatte. Dabei war sie die Schönste von uns Azubis. Sie hätte jeden haben können!«

»Und was macht sie jetzt?«, wollte der Kommissar wissen.

»Ich hab sie seit Ferienbeginn nur noch einmal gesehen, und da erzählte sie etwas von einem Job als Bedienung im ›Burgblick‹.«

»Wir werden uns dort erkundigen«, sagte Noosten.

»Warum?«, fragte Tanja alarmiert.

»Weil der Hausmeister der Apartmentanlage gegen Sie und Ihre Freundin einen Strafantrag gestellt hat«, antwortete Glauwitz.

»Das ist doch Schwachsinn! Es war doch nur ein Streich!«, antwortete Tanja empört.

»Der Staatsanwalt ist da anscheinend anderer Meinung. Er wird Ihnen eine Vorladung schicken«, meinte Noosten.

Tanja erschrak. »Ich sehe ja ein, dass wir Mist gebaut haben, und bereue das auch sehr. Katja hat die Reifen zerschnitten und sie hatte auch die Idee mit der Ratte ...«, murmelte sie kleinlaut.

»Warum haben Sie denn dagegen keine Einwände erhoben?«, hakte Noosten nach.

»Ich wollte nicht kneifen. Wir hassten die Lehrerin, Katja noch mehr als ich«, sagte sie.

»Und Katja wollte Frau Kleedorf einen Denkzettel verpassen?«, fragte Glauwitz.

Tanja nickte schweigend.

»Und wie verhielt sich Frau Kleedorf nach diesen Vorfällen Ihnen gegenüber im Unterricht?«, fragte Noosten.

»Kurz danach hatte sie Besuch vom Direktor und dem Schulrat. Katja wurde gefeuert, und wir bekamen einen anderen Lehrer.«

»Kellnert Katja noch im ›Burgblick‹?«, fragte Glauwitz.

»Das weiß ich nicht. Wir haben uns seit Wochen nicht gesehen. Ich habe jetzt einen neuen Freund, der nicht gerne in die Disco geht. Er ist Maurer und hilft am Bau seiner Eltern«, sagte Tanja und trank einen Schluck Kaffee. »Muss ich wirklich vor Gericht? Kann ich mich nicht einfach bei dem Hausmeister entschuldigen?«

»Bei Frau Kleedorf können Sie sich leider nicht mehr entschuldigen. Haben Sie einen Verdacht, wer ihr Mörder gewesen sein könnte?«, fragte Noosten.

Tanja fuhr zusammen und begann wieder unruhig auf dem Stuhl herumzurutschen. »Woher soll ich das wissen? Sie sprach gelegentlich nicht sehr freundlich über ihren Mann, mit dem sie auseinander war. Aber sonst ... keine Idee!«

»Frau Dechner, wir fertigen über dieses Gespräch ein Gedächtnisprotokoll an«, sagte Glauwitz.

»Wenn mein Chef davon erfährt, bin ich geliefert«, stieß das Mädchen ängstlich hervor.

»Wir sehen keine Veranlassung, ihm den Vorfall mit der Ratte mitzuteilen und ihn über unseren Besuch zu informieren«, beruhigte sie der Kommissar.

Tanja Dechner atmete erleichtert auf. »Danke«, sagte sie.

»Wir werden uns beim Hausmeister für Sie verwenden und erwarten von Ihnen im Gegenzug, dass Sie uns helfen, Katja Jerdjens aufzufinden«, erklärte Noosten zum Abschluss.

Die Beamten erhoben sich. Tanja reichte ihnen erleichtert die Hand, die kalt und feucht war.

Der ›Burgblick‹ in Pewsum stand zwischen alten Bürgerhäusern an einer breiten Allee. Auf der Terrasse nahmen Feriengäste unter schattigen Bäumen mit Blick auf die kleine, hübsch restaurierte Burg ihr Mittagessen ein.

Auch im Lokal selbst waren die Tische besetzt.

Die alten geschwärzten Deckenbalken wirkten rustikal. An der vertäfelten Wand hingen historische Fotos von Marinesoldaten aus der Zeit vor dem Ersten Weltkrieg; mit Torf beladene Tjalken, Segelfrachtkähne und Hunde, die Milchkarren zogen.

Es duftete nach Fisch, Braten und Pommes.

Hinter dem Tresen stand ein kräftiger, etwa vierzigjähriger Mann.

Er trug ein weißes Hemd und eine dunkle Lederweste. Sein Gesicht war über und über mit Sommersprossen bedeckt, und sein dichter blonder Haarschopf hatte einen rötlichen Ton. Ein Ostfriese wie aus dem Bilderbuch, dachte Noosten. Der Mann blickte die Beamten fragend an. »Wenn Sie einen freien Tisch suchen, kann ich Ihnen gern behilflich sein. Wenn Sie aber Beschwerden los werden wollen, ist es mir lieber, wenn Sie wieder gehen«, meinte er grinsend.

»Wenn Sie der Chef des Hauses sind, dann erwarten Sie von

uns keinen großen Umsatz. Wir können höflichkeitshalber ein Kännchen Kaffee oder Tee trinken, aber gekommen sind wir, um Ihnen ein paar Fragen zu stellen«, sagte Glauwitz und zog das Messingkettchen mit der Dienstmarke aus seiner Jackentasche. »Kripo Emden«, fügte er hinzu.

Der Wirt griff nach einem leeren Glas und zapfte ein Bier.

»Ich höre«, sagte er ironisch.

»Bei Ihnen muss eine junge Dame namens Katja Jerdjens gearbeitet haben. Wir suchen sie wegen einer Zeugenaussage«, erklärte Noosten.

Der Wirt stellte das Glas ab und schob ein weiteres unter den Zapfhahn.

»Ja, die hat kurz bei mir gearbeitet. Eine hübsche Dirn. Sie ist auch bei den Gästen gut angekommen«, meinte er. »Aber sie hat schon nach kurzer Zeit wieder gekündigt!«

»Wann war das?«, fragte Glauwitz.

»Vor etwa vier Wochen«, antwortete der Wirt, ohne seine Arbeit zu unterbrechen.

»Und Sie wissen nicht, wo sie Arbeit gefunden hat?«, erkundigte sich Noosten.

»Fragen Sie am besten beim Arbeitsamt nach. Meine Frau war froh, als sie uns verließ«, erzählte der Wirt augenzwinkernd.

Die Beamten bedankten sich, verließen den ›Burgblick‹ und gingen zu ihrem Wagen, den sie auf dem Marktplatz abgestellt hatten.

Das Arbeitsamt besaß keine neuen Informationen über Katja Jerdjens.

Die Beamten fuhren nach Borsum. Sie verließen die Hauptstraße, passierten die Wohnviertel mit den Reihenhäusern und näherten sich dem Ortsrand. Glauwitz lenkte den Passat an heruntergekommenen Wohnblocks vorbei zum Ackerweg.

Die meisten Fenster der Mietskasernen, in denen sozial schwache Familien und Asylbewerber lebten, standen offen, und draußen herrschte reges Treiben.

Auf dem verwilderten Rasen spielten Kinder. Frauen saßen auf Decken in der Sonne.

»Ein dornenvoller Weg von hier zur Gesamthochschule nach Gießen«, murmelte Noosten.

»Das schaffen nur die wenigsten. Es interessiert mich, was aus Katja Jerdjens geworden ist. Der Wirt hat ja bestätigt, was auch Tanja Dechner uns sagte – sie muss ein außergewöhnlich hübsches Mädchen sein!« Der Kommissar verlangsamte das Tempo.

»Drüben werden wir sicher mehr erfahren«, sagte Noosten und blickte auf ein kleines Häuschen ganz am Ende des Ackerweges.

»Das ist ihr Zuhause, richtig, die Nummer 16«, stellte Glauwitz fest.

Auf dem ungepflegten Rasen vor dem Haus standen Gartenzwerge, und sogar einige Sommerblumen sprossen hier und da aus dem unkrautüberwucherten Boden.

Auf dem Grundstück türmten sich außerdem Autoteile, Bauschutt, alte Fahrräder und ausgeschlachtete Motoren.

Die Straße endete vor einem Wassergraben, und Glauwitz parkte den Wagen seitlich davor auf einem Rasenstück.

Die Beamten verließen den Wagen und näherten sich dem Haus, das im grellen Licht der Sonne reichlich reparaturbedürftig wirkte.

Ein Schäferhund stürzte ihnen entgegen. Er bellte aggressiv und fletschte die Zähne. Dann trat ein Mann vor das Haus und pfiff das Tier zurück. Er wirkte ungepflegt. Seine Haare hingen strähnig herunter. Er trug schmutzige Jeans und ein fleckiges T-Shirt. Sein volles Gesicht war von einem struppigen Bart umrahmt. Sein Blick wirkte feindselig.

Ihm stand der Sinn nicht nach Besuch, das signalisierte seine finstere Miene nur allzu deutlich.

»Sie haben sich bestimmt verfahren«, sagte er unhöflich.

»Vielleicht. Aber wenn Sie der Vater von Katja Jerdjens sind, dann sind wir bei Ihnen genau an der richtigen Adresse«, gab Noosten unbeeindruckt zurück.

Der Schäferhund bellte. »Und was wollen Sie von meiner Tochter?«, rief der Mann.

»Wir benötigen ihre Anschrift. Sie ist Zeugin in einem Fall. Wir kommen von der Kripo«, sagte Glauwitz ruhig.

»Dann kommen Sie vergeblich. Ich betreibe hier meinen Schrotthandel. Es war ihr wohl zu dreckig, jedenfalls ist sie auf und davon! Sie strebt nach Höherem!«, sagte der Mann, nahm seinen Hund am Halsband und ging davon.

»Aber hören Sie«, rief Noosten. Der Mann drehte sich kurz um.

»Ihr miesen Bullen«, schrie er noch, dann war er im Haus verschwunden.

»Das war der Hund, der die Ratte totgebissen hat«, meinte Noosten.

Die Beamten gingen zu ihrem Wagen und stiegen ein. Glauwitz wendete den Passat, und kurz darauf rollte der Wagen wieder in Richtung Innenstadt.

Für den Gemeindearbeiter Ulfert Rykena war das Rauschen der Wellen, die donnernd auf den Nordstrand aufliefen, eine Alltäglichkeit.

Die frische Seebrise strich mit Windstärke 5 über die Halme des Strandhafers und fuhr durch die Sanddornsträucher. Rykena hatte sein Hemd ausgezogen und es zu seiner Tasche gebracht, die an der Peilbake stand, denn die Sonne schien heiß in das Dünental. Nur gelegentlich zogen leichte Schönwetterwolken über den Himmel.

Es war Ende August. Rykena schwitzte bei der Arbeit. Sein kräftiger Oberkörper war braun gebrannt. Auf seinem Kopf saß eine verblichene Elbsegler-Mütze.

Am Tag zuvor war er in Begleitung seiner Kollegen mit dem Unimog und einem Pferdekarren in die Dünen gefahren. Sie hatten Strohballen entlang des Reiterweges platziert, denn der Wind hatte, bedingt durch den trockenen Sommer, die von den Hufen der Pferde zerstampften Strohhalme davongetragen. Im September reisten meist viele Reiter an, also mussten bis dahin die Wege wieder instand gesetzt sein.

Rykena knipste mit der Zange den Draht durch, der die Ballen zusammenhielt, verteilte das Stroh auf dem Weg und vermischte es mit Sand. Er schaute auf seine Armbanduhr. Die Entfernung zur Dünenkante, über die die Reiter auf den offenen Nordstrand gelangten, betrug noch etwa fünfhundert Meter. Rykena schätzte, dass er am späten Nachmittag mit seiner Arbeit fertig werden würde.

Um halb eins hatte er den Weg bis zur Teilbake ausgebessert und begann seine Mittagspause. Er setzte sich in den Schatten der Bake, entnahm seiner Tasche die Brote und genoss seine Pause.

Dann rauchte er eine Zigarette, packte die Zeitung in die Tasche und erhob sich, um seitlich der Bake im Windschatten einem dringenden Bedürfnis nachzugeben. Dabei blickte er irritiert auf Strandgut, das hier nichts zu suchen hatte.

Sie fuhren jeden Tag während der frühen Morgenstunden mit dem Unimog am Strand entlang, sogar bis zum Osterhook, an dem sich nur selten Wanderer aufhielten, um angetriebenen Unrat aufzuladen. Vielleicht haben hier Kinder gespielt, dachte er, knöpfte sich die Hose zu und trat an das Sammelsurium aus Balken und Bretterresten. Vertrocknetes Moos und abgestorbene Birkenzweige lagen wie zufällig herum.

Rykena schüttelte den Kopf. Er schob das Strandgut beiseite und entdeckte die vom Regen frei gewaschenen Ecken einer Holzplatte. Er ging zum Reitweg, holte seine Schaufel und entfernte den Sand. Große schwarze Buchstaben ließen darauf schließen, dass die Holzplatte einst Bestandteil einer Seeverpackung gewesen sein musste.

Er las

DUFFLAGER
OR 285
M. & M. L.T.D.

Rykena bückte sich, griff nach den Vorderkanten der Platte und hob sie vorsichtig an.

Ihm stieg ein herb-süßlicher Duft entgegen, der ihn an verwelktes Laub im Spätherbst erinnerte.

Nägel saßen in einer Blechumrandung. Er warf die Holzplatte beiseite und blickte auf feuchten Sand, in dem er einige Muschelschalen und ein paar Maden entdeckte.

Rykena stieß die Schippe in den Sand und erschrak, als er ein seltsames Knirschen vernahm. Er schaute sich um und wünschte sich einen der Reiter herbei, die meistens am Nachmittag mit ihren Pferden in den Dünen unterwegs waren.

Doch an diesem heißen Mittag war er mutterseelenallein hier in der ›Weißen Düne‹, die Wanderer so gut wie nie betraten. Ulfert Rykena trieb es den Schweiß auf die Stirn. Er entfernte mit seinen festen Arbeitsschuhen vorsichtig noch mehr Sand, und sein Blick fiel auf faulendes Fleisch.

»O Gott!«, rief er aus, und ihm wurde übel.

Ulfert Rykena lief, so schnell er konnte, in Richtung Dorf.

Verschwitzt und völlig ausgepumpt erreichte er das kleine Haus, in dem Polizeimeister Pit Saathoff seine Dienststelle hatte. Er war am Ende seiner Kräfte, als Saathoff ihm die Tür öffnete und ihn in das kleine Wohnzimmer führte. Dort gelang es ihm erst nach einiger Zeit, sich so weit zu erholen, dass er dem Inselpolizisten alles über seinen grausigen Fund berichten konnte.

Wachtmeister Saathoff langte zum Telefonhörer und rief die Kripo an. Er bekam Glauwitz an den Apparat. »Herr Kommissar, einer unserer Gemeindeangestellten hat beim Ausbessern des Reitweges in den Dünen die Leiche der Lehrerin gefunden«, sagte er.

Der Wachtmeister hörte, wie der Kommissar aufatmete.

»Können Sie die Fundstelle absichern?«, fragte Glauwitz.

»Ich denke schon. Ich werde Eddi de Jonge bitten, mit seinen Leuten entsprechende Maßnahmen einzuleiten«, antwortete der Wachtmeister.

»Hervorragend. Einen Moment noch; der Fahrplan …«, murmelte Glauwitz.

»Den habe ich hier vor mir liegen. Um sechzehn Uhr fünfundvierzig ab Nessmersiel«, sagte Saathoff.

»In Ordnung – wir kommen«, erklärte der Kommissar.

»Bis dann«, sagte Saathoff und legte auf.

Er wählte als Nächstes die Nummer von Eddi de Jonge.

»Strandaufsicht und Strandkorbvermietung de Jonge«, meldete sich der Feuerwehrchef.

»Hier Pit Saathoff. Eddi, wir benötigen deine Hilfe. Ulfert Rykena hat beim Ausbessern des Reiterweges in der Nähe der Peilbake die Leiche der Lehrerin gefunden. Wir müssen den Fundort absichern und den Reiterweg oberhalb der Jagdhütte für die Reiter sperren. Die Kripo reist heute noch an«, sagte der Wachtmeister.

»Ich habe sowieso keine freien Körbe mehr, ich schließe für heute den Laden«, erwiderte Eddi entschlossen. »Wo finde ich euch?«

»Treffpunkt Feuerwehrzentrale. Bring bitte einen Sarg mit«, bat Saathoff und legte auf.

»Endlich«, murmelte Glauwitz erleichtert vor sich hin. Er fertigte eine Aktennotiz an und heftete sie ab. Es war genau vierzehn Uhr. Der Kommissar rief den Staatsanwalt an und unterrichtete diesen über die neueste Entwicklung. Danach verließ er sein Dienstzimmer und sprach mit dem Fahrdienst.

Noosten kam gerade rechtzeitig von Petkum zurück, wo zwei osteuropäische Gangster am Vorabend einen Tankwart mit einer Schusswaffe bedroht und die Tageseinnahme hatten mitgehen lassen.

»Rumänen oder Polen auf der Durchreise. Ich habe das LKA benachrichtigt. Fallingbostel, Verden, Achim, Bremerhaven, Hude, Jever und jetzt Petkum«, sagte er erregt.

»Dir bleibt wenig Zeit für das Protokoll. Um Viertel vor fünf Uhr legt die Fähre nach Nessmersiel ab. Ein Gemeindearbeiter hat die Leiche im östlichen Teil der ›Weißen Düne‹ gefunden«, sagte Glauwitz.

»All up Stee! Ich fahre sofort nach Hause und packe meine Tasche«, erwiderte Noosten und verließ eilig das Dienstzimmer. Glauwitz rief die Pension ›Wattblick‹ an.

Um halb sechs legte die ›Baltrum‹ auf der Insel an. Die Fahrgäste strömten von Bord, und es herrschte die übliche Hektik. Hotel- und Pensionsangestellte luden das Gepäck der Gäste auf Fahrradanhänger und Pferdedroschken.

Der Wind wehte kühl aus nordöstlicher Richtung, und die Sonne stand schon recht tief.

Glauwitz und Noosten schritten dem Dorf entgegen. Sie trugen ihre Reisetaschen, und Noosten hatte zusätzlich den Spurensicherungskoffer in der Hand.

»Der Mörder hat für die Leiche ein fast sicheres Versteck gewählt. Ich gewinne den Eindruck, dass er sich auf Baltrum bestens auskennt«, sagte Glauwitz, während sie sich der Pension näherten.

Die Dame an der Rezeption lächelte freundlich und reichte Glauwitz den Schlüssel. »Wie immer unser Beamtenzimmer?«, fragte sie scherzhaft.

»Solange Sie das Zimmer nicht ›Bullenkammer‹ nennen, sei Ihnen verziehen«, antwortete Noosten.

»Sind Sie ausgebucht?«, erkundigte sich Glauwitz.

»Bis in den November. Und wie sieht es bei Ihnen aus?«

»Sie lesen doch sicher Zeitung. Wir sind bis zu unserer Pensionierung ausgebucht«, scherzte Noosten.

»Und der Mord?«, fragte die Dame. »Gibt es etwas Neues?«

»Auch das steht bald in den Zeitungen«, sagte Glauwitz.

Die Beamten suchten das Zimmer auf, stellten ihre Reisetaschen ab und verließen das Hotel durch die Hintertür.

Auf dem kleinen Platz vor der Eisdiele stand ein Feuerwehrfahrzeug.

»Es wird ernst«, sagte Glauwitz, als sie sich der Tür des Polizeipostens näherten.

Der Kommissar betätigte die Klingel.

Pit Saathoff öffnete ihnen in voller Uniform.

»Ulfert Rykena hat das Protokoll bereits unterschrieben. Er befindet sich zu Hause, wenn Sie ihn befragen wollen«, sagte der Wachtmeister. Eddi de Jonge erschien hinter ihm im Flur.

»Danke für den Tee«, sagte er zu Pit Saathoff.

Eddi wirkte aufgekratzt. Er nahm seine Prinz-Heinrich-Mütze kurz ab und reichte den Beamten die Hand.

»Wir haben den Reiterweg abgesperrt, ein paar von unseren Jungs halten dort die Totenwache. Kein erfreulicher Anblick! Wenn es heikel wird, ich habe einen Schluck an Bord«, sagte er und ging zum Unimog. Er trug über einem Sommerhemd die Feuerwehrweste.

Saathoff verschloss noch die Tür, dann folgte er mit den Beamten dem Brandmeister, und sie stiegen ein.

Der Feuerwehrchef fuhr los. Er lenkte den Unimog hinter der Kaimauer auf den Strand, an dem sich nur noch wenige Badegäste befanden, und drosch mit voller Geschwindigkeit an den ausrollenden Wellen entlang zum Nordstrand.

Glauwitz sah den Mannschaftswagen, der am Fuß der Dünen stand.

Möwen schossen entsetzt davon, als Eddi das Fahrzeug die Dünen hinauf lenkte und ohne Schwierigkeiten den Aufstieg schaffte. Die Räder walzten den Sand des Reiterweges platt.

Kurz vor der Peilbake brachte Eddi den Unimog zum Stehen, und die Beamten stiegen aus. Neben ihnen am Weg lagen Strohballen.

Junge Männer, die wie ihr Chef die hellroten Westen trugen, standen mit bleichen Gesichtern in der Nähe der Bake. Seitlich davon entdeckte Glauwitz den Sarg.

»Gehen wir«, sagte de Jonge. Die Beamten folgten ihm zum Seezeichen. Unterhalb in einer Dünenmulde lag die Tote umgeben von Strandgut.

Eddi de Jonge wandte sich an die Feuerwehrmänner. »Ran, Leute, wir müssen die Leiche in den Sarg betten«, ordnete er an.

»Einen Moment!«, sagte Glauwitz und schaute Saathoff fragend an. »Was ist mit dem Fotografen?«

»Drüben kommt er. Er ist mit dem Fahrrad bis zur Aussichtsdüne gefahren«, erklärte der Wachtmeister und zeigte auf den Reiterweg.

Sönke Bakker schwitzte und atmete schwer, als er zu ihnen trat.

»Ich habe mich wirklich beeilt, aber es ging nicht schneller«, sagte er, nahm seinen Fotoapparat aus der Tasche und machte einige Aufnahmen.

Die Feuerwehrleute entfernten den Sand rund um den Fundort. Der Wind trug den Verwesungsgestank davon. Die Leiche lag wie aufgebettet starr und lang hingestreckt auf der nassen Sandunterlage.

Eddi de Jonge nahm einen Handfeger und entfernte vorsichtig den Pulversand vom Körper der Toten.

Glauwitz wandte sich ab. Ihm wurde speiübel. Noosten sah zu, wie die Feuerwehrmänner eine Plane ausbreiteten und Tragebänder unter die Leiche schoben. Es ging sehr schnell. Während zwei Männer die Gurte anhoben, die Kollegen mit ihren Schaufeln assistierten, fanden die sterblichen Überreste der Lehrerin auf der Plane Platz. Eddi de Jonge schob den Sarg in Position. Vorsichtig betteten die Feuerwehrmänner das, was von Wibke Kleedorf nach der langen Ruhe im Dünengrab übrig geblieben war, samt den Tragebändern in den Sarg.

Die Feuerwehrleute trugen den Sarg zum Unimog und luden ihn auf die Ladefläche. Am blauen Himmel kreiste ein Bussardpärchen mit einem Jungen.

Glauwitz vernahm das Rauschen des Meeres, hörte den Gesang der Vögel an diesem wunderschönen Sommerabend. Er sah, wie Eddi de Jonge sich vergewisserte, dass nichts in der Kuhle blieb, was einst zur Lehrerin gehört hatte. Noosten griff nach seinem Spurensicherungskoffer, den er nicht einmal geöffnet hatte.

Sönke Bakker schoss noch ein Foto. Dann rief Eddi de Jonge plötzlich triumphierend: »Die Mordwaffe!« Er zeigte auf einen Schaft mit verrosteter Klinge, der aus dem Sand ragte.

Noosten öffnete die Tasche, entnahm ihr eine Plastiktüte, zog

Gummihandschuhe über, ergriff das Messer und steckte es in die Tüte.

»Ein gewöhnliches Mordwerkzeug«, sagte er.

»Aber kein gewöhnlicher Mord«, ergänzte der Kommissar angewidert.

Eddi de Jonge griff noch einmal zum Spaten und grub den Sand gründlich um.

»Hier gibt es nichts mehr zu suchen«, sagte Pit Saathoff.

»Ja, du hast Recht«, meinte der Brandmeister.

Er half seinen Männern, die Geräte einzusammeln, und begleitete die Beamten zum Unimog.

Sie stiegen ein und fuhren zum Nordstrand.

Die Feuerwehrmänner standen vor dem Mannschaftswagen.

Sie wirkten müde und abgekämpft. Eddi de Jonge holte aus dem Führerhaus des Unimogs eine Flasche mit eisgekühltem Corvit, und die Männer nahmen einen Schluck aus dem Glas.

Glauwitz winkte ab, aber Noosten ließ sich das Gläschen füllen, und auch Bakker trank einen Corvit. Pit Saathoff genehmigte sich einen Doppelten.

»Chef, nun fehlt uns nur noch der Mörder«, sagte Noosten und stellte seinen Spurensicherungskoffer neben dem Sarg auf der Ladefläche ab.

Eddi de Jonge wandte sich an seine Leute. »Einsatz erfolgreich beendet, habt vielen Dank. Wir treffen uns in der Feuerwehrzentrale«, sagte er.

Die Männer stiegen sichtlich erleichtert in den Frontera und fuhren los.

»Wohin mit der Leiche?«, fragte Saathoff.

»Ich denke, zur Friedhofskapelle«, antwortete der Brandmeister.

»Der Sarg geht morgen mit der Fähre zum Festland. Ein Bestatter aus Norden übernimmt ihn in Nessmersiel und bringt ihn zum Rechtsmedizinischen Institut nach Oldenburg«, sagte Glauwitz.

Er kämpfte noch immer mit der Übelkeit.

»Ich schicke Ihnen dann die Fotos zu«, erklärte Bakker und schritt davon.

Die Beamten stiegen ein. Eddi de Jonge startete den Motor und lenkte den Unimog am Strand entlang dem Dorf entgegen.

»Chef, die Waffe ähnelt einem Schlachtermesser«, meinte Noosten.

»Ich schlage vor, dass wir uns über die näheren Umstände heute Abend unterhalten«, erwiderte Glauwitz. Er blickte aufs Meer und hing seinen Gedanken nach.

Urlauber blieben verwundert stehen und schauten den Feuerwehrfahrzeugen nach.

Als sie das Dorf erreichten und sich der Kirche näherten, zeigte Glauwitz auf das Haus, wo Wibke Kleedorf gewohnt hatte. »Ihr Urlaubsdomizil. Von dort aus ging sie in die Dünen, ihrem Mörder entgegen«, sagte er.

»Ohne zu wissen, dass später ein Verehrer oder ein Mörder Margeriten vor ihre Tür legen würde«, fügte Noosten hinzu.

Eddi de Jonge fuhr den Unimog auf den Platz vor der Feuerwehrzentrale und stellte den Motor ab.

»Endstation für uns. Den Sarg werden wir nach Absprache mit dem Pastor zur Kapelle bringen«, sagte er.

Die Beamten stiegen aus. Auf das Gebäude fiel das Licht der untergehenden Sonne.

»Die Spurensicherungstasche brauche ich noch«, erklärte Noosten und holte die Tasche von der Ladefläche.

»Herr de Jonge, was meinen Sie, wie weit ist der Weg vom Tatort bis zum Fundort der Leiche?«, fragte Glauwitz.

»Etwa zwei bis drei Kilometer«, antwortete der Feuerwehrchef.

»Die Hunde haben die Spur verloren. Können Sie sich erklären, wie der Mörder die Leiche so weit transportiert haben kann?«, erkundigte sich Noosten.

De Jonge lüftete für einen Augenblick seine Prinz-Heinrich-Mütze und wischte sich mit dem Ärmel den Schweiß von der Stirn.

»Für einen kräftigen Mann stellt die Entfernung kein Hindernis dar. Er kann sein Opfer sogar zur Peilbake getragen haben«, sagte er.

»Das ist unmöglich. Dann hätten die Hunde doch eine Blutspur finden müssen«, meinte Kommissar Glauwitz.

»Der Mörder kann die Leiche auch mit einem Pferdewagen abtransportiert haben«, vermutete de Jonge.

»Das halte ich für unwahrscheinlich. Es hätte Zeugen gegeben«, stellte Noosten fest.

»Und mit einem Fahrrad?«, warf Pit Saathoff ein.

»Vielleicht hat der Mörder die Leiche auf einen Fahrradanhänger gelegt oder einen Polderwagen oder irgendein anderes Gefährt benutzt«, sagte Eddi de Jonge.

»Bei trockenem Wetter hätte er den Reiterweg benutzen können.«

»Konnte er denn ungehindert und ohne auf sich aufmerksam zu machen an solch einen Fahrradanhänger kommen?«, fragte Glauwitz.

Der Inselpolizist lachte. »Auf dem Fähranleger stehen die unbewacht und unverschlossen zu Hunderten herum. Auch auf den Höfen der Hotels werden sie einfach in der Nähe der Abfalltonnen abgestellt«, sagte er.

»Und kein Kaufmann oder Hotelier hat bei Ihnen eine Diebstahlsanzeige gemacht?«, fragte Glauwitz.

»Nein – demnach kann keiner über längere Zeit gefehlt haben«, antwortete Saathoff.

»Herr Kommissar, der Mörder transportierte die Leiche wahrscheinlich mit einem Fahrradanhänger über den Reiterweg zur Peilbake, vergrub sie, holte vom Strand Treibgut, reinigte im Wasser den Karren und brachte ihn dann zurück«, meinte Eddi de Jonge.

»Eine einleuchtende Version«, antwortete Glauwitz.

»Jetzt haben erst einmal die Gerichtsmediziner das Wort. Die Mordwaffe wird uns vielleicht auch weiterhelfen«, bemerkte Noosten.

Dann begleiteten die Beamten den Inselpolizisten in sein Büro, um von dort aus den Staatsanwalt zu informieren und alles Weitere zu regeln.

Am folgenden Nachmittag betraten die Beamten ihr Dienstzimmer in Emden. Ein Kollege hatte sie vom Schiff in Nessmersiel abgeholt.

»Das war nicht ohne«, sagte Noosten und öffnete die Fenster. Die Luft war stickig und schwül.

Vom nahen Bahnhof her drang das Geräusch des Interregios, der nach Leipzig fuhr, in den Raum.

Glauwitz trat an den Schreibtisch und entnahm einem Korb die Post. Er öffnete die Briefe, die an ihn gerichtet waren, und las sie durch. Es handelte sich um die übliche Korrespondenz.

Doch das letzte Kuvert fiel aus dem Rahmen.

Glauwitz las die exakt mit Tinte geschriebene Adresse:

Kriminalpolizei
Revier Emden
26721 Emden

Dann betrachtete er die Rückseite des Umschlags. Der Absender lautete:

Dr. Franziska Axler
Am Pott 18
41516 Grevenbroich

Glauwitz öffnete das Kuvert und entnahm ihm einen in altmodisch verschnörkelten Lettern geschriebenen Brief.

Im oberen Teil links stand noch einmal die Anschrift mit der Telefonnummer.

Der Kommissar las:

Sehr geehrte Herren.
vor vielen Jahren habe ich meine Doktorarbeit über die geologischen Formationen der Ostfriesischen Inseln geschrieben und fühle mich seitdem mit Ostfriesland mehr als nur verbunden.

Mein Mann arbeitete als Arzt im Grevenbroicher Krankenhaus, während ich als Lehrerin, später als Studiendirektorin am Gymnasium die Fächer Geographie und Geschichte unterrichtete. Doch das nur nebenbei.

Jedes Jahr verbringe ich meine Ferien in Ostfriesland. Im Frühsommer wohnte ich im Ferienpark Hage-Berum. Von dort aus unternahm ich einen Ausflug nach Baltrum und führte meinen Hund, eine Zwergzüchtung, mit. Wie Sie sicher wissen, sind Hunde an Bord der ›Baltrum‹ nur auf Deck erlaubt, doch ich ertrage die Zugluft dort schlecht und habe das Tier deshalb unbemerkt in einer Tasche mit unter Deck genommen.

Ich muss hinzufügen, dass mein Inselaufenthalt zeitlich mit dem Mordgeschehen auf Baltrum zusammenfiel.

Mir gegenüber saß ein schlanker, großer, gut aussehender Mann, um die vierzig, der einen Schnurrbart trug. Er hatte sein Gepäck auf dem Boden abgestellt, und mein Hund hatte unbemerkt damit begonnen, das Papier eines Blumenstraußes anzuknabbern.

Der Herr war nicht böse, als er es merkte, sondern legte nur die Blumen neben sich auf die Sitzbank.

Es waren Margeriten, in einfaches Papier eingeschlagen.

Ich nehme diese Beobachtung zum Anlass, mich an Sie zu wenden, weil ich in der ›Ostfriesen-Post‹, die ich regelmäßig beziehe, von dem Mord an einer jungen Kollegin aus Emden erfuhr.

Ich wünsche Ihnen viel Erfolg bei Ihren Nachforschungen und stelle mich gern als Zeugin zur Verfügung.

Mit freundlichen Grüßen!

Dr. Franziska Axler, StD. a. D.

»Das ist ja irre! Das war von Kalksund!«, stellte Noosten impulsiv fest.

Glauwitz legte den Brief zurück auf den Schreibtisch. »Seine Eifersucht hat ihm wohl keine Ruhe gelassen! Er fuhr nach Baltrum und stand dann mit Reisetasche und Margeriten vor verschlossener Tür«, sagte er.

»Dass er die Blumen ablegte, wissen wir. Doch was unternahm er danach?«, überlegte Noosten laut. »Hatte er das Messer in seiner Reisetasche? Hat er Wibke Kleedorf getötet?« Glauwitz wiegte nachdenklich den Kopf.

»Wenn diese Franziska Axler wirklich von Kalksund an Bord der Fähre gesehen hat, dann hat er uns einen ordentlichen Bären aufgebunden«, meinte Noosten.

»Ein Motiv können wir ihm auch unterstellen«, antwortete Glauwitz.

»Chef, er ist der Margeritenmörder«, meinte Noosten. »Ganz bestimmt!«

»Nun mal sachte«, bremste der Kommissar seinen Assistenten. »Es gibt eine Menge gut aussehender Männer um die Mitte vierzig, die alleine nach Baltrum reisen.«

»Und die Margeriten? Dilettantisch eingeschlagen in Haushaltspapier?«, fragte Noosten eifrig.

»Es ist zwar nicht auszuschließen, dass von Kalksund den Mord begangen und dann einen Fahrradanhänger entwendet hat, um seine tote Verlobte nach seiner Bluttat in die Dünen zu fahren und dort zu vergraben … Aber an diesen Gedanken muss ich mich erst gewöhnen«, meinte Glauwitz zweifelnd.

Er griff nach dem Telefonhörer und wählte die Nummer der Zentrale. Er nahm den Brief in die Hand. »Stellen Sie bitte eine Verbindung mit Frau Dr. Franziska Axler her«, ordnete er an und diktierte die Nummer. Dann legte er den Hörer auf und schaute nachdenklich durch das Fenster auf den blauen Nachmittagshimmel.

»Wir könnten ihr ein Foto schicken«, schlug Noosten vor.

Das Telefon läutete und der Kommissar nahm den Hörer ab.

»Ich verbinde«, sagte die Kollegin in der Zentrale.

»Kripo Emden, Glauwitz«, meldete sich der Beamte.

»Dr. Axler. Herr Kommissar, Sie haben meinen Brief erhalten?«, fragte die Zeugin. Ihre Stimme klang sehr angenehm.

»So ist es, vielen Dank! Würden Sie so freundlich sein, uns Ihren Mitreisenden noch einmal genau zu beschreiben? Im Zweifelsfall würden wir Ihnen ein Foto eines Mannes zuschicken, von dem wir annehmen, dass er Ihnen an jenem Nachmittag gegenübersaß«, sagte Glauwitz.

»Der Mann könnte nach meiner Einschätzung Musiker, Pastor oder Lehrer sein«, sagte Frau Dr. Axler bestimmt.

»Sie haben ihn genau beobachtet?«, fragte der Kommissar.

Seine Gesprächspartnerin lachte. »Eine gute Frage. Zum Metier der Pädagogen gehört die Gabe, den Charakter von Menschen schnell zu erfassen. Der mir unbekannte Herr mit der gepackten Reisetasche besaß eine Ausstrahlung, die mir in ihrer Art sehr vertraut war. Auch sein Aussehen wies eher auf einen Menschen hin, der viel geistig arbeitete.«

»Frau Dr. Axler, viele Leute haben Ähnlichkeit mit Personen aus dem öffentlichen Leben. Haben Sie vielleicht einen Tipp in dieser Richtung?«, fragte Glauwitz.

»Sie sagen es. Sein Schnurrbart! Er erinnerte mich an den ehemaligen Landwirtschaftsminister«, erwiderte Frau Axler. »Herr Kommissar, die Zeit rennt. Fragen Sie nicht nach dem Namen.«

Der Kommissar atmete erleichtert auf. »Frau Dr. Axler, auf ein Foto können wir verzichten. Sie haben uns sehr geholfen. Wegen des Protokolls und einer eventuellen Gegenüberstellung würden wir unsere Kollegen in Grevenbroich um Amtshilfe bitten«, sagte er. »Aber es wird wahrscheinlich gar nicht nötig sein.«

»Herr Kommissar, dann noch viel Erfolg«, sagte die Studiendirektorin.

»Danke, und Ihnen alles Gute«, erwiderte Glauwitz und legte den Hörer auf.

»Kalksund befand sich also zur Tatzeit auf Baltrum«, stellte Noosten fest.

»Auch Rolf Kleedorf war auf der Insel«, gab Glauwitz zu bedenken.

»Aber ohne Margeriten. Vielleicht hatte er dafür das Messer im Gepäck«, meinte Noosten zynisch.

»Die Margeriten stammten vermutlich wirklich aus dem Garten des Lehrers«, stellte der Kommissar fest.

»Vielleicht hat ihm jemand mitgeteilt, dass seine Verlobte ihn mit einem ihrer Schüler betrog. Das Messer kann er sich in einer Pension besorgt haben«, sagte Noosten.

»Dafür spricht, dass sich auch Synninga auf der Insel aufgehalten hat«, murmelte der Kommissar.

»Das Alibi des Unternehmers Kleedorf reicht nur bis zur

Sportschau«, sagte Noosten. »Und von Kalksund hat uns angelogen.«

»Wir werden ihm am besten möglichst bald einen Besuch machen«, erwiderte Glauwitz. »Fax du bitte dem Staatsanwalt den Brief der Zeugin zu. Ich muss jetzt ein bisschen nachdenken.« Er griff nach seiner Pfeife, während Noosten das Zimmer verließ.

Als Noosten zurückkam, setzte er Teewasser auf.

»Wenn wir das Leukomalachit-Grün einsetzen, das sich in Jever bei den Discomorden bewährt hat, sehe ich eine Chance, aus den geschätzten fünfhundert Fahrradanhängern den herauszufinden, mit dem der Mörder die Leiche über den Reiterweg zur Peilbake transportiert hat. Damit kann man Blutspuren nachweisen, selbst wenn er das Gefährt zum Reinigen in die Wellen geschoben haben sollte«, sagte der Kommissar.

»Ein spektakulärer Aufwand. Übrigens – auf das Rechtsmedizinische Gutachten bin ich sehr gespannt«, erwiderte Noosten.

Glauwitz stopfte seine Pfeife, während sein Assistent den Tee aufbrühte. »Die Mordwaffe lenkt den Verdacht auf Kleedorf. Wir werden also in seinem Umfeld recherchieren«, sagte er, zündete den Tabak an und begann, zufrieden zu paffen.

»Und dieser von Kalksund leidet unter einem Mutterkomplex und hört Stimmen aus dem Jenseits. Hat er seine untreue Geliebte umgebracht? Und welche Rolle spielt der Student im Drama, dessen Aussagen bisher so glaubwürdig klangen?« Noosten brachte den Tee und schenkte ein.

»Ich werde den Staatsanwalt bitten, Einblick in die Beihilferechnungen des Lehrers zu nehmen. Die eindeutigen Fotos und die Vergewaltigung im Galakleid der Mutter sind doch recht auffällig«, meinte Glauwitz. »Außerdem müssen wir unbedingt die neue Anschrift dieser Katja Jerdjens herausfinden. Es geht nicht an, dass solche üblen Machenschaften ungeahndet bleiben. Der Vorfall mit der Ratte hat Wibke Kleedorf sicherlich sehr zugesetzt und Einfluss auf ihre Entscheidungen gehabt. Aber als Erstes kümmern wir uns um Rolf Kleedorf. Wie wäre es, wenn wir im Reiterhof zu Abend essen und Kleedorf ganz direkt fragen, ob er auf Baltrum einen Fahrradanhänger entwendet hat?«

»Und wenn er nicht da ist?«, fragte Noosten.

»Dann essen wir trotzdem dort und unterhalten uns mit seinem Personal«, antwortete Glauwitz.

Die Sonne hatte an diesem späten Nachmittag kaum an Kraft verloren, nur der Wind war ein wenig kühler geworden.

Vor dem Hoteltrakt des Reiterhofs standen die Autos der Gäste. Rosenduft lag über den Beeten, und auf der Reitbahn standen die verwaisten Oxer und Hindernisstangen.

Ein schöner Spätsommerabend kündigte sich an.

Die Beamten betraten das Hotel. An der Rezeption stand die hübsche junge Frau, die sie bereits von ihrem letzten Besuch her kannten. Sie blickte den Beamten freundlich entgegen.

»Ich weiß, Sie sind ausgebucht«, sagte Noosten ironisch.

»Auch das. Aber außerdem sind Sie leider vergeblich angereist – der Chef ist nicht im Hause. Er befindet sich in Bad Zwischenahn, weil sein Vater einen Schlaganfall erlitten hat. Er musste alle Termine absagen«, erklärte die Empfangsdame.

»Unser Besuch ist auch nicht sonderlich wichtig«, sagte Glauwitz und betrachtete die künstlerisch gestalteten Hinweisschilder ›Zum Pferdestall‹ und ›Zur Sattelbar‹.

»Wir würden gern bei Ihnen essen. Was empfehlen Sie uns?«, fragte er.

»Ich kenne die Abendkarte nicht. Aber vielleicht entscheiden Sie sich ja für unsere Spezialität ›Greetsieler Kutterscholle in Buttersauce mit Petersilienkartoffeln und gemischtem Salat‹«, erwiderte die junge Frau freundlich.

Noosten rümpfte die Nase. »Mir steht der Sinne eher nach etwas Deftigem«, meinte er.

»Sprechen Sie am besten mit Fräulein Jerdjens – Sie kennt sich aus in den Sonderwünschen unserer anspruchsvollen Gäste«, schlug die Angestellte vor.

Glauwitz blickte überrascht auf. »Fräulein Jerdjens? Katja Jerdjens? Arbeitet sie jetzt hier als Kellnerin?«

»Nun ja, sagen wir eher, sie leitet unser Restaurant«, erklärte die junge Frau. Noosten warf dem Kommissar einen mehr als verwunderten Blick zu und zog die Augenbrauen hoch. Die Beamten verließen die Rezeption und gingen durch den mit roten Steinklinkern gefliesten Flur ins Restaurant hinüber.

An den weiß geputzten Wänden im Flur hingen Bilder mit Jagd- und Reitmotiven. Seitlich führte eine Treppe in die ›Sattelbar‹. In dem gepflegt ausgestatteten Speiseraum waren etwa zwei Drittel der Plätze besetzt. Die Tische und Stühle waren aus Holz gefertigt und wirkten rustikal. Auf den Tischen brannten Kerzen neben kleinen Blumenväschen, in denen kurzstielige Röschen steckten. Schwarze Holzbalken reichten bis zum Giebeldach.

In einem weiß verputzten Kamin brannte ein helles Feuer, das für eine heimelige Atmosphäre sorgte.

Zwei hübsche Kellnerinnen bedienten in weißen Blusen und langen ostfriesischen Trachtenröcken die Gäste.

Eine außergewöhnlich hübsche junge Frau schritt den Beamten entgegen. Sie hatte ihr langes blondes Haar zu einem Zopf geflochten.

Ihr schönes Gesicht war ungeschminkt. Sie besaß einen Schmollmund und grüne Augen, wie Glauwitz feststellte.

Sie trug eine weiße Leinenhose und eine saloppe blaue Leinenjacke über einer weißen Bluse. Lächelnd wandte sie sich an den Kommissar und seinen Assistenten.

»Drüben an der Wand habe ich noch einen freien Tisch«, sagte sie mit einer angenehmen Stimme.

Die Beamten folgten ihr und nahmen an dem Tisch Platz.

»Meine Kollegin wird Sie gleich bedienen«, sagte sie, lächelte ihnen noch einmal zu und entfernte sich. Die Beamten studierten die Speisekarte.

»Unter zwanzig Mark ist nichts drin«, stellte Noosten stirnrunzelnd fest.

»Der Bundesrechnungshof wird deinen Beleg nicht gleich zum Anlass einer Untersuchung nehmen«, beruhigte ihn Glauwitz.

»Dann habe ich mich entschieden«, sagte Noosten.

Die Bedienung trat an den Tisch.

»Einmal die Greetsieler Kutterscholle«, bestellte der Kommissar.

»Ich nehme den Krummhörner Lammtopf«, sagte Noosten.

»Wünschen Sie auch etwas zu trinken?«, fragte die Kellnerin.

»Mir bitte ein Wasser«, meinte Glauwitz.

»Ich schließe mich an«, erklärte sein Assistent.

»Fragen Sie bitte Ihre Chefin, ob sie Zeit hat, sich für ein paar Minuten zu uns an den Tisch zu setzen«, bat der Kommissar. Das Mädchen nickte und ging zum Tresen zurück.

»Kleedorf hat Geschmack, das muss man ihm lassen«, stellte Noosten fest, als sie allein waren, und schaute sich um. »Alles vom Feinsten!«

»Und elitäres Publikum«, meinte Glauwitz.

Noosten sah, wie die Chefin von der Serviererin das Tablett mit ihren Getränken in Empfang nahm.

»Sie kommt«, sagte er.

Die Leiterin des Restaurants trat an den Tisch, stellte die kleinen grünen Flaschen und die Gläser ab, stellte das Tablett auf einen freien Nebentisch und nahm auf einem Stuhl Platz.

»Sie wünschen meine Anwesenheit?«, sagte sie und schob das Revers ihrer Jacke ein Stück zur Seite. Dann schlug sie die langen, schlanken Beine übereinander und blickte die Beamten abwartend an.

»Mein Name ist Glauwitz, das hier ist mein Kollege, Herr Noosten«, erklärte der Kommissar. »Wir kommen von der Kripo. Wir recherchieren im Mordfall Kleedorf. Sie wissen, worum es geht?«

Die Miene der jungen Frau verfinsterte sich für Sekunden, doch dann schien sich Katja Jerdjens wieder gefasst zu haben.

»Rolf ist bei seinen Eltern«, sagte sie ernst.

»Sie duzen Ihren Chef?«, fragte Noosten überrascht.

Sie nickte lächelnd. »Uns verbindet die Liebe zu den Pferden. Ich habe vor zwei Wochen in Westerstede das L-Springen gewonnen«, sagte sie stolz und wirkte für einen kurzen Moment wieder so jung, wie sie war.

»Und wo haben Sie das Reiten gelernt?«, fragte Noosten.

»Hier bei unserem Reitlehrer. Ich durfte Ossiboy selbst reiten«, sagte sie und strahlte die Beamten an.

»Entschuldigen Sie, aber Reitstunden haben ihren Preis«, warf Glauwitz ein und goss Wasser in sein Glas. »Wie haben Sie die denn finanziert?«

»Sie haben Recht. Mein Alter hätte mir dies Hobby sicher nicht bezahlen können. Er versäuft sein ganzes Geld. Ich habe Glück gehabt, dass Rolf im ›Burgblick‹ auf mich aufmerksam geworden ist. Er hat mir in kurzer Zeit sehr viel beigebracht, und ganz nebenbei durfte ich noch umsonst seine Pferde reiten. Er hat meine Talente erkannt und mich gefördert«, erklärte Katja sichtlich zufrieden.

»Und Sie wohnen hier in der Anlage?«, fragte Noosten.

»Ja, ich leite den Restaurationsbetrieb. Wie Sie sehen, mit Erfolg«, antwortete sie stolz. »Das hätte ich vor ein paar Monaten noch nicht für möglich gehalten!«

»Und heute halten Sie es gar nicht mehr für möglich, dass Sie vor ein paar Monaten zusammen mit Tanja Dechner Frau Kleedorf Schwierigkeiten bei ihrer Lehrprobe bereitet haben«, meinte Glauwitz ernst.

Katja bemühte sich um ein Lächeln. »Das war nicht ganz so einseitig. Frau Kleedorf war arrogant. Sie hat mich und Tanja spüren lassen, dass sie uns für Asoziale hielt, und wir haben darauf eben entsprechend reagiert«, sagte sie.

»Unser Besuch galt eigentlich Herrn Kleedorf«, meinte Noosten. »Wir haben Sie hier nicht erwartet. Weiß Ihr Chef, dass Sie mit Ihrer Freundin zusammen seiner Frau nicht nur die Lehrprobe vermasseln wollten, sondern ihr auch noch die Fahrradreifen zerschnitten und ihr eine tote Ratte vor die Tür gelegt haben?«

Katja lächelte beschämt.

»Das waren doch nur kleine Streiche! Rolf hat seine Frau gehasst, und wenn er durch Sie davon erfährt, ist das bestimmt für ihn kein Kündigungsgrund. Ich schäme mich jetzt dafür, doch ich habe im Unterricht unter ihrer Verachtung sehr gelitten und mich oft gedemütigt gefühlt«, sagte Katja.

»Die Sache wäre vom Tisch, wenn der Hausmeister nicht einen Strafantrag gestellt hätte. Ihre Freundin ist geständig«, sagte Noosten.

Katja lächelte. »Was kann dabei schon herauskommen? Eine Geldstrafe? Die bezahlt Rolf«, erklärte sie arrogant.

Die Kellnerin trug das Essen auf, und Katja erhob sich. »Ich lade Sie nach dem Essen zu einem Kaffee ein. Guten Appetit«, sagte sie und schritt davon.

Glauwitz schmeckte die Kutterscholle ausgezeichnet, und auch Noosten genoss das zarte Lammfleisch aus der Keule, das in einer herzhaften Sauce pikant angerichtet war.

Nachdem die Serviererin das Geschirr abgeräumt hatte, setzte sich Katja Jerdjens wieder zu ihnen an den Tisch.

Die Kellnerin servierte den Kaffee.

»Danke«, sagte Glauwitz, und die Beamten bedienten sich.

Katja nickte nur kurz und erklärte dann: »Ich sehe ja ein, dass ich zu weit gegangen bin, aber wissen Sie, wenn man immer nur einstecken muss …«

»Wir werden uns für Sie und Ihre Freundin verwenden«, sagte Noosten und steckte sich eine Zigarette an.

»Haben Sie vielen Dank«, erklärte die junge Frau. »Das ist auch Tanja gegenüber fair, denn ich habe sie zu dem ganzen Unfug angestiftet. Und sie braucht die Stelle im Supermarkt. Für mich war die Begegnung mit Rolf ein absoluter Glücksfall, wer weiß, wo ich sonst gelandet wäre! Die Arbeit hier macht mir Spaß, das Betriebsklima ist super, mein Gehalt ist sehr gut, und ich lerne jeden Tag dazu. Außerdem weiß hier niemand, wo ich herkomme.« Sie blickte sich verstohlen um und fuhr dann fort: »Wegen meiner Herkunft hat kein Pauker meine Talente entdeckt. Rolf war es, der mir die Chance geboten hat, mit meinen Aufgaben zu wachsen. Die Gäste danken es mir«, sagte sie zufrieden, drückte ihre Zigarette im Aschenbecher aus und trank einen Schluck Kaffee.

»Und Sie lieben ihren Chef?«, fragte Noosten ganz direkt.

Katja Jerdjens nickte verlegen. »Sagen wir lieber, ich mag ihn«, schwächte sie dann ab.

»Und Ihr Chef mag Sie auch?«, hakte Glauwitz nach.

»Er hat mich gefördert! Er hilft mir, mein Zuhause zu vergessen, und ich habe Erfolg!«, antwortete Katja stolz und strahlte die Beamten mit ihren grünen Augen an.

»Sie lieben Pferde! Gibt es da auch Gegenliebe? Ich meine, reagieren die Tiere auf besondere Weise, wenn sie Zuneigung spüren?«, fragte Glauwitz, füllte den Rest Kaffee aus dem Kännchen in seine Tasse und nahm einen Schluck.

»Und ob! Ich kann richtig mit ihnen sprechen«, erklärte die junge Frau eifrig.

»Und dieser … Ossiboy ist Ihr Liebling?«, erkundigte sich der Assistent des Kommissars.

Katja Jerdjens blickte den Beamten traurig an. »Er war mein Liebling. Es tat mir sehr Leid, als Rolf ihn an einen Fuhrunternehmer auf Baltrum verkauft hat. Ich hätte lieber gesehen, wenn er ihn behalten hätte – aber Geschäft ist Geschäft«, fügte sie hastig hinzu.

»Und – besuchen Sie Ossiboy gelegentlich?«, hakte der Kommissar ein.

»Nein«, sagte sie und blickte in den Kamin, in dem die Flammen heruntergebrannt waren. »Das würde bei ihm nur Erinnerungen wecken. Ich möchte, dass er glücklich ist.«

Katja Jerdjens erhob sich. »In einer Stunde kommen neue Gäste. Ein Unternehmer aus Emden feiert hier seinen Geburtstag«, sagte sie, trat ans Feuer, griff nach dem Schüreisen und stocherte in der Glut herum. Dann schob sie die weiße Asche durch den Rost und legte frische Torfstücke auf.

Die Kellnerin kam an den Tisch, und Glauwitz bat um die Rechnung.

»Der Kaffee geht zu Lasten des Hauses«, sagte die Angestellte.

Glauwitz nahm den Bon, zahlte und legte Trinkgeld dazu.

Die Bedienung bedankte sich und ging, und auch die Beamten erhoben sich.

»Schönen Dank für Ihren Besuch«, sagte Katja.

»Wir danken für den Kaffee«, gab Noosten zurück.

Katja Jerdjens blickte eine Weile hinter den Beamten her, dann ging sie am Tresen vorbei zur Küche, um dort nach dem Rechten zu sehen.

Staatsanwalt Bronzema betrat das Dienstzimmer. Er trug Jeans und ein saloppes T-Shirt, und seine Füße steckten in Sandalen.

»Moin«, grüßte er. »Einen schönen Spätsommer haben wir, nicht wahr?«

Glauwitz sprang überrascht auf, ging um seinen Schreibtisch herum und reichte dem Staatsanwalt die Hand. Noosten drückte hastig seine Zigarette aus.

»Bleiben Sie sitzen, Herr Noosten«, sagte Bronzema, ging zum Schreibtisch des Assistenten und begrüßte auch ihn mit Handschlag.

Glauwitz schob den Besucherstuhl an seinen Schreibtisch.

»Entschuldigen Sie bitte meinen unangemeldeten Besuch und meine Aufmachung. Ich befinde mich auf dem Wege nach Norderney, wo ich das Wochenende verbringen werde. Die Feriengäste in meinem Apartment sind heute abgereist, die neuen kommen erst am Sonntagmorgen. Meine Frau hat mir sozusagen Urlaub gegeben, und der Besuch bei Ihnen dient mir als Alibi für die vorzeitige Beendigung meines Dienstes«, sagte Bronzema.

»Ich gehe mal davon aus, dass Sie nicht kommen, um unsere Dienstzeiten zu kontrollieren«, sagte Glauwitz augenzwinkernd.

»Sie wissen, dass das nicht zu meinem Aufgabengebiet gehört«, erwiderte der Staatsanwalt. »In Norddeich gibt es oft Parkprobleme, deshalb habe ich meinen Wagen bei Ihnen abgestellt und fahre mit dem Zug zur Mole. Ich bin der Meinung, dass wir im Margeritenmord ein erstes Fazit ziehen sollten«, sagte Bronzema.

»Bleibt Ihnen genügend Zeit für einen Tee?«, fragte Noosten.

»Ich denke schon. Im Wagen war es sehr heiß«, antwortete der Staatsanwalt.

Noosten betrat die Küchenzeile, füllte den Wasserkocher und trug das Geschirr zu den Schreibtischen.

Glauwitz erstattete derweilen Bronzema einen genauen Bericht über die neusten Erkenntnisse im Fall Kleedorf. Auch von dem Besuch im Reiterhof und von Katja Jerdjens' kometenhaftem Aufstieg erzählte der Kommissar und fügte hinzu: »Wir nehmen an, dass Kleedorf mit ihr ein Verhältnis unterhält.«

»Ich denke, dass wir ihr die Chance lassen sollten. Sie hat es sicher bisher nicht leicht gehabt«, sagte Bronzema.

Noosten brühte den Tee auf.

»Wir werden Rolf Kleedorf jedenfalls auf den Fersen bleiben. Es ist nicht auszuschließen, dass er auf Baltrum die Leiche seiner Frau über den Reiterweg zur Peilbake transportiert und sie im Dünengelände vergraben hat. Er ist ein leidenschaftlicher Reiter, und ich gehe davon aus, dass er sich auf der Insel bestens auskennt«, trug Glauwitz vor.

»Er wohnte bei dem Fuhrunternehmer. Es liegt nahe, dass er sich bei diesem einen Anhänger ausgeliehen hat«, sagte Bronzema.

Noosten stellte das Stövchen auf den Schreibtisch des Chefs.

Der Staatsanwalt bediente sich mit Kluntje. Noosten schenkte den Tee ein, und Bronzema fügte Sahne hinzu.

»Ich habe bereits mit dem LKA telefoniert. Wir werden nach Hannover fahren und dort Spritzgerät für eine Leukomalachitprobe abholen. Wir beschränken uns fürs Erste auf die Fahrradanhänger des Fuhrunternehmers Tuittjer«, sagte Glauwitz.

»Von Kalksund können wir übrigens wegen wissentlich abgegebener Falschaussagen, die Ihrer Arbeit hinderlich waren, vorladen«, sagte der Staatsanwalt.

»Er hat uns schlichtweg belogen, um von sich abzulenken … ziemlich dumm eigentlich«, meinte Noosten. »Er musste doch wissen, dass es herauskommen würde!«

Sie tranken den Tee. Noosten nahm seine Zigarettenpackung aus der Schreibtischschublade. »Bitte«, sagte er und hielt sie dem Staatsanwalt entgegen.

Bronzema nahm eine Zigarette aus der Box, bedankte sich und ließ sich Feuer geben.

»Ich denke, dass wir mit von Kalksund vorher noch ein Gespräch führen«, sagte Glauwitz.

»Uns würde es schon weiterhelfen, wenn Sie Einblick in seine Beihilfeabrechnungen nehmen könnten«, sagte Noosten.

»Ein gewagter, aber wohl notwendiger Schritt«, meinte der Staatsanwalt nachdenklich.

»Ein schrecklicher Gedanke, wenn von Kalksund in einem Zustand der Verwirrung die Bluttat begangen hätte«, stellte Glauwitz fest.

»Besuchen Sie ihn. Und verwickeln Sie ihn noch einmal in ein Gespräch«, riet Bronzema dem Beamten.

»Bleibt noch der Student, der heimliche Liebhaber der Lehrerin. Sie erinnern sich? Seine Aussagen bieten uns bisher keinen Anlass, ihn zu verdächtigen«, warf Noosten ein.

»Ich beabsichtige, in einer Woche eine Pressekonferenz einzuberufen. Bis dahin wird das Ergebnis des Rechtsmedizinischen Instituts vorliegen. Ich denke, dass auch Sie dann einige Ergebnisse vorweisen können«, sagte Bronzema, drückte seine Zigarette aus und erhob sich. Eilig trank er seinen Tee aus, dann verabschiedete sich der Staatsanwalt und verließ das Dienstzimmer, um nach Norderney zu fahren.

Glauwitz griff nach dem Telefonbuch, suchte die Nummer des Lehrers heraus und drückte die Tasten.

»Von Kalksund?«, meldete sich der Oberstudienrat.

»Kripo Emden, Glauwitz. Herr von Kalksund, wir sind dabei, Ihnen eine offizielle Vorladung zuzusenden. Wann passt es Ihnen am besten?«, fragte der Kommissar. Er spürte förmlich, wie der Mann nervös wurde.

»Warum so bürokratisch? Besuchen Sie mich doch, wenn Sie Fragen haben. Ich habe heute Abend Zeit«, erwiderte von Kalksund.

Glauwitz schaute auf seine Armbanduhr, blickte dann seinen Assistenten an. Noosten nickte.

»Sagen wir in einer halben Stunde«, schlug der Kommissar vor.

»All up Stee!«, antwortete der Lehrer.

Glauwitz legte den Hörer auf die Gabel zurück. »Heute wäre eigentlich mein Kegelabend«, sagte er.

»Wir können ja hinterher zur Entschädigung im ›Packhaus‹ noch ein Bier trinken«, schlug Noosten vor.

»Einverstanden«, meinte der Kommissar.

Die Beamten verließen ihr Dienstzimmer, gingen zum Autopark und stiegen in den Wagen. Kurz danach waren sie auf dem Weg nach Wolthusen.

Der September hatte gerade begonnen, aber das sommerliche Wetter hielt noch an, wenn es auch nicht mehr ganz so heiß war.

Glauwitz parkte den Passat in der Einfahrt. Von Kalksund schien bereits auf sie gewartet zu haben. Er stand in weißen Jeans und einem flotten Pulloverhemd vor der Tür. Sein Gesicht war tief gebräunt.

»Sie machen meinetwegen Überstunden?«, fragte er ironisch.

»Bei uns gibt es eben kein Klingelzeichen«, erwiderte Noosten trocken.

»Bitte, treten Sie ein. Darf ich Ihnen einen Tee anbieten?«, fragte der Oberstudienrat höflich.

»Gern«, sagte Glauwitz.

Von Kalksund ging den Beamten voraus in den Flur.

»Nehmen Sie bitte im Wohnzimmer Platz, Sie kennen sich ja aus. Ich hole inzwischen den Tee«, sagte er. Die Beamten nahmen in den Sesseln am Kamin Platz. Der kleine Tisch war bereits gedeckt, und in einer Schüssel türmte sich Blätterteiggebäck. Die Fenster waren weit geöffnet, und die letzten Sonnenstrahlen suchten sich ihren Weg ins Zimmer. Draußen gurrten Tauben.

Von Kalksund ließ sie nicht lange warten. »Ich hatte bereits vorgesorgt«, sagte er und stellte die Teekanne auf das Stövchen. »Bitte, bedienen Sie sich!« Er wirkte ruhig und gelassen.

»Herr von Kalksund, Sie haben sicher aus den Zeitungen erfahren, dass wir die Leiche von Frau Kleedorf auf Baltrum geborgen und auch die Mordwaffe gefunden haben«, begann Glauwitz.

Der Lehrer nickte ernst. »Die arme Wibke! Ich darf gar nicht daran denken!«, antwortete er mit Tränen in den Augen.

»Die Leiche und die Mordwaffe befinden sich im Moment zur Untersuchung im Rechtsmedizinischen Institut. Wir besitzen bisher noch keine Ergebnisse«, sagte Noosten.

»Haben Sie denn Hinweise auf den Mörder gefunden?«, fragte von Kalksund.

»Für uns steht fest, dass der Täter zum Bekanntenkreis der Lehrerin gehört«, stellte Glauwitz fest.

Von Kalksund runzelte die Stirn. »Wollen Sie mich etwa erneut in den Kreis der Verdächtigen einbeziehen?«

»Ihre Frage ist falsch gestellt. Wir haben uns an die Tatsachen zu halten, nicht an unsere Wünsche. Und die Tatsachen haben wir Ihnen ja schon bei unserem letzten Besuch vor Augen geführt«, erwiderte der Kommissar.

»Und ich habe dazu klar genug Stellung bezogen. Warum lassen Sie mich nicht endlich in Ruhe?«, antwortete der Lehrer böse. Er griff nach seiner Teetasse und trank hastig einen Schluck.

»Eine Zeugin hat Sie gesehen. Niemand anderer als Sie hat die Margeriten vor dem Apartment von Wibke Kleedorf abgelegt. Sie waren auf Baltrum, Herr von Kalksund, da hilft kein Leugnen mehr. Und nun wollen wir von Ihnen hören, wo Sie sich in der besagten Nacht auf Baltrum aufgehalten haben, in der Ihre Verlobte in den Dünen umgebracht wurde. Der Mörder ist ins Dorf gegangen und hat einen Fahrradanhänger entwendet, um die Leiche vom Tatort über den Reiterweg zur Peilharke zu schaffen und sie dort zu vergraben.« Noosten hatte sich mit Absicht sehr deutlich ausgedrückt, um den Oberstudienrat aus der Reserve zu locken – und seine Worte verfehlten ihre Wirkung nicht.

Von Kalksund vorschlug es die Stimme. Sein Gesicht verlor alle Farbe, und seine Hände zitterten, als er die Teetasse abstellte.

»Das ist entsetzlich! Sie glauben doch nicht im Ernst, dass ich …«, stotterte er, schluckte trocken und bedeckte dann sein Gesicht mit den Händen. Seine Schultern zuckten.

»Ich mache Sie darauf aufmerksam, dass dies ein offizielles Verhör ist. Noch einmal: Wo hielten Sie sich in der Mordnacht auf Baltrum auf?«, fragte der Kommissar.

Von Kalksund nahm die Hände vom Gesicht und wischte sich

die Tränen von den Wangen. »Ich war auf Baltrum«, sagte er müde.

»Das wissen wir. Und wo haben Sie die Nacht verbracht?«, beharrte Noosten.

»Am Fähranleger und später, als es kühler wurde, in einer Segelyacht«, sagte der Lehrer und senkte den Blick.

»Dann haben Sie kein nachprüfbares Alibi!«, stellte Noosten fest.

Von Kalksund fuhr auf.

»Ich habe mit dem Mord nichts zu schaffen«, schrie er gereizt.

»Herr von Kalksund, beherrschen Sie sich bitte, und beantworten Sie unsere Fragen. Trugen Sie die Margeriten bei sich, als Sie um halb sechs das Fährschiff verließen?«, wollte Glauwitz wissen.

Der Lehrer nickte. »Ich bin sofort zum Apartment gegangen und habe dort geschellt, aber Wibke meldete sich nicht. Ich legte die Margeriten ab, verließ das Haus und suchte mit meinem Gepäck das Café am Wellenbad auf, trank Tee, aß ein bisschen Kuchen und überlegte, was ich tun sollte.«

»Frau Kleedorf hatte Sie nicht eingeladen?«, vergewisserte sich Noosten.

»Nein, ich wollte meine Verlobte überraschen«, antwortete von Kalksund.

»Und?«, fragte Glauwitz.

»Ich habe die Tasche im Café gelassen, der Bedienung ein Trinkgeld gegeben und sie gebeten, hin und wieder nach meinem Gepäck zu schauen. Dann bin ich wieder zum Haus zurückgegangen und habe dort einen jüngeren Mann gesehen, der auch zu warten schien. Ich war sehr erregt, und mich überfiel rasende Eifersucht«, erklärte der Lehrer.

»Sie kannten den jungen Mann nicht? Und wie verhielten Sie sich weiter?«, fragte Glauwitz.

»Ich suchte Schutz hinter den Sträuchern an der Kirche und beobachtete den Besucher. Die ganze Zeit über hoffte ich, dass Wibke zurückkommen würde und der Mann nichts mit ihr zu schaffen hatte«, sagte er.

»Und wann verließen Sie Ihr Versteck wieder?«, wollte Noosten wissen.

»Als ich bemerkte, dass der jüngere Mann in dem Strandkorb im Garten des Hauses seinen Rucksack abgestellt hatte. Irgendeine Ahnung sagte mir, dass er auch auf Wibke wartete und dass zwischen den beiden etwas war.«

»Und Ihre Reisetasche?«, fragte Glauwitz.

»Ich bin zum Café gegangen, habe sie abgeholt und bin dann enttäuscht und deprimiert zurück zum Fähranleger gelaufen. Dort habe ich meine Tasche in einen Container gelegt, vor Enttäuschung geweint und mich einen alten Esel geschimpft.«

»Und Sie sind nicht zufällig noch einmal zum Apartmenthaus gegangen?«, fragte Glauwitz.

»Doch, aber vergeblich. Die Fenster waren dunkel«, murmelte von Kalksund.

»Und danach haben Sie eins von den Segelbooten betreten und sich in die Plicht gesetzt?«, fragte Noosten.

»Ja; ich wusste nicht, wohin, und auf den Stegen war niemand zu sehen. Da habe ich gedacht, ich meine, ich habe ja niemandem damit geschadet ...«

»Und Sie beobachteten nicht zufällig einen Mann, der vom Kai einen Fahrradanhänger mitgehen ließ?«, meinte Noosten ironisch.

»Was soll diese hinterlistige Frage?«, empörte sich der Lehrer.

»Es hätte ja sein können. Nein, aber mal im Ernst, Herr von Kalksund: Warum sollten wir Ihnen glauben? Sie haben die Vermisstenanzeige aufgegeben und baten uns, Ihnen zu helfen, das Feriendomizil Ihrer Verlobten ausfindig zu machen. Die ganze Zeit über haben Sie uns angelogen, und Ihre heutige Darstellung klingt in diesem Zusammenhang unglaubwürdig und ziemlich hausbacken«, sagte Glauwitz.

»Das ist eine Unverschämtheit!«, ereiferte sich von Kalksund empört. »Sie muten mir einiges zu!«

»Immerhin kochten Sie vor Eifersucht, wie Sie selbst sagten, und wir besitzen keinen Zeugen, der Wibke Kleedorf nach dem

Verlassen des Apartmenthauses am besagten Abend lebend gesehen hat«, antwortete Glauwitz.

Der Oberstudienrat zitterte vor Wut.

»Sie hat mich betrogen! Suchen Sie doch nach dem Mann, der seinen Rucksack im Strandkorb hinter dem Haus abgestellt hat. Vielleicht wissen Sie dann, wer Wibke ermordet hat!«, erwiderte er wütend.

»Sie nehmen an, dass er der Mörder ist?«, fragte Noosten, der sich Notizen machte.

»Ja, wer denn sonst!«, schimpfte von Kalksund.

»Dann beschreiben Sie uns bitte den Mann, damit wir nach ihm fahnden können«, forderte Noosten ihn auf.

»Das kann ich nicht. Er war zu weit weg, und es dämmerte bereits.«

Die Beamten erhoben sich. »Wir fertigen ein Protokoll über das Gespräch an und werden es Ihnen später vorlegen«, erklärte der Kommissar.

»Mir liegt nur daran, dass Sie endlich aufhören, mich zu verdächtigen! Ich habe Sie angelogen, weil ich nach meinem Besuch auf Baltrum wusste, dass Wibke ein Unheil widerfahren war, und Angst hatte, dass Sie mir nicht glauben würden. Ich bin unschuldig! Es verhält sich wirklich alles so, wie ich es Ihnen erzählt habe«, beteuerte der Lehrer.

Die Beamten gingen zur Tür. »Wir werden unsere Recherchen fortsetzen, und wenn Sie unschuldig sind, wird sich das im Lauf der Ermittlungen sicher herausstellen«, meinte der Kommissar.

»Wir danken für den Tee«, sagte Noosten.

Von Kalksund seufzte tief auf und begleitete die Beamten zur Haustür. »Wenn Sie dem, was Sie gesagt haben, noch etwas hinzufügen wollen, dann suchen Sie uns bitte auf«, meinte Glauwitz noch, dann stiegen die beiden Polizisten in den Passat und fuhren zum Revier.

Glauwitz lenkte den Dienstwagen auf den Parkplatz vor der Reithalle und stellte ihn im Schatten hoch gewachsener Buchen ab, deren Laub sich bereits bunt zu färben begann. Er und Noosten stiegen aus und näherten sich dem Hoteltrakt.

Ein gut aussehender Reitlehrer stand mit einer Gerte in der Hand auf der Reitbahn und gab einer Gruppe von Mädchen Anweisungen, die auf ihren Pferden im Kreis um ihn herumtrabten.

»Was für die Pistenhäschen der Skilehrer, ist für die Pferdenärrinnen der Reitlehrer«, spottete Noosten.

Sie betraten die Hotelhalle und begaben sich zur Rezeption. Die hübsche junge Dame, die sie schon kannten, lächelte, als sie die Beamten sah.

»Sie sind ja wirklich anhänglich«, frotzelte sie. »Was kann ich heute für Sie tun?«

»Heute interessiert uns die Speisekarte weniger, obwohl das Essen sehr gut war. Wir möchten mit Ihrem Chef sprechen«, erwiderte der Kommissar

»Sie haben Glück – er ist zu Hause. Das Restaurant hat heute Ruhetag, und er macht einmal Pause. Ich weiß allerdings nicht, ob er Besucher empfängt«, sagte sie und griff nach dem Telefonhörer.

»Lassen Sie nur. Wir fragen ihn schon selbst«, sagte Glauwitz.

»Na, dann – der Bungalow liegt hinter der Koppel«, erklärte die junge Frau.

»Danke«, antwortete Glauwitz, und die Beamten verließen das Hotel.

Kleedorf hatte nicht sonderlich üppig gebaut, abgesehen von dem mit Reet gedeckten Dach, erinnerte das Haus mit seinen Sprossenfenstern und Holzläden an die ostfriesischen Landhäuser der zwanziger Jahre. Ein grüner Lattenzaun mit weißen Spitzen grenzte das Grundstück ein.

Ein Plattenweg führte durch den Garten an Blumenbeeten vorbei zur Haustür. Sie war rustikal aus Holz gezimmert und grün angestrichen. In der Luft lag der Duft blühender Herbstblumen. Vögel zwitscherten.

Der Kommissar drückte den Klingelknopf. Die Beamten warteten auf den Steinstufen vor der Haustür und fuhren erschrokken zusammen, als sie eine Stimme vernahmen. Es war Katja Jerdjens. Sie trug einen Bikini und stand barfuß vor ihnen.

»Ach, Sie hier?«, fragte Noosten.

Katja lächelte freundlich.

»Wir wollen Ihrem Chef einen Besuch machen«, sagte Glauwitz.

Das Mädchen besaß wirklich eine fabelhafte Figur.

»Kommen Sie mit. Rolf ist hinter dem Haus. Er musste einmal ausspannen, er hat vom Sommer so gut wie nichts gehabt«, sagte sie und schritt ihnen voraus.

An der Stirnseite des Hauses befand sich eine große Terrasse, neben der ein Springbrunnen plätscherte. Die Sonnenstrahlen brachten die glasierten Fliesen zum Leuchten. Auf einem runden Glastischchen standen Gläser und Getränkeflaschen.

»Rolf, Besuch für dich«, sagte Katja Jerdjens, setzte sich auf eine Sommerliege und streckte ihre langen, schlanken Beine aus.

Rolf Kleedorf hatte auch auf einer Liege gelegen und erhob sich jetzt. Sein Gesicht war leicht gerötet. Er schaute die Beamten misstrauisch an.

»Sie hätten sich auch anmelden können«, sagte er.

»Wir haben uns mehrmals bemüht, Sie zu erreichen«, erwiderte der Kommissar.

»Und wo brennt es?«, fragte der Unternehmer ironisch. Er wartete nicht auf eine Antwort, sondern rückte zwei Gartenstühle zurecht. »Nehmen Sie erst einmal Platz«, sagte er und setzte sich seinerseits quer auf die Liege.

Die Beamten taten, wie ihnen geheißen.

»Schießen Sie los!«, forderte Kleedorf sie dann auf.

»Ich hoffe, Ihrem Vater geht es besser«, sagte Glauwitz ruhig.

Der Unternehmer nickte. »Sein Kopf ist klar. Er leidet noch unter einer einseitigen Lähmung, die sich hoffentlich beheben lässt, und wünscht sich von mir vor seinem Tod gesunde Enkelkinder«, antwortete er und lächelte seine Angestellte an.

»Das interessiert uns weniger. Wir möchten von Ihnen wissen, ob Sie sich auf Baltrum eines Fahrradanhängers bedient haben, um die Leiche Ihrer Frau über den Reiterweg zur Peilbake zu transportieren«, erklärte Noosten nüchtern.

Kleedorf verging das Lachen, und tiefe Zornesröte stieg ihm

ins Gesicht. »Das ist eine bodenlose Unverschämtheit!«, rief er empört.

Katja Jerdjens starrte die Beamten entsetzt an. »Rolf soll …?«, fragte sie leise und ungläubig.

»Herr Kleedorf, unserer Ansicht nach gehören Sie zum engeren Kreis derjenigen Personen, die Gelegenheit hatten, die Tat zu begehen«, sagte der Kommissar.

»Das kann doch nicht Ihr Ernst sein! Ich werde meinen Rechtsanwalt einschalten und Sie wegen Rufschädigung anzeigen, falls Sie das in der Öffentlichkeit äußern!«, schnaubte der Unternehmer.

Der Kommissar blieb gelassen.

»Bedenken Sie bitte bei Ihren Entscheidungen, dass Sie für die Stunden zwischen dem Ende der Sportschau und dem frühen Morgen kein Alibi besitzen und Blutspuren im Zimmer hinterlassen haben. Es gibt genügend Fakten, auf die sich der Staatsanwalt berufen kann.«

»Rolf, die wollen dich nur in die Enge treiben. Lass dich auf nichts ein!«, rief Katja wütend.

»Hören Sie, ich sage es hier in Anwesenheit meiner Freundin: Ich habe mit dem Mord an meiner Frau nichts zu schaffen! Ich bin nicht mit einem Fahrradanhänger nachts in den Dünen herumgeschlichen, und was die Blutflecken anbelangt, habe ich mich morgens beim Rasieren geschnitten. Ich denke, es ist Zeit, dass Sie mich verlassen! Ich bin Unternehmer, mir bleiben nur wenige Stunden, um mich zu erholen!«, schimpfte er und erhob sich.

»Wir werden Ihre Äußerungen zu Protokoll nehmen«, sagte Glauwitz.

»Tun Sie das! Auf Wiedersehen«, fauchte Kleedorf.

»Ein kleiner Napoleon«, sagte Noosten.

»Und seine hübsche Gespielin«, fügte Glauwitz hinzu.

»Eine Garantie für Enkelkinder, um das Geschlecht der Kleedorfs bis ins nächste Jahrtausend zu sichern«, meinte sein Assistent ironisch.

»Und ein steiler Aufstieg für eine Azubi, die man gefeuert hat«, murmelte der Kommissar nachdenklich.

Am Mittwochmorgen war der Himmel grau. Dichter Seenebel hing in der Luft, und es war empfindlich kühl. In Scharen verließen Berufsschüler den Bahnhof, überquerten den Platz und gingen den Fußweg an der Gracht entlang.

Glauwitz fuhr seinen Golf auf den Parkplatz hinter dem Revier. Die Luft war feucht und roch bereits nach dem abgestorbenen Laub der Bäume.

Glauwitz betrat das Revier und suchte sein Dienstzimmer auf. Er stellte die Tasche ab und öffnete die Fenster weit, damit die abgestandene Luft abziehen konnte.

Er setzte sich an seinen Schreibtisch, studierte den Terminkalender und schaute auf, als Wachtmeisterin Sikken das Dienstzimmer betrat.

»Moin; die Post!«, sagte sie und reichte Glauwitz eine Versandtasche und einige Briefe.

»Danke. Ich denke, Sie sind im Urlaub?«, fragte er verwundert.

»Erst ab Freitag. Mein Mann und ich fliegen nach Malta«, gab die Kollegin zurück und verließ das Dienstzimmer.

Glauwitz überflog die Absender auf den Briefen und nahm dann die Versandtasche in die Hand.

»Rechtsmedizinisches Institut der Universität Oldenburg«, las er.

Noosten betrat das Dienstzimmer. »Moin«, sagte er und ließ sich auf seinen Bürostuhl fallen.

»Die Kickers haben den Libero von Werder Bremen verpflichtet. Ich war gestern Abend im Stadion und habe beim Training zugeschaut«, sagte er begeistert. »Einfach super!«

Glauwitz riss die Lasche der Versandtasche auf. »Jetzt wird es interessant«, murmelte er.

»Vom Labor?«, fragte Noosten.

Glauwitz nickte, zog die Schriftseiten hervor und vertiefte sich in die per Computer ausgedruckten Blätter. Er las konzentriert und reichte Noosten kommentarlos die gelesenen Seiten.

Der Kommissar arbeitete sich durch den Text, der mit medizinischen Fachausdrücken gespickt war, und als er Noosten die letzte Seite reichte, atmete er erleichtert aus. Er stand auf und holte die Akte aus dem Metallschrank an der Wand.

»Ich ziehe eine Kopie und faxe den Bericht an den Staatsanwalt«, sagte Noosten, der inzwischen auch zu Ende gelesen hatte. Er stand auf und verließ das Dienstzimmer.

Glauwitz ging zum Fenster und blickte in Gedanken versunken auf die Stadt. Der Mörder war grausam zu Werke gegangen, stellte er fest, aber im Grunde war jeder Mord abscheulich. Glauwitz störte die Gelassenheit der Verdächtigen. Weder von Kalksund, der sich vermutlich seine Geschichte zurechtgeschneidert hatte, noch Kleedorf, der ungeniert gleich nach dem Tod seiner Frau ein Verhältnis mit seiner hübschen Angestellten begonnen hatte, zeigten große Betroffenheit, noch schienen sie zu einer Zusammenarbeit bereit.

Sie verschanzten sich hinter nicht zu kontrollierenden Aussagen und fanden sich schnell, ja allzu schnell mit dem Tod der Lehrerin ab.

Der Kommissar seufzte.

Noosten betrat das Zimmer und heftete den Bericht an die Akte.

»Hier ist die Kopie«, sagte er.

Glauwitz wandte sich zu seinem Assistenten um.

»Ziehen wir ein Fazit«, schlug er vor und setzte sich wieder an seinen Schreibtisch.

»Bei der Mordwaffe handelt es sich um ein Brotmesser der Marke ›Zwilling‹, das einen Wellenschliff besitzt, mit dem man Schwarzbrot und Fleisch schneiden kann. Ein Produkt, das sicherlich in jedem Haushalt vorhanden ist«, stellte Noosten fest.

»Wibke Kleedorf muss ihren Mörder gekannt haben und ist ihm ohne Misstrauen begegnet. Sie hat sich nicht zur Wehr gesetzt. Nicht einmal ein Fussel von der Kleidung des Mörders wurde gefunden, und unter ihren Fingernägeln befand sich nur Sand. Der Täter hat ihr das Messer in den Rücken gestoßen. Den zweiten Stoß führte er von vorne durch, und dabei traf das Messer genau ins Herz. Danach stieß er noch mehrmals zu«, sagte Glauwitz.

»Der Mörder war offensichtlich voller Hass! Die Lehrerin sackte wahrscheinlich bereits beim ersten Stoß bewusstlos in den Sand«, meinte Noosten. »Warum er ihr die Hand abtrennte, bleibt ein Rätsel.«

»Ihre Kleidung war unversehrt – ein Sexualverbrechen können wir also ausschließen«, folgerte Glauwitz.

»Das Messer kann sowohl aus der Küchenschublade des Lehrers als auch aus dem Lokal des Pferdehändlers stammen. Es waren keine Fingerabdrücke darauf, also hat der Mörder den Mord wahrscheinlich geplant und das Messer bei sich getragen«, meinte sein Assistent.

»Fest steht, dass Wibke Kleedorf weder ihren Mann noch Herrn von Kalksund, sondern nur Hinni Synninga zu sich eingeladen hatte. Aber die beiden anderen waren trotzdem auf der Insel.«

»Und du glaubst, einer der beiden ist ihr in die Dünen gefolgt? Wenn Kleedorf der Mörder ist, dann muss er gewusst haben, dass seine Frau die Ferienwohnung gebucht hatte. Dem Blut auf dem Handtuch messe ich allerdings keine besondere Bedeutung bei«, sagte Glauwitz.

»Kleedorf hatte doch einen Privatdetektiv engagiert. Vielleicht erfahren wir ja von diesem, ob er Wibke Kleedorf entsprechend observiert hat«, schlug Noosten vor.

»Du hast Recht – das könnten wir versuchen. Davon gibt es in Emden und Umgebung nicht viele«, antwortete der Kommissar.

Das Telefon läutete, und er nahm den Hörer ab. »Kripo Emden, Glauwitz«, meldete er sich.

»Staatsanwaltschaft, Bronzema. Vielen Dank für den Bericht. Herr Glauwitz, bitte bringen Sie das Messer mit zur Pressekonferenz. Den Termin gebe ich Ihnen noch durch. Fahren Sie vorher nach Hannover, und holen Sie beim Landeskriminalamt das Leukomalachit-Sprühgerät ab. Beschränken Sie sich bei der Untersuchung aber fürs Erste nur auf die Fahrradanhänger der Spedition und Pension Tuittjer«, sagte der Staatsanwalt.

»Tippen Sie auf Kleedorf?«, fragte der Kommissar.

»Nicht unbedingt. Aber ich schließe auch nicht aus, dass er es gewesen sein könnte«, antwortete Bronzema. »Jedenfalls ist es einen Versuch wert.«

»Wenn das keinen Erfolg bringt, sollten wir die Fahrradanhänger der Pensionen, die im Umkreis der Aussichtsdüne liegen, mit einbeziehen«, schlug Glauwitz vor.

»Ich denke, dass Sie bis Freitag Ergebnisse vorweisen können«, erwiderte der Staatsanwalt und legte auf.

Noch vor Sonnenaufgang verließen die Beamten am folgenden Montag Emden und fuhren nach Hannover.

Gegen zehn Uhr sprachen sie im Landeskriminalamt vor.

Nach einer Tasse Kaffee in der Kantine führte ein Beamter der Abteilung ›Technische und Chemische Spurensicherung‹ sie in den Umgang mit dem Sprühmittel ein und machte sie mit der Bedienung des Spritzgerätes vertraut.

»Wenn sich auch nur ein Tropfen Blut auf der Ladefläche des Fahrradanhängers befunden hat, wird das Leukomalachit ein phosphorartiges Leuchten hinterlassen, selbst wenn der Mörder tausend Liter Wasser zur Beseitigung der Blutstropfen verwendet hat«, erklärte der Mann und riet ihnen, die Untersuchung in der Dunkelheit vorzunehmen.

Glauwitz und Noosten trugen die Spritze, die einem Staubsauger ähnlich sah, und einen Kanister mit Sprühmittel zum Auto, quittierten den Empfang, verabschiedeten sich und fuhren zurück nach Emden.

Es war ein sonniger Herbstnachmittag. Auf dem Vordeich von Nessmersiel weideten Schafe. Im kleinen Hafenbecken lagen Yachten und Motorboote an den Stegen. Urlauber saßen in ihren Strandkörben, und Kinder bauten eifrig Sandburgen.

Möwen und Seeschwalben schossen über das Watt. Über den Salzwiesen surrten bunte Drachen am blauen Himmel. Das Café ›Utkiek‹ bot den Besuchern einen herrlichen Blick aufs Meer.

Das Fährschiff wendete im Fahrwasser und legte mit heulenden Motoren an der Kaimauer an.

Ein Matrose ließ vom Deck aus die Gangway hinunter, und die

Passagiere strömten von Bord. Die Beamten nahmen das Spritzgerät und den Kanister von der Ladefläche des Bullys und trugen sie zu den Containern. Der Lademeister verstaute das nicht alltägliche Gepäck und kassierte wortlos die Gebühr.

Dann holten Glauwitz und Noosten ihre Reisetaschen aus dem Wagen und verabschiedeten sich von dem Kollegen, der sie zum Schiffsanleger gebracht hatte.

Die Beamten betraten die Gangway und stiegen an Bord. Das Deck der ›Baltrum‹ war ganz in der Hand der Urlauber, denn in Nordrhein-Westfalen hatten die Herbstferien begonnen.

»Ich mag die Hektik nicht. Gehen wir runter in den Salon!«, schlug der Kommissar vor.

Der Fahrkartenschalter hatte bereits geöffnet. Glauwitz löste bei dem bärtigen Zahlmeister die Fahrkarten.

Dann gingen die Beamten unter Deck, setzten sich an einen Fenstertisch, blickten aufs Meer und gingen während der Überfahrt ihr Vorhaben noch einmal durch.

Die Fähre legte auf Baltrum an. Die Beamten warteten geduldig, bis die Urlauber das Schiff verlassen hatten. Schon von Bord aus sahen sie den Inselpolizisten, der vor einer Kutsche stand und ihnen zuwinkte. Ein Matrose bediente den Ladekran und hievte die Container von Bord. Auf dem Kai warteten die Angestellten der Hotels und Pensionen mit ihren Schildern und Fahrradanhängern auf die Gäste, die die Container belagerten, um ihr Gepäck in Empfang nehmen zu können.

Die Beamten verließen das Schiff, und Pit Saathoff schritt ihnen entgegen. Er trug seine Uniform. Fürsorglich nahm er den Besuchern die Reisetaschen ab und trug sie zur Kutsche.

Glauwitz und Noosten entnahmen dem Container die Spritze und den Kanister. Der Kutscher verstaute das Gerät, dann stiegen die drei Männer ein, und der Kutscher ließ das Pferd antraben.

»Tuittjer besitzt acht Fahrradanhänger und einen breiten Handkarren«, erklärte der Inselpolizist.

»Das klingt, als hätten wir gute Chancen«, sagte Noosten.

»Tuittjer liegt viel an der Aufklärung des Mordes«, meinte Saathoff. »Er wird sicher keine Probleme machen.«

»Wir sollten die Dunkelheit abwarten und werden das Gerät auf dem Gelände des Betriebes lagern müssen«, sagte Glauwitz.

»Dem steht nichts entgegen«, erwiderte der Kollege.

Auf dem Betriebshof des Unternehmers standen die Pferde geduldig an den Deichseln, während die Fuhrwerke abgeladen wurden. Tuittjer schritt den Beamten entgegen. »Moin«, sagte er und reichte ihnen die Hand.

»Ich habe dafür gesorgt, dass kein Fahrradanhänger fehlt.«

»Gestatten Sie, dass wir das notwendige Gerät bis zum Einsatz bei Ihnen lagern?«, fragte Glauwitz.

»Selbstverständlich«, antwortete der Unternehmer freundlich.

»Zur Durchführung unserer Untersuchung müssen wir die Dunkelheit abwarten«, erklärte der Kommissar.

»Dem steht nichts im Wege«, sagte Tuittjer.

Noosten nahm das Spritzgerät, und der Kutscher reichte Glauwitz den Kanister an.

»Folgen Sie mir. Es wird am besten sein, die Sachen im Aufenthaltsraum des Personals zu lagern«, meinte der Unternehmer und ging voran. Der kleine Raum enthielt Spinde, einen Tisch und Bänke. Es roch nach Zigarettenrauch.

Die Beamten legten die Spritze auf einer Bank ab und stellten den Kanister an die Wand.

»Wir werden uns gegen einundzwanzig Uhr wieder hier einfinden«, sagte der Kommissar.

»All up Stee! Ich bin natürlich gespannt und werde auch dabei sein«, meinte Tuittjer und verabschiedete sich.

Die Beamten nahmen ihre Reisetaschen, die der Kutscher ihnen anreichte, und Pit Saathoff begleitete den Kommissar und seinen Assistenten zu ihrer Pension.

Über Baltrum zog die Abenddämmerung auf. Die Fenster der Pensionen und Hotels waren erleuchtet, die bunten Reklametransparente eingeschaltet. Sie verliehen dem Ort ein wenig abendliches Flair.

Auf das Betriebsgelände der Spedition Tuittjer warfen Scheinwerfer helles Licht. Der Unternehmer selbst stand im Hof und beobachtete, wie einer seiner Angestellten die Fahrradanhänger in den ausgeräumten Schuppen schob. Die Kutschen, die dort normalerweise standen, waren vorher in den Hof gezogen worden.

Noosten und Glauwitz standen im Personalaufenthaltsraum und schauten durch das Fenster dem Treiben zu. Sogar Pit Saathoff packte mit an und schob den luftbereiften Transportkarren in den Schuppen.

Von den Holzbalken an der Decke fiel weißes Neonlicht auf die Fahrradanhänger, die in Reih und Glied standen.

»Gehen wir«, sagte Glauwitz. Er nahm das Spritzgerät, und Noosten trug den Kanister.

Draußen verabschiedete Tuittjer gerade seine Leute und wünschte ihnen einen schönen Abend.

»Herr Kommissar, Sie können beginnen«, sagte er dann und zog die großen Türflügel zu.

»Hier ist die Steckdose«, meinte Saathoff.

»Danke, die Batterie reicht für zwei Stunden«, erklärte Glauwitz, schob die Schutzhülle von der Spritze und öffnete den Tank.

Noosten goss die Flüssigkeit in die Tanköffnung. Sie war von grünlicher Farbe und roch nach abgebrannten Streichhölzern. Glauwitz drehte den Deckel fest an. Dann blickte er noch einmal prüfend auf die Knöpfe, mit denen das Gerät bedient wurde, klemmte den Plastikschaft unter seinen Arm und legte den Haltegurt über seine Schulter. Noosten nahm die Stablampe aus seiner Jacke. »Herr Tuittjer, löschen Sie bitte das Licht!«, sagte er. Gleich darauf war es im Schuppen stockdunkel. Im Dachgebälk flatterten einige verwirrte Fledermäuse.

Noosten schaltete die Stablampe an und begleitete den Kommissar zum ersten Fahrradanhänger.

Glauwitz betätigte den Einschaltknopf, und gleich darauf ertönte ein Surren ähnlich dem einer Haarschneidemaschine. Im Schein der Taschenlampe fiel das Leukomalachit wie Wasserdampf auf den Fahrradanhänger. Tuittjer und Saathoff beobachteten schweigend und voller Spannung die Beamten bei ihrer Arbeit, doch zuerst schien es, als hätten der Kommissar und sein Assistent keinen Erfolg. Nirgendwo zeigten sich leuchtende Flecken. Schon wollten die Männer die Hoffnung sinken lassen, noch etwas zu finden, da erschienen plötzlich auf dem vorletzten Anhänger phosphoreszierende kleine Leuchtpunkte, die größer wurden und sich zu Linien verbanden.

Noosten schaltete die Stablampe aus.

Die kleinen, grünlich glimmenden Flecken sahen aus, als hätten sich tausende Glühwürmchen auf dem Fahrradanhänger versammelt, und es hatte den Anschein, als kämen ständig noch mehr hinzu, die an den Begrenzungsbrettern hochkrochen und sich über die Schutzbleche hermachten.

»Herr Tuittjer, schalten Sie bitte das Licht wieder an«, bat Glauwitz. »Es besteht kein Zweifel! Der Mörder hat mit diesem Fahrradanhänger sein Opfer vom Tatort zur Peilbake transportiert.«

Tuittjer blickte den Kommissar fassungslos an, und im Licht der Neonlampe wirkte sein Gesicht ebenso blass wie die gekalkte Wand des Schuppens.

»Mir fehlen die Worte«, sagte er.

»Bitte ziehen Sie diesen Anhänger aus dem Verkehr«, ordnete Glauwitz an. »Er gilt von jetzt an als Beweisstück und muss noch von der Spurensicherung untersucht werden. Das Gerät lassen wir über Nacht hier, wenn das geht – könnten Sie uns für morgen eine Kutsche für die Fahrt zur Fähre reservieren?«

Tuittjer nickte stumm, und die Männer verließen den Schuppen. Der Unternehmer löschte noch das Licht, und Saathoff half ihm, das Tor zu schließen.

Die Beamten brachten noch das Sprühgerät und den Kanister in den Aufenthaltsraum, dessen Tür ebenfalls abgeschlossen wurde.

»Wie wäre es mit einem Bier?«, fragte Tuittjer dann.

»Gern«, erwiderte Glauwitz, und Noosten nickte.

»Dann kommen Sie, vielleicht finde ich drüben im Wohnzimmer ja sogar noch einen guten Aquavit! Den könnte ich nämlich jetzt gut gebrauchen!«

Es war eine idyllische Wohngegend mit kleinen, bejahrten Häusern, in deren Vorgärten Gemüse wuchs. Alte Bäume säumten die Straßen, in denen nur wenig Verkehr herrschte.

In unmittelbarer Nähe dieser Idylle war ein modernes Geschäftshaus entstanden, in dem die Detektei ›Franzen & Partner‹ ihr Büro unterhielt, wie die Emailletafel am Eingang bestätigte.

»Die Namen sagen mir nichts«, meinte Noosten.

»Mir auch nicht«, erwiderte Glauwitz, der sich umschaute. Am Haus gegenüber, es war mehr eine vergessene Kate, wurde Salat verkauft, der Kopf für eine Mark, und auf dem klapprigen Gestell vor der Haustür lagen außerdem Strauchbohnen und Tomaten.

Noosten drückte den Klingelknopf. Ein Summton ertönte, die Tür sprang auf, und die Beamten betraten das Haus. Am anderen Ende des Korridors fanden sie die Geschäftsstelle der Detektei, deren Tür nur angelehnt war.

Hinter dem Tresen stand ein kräftiger Mann, und an einem Schreibtisch bediente eine junge Frau einen Computer, doch sie blickte nicht einmal auf, als die Besucher den Raum betraten.

»Mein Name ist Franzen, womit kann ich dienen?«, erkundigte sich der Mann und richtete sich auf. Er mochte um die vierzig sein, sein Gesicht wirkte jedoch älter, und seine Miene war nicht zu deuten. Er trug einen schlecht sitzenden grauen Anzug.

»Kripo Emden, Glauwitz. Mich begleitet mein Kollege Noosten«, sagte der Kommissar.

Franzen nickte. »Der geballte öffentliche Dienst in unseren bescheidenen Räumen! Aber Spaß beiseite. – Sie kommen sicher geschäftlich. Gehen wir in mein Büro«, sagte er, ging zu einer Tür hinter dem Schreibtisch und öffnete sie. Die Beamten folgten ihm.

Das Büro war groß und hell und wirkte verglichen mit dem Dienstzimmer der beiden Beamten recht luxuriös. Der riesige Schreibtisch aus Edelholz stand auf einem teuren Perserteppich.

»Nehmen Sie Platz«, sagte Franzen und zeigte auf eine Sitzecke aus Ledersesseln, die um einen Glastisch herumstanden.

»Man sieht, dass Sie nicht nach Beamtentarif bezahlt werden«, sagte Noosten.

»Meine Klientel besteht aus Leuten, die für unsere oft schwierige, manchmal auch gefährliche Arbeit bei angemessener Diskretion bereit sind, etwas tiefer in die Tasche zu greifen«, erwiderte Franzen.

»Zu Ihren Kunden gehörte auch der Pferdehändler Kleedorf aus Pilsum«, meinte Kommissar Glauwitz.

»Hat er Ihnen das selbst erzählt?«, fragte der Privatdetektiv.

»Nein, und uns liegt auch daran, dass er von unserem Besuch bei Ihnen nichts erfährt«, erklärte Noosten.

»Dann bin ich gespannt auf den Grund Ihres Besuches«, antwortete Franzen.

»Ich nehme an, dass Herr Kleedorf mit Ihrer Arbeit zufrieden war«, sagte Glauwitz.

»Das ist korrekt! Darf ich Ihnen etwas zu trinken anbieten?«, fragte der Detektiv.

»Danke, nachher gibt es für uns noch Tee beim Staatsanwalt.« Der Kommissar beschloss, zur Sache zu kommen. »Herr Franzen, wir recherchieren im Mordfall Kleedorf. Beantworten Sie uns bitte eine Frage, die Herrn Kleedorf betrifft.«

»Stellen Sie Ihre Frage, ich werde danach entscheiden, ob die Antwort die vertraglichen Vereinbarungen mit meinem Kunden verletzt«, sagte der Detektiv.

»Sie haben im Auftrag von Rolf Kleedorf vor den Sommerferien dessen Frau Wibke observiert. Inwieweit spielte dabei die Buchung der Ferienwohnung auf Baltrum eine Rolle?«, fragte Noosten.

Der Detektiv winkte ab.

»Ich habe nur in Erfahrung gebracht, dass Frau Kleedorf weder mit dem Oberstudienrat von Kalksund noch mit dem jungen Adonis eine Urlaubsreise gebucht hat, sondern ihre Ferien allein auf Baltrum verbringen wollte«, sagte er.

Die Beamten erhoben sich. »Das war es bereits. Wir danken Ihnen für das Gespräch«, sagte der Kommissar.

Auch Franzen stand auf und streckte ihnen seine kräftige Hand entgegen.

»Ziehen Sie bloß keine falschen Schlüsse aus meiner Auskunft«, meinte er und begleitete die Beamten durch das Vorzimmer zur Etagentür.

»Tschüs«, sagte Noosten, und Glauwitz nickte Franzen zu.

Die Beamten verließen die Detektei, gingen schweigend durch den Korridor und traten hinaus in die kühle Herbstluft, die nach Regen roch.

Der Sommer war vergangen; auch die Herbstferien hatten noch gutes Wetter beschert, doch jetzt hatte trüber Himmel die Sonne vertrieben, und es war empfindlich kühl geworden.

Immer noch war der Mordfall nicht aufgeklärt.

Von Kalksund schaute durchs Fenster auf die dunklen Wolken und gab sich ganz seiner düsteren Stimmung hin.

Er dachte an Wibke Kleedorf. Sie war nach einer Trauerandacht in aller Stille in dem Familiengrab der Kleedorfs neben ihrem Sohn beigesetzt worden.

Kleedorf hatte weder dem Schulleiter noch den Kollegen den genauen Termin genannt und ihnen so die Möglichkeit genommen, an der Beisetzung teilzunehmen.

Von Kalksund war voller Bitterkeit. Er hatte die Therapie abgebrochen.

Wibke lebte nicht mehr, und er hatte sich damit abgefunden, sein Leben als Junggeselle zu beenden.

Der Wind war aufgefrischt und spielte mit den Gardinen. Von Kalksund erhob sich und machte das Fenster zu.

Er vernahm Donnergrollen und sah, dass sich am Himmel ein Gewitter zusammenbraute. Eine Weile stand er reglos am Fenster und blickte hinaus in den herbstlichen Garten, in dem schon das erste Laub zu fallen begann.

Als es an der Tür schellte, schrak er zusammen. Vielleicht der

Zeitungsjunge, der das Geld für die Sonntagszeitung kassieren will, dachte er, ging zur Haustür und öffnete sie.

Er glaubte seinen Augen nicht zu trauen.

»Sie …?«, fragte er überrascht, als er die Kripobeamten sah.

»Moin«, sagte Noosten freundlich.

»Was wollen Sie denn noch von mir?«, fragte der Oberstudienrat gereizt.

»Wir möchten uns gerne einmal bei Ihnen umsehen«, erklärte Glauwitz.

Von Kalksund ging sofort in Abwehrhaltung. »Darf ich erfahren, was Sie in meinem Haus suchen?«, fragte er böse.

»Wir suchen nach Beweisen für Ihre Unschuld am Mord der Lehrerin«, erklärte Noosten forsch.

»Dann muss ich mich über Ihren Besuch ja freuen. Sie glauben mir also endlich«, antwortete der Lehrer.

»Das ist eine voreilige Schlussfolgerung. Wir haben Sie noch nicht von der Liste der Verdächtigen gestrichen. Es gibt da noch einiges klarzustellen«, erwiderte der Kommissar.

»Bitte, treten Sie ein und schauen Sie sich um. Ich werde Ihnen gern sogar meinen Safeschlüssel aushändigen«, sagte von Kalksund ironisch, und die Beamten folgten ihm ins Wohnzimmer.

»Wir interessieren uns für Ihre Küche«, erklärte Noosten.

»Ach, nicht für die Kleider und den Schmuck meiner Mutter oder für meine Fotoalben, die ich nicht mehr angerührt habe, seitdem meine Braut nicht mehr lebt?« Von Kalksund blickte die Beamten unsicher an.

»Nein, weder noch. Führen Sie uns bitte in die Küche«, forderte Glauwitz ihn auf.

Der Hausherr zuckte ergeben mit den Schultern. »Ich weiß zwar nicht, was Sie dort suchen, aber wenn Sie meinen …« Er öffnete die Küchentür. »Bitte«, sagte er.

Sie betraten eine Einbauküche, die sehr teuer gewesen sein musste. Es fehlte an nichts. Selbst der Elektrogrill saß funktionsfähig in der Eichenwand.

Der Boden war mit braunen, rot geflammten Fliesen belegt.

Mitten im Raum befand sich ein massiver Esstisch, um den auch für eine kinderreiche Familie genügend Platz gewesen wäre.

Die Wände waren weiß gefliest.

»Für einen Junggesellen erstaunlich gut ausgestattet. Sie kochen gerne?«, erkundigte sich Noosten.

Der Wind draußen trieb Regen gegen das Küchenfenster.

»Meine Mutter legte Wert auf gutes Essen«, erwiderte der Lehrer. »Oft musste ich ihr die verrücktesten Menüs zubereiten.«

»Darf ich?«, fragte Glauwitz und näherte sich der Arbeitsplatte. Er fuhr mit der Hand über die Oberfläche. »Echt Eiche. Ist das nicht sehr empfindlich?«

»Die Küche kommt aus Belgien. Die Platte ist mit einem Spezialbelag versehen«, antwortete von Kalksund.

Noosten öffnete die Türen des Aufsatzes. Sie enthielten Töpfe, Geschirr und anderes Küchengerät.

Glauwitz zog die Schubladen hervor.

»Das sind Ihre Küchenmesser?«, fragte er den Lehrer.

»Ja – aber ich benutze sie nur selten; im Moment koche ich so gut wie nie, denn allein schmeckt mir das Essen nicht.« Die Fragen der Beamten ließen ihn zusehends nervös werden.

Glauwitz leerte den Einsatz und legte die Messer auf die Arbeitsplatte.

»Was soll das?«, fragte der Lehrer verwirrt.

Glauwitz ordnete die Messer nach ihrer Länge. »Es [illegible] sich bei diesen harmlosen Küchenwerkzeugen um Produkte der Marke ›Zwilling‹. Wir haben uns im Handel erkundigt. Sie besitzen den kompletten Satz. Es fehlt nur ein Messer mit einer achtundzwanzig Zentimeter langen Schneide und einem fünfzehn Zentimeter langen Griff. Die Klinge hat einen Wellenschliff«, erklärte der Kommissar

Von Kalksund starrte auf die Messer. »Und wie darf ich Ihre Bemerkung verstehen?«, fragte er böse.

»Ein Messer des Sortiments fehlt in Ihrer Sammlung«, sagte Noosten.

»Wenn es fehlt, dann habe ich es nicht besessen«, erwiderte der Oberstudienrat.

Noosten zog aus seiner Tasche das Foto des in Originalgröße aufgenommenen Messers und legte es zu den anderen auf die Arbeitsplatte. »Das ist die Mordwaffe«, sagte er. »Es handelt sich um genau die Größe, die in Ihrem Sortiment fehlt.«

Von Kalksund wurde bleich und starrte auf das Foto. »Nein, das Messer ist nicht von mir!«, beteuerte er und blickte die Beamten mit brennenden Augen an. »Sie wollen mir den Mord anhängen!«

»Sie besaßen ein Motiv und haben kein Alibi!«, erklärte Noosten trocken.

Der Lehrer geriet außer sich. »Bitte verlassen Sie mein Haus! Sie sind nicht im Besitz eines Durchsuchungsbefehls, und Ihre ständigen Attacken entbehren jeder Grundlage«, schimpfte er laut.

»Herr von Kalksund, für uns zählen nur Tatsachen. Das Messer fehlt in Ihrer Sammlung. Ob der Zufall dabei eine Rolle spielt, wird sich später zeigen«, meinte Glauwitz ruhig.

Noosten steckte das Foto wieder ein. »Und Sie haben wirklich keinen Fahrradanhänger vom Hof des Fuhrunternehmers Tuittjer entwendet?«, fragte er.

»Nein, nein und nochmals nein! Und jetzt gehen Sie. – Da ist d[illegible]dlich in Frieden!« Der Oberstudienrat [illegible]hysterischen A[illegible] verließen [illegible]w. Der Regen hatte inzwis[illegible] [illegible]Wolken waren abgezogen.

»Er spielt mit falschen Karten«, meinte Noosten.

»Er ist das Opfer seiner berühmten Mutter«, erwiderte G[illegible]witz und schloss den Wagen auf. Sie stiegen ein.

»Was meinen Sie, hat er Wibke umgebracht?«, fragte Noosten. Glauwitz setzte den Wagen ein Stück zurück und fuhr dann in Richtung Emden davon.

»Wenn überhaupt, dann im Wahn. Doch das herauszubekommen wird uns noch einige Mühe kosten!«, erwiderte der Kommissar.

Die Recherchen hatten Zeit gekostet. Für Ende Oktober hatte der Staatsanwalt die Beamten nach Aurich zu einem Gespräch eingeladen, und gleich danach sollte die schon lange geplante Pressekonferenz stattfinden.

Bronzema saß mit den Kripobeamten in seinem Amtszimmer um den Besuchertisch.

Sie zogen Bilanz, besprachen das weitere Vorgehen und den Inhalt einer weiteren Pressemitteilung.

Um zehn Uhr dreißig verließen sie das Dienstzimmer und gingen zum Sitzungssaal hinüber, der im Ostteil des Auricher Schlosses lag. Die Journalisten warteten schon, und bei ihrer Ankunft erwartete die Beamten ein regelrechtes Blitzlichtgewitter. Bronzema legte die Unterlagen auf den Tisch, der an der Stirnseite stand, genau im Visier der Fernsehkamera des Norddeutschen Rundfunks. Die Journalisten unterbrachen ihre Gespräche.

Bronzema erhob sich.

»Ich begrüße Sie zur Pressekonferenz im Mordfall Kleedorf und bedanke mich für Ihre bisherige Berichterstattung und für Ihre heutige Anwesenheit. Ich hoffe, dass Ihre Appelle an die Leser auch weiterhin dazu beitragen werden, Zeugen zu animieren, sich bei uns zu melden. Ich begnüge mich mit einer kurzen Zusammenfassung der Vorgänge …«

Der Staatsanwalt skizzierte in wenigen Worten das bisherige Geschehen und erklärte zum Schluss: »Im Grab fanden wir auch die Mordwaffe. Es handelt sich um ein Messer, das in Küchen von Restaurants, aber auch in privaten Haushalten benutzt wird.« Er gab dem Kommissar einen Wink, und Glauwitz erhob sich.

»Bitte, wenn Sie ein Foto schießen wollen. – Das Messer entstammt dem Sortiment der Firma Zwilling-Werke Solingen … Die Klinge hat einen Wellenschliff«, sagte er.

Die Presseleute fotografierten das Messer.

»Haben Sie schon eine heiße Spur?«, fragte ein Journalist.

»Nein, aber es gibt einige verdächtige Personen. Um den Mörder zu überführen, benötigen wir Hinweise über die Herkunft des Messers und Zeugen, die eventuell am besagten Samstagabend einen Mann mit einem Fahrradanhänger in den Dünen oder am Nordstrand gesehen haben«, sagte Bronzema.

»Handelt es sich dabei um einen normalen Fahrradanhänger?«, erkundigte sich eine Journalistin.

»Ja, wir hielten es für überflüssig, Ihnen ein Foto des Anhängers zugänglich zu machen. Auf Baltrum sind davon Hunderte in Gebrauch«, erklärte der Staatsanwalt.

»Ich vertrete die ›Osnabrücker Zeitung‹. Wir haben bisher über den Mord nicht berichtet und hätten gern Material über den Fall«, sagte eine Reporterin.

»Ich werde Ihnen nachher eine Kopie unserer ersten Pressemitteilung aushändigen. Sie enthält auch das Foto des Opfers«, erwiderte Bronzema.

»Sie besitzen keine heiße Spur und erwähnten dennoch einige verdächtige Personen. Können Sie das ein wenig präzisieren?«, fragte ein Reporter.

»Eine solche Information würde im Falle der Veröffentlichung die Aufklärungsarbeit der Kripo behindern und dem Ansehen der betroffenen Personen schaden«, sagte der Staatsanwalt.

»Eine Verbindung mit den Morden in der Lüneburger Heide schließen Sie aus?«

»So gut wie! Um Missverständnissen zu begegnen, haben wir die Fakten zu einem Bericht zusammengestellt. Herr Noosten von der Kripo wird Ihnen im Anschluss die Kopien aushändigen. Wenn Sie keine weiteren Fragen haben, schließe ich hiermit die Pressekonferenz«, erklärte Bronzema und blickte sich im Sitzungssaal um. »Ich danke für Ihren Besuch. Gute Heimreise!«

Die Presseleute verließen den Raum. Der Hausmeister kam, zog die Vorhänge auf und öffnete die Fenster, um den Zigarettenqualm abziehen zu lassen.

»Meine Erwartungen halten sich in Grenzen«, sagte Bronzema.

Sie erhoben sich, gingen zurück ins Dienstzimmer und setzten sich wieder an den Besuchertisch, um noch einmal die Fakten durchzusprechen.

Der Staatsanwalt meinte: »Dieser Lehrer hat doch einen Mann beobachtet, wie ich im Protokoll gelesen habe. Wenn er nicht lügt, muss doch auch dieser Hinni Synninga seinerseits den Lehrer bemerkt haben. Oder hat er seine Beobachtungen bewusst verschwiegen?«

»Warum sollte er?«, fragte Glauwitz.

»Dem Studenten lag es sicherlich fern, sich in irgendetwas verwickeln zu lassen«, vermutete Noosten.

»So gesehen gewinnt der Fall eine neue Perspektive«, erklärte Bronzema.

»Wir haben Synninga nicht gefragt, und er hat nicht erwähnt, noch etwas beobachtet zu haben«, sagte Glauwitz. »Aber wenn er im Strandkorb übernachtet hat, kann es gut sein, dass er einen Mann mit einem Fahrradanhänger gesehen hat!«

»Er ist ein wichtiger Zeuge. Laden Sie ihn doch noch einmal zu einem Gespräch ein«, forderte Bronzema die Beamten auf.

»Und Rolf Kleedorf.« fragte Noosten.

»Da fehlen uns die Beweise! Außerdem kann auch von Kalksund die Lehrerin umgebracht haben«, meinte der Staatsanwalt. »Ich werde mit dem Amtsrichter über den Fall sprechen. Falls ich es einrichten kann, nehme ich an dem Gespräch mit dem Studenten teil«, fügte er hinzu und verabschiedete dann die beiden Kollegen, die unverzüglich den Rückweg nach Emden antraten.

Hinni Synninga schaute verschlafen auf die Uhr. Es war schon halb zwölf am Vormittag. Rasch ging er ins Bad, wusch sich und zog sich an. Er hatte bis spät nachts an einem Referat gesessen und war erleichtert, es pünktlich abgeben zu können.

Er ging ganz im Studium auf und dachte nur noch selten an Wibke Kleedorf. Er hatte erfahren, dass ihre sterblichen Überreste im Familiengrab der Kleedorfs beigesetzt worden waren.

Hinni besaß genügend Chancen bei seinen Kommilitoninnen, doch die Aushilfsdienste bei der Spedition ließen ihm wenig Zeit, an den Abenden in den Studentenkneipen und Cafés zu sitzen. Aber das störte ihn nicht, denn sein Studium machte ihm Spaß, und er war mit seinem Leben zufrieden.

Nach dem Frühstück nahm Hinni den Schlüssel, verließ die Wohnung, stieg die Treppe hinab und öffnete das Postfach.

Der erwartete Brief eines Freundes war ausgeblieben, doch dafür blickte der Student überrascht auf den roten Adressierstempel und las:

Polizeirevier Emden.

»O Gott«, murmelte er und öffnete das Kuvert. Seine Hand zitterte. Er spürte, wie ihm ein wenig flau wurde, während er las. Der Text war knapp gehalten:

»... werden Sie gebeten, erneut als Zeuge im Mordfall Kleedorf auszusagen. Falls Ihnen der Termin aus wichtigen Gründen nicht einhaltbar erscheint, bitten wir Sie, sich unverzüglich mit uns in Verbindung zu setzen.«

»Verdammt!«, sagte er vor sich hin, denn er wusste, dass er diesmal würde Farbe bekennen müssen.

Er stieg die Treppe wieder hinauf, betrat sein Zimmer, rauchte eine Zigarette und ließ den Abend auf Baltrum noch einmal vor seinem geistigen Auge Revue passieren.

Am Freitag trieb ein Nordwestwind der Stärke sechs schwarze Wolken über die ostfriesische Küste, und es wollte überhaupt nicht mehr aufhören zu regnen.

Hinni Synninga war mit der Bahn angereist. Er stand im Schutz des Bahnhofsportals und blickte in den Regen hinaus. Seinen Rucksack hatte er in einem Schließfach deponiert. Als der Regen nachließ, überquerte er den Bahnhofsplatz und betrat den gelben Klinkerbau des Polizeireviers.

Der Polizeibeamte in der Wachstube schaute ihn prüfend an und schob die Trennscheibe hoch.

»Ich habe einen Termin«, erklärte Synninga und zeigte dem Beamten die Vorladung.

»Dritte Etage, Zimmer 312«, sagte der Polizist. Synninga nickte, steckte die Vorladung ein und stieg die Treppe hoch. Er kannte den Weg noch vom letzten Mal und etwas später klopfte er an die Tür und betrat das Amtszimmer.

Der Kommissar stand auf, ging ihm entgegen und reichte ihm die Hand.

»Moin; ich habe mich leider etwas verspätet«, sagte Synninga und lächelte nervös.

Auch Noosten begrüßte den Studenten. »Ich hoffe, Sie hatten eine angenehme Reise«, meinte der Assistent und schob den Besucherstuhl in die Nähe der Schreibtische.

»Nehmen Sie Platz!«, sagte Glauwitz. »Staatsanwalt Bronzema lässt sich entschuldigen. Er hätte Sie gerne kennen gelernt.« Auch der Kommissar setzte sich wieder hinter seinen Schreibtisch.

»Sie sind für uns ein wichtiger Zeuge«, begann Noosten.

»Muss ich das bedauern, oder kann ich mich darüber freuen?«, erkundigte sich Synninga, bemüht, seine Aufregung nicht zu zeigen.

»Weder noch«, antwortete Glauwitz. »Ihre Reisekostenabrechnung erledigen wir nach unserem Gespräch.«

»Sie waren mehr als sechs Stunden unterwegs. Wir haben unsere Teepause aufgeschoben. Wenn es Ihnen recht ist, laden wir Sie zu einer Tasse Tee ein«, sagte Noosten.

»Gerne«, antwortete der Student.

Noosten betrat die Küchenzeile, füllte den Wasserkocher und trug Tassen, Untertassen, Sahne- und Kluntjebecher an die Schreibtische.

»Herr Synninga, ich weiß nicht, inwieweit Sie informiert sind, deshalb hole ich etwas weiter aus. Wir haben mit Hilfe von Suchhunden den Tatort gefunden. – Er befindet sich in der Nähe der Aussichtsdüne. Nur einige hundert Meter entfernt führt ein Weg zur Bildungsstätte. Die Leiche von Frau Kleedorf wurde von einem Gemeindearbeiter bei Ausbesserungen des Reiterweges an der Peilbake, also mehrere Kilometer entfernt, entdeckt«, trug Glauwitz vor.

Synninga schluckte nervös, als kämpfe er gegen aufsteigende Übelkeit an.

»Wibkes Leiche wäre also vielleicht nie gefunden worden, wenn nicht der Arbeiter ...«, fragte er erregt.

»So ist es. Unsere Recherchen haben ergeben, dass der Mörder die Leiche vom Tatort mit einem Fahrradanhänger zur Peilbake transportiert hat. Zu dieser Zeit saßen die Feriengäste vor den Bildschirmen, oder sie schliefen bereits. – Es gibt anscheinend keine Zeugen, denen etwas Ungewöhnliches aufgefallen wäre.«

Noosten schenkte Tee ein. Der Wind trieb Regentropfen gegen das Fenster. Synninga starrte in Gedanken versunken auf die Scheibe, doch schließlich gab er sich einen Ruck und richtete sich auf.

»Und die Mordwaffe?«, fragte er.

»Es handelt sich um ein banales Schneidewerkzeug der Firma ›Zwilling‹. Ein Brot- und Fleischmesser, das Köche, aber auch Hausfrauen benutzen«, erklärte Noosten.

»Keine Fingerabdrücke oder sonstige Hinweise?«, erkundigte sich der Student und schaute die Beamten fragend an.

Glauwitz schüttelte den Kopf.

»Und der Mörder reiste vom Festland an, im Gepäck das Messer. Er hat also den Mord geplant«, sinnierte Synninga.

»Wir schließen einen Zufallstäter aus«, sagte Noosten.

»Wir können auch nicht ausschließen, dass der Mörder Frau Kleedorf telefonisch aufgefordert hat, ihn in den Dünen zu treffen«, meinte Glauwitz.

Synninga fuhr sich mit der Hand durch die lockigen Haare. Das Gespräch setzte ihm sichtlich zu.

»Und die Margeriten?«, fragte er.

»Die hat Herr von Kalksund vor die Tür der Ferienwohnung gelegt. Er hatte sich spontan entschlossen, seine Braut zu besuchen«, antwortete Noosten.

»Ach!«, Synninga beugte sich vor. »Vielleicht hat er Wibke umgebracht – oder er wollte mich umbringen!«

Der Student war jetzt in heller Aufregung.

»Warum Sie?«, fragte der Kommissar irritiert.

»Aus Eifersucht! Der Mann ist krank! Er behauptet, die Stimme seiner verstorbenen Mutter zu hören!«

»Wir haben mit Herrn von Kalksund gesprochen, und er gab zu Protokoll, dass er sich in der Nähe des Apartments auf Baltrum aufgehalten hat. Er hat Sie beobachtet, während Sie auf Frau Kleedorf gewartet haben. Seine Beschreibung lässt keine Zweifel offen. Zu diesem Zeitpunkt lebte Frau Kleedorf vielleicht noch«, sagte Glauwitz.

Synninga griff nach seiner Teetasse und leerte sie. Noosten schenkte Tee nach.

»Ich habe an dem Abend einen Mann gesehen, ihm aber keine Beachtung geschenkt. Vielleicht war es Herr von Kalksund, aber beschwören könnte ich das nicht. Wen haben Sie denn sonst noch auf Ihrer Liste?«, fragte der Student ein wenig zynisch.

»Herrn Kleedorf«, sagte Glauwitz.

Synninga schaute den Beamten überrascht an. »Wieso? War der etwa auch auf Baltrum?«

»Ja, ein komischer Zufall, nicht wahr? Er hat dem Fuhrunternehmer Tuittjer bewiesenermaßen Pferde verkauft, besitzt aber wie Kalksund für die Mordnacht kein Alibi!«, erklärte Noosten.

Synninga runzelte die Stirn. »Er hat Wibke betrogen und ihr stark zugesetzt. Aber ein Mord? Warum sollte er Wibke auf diese bestialische Weise umbringen?«, fragte der Student.

»Frau Kleedorf wollte die Scheidung, und dabei ging es um viel Geld«, sagte Noosten.

Synninga schwieg eine Weile und trank seinen Tee. Er dachte an den verkorksten Abend auf Baltrum. Er kannte die Insel nicht, besaß keine Vorstellung vom Tatort und hatte nur schemenhafte Vorstellungen von einer Peilbake.

Eines aber begriff er und murmelte es leise vor sich hin: »Ein raffiniertes Verbrechen!«

»Das noch viele Fragen offen lässt«, sagte Glauwitz.

Synninga fuhr aus seinen Gedanken auf und meinte: »Ich würde Ihnen ja gern helfen ...«

»Haben Sie am späten Abend, als Sie auf Frau Kleedorf warteten, vielleicht jemanden gesehen, der einen Fahrradanhänger über die Straße in Richtung Dünen schob?«, fragte Noosten ihn ganz direkt.

Synninga nahm die Teetasse vom Schreibtisch und trank sie leer, wie um Zeit zu gewinnen. Doch dann sagte er leise: »Ich möchte niemanden zu Unrecht verdächtigen. Es war dunkel. Das Licht an der Kirche reichte nur auf den Vorplatz, und auf die Straße habe ich nicht so geachtet, weil ich in Gedanken war. Ich machte mir Sorgen um Wibke.«

»Heraus mit der Sprache! Sie sahen also jemanden, der einen Fahrradanhänger schob«, sagte der Kommissar drängend.

Synninga nickte. »Schemenhaft, nur sehr undeutlich im Licht einer Straßenlaterne. Eine Gestalt wie ein Schatten«, sagte er nachdenklich.

»Können Sie die Gestalt nicht etwas genauer beschreiben?«, bat Noosten.

Der Student schloss die Augen. »Sie trug eine Mütze, vielleicht einen Mantel, wissen Sie, einen von denen, die bis zu den Knöcheln gehen.«

»Sie haben sich nicht gefragt, was diese Person so spät noch mit einem Anhänger in den Dünen wollte?«, erkundigte sich Noosten.

»Warum sollte ich? Das ging mich nichts an«, antwortete der Student.

»War die Gestalt eher klein oder eher groß?«, fragte Glauwitz.

»Groß und schlank. Aber mehr kann ich dazu leider nicht sagen, denn sie verschwand sehr rasch aus meinem Blickfeld«, erklärte der Student bedauernd.

»Sie sind der einzige Zeuge, der den Mörder gesehen hat. Könnten Sie vielleicht die Kopfbedeckung ein wenig genauer beschreiben?«, fragte Noosten.

Synninga nickte, trank einen Schluck Tee und starrte für Sekunden auf den Schreibtisch, um sich zu konzentrieren.

Dann hob er den Blick. »Es kann eine Prinz-Heinrich-Mütze gewesen sein«, sagte er, und seine Miene verriet, dass er die dauernden Fragen leid war.

»Haben Sie irgendwelche zusätzlichen Beobachtungen gemacht, die uns weiterhelfen können?«, fragte Noosten, der das Protokoll führte.

»Nein«, sagte Synninga, neigte seinen Oberkörper und band die Schnürsenkel seiner Sportschuhe, die sich gelockert hatten, wieder zu.

»Einen Moment bitte, ich schaue eben nach, ob mein Kollege Adekamp im Hause ist«, sagte Glauwitz und verließ das Dienstzimmer.

Noosten erhob sich, setzte sich an den kleinen Beistelltisch, nahm den Schutzüberzug von der Schreibmaschine und tippte das Protokoll. Hinni Synninga fühlte sich nicht recht wohl in seiner Haut. Noch einmal versuchte er sich an die dunkle Gestalt mit dem langen Mantel und der Mütze zu erinnern, doch er hatte den Beamten wirklich alles gesagt, was er wusste. Er zuckte mit den Schultern und gab es auf. Kurze Zeit später kam der Kommissar zurück. Ihn begleitete ein etwa vierzigjähriger Mann in Jeans und Oberhemd, dessen roter Schopf dringend einen Haarschnitt gebraucht hätte. Der Beamte hatte einen kleinen Koffer bei sich.

»Herr Synninga, mein Kollege Adekamp«, stellte Glauwitz den Kollegen vor. Der Student erhob sich und reichte Adekamp die Hand.

»Ich bin zuständig für Phantomzeichnungen. Ich kenne Baltrum und habe bereits einige Ortsskizzen vorbereitet«, sagte dieser, öffnete den Koffer und entnahm ihm einen Skizzenblock, den er auf den Schreibtisch legte.

Glauwitz trat zur Seite und winkte den Studenten zu sich.

Synninga war überrascht, als er die Zeichnung sah. Die Perspektive stimmte, und man erkannte deutlich das Apartmenthaus und die Kirche gegenüber.

»Und wo befand sich der mutmaßliche Mörder?«, fragte Adekamp.

Synninga orientierte sich an der Kirche. »Hier etwa«, sagte er. »Ich habe ihn im Licht einer Laterne gesehen.«

Der Beamte nahm einen Kohlestift und zeichnete die Straßenlaterne. »Drüben praktiziert der Inseldoktor. Der Weg verläuft gradlinig«, sagte er.

»Die Häuser hier lagen im Dunkeln. Es war eine große Gestalt im langen Mantel, die den Anhänger schob«, sagte Synninga aufgeregt.

»Sie sahen vermutlich das linke Rad und die seitliche Aufschrift ›Pension Tuittjer‹«, sagte der Beamte.

Synninga nickte und sah verblüfft zu, wie Adekamp aufs Papier brachte, was er in der Tat innerhalb weniger Sekunden gesehen hatte. Der Beamte sah ihn fragend an, und er nickte.

»Ich habe mir sagen lassen, dass die beiden Hauptverdächtigen Männer sind. – Vielleicht sollte ich die Schulterpartie noch ein wenig verändern«, sagte Adekamp, setzte den Kohlestift an und zeichnete den Oberkörper etwas kräftiger. »So etwa?«, fragte er, als er fertig war.

»Ja«, murmelte Synninga.

»Dann werden wir die Zeichnung so an die Zeitungen geben«, erwiderte Adekamp. Er packte seinen Koffer, verabschiedete sich und verließ das Dienstzimmer.

»Herr Synninga, Herr Noosten hat das Protokoll geschrieben. Lesen Sie es durch, und unterschreiben Sie es dann bitte«, sagte Glauwitz.

»Herr Synninga, haben Sie in Emden ein Hotel gebucht?«, fragte Noosten, während der Student seine Unterschrift unter die Seiten setzte.

»Nein, ich übernachte wieder in Greetsiel in der Jugendherberge.« Er schaute auf seine Armbanduhr. »Ich hatte mir vorgenommen, Wibkes Grab in Pilsum aufzusuchen, aber ich weiß nicht, ob dorthin ein Bus verkehrt«, fügte er hinzu.

»Das wird schwierig sein«, meinte Noosten und suchte in seiner Schublade nach dem Fahrplan.

»Ich schlage vor, Sie füllen jetzt Ihren Reisekostenantrag aus, und anschließend fahren wir Sie nach Pilsum. Auch uns interessiert nämlich die letzte Ruhestätte von Frau Kleedorf«, erklärte Glauwitz.

»Vielleicht finden wir auf ihrem Grab ja frische Margeriten«, war Noostens trockener Kommentar.

Synninga blickte den Assistenten ernst an. »Ich habe ihr einmal wild wachsende Margeriten geschenkt – an einem Abend, an dem sie sehr glücklich war«, sagte er.

Glauwitz parkte den Wagen auf dem asphaltierten Platz vor dem Friedhof. Über die moosbewachsenen Mauern lugten die Spitzen von Lebensbäumen, und hohe, alte Ulmen säumten den Hauptweg.

»Kennen Sie das Grab?«, fragte Glauwitz den Studenten, als sie durch das offen stehende schmiedeeiserne Tor schritten. Eine kleine Gruppe schwarz gekleideter Friedhofsbesucher kam ihnen entgegen, einige davon mit vom Weinen rot geränderten Augen.

»Ich war einmal mit Wibke hier, als Marco Geburtstag hatte«, antwortete Synninga.

Sie folgten ihm an gepflegten Gräbern vorbei. Der Wind strich über die Thujahecken und wirbelte das Laub auf.

Es riecht nach Herbst und Tod, dachte Glauwitz. Synninga führte sie zum Grab. Es war mit einer Steinborte eingefasst, und auf einem geschliffenen Marmorstein standen in Gold die Namen der Toten der Familie Kleedorf. Der letzte Name erinnerte an den kleinen Marco; seine Mutter fehlte in dieser Reihe, und es war auch fraglich, ob ihr Name je unter dem ihres Sohnes stehen würde.

Herbstblumen wirkten auf dem gut gepflegten Grab wie kleine Farbtupfer unter dem wolkenverhangenen Himmel und hatten etwas Tröstliches.

Synninga stand in sich zusammengesunken da, und es schien fast, als bete er. Sein Blick war auf den Stein gerichtet. Irgendwann wurde er sich wieder der Anwesenheit der beiden Beamten bewusst und nahm sich zusammen. Doch als er sich schließlich langsam abwandte, war ihm seine innere Bewegung deutlich anzusehen.

»Herr Synninga, wenn Sie möchten, laden wir Sie zu einer Tasse Kaffee ein«, sagte Glauwitz. »Anschließend bringen wir Sie dann nach Greetsiel.«

Synninga nickte. »Das wäre wirklich nett von Ihnen. Ich weiß nämlich nicht, ob es eine Busverbindung zwischen Pilsum und Greetsiel gibt«, antwortete er.

Die Neontransparente des Reiterhofes warfen bereits buntes Licht in die aufkommende Dämmerung. Seitlich des Weges entlang der Koppeln und des Reitplatzes brannten die kleinen Markierungslampen. Nebelschwaden zogen über das Gelände.

Die Fenster der Reithalle waren erleuchtet, und das Licht der Laternen auf dem Parkplatz spiegelte sich im Lack der Autos.

»Das ist das Anwesen von Herrn Kleedorf«, erklärte Noosten.

Die drei Männer stiegen aus und gingen auf die Tür zu.

»Ich war noch nie hier«, sagte Synninga und schaute sich interessiert um.

»Und Frau Kleedorf hat Ihnen keine Fotos gezeigt?«, fragte Glauwitz.

»Wibke ging ganz in ihrer neuen Rolle als Lehrerin auf. Diese Tür hatte sie hinter sich verschlossen«, antwortete Synninga.

»Bis auf das Schlupfloch für den Mörder«, warf Noosten trocken ein.

Sie betraten die Eingangshalle, und dort blieb Synninga plötzlich stehen. »Ist das eine Finte?«, fragte er misstrauisch.

»Wie meinen Sie das? Wir können Sie auch direkt nach Greetsiel fahren«, sagte Glauwitz und verbarg seinen Unmut.

»Ich kenne Rolf Kleedorf nicht und möchte ihm auch nicht begegnen«, antwortete der Student.

»Da kann ich Sie beruhigen. – Um das Bewirtschaftungsgeschäft kümmern sich seine Angestellten. Kleedorf befindet sich meistens in Spanien oder in Polen. Er handelt in großem Stil mit Pferden«, sagte Noosten. Synninga war sichtlich beeindruckt von der gediegenen Ausstattung der Vorhalle und schien seinen Verdacht schnell vergessen zu haben.

Die Dame an der Rezeption grüßte freundlich, als sie die Beamten erkannte.

Glauwitz öffnete die Tür zum Restaurant und entdeckte im hinteren Teil, in der Nähe des Kamins, einen freien Tisch.

»Kommen Sie«, sagte er und führte seine Begleiter dorthin.

Sie nahmen Platz. Außer ihnen waren zumeist ältere Gäste da, die Tee tranken und Kuchen aßen.

»Herr Synninga, Sie sind heute unser Gast. Der Verzehr geht auf Spesenrechnung«, erklärte der Kommissar wohlwollend.

»Genieren Sie sich nicht. – Sie waren lange unterwegs!«, fügte Noosten aufmunternd hinzu.

»Danke! Es ist recht gemütlich hier«, sagte Synninga.

Die Kellnerin trat an den Tisch und lächelte freundlich. »Was darf ich den Herrschaften bringen?«, fragte sie.

Drei Kännchen Kaffee. Den Kuchen müssen Sie uns schon empfehlen«, sagte Glauwitz.

»Wie wäre es mit unserer hausgemachten Stachelbeertorte?«, schlug die Angestellte vor.

Synninga und Noosten nickten. »Bitte dreimal«, bestellte Glauwitz.

»Dort, wo ich in Gießen meinen Kaffee trinke, sieht es ein bisschen anders aus«, sagte der Student und schaute sich anerkennend um.

»In Ihrem Café sitzen Sie unter Gästen, die noch etwas werden wollen, hier, abgesehen von uns, unter Gästen, die was geworden sind«, meinte Noosten grinsend.

Synninga lachte. »Und den, dem dies hier alles gehört, verdächtigen Sie des Mordes an seiner Frau?«, fragte er ungläubig.

»So ist es. Menschliche Qualitäten stehen nicht immer im Einklang mit den wirtschaftlichen Erfolgen«, sagte Glauwitz. Draußen war es inzwischen dunkel geworden. Die Deckenlampen im Restaurant gaben dezentes Licht. Aus dem Lautsprecher drang unaufdringlich klassische Musik.

»Frau Kleedorf hat großen Anteil am Aufbau des Betriebes gehabt«, sagte Noosten.

»Wibke hat über ihre Vermögenslage nicht geklagt«, meinte der Student.

»Nach unseren Erkenntnissen wollte Kleedorf seiner Frau

nicht die Summe auszahlen, die sich die Lehrerin ausgerechnet hatte. Sie überließen den Streit ihren Rechtsanwälten, und ihr Tod hat nun den Streit zu Kleedorfs Gunsten entschieden«, erklärte der Assistent des Kommissars.

»Ich verstehe«, murmelte Synninga nachdenklich.

Die Kellnerin brachte den Kaffee, setzte die Kännchen, Sahne- und Zuckertopf auf den Tisch. »Der Kuchen kommt gleich«, sagte sie.

Die Männer schenkten sich Kaffee ein.

»Und Kleedorf? Beabsichtigt er, wieder zu heiraten?«, fragte Synninga.

»Man merkt, dass Sie Wirtschaft studieren«, sagte Noosten.

»Sie haben Recht. Das hier ist eine wahre Goldgrube«, erwiderte der Student lächelnd.

»Es sieht danach aus. Er turtelt mit einer Aufsehen erregenden hübschen und sehr jungen Angestellten, die seinem Vater endlich die erwarteten Enkelkinder gebären soll«, sagte Noosten.

»Sie leitet das Restaurant«, fügte der Kommissar hinzu.

Wie auf ein Stichwort näherte sich genau in diesem Moment Katja Jerdjens mit dem Kuchentablett.

»Wenn man vom Düwel spricht«, murmelte Noosten und blickte der jungen Frau entgegen.

»Ach, die Herren von der Kripo!«, sagte sie mit charmantem Lächeln und stellte das Tablett auf den Tisch.

Synninga sah Katja an und senkte sofort den Blick.

So als fühlte sie plötzlich einen stechenden Schmerz hinter der Stirn, strich sich Katja Jerdjens für einen Moment mit der Hand darüber, bevor sie die Teller auf den Tisch stellte. »Der Kuchen ist übrigens ganz frisch, hausgebacken mit handgepflückten Stachelbeeren«, sagte sie dann, lächelte ein wenig gekünstelt und schritt davon.

Sie hatte nicht zu viel versprochen. Der Stachelbeerkuchen mit Baiser schmeckte ganz hervorragend.

Die drei Männer tranken den Kaffee, genossen ihren Kuchen und hingen ihren Gedanken nach.

»Wenn die Enkelkinder genauso hübsch werden wie die erkürte Mutti, wird der alte Rinderzüchter wohl zufrieden seinen Löffel abgeben«, sagte Noosten irgendwann spöttisch.

»Ihm reicht wahrscheinlich eins – zumindest bis er wieder auf den Beinen ist – er hatte einen Schlaganfall«, fügte Glauwitz hinzu.

Synninga überlegte. »Wibkes Mann muss doch schon fast vierzig sein«, meinte er.

»Ja – aber wahrscheinlich erlebt er mit dieser hübschen Frau gerade so was wie einen zweiten Frühling«, gab der Assistent gewohnt flapsig zurück.

Sie unterhielten sich noch eine Weile über die Situation der Studenten und der Wirtschaft allgemein und stellten Mutmaßungen darüber an, wie viel Kapital Kleedorf wohl für den Aufbau des Reiterhofs benötigt hatte.

Katja Jerdjens sahen sie an diesem Nachmittag nicht mehr. Die Kellnerin kassierte und bedankte sich für das großzügige Trinkgeld, das der Kommissar ihr aus eigener Tasche dazulegte.

Die Beamten und ihr Begleiter gingen zum Wagen und fuhren nach Emden, wo sie den Rucksack des Studenten aus dem Schließfach holten, bevor sie Hinni Synninga in Greetsiel in der Jugendherberge absetzten.

Der Himmel war bedeckt, und es war kalt geworden. An den Stränden der Küstenbadeorte Norddeich, Nessmersiel, Accumersiel und Bensersiel begannen die Gemeindearbeiter mit dem Abräumen der Strandkörbe.

Die Urlauber, vom herrlichen Herbstwetter der letzten Wochen verwöhnt, suchten enttäuscht die umliegenden Städte auf, bummelten durch die Geschäftsstraßen und bevölkerten die Cafés und Restaurants.

Auch in Aurich waren die Parkplätze an diesem Morgen knapp. Glauwitz stellte den Golf auf einem Parkplatz in der Nähe des Schlosses ab und legte die Zulassung auf das Armaturenbrett.

Er und Noosten gingen, ohne einen Blick für die Schönheit der

Anlage, durch den Park. Sie betraten das Schloss und begaben sich direkt zum Vorzimmer des Staatsanwalts.

Die Sekretärin grüßte freundlich und wies auf die Tür. »Sie werden schon erwartet«, sagte sie.

Bronzema empfing die Beamten und reichte ihnen die Hand.

»Nehmen Sie Platz«, bat er und wies auf die Besucherecke. Die Beamten setzten sich in die Sessel.

»Ich war vor einigen Minuten beim Amtsrichter und habe mich mit Dr. Schmittker beraten. Wir sind die Akte noch einmal durchgegangen. Hier auf meinem Schreibtisch liegt der Durchsuchungsbefehl für das von Kleedorf geführte Hotel und den Restaurationsbetrieb. Die Mordwaffe war so gut wie neu und wurde, wenn überhaupt, kaum zweckverwandt benutzt, aber einen Versuch ist es wert. Der Leukomalachit-Test und die vom Zimmermädchen bemerkten Blutspuren sind Indizien, die ihn sehr belasten, denn er hat in der Pension gewohnt, und es liegt nahe, dass er den Fahrradanhänger benutzt hat. Wir sind bereit, Kleedorf in Untersuchungshaft zu nehmen, wenn sich herausstellen sollte, dass das besagte Brot-Fleisch-Messer aus seinem Betrieb stammt. Übrigens habe ich heute Morgen von Frau Kleedorfs Anwalt erfahren, dass sie im Falle einer Scheidung eine recht hohe Abfindung von einigen Millionen Mark erhalten hätte«, fügte der Staatsanwalt hinzu.

»Dafür, dass sie von Kleedorf schon eine Eigentumswohnung in Schulnähe in erster Lage von Emden bekommen hat, nicht schlecht! Ein weiteres Motiv für einen Mord. Da zählen die paar Mille kaum, die Kleedorf so nebenbei an den Detektiv gezahlt hat, von dem er erfuhr, dass seine Frau auf Baltrum das Feriendomizil gebucht hatte«, meinte Noosten.

»Ich bin ganz Ihrer Meinung«, erklärte Bronzema. »Kleedorf hat anscheinend zur richtigen Zeit das Richtige getan und damit viel Geld verdient. Und jetzt hatte er sicher Angst, zu sehr geschröpft zu werden.«

»So gesehen sind alle Zweifel beseitigt. Eine andere Lesart bringt aber auch von Kalksund in Verdacht. Der Zeuge Synninga war geradezu bemüht, den Verdacht auf den Lehrer zu lenken«, sagte Glauwitz nachdenklich.

»Nicht ganz zu Unrecht, wie mir scheint. Ich habe ohne sein Wissen von Amts wegen Einblick in seine bei der Beihilfestelle eingereichten Arztrechnungen genommen. Er befand sich bei einem Therapeuten in Oldenburg in Behandlung, den ich angerufen habe. Von Kalksund litt unter seelischen Störungen, die die enge Bindung an seine Mutter verursacht hat. Hinzu kam, dass die Mutter immer dann eingriff, wenn sich weibliche Wesen ihrem Sohn näherten. Ihr Tod stürzte ihn in eine tiefe seelische Krise. Da lernte er seine Kollegin kennen, die ebenfalls nach einer großen Enttäuschung Trost und Geborgenheit suchte. Der Therapeut schließt nicht aus, dass von Kalksund Wibke Kleedorf im Wirrwarr seiner Gefühle umgebracht haben könnte, um sich endgültig von seiner Mutter zu lösen, mit der er sie in Gedanken oft verglich. Andererseits hatte von Kalksund Fortschritte erzielt und befand sich angeblich auf dem Wege der Besserung«, berichtete der Staatsanwalt.

»Wie aus dem Lehrbuch der Psychologie! Aber das geht mir zu tief ins Seelische, damit kann ich nicht viel anfangen. Der Lehrer hat eindeutig einen Mutterkomplex, das steht fest. Und er hat Wibke Kleedorf im Kleid seiner Mutter vergewaltigt. Ansonsten macht er einen ganz normalen Eindruck«, meinte der Kommissar.

»Normal?! Er hat immerhin Stimmen gehört und will mit seiner verstorbenen Mutter gesprochen haben«, sagte Noosten.

»Niemand wird beweisen können, dass dem nicht so war«, antwortete Bronzema.

»Sein Schulleiter hat lobende Worte über ihn gefunden, und seine Schüler mögen ihn. Aber trotzdem müssen wir natürlich ernst nehmen, was der Therapeut festgestellt hat«, meinte Glauwitz.

»Ich denke, dass wir trotzdem zuerst Rolf Kleedorf aufsuchen sollten«, sagte der Staatsanwalt.

»Das Restaurant hat heute Ruhetag«, gab Noosten zu bedenken.

»Das trifft sich gut – Kleedorf ist nämlich gestern aus Spanien zurückgekommen. – Ich habe mit ihm telefoniert. Er erwartet uns zu einem Gespräch, ohne zu wissen, dass wir es satt sind, uns von ihm an der Nase herumführen zu lassen. Wenn er heute Abend frei hat, kann er uns so schnell nicht entwischen. Ich habe zusätzlich Hauptwachtmeister Feldmann von der Polizeistation Pewsum benachrichtigt, damit er uns begleitet«, sagte der Staatsanwalt. Er trat an den Schreibtisch, ordnete einige Papiere und schob sie in seine Diensttasche.

Wenige Stunden später begrüßte Rolf Kleedorf die Kriminalbeamten in seinem Büro und blickte die Beamten misstrauisch an.

»Mein Name ist Bronzema«, erklärte der Staatsanwalt. »Wir haben miteinander telefoniert. Die Herren Noosten und Glauwitz kennen Sie ja bereits. Uns begleitet Hauptwachtmeister Feldmann, der Ihnen sicherlich auch bekannt sein wird. Er ist als Zeuge anwesend.«

»Warum Sie gerade meinen Betrieb zum Ziel Ihres Betriebsausfluges gemacht haben, ist mir allerdings ein Rätsel«, sagte Kleedorf bissig. Er wandte sich an die Büroangestellten. »Ich benötige noch einen Stuhl. Und dann gehen Sie in die Mittagspause!«, ordnete er an.

Die Damen im Vorraum warfen sich verwunderte Blicke zu, schalteten die Geräte ab, nahmen ihre Handtaschen und verließen schweigend das Büro.

Kleedorf nahm einen Stuhl und führte die Besucher an einer niedrigen Trennwand entlang, die den Chefbereich vom Vorzimmer trennte. Er reichte Feldmann den Stuhl an.

»Nehmen Sie Platz«, sagte er.

Glauwitz und Noosten setzten sich in die Sessel, Bronzema auf die kleine Couch.

Kleedorf setzte sich an seinen Schreibtisch. Er trug ein olivfarbenes Safarihemd, eine khakifarbene Leinenhose mit aufgesetzten Taschen und Sandalen.

»Sie hatten sich zu einem Gespräch angemeldet und erscheinen hier, als gelte es, einen Terroristen der Szene aufzuspüren«, meinte er und schaute Bronzema vorwurfsvoll an.

»Herr Kleedorf, Mord ist Mord, aus welchen Beweggründen auch immer!«, antwortete der Staatsanwalt gelassen.

»Mir sind die Gründe für die Anwesenheit von vier Beamten zwar noch immer nicht klar, dennoch möchte ich kein schlechter Gastgeber sein. Ich kann Ihnen Sprudel, Limo, Cola oder Bier anbieten«, erklärte Kleedorf und lächelte verkniffen. Er sah trotz seiner Spanienreise blass aus.

»Danke, aber deshalb sind wir nicht gekommen. Wir halten Sie für verdächtig und finden es dringend angebracht, den Bestand der Brot- und Fleischmesser in der Küche Ihres Restaurants zu überprüfen«, sagte der Staatsanwalt.

Kleedorf blickte Bronzema fassungslos an. »Sind Sie sich bewusst, was Sie da sagen?«, fragte er aufgeregt.

»Ja. Hier ist ein amtsrichterlicher Durchsuchungsbefehl«, sagte Bronzema kalt.

Kleedorf erhob sich, ging zum Wandschrank, entnahm ihm eine Cognacflasche und einen Schwenker, trug beides zum Schreibtisch, goss das Glas halb voll und trank es blitzschnell leer. Dann stellte er das Glas mit zitternden Fingern ab. »Sie sind des Teufels«, sagte er, und aus seinem Blick sprach blanker Hass.

»Ich denke, Sie sollten sich zuerst einmal beruhigen und zu unseren Argumenten Stellung beziehen. Sie haben ausgerechnet an dem Tag und an dem Ort, an dem Ihre Frau ermordet wurde, Ihrem Kunden Tuittjer Pferde verkauft; die Leiche Ihrer Frau ist mit einem Fahrradanhänger der Spedition Tuittjer zur Peilbake gefahren worden. Sie übernachteten in der Pension des Unternehmers … Wir haben einen Zeugen, der den Mann gesehen hat, der einen Fahrradanhänger in Richtung Dünen schob, und die Beschreibung passt durchaus auf Sie«, sagte Glauwitz.

»Ich habe Ihre Suchmeldung in der Zeitung gesehen – aber ich besitze keinen langen Mantel und trage so gut wie nie eine Prinz-Heinrich-Mütze. Ich habe meine Frau nicht gesehen und schon gar nicht umgebracht, sondern auf meinem Zimmer nach einem langen Spaziergang einige Flaschen Bier getrunken«, schimpfte der Unternehmer.

»Und danach haben Sie sich beim Rasieren geschnitten?«, fragte Noosten ironisch.

»Ach, hat der Zeuge mich unrasiert gesehen?«, fragte Kleedorf und lachte, als hätte er einen Witz gemacht.

»Sie haben Blutflecken im Handtuch der Pension hinterlassen«, sagte Glauwitz.

»Ich rasiere mich zu Hause elektrisch und habe nicht so viel Übung mit dem Nassrasierer«, erklärte der Unternehmer. »Aber was soll das alles jetzt?«

»Machen wir es kurz. Führen Sie uns in die Küche Ihres Restaurants«, forderte ihn der Staatsanwalt auf.

»Der Koch ist nicht im Hause, und meine Mitarbeiterin hat heute ihren freien Tag. Mein Restaurant ist heute geschlossen«, sagte Kleedorf wütend.

»Herr Kleedorf, nun nehmen Sie doch Vernunft an! Wir besitzen für Ihre Restaurationsräume einen Durchsuchungsbefehl. Zwingen Sie uns nicht, ganz offiziell zu werden«, meinte der Staatsanwalt eindringlich.

»Suchen Sie Wibkes Mörder doch anderswo. – In der Küche meines Betriebes finden Sie ihn sicher nicht«, gab Kleedorf zurück und trank noch einen Cognac.

»Wir suchen hier nicht nach einer Prinz-Heinrich-Mütze oder einem langen Mantel, uns interessieren Ihre Küchenmesser, denn Ihre Frau wurde mit einem entsprechenden Exemplar in den Dünen umgebracht«, sagte Noosten.

Glauwitz entnahm seiner Tasche die Tatwaffe und hielt sie dem Unternehmer hin.

»Das ist die Mordwaffe«, sagte er.

Der Unternehmer erhob sich, starrte einen Moment auf das Messer und murmelte dann tonlos: »Ich bin kein Mörder, auch wenn Sie mir das nicht glauben. Ich wollte Wibke zur Rückkehr bewegen – warum soll ich sie dann umgebracht haben, dazu noch auf eine solch grässliche Art und Weise? Nein, Herr Kommissar, Sie irren sich!«

»Ich halte es für überflüssig, mich mit Ihnen weiter über mögliche Motive für den Mord zu unterhalten! Führen Sie uns in die Küche Ihres Restaurants«, forderte Bronzema den Unternehmer auf.

Kleedorf schüttelte noch immer ungläubig den Kopf. »Als ob ich … mit einem Messer …«, stotterte er verwirrt, griff in die Schublade, entnahm ihr ein Schlüsselbund und schritt voran. Die Beamten folgten ihm wachsam.

Draußen war inzwischen Ruhe eingekehrt. Kleedorf schritt wie in Trance durch den Flur, in dem sich die Rezeption befand, und führte die Beamten in die Küche.

Mitten im Küchentrakt befand sich der große Herd. Licht spiegelte sich auf Nirostastahl. Kochlöffel, Siebe und Fleischschaufeln hingen an einer Eisenstange wie Wäsche an einer Leine.

»Ich weiß nicht, was Sie hier wollen – aber bitte machen Sie schnell! Ich meinerseits betrachte Ihren Einsatz als eine Art Überfall«, schimpfte Kleedorf. Er war jetzt noch blasser als zuvor und lehnte sich Halt suchend an den Spültisch.

Hauptwachtmeister Feldmann hielt sich zurück und beobachtete, wie die Beamten eine Schublade nach der anderen hervorzogen und wieder zurückschoben.

Es dauerte einige Minuten, bis sie sich ins System der Küche eingefunden hatten.

Sie fanden schließlich die Messer und stellten diejenigen der Marke ›Zwilling‹ zu einem Sortiment zusammen, wie es im Katalog der Lieferfirma vorgegeben war.

Dann beendeten sie die Durchsuchung.

»Herr Kleedorf, bitte überzeugen Sie sich«, sagte Glauwitz und nahm die Mordwaffe in die Hand. »Genau dieses Messer fehlt in Ihrem neu angeschafften Sortiment.«

Rolf Kleedorf schüttelte verwirrt den Kopf und griff sich an die Stirn. »Was folgern Sie daraus?«, fragte er verständnislos.

»Ich muss Sie auffordern, mir Einblick in die Eingangsrechnung für diese Lieferung zu gewähren«, erklärte der Staatsanwalt.

»Wollen Sie etwa behaupten, ich hätte das ganze Sortiment gekauft und eines der Messer irgendwann herausgenommen?«

Kleedorf wollte offensichtlich nicht verstehen, worum es ging. »Ich habe anderes zu tun, als mich um irgendwelche Messer und Gabeln zu kümmern«, sagte er unwirsch.

»Es geht um Ihre Glaubwürdigkeit. Wir bitten Sie, uns die Einkaufsrechnung herauszusuchen«, beharrte Glauwitz noch immer höflich. »Sie haben vor nicht allzu langer Zeit die Messer der Marke ›Zwilling‹ eingekauft, und wenn Sie uns nicht das Gegenteil beweisen können, müssen wir davon ausgehen, dass die Mordwaffe Bestandteil der Lieferung war«, fügte der Kommissar hinzu.

»Ich finde, dass Sie mit Ihren Fantastereien langsam zu weit gehen«, fauchte Kleedorf.

»Das wird sich herausstellen«, antwortete Noosten.

Sie verließen die Küche und gingen zurück ins Büro.

Die Angestellten hatten wieder an ihren Schreibtischen Platz genommen und blickten überrascht auf, als ihr Chef in Begleitung der Beamten den Raum betrat.

»Herr Kleedorf, Ihre Damen werden den entsprechenden Einkauf doch sicher schnell auf den Bildschirm bringen«, sagte Bronzema.

Kleedorf blickte unsicher auf die Computer und nickte schließlich einer der Sekretärinnen zu.

»Es handelt sich um die Abbuchung eines Betrages für den Einkauf von Messern der Marke ›Zwilling‹«, erklärte Bronzema.

Die Angestellte bediente den Computer und blickte auf das Terminal. »Ja, hier, Gaststätteneinkaufsgenossenschaft Leer«, sagte sie nach einer Weile. »Soll ich es ausdrucken lassen?«

Kleedorf nickte wieder stumm und warf den Beamten einen finsteren Blick zu.

Der Staatsanwalt nahm den Computerausdruck aus der Hand der Angestellten und studierte die Positionen der Rechnung.

»Also doch«, murmelte er. »Herr Kleedorf, begleiten Sie uns bitte zu Ihrem Bungalow!«

Kleedorf schwieg. Er war sichtlich am Ende seiner Kräfte angelangt. Langsam und mit hängenden Schultern ging er zur Tür und verließ mit den Beamten das Büro.

»Ich bin für niemanden zu sprechen!«, sagte er mit belegter Stimme zu der Angestellten, die den Dienst an der Rezeption versah. Draußen vor dem Hoteltrakt beteuerte er dann lauthals seine Unschuld.

»Es tut mir Leid, Herr Kleedorf, aber die Indizien sprechen gegen Sie. Sie werden verdächtigt, Ihre Frau auf Baltrum ermordet zu haben. Packen Sie eine Tasche, Sie werden uns begleiten müssen«, erwiderte der Staatsanwalt.

Kleedorf blieb stehen. Schweißperlen bildeten sich auf seiner Stirn. Er blickte über sein Anwesen, wie um sich Mut und Bestätigung zu holen. Dann richtete er sich auf und blickte Glauwitz direkt an. »Ich bin unschuldig«, wiederholte er. »Sie machen einen großen Fehler.«

»Sie können vom Präsidium aus Ihren Anwalt anrufen«, sagte der Staatsanwalt, während sie zum Bungalow hinübergingen.

Ein Schwarm Krähen sammelte sich krächzend in den alten Bäumen an der Koppel.

»Ich kann doch meinen Betrieb nicht einfach so allein lassen«, sagte Kleedorf gequält.

»Geben Sie Ihren Angestellten entsprechende Anweisungen«, erwiderte der Kommissar.

»Ich erwarte einen Viehtransport aus Polen mit jungen Tieren«, begehrte der Unternehmer auf.

»Tragen Sie Ihre Einwände dem Amtsrichter vor«, meinte der Staatsanwalt gelassen.

Ein paar Tage später war Kommissar Glauwitz früh aufgestanden. Er deckte den Frühstückstisch und brühte einen Tee auf. Sein Sohn betrat muffelig die Küche und setzte sich an den Tisch. »Hab heute Mathearbeit!«, sagte er nur und schmierte sich eine Schnitte.

»Ich hoffe, du hast dich gut vorbereitet!«, erwiderte Glauwitz.

»Ja – wenn dieser blöde Hensemann nicht wieder ein paar gemeine Aufgaben dazwischenpackt, dann müsste es klappen«, meinte sein Sohn.

Glauwitz schenkte den Tee ein und aß eine Schnitte Schwarzbrot mit Schinken.

»Ich kann dich gleich zur Schule fahren, ich muss sowieso deine Mutter vom Nachtdienst in der Apotheke abholen«, sagte Glauwitz.

»Und ihr habt wirklich den Mörder? Anke erzählte gestern, der Pauker von der Berufsschule hätte die Lehrerin abgemurkst«, sagte der Junge.

Glauwitz beschloss, über die saloppe Ausdrucksweise seines Sohnes hinwegzusehen. »Welche Anke?«, fragte er interessiert.

»Sie war schon einmal bei uns. Sie ist die Tochter von diesem Direktor Bomfeld«, antwortete sein Sohn und ließ es sich schmecken.

»Dummes Geschwätz!«, schimpfte Glauwitz. »Wir verdächtigen mehrere Personen. Ich hasse diese Vorverurteilungen!«

»Das werde ich weitersagen, wenn mich jemand fragt. Kannst du bitte Mutter ausrichten, dass ich heute Nachmittag Sport habe?«

Sie beendeten das Frühstück. Glauwitz trank seine Tasse leer und blies das Licht im Stövchen aus.

»Fahren wir!«, sagte er.

Glauwitz betrat das Dienstzimmer, in dem Noosten bereits am Schreibtisch saß. »Moin«, sagte er und hängte seine Jacke auf einen Bügel.

»Moin! Chef, Bronzema hat angerufen. Der Amtsrichter hat Kleedorf wegen dringender geschäftlicher Angelegenheiten gegen eine Kaution von dreihundertfünfzigtausend Mark aus der Untersuchungshaft entlassen.

Seine Bank hat einen Wechsel in der Höhe unterschrieben. Er darf allerdings weder nach Polen noch nach Spanien reisen, und das Revier in Pewsum muss seine Anwesenheit regelmäßig kontrollieren«, erklärte der Assistent.

Glauwitz setzte sich an seinen Schreibtisch. »Und der Anlass für die ungewohnte Milde?«, fragte er ironisch.

»Die jungen Pferde aus Polen mussten nach Spanien weitergeleitet werden. Außerdem hat Kleedorf eine eidesstattliche Erklärung abgegeben: Er hat die Bestellung der Messer bei der Genossenschaft zwar unterschrieben, sie aber weder selbst in Empfang genommen noch zu Gesicht bekommen. Sie sind vom Koch eingeordnet worden, und er kann sich nicht erklären, warum eins davon fehlt«, sagte Noosten.

»Wir haben getan, was wir konnten. Der Rest ist Sache der Juristen und möglicherweise der Sachverständigen. Für uns gibt es in dieser Angelegenheit keine weiteren Ansatzpunkte«, antwortete Glauwitz.

Das Telefon läutete, und der Kommissar nahm den Hörer ab. »Kripo Emden, Glauwitz«, meldete er sich.

»Hier Bomfeld, Schulleiter, Sie erinnern sich? Mein Kollege von Kalksund ist heute nicht zum Dienst erschienen, und ihn telefonisch zu erreichen gelingt mir auch nicht. Das ist sehr ungewöhnlich, und ich dachte, wo doch jetzt so viele Gerüchte kursieren, könnte es doch sein …«

»Danke, ich habe verstanden«, sagte Glauwitz und legte den Hörer auf die Gabel zurück.

»Wir müssen sofort nach Wolthusen«, sagte er.

Wachtmeister Clüver lenkte konzentriert den Einsatzwagen mit hoher Geschwindigkeit Wolthusen entgegen. Der Verkehr hielt sich in Grenzen, und dank Blaulicht und Martinshorn kamen sie schnell voran.

Neben Clüver saß sein Kollege Alberts, Glauwitz und Noosten teilten sich die Rückbank. Bei den oft gewagten Überholmanövern, und wenn Clüver mit hoher Geschwindigkeit bei Rot eine Kreuzung passierte, warfen sie sich verstohlene Blicke zu.

In Wolthusen erregte das Polizeifahrzeug Aufsehen, denn in der hübschen Vorstadtsiedlung mit teuren Bungalows und schmucken Vorgärten war es sonst sehr ruhig.

Clüver fuhr den Bully auf die Auffahrt. Das Garagentor war

verschlossen. Glauwitz zeigte auf den Hauseingang. »Könnten Sie zur Not das Schloss aufbekommen?«, fragte er.

»Darauf sind wir leider nicht vorbereitet«, sagte Clüver. Sie stiegen aus.

Der Wachtmeister drückte auf die Schelle, aber im Haus tat sich nichts. »Das ist zwecklos!«, meinte Glauwitz nach einer Weile. »Folgen Sie mir!«

Sie schritten um das Haus herum, und Noosten blickte durch die Fenster.

»Hier unten scheint er nicht zu sein«, meinte der Assistent.

Sie folgten Glauwitz zur Terrasse, wo der Kommissar durch die Scheibe ins Wohnzimmer blickte.

»Er hält sich oben auf«, sagte er und schaute zum offenen Schuppen hinüber, in dem Brennholz gestapelt war.

Wachtmeister Clüver schaltete sofort. Er ging zum Schuppen, nahm ein Holzscheit und schlug damit die Glastür ein.

Selbst das laute Scheppern des Glases rief von Kalksund nicht auf den Plan.

Clüver griff durch den Türrahmen und drehte den Schlüssel um, dann schob er die Tür auf.

Die Beamten traten in das Zimmer. Nichts rührte sich im Haus.

»Durchsuchen Sie die oberen Räume!«, ordnete Glauwitz an.

Die Polizisten eilten davon. Glauwitz und Noosten gingen durch den Flur und inspizierten die Zimmer im Erdgeschoss. Das Bad war leer. Die Küche war aufgeräumt. Im Waschbecken standen nur eine Teekanne und eine Tasse, beides ungespült.

Das Wohnzimmer bot sich ihnen dar, wie sie es kannten. Im Kamin befand sich Asche, und auf dem Tisch lagen Fotoalben.

Eine Tür führte in das Arbeitszimmer des Lehrers, wo Noosten auf dem Schreibtisch einen Briefumschlag entdeckte, auf dem ›Kripo Emden‹ stand.

»Für uns!«, murmelte er.

»Später«, sagte Glauwitz, und sein Assistent legte den Brief ungeöffnet wieder dahin, wo er ihn gefunden hatte. In diesem Moment erschien Wachtmeister Clüver an der Tür. »Herr Kommissar, er ist oben«, stieß er aufgeregt hervor und hastete zum

Wagen – wahrscheinlich, um einen Arzt anzufordern, schoss es Glauwitz durch den Kopf.

Er und Noosten verließen das Arbeitszimmer und liefen eilig die Treppe hoch. Sie gelangten in einen holzgetäfelten Korridor und sahen links eine offene Tür. Als sie den Raum betraten, sahen sie Wachtmeister Alberts, der an einem Bett stand und mit einem Handtuch die Schläfen des Lehrers kühlte. Hubertus von Kalksund lag blass und still da, er trug eine schwarze Flanellhose und ein weißes Oberhemd. Den Knoten der Krawatte hatte der Beamte geöffnet.

Von Kalksund hatte die Augen geschlossen, und sein Atem ging schwer.

Auf dem Boden standen eine geleerte Weinflasche und ein Kristallrömer vor einer Fotografie von Wibke Kleedorf. Sie trug auf dem Bild das Galakleid der Betty von Kalksund.

»Er lebt noch«, sagte Wachtmeister Alberts und ging kurz ins benachbarte Bad, wo er das Handtuch noch einmal nass machte, um es danach wieder an die Schläfen des Lehrers zu halten.

Es war ein teures Schlafzimmer. Das Doppelbett stand seitlich zur Gaube. Der massive Kleiderschrank war aus Eiche gefertigt und trug handbearbeitete Türblätter, und den Boden bedeckten echte Perserteppiche.

Glauwitz trat an den Nachttisch heran und betrachtete die geleerte Weinflasche. »Umweger … Stich den Buben«, las er.

Alberts wischte weißen Schaum von den Lippen des Lehrers.

»Er hat Tabletten geschluckt und Alkohol getrunken. Er wollte Schluss machen«, stellte Glauwitz fest.

»Vielleicht sind wir ja noch früh genug gekommen«, murmelte Wachtmeister Alberts und schaute in das bleiche Gesicht.

Noosten blickte durch das Fenster der Gaube in den Garten. Bäume und Sträucher trugen herbstliches Braun, und der Nebel schien an diesem Morgen besonders tief zu hängen.

Sie konnten nichts tun für von Kalksund, der beabsichtigt hatte, sich von der Welt zu verabschieden. Und da waren keine Stimmen aus dem Jenseits, die ihnen sagten, wie sie das Leben des Lehrers retten konnten. Hatte er Wibke Kleedorf aus Eifersucht getötet?

»Eine Tragödie«, sagte Noosten leise, und Glauwitz nickte ernst.

Clüver betrat das Schlafzimmer. »Da versagen unsere Erste-Hilfe-Kurse«, murmelte er. »Wir haben die Schlafzimmertür aufbrechen müssen.« Er prüfte den Puls des Lehrers. »Das Herz schlägt noch – aber sehr schwach«, sagte er.

Schweigend umstanden sie das Bett, bis draußen das Martinshorn des Krankenwagens zu hören war.

»Gehen wir«, sagte Glauwitz. Sie verließen den Raum und stiegen die Treppe hinunter, gingen, noch immer schweigend, hinaus.

Gerade fuhr der Krankenwagen vor und parkte hinter dem Polizeibully. Ein Arzt in weißen Jeans und weißem Blouson stieg aus, nahm seinen Koffer und schaute die Beamten fragend an.

»Oben – im ersten Stock«, sagte Glauwitz. »Machen Sie schnell!«

Zwei Sanitäter holten eine Trage aus dem Wagen und folgten dem Notarzt ins Haus.

»Werfen wir noch einen Blick ins Arbeitszimmer«, meinte der Kommissar, und Noosten nickte. Glauwitz nahm das verschlossene Kuvert vom Schreibtisch, öffnete es und zog zwei maschinengeschriebene Seiten heraus.

Der Kommissar setzte sich auf den Schreibtischstuhl und las den Brief durch. Von Kalksund litt nach seinen eigenen Angaben schon länger unter Depressionen. Er zog das Fazit eines einsamen Weges und verkündete seine Selbstmordabsichten.

»Ein erschütterndes Dokument! Er vermacht sein Vermögen der ›Gesellschaft Christlicher Nächstenliebe‹ in Ortel. Da ist nicht die Rede von seiner Unschuld, aber der Brief enthält auch kein Geständnis«, sagte Glauwitz und reichte Noosten die eng beschriebenen Seiten. Der Assistent las sie ebenfalls durch.

»Haben Sie ein Geständnis erwartet?«, fragte er, als er Glauwitz den Brief zurückgab.

Der Kommissar schüttelte den Kopf. »Das nicht, aber wenigstens seine Beteuerung, dass er sie nicht umgebracht hat«, erwiderte er.

»Er scheint von uns zu erwarten, dass wir helfen, seinen letzten Willen in die Tat umzusetzen«, sagte Noosten.

Die Sanitäter kamen mit der Trage, auf der von Kalksund bleich mit geschlossenen Augen lag, an der offenen Tür des Arbeitszimmers vorbei.

Der Arzt blieb stehen und schaute den Kommissar an. »Er hat noch eine Chance. Eine halbe Stunde später wäre alles zu spät gewesen«, meinte er und ging hinter den Sanitätern her zum Wagen.

Clüver und Alberts folgten dem Kripobeamten hinaus, während der Krankenwagen das Grundstück verließ.

»Wir können die Tür nicht so einfach offen stehen lassen«, meinte Clüver ratlos.

»Von Kalksund besitzt keine Verwandten, an die wir uns wenden könnten«, stellte Noosten fest.

»Die Balkontür muss aber hergerichtet werden, da hat Wachtmeister Clüver Recht. Kommen Sie, wir sprechen mit den Nachbarn«, schlug Glauwitz vor.

Sie verließen den Bungalow. Glauwitz steckte den Schlüssel in das Schloss, den er im Haus gefunden hatte. Er blickte auf die Neugierigen, die sich inzwischen auf dem Bürgersteig versammelt hatten, und bemerkte unter ihnen einen grauhaarigen Mann, der ihm bekannt erschien. Neben dem Grauhaarigen stand eine Frau im gleichen Alter.

»Kripo Emden, Glauwitz«, sagte der Kommissar.

»Wir kennen uns doch. – Ich bin Polier und habe Ihr Haus mitgebaut«, erwiderte der Mann freundlich.

»Sie wohnen hier?«, fragte Glauwitz.

»Ja, meine Frau und ich wohnen gleich da drüben. Aber gestatten Sie uns eine Frage: Hat Herr von Kalksund versucht, sich umzubringen?«, fragte der Polier.

»Ja, das hat er, aber wir sind hoffentlich noch rechtzeitig gekommen. In diesem Zusammenhang haben wir eine Bitte: Wir mussten, um ihn zu retten, die Scheibe der Terrassentür zerschlagen. Können Sie veranlassen, dass ein Handwerker sie repariert und jemand aus der Nachbarschaft sich um das Haus kümmert?«, fragte Glauwitz.

»Das kann ich selbst erledigen. Machen Sie sich deswegen keine Gedanken«, erwiderte der Mann.

Seine Frau nickte ernst.

»Ich schaue dann im Haus nach dem Rechten. Der Lehrer ist ein netter Mensch – wir haben nie Probleme miteinander gehabt«, sagte sie.

»Hier sind die Schlüssel«, erwiderte der Kommissar, bedankte sich und ging zum Wagen, neben dem Clüver, Alberts und Noosten schon auf ihn warteten.

Der Sparkassenangestellte Paul Rodehuis lag mit seiner Braut Erika Sinstedt auf der Liege in dem kleinen Wohnzimmer. Ein Bücherregal nahm die eine Wand für sich in Anspruch, und ein kleiner Fernseher sowie ein Tisch mit zwei Stühlen fanden gerade noch Platz an der gegenüberliegenden Seite.

Die Dachwohnung war ebenso klein wie gemütlich und teuer, denn der Ausblick aufs Meer war begehrt und trieb die Miete in die Höhe.

In dem winzigen Vorzimmer befanden sich eine Kommode und die Küchenzeile, und die Toilette mit Dusche beanspruchte nur wenig Wohnfläche des Apartments, das die Stadtsparkasse an Rodehuis vermietet hatte.

Das auflaufende Wasser trieb Wellen gegen die Strandmauer, die sich unterhalb der Promenade brachen und ein dumpfes Dröhnen verursachten, das bis in die Dachwohnung zu hören war.

»Erika, bleib doch heute Nacht hier«, sagte Paul Rodehuis leise.

Erika stand auf. »Erst mal gehe ich jetzt duschen«, erwiderte sie, lächelte Paul an und verließ das Zimmer.

Paul trat ans Fenster. Er blickte auf die Leuchten der Strandpromenade, sah die weißen Schaumränder der Brandung …

Der Horizont war milchig grau, und davor war die Spitze der Insel Norderney in der Dämmerung gut auszumachen.

Erika Sinstedt war Leiterin der ›Bildungsstätte der Handwerkerschaft‹ und legte Wert darauf, wenn es notwendig wurde, auch nachts ansprechbar zu sein.

Sie hatten sich zum ersten Mal gesehen, als Erika bei der Sparkasse ein Konto eröffnet hatte. – Das war im Frühjahr gewesen, als sie ihre Stelle angetreten hatte.

Erika kam aus Hamm, hatte dort als Stationsschwester im Krankenhaus gearbeitet. Sie hatte eine Enttäuschung hinter sich gehabt und auf der Insel einen Neuanfang gesucht. Als sie Paul getroffen hatte, war es Liebe auf den ersten Blick gewesen – und ihm war es mit ihr ähnlich gegangen.

Paul Rodehuis wandte sich vom Fenster ab, griff nach seinen Sachen und zog sich an.

»Ich mache uns einen Tee!«, rief er und ging in die kleine Pantryküche. Erika Sinstedt kam aus der Dusche, schlüpfte in die Jeans, griff nach ihrem BH, streifte ihr blaues Polohemd über und kämmte sich die schulterlangen blonden Haare, die ihr sympathisches Gesicht umrahmten.

Sie küsste Paul auf die Wange und holte das Teegeschirr aus dem Schrank.

Paul lächelte auf sie herab. Er war einen Kopf größer als sie, schlank, fast knochig, hatte schütteres blondes Haar und trug einen Schnurrbart.

»Der Tee ist gleich fertig«, sagte er.

Erika trug das Stövchen, den Sahne- und Kluntjetopf an den Tisch und zündete eine Kerze an. Draußen war es dunkel geworden, und das Dröhnen der Brecher hatte nachgelassen, denn die Flut lief ab.

Paul und Erika setzten sich an den Tisch und tranken ihren Tee.

»Ich bringe dich gleich nach Hause«, sagte Paul.

»Das ist nicht nötig«, erwiderte Erika. »Ich habe keine Angst.«

»Die Lehrerin hatte auch keine Angst«, antwortete Paul ernst.

»Hat man den Mörder eigentlich inzwischen überführt?«, wollte Erika wissen.

»Hast du denn die Zeitungen nicht gelesen?«, fragte Paul.

»Dazu bin ich nicht gekommen. Während meiner Pausen lese ich doch immer das ›Westfalen-Echo‹, das meine Eltern mir zuschicken«, erwiderte seine Verlobte.

Paul erhob sich und holte den ›Ostfriesischen Kurier‹ aus seiner Aktenmappe.

»Die Polizei sucht noch nach Zeugen. Das Phantombild ist schon mehrmals veröffentlicht worden. – Und außerdem hat es anscheinend eine Festnahme gegeben. Aber bitte, lies selbst!«, sagte er, reichte Erika die Zeitung und setzte sich wieder an den Tisch. Erika blätterte die Seiten um – und erschrak, als sie die Phantomzeichnung bemerkte.

»Paul, den habe ich gesehen!«, rief sie aufgeregt.

»Mach bloß keine Witze!«, antwortete Paul ungläubig.

»Doch, ganz bestimmt! Ich bin an dem Abend, es war der Tag vor deinem Geburtstag, noch spät zu dir gekommen, erinnerst du dich? Die Chefin war von Dortmund angereist und hatte mir für den Abend frei gegeben«, sagte Erika lächelnd.

»Das war allerdings ein unvergesslicher Abend«, gab Paul schmunzelnd zurück. »Ich habe dich nachts um zwölf Uhr zum ersten Mal nackt gesehen, und seitdem bin ich dir unrettbar verfallen!«

»Ich war voll des süßen Weines«, erwiderte Erika und legte die Zeitung zur Seite. »Aber im Ernst – ich bin mir ganz sicher!«

»Und was hast du gesehen?«, fragte Paul.

»Diesen Mann mit dem langen Mantel und dem Fahrradanhänger. Es war unterhalb der Dünen. Ich habe mich ein bisschen erschrocken, als ich ihn bemerkte, aber der Mann bog vor mir in den Weg ein, der zur Schutzhütte führt. Ich habe der Sache damals keine Bedeutung zugemessen, warum auch«, fügte sie hinzu.

Paul schenkte ihr Tee nach. »Dann bist du vielleicht dem Mörder begegnet«, stellte er erschrocken fest.

»Ich weiß nicht, ob er mich gesehen hat. Mein Gott!«, stieß Erika hervor. Sie war blass geworden.

»Kam es dir nicht seltsam vor, dass dieser Mann spät abends einen Fahrradanhänger in die Dünen schob?«, fragte Paul.

»Nein – ich habe gedacht, es sei irgendein Camper oder ein Penner, der in den Dünen übernachten wollte«, erklärte seine Verlobte.

»Hatte er denn Gepäck dabei?«, wollte Paul wissen.

Erika überlegte einen Moment. »Ich glaube schon«, antwortete sie dann. Sie blickte auf ihre Uhr, trank den Rest des Tees im Stehen. Dann blies sie das Teelicht im Stövchen aus, küsste Paul und setzte sich auf seinen Schoß.

»An deiner Seite habe ich keine Angst. Vielleicht ist es wirklich besser, wenn du mich zum Heim bringst. Es ist schon sehr dunkel«, fügte sie schaudernd hinzu.

Es gab noch eine Menge Ungereimtheiten im Mordfall Kleedorf, und der sensationelle Selbstmordversuch des Lehrers von Kalksund hatte neue Fragen aufgeworfen.

Staatsanwalt Bronzema ordnete seinen Schreibtisch und betrat dann das Vorzimmer. »Ich fahre kurz nach Emden. Sie erreichen mich bei der Kripo, falls etwas Dringendes anfällt«, sagte er zu seiner Sekretärin.

»Wann kommen Sie zurück? Es ist nur wegen der Unterschriften«, meinte die Vorzimmerdame.

»Nach der Mittagspause«, antwortete Bronzema, verließ seine Diensträume und begab sich zum Parkplatz. Es war fast November, und die Bäume hatten fast all ihr Laub abgeworfen. Doch der Tag war sonnig und nicht allzu kalt.

Der Staatsanwalt stieg in seinen Mercedes und fuhr los.

Es war zehn Uhr, als er seinen Wagen auf dem Parkplatz vor der Gracht abstellte und zum Revier hinüberging. Wenig später betrat er das Dienstzimmer der Kriminalbeamten.

Glauwitz telefonierte gerade, doch Noosten ging Bronzema entgegen und reichte ihm die Hand.

Dann rückte er einen Stuhl an den Schreibtisch seines Chefs.

»Nehmen Sie doch Platz«, bat der Assistent.

Glauwitz klemmte den Hörer mit der Schulter gegen sein Ohr und reichte dem Staatsanwalt die Hand.

»Herr Dr. Kaarster, ich bedanke mich! Alles Gute für den Patienten. – Wir werden ihn in einigen Tagen besuchen, falls es erlaubt ist«, sagte er und legte den Hörer auf die Gabel zurück.

»Von Kalksund ist über den Berg«, erklärte er. »Er liegt allerdings auf der geschlossenen Psychiatrie und steht unter Beobachtung, damit er keine Dummheiten macht.«

»Hat er die nicht bereits gemacht?«, fragte Bronzema.

»Das lässt sich nur schwer beurteilen. Sein Abschiedsbrief enthält kein Geständnis«, gab Noosten zu bedenken.

»Depressionen haben ihre Tücken. Der Therapeut hat die Möglichkeit nicht ausgeschlossen, dass von Kalksund Wibke Kleedorf getötet haben kann, um sich von einem seelischen Druck zu befreien. Hinzu kommt die Eifersucht; der Student hat ihn ganz schön bloßgestellt!«, warf der Kommissar ein.

»Und Kleedorf? Ist er wirklich so unschuldig, wie er behauptet?«, fragte der Staatsanwalt unmutig.

»Falls wir den Selbstmord des Lehrers als ein Geständnis werten, dann ist Kleedorf nicht der Mörder«, erwiderte Glauwitz.

»Es läuft also darauf hinaus, dass von Kalksund in der Klapsmühle landet und Rolf Kleedorf uns einen Bären aufbindet«, stellte Bronzema trocken fest.

Das Telefon läutete. Glauwitz nahm den Hörer ab und meldete sich.

»Herr Kommissar? Mein Name ist Erika Sinstedt. Ich leite die ›Bildungsstätte der Handwerkerschaft‹ auf Baltrum.«

Glauwitz betätigte die Lautsprechertaste.

»Ich habe die Stelle im Frühjahr angetreten, komme gebürtig aus Hamm. Ich habe die hiesigen Zeitungen nicht gelesen, weil meine Eltern mir regelmäßig die Heimatzeitung zuschicken. Mein Verlobter machte mich auf die Phantomzeichnung aufmerksam, die Sie im ›Ostfriesischen Kurier‹ veröffentlicht haben. Ich habe den Verdächtigen gesehen, allerdings nur kurz«, erklärte die Heimleiterin. »Deswegen rufe ich Sie an.«

»Sind Sie bereit, Ihre Aussage zu Protokoll zu geben?«, fragte der Kommissar.

»Selbstverständlich«, antwortete Frau Sinstedt.

Im Dienstzimmer war es plötzlich so still wie in einer leeren Kirche.

Die Beamten sahen sich hoffnungsvoll an.

»Wir können Sie gegen Kostenerstattung als Zeugin nach Emden einladen«, sagte Glauwitz.

»Unser Haus ist leider ausgebucht, ich kann im Moment schlecht Urlaub nehmen. Könnten Sie nicht vielleicht herkommen?«

Der Kommissar überlegte nicht lange.

Noosten reichte ihm den Fahrplan, und er las laut vor: »Ab Nessmersiel um halb zwei Uhr und ab Baltrum um halb sechs. – Das passt hervorragend«, sagte er.

Die Zeugin erklärte ihm noch den Weg und legte dann auf.

»Glück muss der Mensch haben«, murmelte der Staatsanwalt.

Das Fährschiff legte um vierzehn Uhr zehn auf Baltrum an. Auf dem Kai herrschte die übliche Hektik, und Glauwitz und Noosten entfernten sich schnellen Schrittes in Richtung des Deiches. Sie folgten dem mit Steinplatten belegten Weg am ›Alten Zollhaus‹ vorbei zum Ostdorf, an den Salzwiesen entlang.

Die Herbstsonne schien, doch der Wind war frisch, und in der Luft lag der Geruch nach Salz und Fisch.

Nach einer knappen Stunde erreichten die Beamten das Denkmal, und von dort gelangten sie über einen schmalen Plattenweg zur Bildungsstätte.

Das massige Backsteingebäude lag halb versteckt in einem Dünental, gut geschützt vor dem rauen Seewind. Kriechweiden und Krüppelkiefern trennten es von den Sandhängen der Dünen.

Junge Leute in Freizeitkleidung und dicken Jacken saßen auf den Bänken vor dem Gebäude und unterhielten sich.

Steinplatten führten zur Eingangstür. Die Beamten betraten das Heim und wurden von Kaffeeduft empfangen. In der kleinen Diele stand ein Tisch, auf dem sich Informationsmaterial türmte. An den Wänden hingen Plakate mit dem Motto der Tagung, die im Moment stattfand und bei der es um die Tradition des Handwerks ging.

Glauwitz und Noosten passierten eine Schwingtür und gelangten in einen langen Flur, von dem aus man Zugang zu den Seminarräumen hatte.

Die Beamten folgten dem Hinweisschild ›*Verwaltung*‹ und standen gleich darauf an einer Tür mit der Aufschrift ›*Büro*‹.

Glauwitz klopfte an und öffnete die Tür. Er blickte in das hübsche, von langen blonden Haaren umrahmte Gesicht einer jungen Frau, die hinter einem Schreibtisch saß. Sie erhob sich und kam ihnen entgegen. Freundlich reichte sie den beiden Männern die Hand.

»Sinstedt« sagte sie.

»Glauwitz, mein Kollege Herr Noosten«, erwiderte der Kommissar.

Erika Sinstedt lächelte. »Bei uns ist gerade Kaffeezeit. – Darf ich Sie zu einer Tasse einladen? Die können Sie nach dem langen Weg sicher gebrauchen. Mein Büro ist wohl nicht der rechte Ort für ein Gespräch«, sagte sie und wies auf die nüchternen Aktenschränke und den Computer.

»Ich schlage vor, dass wir in unser Besucherzimmer hinübergehen.«

Die Beamten hatten nichts dagegen und folgten ihr. Gleich um die Ecke öffnete die junge Frau eine Tür und bat die Männer einzutreten.

Um einen mit friesischen Kacheln belegten Tisch standen drei Sessel und eine Couch, daneben eine Stehlampe.

Das große Fenster gab den Blick in die Dünen frei. An den Wänden standen Regale mit Büchern und Spielen. Die Tapete war mit einem Blumenmuster bedruckt.

»Nehmen Sie bitte Platz. Ich bestelle uns schnell Kaffee«, erklärte die Heimleiterin und verließ den Raum, doch sie kam schon nach ein paar Minuten zurück.

»Der Kaffee ist gleich fertig«, sagte sie, setzte sich auf die Couch und blickte die Beamten erwartungsvoll an.

Glauwitz nahm die Phantomzeichnung aus seiner Tasche.

»Ein Zeuge beobachtete diesen Mann von dem Apartmenthaus aus, in dem das Opfer sich eingemietet hatte«, sagte er.

Frau Sinstedt blickte kurz auf die Zeichnung und nickte. In diesem Moment betrat eine Angestellte das Zimmer und deckte den Tisch. Anschließend brachte sie einen Teller mit Butterkuchen und stellte eine Warmhaltekanne daneben.

»Danke«, sagte Glauwitz, und die Angestellte verließ den Kaum.

»Bitte, bedienen Sie sich«, forderte die Heimleiterin die Beamten auf.

Sie nahmen sich Kuchen, füllten Kaffee in ihre Tassen. Dann forderte der Kommissar die junge Frau auf zu berichten, was sie gesehen hatte.

»Ich hatte einen freien Abend und beschloss, meinen Verlobten zu besuchen, der am nächsten Tag Geburtstag hatte. Deshalb erinnere ich mich auch so gut an das Datum. Ich ging also durch die Dünen, es war schon dunkel, und der Mann kam mir entgegen. Mir wurde etwas mulmig, aber er bog ab, kurz bevor wir uns trafen. Ich hielt ihn für einen Penner. Auf dem Fahrradanhänger befand sich eine Tasche oder ein Rucksack«, erklärte sie.

»Und wo genau haben Sie ihn gesehen?« Glauwitz reichte ihr einen Bleistift und die Inselkarte.

»Hier, ich setze ein Kreuzchen hin«, sagte sie und gab die Karte zurück.

»Wir haben einige Fotos von Personen mitgebracht, die als Täter in Frage kommen«, meinte der Kommissar und reichte Erika Sinstedt die Bilder, die sie sich genau ansah.

»Und warum hielten Sie diese Person für einen Penner?«, fragte Glauwitz und trank einen Schluck Kaffee.

Frau Sinstedt behielt die Fotos in der Hand. »Ich weiß nicht … Vielleicht lag es an dem langen Mantel und dem Gepäck auf dem Fahrradanhänger«, sagte sie.

»Trug der Mann einen Bart, und hatte er lange oder kurze Haare?«, wollte Noosten wissen.

Erika Sinstedt schloss für Sekunden die Augen.

»Nein, ich glaube, er trug keinen Bart. Allerdings habe ich sein

Gesicht auch nicht richtig gesehen. Bei den Haaren bin ich mir nicht so sicher. – Er trug eine Mütze, wissen Sie, so eine mit Schirm …«

»Ja, wir gehen davon aus, dass er eine Prinz-Heinrich-Mütze trug«, meinte Glauwitz.

»Und ging der Mann schnell oder langsam, gehetzt oder gemächlich?«, fragte Noosten.

»Das kann ich nicht beurteilen. Ich habe meine Schritte verkürzt, um ihm nicht zu begegnen. Ich würde sagen, er ging nicht unbedingt langsam, schien es aber auch nicht übermäßig eilig zu haben. Es war so still, dass ich seine Schritte zu hören glaubte«, sagte sie schaudernd.

»Trug er den Mantel offen?«, erkundigte sich der Kommissar.

»Nein, denn ich sah keine Schöße. Der Mann war nicht dick und nicht sehr groß. Er machte ziemlich kleine Schritte«, sagte die junge Frau. Sie trank einen Schluck Kaffee und begann mit dem Betrachten der Fotos. »Sie sagen mir nicht viel. Wenn überhaupt, dann könnte es dieser Mann gewesen sein. Der andere mit dem Bauch ist meines Erachtens zu stämmig und auch kleiner als der Unbekannte in den Dünen. Aber wie gesagt – beschwören könnte ich das nicht, es war ziemlich dunkel.«

Noosten schaute den Kommissar überrascht an. »Groß und schlank …«, wiederholte er.

»Über das ungefähre Alter der Person können Sie keine Aussagen machen?«, fragte Glauwitz.

»Ich fürchte, nein. Aber alt war der Mann noch nicht, das habe ich an seinen Bewegungen gesehen«, sagte die Heimleiterin.

»Frau Sinstedt, wir nehmen Ihre Aussagen zu Protokoll und bitten Sie vorerst um Verschwiegenheit«, meinte Glauwitz und steckte den Inselplan und die Fotos wieder in die Tasche. »Sie haben uns sehr geholfen.«

»Herr Kommissar, wenn Sie noch Fragen haben sollten, melden Sie sich ruhig wieder.«

»Das werden wir tun, vielen Dank – auch für die gute Bewirtung«, erwiderte Glauwitz.

»Nicht der Rede wert«, sagte Erika Sinstedt und begleitete die Beamten zur Tür.

»Das Blatt hat sich also gewendet«, sagte der Staatsanwalt und führte die Beamten in sein Dienstzimmer.

»Bitte nehmen Sie Platz. Sie hatten einen langen Tag, aber ich würde Sie trotzdem bitten, mir noch kurz über Ihr Gespräch zu berichten.« Er schenkte Tee ein.

»Die Zeugin machte einen absolut zuverlässigen Eindruck. Sie ist eine junge Frau, die mit beiden Beinen fest auf der Erde steht«, sagte Glauwitz.

»Ihre Glaubwürdigkeit steht außer Frage«, bestätigte Noosten.

»Dann werde ich mit dem Amtsrichter sprechen. Er wird wohl einen Haftbefehl für Herrn von Kalksund ausstellen, den wir allerdings vorläufig nicht vollstrecken können, weil der Lehrer sich noch in psychiatrischer Behandlung befindet«, sagte der Staatsanwalt.

»Die Zeugin hat den Mörder gesehen. Er war schlank und groß. Kleedorf ist eher klein und untersetzt. Ihren Aussagen zufolge steht demnach fest, dass Kleedorf nicht der Mörder gewesen sein kann«, sagte Glauwitz und nippte an seiner Tasse.

Er fühlte sich müde und ausgelaugt und spürte nichts von der gewohnten Befriedigung über einen aufgeklärten Fall. Ihn störte irgendetwas an dieser Geschichte, aber er wusste nicht, was es war.

»Herr Glauwitz, haben Sie noch Einwände?«, fragte der Staatsanwalt.

»Nein, nicht direkt. Die Beweiskette ist geschlossen«, sagte Glauwitz und lehnte sich in seinem Sessel zurück.

Noosten und der Staatsanwalt steckten sich Zigaretten an und rauchten.

»Ich werde heute noch mit dem Amtsrichter sprechen«, sagte Bronzema.

Kommissar Glauwitz saß zu Hause im Sessel und fand keinen Gefallen am Fernsehprogramm.

Ihn beschäftigte noch immer der Fall Kleedorf, der mit dem Haftbefehl gegen den Oberstudienrat von Kalksund als abgeschlossen galt.

In wenigen Tagen, nach der Pressekonferenz, würde die Öffentlichkeit in den Zeitungen über das Schicksal des Lehrers unterrichtet werden, der immer ein seltsamer Kauz gewesen war. Die Vergewaltigung seiner Geliebten im Brokatkleid der einstigen großen Künstlerin war so recht etwas für die Sensationsgier breiter Schichten.

Glauwitz trank Bier, rauchte seine Pfeife und wartete auf seine Frau, die an diesem Abend zur Probe des Kirchenchors gegangen war.

Er wunderte sich darüber, dass er im Laufe der Recherchen damit begonnen hatte, die Sympathie für das Opfer abzubauen. Irgendwie hatte Wibke Kleedorf etwas von einem Biest an sich gehabt. Sie hatte unter den Seitensprüngen ihres Mannes gelitten, aber selber von Kalksund hintergangen. Synninga hatte sie nach Baltrum zitiert, und der Grund dafür war klar gewesen.

Glauwitz fielen die Zeugenaussagen wieder ein. Die Heimleiterin hatte ausgesagt, dass die Gestalt schlank und schmal gewesen sei – Hinni Synninga dagegen hatte bei der Erstellung des Phantombildes eine Erweiterung der Schulterpartie des gesuchten Täters gewünscht.

Glauwitz schaute auf die Uhr.

Er kratzte die Asche aus der Pfeife, trank einen Schluck Bier, stand aus seinem Sessel auf und ging zum Telefon. Er wählte die Nummer der Auskunft und bekam sofort eine Verbindung. Er nannte den Namen, und die Rufnummer wurde angesagt.

Der Kommissar wählte erneut. »Synninga«, meldete sich der Student.

»Glauwitz, Kripo, entschuldigen Sie bitte die späte Störung. Ich habe nur eine Frage und fasse mich ganz kurz«, sagte der Kommissar.

»Um diese Zeit?«, fragte der Student vorwurfsvoll.

»Ich kann Ihnen auch eine Vorladung schicken, wenn Ihnen das lieber ist«, antwortete Glauwitz.

»Nein, danke! Was wollen Sie von mir wissen?«

»Es geht um die Phantomzeichnung. Der Mann hatte also breite Schultern?«, vergewisserte sich Glauwitz.

»Ja, das habe ich doch ausgesagt!«

»Danke, das war es schon«, erwiderte Glauwitz. »Gute Nacht!« Er legte den Hörer auf und setzte sich nachdenklich wieder in den Sessel.

Dann stopfte er sich eine Pfeife, rauchte nachdenklich und trank sein Bier. Erika Sinstedt hatte ausgesagt, der Mann habe kleine Schritte gemacht. Hubertus von Kalksund besaß Manieren und gab sich oft etwas geziert. Aber kleine Schritte? fragte sich Glauwitz befremdet.

Irgendetwas passte an diesem Fall nicht zusammen, und er hoffte nur, dass er noch darauf kommen würde, bevor vielleicht ein Unschuldiger für Jahre hinter Gitter wanderte.

Am folgenden Nachmittag parkte der Kommissar den Wagen vor dem Hoteltrakt. Wolkenfelder zogen auf, und die Luft war empfindlich kühl. Die Ziersträucher trugen herbstlich gefärbte Blätter, und vor den Nüstern der Pferde auf der Koppel standen weiße Atemfahnen.

»Chef, eine Entschuldigung erwartet Kleedorf sicher von uns«, sagte Noosten. »Und wohl auch zu Recht.«

Sie betraten das Restaurant, das nur spärlich besucht war, und setzten sich an den Tisch, der in der Nähe des Kamins stand. Die Kellnerin trat an den Tisch. »Zwei Kännchen Ostfriesentee«, sagte Glauwitz. Er öffnete sein Pfeifenetui, entnahm ihm eine Pfeife und stopfte sie. Noosten griff nach seiner Zigarettenschachtel.

Die Kellnerin brachte den Tee und servierte ihn mit Stövchen, Sahne und Kluntje.

»Wenn Ihre Chefin im Hause ist, dann sagen Sie ihr bitte, dass wir sie sprechen möchten«, sagte Glauwitz. Er riss ein Streichholz an, zündete den Tabak an und paffte genüsslich. Dann schenkte er sich Tee ein, gab Sahne dazu und nahm einen Schluck aus der Tasse.

»Der Tee schmeckt gut«, sagte Noosten und drückte seine Kippe im Aschenbecher aus. Er sah, wie Katja Jerdjens hinter dem Kuchentresen hervortrat und auf sie zukam. Sie trug einen engen weißen Rock und eine marineblaue Bluse. Ihr Gesicht war tief gebräunt. Sie trat an den Tisch und blickte die Beamten abwartend an.

»Bitte«, sagte Glauwitz und wies auf den dritten Stuhl. Die junge Frau nahm ihm gegenüber Platz.

»Ich mag Männer, die Pfeife rauchen«, sagte sie charmant.

»Herr Kleedorf raucht Zigaretten, wie ich beobachtet habe, und zwar nicht wenige«, sagte der Kommissar.

»Rolf hat einfach zu viel um die Ohren. Da bleibt ihm keine Zeit für die Zeremonie mit den Pfeifen«, antwortete Katja Jerdjens.

»Ist er im Hause?«, erkundigte sich Noosten.

»Nach der Aufhebung seiner Auslandssperre begleitet er einen Transport nach Spanien«, erwiderte die junge Frau.

»Es tut mir wirklich Leid, dass wir ihn zu Unrecht verdächtigt haben«, sagte Glauwitz. »Aber wir müssen nun einmal jedem Verdacht nachgehen.« Er trank einen Schluck Tee.

»Eine Verkettung ungünstiger Umstände«, warf Noosten ein.

»Ich habe Rolf geholfen, damit fertig zu werden. Er nimmt es Ihnen nicht mehr übel«, gab die Küchenchefin zurück.

»Wann kommt Herr Kleedorf wieder? Wir möchten uns doch zumindest persönlich bei ihm entschuldigen«, erklärte Noosten.

»Der genaue Termin steht noch nicht fest, aber er wollte nicht lange bleiben. Wenn er anruft, sage ich ihm, dass Sie hier waren. Doch das ist ja nun nicht mehr so wichtig – wo Sie den Mörder haben«, sagte sie.

Der Kommissar nickte.

»Das Motiv war Eifersucht. Uns ist bekannt, dass Frau Kleedorf ihn mit einem Schüler, der jetzt studiert, betrogen hat. Herr von Kalksund gab zu Protokoll, dass er mit Ihrer Lehrerin verlobt gewesen sei«, sagte Glauwitz.

Katja Jerdjens zog die Stirn kraus. »Das mag schon sein«, antwortete sie.

»Frau Kleedorfs Liebhaber, der Student Hinni Synninga, war anderer Meinung. Ihm verdanken wir das Phantombild«, erklärte Noosten.

Katja Jerdjens schwieg. Sie blickte sich um und winkte die Kellnerin an den Tisch. »Bring mir einen Kaffee«, sagte sie.

»Der Lehrer leugnet die Tat, was verständlich ist. Wir haben aber eine Zeugin, die ihn beobachtet hat, als er einen Fahrradanhänger in die Dünen schob. Nun, Sie kennen ja die Zusammenhänge, die Presse hat ja ausführlich genug darüber berichtet«, sagte Glauwitz und beobachtete, dass Katja das Interesse an dem Gespräch zu verlieren begann. Sie ließ den Blick durch das Restaurant schweifen. Das Mädchen brachte der Chefin den Kaffee an den Tisch und zog sich wieder zurück.

»Und ohne diese Zeugin hätten Sie Rolf unschuldig im Untersuchungsgefängnis leiden lassen«, sagte Katja Jerdjens nachdenklich und nippte an ihrer Tasse.

»Wir konnten nicht anders handeln«, erklärte der Kommissar. »Herr Kleedorf besitzt kein Alibi. Das Messer, ich meine die Mordwaffe, hätte aus Ihrem Betrieb stammen können, und die Aussage des Studenten brachte uns auf Ihren … Chef. Ihm verdanken wir die Phantomzeichnung. Aber die Lichtverhältnisse und die Nervosität des jungen Mannes, der vergeblich auf die Lehrerin wartete, haben ihn möglicherweise dazu verleitet, unserem Zeichner falsche Eindrücke zu vermitteln. Doch das ist jetzt alles nicht mehr wichtig!«

Die junge Frau nahm eine Zigarette aus der Packung, die Noosten ihr entgegenhielt. Der Assistent gab ihr Feuer und steckte sich ebenfalls eine Zigarette an. Die Chefin rauchte und trank einen Schluck aus ihrer Kaffeetasse.

»Und wie hat der Zeuge reagiert. – Haben Sie ihn zu dem Widerspruch befragt?«, erkundigte sie sich mit ein wenig gekünsteltem Lächeln.

»Ja, das habe ich«, sagte Glauwitz. »Er hat daraufhin seine Aussage korrigiert. Wir müssen ihm zugute halten, dass er schon vorher selbst Zweifel angemeldet hatte«, fügte er hinzu und fing einen kurzen Blick seines Assistenten auf.

»Die Aussagen der Zeugin und des Zeugen decken sich ansonsten. Beiden sind eine Prinz-Heinrich-Mütze und ein langer Mantel aufgefallen«, sagte Noosten.

Glauwitz klopfte seine Pfeife am Rand des Aschenbechers aus. »Der Lehrer besitzt mehrere lange Mäntel«, sagte er.

Eine Gruppe von Gästen betrat das Restaurant, und Katja stand hastig auf. »Ich muss Sie leider verlassen«, erklärte sie, und in ihrer Stimme schwang fast so etwas wie Erleichterung mit.

»Sie kennen den Studenten nicht? Er war vor wenigen Jahren ein bekannter Boxer«, meinte der Kommissar.

Die junge Frau zuckte mit den Schultern. »Für Boxen habe ich mich nie sonderlich interessiert.« Sie bedachte den Kommissar mit einem eigenartigen Blick, den dieser nicht zu deuten wusste. »Aber ich werde Rolf fragen. Immerhin hat er ihn mit seiner Frau betrogen«, sagte sie, verließ die Beamten und ging zu den Gästen hinüber.

Glauwitz blickte nachdenklich hinter ihr her. Sie machte auch im Rock eine gute Figur. Sie war hoch gewachsen und äußerst attraktiv. Er packte die Pfeife, den Tabak und sein Pfeifenbesteck in das Etui und winkte die Kellnerin an den Tisch, um zu bezahlen.

Danach verließen die Beamten das Restaurant. Der Wind war kalt, und es sah nach Regen aus. Sie gingen zum Parkplatz und stiegen in den Wagen. Glauwitz dachte an von Kalksund, der in diesem Augenblick wahrscheinlich, mit beruhigenden Medikamenten vollgepumpt, in seinem Bett im Krankenhaus lag und von all dem Wirbel nichts ahnte.

Er zündete den Motor, fuhr los und lenkte den Wagen vom Parkplatz, während herbstliche Sturmböen durch die nackten Äste der Bäume regten.

Von Kalksund befand sich in der Behandlung angesehener Ärzte, die seine Inhaftierung und einen möglichen Prozess unter Hinweis auf seine schlechte Verfassung verhinderten. Der Betreiber des Reiterhofes Rolf Kleedorf machte mit groß aufgemachten Anzeigen die Öffentlichkeit in den Zeitungen darauf aufmerksam, dass er sich mit Katja Jerdjens verlobte.

Er feierte mit seinen Freunden und Geschäftspartnern in seinem Restaurant. Der Verdacht, der auf ihm gelastet hatte, war vergessen. Vergessen war auch seine ehemalige Frau, die auf Baltrum ermordet worden war.

Der Mörder war gefunden. Das Thema konnte abgehakt werden.

Der Staatsanwalt war zufrieden mit der Presse, die sich in Anbetracht des schlechten Gesundheitszustands des Oberstudienrats mit ihrer Berichterstattung zurückgehalten hatte.

Glauwitz und Noosten hatten die Akte auf Anordnung Bronzemas geschlossen.

Am Dienstagabend kam Glauwitz relativ früh vom Dienst. Nach dem Tee packte seine Frau die Saunatasche. Sie liebte wie er die Entspannung im Schwitzbad.

Glauwitz hatte am Mittwoch seinen Saunatag. »Viel Spaß«, sagte er, räumte den Tisch ab, spülte das Geschirr und entschloss sich zu einem Spaziergang am Uphuser Meer. Er stieg in seinen Wagen.

Bei seinem Rundgang kam er auch an den Wochenendhäusern vorbei und suchte nach einem kleinen Holzhäuschen.

Wibke Kleedorf hatte hier schöne und unvergessliche Stunden mit Hinni Synninga verlebt. Glauwitz trat an den Graben der Böschung und schaute sich um. Die Margeriten waren längst verblüht. Der Bärlapp faulte am Stamm, Lampenputzer und welkes Schilf säumten den kleinen Wasserlauf.

Glauwitz trat den Heimweg an. Der Wind war kalt. Die Sonne ging unter und zauberte ein schönes Abendrot an den klaren Himmel.

Der Kommissar setzte sich im Wohnzimmer in den Sessel und schaute sich die Tagesschau an.

Danach holte er sich aus dem Kühlschrank eine Flasche Bier und rauchte eine Pfeife.

Der Staatsanwalt hatte lobende Worte gefunden, der Mordfall Wibke Kleedorf war aufgeklärt. Glauwitz wunderte sich über die innere Unzufriedenheit, die an ihm nagte. Noch lange saß er an diesem Abend da und grübelte über den Fall nach. Hatten sie etwas übersehen?

Es war die Verlobungsanzeige, die ihn irgendwie gestört hatte. Katja Jerdjens hatte ihrer Lehrerin, Frau Kleedorf, viel Ärger bereitet. Kleedorf selbst hatte nach dem Tod seiner Frau eine hohe Lebensversicherung kassiert.

Der Kommissar erinnerte sich an die kleinen Flämmchen des phosphoreszierenden Leukomalachitpulvers im Schuppen des Fuhrunternehmers auf Baltrum. Hatte Hinni Synninga, der ehemalige Boxer, mit falschen Karten gespielt?

Glauwitz verstieg sich in abenteuerliche Gedanken und war böse mit sich selbst, weil er nicht wahrhaben wollte, was als erwiesen galt.

Am Mittwoch fuhr er früh zum Dienst. Der Wind blies stürmisch aus nordwestlicher Richtung. Bleigraue Wolken trieben am Himmel, und über den Parkplatz wirbelte vom Wall herübergefegtes abgestorbenes Laub.

Glauwitz suchte das Dienstzimmer auf, stellte seine Tasche ab, holte die Akte Kleedorf aus dem Schrank und setzte sich an den Schreibtisch. Er blätterte in den Seiten herum, verharrte hin und wieder und vertiefte sich in die Inhalte einiger Berichte und Protokolle, während der Wind an den Fenstern rüttelte. Schließlich schaute er auf die Uhr, griff entschlossen zum Telefonhörer und wählte eine Nummer, die er in den Akten fand.

Geduldig horchte er in den Hörer hinein und vernahm Sekunden später die verschlafene Stimme des Studenten.

»Kripo Emden, Glauwitz«, meldete er sich.

Er hörte den raschen Atem des Studenten.

»Habe ich Sie aus dem Schlaf geholt?«, fragte er freundlich.

»Ja«, antwortete Synninga. »Ich schreibe heute Nachmittag eine Klausur in Statistik und hab bis in die Nacht hinein gebüffelt! Verdammt, was wollen Sie jetzt schon wieder von mir?«

»Nur ein paar korrekte Antworten auf Fragen, die für unsere Recherchen sehr wichtig sind«, antwortete Glauwitz.

»Ein Schulfreund hat mir erzählt, dass der Mord aufgeklärt ist. Sie stören meinen Frieden, nur um irgendwelche bürokratischen Fragen zu klären?« Seine Stimme vibrierte vor Erregung.

»Regen Sie sich ab, Herr Synninga«, meinte Glauwitz beruhigend. »Von Kalksund gilt als der mutmaßliche Mörder, aber noch hat ihn der Richter nicht überführt. Beantworten Sie bitte meine Fragen, die für das Schicksal des Lehrers von großer Bedeutung sein können«, fügte der Kommissar in ernstem, aber nicht unfreundlichem Ton hinzu.

»Legen Sie los! Aber viel Zeit habe ich wirklich nicht«, antwortete Synninga.

»Hatten Sie, bevor Sie mit der Lehrerin intim wurden, eine Freundin, oder anders gefragt, ein Verhältnis mit Katja Jerdjens, die sich vor wenigen Tagen mit Herrn Kleedorf verlobt hat?«, fragte der Kommissar ganz direkt.

Synninga schwieg. Es vergingen Sekunden.

»Hatten Sie, oder hatten Sie nicht?«, beharrte Glauwitz.

»Ja«, murmelte Synninga schließlich.

»Und Sie bleiben bei Ihren Aussagen? Warten Sie, ich habe die Akte vor mir liegen. Sie sahen einen kräftigen Mann mit breiten Schultern, der einen Fahrradanhänger schob?«

»Ja; er trug einen langen Mantel und eine Ostfriesen-Mütze. Das haben Sie doch alles in Ihrem Protokoll«, sagte der Student gereizt.

»Hat Frau Kleedorf Ihnen eigentlich die Geschichte mit der Ratte erzählt?«, fragte Glauwitz.

»Nein, davon weiß ich nichts. Katja war eine Jugendliebe, aber im Grunde hat uns nicht viel verbunden. Sie war sehr exzentrisch, wollte oft ausgehen und gierte nach Anerkennung, die ich ihr so lange bieten konnte, wie ich im Ring als Boxer Erfolg hatte. Unsere Beziehungen ebbten ab, als ich wieder eine Schule besuchte und mir auch das Geld fehlte, sie ständig auszuführen. Wir haben uns irgendwann getrennt. Aber was soll diese Überrumpelung am frühen Morgen?«, wollte Hinni Synninga wissen.

Der Kommissar ging nicht darauf ein, sondern fragte stattdessen: »Und Katja Jerdjens ist für Sie Luft, wie man so sagt?«

»Wir haben uns nichts mehr zu sagen«, antwortete Synninga nach einigen Sekunden.

»Deshalb haben Sie Katja Jerdjens auch nicht begrüßt, als wir mit Ihnen im Restaurant waren, nicht wahr? Diese Haltung scheint auf Gegenseitigkeit zu beruhen«, sagte der Kommissar.

»Unser Wiedersehen hat immerhin unter recht merkwürdigen Umständen stattgefunden«, meinte der Student einlenkend. »Das müssen Sie uns schon zugute halten.«

»Da gebe ich Ihnen sogar Recht. Ich wünsche Ihnen viel Erfolg bei Ihrer Statistikklausur«, meinte Glauwitz.

»Danke. Ich gehe davon aus, dass Sie mich für den Rest des Studiums nicht mehr behelligen«, erwiderte der Student.

»Und ich hoffe, dass es dazu keine weiteren Anlässe geben wird«, sagte der Kommissar und legte den Hörer auf die Gabel zurück.

Dann stand er auf und trat ans Fenster. Nachdenklich blickte er in die Wallanlagen. Am Himmel zogen bleigraue Wolken vorbei; ein Entenpärchen flog über die Gracht. Wie schnell doch die Zeit vergeht, dachte Glauwitz und wandte sich um, als Noosten das Zimmer betrat.

»Moin«, sagte der Assistent, hängte seine Jacke auf den Bügel und setzte sich an seinen Schreibtisch.

»Chef, ich werde mich verloben. Sonja und ich wollen endlich Farbe bekennen«, sagte er, lehnte sich in seinem Stuhl zurück und strahlte den Kommissar an.

»Herzlichen Glückwunsch – das halte ich für eine gute Entscheidung! Übrigens hat sich auch Kleedorf mit Katja Jerdjens verlobt. Doch da gibt es etwas, was mir den Schlaf raubt«, sagte Glauwitz ernst.

»Das kann ich mir gar nicht vorstellen. – Sie sind doch sonst nicht so empfindsam«, frotzelte Noosten.

»Der Schein trügt, wie so oft in unserem Gewerbe«, antwortete Glauwitz und schüttete seinem Assistenten sein Herz aus.

Staatsanwalt Bronzema saß am Schreibtisch und studierte den Posteingang. Er runzelte die Stirn, als er den Absender auf einem der Briefe sah.

»Die Presse!«, murmelte er geringschätzig und legte das Schreiben einer Boulevardzeitung in den Ablagekorb, das den Besuch eines Journalisten ankündigte.

Das Telefon läutete. Bronzema nahm den Hörer ab.

»Die Kripo Emden für Sie«, sagte seine Sekretärin.

Gleich darauf meldete sich Kommissar Glauwitz. »Herr Bronzema, bei dem Versuch, den Margeritenmord noch einmal zu rekonstruieren, bin ich auf einige merkwürdige Widersprüche gestoßen und glaube, dass es sich lohnt, darüber nachzudenken«, sagte er. Der Staatsanwalt horchte auf und blickte finster auf das bunte Foto des Kalenders, das den Fischerhafen von Greetsiel mit der Kutterflotte zeigte.

»Tragen Ihre Erkenntnisse zur Belastung von Herrn Kalksund bei?«, fragte er gespannt.

»Ich denke, dass gerade in dieser Hinsicht weitere Recherchen notwendig sind«, antwortete Glauwitz.

»Werden Sie bitte konkreter«, forderte der Staatsanwalt den Kommissar auf.

»Ich hatte ein Telefonat mit Hinni Synninga. Er bestätigte seine Beobachtungen, denen wir die Phantomzeichnung verdanken. Verglichen mit den Beobachtungen der Heimleiterin gibt es aber deutliche Unterschiede in der Beschreibung des Täters, die wir bisher kaum berücksichtigt haben«, trug Glauwitz vor. »Und ich meine, dafür sogar einen Grund gefunden zu haben. Ich gebe zu, dass ich mich auf noch nicht bewiesene Zusammenhänge stütze, doch mir scheinen meine Bedenken schwerwiegend genug, darüber zu reden«, sagte der Kommissar.

»Herr Glauwitz, Sie machen mich so neugierig, dass ich mir die Zeit für einen Besuch bei Ihnen nehme. Ich fahre gleich los. Bis dann«, meinte der Staatsanwalt und legte den Hörer auf.

Auf dem Parkplatz vor dem Restaurant des Reiterhofs gab es keinen freien Platz mehr. Glauwitz lenkte den Passat am Hotel- und Restaurationstrakt vorbei und parkte vor der Reithalle.

Als er ausstieg, fröstelte er trotz des Sonnenscheins, denn der Wind war eisig. Auch Noosten klappte frierend den Kragen seiner Flanelljacke hoch. Nur Staatsanwalt Bronzema schien die Kälte nichts anhaben zu können.

Auf dem Sandplatz trabten junge Mädchen in Jeans und schlabberigen Pullovern auf ihren Pferden im Kreis.

Rolf Kleedorf kam aus der Reithalle und stutzte, als er die Beamten bemerkte. Seine Miene verriet deutlichen Missmut.

»Was suchen Sie denn schon wieder hier?«, fragte er böse. »Und warum haben Sie sich nicht angemeldet?«

Kleedorf trug Jeans und einen flotten anthrazitfarbenen Rollkragenpullover. Er hatte abgenommen, und seine Gesichtsbräune verriet, dass er sich in Spanien aufgehalten hatte.

»Eine Anmeldung wirkt förmlich und eine Vorladung bedrohlich. Wir dachten eher an ein Gespräch beim Ostfriesentee in Ihrem Restaurant«, sagte der Staatsanwalt und blickte auf die trabenden Pferde.

Kleedorf musterte die Besucher abschätzend, aber er schwieg.

»Was wollen heute all die Leute hier?«, fragte Noosten und zeigte auf den Parkplatz.

»Eine Hochzeit! Braut und Bräutigam sind Reiter«, antwortete Rolf Kleedorf knapp.

»Und wie denken Sie über ein Gespräch beim Tee?«, beharrte Glauwitz.

Kleedorf verzog keine Miene. »Es tut mir Leid. Fahren Sie doch nach Pewsum, zum ›Burgblick‹. Dort bekommen Sie einen vorzüglichen Tee!«, schlug er vor.

»Damit ist uns nicht gedient, denn wir möchten den Tee gern

in Anwesenheit Ihrer Braut einnehmen«, erwiderte Bronzema.

Kleedorf zog die Augenbrauen hoch, und sein Blick verfinsterte sich. Er schaute auf den kleinen Aktenkoffer, den der Staatsanwalt lässig mit sich trug.

»Sie haben nichts dagegen, wenn ich an Ihrer ... Teerunde teilnehme?«, fragte er verunsichert.

»Das müssen wir leider ablehnen. – Unsere Fragen betreffen eine ganz private Angelegenheit Ihrer Verlobten«, sagte der Staatsanwalt.

»Es besteht kein Grund zur Eifersucht«, fügte Noosten spöttisch hinzu und erntete dafür einen bösen Blick des Unternehmers.

»Katja hat den Ablauf der Hochzeit organisiert. Um diese Zeit werden Kaffee und Kuchen gereicht, das Restaurant ist belegt. Aber wir haben ein Clubzimmer, in dem unsere Feriengäste während der Saison Skat oder Schach spielen«, sagte Kleedorf. »Folgen Sie mir! Einen Tee kann ich Ihnen dort servieren lassen.« Er schritt ihnen wortlos voraus.

Die Dame am Empfang tütete gerade Prospekte ein und schenkte den Beamten ihr gut einstudiertes Lächeln.

Das Clubzimmer lag hinter den Sanitärräumen. Die Wände waren holzvertäfelt, und in den Regalen an den Wänden wurden Spiele und Bücher aufbewahrt. Auf dem Boden lagen teure Perserteppiche, und an den Wänden hingen in Glas gerahmte Poster berühmter Pferde. »*Halla*«, las Glauwitz im Vorbeigehen.

»Nehmen Sie bitte Platz«, sagte Kleedorf und zeigte auf einige Sessel, die um den großen Tisch gruppiert waren.

»Ich bestelle den Tee und löse meine Verlobte ab.« Er verließ das Clubzimmer.

»Spielt Kleedorf den Naiven?«, fragte der Staatsanwalt.

»Scheint ganz so«, erwiderte Glauwitz trocken.

Nach wenigen Minuten kam der Unternehmer zurück. Er warf eine Packung Zigaretten auf den Tisch, ging zum Regal hinüber und entnahm diesem einen Aschenbecher.

»Bitte, bedienen Sie sich. Der Tee wird gleich serviert«, sagte er und ging wieder hinaus.

Der Staatsanwalt und Noosten entnahmen der Packung Zigaretten und zündeten sie an. Eine Kellnerin erschien und brachte das Teegeschirr. »Der Tee kommt gleich«, sagte sie.

Die Beamten blickten auf, als Katja Jerdjens das Zimmer betrat. Sie trug enge weiße Jeans und einen dunkelblauen Pullover mit einem weiten Ausschnitt, der ihre gute Figur unterstrich.

Auch ihr Gesicht war tief gebräunt. Sie stellte ein Tablett auf den Tisch.

»Hausgebackener Butterkuchen. Er ist ofenfrisch«, sagte sie und verteilte mit einer Gebäckzange die Kuchenstücke auf die Teller. Sie wirkte gelöst und zufrieden. »Bitte – bedienen Sie sich!«

Die Kellnerin brachte die Stövchen, stellte sie auf den Tisch und setzte die Teekännchen ab.

»Danke«, sagte Katja, und die Bedienung verließ den Raum.

»Wir gratulieren Ihnen zur Verlobung und bedanken uns bereits jetzt für die freundliche Bewirtung«, begann der Staatsanwalt, doch dann wurde seine Miene ernst. »Ich muss allerdings hinzufügen, dass wir angereist sind, um Ihnen einige Fragen zu stellen, die im Zusammenhang mit der Ermordung von Frau Kleedorf stehen.«

Katja Jerdjens blickte die Beamten forschend an. »Doch nicht wieder die Geschichte mit der Ratte?«, sagte sie mit leisem Lächeln.

Noosten riss seinen Blick von den Pferdebildern los und schaute die junge Frau an. Charmant war sie, das stand außer Frage – und ihr sympathisches Lächeln erzeugte Zweifel. Außerdem, fand der Assistent, war sie zu schön für Kleedorf. Dieser durchtrainierte ehemalige Boxer hätte an ihrer Seite eine bessere Figur abgegeben.

»Es war nicht nur die Ratte. Sie haben Frau Kleedorf auch die Fahrradreifen zerschnitten, ihre Lehrprobe gestört und sich nach ihrem Tod mit ihrem Ehemann verlobt«, sagte Glauwitz ernst.

Katja hob die Schultern, warf ihre lange blonde Haarmähne auf den Rücken und schürzte die Lippen. »Mich hat die Berufsschule eben nicht sonderlich interessiert, und Frau Kleedorf hat mich wirklich schlecht behandelt. Ihren Mann habe ich durch einen reinen Zufall kennen gelernt, und uns verbindet die Liebe zu den Pferden«, erklärte die junge Frau.

»Ihre Harmonie mit Herrn Kleedorf zweifeln wir auch gar nicht an«, meinte Noosten. »Doch Sie hatten vorher ein Verhältnis mit Hinni Synninga, der es im Boxen immerhin zum Niedersachsenmeister gebracht hat. Sie liebten ihn – doch Synninga gab Ihnen den Laufpass und begann ein Verhältnis mit Frau Kleedorf, die Ihre Lehrerin war.«

Katja lächelte ironisch. »Ich gehöre nicht zu den Frauen, die von Männern sitzen gelassen werden«, gab sie vieldeutig zurück und trank einen Schluck Tee.

»Das steht außer Zweifel. Aber Sie sind uns eine Erklärung schuldig geblieben. Hatten Sie ein Verhältnis mit Hinni Synninga?«, fragte der Staatsanwalt.

»Hinni war eine Episode, mehr nicht! Ich liebe Rolf. Wir wollen heiraten, und zwar so bald wie möglich«, sagte Katja trotzig.

»Herr Kleedorf stand in dem Verdacht, seine Frau ermordet zu haben«, warf der Staatsanwalt ein.

»Und dieser Verdacht hat sich sehr schnell als haltlos erwiesen«, erwiderte die junge Frau.

»Um uns vor weiteren Schnellschüssen zu bewahren, muss ich mehr über Ihr Verhältnis mit Hinni Synninga wissen«, meinte der Kommissar. »Ich zweifle Ihre Darstellung an und muss, auch wenn Ihnen das nicht passt, noch einmal auf die Geschichte mit der Ratte zurückkommen.« Er setzte sich in seinem Sessel auf und beobachtete Katja Jerdjens bei seinen nächsten Worten ganz genau. »Sie haben Ihren ehemaligen Freund sehr geliebt. Er war dabei, sich einen Namen zu machen. Sie hegten große Träume vom sozialen Aufstieg. Ihr Freund hatte es geschafft. Er drehte seiner Familie den Rücken und entschloss sich, die Fachoberschulreife zu erwerben. Dank seines Engagements wurde er zum Lieblingsschüler von Frau Kleedorf. Zwischen der Lehrerin und Synninga entspann sich ein Liebesverhältnis, Synninga trennte sich von Ihnen. Diese Schmach haben Sie nicht verkraftet. Sie hassten Frau Kleedorf, und die tote Ratte war nur ein Zeichen dafür. Ihre Verlobung mit Rolf Kleedorf ist sozusagen das letzte Ziel Ihres tödlichen Hasses.«

Katja Jerdjens vorschlug es die Stimme, und ihr hübsches Gesicht erstarrte zu einer Maske.

Sie schloss für einen Moment die Augen. Dann griff sie nach der Zigarettenschachtel, entnahm ihr eine, die zwischen ihren zitternden Fingern zerbrach, machte einen neuen Versuch und bat Noosten um Feuer.

Auch er steckte sich eine Zigarette an.

Katja starrte ihn an. »Sie haben doch den Mörder! Warum quälen Sie mich?«, fragte sie und kämpfte mit den Tränen. Ihre Selbstsicherheit war vollkommen verflogen.

»Um Herrn Kleedorf vor einem Schnellschuss zu bewahren«, sagte Noosten trocken. Die junge Frau warf ihm einen bösen Blick zu. Sie zog hastig an der Zigarette und drückte sie schließlich im Aschenbecher aus.

»Ja, ich war eifersüchtig«, gab sie zu. »Die Lehrerin war reich, sah gut aus und war gebildet. Sie hat mich gedemütigt, uns unaufhörlich fühlen lassen, dass sie uns verachtete. Und zu allem Überfluss hat sie auch noch Hinni den Kopf verdreht!«, sagte sie voller Bitterkeit.

»Und Sie empfinden jetzt große Genugtuung darüber, dass Herr Kleedorf als Ihr Verlobter Sie verwöhnt und mit Ihnen seinen Wohlstand teilt, sogar die Lebensversicherung seiner Frau?«, fragte Glauwitz provozierend.

»Sie sind widerlich«, zischte Katja empört. »Was habe ich Ihnen eigentlich getan?«

»Uns haben Sie gar nichts getan«, gab der Kommissar ernst zurück. »Aber lassen Sie uns noch einmal rekapitulieren: Ihr ehemaliger Freund, Hinni Synninga, befand sich auf Baltrum. Frau Kleedorf hatte ihn zu sich eingeladen, um mit ihm das Wochenende zu verbringen, doch sie verschwand an diesem Abend, und Synninga wartete vergeblich vor ihrem Quartier auf sie. Er beobachtete bei Anbruch der Dunkelheit einen Mann, der einen Fahrradanhänger in Richtung Dünen schob. Es war der Mörder. Er trug, wie Sie wissen, einen langen Mantel und eine Ostfriesen-Mütze«, sagte Glauwitz. »Einige Zeit später beobachtete eine Zeugin den Mörder, als er den Fahrradanhänger, auf dem sich Gepäck befand, in die Dünen schob. Wir erstellten eine Phantomzeichnung, und Hinni Synninga, der uns dabei half, ließ sich zu einer Täuschung hinreißen, die Ihren Verlobten Rolf Kleedorf in Verdacht brachte, weil er den Täter als breitschultrig und kräftig beschrieb. Sie haben ihm in der Disco eine Szene bereitet, ihm auf der Tanzfläche in den Unterleib getreten, als er sich von Ihnen getrennt hatte. Trotzdem brachte er es nicht übers Herz, uns die Wahrheit zu sagen, weil er sich Ihnen verpflichtet fühlte.«

Glauwitz blickte die junge Frau eindringlich an.

»Er hat Sie erkannt an Ihren Schritten und Ihrer Haltung. Auch die Zeugin hat Sie gesehen. Sie trugen einen langen Mantel und hatten Ihr Haar unter eine Mütze gepresst.«

Katja Jerdjens rutschte unruhig auf ihrem Stuhl hin und her. »Sie bluffen«, sagte sie giftig.

»Herr Kleedorf ist ab Norddeich auf die Insel geflogen. Sie sind mit dem Schiff nach Baltrum gefahren. Vorher haben Sie aus der Hotelküche das Messer entwendet und den Mord geplant!«, erwiderte der Kommissar.

Die junge Frau erstarrte. »Das ist doch absoluter Irrsinn, was Sie da behaupten!«, zischte sie.

»Ich mache Sie darauf aufmerksam, dass wir das Gespräch mit Ihnen protokollieren«, warf Noosten ein.

»Und nun wollen Sie mich in die Enge treiben, damit der feine Oberstudienrat von Kalksund aus der Klapsmühle herauskommt!«, schimpfte Katja Jerdjens, doch sie war blass geworden.

»Sie haben den Koch und eine Angestellte gebeten, Ihre Arbeit mit zu versehen«, sagte der Staatsanwalt.

»Das sind doch Behauptungen, die Sie nicht beweisen können!«, erwiderte die junge Frau verzweifelt.

»Waren Sie auf Baltrum oder nicht?!«, beharrte Bronzema.

»Nein, ich war nicht auf Baltrum!«, behauptete Katja erneut.

»O doch, das waren Sie. Sie haben im Stall des Fuhrunternehmers Tuitjer neben Ihrem geliebten Ossiboy die Nacht auf einem Strohlager verbracht. Ein Angestellter des Fuhrunternehmers hat Sie gesehen!«, sagte Glauwitz.

Katja Jerdjens schrak zusammen. In ihrem Gesicht lag jetzt etwas Hilfloses, und sie begann zu weinen.

»Sie haben Ihre Lehrerin angerufen und sie in die Dünen gelockt. Sie haben sie mit Ihrem teuflischen Charme empfangen! Nur Wibke Kleedorf stand Ihnen noch im Wege, denn sie wäre sicher eingeschritten, wenn sie gewusst hätte, dass Sie sich an ihren Mann herangemacht hatten, um sich zu rächen und endlich jemand zu sein«, meinte der Kommissar.

»Nein! Hören Sie auf damit!«, rief Katja und hielt sich die Ohren zu.

»Sie haben Frau Kleedorf in den Dünen ermordet«, fuhr Glauwitz unbarmherzig fort. »Dann haben Sie ihr die Hand abgetrennt, weil sie einen Ring trug, den Sie kannten. Hinni Synninga hatte ihn von seiner Großmutter geerbt! Jetzt ließen Sie Ihrem Hass freien Lauf. Sie haben den Fahrradanhänger von Tuittjers Hof genommen und Wibkes Leiche vom Tatort über den Ihnen bekannten Reiterweg zur Peilbake transportiert. Dort verscharrten Sie sie im Sand und bedeckten das Grab mit Treibholz, das Sie vom Strand holten«, erklärte der Kommissar leise und sah die junge Frau abwartend an.

»Ich wollte Rolf glücklich machen«, sagte sie und brach schluchzend zusammen.

»Begleiten Sie uns bitte zu Ihrem Apartment, und packen Sie eine Tasche für die Untersuchungshaft. Wir werden Sie dem Amtsrichter vorführen«, sagte der Staatsanwalt.

Die Beamten fanden bei der Durchsuchung von Katja Jerdjens' Apartment den langen Mantel, die Ostfriesen-Mütze, in der noch einige lange Haare als Beweise gesichert werden konnten, und zusätzlich ein Schmuckstück, das, wie sich herausstellte, Hinni Synninga Frau Kleedorf irgendwann geschenkt hatte. Es handelte sich um ein kleines Doppelherzchen, das den Staatsanwalt an die Reklame eines Gesundheitstrunks erinnerte.

Katja Jerdjens konnte den Beweismitteln nur wenig entgegenhalten.

Sie gestand schließlich die grausame Tat.

Tod vor Borkum

BASTEI
LÜBBE

Berufsschullehrer Eilrich Buss betrat den Klassenraum. Die Prüflinge an den Tischen schauten ihn erwartungsvoll an.

»Ich hoffe, ihr seid alle gut in Form«, begrüßte sie der Pädagoge und erklärte noch einmal den Ablauf der Prüfung, die an diesem Mittag stattfinden würde. Die angehenden Angestellten im Gaststättengewerbe hörten ihm schweigend zu, und einigen von ihnen sah man ihre Nervosität deutlich an.

»Sind noch Fragen?« Buss schaute sich um. »Keine? Gut! Die Schülerinnen und Schüler der Kellnerklasse legen gleichzeitig ihre praktische Prüfung ab. Sie servieren den geladenen Gästen die Getränke und das Essen. Ich wünsche allen ein gutes Gelingen!«, sagte der Berufsschullehrer.

Die Schüler verließen die Klasse und gingen leise murmelnd zum Küchentrakt hinüber.

Im Übungsraum der Hotelfachschule in Emden speisten die geladenen Gäste, unterhielten sich glänzend und ließen es sich schmecken. Die anschließende Benotung durch die Probeesser fiel wohlwollend aus, diente aber den Prüfern nur als Hilfsmittel bei der Beurteilung der Prüflinge.

Nach dem Essen zogen sich die Juroren zurück, besprachen sich in einem Konferenzzimmer und einigten sich auf die Noten.

Einige Zeit später betrat Eilrich Buss mit guten Nachrichten die Küche, wo seine Schüler noch mit dem Abwasch beschäftigt waren.

»Niemand ist durchgefallen!«, verkündete er und freute sich sichtlich an der Begeisterung der jungen Leute, die er drei Jahre lang im Theorieunterricht betreut hatte. Er trat zu Attila Geecer, seinem Lieblingsschüler. »Hast du eigentlich schon eine Stelle?«, erkundigte er sich. »Wirst du übernommen?«

»Nein, mein Chef hat verkauft. Das Restaurant wird abgerissen«, antwortete der Jungkoch.

»Kennst du den Kaiserhof auf Borkum?«, fragte der Lehrer.

»Natürlich, ich komme ja von der Insel!«

»Ich weiß! Schicke deine Bewerbungsunterlagen doch einmal an die Chefin, Frau Dini Hoogelycht«, sagte der Berufsschullehrer. »Ich habe mit ihr über dich gesprochen.«

Attila bedankte sich überschwänglich, denn er hatte offensichtlich davon geträumt, wieder auf die Insel zurückkehren zu können und dort zu arbeiten.

Das Klappern der Rollos, gegen die der frische Ostwind blies, weckte die zweiundachtzigjährige Chefin des Hotels ›Kaiserhof‹ aus dem Schlaf. Dini Hoogelycht stieg aus dem Bett, trat ans Fenster und zog die Rollos hoch. Der Himmel war an diesem Oktobermorgen bleigrau.

Mit Blick auf die Dünen, über die Nebelfetzen trieben, machte die noch immer sportliche alte Dame einige Kniebeugen und ließ einige Dehnübungen folgen. Dann zog sie ihr Nachthemd aus, ging ins Bad, stellte sich wie an jedem Morgen, so lange sie zurückdenken konnte, unter die kalte Dusche und genoss die eisige Erfrischung.

Danach frottierte sie ihren Körper, betrat das Schlafzimmer, schlüpfte in ihre Wäsche, zog einen blauen Pulli über und entschied sich für ein teures Leinenkostüm, das sie sich zu ihrem achtzigsten Geburtstag gekauft hatte und das ihr sehr gut stand.

Sie setzte sich auf die Bettkante, streifte Seidenstrümpfe über ihre Beine und schlüpfte rasch in ihre Pumps. Auch ihre Füße machten ihr noch keine Schwierigkeiten.

Dini Hoogelycht betrachtete sich im Spiegel der Schranktür: Sie war zufrieden mit ihrem Äußeren. Die Frisörin hatte ihr am Abend zuvor das Haar gefärbt und neu gelegt, und ihre feinen Züge waren noch leicht gebräunt. Ihre grauen Augen blitzten vor

Tatendrang. Nur als sie an ihre Schwiegertochter dachte, flog ein Schatten über ihre Züge. »Ulfert müsste härter durchgreifen!«, murmelte sie. »Tomma hat ihn voll im Griff! Ulfert und ich, wir verrichten die Arbeit, während sie aufgeputzt die Madame spielt. Dabei wirkt sie immer noch attraktiv, eigentlich kein Wunder. Ulfert dagegen sieht man sein Alter schon deutlich an!«

Dini Hoogelycht verließ ihre Wohnung, die zu ebener Erde im hinteren, zur Ostseite hinausgehenden Anbau lag. Es war kurz vor Saisonende, und bis Weihnachten blieb das Hotel geschlossen. Die letzten Gäste würden an diesem Morgen abreisen, und dann stand nur noch ein großer Hausputz auf dem Programm, bevor auch das Hotelpersonal nach Hause gehen konnte.

Von ihrem Platz an der Rezeption aus lächelte Maike Ammermann, die Sekretärin, der Hotelchefin zu, die direkt in den Speisesaal ging. Dort setzte sie sich an den runden Tisch, den sie für die Familie reserviert hielt. Ihr Sohn und die Schwiegertochter hatten bereits gefrühstückt, die beiden Gedecke waren schon abgeräumt.

Schiri, die türkische Serviererin, brachte ihr den Tee. Dini Hoogelycht aß ein Brötchen mit Sanddornmarmelade und beobachtete dabei verstohlen die Gäste. Das Geschäft war in dieser Saison hervorragend gelaufen, nur die Kurabteilung hatte ein leichtes Minus einstecken müssen.

Als die Gäste ihre Tische verließen, erhob sich die alte Dame und verabschiedete sich mit Handschlag und guten Wünschen von ihnen. Dann trommelte sie das Bedienungspersonal zusammen und gab Anweisungen für den großen Hausputz.

Schließlich betrat Dini Hoogelycht das kleine Büro hinter der Rezeption. Maike Ammermann saß an ihrem Schreibtisch vor dem Computer und bearbeitete die Unterlagen der abgereisten Gäste.

»Na, das war es dann mal wieder«, sagte die Chefin und setzte sich an ihren Schreibtisch.

»Vom sechsundzwanzigsten Dezember bis zum Dreikönigstag sind wir voll ausgebucht«, meinte die Sekretärin.

»Das lässt sich hören! Damit sind für Januar unsere Fixkosten bereits gedeckt. Druck mir bitte eine Personalliste aus – ich muss entscheiden, wen ich bis zur Vorsaison entlassen sollte«, sagte Dini Hoogelycht.

Während die Chefin sich mit ihrer Sekretärin besprach, trugen die Putzfrauen und Zimmermädchen die Matratzen auf die Balkone, rollten die Teppiche auf, nahmen die Gardinen ab und begannen, die Zimmer auf den Kopf zu stellen.

Mittags gab es für alle einen Eintopf im Speisesaal. Die Stimmung war gut, man kam gut voran. Dini Hoogelycht, überwältigt von der Arbeitsfreudigkeit ihrer Mitarbeiter, verkündete vor versammelter Truppe, dass sie trotz der allgemein rückläufigen Wirtschaftslage das Weihnachtsgeld in gleicher Höhe wie im Vorjahr zahlen werde. Zum Nachtisch gab es Eis aus der Truhe im Plastiktöpfchen.

Dini Hoogelycht wandte sich an ihren Sohn. »Wo steckt eigentlich Tomma?«, fragte sie gespielt beiläufig.

»Sie hat einen Termin beim Arzt«, antwortete Ulfert hastig. Ihm lag nicht daran, die Litanei von seiner Mutter wieder vorgebetet zu bekommen. Auch ihm hatte es nicht gepasst, dass seine Frau sich an diesem Morgen, noch bevor seine Mutter zum Frühstück erschienen war, mit viel Wirbel von den Gästen verabschiedet und rechtzeitig vor Beginn des Hausputzes das Haus verlassen hatte. »Ich bin nicht Mutters Putzfrau«, hatte sie ihm schnippisch erklärt.

»Sie wird dann wohl heute Nachmittag zum Tee zurück sein«, meinte die alte Dame.

Focko Hoogelycht verließ am Nachmittag im Emdener Hafen den Zug und ging zur Borkum-Fähre hinüber. Der anfallende Nordwest fegte kalt über den Kai. Focko hörte das Aufheulen eines Dieselmotors und bemerkte den MAN-Sattelschlepper, der, mit Baumaterialien beladen, der geöffneten Bugklappe des Schiffes entgegenfuhr. Im Führerhaus saßen zwei junge Fahrer, und der junge Mann beneidete sie für wenige Sekunden um ihren handfesten Job.

Das würde mir auch Spaß machen, dachte er: So ganz ohne das ständige Nörgeln eines Chefs einen schweren Lastwagen über die Autobahn zu steuern – ein Wunschtraum!

Focko näherte sich, umgeben von den Zugreisenden, der Passagierbrücke. Es waren meist ältere Menschen, und ihre harmlose Aufgeräumtheit, ihre albernen Bemerkungen über die Passage bei hohem Seegang störten ihn, ohne dass er sagen konnte, warum.

Focko nahm die Stufen der Eisentreppe; ein bärtiger Matrose knipste wortlos seine Fahrkarte. Er betrat das Schiff, stieg die Treppe zum Unterdeck hinab, schritt an der Cafeteria vorbei und suchte den Salon auf. Dort stellte er den Koffer ab, zog die teure Windjacke aus, hängte sie an den Garderobenhaken und zwängte sich auf die Sitzbank eines der Fenstertische.

Er hatte in der letzten Zeit nicht nur zugenommen, sondern war regelrecht dick geworden, doch das kümmerte ihn wenig. Schließlich befand er sich ja in guter Gesellschaft, wenn man an die vielen Politiker und Stars dachte, die ganz ungeniert ihren Bauch spazieren trugen!

Im Salon saßen nur wenige Fahrgäste. Er vernahm das schrille Klingeln, das von der Brücke her in den Salon drang, und schaute auf die Uhr: Das Schiff legte pünktlich ab.

Die Bedienung trat an seinen Tisch. Die junge Frau lächelte ihn freundlich an. »Ein Kännchen Kaffee und zwei Cognac«, bestellte er und schaute durch das Fenster auf den grünen Deich, auf dem Schafe grasten.

Das Schiff näherte sich durch die Fahrrinne dem offenen Wasser. Die hübsche, junge Schiffskellnerin brachte den Kaffee, stellte auch die bauchigen Cognacschwenker auf den Tisch und kassierte sofort.

Focko Hoogelycht legte einen Zwanzigmarkschein auf den Tisch. »Der Rest ist für Sie«, sagte er.

»Danke«, erwiderte die junge Frau erfreut.

Hoogelycht schob ihr einen Cognacschwenker zu und nahm den anderen in seine Hand.

»Bitte, stoßen Sie mit mir an«, bat er die junge Frau. Er lachte schallend, als er in das entsetzte Gesicht der Bedienung blickte.

»Doch nicht im Dienst!«, sagte sie leicht empört.

»Na, dann trinke ich eben mit beiden auf Ihr Wohl.« Hoogelycht grinste, setzte ein Glas an den Mund und leerte es, um dann das andere zu heben.

»Danke«, sagte die Kellnerin und ging davon.

Focko Hoogelycht war sehr zufrieden mit sich. Er steckte sich eine Zigarre an und rauchte genüsslich. Der Blick durch das Fenster auf den grauen Himmel und die kabbelige Nordsee gab ihm das Gefühl einer wiedergewonnenen Freiheit. Dabei besaß er kaum Anlass, mit sich zufrieden zu sein, im Gegenteil. Seine Eltern hatten ihm nach dem Scheitern an der Fachhochschule in Freiburg dank ihrer Beziehungen im renommierten Hamburger Hotel ›Maple‹ eine Praktikantenstelle besorgt, aber auch dort hatte es Ärger gegeben.

Focko Hoogelycht trank den Kaffee, nippte am Kognakglas und rauchte die teure Zigarre. Dabei ließ er die turbulenten Ereignisse im Hotel ›Maple‹ noch einmal vor seinem geistigen Auge Revue passieren.

Er hatte sich mit dem angesehenen Hoteldirektor – gelinde ausgedrückt – angelegt, danach sein Zimmer geräumt und sich auf die Reise nach Hause begeben. Jetzt sann er nach einer Version der Ereignisse, die ihn entlastete und die er seiner ihm zugeneigten Großmutter, dem skeptischen und oft enttäuschten Vater und der ihm alles verzeihenden Mama anbieten konnte, ohne in das Kreuzfeuer der Kritik zu geraten. Alle die Jahre über hatte er sich nicht allzu große Mühe gegeben, die hochgestochenen Pläne seiner Eltern zu erfüllen, die nach immer neuen Wegen sannen, ihm eine angemessene Ausbildung zu ermöglichen, obwohl er schon oft versagt hatte.

Auch in Hamburg im Vier-Sterne-Hotel ›Maple‹ war Focko Hoogelycht beileibe kein Aushängeschild gewesen. Tatsache war, dass der Hoteldirektor ihn dabei ertappt hatte, wie er am fortgeschrittenen Abend während des Dienstes am Tresen der Rezeption an einem Kognakschwenker nippte, eine Zigarre rauchte und eine junge amerikanische Mitarbeiterin der *New York Times* zu überreden versuchte, ihn nach seinem Dienst in seinem

Appartement zu besuchen. Er hatte sich als Sohn einer vermögenden Hotelierfamilie bezeichnet und angeboten, ihr mit fachkundigem Rat auf ihrer Deutschlandreise beizustehen.

Diese Entdeckung hatte dem Chef die Zornesröte ins Gesicht getrieben.

»Sie können gehen – und brauchen morgen nicht mehr zu erscheinen«, hatte er gesagt und den Dienst am Tresen selbst übernommen.

Focko hatte seelenruhig das Kognakglas geleert, seine Zigarre ausgedrückt, dem Chef Platz gemacht und ihn verächtlich angeschaut. »Ich habe sowieso die Schnauze voll von Ihrer Klitsche! Sie können mich mal ...«, hatte er gesagt, danach sein kleines Appartement aufgesucht und nicht einmal seinen Schrank ausgeräumt, sondern noch einige Hosen und teure Jacketts auf den Bügeln hinterlassen.

Die Fähre begann jetzt mit dem Anlegemanöver. Focko grinste in sich hinein, als er sich an die fassungslose Miene des ›großen Hoteldirektors‹ erinnerte.

Diesem arroganten Schwein habe ich es gegeben, dachte er zufrieden. In der Hoffnung, dass seine Mutter nun endlich damit aufhören würde, ihn auf immer neue Schulen und Weiterbildungsinstitute zu schicken, verließ er das Fährschiff. Er verzichtete auf ein Taxi und stieg in den bereitstehenden Zug der Inselbahn, um direkt vor dem ›Kaiserhof‹ auszusteigen.

Die Ruhe im Hause war ungewohnt – das Personal hatte bereits Feierabend. Der Speisesaal lag im Halbdunkel, und dort saßen Dini Hoogelycht, die Chefin, ihre Schwiegertochter Tomma und ihr Sohn Ulfert im Licht der herabgezogenen Schirmlampe am Familientisch. Auf dem Tisch stand das Teegeschirr mit dem Muster der ostfriesischen Rose. Im Stövchen brannte das Teelicht.

Die Chefin hatte sich nicht umgezogen und trug noch dasselbe Kostüm wie am Morgen. Ihre Schwiegertochter sah flott aus in der mit Perlen bestickten Jeansjacke. Ihr hübsches Gesicht war tief gebräunt von den regelmäßigen Besuchen im Solarium.

Ulfert Hoogelycht wirkte müde. Er trug ein buntes Flanellhemd und studierte durch seine randlose Lesebrille eine Computerliste. Schiri, die hübsche Türkin, brachte den Tee, stellte die Kanne auf das Stövchen und servierte eine Schüssel mit friesischem Teegebäck.

»Schiri, du kannst ruhig nach Hause gehen. Ich spüle die paar Tassen und Teller«, meinte Dini Hoogelycht.

»Ach, das hat keine Eile. In der Teeküche gibt es sowieso noch einiges zu tun«, antwortete Schiri und verschwand wieder in der Küche. Die Familie bediente sich mit Kluntje. Dini Hoogelycht schenkte den Tee ein. Sie nahmen von der Sahne und knabberten das lockere Blätterteiggebäck.

»Eins muss ich sagen: Heute lief alles wie geschmiert. Das Wetter hat auch mitgespielt«, meinte die alte Dame erleichtert.

Ihre Schwiegertochter nippte an der Tasse und steckte sich eine Zigarette zwischen die geschminkten Lippen. »Gut, dass die Saison vorbei ist! Immer dieser Stress. Ich bin fertig! Ich muss mal runter von der Insel«, sagte sie und zündete die Zigarette an. Sie inhalierte und blies dann den Rauch erleichtert von sich. »Die Kur wird mir gut tun!«

Ulfert stopfte seine Pfeife, steckte den Tabak an und paffte. »Die Saison war immerhin ein voller Erfolg!«, sagte er nur.

Etwas später schauten sie sich überrascht an. Jemand hatte die Glocke an der Rezeption betätigt.

»Ein Gast?«, fragte Dini Hoogelycht und blickte ihren Sohn fragend an. Ulfert legte die Pfeife auf den Aschenbecher, nahm noch einen Schluck von seinem Tee, stand auf, um im Flur nach dem Rechten zu sehen. Überrascht starrte er wenig später seinen Sohn an, der ihm ein wenig unsicher entgegenlächelte.

»Hallo Papa!«, sagte Focko bemüht herzlich. »Nehmt ihr mich wieder in eurer Mitte auf?«

»Focko, du hier?« Ulfert Hoogelycht ahnte sofort, dass sein Sohn wieder einmal in Schwierigkeiten steckte. Der Junge bleibt ein Versager, schoss es ihm durch den Kopf.

»Papa, nun schau mich bloß nicht so an! Es lag nur an deinem so genannten Freund, diesem aufgeblasenen Idioten!«

Ulfert Hoogelycht schwieg für Sekunden und blickte den Sohn eindringlich an. Er wartete auf eine Erklärung.

»Er hat mir das Leben zur Hölle gemacht. Na ja, und irgendwann hat es mir eben gereicht!«, sagte Focko.

Hoogelycht kämpfte mit seinen Gefühlen und bemühte sich, seine Enttäuschung zu unterdrücken. Dann ging er ohne ein weiteres Wort zur Tür des Speisesaales, öffnete sie und ließ den Sohn eintreten.

Focko eilte an den Tisch. Tomma stand auf und drückte ihren Sohn an sich.

»Junge, hast du Ärger gehabt?«, fragte sie voller böser Vorahnungen.

Focko gab seiner Mutter einen Kuss auf die Wange. Dann stieß er Mitleid heischend hervor: »Mutter, dieser Phillip Gussmann ist ein Sadist!«

Jetzt erhob sich auch Dini Hoogelycht. Focko löste sich aus der Umarmung der Mutter und sah die alte Dame treuherzig an. »Es war einfach zu viel. Ich musste wie ein einfacher Boy Koffer schleppen. Außerdem hatten sie keinen Fahrer für den Bulli, also habe ich auch noch den Chauffeur gespielt und die Gäste zum Bahnhof und zurück kutschiert. Ständig wurde ich zum Nachtdienst eingeteilt, und dann klingelten um Mitternacht Gäste und wünschten sich Ölsardinen! Und das alles für das bescheidene Praktikantengehalt!« Focko hatte sich in echte Empörung geredet.

»Mein Junge, ich denke, dass du in meinem Hause Sinnvolleres leisten kannst. Es ist an der Zeit, dass dein Vater dich mit verantwortungsvolleren Aufgaben betraut«, sagte Dini Hoogelycht denn auch sofort und blickte ihren Sohn auffordernd an. Tomma hatte wieder Platz genommen.

»Focko, komm, setz dich zu uns. Papa holt dir sicher ein Gedeck. Schiri ist noch in der Teeküche«, sagte sie.

Ulfert Hoogelycht erhob sich wortlos und ging zur Teeküche hinüber. Mutter hat gut reden, dachte er und überlegte, wo er den Sohn im Hotel sinnvoll einsetzen konnte, ohne ihn vor seinen Angestellten bloßstellen zu müssen. Das würde zumindest sehr schwierig werden, wie er sehr wohl wusste. Sahen denn die beiden Frauen nicht, wie blenderisch und verantwortungslos der Junge sich gebärdete?

Ulfert seufzte leise auf, bevor er Schiri in der Küche um ein weiteres Gedeck bat und wieder in den Speisesaal zurückkehrte.

Dort hatte Focko mittlerweile die beiden Frauen vollkommen von seiner Sicht der Dinge überzeugt. Er war das Opfer eines neureichen Leuteschinders geworden, dem der wohlhabende zukünftige Erbe eines Inselhotels auf Borkum ein Dorn im Auge gewesen war.

Ulfert wusste, dass es keinen Sinn gehabt hätte, dagegenzureden.

Schiri brachte das Gedeck. »Hallo«, sagte sie nur und senkte den Blick, als der Junior sie erfreut musterte; dann ging sie zurück in die Küche. Der Enkel der Altchefin besaß kein hohes Ansehen bei den Angestellten. Tomma Hoogelycht legte Kluntje in die Tasse, schenkte Focko den Tee ein und gab Sahne dazu.

Focko trank einen Schluck, nahm aus seiner Westentasche eine Zigarre mit Bauchbinde, steckte sie an und blies den grauweißen Qualm von sich. Noch einmal ließ er sich zu Geschichten hinreißen, die seiner Großmutter und Tomma zu Herzen gingen.

Er trug dick auf, und als er geendet hatte, begannen die beiden Frauen wieder eifrig für ihn Pläne zu machen. Focko hörte zufrieden zu. Es hätte nicht besser laufen können. Großmutter kam ihm zu Hilfe, und das war die halbe Miete. Er schaute dem Vater zu, der die erloschene Pfeife in der Hand hielt und nachdenklich in den abgedunkelten Speisesaal blickte, als warte er auf Schiri, denn es war kein Tee mehr da. Ulferts gealtertes Gesicht war von Sorgenfalten durchzogen.

Er wird gleich Stellung beziehen und einen Vorschlag machen, wo man mich unterbringen kann, um mich vom Betrieb fernzuhalten, dachte Focko.

Jetzt erschien tatsächlich Schiri mit einer vollen Teekanne in der Hand am Tisch. Focko fiel auf, wie hübsch sie war mit ihren großen dunklen Augen. Ihr schwarzes Haar hatte sie zu einem Zopf geflochten. Ihre Jeans betonten ihre gute Figur.

»Ich dachte nur, die Kanne muss leer sein«, sagte sie freundlich und stellte den frischen Tee auf das Stövchen.

»Danke«, sagte Dini Hoogelycht. Als Schiri in die Teeküche zurückging, schaute Focko hinter ihr her. Immer noch stand der Vorschlag seiner Großmutter im Raum.

Ulfert Hoogelycht war tief in Gedanken versunken. Er hatte sich bei seinem Bekannten Gussmann für seinen Sohn eingesetzt und ihn gebeten, Focko trotz einer Vielzahl anderer Bewerber einzustellen. Wie stand er jetzt da? Er trank seinen Tee und schaute seine Mutter fragend an.

»Focko wird irgendwann unseren Betrieb übernehmen«, sagte diese. »Es wäre an der Zeit, dass er sich einarbeitet, schließlich ist er schon dreißig.«

Ulfert nickte. »Da gibt es sicher auch einiges, was er sich im Hause aneignen könnte. Ich denke zum Beispiel an den Umgang mit dem Computer. Frau Ammermann sprach von einem Programm, das speziell für die Gastronomie entwickelt wurde. Sie ist dabei, sich einzuarbeiten. Aber wir können Focko schlecht als Azubi in ihre Obhut geben«, sagte er.

Dini Hoogelycht hob die Stimme. »Wann hört ihr endlich auf, an Focko zu zweifeln? Er muss hier Gelegenheit bekommen, sich zu bewähren und Erfahrungen zu sammeln.«

»Danke, gnädige Frau«, erwiderte ihr Enkel kess. »Als Erstes muss heutzutage jedes Unternehmen seine Personalkosten senken, um in der Gewinnzone zu bleiben. Ein paar Erfahrungen habe ich immerhin doch schon gesammelt«, fügte er wichtig hinzu.

Ulfert Hoogelycht schaute den Sohn überrascht an. »Zuerst einmal muss Oma dir ein Gehalt zahlen, bevor du die Personalkosten abbauen kannst«, meinte er ironisch.

»Dazu bin ich gern bereit«, warf die alte Dame ein. »Die Kinder deiner Schwester Ulla haben ihre Ausbildung beendet. Swantje fängt in Hamburg bei einer Apotheke an, und Renke möchte sich nach dem praktischen Jahr im Emder Raum als Arzt niederlassen. Ich habe ihnen geholfen, und nun soll Focko in meinem Hause eine Zukunft haben.«

»Danke, Oma«, antwortete Focko. Er erhob sich, ging zu seiner Großmutter hinüber und gab ihr einen Kuss auf die Wange.

»Ich denke, dass dein Vater und deine Mutter mit meiner Entscheidung verstanden sein werden«, sagte sie. »Du könntest dich um Personalfragen kümmern.«

»Und die Fachschule? Dort würdest du sicher auch reizende Töchter aus der Branche kennen lernen!«, warf Tomma Hoogelycht ein.

»Mama, ehrlich gesagt, darauf kann ich verzichten«, antwortete Focko verächtlich.

Ulfert Hoogelycht hatte sich zu einem Entschluss durchgerungen. Er setzte die Lesebrille auf, begann mit der Reinigung der Pfeife und sagte ruhig: »All up Stee! Du bist ab heute der Junior!«

»Danke, Papa, ich freue mich«, erwiderte Focko überrascht.

»Ist in Ordnung. Ich akzeptiere Mutters Entscheidung«, erklärte Ulfert schlicht.

Tomma Hoogelycht erhob sich und nahm ihren Sohn an die Hand. »Focko, komm, wir holen dein Gepäck und gehen nach oben.«

Dini Hoogelycht stand ebenfalls auf. »Ich helfe Schiri in der Küche«, sagte sie und begann abzuräumen.

Ulfert Hoogelycht ging zum Tresen und holte sich eine Flasche Bier. Dann stopfte er seine Pfeife, zündete sie an und lehnte sich gedankenverloren in seinem Stuhl zurück.

Vieles war schief gelaufen mit dem Jungen. Tomma hatte es versäumt, Focko eine Mutter zu sein. Sie kam aus einem bürgerlichen Haus vom Festland. Den Vater hatte sie früh verloren. Die Schwiegermutter hatte als Krankenschwester im Norder Krankenhaus gearbeitet und war im vorigen Jahr ebenfalls gestorben.

Tomma hatte in ihrem Drang nach Selbstverwirklichung und der Freude am Geschäft Focko meistens den Kindermädchen überlassen. Mit ihrem Charme, ihrer guten Figur und ihrem hübschen Aussehen hatte sie die Urlauber und Kurgäste schnell für sich eingenommen. Sie besaß immer noch alle Reize einer attraktiven Frau, während sein Körper schon Spuren des Alterns verriet. Damit jedoch konnte er leben. Störender fand er Tommas Bemühungen, seine alte Mutter aus der Leitung des Hotels zu verdrängen …

An diesem Abend dachte Ulfert beim Bier über einige Dinge nach. Erst spät leerte er den Aschenbecher, löschte die Lichter und ging ins Schlafzimmer hinauf.

Unter dem Schutzdach der Bushaltestelle standen die Menschen dicht gedrängt und schauten mürrisch in den Regen hinaus. Von den Fassaden der gegenüberliegenden Gebäude fiel das Licht der bunten Neonröhren in den tristen, späten Nachmittag. Ein böiger Wind fegte durch die Straße und über den Bahnhofsplatz.

Eilige Reisende hasteten die Straße entlang. Der Taxistand war verwaist. Swetlana Roederich hatte unter dem Schutzdach gelehnt und suchte Schutz vor dem kalten, nassen Wind. Ihr war kalt. Mit klammen Fingern hielt sie die Plastiktüte mit dem Einkauf umschlossen. Unter den Wartenden entdeckte sie einige Mitbewohner, doch sie mied ihre Blicke.

Jetzt kam der Bus aus der Schleife, die an den teuren Hotels entlangführte und für den Autoverkehr gesperrt war. Die Scheibenwischer bewegten sich im Takt. Die Scheinwerfer wirkten wie starre Augen, die kalt einem Ziel entgegenblickten. Die wartenden Menschen traten in den Regen. Regenschirme spannten sich gegen den Wind und die Nässe. Der Bus hielt an der Bordsteinkante. Der Motor dieselte im Leerlauf.

Swetlana hörte das Zischen des Türöffners. Insassen verließen den Bus und fanden den Weg durch die drängende Menge. Die wartenden Fahrgäste stiegen ein, und auch Swetlana entwertete ihren Fahrausweis.

Im Bus roch es nach schalem Atem, Pommes frites und Putzmitteln. Immer mehr Menschen drängten in den Bus. Swetlana suchte mit der einen Hand Halt an einer Plastikschlaufe, mit der anderen hielt sie die Einkaufstüte.

Außer der Tatsache, dass sie zum Teil dasselbe Fahrziel hatten, verband sie an diesem Abend nichts mit den vielen Menschen um sie herum. An jeder Haltestelle stiegen mehr Fahrgäste aus als ein. Swetlana hielt sich weiter an der Schlaufe fest, obwohl es bereits freie Sitzplätze gab. Sie befand sich unter Aussiedlern, von denen sie einige schon öfter gesehen hatte. Die übrigen Fahrgäste waren junge Osteuropäer und Farbige.

Swetlana stieg am Pestalozzi-Platz aus. Der Regen hatte ihre Jacke und die Jeans durchnässt. Ihr Haar hing ihr in Strähnen um den Kopf.

Die Straßenlaternen warfen mattes Licht auf den Gehsteig. Jenseits davon lagen von Hecken umgrenzte Schrebergärten.

Die Ausländer schritten palavernd vor ihr her. Es waren junge Menschen wie sie, die vor etwas weggelaufen waren und wie sie hinter etwas herrannten, das nur schemenhaft in ihre Nähe gerückt war. Swetlana wünschte sich eine Wohnung in einem der Viertel, wo die Deutschen wohnten. Sie hasste den Blick auf die gardinenlosen Fenster, auf den verwahrlosten Rasen und die verschmutzten Eingangstüren. Allzu oft war die Polizei im Haus. Über Nacht standen öfter teure Wagen auf den Parkstreifen.

Der Regen hinterließ Pfützen auf den Betonplatten. Durch die Ahornbäume fuhr der Wind, spielte mit den knorrigen Zweigen und trieb die Blätter vor sich her, die der Herbst bunt gefärbt hatte.

Swetlana betrat das Haus. Kinder spielten im Korridor. Sie stieg die Treppe hinauf. Jugendliche hatten die kahlen weißen Wände mit Graffitti besprüht. Die Betonstufen waren ausgetreten, die Böden uneben und fleckig. Swetlana ging zu ihrer Appartementtür, nahm den Schlüssel aus ihrer Jacke, schloss auf und betrat den engen dunklen Flur. Sie stellte die Plastiktüte ab, zog die nasse Jacke aus und hängte sie an den Garderobenhaken.

Dann öffnete sie die Tür ihres kleinen kombinierten Wohn-Schlafzimmers. Sie hatte es möbliert übernommen. Nur den Fernseher hatte sie preiswert in einem Secondhandshop erstanden. Eine Wand wurde von einem Einbauschrank und einem kleinen Herd eingenommen, an der anderen Wand stand die Schlafcouch mit einem Bücherregal und einer Leselampe darüber.

Mitten im Zimmer stand der Tisch mit einem Stuhl. In der

Zimmerecke hatte der Fernseher Platz gefunden. Für das nach Westen hinausgehende Fester hatte Swetlana eine Gardine gekauft und einen bunten Vorhang genäht, um die kahle Wohnung etwas heimeliger zu machen. Der kalte, nasse Oktobertag lastete schwer auf ihrem Gemüt. Sie zog sich aus, hängte die durchnässte Jeans über die Heizung, betrat das Bad, stellte die Dusche an und ließ das heiße Wasser auf ihren Körper prasseln.

Sie war sportlich und durchtrainiert, hatte in ihrer Heimat als Bodenturnerin Erfolge gefeiert und noch bis zu ihrer Ausreise als Trainerin eine Mädchenriege betreut.

Während sie die wohlige Wärme genoss, dachte sie an ihr Elternhaus in der Nähe von Kirkutsk, wo alles sehr einfach gewesen war. Dort hatten die Wände aus gekalktem Lehm bestanden. An kalten Herbst- und Wintertagen hatten sie und ihre Familie fröstelnd um den großen Tisch gesessen, obwohl sie den gusseisernen Ofen mit Holz bis zur Rotglut aufgeheizt hatten.

Swetlana spürte, dass das Wasser plötzlich salzig schmeckte – sie weinte, wie so oft, seitdem sie hier war. Ihr Freund Dimitri hatte versprochen, ebenfalls einen Antrag auf Aussiedlung zu stellen, um ihr zu folgen, doch inzwischen hatte ihre Großmutter ihr geschrieben, dass Dimitri in Ursk eine Anstellung als Ingenieur gefunden hatte und dort ein gutes Gehalt und zusätzliche Prämien erhielt. Er hatte aufgehört, auf ihre Briefe zu antworten, und das konnte nur bedeuten, dass er nicht mehr an eine gemeinsame Zukunft dachte. Swetlana schluchzte bei dem Gedanken an ihre Großmutter, die sich wegen ihres Alters nicht mehr hatte entschließen können, das Dorf zu verlassen, und jetzt alleine in dem heruntergekommenen Häuschen lebte. Aber immerhin hatte sie ihre Nachbarn und Freunde, den eigenen Garten und ein paar Hühner.

Swetlana stellte die Dusche ab, hüllte sich in ein Handtuch ein und frottierte sich gründlich ab. Sie sehnte sich nach einer Schulter zum Anlehnen, einem Freund, nach Arbeit und einer Perspektive für die Zukunft! Vor allem aber musste sie Dimitri vergessen! Sie betrat das Zimmer, schlüpfte in frische Wäsche und zog eine trockene Jeans und einen Pullover über. Dann schlüpfte sie in ihre Pantoffeln, holte die Einkäufe und packte sie in den Kühlschrank. Dann ertappte sie sich erschrocken dabei, wie sie sehnsuchtsvoll Dimitris Namen aussprach. Ihr fiel ein Sprichwort ihrer Großmutter ein: »Was die Lippen so schnell von sich geben, das hat das Herz noch lange nicht vergessen!«, Und doch – der Entschluss zur Ausreise war richtig gewesen!

Swetlana besaß einen deutschen Pass. Ihr Vater war deutscher Herkunft gewesen und im Afghanistankrieg als Zeitungsreporter gefallen.

Swetlana trug ihr schwarzes Haar zu einem Zopf geflochten. Sie hatte rehbraune Augen. Ihre hervortretenden Wangenknochen, ein Erbe ihrer kirgisischen Mutter, verliehen ihrem schönen Gesicht mit den vollen Lippen und der schmalen Nase einen Hauch von Fremdheit.

Sie nahm aus dem Pantryschrank einen kleinen Topf, füllte etwas Wasser ein, gab einen Schuss Rotwein hinzu und setzte den Topf auf die Kochplatte.

Sie machte sich einen Glühwein und setzte sich damit an den Tisch. Draußen regnete es noch immer. Swetlana rauchte eine Zigarette, trank den Wein in kleinen Schlucken und dachte an zu Hause.

Sie hatte als Angestellte im Büro einer Molkerei gearbeitet. Monatelang war das Gehalt ausgeblieben.

Die Kolchosen hatten sich aufgelöst, die Milchlieferanten waren ausgeblieben, und schließlich hatte sie ihre Arbeit verloren. Kurz danach hatte ihre Mutter plötzlich über unerträgliche Schmerzen geklagt und war innerhalb weniger Monate an Krebs gestorben.

Swetlana spürte, wie ihr schon wieder die Träume kamen. Um sich abzulenken, griff sie nach der Zeitung und studierte die Anzeigenbeilage des Abendblattes. Sie hätte so gern wieder gearbeitet, aber ihre Aussichten waren sehr schlecht!

Ihr Blick fiel auf die Heiratsanzeigen, und sie schmunzelte über die kessen Formulierungen. Eine Anzeige erweckte ihre Neugierde, sodass sie gleich mehrmals las:

»Dreißigjähriger Mitinhaber eines alteingesessenen Hotels auf einer ostfriesischen Insel sucht ›Sie‹, die bereit ist, sich den Aufgaben eines gut gehenden Betriebes zu stellen.

›Er‹ ist gebildet und gesellig und erwartete von ›Ihr‹ Einsatzbereitschaft und ein angenehmes Äußeres. ›Sie sollte nicht älter als dreißig sein. Heirat nicht ausgeschlossen!‹«

Swetlana ging zum Herd und füllte ihr Glas wieder mit Glühwein. Dann setzte sie sich nachdenklich an den Tisch, zündete sich eine Zigarette an, nippte am Glas und rauchte.

Sie hatte bei der Übersiedlung Mädchen kennen gelernt, die den Versprechungen windiger Typen Glauben geschenkt und sich bereit erklärt hatten, Jobs als Unterhalterinnen und Kellnerinnen anzunehmen. Sie waren direkt in bereitstehende Appartements in Frankfurt, Hamburg und anderer Großstädte eingezogen, und Swetlana hatte nie wieder etwas von ihnen gehört. Swetlanas Muttersprache war Russisch, und obwohl ihre Großmutter sich bemüht hatte, ihr Deutsch beizubringen, sprach sie nicht allzu gut.

Sie hatte auch nicht die geringste Ahnung, wo sich die Ostfriesischen Inseln befanden, und wusste noch einiges zu ergründen, weshalb diese Annonce sie so aufrüttelte.

Sie hatte Dimitri geliebt und ihm die Treue gehalten, doch inzwischen war ihr klar geworden, dass er niemals kommen würde, wahrscheinlich hatte er längst eine andere kennen gelernt und dachte schon gar nicht mehr an sie.

Sie war also frei – doch wo sollte sie hier in Hamburg eine neue Liebe finden!

Entschlossen ging sie hinüber zum Bücherregal, nahm den Schreibblock, auf dessen Seiten sie noch die durchgedrückten Linien ihres ersten Briefes an die Großmutter erkannte; sie gab sich einen Ruck und verfasste einen kurz gehaltenen Lebenslauf, bemüht, die in der Volkshochschule erlernten Rechtschreibregeln zu beherzigen. Sie erklärte sich dem unbekannten Hotelier bereit, den ›gewünschten Anforderungen‹ gerecht zu werden, und legte ein Foto bei.

Dann las sie den Brief noch einmal durch, steckte ihn samt Foto in ein Kuvert, klebte den Umschlag zu und versah ihn mit der Chiffre-Nummer und der Adresse der Zeitung. Seufzend trank sie den letzten Schluck Glühwein aus ihrem Glas und beschloss, schlafen zu gehen.

Frau Asyr Geecer drückte den Sohn an sich, gab ihm einen Kuss auf die Wange, wünschte ihm auf Türkisch viel Glück und begleitete ihn zur Tür. Attila verschwand um die Hausecke herum, holte sein Fahrrad aus dem Schuppen und radelte los.

Nebel lag auf den Dünen und zog in dichten Bänken über der Reedestraße. Attila fühlt die nasse Kälte im Gesicht und trat mächtig in die Pedale. In den trüben Herbstmorgen drang das Rauschen der Brecher, die auf dem Strand unterhalb der Kurpromenade ausrollten.

Die Spitze des Leuchtturms ragte in den Nebel hinein. Am Bahnhof stand niemand im milchigen Licht der hochstelzigen Leuchten.

Attila radelte der Lichterreklame des Kaiserhofes entgegen, die den Nebel grün färbte. Er stieg vom Fahrrad, stellte es in den Ständer und schaute auf seine Armbanduhr. Es war fünf vor neun. Er atmete tief durch und stieg die breiten Stufen der Steintreppe empor. Er griff nach der eisernen Klinke, und der stilisierte Fisch lag für Sekunden kalt in seiner Hand. Er öffnete die Tür und betrat die Empfangshalle. Auf die massive Holzplatte des Tresens fiel das Licht eines Deckenstrahlers. Seitlich standen Blumenkübel auf dem Steinboden.

Attila blickte sich im Flur um. An den Wänden hingen Bilder. Kleine Wandleuchten warfen schummriges Licht auf die Grastapete. In der Ecke befand sich eine Sitzgruppe mit Ledersofa, Ledersessel und einem Eichentisch. Eine blau lackierte Tür trug in goldenen Lettern die Aufschrift »*Speisesaal.*«

Attila trat an den Tresen und griff nach dem geflochtenen Seil der kleinen Schiffsglocke. Sie gab einen hellen dröhnenden Ton von sich.

Er musste nicht lange warten. Aus dem Halbdunkel des Flurs näherte sich ein schwergewichtiger Mann in Bundfaltenhosen und im eleganten Strickpullover, aus dessen Aufschlägen der Kragen eines Oberhemdes hervorlugte.

Der Mann hatte ein rundes, aber nicht gutmütig wirkendes Gesicht und schon ein wenig schütteres Haar. Seine Augen blickten den Ankömmling abschätzend an. Attila schätzte den Mann auf Mitte dreißig.

Der Mann lächelte jovial, reichte ihm die Hand. »Focko Hoogelycht! Ich bin der Juniorchef dieses Etablissements!«, sagte er und ließ ein selbstzufriedenes Lachen folgen.

»Mein Name ist Attila Geecer. Ich habe mich bei Ihnen als Jungkoch beworben. Hier sind meine Papiere.« Er hob die Tasche hoch.

»Haben Sie schon gefrühstückt?«, fragte der Juniorchef.

Attila nickte stumm.

»Na, dann kommen Sie mal mit«, sagte der Hotelier, ging auf die blau lackierte Tür zu, öffnete sie und ließ den Jungkoch eintreten.

Attila betrat den Speisesaal, der, das sah er auf Anhieb, für gut zahlende Gäste an Behaglichkeit nichts vermissen ließ.

Hoogelycht zeigte auf die Sitzecke. »Legen Sie am besten drüben am Familientisch die Tasche ab und begleiten Sie mich zur Teeküche. Ich denke, wir trinken zusammen eine Tasse Kaffee.«

Attila folgte dem Juniorchef in die Küche, wo dieser auf die Kaffeemaschine deutete. »Sie kennen sich ja aus mit diesen Geräten. Brühen Sie den Kaffee auf, dabei können wir uns unterhalten«, sagte Hoogelycht und schaute zu, wie Attila die Maschine bediente und sich schnell in der fremden Umgebung zurechtfand. Im Spülbecken stand Geschirr – die Eltern und seine Großmutter hatten bereits gefrühstückt, stellte Hoogelycht fest.

Der Jungkoch schien gut zurechtzukommen, denn nach Minuten floss der Kaffee in die bereitgestellten Kännchen.

»Warum haben Sie sich gerade bei uns beworben?«, fragte Focko Hoogelycht etwas später.

Attila blickte den Juniorchef überrascht an. »Das wissen Sie nicht?«, fragte er.

»Ich gehöre erst seit kurzem zum Management des Hauses«, antwortete der Juniorchef.

»Mein Berufsschullehrer, Eilrich Buss aus Emden, hat mir den Hinweis gegeben«, sagte Attila unsicher.

Der Juniorchef lachte lauthals drauflos. »Ach ja, der gute alte Onkel Eilrich! Tja, Lehrer müsste man sein! Das ist ein bequemer Halbtagsjob!«

Attila stellte die Kännchen auf das Tablett. Im Kühlschrank fand er die Sahne. Er fragte sich verwundert, weshalb Herr Hoogelycht immer noch grinsend in der Teeküche stand, ohne ihm Anweisungen zu geben.

Doch schließlich fragte Hoogelycht:

»Sind Sie Türke?«

»Ja, das habe ich in meinem Lebenslauf erwähnt. Aber ich war noch nie in der Türkei. Ich bekomme bald einen deutschen Pass«, erwiderte Attila.

»Das ist Ihr Bier. Sie gefallen mir! Kommen Sie bitte mit zur Familienecke«, sagte der Juniorchef und schritt Attila voraus.

Eine halbe Stunde später hatte der Juniorchef die Unterlagen und Zeugnisse durchgesehen, die Attila Geecer mitgebracht hatte, und dem Jungkoch eine Anstellung und ein vernünftiges Gehalt angeboten.

Attila nickte hocherfreut. »Ich bin einverstanden«, antwortete er und schüttelte Hoogelycht die Hand.

»Dann sind wir uns also einig«, sagte dieser. »Ich lasse den Vertrag von unserer Sekretärin schreiben. Ach, und vom sechsundzwanzigsten Dezember bis zum sechsten Januar haben wir geöffnet – ich bitte Sie, uns gegen entsprechende Bezahlung zur Verfügung zu stehen. Ab dem Beginn der Vorsaison Anfang März gehören Sie voll zu unserem Team«, sagte Hoogelycht und trank seinen Kaffee aus.

Attila leerte den Rest aus seinem Kännchen in die Tasse und führte diese an den Mund. Er war überglücklich.

Hoogelycht drückte den Zigarettenstummel in den Ascher

und erhob sich. »Ich rufe Sie an, wenn Frau Ammermann den Vertrag ausgestellt hat. Warten Sie, ich begleite Sie zur Rezeption«, sagte er.

Attila nahm seine Tasche und folgte ihm. Der Hotelier reichte ihm noch einmal die Hand. »Bis dann.«

»Herzlichen Dank, Sie werden es nicht bereuen, mich eingestellt zu haben«, erwiderte Attila und verließ beschwingt den ›Kaiserhof‹.

Kurz darauf betrat Focko Hoogelycht das Büro. »Moin«, sagte er und reichte Frau Ammermann die Hand. Sie mochte den Junior nicht sonderlich, bemühte sich aber sehr, ihre Abneigung nicht zu zeigen. Der süßliche Geruch seiner Zigarren setzte sich in die Gardinen und Vorhänge und drang selbst in die Stoffe ihrer Röcke und Blusen, und sein wichtiges Gehabe war ihr richtiggehend zuwider.

»Frau Ammermann, wir werden unserem Altkoch Onno Sandomir vorschlagen, einen Antrag auf vorgezogenen Ruhestand zu stellen«, sagte er.

Die Sekretärin schaute den Junior mit hoch gezogenen Augenbrauen an. »Onno ist seit mehr als zwanzig Jahren bei uns, und so weit ich weiß, hat er nicht die Absicht geäußert, in Rente zu gehen«, meinte sie erstaunt.

Focko Hoogelycht grinste. »Sparen ist zur Zeit die Devise. Steuern und Personalkosten fressen den ganzen kläglichen Gewinn auf«, sagte er und nahm im Bürosessel seiner Großmutter Platz. Über seinem dicken Bauch spannte sich der Pullover. »Altgediente Kräfte sind zu teuer geworden!«

»Haben Sie mit Ihrem Vater oder Ihrer Großmutter darüber gesprochen?«, erlaubte sich Maike Ammermann zu fragen.

»Ich bin hier zuständig für alle Personalangelegenheiten, daran müssen Sie sich gewöhnen!« Focko drückte den Zigarrenstummel im Aschenbecher aus. »Ich habe hier die Unterlagen eines Jungkochs, den ich zum ersten März nächsten Jahres einstelle. Er hat die Prüfung mit ›Sehr gut‹ bestanden und besitzt die

Empfehlung meines Onkels«, fügte er zufrieden hinzu. »Alles Weitere entnehmen Sie diesem Schnellhefter. Wenn Sie nun bitte einen Vertrag vorbereiten werden ...«

»Wird erledigt«, gab die Sekretärin knapp zurück.

»Lassen Sie sich Zeit, ich bin sowieso gleich aus dem Haus«, meinte Focko und verließ das Büro.

Frau Ammermann wunderte sich an diesem Morgen über nichts mehr. Sie hatte nur das Gefühl, dass der schwergewichtige Enkel der Chefin dabei war, für viel Wirbel zu sorgen.

Am Nachmittag betrat Dini Hoogelycht mit einem Tablett das Büro. Sie stellte das Stövchen auf den Schreibtisch, setzte die Teekanne ab, stellte zwei Gedecke auf den Tisch und rückte Kluntjebecher und Sahnetopf zurecht.

»Mein Sohn ist zum Bootsschuppen geradelt. Er will seine Yacht warten, nachdem nun endlich der letzte Handwerker das Haus verlassen hat. Meine Schwiegertochter bereitet sich auf ihre Reise nach Italien vor. Ich vermute stark, dass ihre Rückenschmerzen einen psychischen Hintergrund haben«, sagte sie und lächelte verschmitzt. »Von zu schwerer Arbeit rühren sie sicher nicht her.«

Die beiden Frauen schwiegen eine Weile. Dann meinte die Seniorchefin: »Mein Enkel ist nach Hamburg gefahren. Er hat sich mir nicht anvertraut, aber ich gehe davon aus, dass er dort eine Freundin hat. Es wird auch höchste Zeit. Der Bengel ist schließlich schon dreißig. Er muss endlich Tritt fassen«, fügte sie nachdenklich hinzu.

»Ich habe den Anstellungsvertrag bereits ausgestellt und das Schreiben an Onno Sandomir vorbereitet«, erklärte Maike Ammermann und reichte der Älteren mit ausdrucksloser Miene die Unterschriftsmappe.

Dini Hoogelycht nippte an ihrem Tee, nahm die Mappe und schlug sie auf. »Die Einstellung des jungen Türken geht in Ordnung. Aber nehmen Sie bitte das Schreiben an Onno Sandomir heraus. Ich habe da meine eigene Vorstellungen, und mein Enkel ist noch nicht sehr erfahren«, sagte sie lächelnd und schenkte Tee nach. »Fürs Erste wollen wir ihm noch ein Recht auf die eine oder andere Fehlentscheidung zugestehen!«

Maike Ammermann atmete hörbar auf.

Tomma Hoogelycht trat vor die Tür. Es war kalt. Die Blätter der Ziersträucher waren weiß überhaucht, denn es hatte in der Nacht zum ersten Mal gefroren.

Focko Hoogelycht trug die Koffer zum Porsche. Er hatte den Wagen gebraucht, aber dennoch teuer erstanden. Natürlich war sein Vater dagegen gewesen, doch Ulferts Einwände hatten Focko kalt gelassen.

»Mama, das sind aber eine Menge Klamotten für die dreiwöchige Kur«, stellte er jetzt fest, als er das Gepäck im Wagen verstaute.

»Ich weiß schließlich nicht, wie das Wetter auf Ischia ist«, meinte seine Mutter.

Ulfert Hoogelycht stand auf der Treppe und schaute belustigt zu, wie Focko sich mit den schweren Koffern abmühte. Er trug Jeans und einen Norwegerpullover. »Herr Poseidon mit seinen warmen Quellen wird es schon richten«, sagte er ironisch. »Frieren wirst du dort kaum!«

Tomma sah ihn giftig an. »Du, ja, du würdest es fertig bringen, drei Wochen in denselben Sachen herumzulaufen. Vergrab dich nur auf deinem Boot – ich wünsche dir viel Spaß dabei!«

»Und das Abschiedsküsschen?«, fragte er und grinste. Er wirkte alt mit seinem fahlen, faltigen Gesicht.

Tomma küsste ihren Handrücken. »Fang es auf, wenn du nicht zu steif dazu bist«, sagte sie gehässig und bewegte ihre Hand in seine Richtung.

»Gute Erholung«, sagte Ulfert ungerührt.

Focko öffnete die Beifahrertür, und Tomma stieg ein. »Papa wird sich bestimmt nicht langweilen. Er hat ja sein Boot«, sagte er und warf die Tür zu. Dann begab er sich zur Fahrerseite und setzte sich hinter das Steuer. Er fuhr zum Fähranleger.

Tomma starrte aus dem Fenster. Ihr Sohn schwieg. Im Wagen roch es nach dem süßlichen Duft seiner Zigarren.

An der Mole lag die ›*Ostfriesland*‹ schon bereit, und eine Hand voll Wagen stand auf dem Anleger.

Focko parkte vor dem Reedereigebäude. »Mama, bleib ruhig noch sitzen, ich hole dir schon eine Fahrkarte«, sagte er und stieß die Wagentür auf. Frische Seeluft drang in den Porsche. Tomma reichte ihrem Sohn einen Hundertmarkschein, Focko stieg aus und ging schwerfällig zum Reedereibüro hinüber.

Er muss wirklich abnehmen, dachte Tomma. Aber wenn er sich ein bisschen bemüht, dürfte es ihm in seiner Position nicht schwer fallen, trotzdem eine hübsche Frau zu finden. Ob sie sich das allerdings schon so bald wünschen sollte, dessen war sich die ehrgeizige Hoteliersfrau plötzlich gar nicht mehr so sicher, denn wer wusste schon, wie sich durch ein solches Ereignis ihre eigene Stellung verändern würde?

Tomma Hoogelycht betrat das Schiff, suchte die Cafeteria auf, stellte ihr Gepäck ab, zog ihren Trenchcoat aus und hängte ihn an den Garderobenhaken. Sie nahm ihr Portemonnaie – und ging zum Tresen, wo sie sich ein Kännchen Kaffee und ein Croissant holte. Dann trug sie das Tablett an einen Fenstertisch und nahm auf der Sitzbank Platz. Die Sonne färbte mit ihren ersten Strahlen den weiten Horizont – ein friedliches Bild. In der Cafeteria saßen außer Tomma nur wenige Gäste. Sie aß das Croissant, trank dazu den Kaffee und überließ sich ihren Gedanken, die um ihren Sohn kreisten, wie schon so oft.

Focko hatte viele Chancen ungenutzt vertan und sie und ihren Mann auch dieses Mal wieder enttäuscht. Dennoch musste sie sich um seine Zukunft keine Sorgen machen. Es war immer sein Wunsch gewesen, das Hotel zu übernehmen. Er war noch jung. Wenn ihr Mann sich aus dem Betrieb zurückzog, dann konnte sie Focko dabei helfen, das Hotel zu führen. Ihre Schwiegermutter war zweiundachtzig Jahre alt und würde nicht ewig leben, und irgendwann war dann der Weg frei.

Die ›*Ostfriesland*‹ hatte abgelegt. Die Sonnenstrahlen spiegelten sich im ruhigen Fahrwasser des Schiffes. Tomma genoss die Überfahrt, erfüllt von Vorfreude auf die Kur. Sie hing ihren Gedanken und Träumereien nach und war für eine Weile so in sich versunken, dass sie zusammenfuhr, als die Fähre beim Anlegemanöver gegen den Steg stieß.

Kurz darauf strebte Tomma mit den Koffern in der Hand dem Passat ihrer Schwägerin Ulla zu, die auf sie wartete.

Ulla war einige Jahre älter als sie. Sie besaß wie viele korpulente Frauen ein hübsches Gesicht, das ohne Schminke auskam. Sie trug ihr graues Haar halblang und legte wenig Wert auf teure Kleidung. Sie umarmte Tomma zur Begrüßung. »Eilrich fährt bei diesem Wetter mit dem Fahrrad zur Schule. Er hat heute nur vier Stunden und müsste eigentlich schon zu Hause sein«, sagte sie und verstaute das Gepäck.

»Ulfert fährt höchstens mal mit dem Rad zum Bootsschuppen. Er ist richtig bequem geworden. Aber jetzt hat er ja Zeit und bastelt zufrieden an seinem Boot, vielleicht möbelt ihn das wieder ein bisschen auf«, sagte Tomma.

»Eilrich träumt immer noch von einem Boot. Aber die Kinder … die Ausbildung hat eine Unmenge Geld verschlungen«, erklärte Ulla seufzend. Sie stiegen ein. Die Schwägerin lenkte den Wagen über die Umgehungsstraße und bog an der Ampel vor der Innenstadt ab. Nach wenigen Minuten fuhr sie den Passat in die Einfahrt des kleinen Hauses, das der Familie Buss gehörte.

Eilrich stand vor der Haustür, als sie vorfuhren, und trat jetzt einen Schritt vor, um Tomma zu umarmen. »Hallo Schwägerin«, sagte er. »Mein Gott, wie schick du wieder bist!«

Ihr Schwager war schlank und sah recht attraktiv aus mit den grauen Schläfen und den klaren blauen Augen.

»Tomma, lass die Koffer im Wagen, wir fahren dich dann gleich bis Amsterdam«, schlug Ulla vor.

»Das ist nicht nötig. Ich kann mit dem Zug bis zum Flughafen fahren, ich muss nur in Groningen einmal umsteigen«, gab Tomma zurück.

»Zuerst trinken wir mal Tee, ich habe Brötchen geholt. Uns bleibt noch genügend Zeit«, meinte der Schwager.

Einige Stunden später stand Tomma Hoogelycht am Abfertigungsschalter der Martin-Air, um einzuchecken. Sie stellte die Koffer auf das Transportband und erhielt von der Angestellten die Boardcard. »Der Flug wird gleich aufgerufen«, sagte die hübsche junge Frau. »Die Maschine ist übrigens nicht ausgebucht. Ein Platz in der Reihe bleibt leer.«

»Danke«, sagte Tomma und verabschiedete sich von Ulla und ihrem Schwager, die sie schließlich doch noch nach Amsterdam gefahren hatten.

Die Abfertigungshalle glich einem Bienenkorb. Tomma warf einen Blick auf die Boardcard, die die Platznummer *47 a* trug.

Tomma schlenderte an aufgeregten Reisenden vorbei durch die Halle, horchte auf die Durchsagen und verfolgte die Ankündigungen auf einem Monitor.

Bereits nach wenigen Minuten konnte sie inmitten einer Gruppe von anderen Passagieren durch das Gate gehen. Sie schob ihre Umhängetasche zum Röntgen auf das Laufband, ließ sich von einer Angestellten nach Waffen abtasten und lief den langen Gang entlang zum Flugzeug. Es war ein Airbus 210. Eine Stewardess wies Tomma den Weg, und so fand sie rasch ihren gebuchten Sitzplatz, auf den sie sich dankbar fallen ließ. Daneben stand ein Mann im Gang und blickte sich um. Er war groß, schlank und gut aussehend und nahm schließlich genau neben ihr Platz.

»Tomello«, stellte er sich vor.

»Hoogelycht«, sagte Tomma freundlich.

»Holländerin?«, fragte der Fluggast.

»Nein, Deutsche«, antwortete Tomma.

»Ich will nicht aufdringlich erscheinen, aber ich spreche gern mal wieder Deutsch. Meine Mutter kam aus Bozen, mein Vater ist in Capri geboren ...«, erklärte der Mann lächelnd.

Sein Gesicht war gebräunt, Haare und Augen dunkel. Er wirkte sehr sympathisch.

Die Passagiere hatten inzwischen alle Platz genommen. Tomma vernahm die Borddurchsage, langte nach dem Gurt und schnallte sich an. Dann blickte sie aus dem Fenster.

Der Airbus fuhr zur Startbahn. Er verharrte für Sekunden auf der Stelle, dann heulten die Triebwerke auf. Lichter flogen am Fenster vorbei, und die Maschine hob ab. Tomma schaute fasziniert auf das abendliche Amsterdam. Darüber vergaß sie all ihre häuslichen Probleme und Enttäuschungen, während der Airbus die endgültige Flughöhe erreichte.

»Frau Hoogelycht, ich habe etwas Schlaf nachzuholen. Stoßen Sie mich einfach an, falls ich schnarchen sollte«, sagte ihr Nachbar und schaute sie lächelnd an.

»Fliegen Sie oft?«, erkundigte sich Tomma bei dem attraktiven Mann. Er trug einen eleganten Anzug, Oberhemd, einen Pulli und eine Krawatte.

Tomello schaute sie aus müden Augen an. »Zu oft. Ich bin Vertreter, verkaufe Espressomaschinen und Pizzaöfen und bin es langsam satt, nur noch Geld zu verdienen. Meine Landsleute sind sehr erfolgreich, die Arbeit wird immer mehr, weil überall die Pizzerien aus dem Boden schießen. Ich denke, ich werde mich bald zur Ruhe setzen«, fügte er gähnend hinzu.

Die Stewardessen traten in den Gang, um die Handhabung der Schwimmwesten zu erklären und auf die Notausgänge hinzuweisen. Anschließend wurde den Passagieren ein Abendessen serviert.

»Und was führt Sie an meine grüne Seite?«, fragte Tomello.

»Ich suche für drei Wochen Abstand vom Geschäft und der Familie«, erklärte Tomma vage und bestellte bei der Stewardess Kaffee.

Tomello wünschte Tee, und Tomma lachte, als die Stewardess ihm einen Teebeutel und heißes Wasser servierte.

»Warum lachen Sie?«, fragte der Italiener, während er die Teebeutel in den Becher tauchte.

»Ich komme aus Ostfriesland, und dort stellen wir hohe Ansprüche an den Tee. Er muss immer frisch aufgebrüht sein und wird mit Kluntjes und Sahne getrunken – eine heilige Handlung, sozusagen.«

»Sie machen Urlaub in Sorrent?«, fragte Tomello.

»Nicht direkt«, antwortete Tomma und begann die Folie der Imbissschale zu entfernen. Sie blickte aus dem Fenster. Tief unten sah sie Lichter. Tomello hatte seine Schale nicht berührt. Sein Kopf lehnte an der Nackenstütze, sein Atem ging gleichmäßig, und er schlief tief und fest. Er wachte auch nicht auf, als die Stewardessen die Abfälle wieder einsammelten. Tomma bat die Stewardess, den Handelsvertreter zu wecken, als sie den Flughafen von Neapel anflogen.

Focko Hoogelycht parkte den Porsche in der Nähe der alten Schule unter einer Laterne. Er nahm das Foto in die Hand, hielt es ins Licht und betrachtete noch einmal das schöne Gesicht der jungen Frau. Er hatte viele Zuschriften auf seine Anzeige erhalten und sich auf Anhieb ohne Zögern für Swetlana Roederich entschieden.

Jetzt steckte er das Foto zurück in seine Brieftasche. Es war kalt an diesem Herbstabend. Am Himmel leuchteten die Sterne und der Sichelmond. Focko merkte, wie ihn seine gewohnte Selbstsicherheit verließ, denn diese Verabredung konnte sein weiteres Leben entscheidend beeinflussen.

Er setzte seine Prinz-Heinrich-Mütze auf, zog die Schlüssel aus dem Zündschloss und stieg aus. Sein Atem gefror in der kalten Luft, und alles war schon von Raureif überzogen. Focko trug legere Jeans, einen marineblauen Pullover und eine lange Lederjacke mit Naturfellfütterung.

Stelzige Neonleuchten warfen ihr Licht auf eine Haltestelle. Eine Hand voll Menschen wartete auf den Bus. In den Schaufenstern eines Radio- und Fernsehgeschäftes zuckten blaue Lichtreklameblitze. Die Fenster der gegenüberliegenden Wohnblocks waren erleuchtet.

Focko näherte sich dem Café ›Melodie‹ und blickte durch die Glasscheibe. In dem Café verkehrten Studenten der Hochschule für Musik und Kunst. Sie suchten dort Ablenkung vom kreativen Studium. Einige dieser exzentrischen Kaffeehausbesucher hatten ihre Instrumente neben sich an die Stühle gelehnt.

Focko entdeckte Swetlana Roederich sofort. Sie hielt, wie vereinbart, einen Kugelschreiber in der Hand und löste zum Schein ein Kreuzworträtsel. Sie trug einen grauen Rollkragenpullover, der ihre Figur gut zur Geltung brachte, und sah jung und verletzlich aus.

Focko rückte seine Prinz-Heinrich-Mütze zurecht. Sie war auffällig genug und diente als Erkennungszeichen, denn sonst sah man im Café nur amerikanische Baseballmützen oder modischere Kopfbedeckungen.

Focko hatte richtiges Lampenfieber, und diese Erkenntnis verunsicherte ihn noch mehr. Er betrat entschlossen das Café und ging auf die junge Frau zu. Sie schaute auf und lächelte ihn freundlich an.

Focko Hoogelycht nahm die Mütze ab.

»Bitte!«, sagte sie und wies auf den Stuhl ihr gegenüber.

»Mein Name ist Hoogelycht, Focko Hoogelycht«, sagte er und nahm Platz.

»Ich erst wenige Minuten hier, Serviererin noch nicht an Tisch«, sagte Swetlana. Sie sah bezaubernd aus, wie der junge Hotelier sofort feststellte. Er winkte die Serviererin heran. »Zwei Cappuccino und zwei Croissants«, bestellte er mit einem fragenden Blick zu Swetlana Roederich hinüber.

Sie nickte. Die Bedienung verließ den Tisch. Die angehenden Künstler rauchten fast alle, aber Focko Hoogelycht verzichtete an diesem Abend ausnahmsweise auf seine *›Uppmann‹*.

»Verzeihen Sie mir meine Verlegenheit, aber ich bin entzückt ... Sie gefallen mir auf Anhieb«, sagte er plump und musterte die junge Frau mit echter Begeisterung.

»Danke, sehr nett. Aber Sie hatten Foto von mir. Ich sehe Sie nur jetzt«, antwortete sie freundlich. Einen Augenblick lang tauchte das Bild von Dimitri vor Swetlanas geistigen Augen auf, und sein sportlicher, austrainierter Körper wie sein forsches Habichtgesicht bildeten einen unglaublichen Kontrast zu dem feisten Mann, der ihr gegenübersaß und sie bereits jetzt zu umwerben begann.

Doch dann dachte sie an die Verhältnisse, in denen sie lebte, an ihre Träume, die unerfüllbar bleiben würden, wenn sie so weitermachte wie bisher.

»Ich bin an Ihrem Angebot sehr von Interesse«, sagte sie mit charmantem Lächeln, steckte den Kugelschreiber und das Rätsel in ihre Handtasche und erwiderte offen Fockos Blick.

»Das lässt mich hoffen. Ich denke, dass es ihnen leicht fallen wird, sich in unserem Betrieb einzuleben. Immerhin verlassen Sie die Großstadt und leben auf einer malerischen Insel. Und keine Angst, Ihnen bleibt genügend Freizeit, um sich in den Dünen oder am Strand zu erholen«, erwiderte Focko Hoogelycht.

Die Bedienung trat an den Tisch und servierte den Cappuccino und die Croissants.

»Das klingt gut«, meinte Swetlana, die wartete, bis Focko seine Tasse nahm, um dann das Gleiche zu tun. Dann schaute sie den jungen Hotelier erwartungsvoll an.

Er verstand – sie wollte Genaueres erfahren. »Meine Großmutter ist zweiundachtzig, und auch mein Vater ist nicht mehr jung. Ich werde das Hotel erben, ein sehr renommiertes Haus mit vermögenden Gästen. Ich suche keine Arbeitskraft – die kann mir das Arbeitsamt zu Hunderten vermitteln. Ich bin Junggeselle und hoffe, dass wir uns verstehen werden«, erklärte Focko Hoogelycht plump, aber ehrlich.

Swetlana aß die letzten Krümel des Croissants und nippte nachdenklich an ihrem Cappuccino. Sie beobachtete die jungen Leute, die sich recht albern aufführten, gelegentlich ihre Instrumente nahmen und einige Kostproben von sich gaben. Alle machten einen einigermaßen sorglosen Eindruck.

Swetlana dachte an die vielen berühmten Musiker in Russland, die ohne Einkommen darauf warteten, eine Chance im Westen zu bekommen. Der dicke wohlhabende Mann, der neben ihr saß und sie bereits verliebt anschaute, bot ihr eine Chance. Und obwohl er alles andere als ihr Traummann war, glaubte sie doch, mit ihm auskommen zu können. Immerhin war er ehrlich gewesen und schien sie nicht ausnutzen zu wollen. »Herr Hoogelycht, ich bekomme Anstellung im Hotel, auch Lohn, aber wer sagt mir, dass Sie nicht gehen mit mir aus und Tanzen, und dann haben Sie Ihren Spaß, und danach schauen Sie, ob ich bleiben kann?«, fragte sie halb komisch, halb besorgt.

»Nein, nein, so ist es nicht!«, beeilte sich Focko zu versichern. »Sie bedienen die Rezeption. Sie helfen meiner Mutter, die Gäste zu betreuen, und ab und zu führe ich Sie aus!«

»Das klingt verlockend. Doch mein Deutsch, wie Sie hören, ist nicht sehr gut. Ich habe deutschen Pass, aber vielleicht stört es Gäste, wie ich spreche?«, wandte Swetlana ein und krauste die Stirn.

»Darf ich Swetlana sagen?«, fragte Focko ungewohnt behutsam.

Sie nickte ernst.

»Dann sag bitte auch Focko zu mir«, forderte er sie auf und fuhr fort. »Davor brauchst du keine Angst zu haben, Swetlana, du bist eine schöne junge Frau mit Charme, und unsere Gäste werden das sicher zu würdigen wissen. Du bekommst einen ordentlichen Anstellungsvertrag, wir handeln ein Gehalt aus, vereinbaren eine dreimonatige Probezeit, und du kannst dann jederzeit kündigen.«

»Das ist gut, wenn so ist. Einverstanden. Muss aber noch sehen Hotel, muss kennen lernen Mutter, Vater und Großmutter. Wenn all das stimmt, machen wir Vertrag und gehen tanzen«, meinte die junge Frau lächelnd.

»Danke, Swetlana, das wirst du nicht bereuen«, erwiderte Focko und rief nach dem Bedienungsfräulein.

Er zahlte großzügig, wie es seine Art war. Swetlana ging schon vor zur Garderobe und nahm ihren Anorak vom Haken.

»Ich fahre dich nach Hause«, sagte Focko. Sie verließen das Café *›Melodie‹*, und er geleitete Swetlana zu dem geparkten Porsche, der nicht ohne Wirkung auf ihre zukünftige Entscheidungen blieb.

Tomma Hoogelycht hatte nicht nur Glück mit der Wahl ihres Hotels gehabt, sondern auch mit dem Wetter. Morgens stieg die Sonne in einem herrlichen Morgenrot aus dem Meer. Am Tage wölbte sich der blaue Himmel über dem Golf von Neapel. Der Wind flaute gegen Mittag ab, nahm aber am Abend wieder zu und machte die Wärme erträglich.

Tomma hatte schnell zu ihrem Tagesrhythmus gefunden. Nach dem Frühstück bekam sie die vom Kurarzt verschriebenen Anwendungen. Nach der Mittagspause suchte sie die ›*Giardini Poseidon Terme*‹ auf, die in der von Felsen umgebenen Citara-Bucht lag. In der großzügigen, weitläufigen Anlage befanden sich zwanzig Kur- und Badebecken, gefüllt mit Thermal-, Kneipp- und Meerwasser, zwischen blühenden südländischen Herbstblumen, Agaven, Pinien und Zypressen.

Nach dem Abendessen spazierte Tomma dann meistens über die Anhöhe nach Lacco Ameno. Vor dem Bergplateau genoss sie den Blick auf das Meer und die Lichter von Casamicolo Marma.

Um halb neun stieg sie in den Linienbus und fuhr zurück nach Forio.

Auch an diesem Abend betrat Tomma nach dem Spaziergang das Hotel ›Casa Rustica‹, schritt am Tresen vorbei, grüßte die Gäste, die in den Sesseln um die kleinen Tische saßen, und suchte ihr Zimmer auf. Sie zog sich um, entschied sich für Jeans und einen Troyer, der ihr einen heimatlichen Hauch verlieh, nahm eine Schachtel Zigaretten aus der Einkaufstasche, steckte das Feuerzeug ein und ging hinüber in den Salon. Dort setzte sie sich auf einen Barhocker an den Tresen und bestellte bei der Chefin, die den Ausschank versah, ein Glas Chianti.

Tomma steckte sich eine Zigarette an, rauchte und trank den Wein in kleinen Schlucken. Ihr lag nichts daran, sich an irgendeinen der Tische zu setzen, um sich mit den Gästen zu unterhalten. Es waren Engländer und Schweden, die die gemütliche Atmosphäre des Salons genossen. Sie dachte an Ulfert, schaute auf die Uhr. Um diese Zeit saß er meist mit seinen Freunden im Clubhaus, trank Bier und rauchte Pfeife, während sie – wie immer – über Boote sprachen.

Tomma schaute überrascht auf, als ein Gast den Barhocker neben ihr zurechtrückte.

»Frau Hoogelycht, was für eine Überraschung!«, sagte der Gast. »Ich kann es kaum glauben.«

Tomma verschlug es die Stimme. Sie blickte verwirrt in das Gesicht des Mannes, der neben ihr im Flugzeug gesessen hatte. »Herr Tomello, Sie hier?«, fragte sie ungläubig.

»Wie Sie sehen! Ich habe ausgeschlafen!«, sagte er lachend und reichte ihr die Hand.

»Kaum zu glauben! Wie klein doch die Welt ist«, meinte Tomma und stimmte in sein Lachen ein.

»Der Zufall wollte es so!«, antwortete der Italiener.

»Und jetzt wollen Sie dem Haus einen Pizzaofen verkaufen?«, fragte Tomma und leerte ihr Glas.

Die Chefin entdeckte den Neuankömmling und trat hinter der Theke hervor. »Enrico!«, sagte sie und hauchte Tomello einen Kuss auf beide Wangen. Sie unterhielt sich eine Weile auf Italienisch mit ihm, dann stellte sie eine Flasche Bier und ein Glas vor ihm auf die Theke. Sie lächelte Tomma freundlich zu und ging dann in Richtung der Rezeption davon

Marco, der Jüngste der Kellnertruppe, übernahm die Bar. Er war seinem Aussehen nach ein Italiener, wie er im Buche stand, und wirkte sehr attraktiv mit seinem strahlend weißen Hemd und der schwarzen Weste.

»*Bon Giorno*«, sagte er.

»Marco, bitte ein Glas Chianti für die Dame«, bestellte Tomello. Er schaute Tomma verschmitzt an.

»Mein Bruder und meine Schwägerin führen hier das Kurhotel, und laut Erbvertrag besitze ich hier im Hause bis zu meinem Tode das Appartement Nummer einundzwanzig.« Er wies mit der Hand auf die Wand, vor der ein Regal mit exotischen Fläschchen stand.

»Dahinter liegt mein kleines Reich!«

»Sie machen Urlaub in Ihrer eigenen Wohnung?«, fragte Tomma erstaunt.

»Bei so schönem Herbstwetter kann es nirgendwo schöner

sein als hier!«, antwortete er. Marco reichte Tomma das Glas, und sie bedankte sich.

»Frau Hoogelycht, auf Ischia nennen mich alle Enrico«, erklärte Tomello plötzlich, füllte sein Bierglas und hob es ihr entgegen. »Tu es auch, einverstanden?« Bittend blickte er Tomma an.

»Einverstanden, aber nur, wenn du mich auch Tomma nennst«, sagte sie und stieß feierlich mit ihm an.

Enrico neigte sich vor und küsste sie auf die Wange.

Im Salon herrschte frohe Urlaubsstimmung, und das schien ansteckend zu sein. Enricos und Tommas Blicke tauchten ineinander, und Enrico strich ihr sanft über die Wange. »Wenn du willst, kann ich dir hier alles zeigen und dir Gesellschaft leisten. Auf mich wartet niemand, ich bin Witwer. Aber vielleicht gibt es bei dir jemanden, der etwas dagegen haben könnte?«

Tomma erschrak. Es ist nur ein Flirt, fuhr es ihr durch den Kopf. Doch sie fühlte sich stark und unwiderstehlich zu diesem Mann hingezogen, obwohl sie ihn doch kaum kannte! Er besaß alles, was sie an Ulfert vermisste, und er schien ernsthaft an ihr interessiert zu sein. Leise sagte sie: »Da ist mein Mann, mit dem mich nur noch wenig verbindet. Deshalb bin ich auch hier«, sagte sie verlegen und fühlte die Hand Enricos auf ihrem Arm. »Ich habe es zu Hause nicht mehr ausgehalten!«

»Tomma, und ich habe es in meinem Beruf nicht mehr ausgehalten – meine Firma hat sich bereiterklärt, mir eine Abfindung zu zahlen, und deshalb habe ich jetzt die Mittel, mich zur Ruhe zu setzen!« Enrico strahlte. »Das muss gefeiert werden!« Er trank von seinem Bier und reichte Tomma eine Zigarette.

»Dann bist du jetzt also sozusagen Rentner, kannst lange schlafen und billiger Eisenbahn fahren«, scherzte Tomma.

»Noch nicht, noch feiere ich meinen Jahresurlaub ab«, sagte Enrico und wandte sich an den Kellner. »Marco, bitte noch einen Wein und ein Bier.«

»Ich beneide dich!«, Tomma seufzte tief auf. »Wenn ich an meine Arbeit denke, wo die eigene Schwiegermutter der Chef ist, dann wird mir ganz anders!«

»Um so größer ist später die Freude, wenn sie irgendwann stirbt und ein großes Erbe hinterlässt«, meinte Enrico trocken.

»Sterben? Meine Schwiegermutter ist unverwüstlich!«

»Und dein … Herr Gemahl?«, fragte Enrico, griff nach seinem Glas und nahm einen kräftigen Schluck.

»Er ist selbst fast schon ein alter Mann und immer noch Schwiegermutters Bübchen«, erwiderte Tomma kalt, drückte ihre Zigarette im Aschenbecher aus und leerte ihr Glas.

Enrico schaute sie belustigt an, während Marco ihr Glas wieder füllte. »Aber, Tomma, warum so bitter?«

»Weil ich es leid bin, bis ins Alter für andere zu schuften; hinterher kassieren dann die lieben Verwandten ab. Ich möchte am liebsten selbst etwas anfangen, auf eigenen Beinen stehen, selbst Entscheidungen treffen!«

Marco hatte eine CD in den Plattenspieler geschoben, und jetzt dudelten alte Schlager aus den Lautsprechern.

»Warum eröffnest du dann nicht auf Borkum eine Boutique, einen Blumenladen oder ein Solarium?«, schlug Enrico lachend vor. »Oder eine Pizzeria«, fügte er, ernster werdend, hinzu.

»Mein Mann ist um etliche Jahre älter und ein Waschlappen! Er wird sicher nichts Neues unternehmen. Aber ich habe einen Sohn, der das Hotel irgendwann übernehmen soll, und dabei könnte ich ihm helfen – oder mich dann selbstständig machen.«

»Ach, erwarte nicht zu viel von deinem Sohn«, meinte Enrico. »Ich habe einen, aber er meldet sich nie und schenkt mir auch keine Enkel. Meine Eltern und Schwiegereltern leben nicht mehr. Ich brauche für niemanden zu sorgen und genieße mein Leben. Wie wäre es, wenn du für ein paar Tage dasselbe tust? Du kannst sowieso nichts ändern an dem, was bei dir zu Hause geschieht«, fügte er hinzu. Dann zog er Tomma an sich und küsste sie.

Tomma erwiderte seinen Kuss mit einer Leidenschaft, die sie selbst überraschte. Sie fühlte das Verlangen, Enrico nahe zu sein. Wegträumen wollte sie sich von allem, was sie belastete. Ulfert mit seinen dauernden Vorhaltungen und seiner bedachtsamen, schwerfälligen Art, der Schwiegermutter und ihrer Kuratel, ja, sogar von Focko und der ständigen Sorge um ihn.

Sie trank, rauchte und ließ es zu, dass Enrico sie mehrmals küsste. Seine heiße Hand lag schwer auf ihrem Schenkel. Sie war nicht mehr die Jüngste, aber immer noch eine Frau mit Sehnsüchten.

Marco gab Enrico noch ein Bier und füllte ihre Gläser neu. Aus den Boxen erklang »Rote Rosen, rote Lippen, roter Wein ...«

Enrico griff nach seinem Glas. »Prost! Auf die guten alten Zeiten, als das Leben noch vor uns lag«, meinte er scherzhaft.

»Wir sind noch nicht alt!«, erwiderte Tomma trotzig und hob ihr Glas. Sie stießen miteinander an und tranken sich zu.

»Ein wunderschöner Abend«, meinte Tomma seufzend.

Marco kassierte, und die ersten Gäste verließen schon den Salon.

»Es ist fast Mitternacht«, sagte Enrico. »Meine Schwägerin schließt pünktlich.«

Marco schaute Tomello fragend an.

»Nein, Marco, auch für uns gilt die Vorschrift der Chefin. Die Dame war mein Gast. Gute Nacht!«, sagte er und wandte sich an Tomma. »Komm, wir trinken noch einen Schluck in meinem Appartement«, sagte er.

Tomma zögerte nur Sekunden, dann nahm sie ihre Zigaretten, das Feuerzeug und den Zimmerschlüssel und folgte Enrico zur Tür. Händchen haltend gingen sie den Flut entlang und blieben wie verliebte Teenager immer wieder stehen, um sich zu umarmen und zu küssen.

Rabenschwarze Wolken zogen über den dunklen Abendhimmel, und der Ostwind fegte kalt über den Parkplatz. Focko nahm die Einkaufstüten von der Rückbank, schloss den Wagen ab, reichte Swetlana die Hand und ging mit ihr zum Haus hinüber. Im Licht der Außenleuchten lärmten Kinder.

Focko und Swetlana stiegen die Treppe hinauf und betraten wenig später das kleine Appartement.

»Ich mache uns einen Tee«, sagte Focko. Sie hängten ihre Jacken an die Garderobe und stellten die Tüten mit dem Einkauf ab. Focko füllte in der kleinen Küchenzeile den Wasserkocher, setzte das Stövchen auf den Tisch und holte das neue Geschirr mit der ostfriesischen Rose aus dem Schrank. Er hatte tief in die Tasche gegriffen und das kleine Appartement mit einigen Anschaffungen bereichert.

Für Swetlana war der neue Freund längst nicht mehr der grobschlächtige, joviale Unternehmerssohn. Im Gegenteil, Focko behandelte sie sehr gut, er verwöhnte sie regelrecht, und vor allem bot er ihr eine gesicherte Zukunft. Swetlana war dankbar und begegnete ihm inzwischen mit echter Zuneigung.

»Gemütlich ist das Zimmer geworden«, sagte sie später, als sie Tee tranken und Plätzchen dazu aßen.

»Mutter kommt übermorgen aus Italien zurück«, stellte Focko fest.

»Und du wirst ihr erzählen von mir?«, fragte Swetlana.

»Wir besuchen sie am ersten Advent, und dann fahren wir zu Weihnachten wieder nach Borkum. Am zweiten Weihnachtstag kommen Gäste, da kannst du Mama helfen«, erwiderte Focko, nahm einen Schluck Tee und fischte sich eine Zigarre aus dem Etui. Swetlana nahm sich eine Zigarette. Focko reichte ihr Feuer und zündete sich dann die Zigarre an.

»Ich komme vor allem, um zu arbeiten«, wandte Swetlana ein, deren Deutsch schon ein wenig besser geworden war.

»Keine Angst, in der nächsten Woche bringe ich dir auch deinen Anstellungsvertrag mit«, beruhigte sie Focko.

Swetlana stand auf, ging in den Flur und holte die Plastiktüten. »So schöne Sachen!«, sagte sie dankbar und entnahm den Tüten eine Jeans, etwas Wäsche und einen Pullover, die sie zusammen gekauft hatten. Im Zimmer hing der süßliche Geruch der ›Uppmann‹. Swetlana kippte das Fenster und zog den Vorhang zu.

Focko drückte den Stummel im Aschenbecher aus, ging zu Swetlana hinüber, nahm sie in die Arme und küsste sie. »Willst du nicht die neuen Sachen einmal anprobieren!«, fragte er lächelnd.

»Im Geschäft hat alles gut gepasst«, gab sie lachend zurück.

»Nur die Jeans«, bat Focko. »Komm, bitte zieh sie noch einmal an!«

Swetlana lächelte verführerisch, zog ihre Hose aus und streifte sich den Pullover ab.

Focko riss sie an sich, half ihr mit zitternden Fingern, sich vollständig zu entkleiden, und ließ sie dann auf die Liege sinken. Er blickte auf ihren schönen Körper hinunter und küsste sie heiß.

Swetlana hatte zu lange allein gelebt, um ihn jetzt zurückzuweisen. Sie erwiderte seine Küsse, ermutigte ihn und gab sich Focko leidenschaftlich hin.

Tomma Hoogelycht gähnte herzhaft, streckte sich wohlig und blinzelte ins helle Morgenlicht, das durch das Fenster hereinfiel. Sie ordnete ihr Haar, schob die leichte Steppdecke beiseite, unter der sie nackt geschlafen hatte, stand auf und ging zum Fenster hinüber. Die frische Luft roch nach Meer und reifen Feigen.

Enrico öffnete verschlafen die Augen.

»Das Frühstück wartet. Ich gehe rasch unter die Dusche«, sagte Tomma und verschwand im Badezimmer.

Enrico verzichtete auf ausgiebige Waschungen. Er stand auf, zog sich an, betrat das Wohnzimmer, leerte den Aschenbecher, trug die leeren Weinflaschen zum Mülleimer und spülte die Gläser.

»Es wird wieder ein wunderschöner Herbsttag«, sagte Tomma, als sie angezogen wieder erschien, und hauchte ihm einen Kuss auf die Wange.

»Morgen fährst du nach Hause«, sagte er traurig.

Tomma lächelte. »Ja, zurück in die Tretmühle. Aber ich schaue mich auf Borkum schon einmal nach einem alten Schuppen um. Und wenn du Weihnachten kommst, dann entscheiden wir, ob wir dort eine Pizzeria eröffnen oder ob ich zu dir nach Ischia komme. Auf jeden Fall starten wir zusammen einen Neuanfang!«

»Und dein Mann?«, fragte Enrico leise. »Was wird er dazu sagen?«

»Er hat sein Boot, seine Bücher und seine Pfeife. Wer weiß, ob er mich überhaupt vermisst«, meinte Tomma bitter.

»Und deine Schwiegermutter?«

»Sie wird dreiundachtzig, und ich habe lange genug Rücksicht auf sie genommen. Außerdem ist sie hart im Nehmen!«

»Und unsere Söhne sind erwachsen!«, murmelte Enrico, bevor er sie küsste.

Tomma löste sich aus seiner Umarmung. »Komm, das Frühstück wartet«, sagte sie.

Das Fährschiff näherte sich im kabbeligen Wasser dem Anleger. Das Licht der Bordscheinwerfer durchdrang die Regenschwaden und huschte über den Kai.

Ulfert Hoogelycht saß in seinem Mercedes und betätigte hin und wieder die Scheibenwischer. Er blickte zur Passagierbrücke hinüber, die in helles Licht getaucht war. Es war Flut, die Fähre lag hoch im Wasser. Ulfert wunderte sich über die Gelassenheit, mit der er seine Frau erwartete. Sie hatte nicht geschrieben – warum auch? Sie hatte mit seiner Mutter telefoniert, immer dann, wenn er sich im Bootsschuppen aufgehalten hatte.

Die ersten Passagiere kamen von Bord und hasteten zur Inselbahn. Taxis warteten auf Fahrgäste. Schließlich entdeckte Ulfert auch Tomma. Sie trug einen langen Mantel, der neu sein musste, und blickte sich suchend um. Ulfert betätigte die Lichthupe und stieg aus.

Tomma kam zum Wagen, und sie standen sich für Sekunden im Regen gegenüber.

»Hallo!«, sagte Ulfert schlicht und nahm ihr das Gepäck ab.

»So ein Sauwetter!«, schimpfte sie beim Einsteigen, und Ulfert hatte das Gefühl, als mache sie ihn für das Wetter verantwortlich. Er verstaute das Gepäck im Kofferraum und setzte sich hinter das Steuer.

»Willkommen daheim«, sagte er. Tomma neigte sich zur Seite und gab ihm einen Kuss auf die Wange, der so kühl war wie der Regen auf seiner Haut.

Ulfert steckte den Schlüssel ins Schloss und ließ den Motor an. »Du siehst erholt aus – und bist beneidenswert braun!« Er fuhr los.

»Es war schon anstrengend, morgens die Anwendungen und nachmittags das Baden im Heilwasser. Aber ich wäre trotzdem noch zwei Wochen geblieben«, sagte sie, während Ulfert den Mercedes auf dem Kai wendete und der Stadt entgegenfuhr.

»Warum holt Focko mich eigentlich nicht ab?«, fragte Tomma nach einer Weile. »Er wusste doch, dass ich heute zurückkomme!«

»Er ist wahrscheinlich mit dem Porsche nach Hamburg gefahren«, erwiderte Ulfert.

Sie näherten sich der Stadt. Die Lichtreklamen der Hotels und Geschäfte warfen ein buntes Licht auf die regennassen Straßen. Tomma dachte für Sekunden an Agaven, Pinien und bunte, blühende Herbstblumen, an die Spaziergänge entlang der felsigen Buchten, an die heißen Quellen der Poseidontherme und an Enrico. Sinnend starrte sie in den schwarzen Abendhimmel.

Ulfert hielt vor dem Hotel. Dini Hoogelycht stand im Licht der Außenlampe auf der Vortreppe. Sie trug eine regenfeste Wetterjacke.

»Mutter wartet schon«, sagte Ulfert und holte das Gepäck aus dem Kofferraum. Tomma stieg aus und ging durch den Regen auf ihre Schwiegermutter zu. Sie reichte ihr die Hand.

Die alte Dame beugte sich vor und küsste Tomma auf die Wange. »Willkommen daheim!«, sagte sie und blickte die Schwiegertochter prüfend an, als könne sie in sie hineinschauen.

Tomma stutzte und war für wenige Sekunden verwirrt. Diese Hexe, dachte sie, gab sich gelassen und schüttelte den Regen von ihrem Mantel. »Danke! Stell dir vor, ich habe gestern noch im Meer gebadet. Meinem Rücken geht es viel besser«, sagte sie.

»Du hast eine lange Reise hinter dir. Komm, ich habe uns einen Tee gemacht«, sagte Dini Hoogelycht, während Ulfert das Gepäck ins Haus trug. Tomma hängte ihren Mantel an die Garderobe. Dini Hoogelycht hatte den Familientisch im Speisesaal gedeckt. Sie hatte Schnitten gemacht und große Stücke Butterkuchen auf eine Kuchenplatte getürmt.

Tomma setzte sich an den Tisch. Sie war fast ein wenig gerührt. Als die anderen beiden ebenfalls Platz genommen hatten, meinte sie scherzhaft: »Den Tee habe ich auf Ischia mehr vermisst als euch!«

»Du hast abgenommen«, stellte ihre Schwiegermutter fest.

»Gott sei Dank! Es gab jeden Tag Salat, viel Obst und Nudelgerichte«, erwiderte Tomma und schaute Ulfert spöttisch an, der seine Weißbrotscheibe mit Mett genüsslich verzerrte. Sein Gesicht wirkte blass, bis auf die kleinen roten Äderchen rund um die Nase.

»Und du hast ein paar Pfund zugelegt. Deine Mutter hat dich gut bekocht stimmt's?«, fragte sie.

Dini Hoogelycht winkte ab. »Ulfert ist sehr genügsam. Wir haben hin und wieder ein Schnitzel gegessen, aber immer viel Gemüse«, sagte sie einlenkend.

Tomma entfernte mit dem Messer den weißen Fettrand vom gekochten Schinken, bevor sie eine Schnitte aß.

Und schon hat sie mich wieder auf dem Anklagebänkchen, dachte Ulfert und vergaß die Freude darüber, dass seine Frau nach langer Abwesenheit wieder am Familientisch saß.

»Ulfert hat sich gut erholt. Er ist jeden Tag losgeradelt, um an seinem Boot zu arbeiten.« Die alte Dame hatte seine düstere Miene bemerkt und ihre Schlüsse daraus gezogen.

Ulfert betrachtete seine Frau. Sie hatte ihr Haar jugendlich blond gefärbt und trug einen engen weißen Rollkragenpullover, der ihre Figur gut zur Geltung brachte. In ihrem sonnengebräunten Gesicht wirkten ihre Augen abweisend und kalt. Sie trug Jeans, die ihr jugendliches Aussehen noch unterstrichen.

»Ich weiß, es ist schade, aber mir liegt nichts am Segeln. Während der Saison arbeiten wir rund um die Uhr und für die paar Herbst- und Frühlingstage weiß ich Besseres zu tun. Auch Focko hat mit Booten nichts im Sinn. Aber er könnte Ulfert noch mehr entlasten. Der junge türkische Koch, den Heinrich uns empfohlen hat, kann mit Sandomir den Küchenbetrieb übernehmen, und dann hat Ulfert endlich Zeit für sein Hobby! Das Hotel braucht jüngere Kräfte und frischen Wind«, sagte sie kalt.

Ulfert war irritiert. »So so, dann gehöre ich also jetzt zum alten Eisen!«, brummte er, stand auf und holte sich aus der Teeküche eine Flasche Bier. Er öffnete sie und stopfte seine Pfeife.

In diesem Moment klingelte das Telefon, und Tomma hastete davon. Ulfert rauchte und trank nachdenklich das Bier. Er schaute seine Mutter an. Sie zuckte mit den Schultern und schob die restlichen Schnitten und Butterkuchenstücke zusammen auf einen Teller. »Sie meint es nicht so, nimm es dir nicht so zu Herzen!«, sagte sie tröstend. »Aber ein bisschen weniger Arbeit täte dir sicher gut. Mir übrigens auch«, fügte sie augenzwinkernd hinzu. »Vielleicht ist es wirklich an der Zeit, das Hotel und seine Führung in jüngere Hände zu geben. Allerdings nur, wenn vorher alles vertraglich geregelt ist«, fügte sie nachdenklich hinzu.

»Tomma hat Recht, ich bin im Rentenalter«, meinte Ulfert. »Soll Focko sehen, wie er fertig wird. Ich habe ja meine kleine Rente!«

Tomma kam zurück und setzte sich wieder an den Tisch. Sie strahlte. »Endlich einmal eine erfreuliche Nachricht! Focko hat eine Freundin, er scheint sehr verliebt zu sein. Sie hat Bürokauffrau gelernt, und Focko hat sie prompt eingestellt. Mutter, sie wird dir eine große Hilfe sein!«

Dini Hoogelycht holte eine Flasche Wein, öffnete sie und füllte die Gläser. »Dann wollen wir auf das Wohl der jungen Leute anstoßen«, sagte sie, und die drei prosteten sich zu. Ulfert leerte auch noch sein Bierglas, erhob sich und holte aus der Teeküche eine weitere Flasche.

»Focko wird seine Braut am ersten Advent vorstellen, Ulfert, bereite dich am besten schon einmal seelisch auf deinen Ruhestand vor!«, meinte Tomma zufrieden.

»Es hat für mich nie außer Frage gestanden, dass Focko mein Hotel übernehmen wird. Aber noch bin ich die Chefin«, warf Dini Hoogelycht ein.

»Ich denke, dass unsere anspruchsvollen Gäste es gern sehen, wenn eine hübsche junge Frau sie empfängt«, erwiderte Tomma. »Mit Fockos Braut kann ich wohl nicht konkurrieren, also werde ich mich auch im Hintergrund halten. Aber jetzt gehe ich erst einmal zu Bett, ich bin müde von der Reise!« Damit stellte sie ihr leeres Glas auf den Tisch und stand auf. »Ulfert, ich schlafe übrigens in Fockos Zimmer. Dein Schnarchen hält mich sonst die ganze Nacht wach. Gute Nacht allerseits!«

Ihr Mann und ihre Schwiegermutter tauschten einen Blick. »Gehen wir am besten auch hinauf, über alles Weitere können wir in den nächsten Tagen sprechen«, meinte Dini Hoogelycht, doch ihr Sohn schien sie nicht gehört zu haben. Er starrte geistesabwesend ins Leere. An diesem Abend saß er noch lange im Speisesaal und grübelte vor sich hin …

Am Samstag vor dem Totensonntag peitschte der Sturm mit Windstärke sieben Schneeregen vor sich her. Die Wellen türmten sich hoch auf und ergossen sich brausend und schäumend über den ganzen Strand. Erst am Abend riss die Wolkendecke auf. Der Mond warf fahles Licht über die Insel, und es waren auch wieder ein paar Sterne zu sehen.

Tomma, die Ulferts Nähe mied und nicht mehr im gemeinsamen Schlafzimmer schlief, saß am Schreibtisch in Fockos Appartement. Sie trank Wein und blickte in den stürmischen Abend hinaus. Da Dini Hoogelycht es ablehnte, Focko und seiner Freundin im Hause ein gemeinsames Zimmer zu überlassen – immerhin waren die beiden weder verlobt noch verheiratet –, hatte Tomma vorgeschlagen, für Focko eine Eigentumswohnung zu kaufen, da nun feststand, dass er auf Borkum bleiben würde. Auch der Steuerberater hatte ihnen zum Kauf geraten, weil die Abschreibungen die Steuerlast senken würden. Er bezeichnete das Vorhaben als eine sichere Kapitalanlage.

Ulfert hatte schließlich zugestimmt, und auch seine Mutter hatte sich mit dem Erwerb einer Eigentumswohnung einverstanden erklärt. Tomma hatte nun damit begonnen, das kleine Appartement des Sohnes nach ihrem Geschmack herzurichten.

Focko lebte, da er im Moment im Hotel nicht gebraucht wurde, zur Zeit bei seiner Freundin in Hamburg, was Tomma sehr gelegen kam, denn so hatte sie selbst eine Zuflucht vor Mann und Schwiegermutter.

Sie rief Enrico oft von einer Telefonzelle aus an, war verliebt wie ein kleines Schulmädchen und schrieb ihm heiße Liebesbriefe. Gleichzeitig versuchte sie unauffällig ein preiswertes Grundstück oder einen Altbau ausfindig zu machen, denn sie und Enrico hatten sich entschlossen, auf Borkum eine Pizzeria zu eröffnen. Enrico hatte über den Verkehrsverein für vier Wochen eine Ferienwohnung gebucht, und Tomma fieberte seinem Besuch schon mit jeder Faser ihrer Seele entgegen.

Ulfert Hoogelycht schreckte hoch und blickte verschlafen um sich. Er lag mitten im breiten Ehebett unter der Steppdecke. Benommen setzte er sich auf die Bettkante, reckte sich und blickte auf den teuren Kleiderschrank und die Frisierkommode. »Das Zeug muss raus!«, schimpfte er und begann zu überlegen, wie aus dem Schlafraum und dem angrenzenden Ankleidezimmer ein Appartement gestaltet werden konnte. »Als Rentner steht mir eine Bleibe in diesem Irrenhaus zu!«

Er hatte in der Wäsche geschlafen. Rasch stand er auf, ging ins Bad, tauchte die Arme und das Gesicht in kaltes Wasser, zog sich danach an und ging hinunter. Der Familientisch war schon gedeckt. Der Toaster stand bereit. Auf einer Platte waren Käse und Aufschnitt angerichtet. Im Stövchen brannte das Teelicht.

Ulfert setzte sich an den Tisch. Seine Mutter brachte den Tee und stellte die Kanne auf das Stövchen. »Irgendwie kommt mir das alles etwas überhastet vor«, sagte sie mit einem Seufzer und setzte sich auf die Bank.

»Ich werde die Möbel unseres Schlafzimmers auf Fockos ehemaliges Zimmer schaffen lassen«, meinte Ulfert. »Soll Tomma damit glücklich werden!«

»Dann schläft sie also immer noch nicht bei dir?«, erkundigte sich seine Mutter beunruhigt. »Was ist nur in den letzten Wochen in sie gefahren? Überhaupt, die ganze Welt scheint verrückt geworden zu sein!«

Tomma betrat den Speisesaal und nahm am Tisch Platz. Sie trug eine weiße Bluse, einen blauen Rock und einen Blazer.

»Todschick«, stellte Ulfert beißend fest. »Willst du zu einem Ball?«

»Nein, aber ich pflege im Gegensatz zu dir auf mein Äußeres zu achten!«, gab seine Frau spitz zurück.

Dini Hoogelycht schenkte den Tee ein. »Heute ist Totensonntag. Ich begleite Mutter zum Friedhof«, erklärte Ulfert, und dann frühstückten sie in ungemütlichem Schweigen.

»Ulfert hat sich übrigens entschlossen, euer Schlafzimmer zu einem Appartement herrichten zu lassen. Er braucht ja schließlich auch eine Bleibe«, meinte die Seniorchefin schließlich.

Tomma schaute kaum auf. »Eine gute Lösung. Ulfert, wenn es dir während der Saison zu hektisch zugeht, könntest du ja auch auf deinem Boot wohnen«, fügte sie noch hinzu.

»Keine schlechte Idee – hier scheint mich ja niemand zu vermissen«, gab ihr Mann mit finsterer Miene zurück.

Ulfert Hoogelycht setzte sich an die Plicht des aufgebockten Schiffs und betrachtete prüfend das Deck. Er hatte es mit einer Speziallauge geschrubbt und frisch gestrichen, und er konnte mit seiner Arbeit zufrieden sein: Die Planken sahen aus wie neu.

Sein Blick fiel auf die Kajüttür, die aus einem einzigen Holzelement bestand und nur durch ein einfaches Schloss gesichert war. Er dachte an die ansteigende Kriminalität und entschloss sich, die Tür bald gegen eine Rolltür mit abschließbaren Einzelelementen auszuwechseln. »Das wird nicht billig«, stellte er murmelnd fest.

Als er das pfeifende Geräusch einer Schleifmaschine hörte, schaute Ulfert sich um. Gleich darauf sah er die sprühenden Funken im matten Licht der Halle. Er stand auf, kletterte von Bord, rollte das Kabel seiner Baustellenlampe auf und stellte es hinter die Stützbalken.

Jemand sprach ihn so plötzlich an, dass er erschrocken herumfuhr. Es war Dr. Bredefeld, der auch noch so spät in der Halle werkelte. »Sehen wir uns nachher im Clubhaus?«, fragte der Zahnarzt.

Ulfert Hoogelycht schaute auf die Uhr. »Das wird mir heute zu spät. Unser Sohn reist nämlich an, um uns seine Braut vorzustellen. Morgen ist der erste Advent«, sagte Ulfert.

»Na, dann kann ich auf Sie als Gesellschaft ja nicht zählen«, erwiderte Bredefeld lachend. »Ach, übrigens, das dort drüben ist einer meiner Patienten, ein Russe, der mir hilft, mein Boot instand zu setzen. Er schläft auch unter Deck.«

Ulfert sah den gesetzten Mann im blauen Arbeitsanzug, der langsam herüberschlenderte, ein verrostetes Metallteil in der Hand. Er musterte Ulfert einen Augenblick lang und wandte sich dann an Dr. Bredefeld. »Chef, das hier muss neu, kostet wenig. Dieser Herr ist Ihr Bruder?«, fragte er überrascht.

Hoogelycht lachte. »Nicht einmal verwandt«, sagte und klopfte Bredefeld auf die Schulter. »Einen schönen Abend«, sagte er noch und verließ die Halle.

Ulfert Hoogelycht radelte nach Hause. Er hatte einige Mühe, gegen den eisigen Ostwind anzukommen, und war froh, als er die Lichter des ›Kaiserhofes‹ vor sich auftauchen sah. Hoogelycht stellte das Fahrrad in den Schuppen, stieg die Treppe zu seinem Schlafzimmer hinauf, zog sich um, setzte sich dann auf die Bettkante und vertiefte sich in den Katalog des Einrichtungshauses. Er fuhr aus seinen Gedanken hoch, als das Telefon auf der Konsole läutete. Er nahm den Hörer ab.

»Junge, der Besuch ist da«, sagte seine Mutter.

Er legte den Hörer auf und wunderte sich über das Lampenfieber, das er plötzlich in sich aufsteigen fühlte, während er langsam die Treppe hinunter und weiter zum Speisesaal ging.

Dini Hoogelycht hatte den Familientisch feierlich gedeckt. Kerzen brannten in Kristallhaltern. Über dem Tisch hing der Adventskranz. Tomma blickte Ulfert so strahlend entgegen, als gäbe es einen Neuanfang der erloschenen Liebe zu feiern.

Focko lächelte ihn stolz an, und auch seine Mutter schien sehr zufrieden. Hoogelycht bemerkte erst jetzt die junge Frau, die schüchtern aufstand. »Ich bin Swetlana«, sagte sie und reichte ihm die Hand.

Ulfert war angenehm überrascht. Swetlana war bildhübsch mit ihren warmen braunen Augen, den hohen Wangenknochen, der schlanken Nase und dem volllippigen Mund. Sie trug einen schlichten beigen Pullover, der sich eng um die jungen Brüste spannte, und enge Jeans, die ihre Figur wunderbar zur Geltung brachten.

Ihr dunkles Haar hatte sie zu einem Knoten hochgesteckt, und in der Spange glitzerten Strasssteinchen.

»Fühlen Sie sich wohl im Hause Hoogelycht«, begrüßte Ulfert die junge Frau. »Sie sind mit Abstand die jüngste und auch die hübscheste Person an unserem Adventstisch!« Dazu brachte er sogar ein überaus freundliches Lächeln zustande.

»Danke«, erwiderte Swetlana Roederich verlegen und blickte zu Focko hinüber, bevor sie sich wieder auf ihren Stuhl setzte. Ulfert Hoogelycht nahm ebenfalls am Tisch Platz, und alle sprachen dem Tee und dem selbst gebackenen Klaben reichlich zu.

Swetlana war sichtlich beeindruckt. Sie blickte sich im elegant eingerichteten Speisesaal um und drückte immer wieder Fockos Hand, als müsse sie sich vergewissern, dass sie nicht träumte. Dann schaute sie die alte Dame an, die ihren Blick liebevoll erwiderte. Focko, der sonst meistens lauthals von sich gab, was ihm gerade einfiel, saß lammfromm neben ihr und verzehrte still seine Klabenschnitte.

Irgendwann begann Tomma zu sprechen. »Swetlana, mein Sohn hat Sie eingestellt. Unser Haus gehört zu den Spitzenhotels auf Borkum, und zu unseren Gästen zählen angesehene Persönlichkeiten aus allen Bereichen des öffentlichen Lebens. Unsere Seniorchefin, meine Schwiegermutter, geht in den wohlverdienten Ruhestand, und auch mein Mann zieht sich aus dem Betrieb zurück. Focko wird mir zur Seite stehen, und Sie werden sich um die Gäste kümmern und den Rezeptionsdienst versehen«, erläuterte Tomma weiter.

Swetlana nickte brav. Sie aß die Klabenschnitte und nippte an ihrer Teetasse.

»Dienst an der Front! Der Gast ist König!«, warf Focko ironisch ein.

»Mein Enkel übertreibt. Ihre Aufgabe ist sehr abwechslungsreich. Während der Saison fällt zwar viel Arbeit an, aber das wird in der Nachsaison mit Freizeit abgegolten«, sagte Dini Hoogelycht und schenkte Tee nach.

»Ich denke, ich kann helfen, und ich hoffe, dass alle zufrieden mit meiner Arbeit«, antwortete Swetlana mit schüchternem Lächeln.

»Unser Betrieb ist ja sehr übersichtlich – meine Sekretärin, Frau Ammermann, wird Ihnen außerdem auch helfen, sich zurechtzufinden«, meinte die Seniorchefin tröstend.

»Gestatten Sie eine Frage. Ich frühstücke und speise mit Ihnen, hat Focko gesagt. Doch wo soll ich wohnen!«, wollte Swetlana wissen.

»Ich schlage vor, bei mir. Ich besitze hier im Haus ein Appartement«, meinte Focko, doch im selben Moment bemerkte er, wie sich die Miene seines Vaters verfinsterte. Swetlana blickte verlegen auf den Tisch.

»Focko, wir haben uns während deiner Abwesenheit zu einigen räumlichen Veränderungen entschlossen. Mutter ist in dein Appartement gezogen und hat sich dort eingerichtet. Ich bin dabei, unser Schlafzimmer zu einer gemütlichen Kleinwohnung umzugestalten«, erklärte Ulfert Hoogelycht und griff nach seiner Tasse.

»Ich bin also mal wieder das Opfer eurer Entscheidungen!«, sagte Focko gereizt.

»Morgen ist zwar erst der erste Advent und nicht der heilige Abend, aber dein Vater zwingt mich dazu, die Karten auf den Tisch zu legen«, sagte Tomma. »Ich bitte Swetlana um Verständnis, wenn wir in ihrer Anwesenheit einige familiäre Dinge klarstellen müssen. Papa zieht sich vom Betrieb zurück und geht sicher spät schlafen, ich aber brauche meine Ruhe, erst recht während der Saison, wenn ich mich den ganzen Tag über um die Gäste kümmern muss«, sagte sie.

Focko grinste geringschätzig. »Mutter, komm zur Sache!«, sagte er, doch nun mischte sich unerwartet seine Großmutter in das Gespräch ein.

»Focko, ich finde es unangebracht, wenn du und Swetlana hier im Haus zusammen wohnt. Ich weiß, dass ich altmodisch bin, aber ich habe nun mal meine Prinzipien!«

Swetlana starrte wieder verlegen vor sich hin, nur Focko war nicht im Mindesten befangen. Er steckte sich eine seiner stinkenden Zigarren an, machte es sich bequem und schien gespannt darauf, was sich seine Eltern dieses Mal für ihn hatten einfallen lassen.

»Und nun habt ihr sicher für jeden von uns auf dem Speicher eine Ecke leer gefegt, zwischen den Akten und alten Bilanzen!«, sagte er und lachte schallend.

Die vorweihnachtliche Stimmung, die die Kerzen und der Adventskranz ausstrahlten, wich für Sekunden einer Spannung, die fast greifbar im Raum hing.

»Focko, wir haben für dich eine Eigentumswohnung im Haus Corinna gekauft, sozusagen als Weihnachtsgeschenk. Dort hast du deine Ruhe und kannst tun und lassen, was du willst!«, sagte Tomma liebevoll und genoss die freudige Überraschung, die sich auf den Zügen ihres Sohnes malte.

Focko stand auf, küsste sie auf die Wange, drückte seine Großmutter fest an sich. »Danke, Papa«, sagte er dann, umarmte auch Ulfert und kehrte zu seinem Platz zurück.

»Für heute habe ich für dich das Zimmer 114 und für Swetlana das Zimmer 112 vorgesehen«, sagte Dini Hoogelycht.

»Morgen reise ich ab, wegen Deutschkursus an der Volkshochschule«, kündigte Swetlana an.

»Ich bleibe ein paar Tage hier«, meinte Focko. Ulfert Hoogelycht steckte sich eine Pfeife an, und es wurde noch ein recht friedlicher Abend.

Um fünfzehn Uhr an einem der darauf folgenden Tage hatte Tomma Hoogelycht einen Termin bei der »Borkum Immobilien-Agentur«. Das alte Haus des ehemaligen Volksschullehrers Harre Thobina stand zum Verkauf. Der Lehrer, ein Junggeselle, hatte bis Ende August in dem Häuschen gelebt, bis er nach einem Schlaganfall gestorben war. Seinen fünfundachtzigsten Geburtstag im selben Jahr hatte auf Borkum niemand zum Anlass einer öffentlichen Würdigung genommen. Er hatte das Haus einer Nichte aus Neu-Isenburg vermacht.

Durch die graue Wolkendecke hindurch sah man ab und zu einmal die Sonne blinzeln, doch es war kalt. Die Anzeige der Digitaluhr vor der Apotheke zeigte zwei Grad an.

Tomma ging durch die Goethestraße in Richtung Leuchtturm. Die Straßen waren unbelebt. Vom Meer her wehte ein schneidender Wind, der Tomma die Tränen in die Augen trieb, während sie rasch ausschritt.

Jan Eilsen, der Inhaber der Agentur, begleitete Tomma zu dem alten Häuschen des verstorbenen Lehrers. Es befand sich in der Erftstraße, die im unteren Drittel von der Friedrich-Habicht-Straße geschnitten wurde.

Das Haus befand sich in schlechtem Zustand, wie viele alte Häuser in diesem Viertel, in dem es weder ein Café noch sonst irgendein Geschäft zu geben schien – für ein italienisches Restaurant keine schlechten Aussichten, weil es keinerlei Konkurrenz gab, wie Tomma erleichtert feststellte. Sie stand mit Eilsen vor dem Grundstück und blickte sich neugierig um.

»Meine Klientin lässt mir Spielraum, was den Preis angeht, aber sie denkt an mindestens zweihunderttausend Mark«, sagte der Makler. Er nahm den Schlüssel aus seiner Jacke und führte Tomma zur Haustür, von der der Lack abblätterte. Die kleinen Fenster mit den vergilbten Gardinen wirkten abstoßend wie tote Augen. Im Mauerwerk war der Mörtel aus den Fugen gefallen. Die alten Klinker waren zum Teil brüchig, und Unkraut wucherte vor dem nassen Sockel der Treppenstufen.

Als Eilsen die Haustür aufschloss, schlug ihnen modriger Geruch entgegen. Sie traten in den Korridor. Die Raufasertapete war voller Flecken. Der Dielenfußboden war noch gut erhalten, hatte aber dringend einen Anstrich nötig. Im Wohnzimmer standen alte Möbel. Der Teppichboden war fleckig und abgewohnt. Im

Schlafzimmer fraß der Schwamm an der Blumentapete. Das Bett, der Schrank und die Konsole gehörten auf den Sperrmüll. In der Küche standen ein alter Elektroherd und ein historischer Kühlschrank.

»Gehen wir noch nach oben«, sagte der Makler.

Die Stufen der steilen Holztreppe knarrten unter ihren Schritten. Sie betraten einen kleinen Korridor mit schrägen Wänden. Eine Tür führte in eine Kammer, eine Deckenluke warf Licht auf eine Spielzeugeisenbahn.

Die zweite Tür führte zu einem Söller. Eilsen betätigte den Lichtschalter.

Gerümpel bedeckte den Dielenboden. Seitlich lag ein von Mäusen angeknabbertes Akkordeon. Daneben standen ein Notenpult und ein Christbaumständer. Aus einer Ecke voller Holzwolle ragte ein Klepperfaltboot hervor.

»Eine Menge Müll und eine schlechte Bausubstanz«, stellte Tomma fest.

»Wenn Sie das Häuschen kaufen, empfehle ich Ihnen, Dr. Rack vom Museumsverein zu einem Besuch einzuladen. Ein cleverer Antiquitätenhändler kann für Sie einige Tausender herausholen«, sagte Eilsen.

»Hören Sie, Herr Eilsen – weder ich noch mein Mann oder meine Schwiegermutter bekunden ein Interesse an diesem Objekt. Ein guter Bekannter sucht auf der Insel eine Immobilie, die er geschäftlich nutzen kann. Ich bitte Sie sehr um Diskretion. In diesem Zusammenhang interessiert mich die Höhe der Abrisskosten, und ich möchte wissen, ob der Bekannte auf dem Grundstück nach Belieben bauen kann!«, erklärte Tomma.

»Das Fundament schränkt das Bauvorhaben ein. Ihr Bekannter kann das Haus abreißen lassen, die unteren Räume nach seinen Vorstellungen gestalten. Er muss den Neubau aber mit einem Sattel- oder Walmdach versehen«, sagte Eilsen.

Die Luft war stickig. »Gehen wir nach unten«, schlug der Makler vor.

Sie stiegen über die knarrende Holztreppe ins Erdgeschoss und sahen sich noch den Garten an.

»Sie garantieren dem Käufer, dass er neben der geschäftlichen Nutzung des Parterres im Dachgeschoss zwei kleine Appartements einrichten kann?«, fragte Tomma.

Eilsen nickte. »Wenn Sie wollen, fertige ich Ihnen einen Entwurf an, den Sie dem Bauamt vorlegen können. Das kostet Sie tausend Mark.«

»Dann bitte ich um eine Option für vierzehn Tage«, bat Tomma den Makler.

»Einverstanden«, erklärte dieser und verabschiedete sich.

Tomma ging nachdenklich die Erftstraße hinunter und bog in die Friedrich-Habicht-Straße ein. Die mit Lichterketten geschmückten Fassaden der Geschäfte und die elektrischen Kerzen an den Tannenbäumen erinnerten sie daran, dass bald Weihnachten war und sie sich mit Enrico bis dahin entschieden haben musste. Tomma lenkte ihre Schritte zum Haus Corinna, wo Focko gerade eine Mülltüte in den Container warf.

»Hallo, Junge! Was hältst du davon, wenn wir gemeinsam einen Tee trinken?«, sagte sie und betrat mit Focko das Haus.

Die Eigentumswohnung war sechzig Quadratmeter groß und hatte einen Balkon mit Blick auf die Goethestraße. Tomma sah sich zufrieden um. Alles wirkte hell und anheimelnd. Es roch nach Farbe. Focko hatte gute Arbeit geleistet.

»Junge, es wird Zeit, dass Swetlana so schnell wie möglich hier einzieht. Die Miete in Hamburg kann sie sparen«, sagte Tomma und brühte einen Tee auf. Sie hatte eine Packung belgischer Butter-Biskuits mitgebracht, die sie jetzt in eine Schale füllte. Dann servierte sie den Tee. Mutter und Sohn genossen die Teepause, knabberten Gebäck. Sie saßen in der gemütlichen Sofaecke und blickten hin und wieder aus dem Fenster in den Spätherbsthimmel, der jetzt auch einige blaue Flecken aufwies. Focko rauchte seine dicke ›Uppmann‹.

»Du hast einige Tausender in Swetlanas Wohnung gesteckt, nicht wahr? Ich fahre nächste Woche nach Hamburg und werde per Fax eine Anzeige im ›Hamburger Abendblatt‹ aufgeben, damit ihr einen Nachmieter findet, der alles übernimmt! Das Geld kann Swetlana dann nach Russland schicken.«

Focko strahlte. »Danke, Mama! Aber sag Papa nichts davon, sonst wird er wieder böse«, sagte Focko.

»Papa interessierten solche Dinge nicht mehr – er verbringt seine gesamte Zeit im Bootsschuppen«, antwortete Tomma Hoogelycht bitter.

Es war Flut. Das Wasser schwappte um den Anleger. Undurchdringliches Grau erstreckte sich über den ganzen Himmel bis zum Horizont. Tomma stand seitlich vom Reedereigebäude, ein wenig abseits von den Fahrgästen, die nach Emden wollten und schon auf der Mole warteten. Möwen segelten im Wind. Sie sah den Tannenbaum mit seinen Lichtern, der auf dem Dach des Steuerhauses der ›Westfalen‹ das Weihnachtsfest ankündigte. Die elektrischen Kerzen schaukelten im Wind. Sie vernahm das Aufheulen der Motoren, als die Fähre sich dem Kai näherte, und beobachtete das Anlegemanöver.

Wenige Minuten später verließen die ersten Fahrgäste über die Passagierbrücke das Fährschiff.

Tomma blickte voller Spannung auf die Ankömmlinge. Kurze Zeit später sah sie Enrico Tomello, der zwei Lederkoffer trug. Mit seinem welligen, dunklen, an den Schläfen angegrauten Haar und dem dunklen Teint fiel er unter den Inselbewohnern sofort auf.

Er schaute sich suchend um. Tomma stürzte ihm entgegen und weinte vor Glück. Sie standen im Strom der Passagiere und blickten sich unverwandt an. Auf einen Begrüßungskuss mussten sie aber fürs Erste verzichten.

»Komm«, sagte Tomma nur und zog Enrico zur Inselbahn. Dort saßen sie eng nebeneinander auf der Holzbank und schwiegen, während der Zug der Stadt entgegenfuhr.

Tomma hatte mittlerweile einige bekannte Gesichter entdeckt und hielt sich daher zurück.

»Folge mir«, raunte sie Enrico zu, als der Zug am Bahnhof

hielt. Dann ging sie wie unbeteiligt vor ihm her, möglichst langsam, damit er trotz seiner schweren Koffer nicht zurückblieb. Es war nur ein kurzer Fußweg bis zum gebuchten Appartement in der Viktoriastraße.

Ulfert betrat den Speisesaal, wo Tomma bereits am Frühstückstisch saß und frühstückte. Sie hatte die Kerzen des Adventskranzes angezündet und schaute ihm entgegen.

»Moin«, sagte Ulfert und setzte sich an den Tisch. »Du hast für mich mitgedeckt?«, fragte er überrascht.

»Ich habe sogar Brötchen geholt«, erwiderte Tomma. »Mutter würde es mir nicht verzeihen, wenn ich dich ohne Frühstück zum Bootsschuppen ziehen lassen würde«, sagte sie ironisch und schenkte ihm Tee ein. Ulfert bedankte sich, nahm ein Brötchen, teilte es und belegte es mit Schinken.

»Ich habe für Swetlana eine Goldkette mit einem Anhänger gekauft und habe ›Weihnachten 1996, Borkum, Kaiserhof‹ eingravieren lassen«, sagte sie und biss in ein Brötchen mit Magerkäse.

»All up Stee! Wir spielen also die Rolle eines harmonischen Ehepaares, das sich über das Glück der Kinder freut«, antwortete Ulfert mürrisch und trank einen Schluck Tee.

»Das ist doch auch an dem«, erwiderte Tomma und lachte unsicher.

»Na gut, ich werde des Mädchens wegen gute Miene zum bösen Spiel machen«, meinte Ulfert. »Wir essen Fondue. Ihr trinkt einen guten Wein und ich mein Bier. Ich wette, dass die Dirn die Texte der Weihnachtslieder besser kennt als wir!« Er schaute belustigt zu, wie Tomma die Butter hauchdünn auf die Brötchenhälften strich.

»Sie wird Heimweh haben. Ich denke, wir sollten ihr einen schönen Heiligen Abend bereiten«, antwortete Tomma.

Ulfert beendete sein Frühstück, schob das Gedeck beiseite und lehnte sich zurück.

»Ich bestelle dann beim Schlachter das Fleisch und erledige die Besorgungen. Wann kommst du zum Essen?«, fragte Tomma.

»Gegen dreizehn Uhr. Ich treffe mich zuerst noch mit Dr. Bredefeld. Er bringt mir einen Prospekt einer Zubehörhandlung aus Hamburg mit; ich brauche für die Kajüte eine Rolltür mit Einzelschlössern. Bei dem gegenwärtigen Anstieg der Kriminalität muss man damit rechnen, dass jederzeit Gangster das Schloss knacken – und dann ist meine Yacht futsch«, sagte Ulfert.

»Bitte, verschone mich mit deinem Gerede über Kriminalität! Warum denkst du nicht mal an etwas Erfreuliches – deine zukünftige Schwiegertochter zum Beispiel!«, meinte Tomma.

»Swetlana ist wirklich hübsch!«, stellte Ulfert fest.

»Und sie liebt Focko wirklich! Am zweiten Weihnachtstag wird sie Focko und mir beistehen, die Gäste zu empfangen und zu bewirten. Du kannst im Yachtclub oder in deinem Appartement ohne Stress den Tag genießen. Deine Mutter bleibt bis Neujahr in Emden, keine Angst, wir werden das Kind schon schaukeln. So unersetzlich seid ihr nun auch nicht«, fügte Tomma befriedigt hinzu.

Ulfert ersparte sich eine Antwort. »Ich fahre zum Yachthafen«, sagte er nur.

»Grüß Dr. Bredefeld von mir«, gab ihm Tomma kichernd mit auf den Weg

»Was gibt es da zu lachen?«, fragte Ulfert verärgert.

»Ihr könntet Brüder sein, so ähnlich seid ihr euch – nur dass er Witwer ist.«

»Der weiß wenigstens, woran er ist!«, antwortete Ulfert bissig und stapfte hinaus. Tomma schaute hinter ihm her. »Wenn du wüsstest«, murmelte sie.

Dem alten Lehrerhäuschen stand der Abriss bevor. Enrico Tomello hatte der Firma Gebrüder Altmann, Emden, den Auftrag erteilt, und diese schafften bereits das notwendige Gerät auf die Insel.

Einige alteingesessene Insulaner, die in den Nachkriegsjahren beim Bauen weder Rücksicht auf das historische Ortsbild noch auf irgendwelche Bauvorschriften hatten nehmen müssen, machten sich nun für die Erhaltung des verrotteten Häuschens stark.

Das Objekt, für das sich bisher nie jemand interessiert hatte, geriet nun zum Zankapfel. Das Maklerbüro bezog Stellung. Es hatte sich mit seiner Offerte im Kundenauftrag an die Öffentlichkeit gewandt, aber weder Historiker noch Mitglieder des Heimatvereins hatten Interesse bekundet. Auch die Stadt Borkum hatte vom Verkauf der Immobilie Kenntnis besessen und dem Käufer die Baugenehmigung erteilt.

Als die Firma Altmann den Kran an die Fassade fuhr und die schwere Eisenkugel das morsche Bauwerk zum Einsturz brachte, begannen Gerüchte zu kursieren. Es hieß, Tomma Hoogelycht hätte ihre Finger mit im Spiel gehabt.

Ulfert Hoogelycht hatte jedoch nur lächelnd abgewinkt, als Segelkameraden in diese Richtung weisende Bemerkungen gemacht hatten. Davon hätte er sicher gewusst – und außerdem gab es andere Probleme, die seinen Seelenfrieden störten.

Focko hatte sein Konto bei der Oldenburgischen Landesbank maßlos überzogen. Er hatte das für ihn angelegte Aktienpaket verkauft und dennoch das Limit überschritten.

Nach einigem Ärger war schließlich Dini Hoogelycht eingesprungen und hatte eine Bürgschaft übernommen.

Ulfert Hoogelycht widmete sich danach weiterhin seinem Boot und überließ den ›Kaiserhof‹ seiner Frau und seinem Sohn.

Die Senioren der Gruppe ›Sechzig plus‹ trafen sich um vier Uhr nachmittags im kleinen Sälchen des Kurhauses. Die Kurverwaltung bot während der Winterzeit im Rahmen der Altenbetreuung mehrere kostenlose Veranstaltungen an, die immer gut besucht waren, meistens Vorträge über die verschiedensten Themen.

Draußen fegte der kalte Nordwest über die Strandpromenade. Über den Winterhimmel huschten Wolkenfetzen. Im ›Sälchen‹ war es angenehm warm. Die Alten unterhielten sich laut und angeregt. Es wurde aber schlagartig still, als der Bürgermeister den

Saal durchquerte und sich vorne neben der Leinwand an das Rednerpult stellte und das Wort ergriff.

»Liebe Mitbürgerinnen und Mitbürger, liebe Gäste, heute haben wir für Sie den großen Historiker Reno Precker eingeladen, der uns mit seinen Fotos auf eine Reise in das alte Borkum mitnehmen und unsere Erinnerungen wecken will. Herr Precker hat sich nach seiner Pensionierung mit viel Mühe in den Archiven der Stadt umgeschaut. Auch ich bin auf seinen Vortrag gespannt, denn ich habe in verantwortlicher Position an der neuzeitlichen, baulichen Gestaltung unserer Heimatinsel mitgewirkt. Ich wünsche Ihnen viel Freude beim Rendezvous mit Altborkum und bitte nun Reno Precker, mit seinem Beitrag zu beginnen!« Der Bürgermeister setzte sich an einen Tisch, und die Gäste sparten nicht mit Beifall.

Die Bedienung trug Platten mit Butterkuchen an die Tische und servierte Tee und Kaffee.

Reno Precker, der Realschullehrer im Ruhestand, zog die Vorhänge zu und löschte das Licht. Dini Hoogelycht saß neben Bettina von Langwarden, die wie sie selbst früh Witwe geworden war und mit der sie eine jahrzehntelange Freundschaft verband.

Bettina von Langwarden war eine gescheite Frau, offen und an allem interessiert, und über alles, was auf der Insel geschah, immer bestens informiert. Sie hatte sich das spärliche Haar blond färben lassen und war wie ihre Freundin schlank und knochig.

Sie aßen Butterkuchen, tranken Tee und zwinkerten sich zu, als die ersten Bilder auf der Leinwand erschienen. Die Fotos zeigten Stiche von einfachen Siedlungshäuschen, es waren wohl eher Katen, in denen die Insulaner früherer Jahre in ärmlichen Verhältnissen gelebt hatten. Die Dörfler hatten das Land zwischen Hoge Hörn und Upholm beackert. Nur wenige Fischer hatten Boote besessen. Die meisten spannten ihre Netze und mussten sich mit dem zufrieden geben, was Ebbe und Flut ihnen hinterließen.

In diesem Zusammenhang erwähnte Precker das sagenumwobene ›Borkum-Riff‹, eine von den Wellen umtoste Felsengruppe vor der Insel.

Zur Verbesserung der wirtschaftlichen Lage der Insulaner trugen später Seeleute bei, die sich am Walfang beteiligten.

Auf der Insel entstanden die ersten Kapitänshäuser. Bild um Bild huschte über die Leinwand. Precker kommentierte spannend, erzählte Anekdoten, zeigte Bilder alter Grabsteine und nannte die Namen einiger Vorfahren Borkumer Familien.

Ärzte hatten die Heilkraft der jod- und bromhaltigen Luft entdeckt, und das Baden im offenen Meer galt bald als sehr förderlich für die Immunkräfte des Körpers.

In den Anfängen waren nur reiche und angesehene Familien nach Borkum gereist, und zur Kaiserzeit hatte Borkum Norderney nachgeeifert, das in der Gunst der preußischen Regierung einen hohen Stellenwert besaß. Villen und Prachtbauten waren entstanden.

Die alten Leute folgten interessiert dem Bilderreigen.

Reno Precker kommentierte und zeigte immer neue Fotos, nun auch aus dem Borkum der Kriegs- und Aufbaujahre. Auf der Insel waren teure Hotels entstanden, und die Insulaner begannen sich den Ansprüchen der Nachkriegsgeneration anzupassen.

Schließlich erschienen auf der Leinwand moderne Appartementhäuser und einige Baustellen, wo an der Stelle alter, historischer Gebäude neue entstanden. Auch die neue Schule und das alte Lehrerhäuschen, das dem Bau eines Restaurationsbetriebes hatte weichen müssen, fehlten nicht. Viele unter den alten Leuten erinnerten sich an den Lehrer Habbo Thobinga, der erst vor wenigen Monaten gestorben war.

Als Precker den Projektor ausschaltete, sparten seine Zuschauer nicht mit Applaus.

Bettina von Langwarden beugte sich zu Dini Hoogelycht hinüber und sah diese eindringlich an. »Es wird gemunkelt, dass deine Schwiegertochter mit einem italienischen Kompagnon das alte Lehrerhäuschen gekauft hat und mit ihm dort eine Pizzeria eröffnen will«, sagte sie leise, während Precker die Vorhänge öffnete und das einfallende Licht die Hotelchefin für Sekunden blendete. Dini Hoogelycht nippte an ihrem Tee. Ihr schoss das Blut in den Kopf, denn sie dachte an Tommas Kur auf Ischia und die Kälte, mit der die Schwiegertochter seitdem ihren Sohn behandelte. Doch sie sagte energisch: »Das halte ich für ein Gerücht! Meine Schwiegertochter hat die Leitung meines Hauses übernommen. Ulfert hat sich zur Ruhe gesetzt, und Tomma und Focko haben mit dem ›Kaiserhof‹ mehr als genug zu tun. Übrigens ist seine Braut ganz reizend!« Sie hörte nicht hin, als Precker es bedauerte, dass es der Bürgerinitiative nicht gelungen war, das historische Gebäude vor dem Abriss zu retten. Es entspann sich eine erregte Diskussion.

Der Bürgermeister klopfte auf das Pult und verschaffte sich Gehör. »Wir waren und sind der Meinung, dass der Käufer, ein Italiener, mit seinem Neubau das Straßenbild architektonisch bereichern wird. Und ich betone noch einmal, wir hätten sein Vorhaben nicht unterbinden können. Es kostet uns viel Geld, alte Villen zu erhalten, deren Zimmer Urlauber nur widerstrebend buchen. Es sind die verpönten ›Hochhäuser‹, die den höchsten Zuspruch zahlungskräftiger Urlauber finden. Alte Strandvillen werden gerne fotografiert, doch nur wenige wollen in ihnen wohnen«, sagte er. »Und genauso ist es auch mit den malerischen alten Katen, deren Renovierung sehr aufwandig wäre!«

Die Serviererinnen begannen das Geschirr abzutragen, und Dini Hoogelycht erhob sich. »Ruf mich mal an!«, sagte ihre Freundin beim Abschied. Dini Hoogelycht verließ den Saal, ging zur Garderobe, zog ihren warmen Wintermantel über und trat nachdenklich in die Kälte hinaus.

Der achtundfünfzigjährige Amtsarzt Dr. Hermann Bareis aus Rheine kurte im ›Kaiserhof‹. Seine Frau befand sich in Düsseldorf bei der Schwiegertochter und dem Sohn, wo ihre Anwesenheit dringend erwünscht war, denn sie war gerade Großmutter geworden und stand der jungen Mutter während der aufregenden ersten Tage bei.

Nach dem Mittagessen zog Dr. Bareis sich auf sein Zimmer zurück, öffnete die Fenster, legte sich auf das Bett und betrachtete stolz das Foto seines kleinen Enkels, während die Frühlingssonne in sein Zimmer schien.

Kurz nach vierzehn Uhr ging er ins Bad, zog sich aus, schlüpfte in seine Badehose, zog seinen Bademantel über und verließ das Zimmer, denn er hatte um vierzehn Uhr dreißig eine Anwendung. Die Massagepraxis und die übrigen Räume der medizinischen Abteilung befanden sich im Souterrain. Ihm blieb gerade noch Zeit, im Lesezimmer, das im Anbau zu ebener Erde lag, in eine Zeitung zu schauen. Er ging an der gefüllten Bücherwand entlang, nahm die Tageszeitung aus einem Ständer, setzte sich in einen Sessel und studierte ohne großes Interesse die Anzeigenseite.

Er zog die Stirn kraus, als ein Tornado der Bundeswehr über Borkum donnerte. Dann horchte er auf, er glaubte, einen Schuss vernommen zu haben. Er legte die Zeitung auf den Tisch, betrat den Flur durch die Tür neben dem Aufzug und schaute sich um. Pulverdampf stieg ihm in die Nase.

Unschlüssig näherte er sich der Tür, auf der ›*Privat*‹ stand. Er klopfte an, aber niemand meldete sich. Dr. Bareis schob die Tür vorsichtig auf und trat in einen schmalen Flur. Auf einem kleinen Eichentisch stand ein Telefon, darüber an der Wand hing ein Spiegel.

Die gegenüberliegende Tür stand einen Spalt weit offen. Der Pulvergeruch kam eindeutig aus dem Zimmer. Der Arzt näherte sich der Tür und drückte sie auf.

Er sah eine schwere Couch, auf der Stickkissen lagen. »Hallo?«, rief er, bekam aber keine Antwort. Beherzt betrat er das Wohnzimmer. Mitten im Zimmer stand ein stabiler Tisch mit gedrechselten Beinen, umgeben von mächtigen Sesseln. An der Wand befand sich eine Anrichte. Chippendale, schoss es Bareis durch den Kopf. An der Wand hing ein Ölgemälde im Stuckrahmen: Klatschmohn in Rot. Sein Blick fiel auf eine Vitrine mit Glasaufsatz, deren untere Tür offen stand. Die Fenster waren ebenfalls geöffnet.

Dr. Bareis wagte sich weiter vor, und im nächsten Moment blieb er stocksteif stehen. Zutiefst erschrocken starrte er auf die alte Frau, die ausgestreckt auf einem teuren Perserteppich lag. Ihr Rock mit dem ostfriesischen Webmuster hatte sich hochgeschoben und ihre verwelkten Schenkel entblößt.

»Die Seniorchefin!«, murmelte der Arzt. Ihr blond gefärbtes Haar war voller Blut. Sie lag auf der linken Schulter und hatte den rechten Arm von sich gestreckt. Ihr Gesicht war nicht mehr zu erkennen.

Nur wenige Zentimeter entfernt von der ausgestreckten Hand lag die Pistole.

Dr. Bareis wandte sich ab und entdeckte auf dem Tisch einen weißen Briefumschlag. Ihn fröstelte plötzlich. Das geht mich nichts an, dachte er und kam sich in dem fremden Wohnzimmer, bekleidet mit Badehose und Frotteebademantel, seltsam unwirklich vor. Er vernahm den Schlag der Standuhr neben der offenen Flurtür. Sonst allerdings war kein Laut zu hören. Es war absolut still.

Hatte denn niemand außer ihm im abebbenden Fluglärm des Düsenjets den Schuss gehört? Rasch verließ er die Wohnung und eilte zur Rezeption. Völlig atemlos kam er wenig später dort an.

Swetlana Roederich blickte ihm überrascht entgegen. »Herr Doktor, ist nicht richtig der Termin?«, fragte sie besorgt.

Doch Bareis stieß nur aufgeregt hervor: »Wählen Sie sofort die Nummer der Polizei! Die alte Frau Hoogelycht hat sich in ihrem Wohnzimmer erschossen!«

Aus den Lautsprecherboxen dudelte leise Musik, die völlig fehl am Platz wirkte. Swetlana erschrak zutiefst und starrte den Gast entsetzt an. »O Gott, wirklich?«, fragte sie mit blassen Lippen, rührte sich aber nicht von der Stelle.

»Nun los! Rufen Sie die Polizei an!«, befahl der Arzt.

Swetlana gab sich einen Ruck, nahm den Hörer von der Telefonanlage, wählte die Notrufnummer und reichte dem Arzt den Hörer. Ihre Hände zitterten.

»Polizeirevier Borkum?«, vernahm Dr. Bareis.

»›Kaiserhof‹! Bareis ist mein Name. Ich bin Arzt und Gast hier. Schicken Sie bitte sofort einige Beamte sowie einen Wagen mit einem Sarg! Ich habe eine Tote gefunden, es scheint sich um

Selbstmord zu handeln. Benachrichtigen Sie die Kripo!« Er legte den Hörer auf.

Die junge Frau hatte inzwischen zu schluchzen begonnen. Der Arzt wandte sich ihr wieder zu.

»Benachrichtigen Sie bitte Frau Hoogelycht! Ich warte im Zimmer der Toten auf die Polizei.« Damit drehte er sich um und eilte davon.

Der Aufzug im Flur neben dem Lesezimmer hielt, als Bareis daran vorbeiging, und eine grauhaarige Frau stieg aus. Sie trug wie er einen Bademantel und hatte ein Handtuch über dem Arm. »Moin«, sagte sie freundlich.

»Hatten Sie gerade eine Anwendung?«, fragte Bareis, bemüht seine Aufregung zu verbergen.

»Ja, ich habe eine Fangopackung bekommen«, erwiderte die Dame mit freundlichem Lächeln.

»Sie haben nichts gehört? Ich meine zum Beispiel einen Knall oder eine Detonation? Vor etwa fünf Minuten?«, fragte der Arzt.

»Doch ja, einen Düsenjäger«, sagte die Frau. »Aber einen Knall? Nicht dass ich wüsste!«

Bareis dankte ihr, verabschiedete sich und betrat die Wohnung der Seniorchefin.

Der Pulvergeruch war inzwischen abgezogen. Der Arzt mied den Blick auf die Tote und trat ans Fenster. Die Fensterflügel waren weit geöffnet, und man blickte über eine Rasenfläche und einen Zaun auf die Dünen an der Ostseite des Hotelgebäudes.

Die Halme des Strandhafers bogen sich im leichten Wind. Der Himmel war blau, und Möwen tummelten sich in der lauen Brise. Dini Hoogelycht hat sich für ihren Selbstmord einen sehr schönen Frühlingstag ausgesucht, dachte Dr. Bareis. In diesem Moment hörte er hinter sich das Geräusch eiliger Schritte. Ein älterer Mann in legerer Kleidung betrat den Raum und schrie leise auf, als er die Tote entdeckte. Dann kniete er sich neben die Tote, beugte sich über sie und murmelte unter Tränen: »Mutter … Mutter!«

»Bitte berühren Sie sie nicht. Sie hat sich erschossen«, sagte der Arzt. Das Gesicht des Mannes war aschfahl. Er schluchzte leise auf, drehte sich dann um und schaute den Doktor hilfesuchend an. »Warum hat sie das getan?«, fragte er und wischte sich verlegen die Tränen von den Wangen. »Und was tun Sie hier?«

»Ich bin Arzt und Gast des Hauses«, erklärte Dr. Bareis. »Ich war gerade im Lesezimmer, als ich den Schuss hörte. Tja, und dann habe ich Ihre Mutter hier so gefunden.«

Der Mann stand schwerfällig auf. »Hoogelycht, entschuldigen Sie«, sagte er. »War meine Frau schon hier?«

»Nein. Ich habe die Polizei benachrichtigt. Ihre Mutter hat sich in den Kopf geschossen, da kam jede Hilfe zu spät«, erklärte Dr. Bareis. »Mein Beileid.«

Hoogelycht blickte ungläubig um sich. Er schien noch immer nicht recht glauben zu können, was geschehen war.

Dr. Bareis schwieg. Er wartete sehnlichst auf das Eintreffen der Polizei. Etwa zehn Minuten später betrat Tomma die Wohnung ihrer Schwiegermutter. Sie trug ihr blond gefärbtes Haar zu einem Zopf geflochten und war wie immer sehr elegant gekleidet. Als sie die Tote entdeckte, schrie sie erschrocken auf und schlug die Hände vors Gesicht. Dann wurde sie blass wie ein Leintuch, ging schwankend zur Couch hinüber und ließ sich darauf niedersinken. Schluchzend wandte sie den Blick ab.

Ulfert Hoogelycht ging zum Tisch und streckte eine Hand nach dem Brief aus. »Darf ich?«, fragte er.

»Nein, bitte nicht. Überlassen Sie ihn der Polizei«, sagte Dr. Bareis leise.

»Sie glauben doch nicht etwa, dass etwas nicht stimmt?«, fragte Hoogelycht fassungslos.

»Ich bin Arzt«, antwortete Dr. Bareis. »Und ich weiß ebenso wenig oder viel wie Sie!«

»Ich muss zur Rezeption – Swetlana wird außer sich sein. Und irgendjemand muss die Gäste informieren!«, stieß Ulfert Hoogelycht hervor, der langsam wieder klarer zu denken schien. »Würden Sie so lange hier bleiben?«

Dr. Bareis nickte stumm und blickte zu Tomma Hoogelycht hinüber, die noch immer leise vor sich hin schluchzend auf der

Couch saß. Sie tat ihm Leid, doch ihm fiel nichts ein, womit er sie hätte trösten können.

Nach etwa einer Viertelstunde – Ulfert Hoogelycht war noch nicht zurückgekommen – betrat ein hoch gewachsener, schlanker Mann mit leicht gewellten Haaren und Oberlippenbart den Raum. Er trug eine dunkle Hose und eine Wildlederjacke und winkte zwei Polizeibeamte in Uniform in die Wohnung.

Hinter ihnen erschien der Juniorchef des Hauses, der sich trotz seiner beachtlichen Korpulenz an den Beamten vorbeidrängte und einen Augenblick stumm vor der Toten stehen blieb.

»Warum hat sie das getan?«, fragte er ratlos, an den Arzt gewandt, als könne dieser ihm Auskunft über die Motive seiner Großmutter geben. Er wirkte äußerst gefasst, aber der Schein konnte täuschen, wie Dr. Bareis wusste. Dann fiel der Blick des jungen Mannes auf die Pistole.

»Und wo in aller Welt hatte sie bloß das Schießeisen her?«

»Das werden wir gleich feststellen«, erwiderte der Kripobeamte. Doch der Junior hatte sich schon wieder abgewandt und redete auf seine Mutter ein, die sich inzwischen wieder halbwegs gefasst hatte. »Mutter, steh auf – lass dich um Himmels willen nicht so gehen! In einer halben Stunde müssen wir unseren Gästen den Tee servieren!«

»Ihre Gäste werden den Tee ja wohl nicht hier im Wohnzimmer der Toten einnehmen«, meinte der Kommissar trocken und ging auf den Arzt zu, dem er die Hand hinstreckte. »Kriminalpolizei; mein Name ist van Elderen. Sie sind Dr. Bareis, der uns benachrichtigt hat, nicht wahr?«

»Ja, so ist es. Ich war gerade im Lesezimmer und wartete auf eine Anwendung, als ich den Schuss hörte. Die Tür war offen, ich bin herein – und da sah ich die Bescherung!«

»Das Protokoll nehmen wir später auf – aber wir könnten Ihre ärztliche Unterstützung brauchen. Vielleicht möchten Sie sich vorher umziehen?«, schlug der Kommissar vor.

Dr. Bareis nickte und verließ den Raum.

Der Kommissar bat den Jüngeren der beiden Polizisten, den

Spurensicherungskoffer aus dem Wagen zu holen. Dann wandte er sich an Tomma Hoogelycht.

»Sie haben hier im Hause mit der Toten zusammengelebt – gab es irgendwelche Hinweise darauf, dass Ihre …« Er brach ab.

»Meine Schwiegermutter«, ergänzte Tomma.

»Ihre Schwiegermutter litt also nicht an Depressionen?«

Tomma schüttelte den Kopf.

»Wir sind alle vollkommen ratlos«, erklärte der schwergewichtige Enkel. »Sie war ein Ausbund an Energie und Lebensfreude!«

»Vielleicht finden wir hier eine Erklärung«, meinte van Elderen.

Er wartete, bis der Wachtmeister mit dem Koffer zurück war, nahm einen Gummihandschuh heraus, streifte ihn über und griff dann nach dem weißen Umschlag, aus dem er einen Briefbogen herausschüttelte.

»Der Brief ist getippt worden«, meinte er nachdenklich. »Allerdings mit Tinte unterschrieben.«

»Mutter hat alles, was sie für wichtig hielt, mit der Maschine geschrieben«, erklärte Ulfert, der mittlerweile wieder hereingekommen war.

Focko Hoogelycht trat ungeduldig von einem Fuß auf den anderen und warf ärgerliche Blicke auf die Standuhr neben der Tür. Seine Mutter saß in sich zusammengesunken auf der Couch. Sie wirkte seltsam abwesend.

»Der Brief ist ohne Anrede«, sagte der Kommissar und begann zu lesen.

»Ich habe Krebs, unheilbar, und meine Zeit läuft ab. Um mir ein langes Siechtum zu ersparen, habe ich mich entschlossen, meinem Leiden selbst ein Ende zu machen. Ich möchte meinen Kindern nicht zur Last fallen und wähle daher ein gewaltsames, aber schnelles Ende.

Mein Leben hier auf Borkum war schön und erfüllt, und ich blicke mit Stolz auf das Erreichte zurück. Mögen meine Kinder und Enkel ihr Erbe schätzen und verantwortungsvoll verwalten. Meinen letzten Willen habe ich bei meinem Notar hinterlegt. Die Pistole hat mir mein se-

liger Mann vermacht, und ich habe sie all die Jahre über als Andenken an ihn aufbewahrt. Nun sehe ich die Zeit gekommen, mich im Tod wieder mit ihm zu vereinen.

So verabschiede ich mich und bitte Gott, mir zu vergeben, was ich mich zu tun entschlossen habe.

Dini Hoogelycht

Der Kommissar blickte sich forschend um. Tomma Hoogelycht hielt eines der Sofakissen umklammert und schluchzte haltlos; ihr Mann starrte blicklos vor sich hin, während ihm die Tränen über die Wangen liefen. Focko, der Juniorchef, sagte ohne allzu große Rührung in der Stimme: »Sie hat also ihren Tod regelrecht geplant!«

Van Elderen nahm eine kleine Plastiktüte aus dem Spurensicherungskoffer, hob mit seiner behandschuhten Hand die Pistole auf und ließ sie in die Tüte gleiten. »Frisch geölt für den Gebrauch!«, sagte er. »Damit wäre auch die Herkunft der Waffe geklärt. Es handelt sich um eine ›Walter‹! So etwas findet man heute nur noch im Museum!«

In diesem Moment kam Dr. Bareis wieder zurück. Er trug nun ein kariertes Flanellhemd, eine Manchesterhose und feste Lederschuhe. Er hatte die letzten Worten des Kommissars mitbekommen.

Van Elderen bat die Angehörigen, die Wohnung zu verlassen, damit die Beamten mit der Spurensuche beginnen konnten. »Reine Routine«, betonte er, an Ulfert gewandt. »Ich gehe davon aus, dass Ihre Mutter ohne Fremdeinwirkung gestorben ist. Aber wir haben unsere Vorschriften«, betonte er.

Als die Familie den Raum verlassen hatte, wandte er sich an den Arzt. »Ich benötige einen Totenschein mit der mutmaßlichen Todesursache, der Todesart und dem geschätzten Todeszeitpunkt. Alles weitere wird der Gerichtsmediziner klären. Wenn Sie so freundlich sein wollen ...«

Dr. Bareis nickte und machte sich an die Arbeit. Als er fertig war, nahm der Kommissar persönlich seine Aussage auf, während die beiden Beamten den Abtransport der Toten veranlassten.

Im Speisesaal wurde derweilen der Nachmittagstee serviert, und im ehemaligen Büro seiner Mutter saß Ulfert Hoogelycht am Telefon, um seine Schwester zu informieren und den Beerdigungsunternehmer anzurufen.

Der Betrieb im ›Kaiserhof‹ musste weitergehen – und diese Tatsache half allen Beteiligten, mit dem Unfassbaren fertig zu werden.

Die Urlauber nahmen an dem kühlen, aber trockenen Frühlingsmorgen keine Notiz von den vielen Insulanern, die in Trauerkleidung der Kirche am Rektor-Meyer-Park entgegenschritten. Nicht alle fanden Platz im Gotteshaus. Einige Trauergäste warteten geduldig vor dem Portal, suchten Schutz vor dem heftigen Wind und warteten auf das Ende der Totenandacht.

In der Kirche stand der Sarg neben dem Steinaltar in einem Meer von Kränzen und Blumen.

Der Pastor, ein gesetzter Fünfzigjähriger mit grauem Bart, stand mit gefalteten Händen auf den Stufen vor dem Altar. Ernst wandte er sich an die Gotteshausbesucher.

»Liebe Trauergemeinde, Dini Hoogelycht verzeihen wir den Griff nach der Waffe ihres in Stalingrad gefallenen Mannes. Erinnern wir uns daran, dass unsere Glaubensschwester eine tatkräftige und geachtete Mitbürgerin gewesen ist. Sie hat dazu beigetragen, der Entnazifizierungswelle auf Borkum den überschäumenden Hass zu nehmen, und geholfen, den Revanchismus zu dämpfen.

Sie war nach dem Krieg die erste Bürgermeisterstellvertreterin im Nachkriegsdeutschland und genoss das Vertrauen der Siegermächte. Sie hat mitverantwortlich unsere Inselzeitung ins Leben gerufen und der Besatzungsmacht die Wiederaufnahme des Fährverkehrs nach Emden abgetrotzt.

Dini Hoogelycht verdanken wir es auch, dass die Kasernen nicht geschleift wurden und viele Berliner Kinder sich auf der Insel erholen konnten.« Der Pastor blickte sich in der voll besetzten Kirche um und fuhr fort: »Die Verstorbene war eine Demokratin und gilt als Mitbegründerin der SPD hier auf Borkum. Viele Jahre hat sie dem Vorstand angehört. Zusätzlich leitete sie in den Nachkriegsjahren uneigennützig den Hotel- und Gaststättenverband zum Wohle der Mitglieder und trug mit dazu bei, dass unsere Insel ihren Rang als Urlaubsort bis heute behalten hat. Der Verstorbenen zollen wir unseren Respekt. Wir schulden ihr unsere Hochachtung über den Tod hinaus. Sie hat sich aus Furcht vor dem Siechtum nach einem erfüllten Leben den Tod gewünscht.«

Die Trauergäste begleiteten den Sarg zum Familiengrab, in dem Dini Hoogelycht ihre letzte Ruhe fand. Und trotz der anerkennenden Worte des Geistlichen, die auch eine leise Mahnung enthalten hatten, dachte außer ihrem Sohn nach der Beerdigung nur noch selten jemand an sie.

Ulfert Hoogelycht hatte in Begleitung seiner Schwester den Notar aufgesucht. Zu ihrer Überraschung hatte die Mutter über die Jahre Aktien im Wert von mehreren hunderttausend Mark gekauft und Gewinn bringend angelegt. Über dieses Aktienkapital konnte nach Dini Hoogelychts letztem Willen ihre Tochter Ulla frei verfügen. Außerdem standen Ulla zusätzlich weitere 100.000 DM am Gesamterbe zu, die Ulfert in angemessenen Jahresraten an seine Schwester auszuzahlen hatte.

Alle übrigen Rechte an dem Vermögen gingen auf Ulfert über, der, so der Wunsch der alten Dame, seinem Sohn Focko nach seinem Tode das Hotel mit entsprechendem Inventar und allen Rechten zu hinterlassen hatte. Die Eigentumswohnung fiel an den Enkel, der eine ›angemessene Abzahlung‹ an den Vater zu leisten hatte. Tomma fand keine Erwähnung im Testament, und dasselbe galt für den Schwager Eilrich Buss und Ullas Kinder.

Für Ulla und Ulfert gab es keine Probleme. Sie verfuhren genau nach den Anweisungen im Testament und erfüllten damit den letzten Willen ihrer Mutter, die sich vor allem den Zusammenhalt ihrer Kinder in Harmonie gewünscht hatte.

Ulfert zahlte den Zugewinn, der Tomma nach den gemeinsamen Jahren ihrer Ehe und ihrer Mitarbeit im ›Kaiserhof‹ zustand und der mittlerweile zu einer respektablen Summe angewachsen war, auf ein ›Anderkonto‹ seines Anwalts ein. Was dann damit geschah – dass nämlich Tomma das Kapital abzog und es in die Pizzeria investierte, erfuhr er nicht.

Ulfert war auch noch immer nicht zu Ohren gekommen, dass seine Frau ihn mit dem Italiener betrog, während er nach den Arbeiten an seinem Boot abends einsam vor dem Fernseher saß und grübelte.

Ihn beschäftigte noch immer der überraschende Tod seiner Mutter – und außerdem das Verhalten seines Schwagers. Er hatte seine Bank beauftragt, einen Teil der im Testament festgelegten Summe als erste Rate auf das Konto seiner Schwester zu überweisen. Doch die Gesamtsumme war Schwager Eilrich Busse zu wenig gewesen. Er hatte mehr erwartet und meinte, seine Kinder seien im Vergleich zu Focko zu kurz gekommen. Doch die Juristen, die er aufgesucht hatte, hatten abgewunken. Der letzte Wille der Verstorbenen sei ausschlaggebend, und nicht das Aufrechnen von Teilbeträgen des Erbes.

Ulfert fand kein Verständnis für die Haltung seines Schwagers, und er war außerdem zutiefst enttäuscht über seine Frau und seinen Sohn. Sie schienen ihn völlig vergessen zu haben, und das nagte an seinem Selbstbewusstsein.

Weder Focko noch Tomma kamen zu ihm, um darüber zu sprechen, wie es nun weitergehen sollte, und schließlich ergriff er selbst die Initiative. Er besprach sich mit seinem Steuerberater, fertigte Anstellungsverträge aus, die großzügig für Tomma ein Geschäftsführergehalt mit Gewinnbeteiligung vorsahen und auch für seinen Sohn und Swetlana recht lukrativ gestaltet waren.

Ulfert wollte nicht kleinlich sein, es kam ihm nur darauf an, klare Verhältnisse zu schaffen. Schließlich war er der Eigentümer des ›Kaiserhofs‹, und sowohl Tomma wie auch Focko und Swetlana seine Angestellten.

Als alles geregelt war, machte er sich mit neuem Eifer an die

Arbeiten auf seinem Boot, denn nun brauchte er sich um gar nichts anderes mehr zu kümmern.

Ulfert Hoogelycht saß in der Plicht und genoss den milden Frühlingsabend. Die untergehende Sonne färbte den Himmel altrosa, und ein lauer Wind war aufgekommen. Die *›Kaiservogel‹* schaukelte leicht im auflaufenden Wasser der Flut. Hoogelycht rauchte seine Pfeife, trank Bier und blickte auf die Stege. Im Clubhaus waren die Fenster schon erleuchtet, aber trotz des schönen Wetters herrschte im Yachthafen noch nicht allzu viel Betrieb.

Plötzlich entdeckte der Skipper nicht weit entfernt Schiri, die langsam über den Steg schlenderte. Sie trug Jeans und einen gelben Anorak. Hoogelycht schaute auf die Uhr. Im ›Kaiserhof‹ begann sein Sohn sich jetzt auf den Abendbetrieb vorzubereiten.

Was geht mich das noch an?, dachte er und sah, wie Schiri auf dem Steg stehen blieb. Überrascht schaute sie zu ihm herüber und winkte ihm lächelnd zu. »Hallo, Chef!«, rief sie.

Ulfert mochte das türkische Mädchen sehr, denn Schiri war bescheiden und pflichtbewusst und immer freundlich.

»Schiri! Schön, dich zu sehen«, rief er und stand auf.

»Wie geht es Ihnen?«, fragte sie und blieb vor der Bugspitze der *›Kaiservogel‹* stehen.

»So weit ganz gut! Komm doch für einen kleinen Klönschnack an Bord!«, rief er ihr zu.

Schiri nickte, kletterte an Bord und näherte sich über das Deck. Sie setzte sich zu Hoogelycht in die Plicht.

»Ich kann einen Tee aufbrühen! Oder möchtest du eine Dose Cola?«

»Danke, Chef, ich hab nicht viel Zeit. Ich bin mit Attila verabredet«‹ erwiderte das Mädchen schüchtern.

»Ihr könnt euer Rendezvous doch auch hier bei mir an Bord abhalten! Ich bin ein alter Mann und freue mich über jede Ablenkung. Außerdem ist Attila ein netter Junge, ich mag ihn sehr«, sagte der Skipper.

Aber Schiri winkte ab. »Attila wird sicher ärgerlich sein, wenn er sieht, dass ich bei Ihnen auf dem Schiff bin«, sagte sie mit einem hastigen Blick in Richtung Clubhaus.

»Schiri, er wird doch wohl nicht eifersüchtig sein? Ich bin doch keine Konkurrenz für ihn!«, scherzte Hoogelycht.

»Nein, nein, das ist es auch nicht. Aber er hat mir neulich etwas erzählt, das mit Ihnen und dem ›Kaiserhof‹ zu tun hat. Eigentlich soll ich es nicht sagen, aber wenn Sie mir versprechen würden, nicht darüber zu reden … « Sie blickte sich gehetzt um.

Hoogelycht blickte in das hübsche, junge Gesicht der Türkin und nahm ihre Hand. »Schiri, mein großes Ehrenwort!«, sagte er lächelnd. Doch als das Mädchen zu sprechen begann, verschwand das Lächeln aus seinem Gesicht und machte sehr rasch einer recht düsteren Miene Platz …

Tomma Hoogelycht schritt nach dem Abendessen noch einmal durch den Speisesaal, um nach dem Rechten zu sehen. Danach sprach sie mit Swetlana und gab ihrem Sohn einige Anweisungen. Sie war sehr zufrieden mit dem Betrieb, der trotz des Todes der Seniorchefin reibungslos weitergelaufen war. Die medizinische Abteilung war trotz der Einschränkungen durch die Gesundheitsreform ausgebucht, die Gäste strömten auch weiterhin in den Kaiserhof, und der Getränkeumsatz hatte ihre Erwartungen weit übertroffen. Tomma zog ihren italienischen Trenchcoat über und verließ das Haus.

Ulfert hatte ihr einige Tage zuvor aus heiterem Himmel eine Szene gemacht, sie beschimpft und ihr die Schuld am Selbstmord seiner Mutter gegeben, als sie morgens allein am Frühstückstisch gesessen hatte. Sie legte keinen Wert auf eine weitere Zusammenkunft. Als seine Frau hatte sie sich schon lange nicht mehr gefühlt. Sie fungierte als seine Geschäftsführerin, bezog ihr Gehalt und ging Ulfert, so gut sie es vermochte, aus dem Weg.

Urlauber spazierten über die Promenade. Es war Hochflut, das Meer rauschte in der Dunkelheit.

Am Tag zuvor hatte Enrico mit den Handwerkern Richtfest

gefeiert, doch Tomma hatte aus Rücksicht auf die bestehende Ehe nicht daran teilgenommen, um den mittlerweile aufgekommenen Gerüchten nicht noch neue Nahrung zu geben.

Tomma blickte in den dunklen Abendhimmel. Am Horizont sah sie die Lichter der vorüberziehenden Schiffe. Sie rang mit sich. So konnte es nicht weitergehen, sie musste Ulfert gegenüber Farbe bekennen und endlich klare Verhältnisse schaffen. Anfang Juni wollten sie die Pizzeria eröffnen; doch bis dahin blieb ihr noch etwas Zeit.

Am Kaapdelle verließ sie die Strandpromenade und erreichte über die Geert-Bakker-Straße den Seusenweg. Sie freute sich auf den Abend mit Enrico. Morgen würde sie nach Hamburg fahren, um dort die passenden Modelle für die Bestuhlung der Pizzeria auszusuchen.

Tomma Hoogelycht betrat das Haus Dünennest und fuhr in den ersten Stock, ohne von irgendwelchen Bekannten gesehen zu werden.

Der frische Nordwest trieb weiß-graue Wolken über den Himmel. Es war kühl, aber immerhin regnete es nicht.

Im Yachthafen schaukelten die Schiffe im kabbeligen Wasser, Stahltrossen schlugen im Wind klirrend gegen die Alumasten, und die Kajüttüren der meisten Yachten waren verschlossen.

Kommissar van Elderen schritt über die Stege und blickte sich suchend um. Der Wind zog und zerrte an ihm, während er stehen blieb, um sich zu orientieren.

Er machte sich nichts aus Segeln. Er war in Norden aufgewachsen, hatte die Polizeischule Hamburg besucht, war in Hannover zur Kripo gekommen und hatte dann in Leer zwei Jahre der Sonderkommission ›Rauschgift‹ angehört, bevor er sich um die Stelle auf Borkum beworben hatte. Seine Frau unterrichtete an der Grundschule, und das Ehepaar fühlte sich mittlerweile sehr wohl auf der Insel.

Van Elderen entdeckte die Yacht ›*Kaiservogel*‹, wechselte den Steg und ging zu ihrem Liegeplatz hinüber.

Dort kletterte er an Bord, betrat die Plicht und rief nach dem Skipper.

Kurz darauf erschien Ulfert Hoogelycht an Deck und blickte den Kommissar überrascht an. »Wer sind Sie?«, fragte er.

»Van Elderen, Kripo«, erwiderte der Kommissar.

»Richtig! Entschuldigen Sie, ich habe Sie nicht sofort erkannt. Kommen Sie!«, bat Hoogelycht den Beamten.

Van Elderen stieg durch das Luk die Treppe hinunter in die Kajüte.

»Nehmen Sie doch Platz«, sagte Hoogelycht und zeigte auf die Rundbank im Bug.

Der Kommissar blickte sich um. »Seeromantik! Richtig gemütlich hier! Ich war noch nie auf einem Segelschiff«, sagte er.

Der Skipper trat an die Pantry und hantierte mit einem Topf, in dem offensichtlich Wasser kochte.

»Und ich war bisher viel zu wenig an Bord meiner ›*Kaiservogel*‹. Aber jetzt bin ich ja Rentner. Hier habe ich meine Ruhe und werde hoffentlich noch einige Törns unternehmen«, erklärte er.

»Ich will Ihren Frieden auch nicht stören«, antwortete der Beamte. »Ich bin auf dem Wege nach Hause und wollte Ihnen nur sagen, dass der Staatsanwalt die Akte geschlossen hat. Am Selbstmord Ihrer Mutter besteht kaum ein Zweifel. Die alte Dame können wir nicht mehr wegen unerlaubten Waffenbesitzes belangen. Wenn Sie als Erbe des historischen Schießeisens, es handelt sich übrigens um eine Walter der ehemaligen deutschen Wehrmacht, Ansprüche darauf erheben wollen, dann müssen Sie einen Waffenschein vorweisen.«

Hoogelycht lachte. »Ich war in jungen Jahren Jäger. Ich habe im Spätherbst Kaninchen geschossen, aber das ist lange her.«

»Das reicht. Sie können die Waffe auf Antrag in Aurich beim Gericht anfordern«, sagte van Elderen.

»Weder meiner Schwester noch mir liegt etwas an der Pistole, und um zu verhindern, dass jemand sie benutzt, überlasse ich sie wohl am besten der Behörde«, erklärte Hoogelycht.

»Dann wandert sie ins Kriminalmuseum«, erwiderte der Kommissar und erhob sich. »Na, dann – alles Gute, Herr Hoogelycht – und allzeit gute Fahrt, so sagt man doch, nicht wahr?« Van Elderen stieg die Treppe hinauf an Deck und verließ das Schiff.

Ulfert Hoogelycht nahm die Schale mit dem Fertiggericht aus dem Wasserbad, entfernte die Folie und verzehrte mit Heißhunger ›Weinkraut mit Kassler und Kartoffelpüree‹.

Dr. Lothar Bredefeld stand auf dem überdachten Balkon seiner Eigentumswohnung und starrte nachdenklich in den grauen Himmel, der langsam dunkler wurde. Der Abend war trist und regnerisch, und auf den Straßen herrschte kaum Betrieb.

Er hatte seinem jungen Kollegen ein günstiges Angebot für den Kauf seines Hauses samt Praxis unterbreitet, weil er ganz nach Borkum ziehen wollte.

Sein Steuerberater betreute für ihn noch zusätzlich ein Stadthaus in der Clemens-Schulz-Straße in St. Pauli-Nähe. Doch Dr. Bredefeld war bescheiden geworden. Ihm lag nichts mehr an den Ablenkungen der Großstadt. Über das Gerede von der Einsamkeit auf der Insel, vor allem im Herbst und Winter, konnte er nur lachen. Seit dem Tod seiner Frau Clara vor einigen Jahren hatte er sich daran gewöhnt, allein zu sein, und hatte damit wenig Probleme. Jetzt ging er zurück ins Wohnzimmer, schloss die Tür, setzte sich in den Sessel und vertiefte sich in das Wirtschaftsmagazin.

Er fuhr überrascht aus seiner Lektüre hoch, als das Telefon neben ihm läutete.

»Dr. Bredefeld, Borkum«, sagte er und vernahm eine fremde Männerstimme, die laut an sein Ohr drang.

»Ich wissen von Wohnung auf Borkum! Habe viel Geld und will kaufen Haus auf Clemens-Schulz-Straße bei St. Pauli. Unten ist Geschäft mit Foto. Läuft nicht! Oben alte Wohnungen werden umgebaut! Kann machen großen Umsatz. Nennen Preis!«

Dr. Bredefeld rang nach Luft. Für Sekunden verschlug es ihm die Stimme. Als er wieder sprechen konnte, fragte er: »Darf ich erfahren, wer Sie sind?«

»Bin Käufer von Haus. Anwalt macht mit Notar. Grundbuch korrekt! Zahle hohe Summe! Alles korrekt!«, antwortete der fremde Anrufer.

»Ich sehe keine Veranlassung, das Haus zu verkaufen!«, sagte Dr. Bredefeld verärgert in die Muschel.

»Will kaufen, ist Anlass genug! Ist sonst Risiko! Gebe Zeit bis Frühjahr! Fragen dann nach Preis! Bekommen viel Geld und kaufen anderes Haus! Ist gefährlich für Leben, wenn nicht machen!«, sagte der Unbekannte.

»Das können Sie sich abschminken! Ich verkaufe nicht!«, schimpfte Bredefeld, aber er bekam keine Antwort, der seltsame Anrufer hatte aufgelegt.

»Ein Scherzbold!«, murmelte der Zahnarzt nachdenklich, legte den Hörer zurück auf die Gabel, ging in die Küche und holte sich eine Flasche Bier aus dem Kühlschrank. Damit setzte er sich ins Wohnzimmer und steckte sich eine Pfeife an. Die freche und dreiste Art des Anrufers beunruhigte ihn. Ihm wurde erst jetzt bewusst, dass der Unbekannte, vermutlich ein Osteuropäer, ihm gedroht hatte. Doch den Gedanken, die Kripo zu benachrichtigen, verwarf er bald wieder. Sicher würde er dort mit seiner Geschichte nur ausgelacht! Er holte einen Schreibblock aus dem Schrank und fertigte über das Gespräch ein Protokoll an. Dann griff er wieder nach der Zeitschrift und bemühte sich, den Anrufer zu vergessen.

Der Iveco-Sattelschlepper stand genau vor der Pizzeria und blockierte die kleine Altstadtstraße. Er trug ein italienisches Kennzeichen. Der Fahrer bediente den Ladekran und lud in Plastik eingeschlagene Kisten auf einen Gabelstapler.

Die Fracht bestand aus Marmorplatten, Pizzaöfen und Zubehör. Monteure der Firma Tonio Rossino waren bereits am Vortag angereist, um die Einrichtungsarbeiten zu erledigen. Handwerker installierten Heizungen. Elektriker hielten Zeichnungen in den Händen und verlegten Anschlüsse. Es ging sehr geschäftig zu im Rohbau an der Erftstraße.

Enrico strahlte. »In acht Wochen können wir unsere Pizzeria eröffnen«, sagte er und küsste Tomma Hoogelycht vor allen Leuten auf den Mund.

»Fein«, erwiderte sie und unterdrückte den Wunsch, sich in das Geschehen einzumischen.

»Hast du inzwischen mit Ulfert gesprochen?«, fragte Enrico.

»Das hat noch Zeit«, erwiderte sie. »Aber du hast Recht – so langsam könnte ich mir zumindest einen Anwalt suchen!«

»Du wirst es schon recht machen«, sagte Tomello und drückte sie zärtlich an sich, bevor er sich wieder dem Geschehen auf der Baustelle zuwandte.

Dr. Bredefeld radelte am Nachmittag zum Yachthafen. Die Sonne schien. Ein milder Frühlingswind strich über Borkum, und der Zahnarzt war mit sich und der Welt zufrieden. Der Anrufer hatte sich nicht wieder gemeldet, was ihn weder beruhigte noch beunruhigte. Er hatte sich mit seinen Töchtern besprochen und war bereit, sich bei einem entsprechenden Angebot von dem Wohnhaus in Kiez-Nähe zu trennen.

Er stellte sein Fahrrad vor dem Clubhaus ab, betrat die Stege und grüßte die Segelkameraden, die sich an Bord ihrer Schiffe befanden.

Auch Ulfert Hoogelycht bemerkte er, der in der Plicht seiner Yacht ›*Kaiservogel*‹ saß und Tee trank.

Er rief ihn an. Der Hotelier schreckte aus seinen Gedanken hoch und wirkte fröhlich, als er den Zahnarzt erkannte.

»Moin, Dok! Eine Tasse Tee?«

»Da sage ich nicht nein«, antwortete Dr. Bredefeld. Er stieg über den Bug an Deck und setzte sich zu Hoogelycht in die Plicht. Hoogelycht holte aus der Kajüte ein Gedeck, stellte es auf den kleinen Klapptisch und nahm wieder Platz.

»Bitte, bediene dich«, sagte er, langte nach seiner Pfeife, zündete den Tabak an und paffte genüsslich vor sich hin.

»Ein herrliches Panorama«, sagte Dr. Bredefeld und schenkte sich Tee ein.

»Tja, hier lässt sich's leben, nicht wahr?«

Hoogelycht seufzte zufrieden.

»Wem sagst du das! Ich habe meine Praxis verkauft, für die

Kinder ist gesorgt – jetzt kann ich an mich denken. Wir müssen die Jahre nutzen, die uns noch bleiben«, erwiderte der Zahnarzt.

Ulfert Hoogelycht schaute über die Boote hinweg auf die Hafeneinfahrt. Die ›*Westfalen*‹ fuhr dem Festland entgegen. »Das Wetter lädt zu einem Törn ein«, sagte er.

»Tja, das schon. Aber mir fällt es schwer, die ›*Clara*‹ allein zu segeln. Sie ist für mich eine Nummer zu groß geworden. Ich war auf der Bootsmesse in Düsseldorf«, erzählte Dr. Bredefeld.

»Und?«, fragte Ulfert neugierig und nippte an seiner Teetasse.

»Ich habe eine Atlanta IV gekauft. Ein Einhandsegler, einfach wunderbar!« Der Zahnarzt geriet ins Schwärmen.

»Und, hast du einen Käufer für die ›*Clara*‹?«, fragte Ulfert und klopfte seine Pfeife im Aschenbecher aus.

»Der Vertreter der Werft hat mir einen guten Preis gemacht. Sie geht nach Flensburg«, sagte Dr. Bredefeld.

»Und der Liefertermin der Atlanta?«

»Leider erst Ende August. Wie wäre es, wenn wir zusammen mit meinem Boot einen Törn nach Helgoland machen?«, fragte Dr. Bredefeld.

»Ich bin mit von der Partie.« Hoogelycht war begeistert. Sie saßen nebeneinander in der warmen Frühlingssonne und überlegten eifrig, wann sie losfahren sollten und welches Ziel sie ansteuern wollten.

Der Hafenmeister schritt über den Steg und grüßte freundlich.

»All up Stee?«, fragte er.

»Wir planen einen Törn«, klärte Dr. Bredefeld ihn auf.

»Na, denn man to«, antwortete der Hafenmeister. »Die Wetterlage ist stabil.« Damit setzte er seinen Rundgang fort und überließ die beiden erfahrenen Skipper ihren Planungen.

Schiri betrat das Appartement, um das Frühstücksgeschirr abzuräumen. Der Seniorchef hatte bereits seine Tasche gepackt und trug die blaue Seglerjacke mit dem Emblem des Yachtclubs.

»Herr Hoogelycht, Sie haben ja nur ein Brötchen gegessen«,

sagte Schiri vorwurfsvoll und schaute in das gutmütige Gesicht ihres Chefs.

»Kind, unser Kühlschrank an Bord quillt über! Ich bin für eine Woche außer Haus«, sagte Hoogelycht, nahm die gepackte Reisetasche und setzte die Prinz-Heinrich-Mütze auf.

»Dann gute Reise«, wünschte Schiri.

»Danke! Du vergisst am besten das, was du mir mitgeteilt hast, und grüß Attila von mir!« Ulfert verließ das Appartement. Er wählte den Seitenausgang und warf auf dem Weg zum Fahrradschuppen noch einen Blick auf die Wohnung seiner Mutter. Die Jalousien waren herabgelassen.

Hoogelycht stellte die Tasche unter die Klemme des Gepäckträgers, stieg aufs Fahrrad und fuhr zum Yachthafen. Der Wind hatte merklich aufgefrischt und kam aus Nordwesten. Sie würden gute Fahrt machen!

Im Yachthafen herrschte bereits Betrieb. Ulfert stellte sein Fahrrad ab, nahm seine Reisetasche und ging zum Kai. Dr. Bredefeld stand schon an Bord der ›*Clara*‹. Er trug Jeans und Troyer.

»Hallo, Lothar!«, grüßte Hoogelycht und stieg über die Bugspitze an Deck.

»Moin, Ulfert! Bring deine Sachen am besten gleich unter Deck«, sagte der Zahnarzt. »Du kannst wählen, wo du schlafen willst!«

Hoogelycht betrat die Plicht und stieg über den Niedergang nach unten. Die ›*Clara*‹ besaß in der Bugspitze zwei Schlafplätze. An der Backbordseite befand sich die Navigationsecke. Gegenüber standen eine Rundbank und ein Tisch. Hinter der Sitzecke war die Pantryküche mit Herd, Spüle und Schränken installiert.

Hoogelycht betrat den Gang, der steuerbords an dem Niedergang vorbeiführte, und öffnete die Zwischentür. Eine Wand wurde von einem Regal eingenommen. Gegenüber befand sich eine Koje. Ulfert packte seine Tasche aus und verstaute seine Wäsche, Socken und Pullover in einem Eckschrank. Das Schiff besaß achtern eine weitere Doppelkabine, und dazwischen befand sich die Toilette mit der Dusche.

Ulfert Hoogelycht schaute sich zufrieden um und ging dann an Deck. Dr. Bredefeld hatte die Segel schon hervorgeholt und schaute ihm fröhlich entgegen. »Hast du dich einquartiert?«

»Ja – ich habe mich für die Koje steuerbords entschieden. Dein Schiff muss eine Menge Geld gekostet haben«, sagte Ulfert bewundernd.

Dr. Bredefeld lachte. »Dafür habe ich auch eine Menge Zähne gezogen. Doch Spaß beiseite: Ich muss in den Maschinenraum, die Ventile öffnen«, sagte er und verschwand nach unten.

Unter Deck gab es einen Dieselmotor, sodass das Boot auch ohne Segel bei Wind und Wetter wie ein Fischkutter hochseetüchtig war. Nur bei extremen Stürmen musste es einen schützenden Hafen anlaufen.

Die ›*Clara*‹ im Wind zu segeln, dazu gehörte neben dem Skipper ein erfahrener Segler. Und den hatte Dr. Bredefeld in Ulfert Hoogelycht gefunden.

Eine halbe Stunde später legten sie ab. Hoogelycht ging zum Bug, kletterte auf den Steg, nahm die Leine vom Poller und warf sie auf das Deck. Er schob die ›*Clara*‹ an, stieg an Deck und rollte das Tau auf, während Bredefeld am Ruder stand und den Motor zündete. Die Schrauben wirbelten das Wasser auf. Die Yacht glitt im Rückwärtsgang aus dem Pulk der Schiffe.

Hoogelycht zog die Fender ein und setzte sich dann an die Plicht. Bredefeld schaltete den Motor und steuerte die ›*Clara*‹ mit hoher Bugwelle aus dem Yachthafen. Sie liefen unter Motor der Leuchtbake entgegen und nahmen Kurs auf die Hornbalje.

Nach einer weiteren Seemeile setzten sie beide Segel. Hoogelycht bediente das Großschoot. Der Wind straffte das flatternde Tuch, während Bredefeld den Motor abstellte. Sie verließen unter Segel das Wattenmeer.

Die beiden Männer verstanden sich ohne Worte. Ulfert erriet im Voraus die geplanten Manöver des Skippers. Sie sprachen wenig, genossen still und jeder für sich die Fahrt durch den späten Frühlingsnachmittag, den Wind, der die Segel füllte, und das regelmäßige Auf und Ab der Bugspitze, die die Wellen durchschnitt.

Die Sonne sank und begann am westlichen Horizont den Himmel rot zu färben. Die beiden erfahrenen Segler waren in ihrem Element.

Focko Hoogelycht hatte nach wochenlangem Studium unzähliger Aufgebote die Vertreter der Firma mit den besten Konditionen zu einem geschäftlichen Gespräch in das Clubzimmer des Emder Hotels ›Erbprinz‹ eingeladen. Er plante, im ›Kaiserhof‹ die Wohnung seiner verstorbenen Großmutter in eine Sauna- und Solarienabteilung zu verwandeln. Bei Tee und Butterkuchen ging es schon nicht mehr um Preis und Kosten, sondern um Terminabsprachen und die Koordinierung der Baumaßnahmen.

Die Räume lagen an der Ostseite des Gebäudes zu ebener Erde. Die geplanten baulichen Veränderungen sollten den normalen Hotelbetrieb nicht beeinträchtigen und vor dem Beginn der Hauptsaison abgeschlossen sein.

Focko Hoogelycht, all die Jahre vom Vater als unreifer verwöhnter Nichtskönner abgestempelt, genoss seine Rolle als Auftraggeber. Er rauchte seine dicke ›Uppmann‹, trank Tee, bediente sich reichlich beim Kuchen und überließ den eingeladenen Geschäftspartnern untereinander die Terminfindung. Was sonst nur wenigen Bauherrn gelang, nämlich eine Abstimmung der Baumaßnahmen mit allen Beteiligten, das brachte er zustande.

Am späten Nachmittag nahm er die von allen unterschriebenen Ablaufpläne entgegen und verabschiedete seine Gäste.

Dann begab er sich zur Rezeption und meldete sich vom Abendessen ab. Der jungen Frau am Tresen steckte er einen Zwanzigmarkschein zu und verließ fröhlich pfeifend das Hotel. Die Angestellte blickte hinter dem schwergewichtigen Gast her und sah durch das Fenster, wie er in seinen Porsche stieg und davonfuhr.

Hoogelycht und Bredefeld kontrollierten in regelmäßigen Abständen ihre Position und segelten im Wind. Der aufgefrischte Nordwest umwehte ihre Gesichter, das Spritzwasser nässte ihre Haut. Nur hin und wieder wechselten sie ein paar Worte, sonst hingen beide ihren Gedanken nach.

Erst als die Sonne in einem herrlichen Abendrot unterging, wandte sich Bredefeld an seinen Freund.

»Wie wäre es mit einem Tee? Wir machen sechs Seemeilen die Stunde und haben bald die Hälfte der Strecke hinter uns!«

»Eine Tasse Tee wäre jetzt schon nicht schlecht!«, sagte Hoogelycht und nahm das Fernglas. An der Steuerbordseite lag die Spitze der Insel Norderney. Der Leuchtturm warf bereits seinen Strahl über die Dünen. Baltrum war nur mehr ein kleiner gelblicher Klecks mit roten Flecken vor dem dunkler werdenden Horizont.

Ulfert Hoogelycht legte das Fernglas wieder ab. »Soll ich einen Tee aufbrühen?«

»Ja, gern. In der Pantry müsstest du dich schnell zurechtfinden.«

Ulfert nickte und verschwand unter Deck. Er trat an die Pantry und schaute sich um. Im unteren Schrankteil fand er einen Topf, füllte ihn mit Wasser, stellte ihn auf den Gasherd, der sich leicht zünden ließ. Er entnahm dem oberen Schrankteil das Geschirr, fand die Teedose, den Kluntjetopf. Im Kühlschrank stand auch noch ein Fläschchen Teesahne. Er lud das Geschirr auf ein Tablett, trug es an Deck und stellte es auf den Boden der Plicht. Die ›*Clara*‹ lag leicht schräg im Wind, dennoch fanden Teetassen, Zucker- und Kluntjebecher genügend Halt. Er begab sich wieder unter Deck und ließ den Tee auf einem Stövchen ziehen, goss ihn um, siebte die Blätter ab und trug die Kanne nach oben. »Echt ostfriesisch«, sagte er und schenkte ein. Auch das Kännchen fand Halt an der Plichtwand. Ulfert reichte Bredefeld die Tasse und setzte sich auf die Bank. Sie tranken den heißen Tee, der ihnen gut tat. Er stillte den Durst und wärmte sie auf.

Sie segelten im Küstenbereich, nur wenige Seemeilen von der Schifffahrtsstraße entfernt.

Die Sonne war mittlerweile völlig untergegangen, der Nordwest hatte zugelegt. Hoogelycht stellte das Geschirr auf das Tablett.

»Lass, Ulfert, übernimm du das Ruder. Ich nehme das Geschirr mit unter Deck. Wir werden in etwa vier Stunden Helgoland anlaufen. Ich setze die Positionslichter, erledige die Logbucheintragungen und höre den Wetterfunk«, erklärte der Zahnarzt.

Hoogelycht übernahm das Ruder, während Bredefeld nach unten ging. Er trug das Geschirr zur Pantry, ließ heißes Wasser ins Spülbecken laufen, gab einen Spritzer Pril hinzu und erledigte den Abwasch. Anschließend schaltete er die Positionslichter ein, setzte sich auf den Stuhl in der Navigationsecke, schlug das Logbuch auf und hörte den Wetterbericht des Seefunks. Dann erledigte er Eintragungen.

Hoogelycht blickte auf die eingeschalteten Positionslichter. Er bediente das Ruder und blieb genau auf Kurs. Die ›*Clara*‹ schnitt die anrollenden Wellen und schaukelte sanft auf und ab. Es war mittlerweile vollkommen dunkel geworden.

Nach einer Weile horchte Ulfert auf: Er hörte leises Brummeln, das langsam lauter wurde und nur von einem Motorboot stammen konnte. Er maß dem Motorengeräusch zuerst keine weitere Bedeutung zu, und dann, als der auf Hochtouren laufende Motor ihn neugierig machte, dachte er an ein Zollboot.

Er sah sich um und entdeckte eine Motoryacht, die sich mit eingeschalteten Scheinwerfern und hoher Bugwelle näherte.

Ulfert hielt den Kurs. Das Motorboot überholte ihn backbords und kreuzte den Kurs der ›*Clara*‹.

Zu seiner Überraschung drosselte der Skipper des unbekannten Bootes die Geschwindigkeit. Hoogelycht war irritiert. Das Motorboot zog einen Bogen um die Yacht und schob sich dann langsam heran. Der Motor des Bootes erstarb. Hoogelycht ließ die ›*Clara*‹ um einige Grad abfallen und lockerte die Schooten ein wenig. Das fremde Boot kam trotzdem immer näher. Ulfert rief nach seinem Freund, und es gelang ihm gerade noch, eine Kollision zu verhindern. Er fluchte laut und schimpfte, als er auf dem Deck des anderen Bootes eine Bewegung wahrnahm. Ja, dort stand jemand, er hielt etwas in der Hand.

Ulfert starrte in die Dunkelheit, ohne zu ahnen, was der fremde Skipper vorhatte …

Dr. Bredefeld schaute überrascht auf und horchte. Vielleicht war Ulfert für Sekunden vom Kurs abgekommen, jedenfalls begannen die Segel im Wind zu schlagen. Das war ungewöhnlich! Die ›*Clara*‹, krängte stark! Bredefeld hastete zum Niedergang und stieg an Deck. Ihm blieb fast das Herz stehen, als er sah, dass Ulfert Hoogelycht zusammengesackt an der Plicht lehnte. Sein Gesicht war aschfahl, und er sah seltsam fremd und reglos aus.

Bredefeld blickte sich um und entdeckte nicht weit entfernt ein Motorboot, das mit hoher Geschwindigkeit ohne Positionslichter davonfuhr. Der Zahnarzt begriff zwar nicht, was geschehen war, doch er wusste instinktiv, auch ohne ihn zu untersuchen, dass sein Freund tot war.

Er handelte wie in Trance. Er griff das Ruder, versuchte das Boot wieder in den Wind zu drehen, doch es war umsonst: Das Vorsegel riss mit lautem Knall.

Wie ein Traumwandler lief der alte Mann über das Deck und zog die Segel an. Dann ging er zurück zur Plicht und beugte sich über Ulfert Hoogelycht. Er sah Löcher in der Segeljacke des Freundes, aus denen Blut quoll, und entdeckte einige Einschusslöcher in der Plichtwand.

Die ›*Clara*‹ schaukelte gefährlich auf den Wellen, doch ein paar Minuten lang vergaß der Zahnarzt alles um sich herum in seinem Schock über das Geschehene. Er setzte sich neben den toten Freund an die Plicht und starrte vor sich hin, während die ›*Clara*‹ ohne Segel führungslos im harten Wind der Insel Langeoog entgegentrieb.

Frachtschiffe zogen am Horizont vorbei. Steuerbords sah Bredefeld den zuckenden Lichtstrahl des Leuchtturms der Insel.

Er erwog und verwarf den Gedanken, Notsignale zu setzen, denn seine Yacht besaß ja einen starken Motor.

Der Zahnarzt, der langsam wieder klarer denken konnte, raffte sich auf, holte eine Decke und schob sie unter Ulferts Kopf, als befürchte er, sein Freund könne schlecht schlafen.

Er spürte nicht den Wind auf seinem Gesicht, auch nicht die Tränen, die ihm über die Wangen liefen. Er musste etwas tun, jemanden benachrichtigen, wusste er. Schließlich stieg er unter Deck, ließ sich müde auf den Stuhl in der Navigationsecke fallen und griff nach dem Funkgerät.

Der Seenotrettungskreuzer ›*Bernhard Gruben*‹ von Norderney meldete sich sofort.

»Hier Bredefeld, Skipper der ›*Clara*‹, Heimathafen Borkum, melde Überfall. Habe einen Toten an Bord. Erbitte Hilfe!«

Die ›*Bernhard Gruben*‹ hatte verstanden. Dr. Bredefeld gab die Position der ›*Clara*‹ durch. Dann stieg er wieder an Deck, vermied es aber, zur Plicht zu schauen. Er startete den Motor, griff zum Ruder, brachte das Schiff auf Kurs und ließ es im kleinen Gang laufen. Es tat gut, etwas zu tun! Bredefeld schaltete das Radargerät ein und richtete die Scheinwerfer auf das Fahrwasser.

Es waren nicht die Segel gewesen, die im Wind geknallt hatten, wie er naiv angenommen hatte. Jemand hatte auf Ulfert geschossen! Bredefeld brach der Schweiß aus, als er endlich begriff. Seine Hände krampften sich förmlich um das Ruder. Das konnte nur die Mafia gewesen sein, dachte er. Und … Er stöhnte auf: Sie hatten sicher ihn selbst umbringen wollen! Bredefeld hielt sich am Ruder fest und kämpfte gegen Schock und Erschöpfung an. Die Zeit schien stillzustehen. Erst nach einer Ewigkeit sah er die Positionslichter, die sich näherten. Sie verschwammen vor seinen Augen. Er bemerkte Lichtsignale und schaltete den Motor ab, als die Scheinwerfer des Seenotrettungskreuzers ›*Bernhard Gruben*‹ seine Yacht abzutasten begannen.

Kurz darauf betraten zwei Besatzungsmitglieder der ›*Bernhard Gruben*‹ das Deck der ›*Clara*‹. Lothar Bredefeld stierte die Männer mit leerem Blick an.

Attila Geecer war das erste Mal in seinem Leben verliebt. Seine Romanze mit Schiri hatte bei einem gemischten Eis mit Sahne in Zanettis Eissalon begonnen.

Jetzt spazierten die beiden Hand in Hand durch den Yachthafen. Die Dämmerung breitete sich aus, und schon warfen die Laternen ihre runden Lichtkegel an den Kai. Es roch nach Watt und Meer.

Der böige Abendwind ließ die Flut gegen die Kaimauer schwappen. Der Mond schob sich über den Horizont. Attila blieb stehen, legte seinen Arm um Schiri, drückte sie an sich und näherte seinen Mund ihren vollen Lippen.

Sie küssten sich voller Leidenschaft, und Attilas Umarmungen wurden immer drängender.

Schließlich setzten sie sich auf einen der Poller, und Attila zog Schiri an sich. Sie sahen sich verliebt an.

Irgendwo im Hafen tuckerte ein Außenbordmotor, der jedoch ganz plötzlich verstummte.

Attila horchte auf und blickte zum benachbarten Steg hinüber, dessen Ende im Dunkeln lag. Er hörte Schritte.

»Was ist?«, fragte Schiri und küsste ihn.

»Nichts, außer dass dort jemand vorbeiging. Ich habe ihn aber nicht erkannt«, meinte er.

»Hast du Angst?«, wollte Schiri wissen.

»Ja, ich habe Angst, dass ich dich eines Tages vor lauter Liebe auffresse«, erwiderte er und zog sie noch enger an sich. Er wagte nicht seine Hand unter ihren Blouson zu schieben, um ihre jungen Brüste zu berühren.

Schiri schaute auf ihre Armbanduhr. »Ich muss gehen, mein Vater hat morgen frei und schaut sicher fern. Ich muss um zehn zu Hause sein!«, sagte sie und löste sich von ihm. Attila schaute noch einmal über den Steg auf die Boote, dann nahm er Schiri an die Hand. Sie verließen den Kai und spazierten der Straße entgegen.

»Wann hast du wieder Zeit für mich?«, fragte Attila und schaute überrascht hinter einem Wagen her, der am Parkplatz des Clubhauses vorbeifuhr. »Das war die Chefin«, sagte er.

»Und es saß noch jemand drin«, fügte Schiri hinzu.

»Vielleicht der Junior. Sie haben uns nicht bemerkt«, sagte Attila. Auf dem Weg zur Siedlung ›Ostdünen‹, wo Schiris Familie wohnte, bemerkten sie einen Streifenwagen, der in Richtung Yachthafen fuhr.

Van Elderen hatte nach dem Abendessen den Abwasch erledigt. Er setzte sich im Wohnzimmer in einen Sessel und sah fern. Seine Frau besprach mit dem Sohn im Kinderzimmer die Schularbeiten. Als das Telefon läutete, erhob van Elderen sich und betrat das Arbeitszimmer, wo das Telefon auf dem Schreibtisch stand. Als er abgenommen hatte, hörte er: »Revier Borkum, Betke. Herr van Elderen, da läuft eine Fahndung nach einem Motorboot. Die Wasserschutzpolizei rief an. Der Seenotrettungskreuzer von Norderney schleppt eine Yacht in den Hafen. Ein Mitsegler ist an Bord erschossen worden.«

»Das ist ja furchtbar! Welcher Arzt hat Spätdienst?«, fragte der Kommissar.

»Dr. Hünemann. Ich benachrichtige ihn«, sagte Betke.

»Und unsere Bereitschaft?«, fragte der Kommissar.

»Paul und Sammusch. Beide sind bereits informiert«, antwortete Betke.

»Sie sollen einen Sarg und den Spurensicherungskoffer mitbringen! Rufen Sie Eilt Dreesen an, er soll die Fotos machen! Ich fahre zum Hafen!«, sagte van Elderen. Er legte den Hörer auf und stierte für Sekunden auf den GEW-Kalender, der über dem Schreibtisch hing. Auf dem Schreibtisch lagen Klassenarbeitshefte, die seine Frau korrigieren wollte.

Er ging zum Schrank, nahm seine Diensttasche und verließ das Arbeitszimmer.

»Marion«, rief er, nahm seine Lederjacke vom Haken, fühlte nach der Brieftasche, nahm die Autoschlüssel vom Schlüsselbrett.

Seine Frau erschien sofort, sichtlich alarmiert. »Was ist?«

»Ein Mann an Bord einer Yacht. Mehr weiß ich nicht«, sagte ihr

Mann und gab ihr einen Kuss auf die Wange. »Es kann spät werden!«

Dann verließ er die Wohnung und eilte über die Treppe nach unten. Er ging um den Bock zu den Garagen. Es war kalt, der Himmel sternenklar.

Tönjes van Elderen stieg in seinen Wagen und fuhr zum Yachthafen.

Nur wenige Spaziergänger waren unterwegs. Im Clubhaus des Yachtvereins waren die Fenster erleuchtet. Van Elderen lenkte den Golf auf den Kai und parkte ihn in der Nähe der Stege. Er schaltete die Scheinwerfer auf und blickte über den Yachthafen. Die Silhouetten der Boote hoben sich gerade noch gegen den dunklen Himmel ab. Der Mond stieg auf, alles lag friedlich da.

Der VW-Bus näherte sich ohne Eile und ohne Blaulicht und parkte hinter dem Golf.

Van Elderen stieg aus, als die Beamten auf ihn zukamen. »Wir müssen uns noch gedulden«, sagte er und zeigte auf die Positionslichter, die sich der Einfahrt des Yachthafens näherten.

In der Nähe parkte ein BMW, dem der kräftige dreiundsechzigjährige Dr. Hünemann entstieg. Der grauhaarige Mediziner kam auf die Beamten zu und stellte seine Tasche ab. »Guten Abend, die Herren«, sagte er. »Hünemann. Worum geht es?«

»Herr Doktor, drüben vor der Hafeneinfahrt nähert sich der Seenotrettungskreuzer«, erklärte der Kommissar. »Er hat eine Yacht im Schlepp, auf der ein Segler erschossen wurde. Der Skipper kommt von Borkum. Alles weitere erfahren wir in wenigen Minuten.«

Es war Flut. Das Wasser schwappte an die Kaimauer. Die Boote näherten sich mit eingeschalteten Bordscheinwerfern und legten hintereinander an der Kaimauer an. Die Motorengeräusche verhallten. Ein Mann sprang von der Yacht und vertäute sie. Ein Besatzungsmitglied der ›*Bernhard Gruber*‹ tat dasselbe mit dem Seenotrettungskreuzer.

»Der Tote befindet sich auf der Yacht!«, rief er den Beamten zu. Die beiden Wachtmeister Paul und Sammusch entnahmen dem

VW-Bus den Sarg und den Spurensicherungskoffer und begaben sich zum Anlegeplatz der ›*Clara*‹.

»Kommen Sie an Bord! Ich habe das Schiff in den Hafen gesteuert«, rief ihnen ein Mann von Bord zu. »Mein Name ist Bonninga. Ich bin Offizier auf dem Seenotrettungskreuzer«, sagte er. Der Offizier trug eine Uniformhose und einen Troyer. Sein Haar war kurz geschnitten. »Der Skipper befindet sich ebenfalls an Bord. Sie können ihn befragen.«

Die Beamten kletterten an Bord der ›*Clara*‹ und betraten die Plicht. Dr. Hünemann näherte sich dem Opfer.

»Herr Doktor, einen Moment noch! Eilt Dreesen steigt gerade an Bord. Er muss zuerst seine Aufnahmen machen«, ordnete der Kommissar an.

In diesem Moment erschien ein hoch gewachsener, älterer Mann an Deck. Er wirkte alt blass und fahrig.

»Bredefeld, ich bin der Skipper«, stellte er sich mit müder Stimme vor.

»Van Elderen, Kripo«, sagte der Kommissar. »Wer ist der Tote?«

»Mein Mitsegler, Ulfert Hoogelycht«, antwortete Dr. Bredefeld.

»Vom ›Kaiserhof‹?«, fragte der Beamte entsetzt.

Bredefeld nickte schwach.

Eilt Dreesen schoss seine Fotos, dann trat er zurück und nickte dem Arzt zu.

»Hat er hier so gelegen, als Sie ihn fanden?«, fragte der Kommissar.

»Ja, ich habe ihm nur die Decke unter den Kopf geschoben«, sagte Dr. Bredefeld.

»Können Sie einen Scheinwerfer auf ihn richten?«, fragte Dr. Hünemann.

Der Offizier verschwand für einen Moment, und nur Sekunden später lag das Opfer im hellen Licht eines Strahlers. Van Elderen betrachtete die Einschusslöcher oberhalb der Plicht. Dann erklärte er, an den Zahnarzt gewandt: »Herr Dr. Bredefeld, ich suche Sie gleich unter Deck auf!«

Der Arzt öffnete seine Tasche, entnahm ihr eine Schere und schnitt die Segeljacke samt Unterwäsche auf. Er entfernte die Textillappen und wischte das Blut weg, als lebe der alte Mann mit dem bleichen starren Gesicht noch. Die Untersuchung dauerte nicht lange. »Herr Kommissar, Ihre Mitarbeiter können den Sarg an Bord bringen«, sagte er wenig später.

Van Elderen gab den Beamten ein Zeichen.

Die Beamten und der Offizier trugen den Sarg über das Deck und schafften ihn auf den Kai. Dann brachten Paul und Sammusch den Sarg zum VW-Bus und fuhren ihn zum Krankenhaus.

Der Offizier kam zurück. »Die Wasserschutzpolizei ist informiert. Sie bekommen von uns ein Protokoll. Wir dampfen jetzt wieder ab nach Norderney«, sagte er

»All up Stee, Herr Bonninga«, erwiderte van Elderen. »Und vielen Dank!«

»Auch ich melde mich ab«, erklärte der Fotograf und nickte den Beamten zu, bevor er von Deck sprang und in der Dunkelheit verschwand.

»Herr Kommissar, meine Schnellmeldung«, sagte Dr. Hünemann. »Da hat jemand mit einem Schnellfeuergewehr für klare Verhältnisse gesorgt. Ein Geschoss zerriss vermutlich die Herzklappen, zwei weitere zertrümmerten den Brustkorb des Opfers.« Er wies auf die Einschusslöcher. »Ein Streufeuer«, sagte er. »Ich schaue mir das Opfer im Krankenhaus genauer an.«

»Danke, Herr Doktor«, sagte der Kommissar und ging zum Niedergang hinüber. Unter Deck saß Dr. Bredefeld auf der Bank am Esstisch der luxuriös eingerichteten Yacht.

»Nehmen Sie bitte Platz«, sagte der Zahnarzt müde und zeigte auf die Ruhebank. Er nippte an einem Cognacschwenker. Van Elderen nahm Platz. öffnete seine Tasche, entnahm ihr Notizblock und Kugelschreiber.

Bredefeld deutete hinüber zur Navigationsecke. »Da liegt das Logbuch! Wir hatten Tee getrunken, und als es dunkel wurde, habe ich gespült, die Positionslichter eingeschaltet, den Wetterfunk des Seedienstes gehört und das Logbuch ergänzt. Die Eintragungen nehme ich immer sehr ernst, man weiß ja nie. Aber dass so etwas passieren würde, damit konnte wirklich niemand rechnen!«

»Sie befanden sich auf einem Törn?«, fragte der Kommissar.

»Ja, wir wollten nach Helgoland. Wir befanden uns im Fahrwasser nordöstlich von Norderney. Ich hörte so etwas wie ein entferntes Knallen und dachte, Ulfert hätte die Segel bei einer Kursänderung aus dem Wind gedreht. Bei einer plötzlichen Bö kann das leicht passieren, wenn die zweite Hand fehlt«, sagte Dr. Bredefeld. Er nahm einen Schluck und fuhr fort: »Als das Schiff zu krängen begann, bin ich aufgeschreckt an Deck gestiegen. Die ›*Clara*‹ war aus dem Ruder gelaufen. Sie hielt dem Sturm nicht stand. Das Vorsegel riss, also habe ich die Segel eingezogen. Ulfert lag tot in der Plicht. Ich sah eine Seemeile backbords ein Motorboot, das in der Dunkelheit ohne Positionslichter davonschoss. Ulfert war tot. Jemand hatte wohl von dem Motorboot auf ihn geschossen. Dabei galt der Anschlag mir! Mich wollte jemand ermorden, Herr Kommissar«, sagte Bredefeld. Er senkte den Kopf und schluchzte verzweifelt auf.

»Wer wollte Sie denn umbringen? Und warum sollte jemand das tun?«, fragte van Elderen skeptisch.

Der Zahnarzt wischte sich mit dem Ärmel seiner Jacke die Tränen vom Gesicht und bemühte sich um Haltung.

»Der Mörder hat ihn mit mir verwechselt. Ich besitze auf St. Pauli in der Nähe des Kiezes ein Haus. Es handelt sich um ein älteres Wohnhaus mit Mietwohnungen und einem Laden. Ich bekam einen Telefonanruf eines Osteuropäers, der das Haus unbedingt haben wollte und mich bedroht hat, weil ich mich geweigert habe, es an ihn zu verkaufen.«

»Interessant«, murmelte van Elderen.

»Ulfert und ich hatten Ähnlichkeit miteinander, zumindest, wenn man uns nur oberflächlich kannte«, antwortete der Zahnarzt.

»Sie haben Recht. Jetzt, wo Sie es sagen, pflichte ich Ihnen bei«, sagte der Kommissar. »Ich werde mich an die Hamburger Kollegen wenden und das LKA einschalten. Immerhin tappen wir nun nicht völlig im Dunkeln.« Er notierte sich Stichworte für das Protokoll. »Wie hat der Fremde Sie bedroht?«, fragte van Elderen.

»Ich habe mir eine Aktennotiz gemacht und sie meinem Steuerberater anvertraut. Da weitere Anrufe ausblieben, maß ich dem Vorfall keine Bedeutung mehr zu«, sagte Bredefeld. »Er hat gesagt, es sei gefährlich, wenn ich nicht verkaufen würde.«

»Sie wohnen auf Borkum?«, fragte der Kommissar.

»Ich habe meine Zahnarztpraxis in Hamburg verkauft und bin nach Borkum gezogen«, antwortete Bredefeld. »Werden Sie den Unbekannten finden?«

»So weit ich informiert bin, läuft die Fahndung nach dem Motorboot bereits auf Hochtouren. Der Seenotrettungskreuzer hat Ihre Position zum Zeitpunkt des Überfalls an die Wasserschutzpolizei weitergegeben. Wenn Sie möchten, dann bringe ich Sie nach Hause«, bot van Elderen dem Zahnarzt an.

»Danke, das ist nicht nötig. Ich bleibe noch eine Weile an Bord. Mein Fahrrad steht am Clubhaus«, sagte Dr. Bredefeld.

»Dann brauche ich noch rasch die Anschrift Ihres Steuerberaters. Rufen Sie uns an, wenn irgendetwas Sie beunruhigen sollte«, meinte der Kommissar und verabschiedete sich. Er verließ die Kajüte, betrat das Deck, schaute sich noch einmal die Einschusslöcher an und kletterte an Bord.

Der Skipper blieb wie betäubt auf der Bank sitzen und bemühte sich zu begreifen, was geschehen war.

Van Elderen blickte in den sternenklaren Himmel. Es war seine Pflicht, Tomma Hoogelycht die Todesnachricht zu überbringen. Nachdenklich ging er zum Parkplatz. Im Clubhaus saßen Segler beim Bier. Die Nachricht von dem feigen Mord hatte sie noch nicht erreicht. Der Kommissar stieg in seinen Golf und fuhr zum ›Kaiserhof‹.

Er parkte den Wagen vor dem hell erleuchteten Hotel, nahm die Stufen und betrat die Rezeption. Dort hinter dem Tresen stand eine hübsche junge Frau, die ihm freundlich zulächelte.

»Guten Abend, bitte, Sie wünschen?«, fragte sie.

»Van Elderen. Ich hätte gern Frau Hoogelycht in einer dringenden Angelegenheit gesprochen«, sagte der Kommissar.

»Ich weiß nicht, Chefin kam gegen elf Uhr, machte Rundgang, saß noch bei den Gästen und ist dann gegangen«, erklärte die Empfangsdame mit charmantem Lächeln.

»Befindet sie sich im Haus?«, fragte van Elderen.

»Warten Sie«, sagte die Angestellte und drückte einige Knöpfe der Telefonanlage.

Dann horchte sie in den Hörer, und schüttelte schließlich den Kopf. »Chefin nicht da«, sagte sie.

»Und der Junior?«, fragte van Elderen.

»Ist auf dem Festland. Hat Gespräche mit Handwerkern und Vertretern. Wegen Umbau der Wohnung der Seniorchefin.«

»Ich warte im Restaurant auf Frau Hoogelycht. Eine Portion Tee würde mir gut tun«, meinte der Kommissar und ging ins Restaurant hinüber.

Die meisten Tische waren besetzt, doch er fand einen freien Tisch in der Nähe des Tresens. Die Bedienung fragte ihn nach seinen Wünschen, und er bestellte einen Tee. »Ich warte auf Ihre Chefin«, sagte er.

»Die Chefin kommt oft erst sehr spät«, erwiderte die Bedienung und verließ den Tisch, um gleich darauf mit einem Kännchen wiederzukommen, das der Kommissar sofort bezahlte. Er trank den Tee und wartete. Es wurde spät, doch Tomma Hoogelycht ließ sich nicht blicken. Van Elderen wurde unruhig. Schließlich verließ er den Tisch, ging zur Rezeption.

»Um diese Zeit Chefin sonst im Hause. Vielleicht hat sie getroffen Bekannte und feiert Geburtstag«, sagte Swetlana.

»Teilen Sie Frau Hoogelycht bitte mit, sie möchte mich morgen anrufen«, sagte van Elderen und verließ das Hotel.

Tönjes van Elderen war früh zum Dienst gefahren. Er tippte das Protokoll und legte eine frische Akte an. ›*Mord an Bord der Clara*‹ schrieb er auf den Aktendeckel.

Er schaute auf die Uhr, als das Telefon läutete. Es war acht Uhr dreißig. »Polizeirevier Borkum, van Elderen«, meldete er sich.

»Hoogelycht. Sie baten mich, anzurufen«, sagte die Frau des Opfers.

»Ach, Sie wissen also noch gar nicht …?«, fragte der Kommissar und atmete tief durch, um sich für das Kommende zu wappnen.

»Was soll ich denn wissen?«, fragte Frau Hoogelycht.

»Ihr Mann ist gestern Abend gegen achtzehn Uhr an Bord der Segelyacht ›*Clara*‹ ermordet worden. Man hat ihn erschossen. Bitte entschuldigen Sie, dass ich … Es tut mir Leid, Ihnen das sagen zu müssen!« Der Kommissar vernahm einen Schrei, dann hörte er entfernte Stimmen. »Hallo?«, fragte er, ohne eine Antwort zu bekommen. Er legte auf.

»Das muss sie erst einmal verkraften. Zuerst die Schwiegermutter und jetzt ihr Mann; dabei hat sie das Haus voller Gäste«, murmelte van Elderen und beendete das Protokoll. Dann fügte er die Anschrift des Steuerberaters des Zahnarztes hinzu, ging ins Schreibzimmer, zog einige Kopien und faxte den Text dann an die Staatsanwaltschaft in Aurich und an das Hamburger Polizeipräsidium.

Tomma Hoogelycht trug das Kostüm, das sie sich für die Beerdigung ihrer Schwiegermutter gekauft hatte. Ihr langer blonder Zopf stach ab vom Schwarz der Trauerrobe. Sie empfing den Kommissar mit Leidensmiene und führte ihn zum Familientisch im Speisesaal.

»Herr Kommissar, nehmen Sie bitte Platz«, sagte sie und setzte sich auf die Sitzbank. »Mein Sohn wird gleich kommen.«

»Mein Beileid, Frau Hoogelycht«, sagte van Elderen mitfühlend.

Tomma senkte den Blick. »Danke, Herr Kommissar. Darf ich Ihnen etwas anbieten. Vielleicht einen Tee?«

»Wenn es Ihnen keine Umstände macht«, sagte der Kommissar.

Tomma Hoogelycht bestellte bei Schiri den Tee und betrat dann gleichzeitig mit ihrem Sohn den Speisesaal. Der Kommissar erhob sich und reichte dem Sohn die Hand. »Auch Ihnen mein aufrichtiges Beileid, Herr Hoogelycht«, sagte er. Dann nahmen sie alle drei Platz.

»Herr Kommissar, Sie sitzen auf dem Stuhl, auf dem mein Papa all die Jahre gesessen hat«, erklärte Focko. »Unvorstellbar, dass er nicht mehr da sein soll!« Er zeigte auf das Ecksofa. »Und dort hat meine Großmutter immer gesessen. Haben Sie wegen Papa schon irgendwelche Hinweise?«

»Wir gehen im Augenblick den Hinweisen des Zeugen Dr. Bredefeld nach. Sie wissen ja, dass der Zahnarzt glaubt, der Todesschütze habe ihn erschießen wollen und nicht Ihren Herrn Gemahl und Vater«, sagte van Elderen.

»Es gibt keine andere Erklärung. Mein Mann hatte keine Feinde! Wahrscheinlich hatte die Mafia es auf diesen Zahnarzt abgesehen!«, meinte Tomma Hoogelycht.

Schiri brachte den Tee, stellte die Stövchen, die Kännchen, Sahnetopf und Kluntjebecher auf den Tisch. Sie warf dem Kommissar einen eigenartigen Blick zu und verließ wortlos den Speisesaal.

»Bitte, bedienen Sie sich«, sagte Frau Hoogelycht.

»Danke«, erwiderte van Elderen, nahm Kluntje, goss sich den Tee ein, gab Sahne dazu und wandte sich dann an den Junior.

»Herr Hoogelycht, ich entnehme Ihren Äußerungen, dass Sie über die näheren Umstände des Mordes an Ihrem Vater Bescheid wissen.«

»Herr Dr. Bredefeld hat uns aufgesucht. Er fühlte sich schuldig an dem Tod meines Mannes. Ulfert war ihm ein Freund«, erklärte Tomma Hoogelycht an Fockos Stelle.

»Sie waren abends nicht im Hause, als ich Ihnen die Nachricht vom Tod Ihres Mannes überbringen wollte«, stellte der Kommissar fest.

»Das konnte ja auch niemand ahnen. Ich war erst spät zurück, und mein Sohn befand sich in Emden«, erwiderte Tomma Hoogelycht. Sie nippte an ihrer Tasse.

Auch van Elderen trank seinen Tee; Focko Hoogelycht rauchte genüsslich und sagte erläuternd: »Ich plane, die Wohnung meiner Großmutter zu einer Saunaanlage mit Solarium umzubauen. Deshalb habe ich mich in Emden in einem Hotel mit Handwerkern und Lieferanten getroffen. Mit Beginn der Hauptsaison müssen die Räume fertig sein.«

»Mein Mann hinterlässt eine schmerzhafte Lücke, menschlich gesehen. Organisatorisch läuft das Geschäft weiter wie bisher«, meinte Tomma.

Van Elderen trank seinen Tee aus und stand auf. »Wir werden alles daran setzen, den Mörder zu überführen. Über unsere Fortschritte werde ich Sie auf dem Laufenden halten!«

»Herr Kommissar, wir danken für Ihren Besuch«, meinte Focko Hoogelycht und begleitete den Kommissar zur Tür.

Vier Tage später wurde Ulfert Hoogelycht in kleinem Kreise beigesetzt, und niemand außer Swetlana vergoss an seinem Grab auch nur eine Träne.

Kommissar van Elderen begleitete zwei Kollegen, die aus Hamburg angereist waren, zum Yachthafen und führte sie zum Boot des Zahnarztes. Sie untersuchten die Einschusslöcher und gruben mit Spezialwerkzeugen nach Projektilen.

Später erhielt van Elderen ein Fax. Die Kommissare Harald Münter und Klaus Bresser vom Dezernat Rauschgift- und Bandenkriminalität in Hamburg hatten mit den Recherchen begonnen. Sie teilten ihm mit, dass der Steuerberater ihnen eine Kopie der Aktennotiz ausgehändigt hatte. Er hatte ihnen zusätzlich mitgeteilt, dass Dr. Bredefeld während der Herbst- und Wintermonate einen russischen Handwerker, er hieß Iwan Maslow, beschäftigt hatte, der ihm bei Überholarbeiten an seiner Yacht geholfen hatte.

Iwan Maslow hatte in keinem Heim und in keiner Notunterkunft gewohnt und war auch nicht gemeldet. Von Hamburg nach Borkum verzogen war hingegen eine Deutsch-Russin mit dem Namen Swetlana Roederich. Die Kollegen baten um entsprechende Recherchen.

An den Tischen des Seglercafés saßen die Gäste und genossen das schöne Frühjahrswetter. Der Himmel war blau. Juist zeichnete sich als dunkler Fleck am Horizont ab. Vor der Skyline von Norderney fuhr ein Fährschiff der Reederei Frisia. Segelschiffe kreuzten zwischen den Inseln im Wind. Im Yachthafen schaukelten die Boote an den Stegen im auflaufenden Wasser. Möwen segelten im Wind, der mit Stärke vier aus östlicher Richtung blies.

Hafenmeister Broer saß an seinem Schreibtisch. Er schaute aus dem Fenster und bemerkte eine Yacht, die die Fahrrinne ansteuerte. Die Crew begann die Segel einzuziehen, um mit Hilfe des Außenbordmotors einzulaufen. Broer schaute auf die Heckfahne: Ein Gastsegler. Das Boot kam aus Dänemark. Er nahm das Fernrohr vom Regal und beobachtete das gekonnte Manöver der Besatzung.

Holländer legten öfter in Norddeich an, gelegentlich auch Engländer. Dänische Segler aber hatte er noch nicht betreut. Er setzte das Fernrohr ab und betrachtete die Belegungsliste. Für Gastsegler hielt er immer Anlegeplätze frei. Er beobachtete, wie die Dänen das Boot in eine Lücke an den Steg steuerten. Die Crew bestand aus drei jungen Männern, von denen zwei von Bord gingen und sich seinem Büro näherten. Es waren sportliche junge Männer. Sie traten durch die geöffnete Tür an den Tresen.

»Wir sind dänische Studenten. Wir möchten eine Nacht bleiben. Morgen wollen wir weitersegeln«, sagte einer von ihnen in erstaunlich gutem Deutsch.

Broer nahm die Prinz-Heinrich-Mütze vom grauen Schopf. Er drückte die Kippe in den Aschenbecher, entnahm der Schublade einen Hafenplan, setzte ein Kreuzchen neben den Steg B und unterstrich die Nr. 129. Dann stellte er eine Quittung aus und kassierte die Gebühr.

Broer begleitete die Studenten über die Stege. »Ihr habt drüben im Bereich C angelegt.« Er zeigte die Richtung. »Ich gehe jetzt zum Steg B. Ihr könnt mich nicht verfehlen.«

»Nette Jungs«, murmelte er und ging zum Liegeplatz 129. Er vernahm das Knattern des Außenbordmotors. Die Dänen zogen mit ihrem Boot einen Halbkreis und winkten ihm zu.

Broer winkte zurück und zeigte auf den Liegeplatz; dabei entdeckte er ein Motorboot, das ein Skipper am Steg der Nummer 128 vertäut hatte, ohne seine Genehmigung zu besitzen. Es war eine Motoryacht mit viel Komfort und einem starken Motor. Er wunderte sich, dass die Heckbuchstaben entfernt worden waren. Durch übermalte Klebereste hindurch war der Heimathafen nicht mehr zu erkennen.

Die Dänen stellten ihren Außenbordmotor ab und steuerten ihr Boot an den Steg. Es war eine hochseetüchtige Yacht eines schwedischen Herstellers.

Broer winkte ihnen zu und kletterte auf den Bug der unbekannten Motoryacht. Das Boot schaukelte auf den Wellen. Er verließ den Bug und näherte sich dem Cockpit, über dem ein Regen- und Schlechtwetterverdeck lag.

Broer lauschte und schaute durch die Scheiben ins Cockpit, aber es schien niemand an Bord zu sein. Die Kajüttür ließ sich öffnen, sie war nicht abgeschlossen, und am Rahmen waren Kratzspuren zu sehen. Jemand hatte mit einem Werkzeug am Schloss manipuliert, ohne es zu zerstören.

Broer betrat die Kajüte und schaute sich um. Er stutzte, bückte sich und sah Geschosshülsen, die auf dem Boden lagen. Mein Gott, durchfuhr es ihn. Unglaublich, ich befinde mich auf dem Mörderschiff!

Im Vorschiff stand ein Tisch mit Sitzbänken, die zu Schlafplätzen umfunktioniert werden konnten. Seitlich neben dem Abstieg befand sich eine Pantry, gegenüber das Klo. Das Schiff befand sich in einem guten, gepflegten Zustand.

Um keine Spuren zu verwischen, verzichtete der Hafenmeister auf weitere Untersuchungen und ging von Bord.

»Gute Reise«, rief er den Dänen zu, dann suchte er sein Büro auf. Er setzte sich an den Schreibtisch, fand im Telefonbuch die Rufnummer des Polizeireviers Borkum und griff zum Telefonhörer.

Van Elderen saß am Schreibtisch. Die Zeitungen hatten über die Ereignisse an Bord der Yacht ›*Clara*‹ berichtet. Bisher hatte sich kein Zeuge gemeldet.

Das Telefon läutete. Der Kommissar nahm den Hörer ab. »Kripo, van Elderen«, meldete er sich.

»Broer, Norddeich, ich bin Hafenmeister. Vor zwanzig Minuten habe ich einer Crew aus Dänemark einen Gastliegeplatz zugewiesen. Dabei stieß ich auf eine Motoryacht, die ohne Angaben des Heimathafens, ohne Namen und ohne Genehmigung hier bei uns im Hafen liegt. Ich bin an Bord gegangen und habe mich kurz umgesehen. Im vorderen Kajütbereich liegen Geschosshülsen.«

Van Elderen schaute auf die Uhr. Die ›*Ostfriesland*‹ legte in einer Stunde von Borkum ab.

»Herr Broer, in etwa drei Stunden, so gegen neunzehn Uhr, bin ich bei Ihnen«, sagte der Kommissar.

»All up Stee! Ich schließe mein Büro erst um dreiundzwanzig Uhr«, antwortete der Hafenmeister.

»Bis dann!«, sagte van Elderen, langte zum Telefonbuch, fand unter ›*Norden*‹ die Teilnehmernummer des Hotels ›*Fährhaus Norddeich*‹ und ließ sich ein Einzelzimmer für die Nacht reservieren.

Danach benachrichtigte er seine Frau, trug den Spurensicherungskoffer zum Wagen und fuhr nach Hause, um seine Reisetasche zu holen.

Drei Stunden später bog der Kommissar in Norddeich vor dem Schiffsanleger ab und lenkte den Golf am Deich entlang zum Yachthafen. Die Sonne schickte gerade ihre letzten Strahlen über das Watt. Der Kommissar parkte vor dem Gebäude des Yachtclubs, entnahm dem Wagen den Spurensicherungskoffer und ging zum Büro des Hafenmeisters.

»Moin, mein Name ist van Elderen, Kripo«, sagte er.

Der Hafenmeister erhob sich. »Broer, angenehm, wir haben miteinander telefoniert«, sagte er und reichte dem Kommissar die Hand. Broer war groß und kräftig, sein Haar voll und von grauen Strähnen durchzogen. »Ich führe Sie am besten gleich zu der Motoryacht. Es ist nicht weit«, sagte er, griff nach seiner Prinz-Heinrich-Mütze und setzte sie auf. Der Kommissar nahm den Spurensicherungskoffer und begleitete Broer an Schiffen entlang über die Stege zum Liegeplatz 128.

»Das ist es«, sagte Broer.

Van Elderen schaute auf das Heck des Schiffes. »Da hat jemand manipuliert«, stellte er fest.

»Tja, und auch die Kajüttür hat jemand gekonnt geöffnet«, sagte Broer.

Van Elderen entnahm seinem Koffer einen Fotoapparat und machte einige Aufnahmen.

»Können Sie mir Angaben zum Bootstyp machen?«, fragte der Kommissar.

Der Hafenmeister erteilte willig alle geforderten Auskünfte. Dann sagte er: »Ich bin in meinem Büro, falls Sie mich brauchen.«

Van Elderen kletterte über die Bugspitze an Bord und trug den Sicherungskoffer zur Plicht. Er suchte die Türen nach Spuren ab, fand die Geschosshülsen, las sie auf und steckte sie in eine Plastiktüte. Danach schaute sich der Kommissar in der Kajüte um. Er schob die Plastikauflagen der Rundbank beiseite und durchsuchte den Stauraum. Dort fand er Ölzeug, Rettungswesten und technisches Gerät, aber nichts, was ihn weitergebracht hätte. Kein Schlafsack, keine Handtücher, keine Stiefel. Hatte der Mörder das Schiff aufgeräumt, um Spuren zu verwischen, oder hatte er alles mitgenommen, um es irgendwo zu versilbern?

Van Elderen nahm die Stufen des Abstiegs und betrat das Cockpit. Seitlich des Armaturenbrettes lagen Seekarten. Er nahm sie in die Hand und schaute überrascht auf die holländische Küste und die westfriesischen Inseln.

Eine Finte?, fragte er sich. Die Ausbeute war gleich null. Er pinselte das Pulver an markante Ecken, an die Türgriffe und Armaturen, um nach Fingerabdrücken zu suchen, und ließ keinen Hebel aus. Selbst in der Pantry gab er sich mit Geduld seiner Arbeit hin.

Die Spüle blinkte, das Geschirr befand sich aufgeräumt im

Schrank. Der Kühlschrank war leer. Im Müllbehälter befand sich kein Abfall. Die Aschenbecher waren nicht benutzt worden.

»Ein Geisterschiff«, murmelte van Elderen und nahm sich die Toilette vor.

Der kleine Raum war eng. Van Elderen hob mit dem Fuß die Brille des Sitzbeckens hoch, nichts zu sehen.

Er riss ein Blatt von der Papierrolle und betrachtete es. In regelmäßigen Abständen waren der Abdruck einer ausgestreckten Hand und darüber das Wort ›*Help*‹ darauf gedruckt.

»Eine seltene Marke«, stellte er fest und steckte einige Blätter ein. Dabei stieß er mit dem Fuß gegen den Ständer der Klobürste und sah einen Fetzen Papier auf dem Boden liegen. Er bemerkte große Druckbuchstaben und hob das aus einer Zeitung herausgerissene Stück Papier auf, sah ›*Jever Pilsener*‹, dann ›*Villa*‹ und Preisangaben. Die Risskanten liefen quer durch ein Sonderangebot eines Marktes.

Van Elderen wendete den Fetzen und bemerkte ein Bild. Er hielt es gegen das Licht, nahm seine Lesebrille und betrachtete es. »Das darf doch nicht wahr sein«, sagte er überrascht.

Lange starrte er auf die Ablichtung, die Dr. Bredefeld zeigte. Er las Wortfetzen, die darauf schließen ließen, dass der Zahnarzt irgendwo ein Interview gegeben hatte.

Dem Mörder hat das Foto als Zielvorgabe gedient, dachte van Elderen. Dabei war es dem Unbekannten gelungen, mit der Motoryacht dem Radar der Wasserschutzpolizei zu entkommen. Eiskalt hatte er während der aufkommenden Dunkelheit das Schiff in den Norddeicher Hafen gesteuert und unbemerkt an den Steg gelegt.

Der Kommissar steckte den ausgefransten Papierfetzen in eine Plastikhülle. Irgendwo wird die Yacht vermisst, irgendwo muss sie gemeldet worden sein, dachte er, schloss den Spurensicherungskoffer, klebte ein Siegel auf die Kajüttür und stieg von Bord.

Vom Nachbarboot drangen Stimmen zu ihm. Die Hafenleuchten waren bereits eingeschaltet. In den Kajüten einiger Boote brannte Licht. Van Elderen suchte den Hafenmeister auf.

»Herr Broer, halten Sie das Boot bitte im Auge. Wir bemühen

uns, den Eigentümer ausfindig zu machen«, bat der Kommissar.

»Das geht klar, keine Angst. Schönen Abend noch!«, wünschte Broer zum Abschied.

Van Elderen trug den Spurensicherungskoffer zum Wagen, deponierte ihn unter der Heckklappe und fuhr zum Hotel ›*Fährhaus*‹.

Am nächsten Morgen parkte van Elderen den Wagen in Aurich unter den Bäumen der Schlossallee, legte die Parkerlaubnis der Stadt Borkum, die seinen Wagen als Dienstfahrzeug auswies, unter die Windschutzscheibe und ging dem Schloss entgegen.

In den Beeten des Schlossparkes blühten die frühen Sommerblumen. Der Rasen war frisch gemäht. Am Himmel trieben weiße Wolken. Van Elderen betrat die Vorhalle und folgte dem Hinweisschild ›*Staatsanwaltschaft*‹. Am Ende des Flures fand er das Zimmer des Staatsanwaltes, klopfte an die Tür des Vorzimmers und betrat das kleine Büro.

Die Sekretärin saß am Schreibtisch vor einem Terminal und schaute ihn fragend an.

»Van Elderen, Kripo Borkum«, stellte der Kommissar sich vor.

»Einen Augenblick«, sagte sie, erhob sich und betrat das Dienstzimmer des Staatsanwaltes. Kurz darauf erschien sie wieder, hielt die Klinke der geöffneten Tür in der Hand und winkte ihm, einzutreten.

Staatsanwalt Tomko Grothuis hatte hinter seinem Schreibtisch gesessen, erhob sich aber, um seinen Besucher zu begrüßen. Er trug Bundfaltenhosen, einen Ausschnittpullover und darunter ein weißes Oberhemd mit einer Strickkrawatte. Sein offenes, gebräuntes Gesicht wirkte sympathisch. Er trug sein gelichtetes, angegrautes Haar kurz geschnitten und mochte um die fünfzig sein.

»Moin«, sagte er und reichte dem Kommissar die Hand. »Nehmen Sie bitte Platz.« Damit zeigte er auf die Sessel, die in der Nähe des Schreibtisches um einen Tisch standen. Der Kommissar setzte sich, während Grothuis am Schreibtisch Platz nahm.

»Herr van Elderen, es freut mich, Sie kennen zu lernen. Wir werden an diesem Fall sicher noch hart zu beißen haben«, sagte er.

»Ich komme gerade von Norddeich, Herr Staatsanwalt«, erklärte van Elderen. »Der Mörder hat die Motoryacht im Norddeicher Yachthafen festgemacht. Der Hafenmeister hat sie erst gestern entdeckt, und ich bin gleich hingefahren.«

»Und der Name der Yacht?«, fragte der Staatsanwalt.

»Sowohl der Name als auch der Heimathafen sind übermalt worden. Ich habe das Schiff nach Fingerabdrücken abgesucht, aber keinen Hinweis auf den Täter gefunden. Ich denke, dass der Mörder das Boot gestohlen hat. Im vorderen Teil der Kajüte lagen Geschosshülsen. Auf der Toilette fand ich einen Fetzen Zeitungspapier mit der Ablichtung des Zahnarztes«, berichtete van Elderen.

»Hervorragend! Das lässt ja hoffen«, erwiderte Grothuis.

»Ich muss allerdings die Spurenauswertung abwarten. Ich gehe davon aus, dass wir keine Fingerabdrücke finden. Da waren Profis am Werk. Diese Mafiosi haben den Mord bis ins Detail geplant. Dabei haben sie nur übersehen, dass Hoogelycht das Ruder bediente und nicht Dr. Bredefeld«, meinte der Kommissar.

»Die Hamburger Kollegen vermuten da einen Zusammenhang. Dr. Bredefeld hat bei der Renovierung seiner Yacht einen russischen Gehilfen beschäftigt«, sagte Grothuis.

»Ich weiß! Dr. Bredefeld hat mir davon erzählt. Diese Swetlana Roederich ist übrigens die Braut des Sohnes des Opfers. Sie ist polizeilich gemeldet, absolut unbescholten – da sehe ich keinen Zusammenhang«, sagte van Elderen.

»Gab es auf dem ›Geisterschiff‹ noch weitere Hinweise?«, wollte der Staatsanwalt wissen.

Der Kommissar entnahm seiner Tasche das Toilettenpapier. »Das fand ich an Bord auf dem stillen Örtchen. Die Mafia scheint doch nicht alles bedacht zu haben«, sagte er.

»Interessant! Schicken Sie die Patronenhülsen und das Papier an das Labor des Landeskriminalamtes«, sagte der Staatsanwalt.

»Ich werde den Zeitungsartikel an die Kollegen in Hamburg weitergeben«, antwortete van Elderen. »Außerdem habe ich das Boot fotografiert und mir vom Hafenmeister in Norddeich Angaben über den Bootstyp geholt«, sagte van Elderen.

»Das ist recht. Ich werde das Revier in Norden benachrichtigen und die Beamten bitten, bis zur Klärung hin und wieder ein Auge auf die Motoryacht zu werfen«, sagte Grothuis. Er erhob sich. »Benachrichtigen Sie Bresser und Munter. Sie hören von mir.« Damit war die Unterredung beendet. Die beiden Männer schüttelten sich die Hand, der Kommissar verließ das Schloss, ging zum Parkplatz und fuhr zurück zum Schiffsanleger nach Emden.

Kommissar Klaus Bresser saß in seinem Dienstzimmer im vierten Stock des Polizeipräsidiums am Schreibtisch und studierte konzentriert einige Unterlagen. Sein volles, trotz seiner fünfzig Jahre faltenloses Gesicht wirkte angespannt, die hohe Stirn und die glatten Wangen rosig überhaucht. Im Dienstzimmer war es angenehm warm, denn wegen des kühlen Schauerwetters wurde kräftig geheizt, obwohl es schon Anfang Mai war.

Das Telefon läutete. Bresser nahm den Hörer von der Gabel. »Dezernat Rauschgift und Bandenkriminalität, Bresser«, meldete er sich.

»Van Elderen, Revier Borkum«, vernahm er und hörte interessiert zu, als der Kollege ihn vom Fund der Mörderyacht und den an Bord aufgetauchten Geschosshülsen unterrichtete und ihm die Zusendung des vorgefundenen Zeitungsfetzens mit der Ablichtung des Zahnarztes ankündigte. Außerdem avisierte van Elderen ihm ein Fax und verabschiedete sich kurz darauf.

Bresser legte den Hörer auf. Er setzte sich an den kleinen Bürotisch, legte den Schutzdeckel der Schreibmaschine beiseite und fertigte eine Aktennotiz an. Sein Kollege Münter betrat das Zimmer und setzte sich an seinen Schreibtisch.

Harald Münter hatte kurz geschnittenes Haar. Er war mittelgroß, schlank und drahtig, was durch den Oberlippenbart in seinem schmalen Gesicht noch unterstrichen wurde. Er war nur wenige Jahre jünger als sein Kollege.

»Wo warst du denn so lange?«, fragte Bresser. Münter lachte. »Man darf doch wohl noch pinkeln gehen!«

Bresser reichte Münter die Aktennotiz und zündete sich ein Zigarillo an. »Der Mörder hat die Flotte der Wasserschutzpolizei schön aufs Kreuz gelegt. Die dampfte nach Helgoland, und er steuerte sein Boot hinter ihrem Rücken nach Norddeich«, sagte er.

»Nehmen wir den Zug, oder fahren wir mit dem Auto?«, fragte Münter.

»Du denkst an weiße Dünen und Brandung, Sonne und Strandkorb?«, frotzelte Bresser.

»Wenn der Strandkorb einem Hamburger Zahnarzt gehört, der durch puren Zufall einer Hinrichtung entgangen ist, dann steht dem doch nichts im Wege, oder?«

»Gibt es sonst noch ernst zu nehmende Argumente für einen Ausflug nach Borkum?«, fragte Bresser und drückte seinen Zigarillo im Aschenbecher aus.

»Ja, wir müssen unbedingt mit Fedor sprechen. Ich denke, dass wir unserem V-Mann eine Fahrkarte und Reisegeld in den Briefkasten legen: Stichwort ›Haus im Kiez‹ und Verbindungen der Mafia nach Borkum.«

»Und wie und wo nehmen wir dann mit ihm Kontakt auf?«

Bresser streckte sich. »Am besten fahren wir am Freitagmorgen nach Borkum. Wir nehmen das erste Schiff. Treffpunkt ab fünfzehn Uhr stündlich vor dem Kur-Café.«

»Ich bereite den Auftrag für Fedor vor«, erwiderte Münter und machte sich an die Arbeit.

Die Pressekonferenz fand im kleinen Sitzungssaal im hinteren Flügel des Auricher Schlosses statt. Staatsanwalt Grothuis hielt es trotz der knappen Finanzmittel mit der ostfriesischen Gastlichkeit. Er ließ den Vertretern der Medien Tee in Wärmekannen servieren. Als er in Begleitung des Kommissars den Sitzungssaal betrat, waren die Stühle fast alle besetzt.

Nicht nur die Journalisten der ostfriesischen Zeitungen waren der Einladung gefolgt. Der Rundfunk hatte Korrespondenten geschickt, und auch Fernsehteams zeigten Interesse an dem Fall. Grothuis und van Elderen nahmen an der Stirnseite der zu einem Viereck zusammengestellten Tische Platz.

Der Staatsanwalt begrüßte die Teilnehmer, die dankbar den heißen Tee tranken, denn draußen hatte die ›Kalte Sophie‹ während der Nacht noch einmal mit Frost zugeschlagen.

»Meine Damen und Herren, Kommissar van Elderen wird jetzt ein Informationsblatt verteilen, das über den bisherigen Verlauf unserer Recherchen im Mordfall Hoogelycht Auskunft gibt. Die beiliegenden Bilder zeigen die Motoryacht, deren Eigentümer wir suchen.« Er blickte in die Runde. »Erst vor wenigen Tagen entdeckte der Hafenmeister im Norddeicher Hafen das Motorboot. Es war fachmännisch vertäut, der Motor war ohne Beschädigungen gezündet worden. Die Buchstaben am Heck sowie der Name an den Bugwänden sind überpinselt und unleserlich gemacht worden. An Bord haben wir Patronenhülsen gefunden, die der Mörder vermutlich dort zurückgelassen hat. Es besteht der berechtigte Verdacht, dass die an Bord der ›*Clara*‹ aus der Plichtwand herausgeholten Projektile zu den Patronenhülsen gehören. Die Ergebnisse der labortechnischen Untersuchung stehen noch aus.« Der Staatsanwalt gab den anwesenden Journalisten einen kurzen Überblick über die Erkenntnisse und die Vorgehensweise der Polizei. Dann zeigte er ihnen noch das Blatt Toilettenpapier und das Bild des Zahnarztes, das bei einem Vortrag entstanden war und das der Kommissar an Bord des Bootes gefunden hatte. Ein Fernsehreporter stellte Fragen bei laufender Kamera. Die Pressekonferenz geriet zu einem Interview.

»Nein, der Zahnarzt hat keinerlei Verbindung zum Rotlichtmilieu«, erklärte der Staatsanwalt. »Es gibt keine Spur, die nach Borkum führt. Herr Hoogelycht hat sein Leben auf Borkum verbracht, das bekannte Familienhotel geführt und hatte sich kurz vor dem Mord zur Ruhe gesetzt. Sein Sohn und seine Frau leiten den Betrieb. Dr. Bredefeld hatte seine Praxis in Hamburg verkauft. Er und der Hotelier waren beide Mitglieder des Borkumer

Yachtclubs.« Und auf eine andere Frage erwiderte er: »Ja, ein Russe, sein Name ist Iwan Maslow, ein Patient des Zahnarztes, half ihm gegen Bezahlung bei den Überholungsarbeiten der Yacht. Wir bemühen uns zur Zeit, ihn ausfindig zu machen. Ein Foto von Maslow besitzen wir leider nicht.«

Um zwölf Uhr dreißig beendete der Staatsanwalt die Pressekonferenz und begab sich wieder in sein Dienstzimmer.

Bresser und Münter verließen in Emden den Zug und betraten die Mole. Eine Schlechtwetterfront zog über die ostfriesische Küste, und der eisige Regen traf sie voll, als sie mit ihren Reisetaschen dem Fährschiff entgegenhasteten. Sie stemmten sich gegen den Sturm, nahmen die Stufen der Passagierbrücke, betraten das Schiff, stiegen über die Bordtreppe nach unten und suchten im Unterdeck den Salon auf.

»Nix drin mit Strandkorb und Idylle«, sagte Bresser und rieb sich die Nässe aus dem Gesicht. »Ich hoffe nur, der Kapitän hat die Heizung anstellen lassen«, warf Münter ein. Sie hängten ihre Wetterjacken an die Garderobe und setzten sich an einen Fenstertisch. Dann bestellten sie bei der Bedienung zwei Kännchen Ostfriesentee.

»Fedor kommt übrigens mit der nächsten Fähre«, sagte Bresser.

Die hübsche Serviererin brachte den Tee. Sie stellte die Stövchen auf den Tisch, zündete die Teelichter an, stellte die Kännchen auf die Stövchen und setzte den Kluntjebecher und das Sahnetöpfchen daneben. »Ich kassiere dann später«, sagte sie und eilte weiter, denn es war zu voll geworden.

Der Schiffsgong ertönte. Die ›*Ostfriesland*‹ legte ab. Die Beamten bedienten sich und nippten zufrieden an ihren Tassen. Bresser zog einen Zigarillo hervor, steckte ihn an und reichte Münter Feuer, der eine Zigarette rauchte.

Sie blickten durch das Fenster auf den Deich, der sich sattgrün vor dem dunklen Himmel abhob. Steuerbords lag das VW-Werk, das Emden weltweit bekannt gemacht hatte.

Münter nahm den Inselplan aus seiner Reisetasche, während das Schiff der offenen See entgegenstampfte.

»Wir wohnen im Haus *Barke*, Fedor im *Strandflieder*, das liegt gleich um die Ecke. Hier befindet sich der Leuchtturm«, sagte Münter und reichte Bresser den Plan.

Bresser studierte diesen und fand die Straße, in der Dr. Bredefelds Eigentumswohnung lag. »Ich hatte an Fahrräder gedacht; doch bei diesem Schmuddelwetter werden wir wohl mit einem Taxi bei dem Zahnarzt vorfahren müssen«, sagte er und drückte seinen Zigarillo im Aschenbecher aus.

Münter packte den Stadtplan in seine Tasche. Das Fährschiff schaukelte im Wellengang heftig auf und nieder, und Gischt spritzte gegen die Fenster.

»Hoffentlich treffen wir keinen Eisberg!«, sagte Münter mit schiefem Grinsen.

Die Beamten tranken Tee und lasen in der Zeitung, die Münter in Hamburg am Hauptbahnhof gekauft hatte. Sie sprachen nicht viel miteinander.

Als die Fähre anlegte, hatte es aufgehört zu regnen, und die Wolkendecke war aufgerissen. Sie gingen im starken Wind zur Inselbahn hinüber, stiegen ein, setzten sich auf die Holzbänke, schauten durch das Fenster und genossen die Fahrt mit der historischen Bahn zum Zentrum.

Das Haus ›*Barke*‹ erreichten sie vom Bahnhof in wenigen Minuten zu Fuß.

Das Hotel bot durchschnittlichen Komfort. Das Doppelzimmer mit Ehebett, großem Kleiderschrank, kleinem Tisch, zwei Stühlen, Klo, Dusche und Fernseher war nicht sehr modern, aber hell und gemütlich eingerichtet.

»Schicken wir dem Chef eine Ansichtskarte?«, scherzte Münter und packte seine Reisetasche aus.

Draußen war der Sturm abgeflaut, und es regnete auch nicht mehr.

Bresser warf einen Blick hinaus.

»Der Himmel klärt auf«, sagte er.

»Ich denke, wir machen zuerst einmal ein Nickerchen und begeben uns dann zur Kurpromenade«, sagte Münter und warf sich in Jeans auf das Bett.

Gleich darauf hörte man ihn leise schnarchen. Bresser runzelte die Stirn, doch dann beschloss er, es seinem Kollegen gleichzutun.

Fedor Iwitschkow hatte Anglistik und Germanistik studiert. Seine Mutter war eine Russlanddeutsche, sein Vater Georgier. Dieser hatte an der Moskauer Universität einen Lehrstuhl für slawische Sprachen inne. Er galt in Fachkreisen als Kapazität und verfügte über Kontakte zum russischen Geheimdienst.

Nach dem Zusammenbruch des Sowjetstaates und dem Mauerabbau in Berlin hatte Fedor Iwitschkow, der sowohl Russisch als auch Deutsch wie eine Muttersprache beherrschte und perfekt Englisch und Polnisch sprach, sich in den Westen abgesetzt und bei den ›*Hamburger Nachrichten*‹ als Journalist gearbeitet. In einigen Kriminalfällen der St.-Pauli-Szene, aber auch bei Verbrechen in Schleswig-Holstein, die der osteuropäischen Mafia zugeordnet wurden, gelang es ihm aufgrund des guten Verhältnisses zu seinem Vater, den Ermittlungsbehörden Hinweise auf straffällige, desertierte Armeeangehörige und ausgerissene Strafgefangene zu verschaffen.

In Absprache mit der Polizei hatte er sich von der Zeitung getrennt und zwei Jahre als Kellner im ›*Doppelherz*‹, einem Lokal für Lesben und Schwule im Kiez, gearbeitet. So hatte er Zugang zum Rotlichtmilieu gefunden und kannte sich in der ›Szene‹ hervorragend aus.

Danach eröffnete er unter dem Namen Jens Leydecker ein Versicherungs- und Beraterbüro. Er galt als Vertrauensmann der osteuropäischen Mafiosi und half ihnen, die aus dunklen Geschäften erwirtschafteten Gelder über Briefkastenfirmen zu waschen und auf getarnte Konten zu überweisen. Die Provisionen entsprachen dabei den eingegangenen Risiken.

Fedor Iwitschkow besaß aus Sicherheitsgründen mehrere Pässe. Die Einkünfte aus seinem Versicherungs- und Maklergewerbe, die er dem Finanzamt Hamburg-Altona mit der Steuererklärung einreichte, hatten nie zu Beanstandungen geführt.

Er fuhr einen VW-Passat und trennte strikt die Fahrzeugkosten nach betrieblicher und privater Nutzung.

Der vierunddreißigjährige Iwitschkow galt als Kleinbürger. Er war nicht verheiratet, hatte aber eine hübsche Freundin, die in einem Bioladen Gesundheitsprodukte verkaufte. Sie begleitete ihn am Wochenende zu den Heimspielen des HSV und wusste nichts vom Doppelleben ihres Freundes.

Die Kripo unterhielt mit Fedor Iwitschkow mehrere Briefkästen. Er war ihr wichtigster ›Maulwurf‹ im Kiez. Fedor war schlank und recht groß. Er hatte dunkelblondes, schütteres Haar, das er sehr kurz trug, und sein unauffälliges Gesicht und die bescheidene Art seines Auftretens passten gut zu dem, was er zu sein vorgab, nämlich zur Rolle des nicht eben erfolgreichen Vertreters, der ein Durchschnittsbürger war.

Über den Himmel zogen weiße Wolkenfetzen. Möwen schossen über die Kurpromenade, und die Brandung grollte wie entfernter Donner. Der Sturm trieb die Spaziergänger zu schnellen Schritten an und blähte ihre Jacken und Mäntel auf. In Gegenrichtung kämpften Wanderer mit dem harten Wind und kamen nur langsam vorwärts.

Bresser und Münter standen im Windschatten des Kurcafés, neben dem sich eine Buchhandlung befand, und genossen das eindrucksvolle Naturschauspiel.

Irgendwann tauchte auch Fedor auf. Er trug eine halblange Lederjacke und Jeans und wirkte mit seinem blassen Gesicht und dem schütteren Haar wie ein Buchhalter der Kurverwaltung. Sein Blick war geradeaus gerichtet, während er mit großen Schritten und vorgebeugtem Oberkörper gegen den Wind ankämpfte. Er näherte sich ihnen mit teilnahmslosem Blick, nahm die Stufen der Steintreppe und fragte wie abwesend: »Gibt es drinnen das Hamburger Abendblatt?«

»Vermutlich, zumindest die Bild«, antwortete Münter.

Fedor Iwitschkow nickte.

»Café Zander, Liebigstraße, Nähe Leuchtturm«, sagte Münter leise und trat mit Bresser in den Wind. Sie gingen über die Strandstraße, überquerten die Straße ›Am alten Leuchtturm‹ und betraten das Café. Es war um diese Zeit gut besucht.

Die Beamten hängten ihre Jacken an die Garderobe und nahmen an einem Tisch Platz, den ein Ehepaar mit lärmenden Kindern gerade verließ. Die Bedienung räumte das Geschirr ab.

»Bitte schön?«, fragte sie höflich.

»Zwei Kännchen Ostfriesentee und für mich ein Stück Obsttorte mit Sahne«, sagte Münter.

»Für mich bitte Rumflockentorte«, fügte Bresser hinzu.

»Klaus, um diese Zeit schon Alkohol«, scherzte Münter. »Also wirklich!«

»Ich muss doch irgendetwas gegen mein Lampenfieber tun – schließlich lerne ich Fedor Iwitschkow kennen! Bin gespannt, was er uns zu berichten hat«, sagte Bresser.

»Du kannst davon ausgehen, dass er bereits alles über deine Vita weiß«, meinte Münter grinsend und beobachtete die Eingangstür. Bresser trug über dem Oberhemd eine schwarze Lederweste. Er griff in die Innentasche, nahm die Zigarilloschachtel, fischte mit seinen dicken Fingern einen Zigarillo heraus und legte ihn auf den Tisch.

Die Bedienung brachte die Stövchen, den Kluntjebecher und den Sahnetopf und stellte sie samt Geschirr auf den Tisch. Bresser zündete die Teelichter an.

»Danke«, sagte die Bedienung, nahm die Teekännchen vom Tablett und stellte sie auf die Stövchen.

»Der Kuchen kommt gleich.« Damit eilte sie davon.

»Fedor macht bestimmt noch einige Kontrollgänge um das Café herum. Er überlässt nichts dem Zufall«, meinte Münter.

Das Fräulein brachte den Kuchen, und die Beamten ließen es sich schmecken. Dann schob Bresser sich den Zigarillo zwischen die Lippen, zündete ihn an und blies den weißen Qualm genüsslich von sich.

»Da kommt er«, sagte Münter und wies zum Eingang hinüber.

Bresser beobachtete den blassen Mann, der wie suchend an den Tischen mit den Urlaubern vorbeischritt und sich ihnen wie ein Fremder näherte, eine Zeitung unter dem Arm. Er blickte die Beamten fragend an: »Ist hier noch ein Platz frei?«, fragte er höflich und legte eine Hand auf die Stuhllehne. Um sein Handgelenk lag das Lederarmband einer billigen Kaufhausuhr.

»Bitte, wenn es Sie nicht stört, dass ich rauche«, erwiderte Bresser gelassen.

»Danke, ich bin selbst Raucher«, meinte Fedor verkniffen und nahm am Tisch Platz. Er winkte der Bedienung und bestellte ein Kännchen Kaffee und einen Berliner, schlug die Zeitung auf und vertiefte sich in sie.

Bresser fand sein Benehmen übertrieben, doch er rauchte geduldig und wartete. Die Bedienung brachte Fedor Iwitschkow den Kaffee und das Gebäck. Bresser drückte den Zigarillo in den Aschenbecher. Iwitschkow legte die Zeitung auf den Tisch, aß schweigend den Berliner, trank Kaffee, steckte sich eine Zigarette an und sagte dann leise: »Die Osteuropäer sind Neueinsteiger. Es kommen viele und gehen viele. Ihre Vergangenheit holt sie oft ein, aber Iwan Maslow und Swetlana Roederich waren bei meinen Gewährsleuten unbekannt.«

»Dr. Bredefeld interessiert sich für eine Lebensversicherung«, warf Münter ein.

»Die kann er abschließen«, murmelte Fedor Iwitschkow und drückte die Kippe im Aschenbecher aus. Er zog aus der Innentasche seiner Lederjacke einen Kugelschreiber und einen leeren Briefumschlag und schrieb auf das Kuvert: »*In der Zeitung finden Sie meinen Bericht. Iwan Maslow ist auf dem Kiez unbekannt. Ich suche am Abend den Kaiserhof auf, um die Roederich zu sehen.*«

Fedor Iwitschkow steckte das Kuvert in die Tasche, stand auf, ließ die Zeitung liegen und schritt grußlos davon. Er zahlte am Tresen und verließ das Café.

»Ein seltsamer Kauz«, sagte Bresser und nahm das ›Abendblatt‹ an sich.

Die Hamburger Beamten trafen Dr. Bredefeld vor der Haustür an. Er trug einen Anorak und eine Prinz-Heinrich-Mütze. Sie standen im zugigen Wind. Es hatte aufgeklart, und am Himmel leuchtete ein frühes Abendrot.

»Kripo Hamburg«, stellte sich Münter vor und hielt die Polizeimarke in der offenen Hand. »Mein Kollege Bresser«, fügte er hinzu.

Der Zahnarzt blickte die Besucher überrascht an.

»Sie wollen in die Stadt?«, fragte Bresser.

»Ich war für einige Tage bei meiner Tochter, und jetzt bin ich eigentlich auf dem Wege zum Yachthafen. Ich muss unter Menschen! Ehrlich gesagt, ich habe Angst«, gestand Dr. Bredefeld.

»Das ist nur zu verständlich«, meinte Münter.

»Kommen Sie«, sagte Dr. Bredefeld, öffnete die Tür und führte die Beamten über die Treppe zu seinem Appartement. Er steckte den Schlüssel ins Schloss und schob die Tür weit auf. »Bitte, treten Sie ein und legen Sie ab!«, forderte er die Beamten auf und wies auf die Garderobenhaken im Korridor. Dann betraten sie das Wohnzimmer von dessen Fenster aus der Blick bis zum Strand reichte, der weiß war vom Schaum der auslaufenden Brecher.

»Nehmen Sie bitte Platz«, sagte der Zahnarzt und wies auf die kleine Sesselgruppe, die mit einer Couch um einen kleinen Tisch stand.

»Gemütlich«, sagte Münter. Die Beamten nahmen Platz.

»Gedacht für die Rentnerjahre – und jetzt muss ich fürchten, dass mir gar nicht mehr viel Zeit bleibt«, seufzte Bredefeld und setzte sich auf die Couch.

»Mein Freund Hoogelycht war völlig ahnungslos – es ist einfach schrecklich. Dabei lag mir nur wenig an dem Wohnhaus in der Nähe des Kiez. Aber man kann doch nicht jeder Erpressung nachgeben – es ging mir mehr um das Prinzip!«

»Wir haben mit Ihrem Steuerberater gesprochen. Dieser Iwan Maslow, was ist das für ein Mensch?«, fragte Bresser.

»Sie verdächtigen ihn? Nein, nein, da irren Sie sich ganz bestimmt! Er kam mit einer Wurzelentzündung in meine Praxis. Er war erst seit einigen Wochen im Westen, besaß noch keine Versicherungskarte. Er bemühte sich um Papiere, suchte Arbeit, hat einen kleinen Sohn und wohnte, so berichtete er, vorübergehend bei irgendwelchen Verwandten. Auf mich hat er einen sehr guten Eindruck gemacht. Er war Mechaniker, verstand etwas von Schiffen, deshalb habe ich ihn gefragt«, erklärte der Zahnarzt und schaute die Beamten fragend an. »Darf ich Ihnen einen Tee anbieten?«

»Danke, wir haben bereits Tee getrunken. Aus unserer Sicht kann der Anrufer einen Killer angeheuert haben, der die Bundesrepublik vielleicht schon wieder verlassen hat. Es ist unwahrscheinlich, dass der Anrufer selbst die Schüsse auf Ihren Freund abgefeuert hat, und nach dieser schrecklichen Geschichte, die viel Staub aufgewirbelt hat, wird er es sicher nicht noch mal versuchen«, erklärte Münter. »Sie können ohne Furcht tun, was Sie wollen«, fügte Bresser hinzu.

»Ihr Kollege van Elderen ist der gleichen Meinung. Dennoch bleibt ein bisschen Angst. Man weiß ja nie!«

»Hielt Iwan Maslow sich noch auf Borkum auf, als Sie mit Hoogelycht den Törn besprachen?«, fragte Münter.

»Er hat Borkum verlassen, nachdem wir das Schiff zu Wasser gelassen hatten«, antwortete der Zahnarzt.

»Und Sie haben nichts mehr von ihm gehört?«, wollte Bresser wissen.

»Nein«, sagte Bredefeld.

»Die Fahndung nach ihm läuft. Der Anrufer hat den Artikel mit Ihrem Foto dazu benutzt, dem Todesschützen das Opfer seines Anschlags zu avisieren«, erklärte Bresser.

»Und der hat mich mit Ulfert verwechselt«, ergänzte der Zahnarzt.

»War es Ihre Idee, gemeinsam den Törn nach Helgoland zu unternehmen?«, fragte Bresser weiter.

»Ja, ich kann mein Schiff nämlich alleine nicht mehr segeln. Ich bin zu alt dazu. Ich habe auf der Bootsmesse in Düsseldorf ein kleineres Schiff gekauft, das aber noch nicht geliefert werden konnte«, sagte Dr. Bredefeld.

»Die Schwiegertochter Ihres Freundes ist Russlanddeutsche?«, wollte Münter wissen.

»Ja ich habe sie nicht kennen gelernt, aber Ulfert mochte sie«, erwiderte der Zahnarzt.

»Und an Bord der Motoryacht haben Sie nur einen Mann bemerkt?«, fragte Bresser.

»Das kann ich nicht sagen. Diese Boote sind kompakt, und die Yacht war bereits zu weit weg. Hinzu kam meine Panik!« Bredefelds Miene verdüsterte sich, als er an den schrecklichen Abend zurückdachte.

»Der Mörder hat eine Salve auf Hoogelycht abgefeuert. Wer sagt mir, dass er nicht doch auch auf mich schießen wird?«

»Hier auf Borkum sind Sie sicher. Wir haben nachher ein Gespräch mit Kommissar van Elderen und werden ihn bitten, Sie mit einem Kollegen aus Leer aufzusuchen, der eine Phantomzeichnung Ihres Gehilfen Iwan Maslow erstellt«, sagte Münter. »Für alle Fälle.«

»Vielen Dank! Er kann mich ja anrufen. Gleich fahre ich erst einmal zum Clubhaus, um auf andere Gedanken zu kommen«, sagte Dr. Bredefeld. Er begleitete die Beamten hinaus und verabschiedete sich vor dem Haus von ihnen.

Am Abend saßen Bresser und Münter mit van Elderen im Clubzimmer des Hotels. Sie hatten beim Ober Bier bestellt. Der kleine Raum war rustikal, aber gediegen eingerichtet und urgemütlich. Niemand störte die Beamten bei ihren Betrachtungen über den Mordfall. Der Ober brachte die Biere und verließ dann das Clubzimmer, um draußen weiter zu bedienen.

Sie prosteten sich zu und nahmen einen kräftigen Schluck. Bresser setzte sich einen Zigarillo an.

»Fedor ist im Moment im ›Kaiserhof‹. Er will sich ein Bild von Swetlana Roederich machen. Man kann nie wissen«, sagte Münter. Auch er rauchte.

»Fedor hat uns einen Bericht gegeben. Er konnte auf dem Kiez keine Gruppierung ausfindig machen, die ein Interesse an dem Haus von Dr. Bredefeld gezeigt hat.«

Bresser nahm die Seiten, die Iwitschkow ins Hamburger Abendblatt gelegt hatte. Er las: »Rivalisierende Albaner-Banden bestimmen oft auch durch den Einsatz von Jugendlichen und Kindern das Straßengeschäft mit Rauschgift. Die türkischen Zuhälter überschreiten die Grenze von Nord nach Süd und entreißen den Deutschen die Stundenhotels. Auffällig ist, dass zur Zeit viele Russen in das Bordellgeschäft einsteigen und sich auch stark im verbotenen Waffenhandel engagieren.

Auf dem Kiez gibt es fünfhundert Lokale und mehr als dreißig Discos, fast genauso viele Spielhallen, circa zwanzig Sexshops, etwa zehn Sado-Maso-Etablissements, fünf Strip-Lokale und geschätzte sechzig Bordelle. Da suchen wir mit einem ›Osteuropäer‹, der den Hamburger Zahnarzt bedroht und erschießen will, nach der sprichwörtlichen Stecknadel im Heuhaufen. Die einst ›bürgerlichen‹ Gegenden um die Paul-Roosen- und Clemens-Schulz-Straße bilden heute den Grenzbereich zum sich ausweitenden Rotlichtmilieu. Von daher betrachtet könnte das Haus des Zahnarztes für deutsche und türkische Gangster aus diesem Bereich von Interesse sein. Doch dafür besitze ich keine Beweise, weil meine Kontakte sich auf die osteuropäische Szene beschränken. Auch meine persönliche Inaugenscheinnahme des Hauses spricht gegen ein Interesse eines russischen Mafiaangehörigen, weil die Vorherrschaft der Türken dort zu einem offenen Kampf führen würde. Hierzu kommt, dass das Haus auf der Clemens-Schulz-Straße sich noch in einer bürgerlichen Nachbarschaft befindet. Einen osteuropäischen Killer gegen gute Bezahlung anzuheuern, das ist auf St. Pauli ein leichtes Unterfangen. Zehntausend auf die Hand, und der Mörder hinterlässt keine Spur. Ich werde meinem Auftrag weiterhin gewissenhaft nachgehen.

Jens Leyendecker.«

Bresser legte den Bericht zur Seite. »Wir faxen ihn morgen dem Staatsanwalt zu«, sagte er. »Dr. Bredefeld ist überzeugt, dass ein Osteuropäer ihn bedroht hat.«

»Es war kein Türke, davon gehe ich aus«, sagte Münter.

Van Elderen trank einen Schluck Bier und versank in dumpfes Brüten. Etwas an dieser Geschichte gefiel ihm ganz und gar nicht, aber er kam einfach nicht darauf, was es sein konnte.

Am nächsten Morgen regnete es, doch der Wetterbericht sorgte für Trost. Er kündigte einen Hochdruckkeil an, der sich von Belgien her langsam näherte.

Borkum bot seinen Besuchern nicht nur Strand und Dünen. Das Meerwasserwellenbad sorgte für Badespaß, und im Kursaal genossen die Gäste die Operettenklänge der tschetschenischen Kurkapelle.

Van Elderen stand am Fenster seines Dienstzimmers. Regentropfen rannen über die Scheibe, und die Rinnsteine neben dem Bürgersteig glichen reißenden Flüssen.

Das Fährschiff hatte vor zwanzig Minuten angelegt, und der Kommissar wartete auf seinen Kollegen aus Leer. Van Elderen hatte mit dem Präsidenten des Yachtclubs gesprochen. Am Abend wollten die Mitglieder, soweit sie sich auf Borkum aufhielten, zu einer außerordentlichen Mitgliederversammlung im Clubhaus zusammenkommen.

Der Kollege betrat das Dienstzimmer. »Grieger, Kripo Leer«, stellte er sich vor.

»Van Elderen. Leider haben wir heute Schmuddelwetter, sodass Sie nicht den besten Eindruck von der Insel bekommen.« sagte der Kommissar und reichte dem Kollegen die Hand.

»Auf Dienstreisen ist das Wetter nicht so wichtig!«, erwiderte der Besucher.

»Stellen Sie die Reisetasche ruhig hier ab, ich begleite Sie später zu Ihrem Hotel«, sagte van Elderen. »Dr. Bredefeld erwartet uns; ich denke, wir fahren am besten gleich zu ihm.« Der Kommissar begleitete Grieger zum Dienstwagen.

Dr. Bredefeld saß nachdenklich in seinem Sessel. Vor ihm auf dem Tisch lag der Schreibblock. Er hielt den Bleistift in der Hand und blickte unzufrieden auf die Zeichnung hinunter, an der er sich gerade versucht hatte. Trotz vieler Versuche gelang es ihm einfach nicht, das Gesicht des Russen so wiederzugeben, wie er es in Erinnerung hatte.

Das Läuten der Haustürklingel riss ihn aus seinen Betrachtungen. Er erhob sich, betrat den Korridor, drückte die Sprechtaste.

»Kripo, van Elderen«, tönte es ihm entgegen. Er betätigte den Türöffner und ging auf den Flur. Wenig später stand der Kommissar vor ihm in Begleitung eines etwa vierzigjährigen Mannes mit dunkelblonden Haaren und Schnauzer, der Bredefeld auf Anhieb sympathisch war. Die Trägerriemen einer Ledertasche lagen über seiner Schulter.

Van Elderen reichte dem Zahnarzt die Hand. »Mein Kollege Grieger aus Leer«, stellte er den Mann vor.

»Angenehm«, sagte Dr. Bredefeld und begrüßte den Beamten, der Jeans und einen Anorak trug. »Treten Sie ein und legen Sie ab.« Der Zahnarzt reichte ihnen zwei Kleiderbügel, zeigte ihnen die Garderobe und bat die beiden Beamten ins Wohnzimmer.

»Nehmen Sie Platz«, sagte er und wies auf die Sitzecke.

Die Beamten ließen sich in den Sesseln nieder.

Grieger stellte seine Tasche auf den Boden. »Herr Dr. Bredefeld, mich interessiert das Gesicht Ihres verdächtigen Mithelfers«, sagte er ernst.

»Sie wollen eine Phantomzeichnung anfertigen?«, fragte Dr. Bredefeld.

»Ja, ich denke, dass wir sie heute Abend im Yachtclub schon Ihren Kollegen vorstellen können«, antwortete Grieger.

Dr. Bredefeld nickte.

»Wir werden das Phantombild nicht an die Presse geben«, sagte van Elderen. »Es geht aber an alle Polizeidienststellen.«

»Wie wäre es mit einem Tee?«, fragte der Zahnarzt. Der Regen trommelte auf den Balkon.

»Gerne, aber bitte nachher«, antwortete Grieger. Er öffnete die

Tasche, entnahm ihr einen Zeichenblock, Kohlestifte und ein Buch, das einem Versandhauskatalog glich.

»Bitte beschreiben Sie den Mann«, sagte er, und blätterte in dem Buch.

Dr. Bredefeld tat sein Bestes, und Grieger schob das Buch über den Tisch. Dr. Bredefeld betrachtete fasziniert die Abbildungen. »Dieser hier«, sagte er, »hat schon viel Ähnlichkeit mit Maslow.« Er erhob sich, trat an den Esstisch. »Ich habe selbst schon versucht, Maslow zu zeichnen!« Er nahm den Schreibblock vom Tisch und trug ihn zu Grieger hinüber. Dieser betrachtete die Laienzeichnung und verglich sie mit seiner Typensammlung

»Hervorragend«, sagte er, griff nach einem Kohlestift, übertrug die Ansätze auf seinen Block und begann, die Augenpartie zu verfeinern.

»Ja«, sagte Dr. Bredefeld. »Das Kinn«, fügte er nachdenklich hinzu, »war etwas breiter.« Unter seiner Anleitung entstand eine Phantomzeichnung, die, so Dr. Bredefeld, eine Fotografie des Russen hätte sein können. Dann kochte Bredefeld Tee, den sie mit Kluntje und Sahne tranken, während der Regen noch immer unaufhörlich gegen die Scheiben prasselte.

Über dem Tresen im Clubhaus hingen Schiffslampen. Der Pächter versah den Ausschank, seine Frau trug die Getränke an die Tische. Die Wände des Raumes waren getäfelt und dunkel vom Rauch. Auf den Regalen standen Pokale gewonnener Regatten und die Fähnchen befreundeter Clubs.

Die großen Panoramafenster boten einen freien Blick in den Yachthafen, wo die Boote im kabbeligen Wasser schaukelten.

An den Tischen saßen etwa dreißig Segler, die sich laut unterhielten. Der Präsident begrüßte die Beamten und wies ihnen Plätze zu. Danach wandte er sich an seine Clubkameraden:

»Ich eröffne unsere außerordentliche Mitgliederversammlung. Doch bevor wir uns mit den Tagesordnungspunkten befassen, bitte ich euch, euch von euren Plätzen zu erheben. Wir wollen mit einer Schweigeminute unseres ermordeten Segelkameraden und Altmitglieds Ulfert Hoogelycht gedenken.«

Die Clubmitglieder erhoben sich und senkten den Blick. Nachdem die Schweigeminute beendet war, stellte der Präsident die Kripobeamten vor und erklärte seinen Segelkameraden den Grund für ihren Besuch. Dann erteilte er Kommissar van Elderen das Wort. Dieser stand auf und begann: »Im Rahmen unserer Recherchen hat mein Kollege Grieger eine Phantomzeichnung angefertigt. Sie zeigt den russischen Staatsbürger Iwan Maslow, der Dr. Bredefeld bei den Überholungsarbeiten an seiner Yacht geholfen hat. Ich muss nicht auf Einzelheiten eingehen. Der Staatsanwalt schließt nicht aus, dass Maslow, falls er nicht der Todesschütze war, der Mafia auf St. Pauli Hinweise geliefert hat. Wir wüssten gern, ob Sie Maslow kurz vor dem Attentat hier auf dem Gelände des Yachthafens oder sonstwo auf Borkum gesehen haben. Wir verteilen jetzt Kopien der Phantomzeichnung und bitten Sie, sich diese genau anzusehen.«

Grieger trat an die Tische und verteilte die Kopien. Die Segler taten, wie ihnen geheißen, und gaben ihre Kommentare ab. Die meisten erinnerten sich an den schweigsamen Mann, der nur gebrochen Deutsch gesprochen hatte.

»Der war harmlos«, rief ein Segler.

»Ein fleißiger Mann«, meinte ein anderer Skipper.

Es gab eine Meldung, die alle Anwesenden überraschte. »Ein oder zwei Tage vor dem Unglück bin ich ihm begegnet, das glaube ich zumindest. Er kam aus dem Bootsschuppen und trug eine Tasche. Es muss nach siebzehn Uhr gewesen sein, denn ich war gerade auf dem Heimweg. Wahrscheinlich ist er zum Fährschiff gegangen«, sagte der Skipper.

»Ich war vor dem Törn einige Tage in Hamburg, und deshalb hätte Maslow eigentlich keinen Grund gehabt, herzukommen«, meinte der Zahnarzt.

»Kann es sein, dass Ihr russischer Helfer noch Sachen oder Werkzeug im Spind vergessen hatte?«, fragte der Skipper.

Dr. Bredefeld nickte. »Das kann schon sein. Er hatte einige Werkzeuge selbst mitgebracht.«

»Herr Doktor Bredefeld, ich nehme das zu Protokoll«, sagte der Kommissar.

»Ich habe mich mit dem Mann länger unterhalten, das liegt allerdings schon eine Weile zurück. Das war nicht so einer«, sagte ein bärtiger, älterer Mann. »Sie irren sich ganz bestimmt, wenn Sie ihn verdächtigen!«

Es gab keine weiteren Wortmeldungen.

Van Elderen und Grieger erhoben sich. »Ich bedanke mich für Ihre Aufmerksamkeit und wünsche Ihnen einen schönen Abend«, sagte der Kommissar.

»Einen Moment noch, meine Herren, wir wollten noch etwas bekanntgeben«, erklärte der Präsident und wandte sich an den Zahnarzt. »Dok, dir liegt verständlicherweise besonders viel an der Aufklärung des Mordes. Du hast eine Belohnung von fünftausend Mark für die Überführung des Mörders ausgesetzt. Wir möchten, in Solidarität mit dir, ebenfalls eine Prämie für Hinweise, die zur Ergreifung des Täters führen, aussetzen«, sagte er. »Wir haben uns auf den Betrag von zweitausend Mark geeinigt.« Er wandte sich an die Beamten. »Teilen Sie das dem Staatsanwalt mit.« Dann schüttelte er den beiden Männern die Hand und geleitete sie zur Tür.

Ein stabiles Azorenhoch lag über Ostfriesland und bescherte der Insel endlich schönes Sommerwetter. Die Geschäfte mit den Gästen liefen zur Zufriedenheit der Insulaner, und selbst die Kurheime, die wegen der einschneidenden Maßnahmen der Gesundheitsreform noch im Frühjahr um ihren Bestand gebangt hatten, atmeten auf.

Der Mord an dem Hotelier Hoogelycht beschäftigte immer noch die Urlauber, die zum Yachthafen pilgerten, um die ›*Clara*‹ zu fotografieren.

Van Elderen verließ das Fährschiff ›*Westfalen*‹. Der Schiffsingenieur hatte die Phantomzeichnung in die Hand genommen und sich erinnert, den Passagier bei seinen Rundgängen gesehen zu haben.

Eine Kellnerin hatte ihm einen Kaffee serviert. Es gab keine Zweifel: Der Russe Iwan Maslow hatte nach der Reparatur der ›*Clara*‹ Borkum noch einmal betreten.

Van Elderen suchte sein Dienstzimmer auf, setzte sich an den Schreibtisch und öffnete die Post. Das Labor teilte ihm mit, dass die Geschosshülsen und Projektile von der Kalaschnikow AK 47 stammten, einem russischen Schnellfeuergewehr der Roten Armee. Es gab keine verwertbaren Fingerabdrücke an Bord der gestohlenen Motoryacht. Das originelle Toilettenpapier stammte aus Holland.

Van Elderen war kein Waffenkenner, doch die Ermittlungen schienen sich in die richtige Richtung zu bewegen. Der Kommissar ging ins Schreibzimmer hinüber und faxte den Bericht an den Staatsanwalt und seine Kollegen in Hamburg.

Nach der Mittagspause läutete das Telefon. Van Elderen nahm den Hörer ab und meldete sich.

»Otto Koplin, Korschenbroich. Herr Kommissar, ich bin der Eigner der gestohlenen Yacht«, sagte der Anrufer im rheinischen Tonfall.

»Gut, dass Sie sich melden«, erwiderte der Kommissar. »Ihr Boot liegt im Norddeicher Yachthafen. Ich habe es mir gründlich angeschaut. Die Beschädigungen halten sich zum Glück in Grenzen. Uns interessiert vor allem, wo die Yacht beheimatet ist.«

»Ich bin Mitglied des Yachtclubs Accumersiel. Meine Frau und ich besitzen dort eine Ferienwohnung. Ich bin Bäckermeister, unser Sohn arbeitet als Diplom-Ingenieur bei einer amerikanischen Computer-Firma, und wir waren gerade für ein paar Wochen in den Staaten. Die Nachbarn hatten für uns die Zeitungen aufbewahrt, und darin stießen wir auf die Meldung. Was ist denn nun genau passiert?«

»Wir gehen davon aus, dass Angehörige der osteuropäischen Mafia Ihr Schiff aufgebrochen und es für einen Mordanschlag benutzt haben. Sie haben die Heckbuchstaben entfernt und auch den Namen unkenntlich gemacht«, sagte van Elderen.

»Unser Schiff heißt ›MABO‹, wie gesagt Heimathafen Accumersiel«, antwortete der Bäckermeister.

»Das gehört zur Gemeinde Dornum, wenn ich mich nicht täusche«, meinte van Elderen und erinnerte sich an die Blocks mit Ferienwohnungen, die in Dornum direkt am Deich lagen.

Er war wie der Staatsanwalt davon ausgegangen, dass die Yacht in Holland entwendet worden war.

»Herr Kommissar, das stimmt. Der Gedanke, dass sich an Bord der ›MABO‹ ein Mörder aufgehalten hat, ist wirklich scheußlich. Wir besuchen Sie demnächst auf Borkum und geben alles zu Protokoll«, sagte Koplin gutmütig und ohne hörbare Erregung.

»Einen Moment, nennen Sie mir bitte für alle Fälle Ihre Anschrift«, sagte der Kommissar. Er griff nach dem Kugelschreiber und schrieb mit:

Otto Koplin
Gilleshütte 17
41352 Korschenbroich

»Danke, und wann darf ich Sie erwarten?«, fragte er dann.

»Heute ist Freitag ... Sagen wir am Montag«, antwortete Koplin.

»Bis dann«, erwiderte van Elderen und legte den Hörer auf.

Drei Tage später, an einem schönen Sommertag, traf das Ehepaar Koplin auf Borkum ein. Der ehemalige Bäckermeister – er hatte sich schon zur Ruhe gesetzt – und seine Frau betraten gegen Mittag das Büro des Kommissars.

»Van Elderen«, stellte sich der Kripobeamte vor, schritt dem Ehepaar entgegen und reichte ihnen die Hand. »Sie sind die Eigner der Yacht? Nehmen Sie bitte Platz!«

»Herr Kommissar, was unsere ›MABO‹ betrifft, der Schaden hält sich in Grenzen. Der Motor sprang sofort an. Wir haben das Boot nach Accumersiel überführt, um es dort überholen zu lassen. Wir sind mit dem Fährschiff gekommen, wegen der Versicherung«, sagte Koplin treuherzig.

»Sie kommen als Zeuge, Ihnen steht also auch Zeugengeld zu«, erwiderte van Elderen lächelnd. »Mir ist nicht klar, warum der Mörder gerade Ihr Schiff in Accumersiel gestohlen und, wie es scheint, ohne große Manipulation den Motor hat starten können.«

Otto Koplin lachte. »Ein geschickter Mechaniker benötigt nur einen Schraubenzieher, um den Motor zu starten. Bevor wir zu unserem Sohn in die Staaten reisten, haben wir noch einen Törn nach Texel unternommen«, sagte der Bäckermeister.

»Dort haben Sie auch Toilettenpapier gekauft?«, fragte der Kommissar.

Koplin nickte. »In Accumersiel haben wir im Hafen unser Auto beladen und sind dann direkt nach Korschenbroich gefahren. Vielleicht hat man uns beobachtet. Es gibt keinen sicheren Schutz gegen Einbruch in die Kajüte. Die Schlösser sind einfach zu schwach!«

»Wir haben einen Mann in Verdacht, der sich mit Schiffen gut auskannte«, sagte van Elderen nachdenklich, erhob sich und holte die Schreibmaschine aus dem Schrank. »Ich fertige ein Protokoll an. Sie können dann gleich unterschreiben«, sagte er und spannte eine Seite ein.

Der Hotelier Ulfert Hoogelycht, Ehemann, Vater, Bruder, Schwager und Onkel, wie es in der Todesanzeige geheißen hatte, war eines gewaltsamen Todes gestorben und in aller Stille im kleinsten Kreis auf dem Friedhof der Insel beigesetzt worden. Niemand der Hinterbliebenen hatte ihm nach der kleinen Trauerfeier Tränen nachgeweint. Weder von ihm noch von Dini Hoogelycht befand sich ein vergrößertes Foto an irgendeiner Wand des Betriebes oder in den Privaträumen. Das Leben ging weiter!

Die Befürchtungen des Verstorbenen, dessen Träume von der Freiheit unter Segeln so abrupt geendet hatten, trafen nicht ein. Das Haus ›Kaiserhof‹ blieb unter der Leitung seines Sohnes Focko den anspruchsvollen Gästen nichts schuldig. Im Gegenteil, die Umgestaltung der Wohnung der Seniorchefin in ein Solarium mit angrenzendem Fitnessbereich und einer großzügigen Sauna fand bei den Gästen regen Zuspruch.

Die Investitionen des Juniors begannen sich auszuzahlen,

doch ihm war es nicht gegeben, den Gästen zu imponieren. Er blieb wie in seiner Kindheit der Hausclown. Es war Swetlana, die mit ihrem Charme die Gäste für das Haus einnahm. Ihr stetes Lächeln, ihre ausgeglichene Wesensart gefielen den Urlaubern. Auch das Hauspersonal war ihr sehr zugetan. Swetlana war zu einer ›Galionsfigur‹ des Unternehmens geworden. Sie besaß kaufmännisches Geschick, und selbst die ›Rückstände‹ ihres russischen Akzents wirkten eher sympathisch, als dass sie störten.

Swetlana liebte Focko aufrichtig, sie schätzte seine Großzügigkeit und mochte ihn so, wie er war. Seine Mutter war zu ihrem Lebensgefährten gezogen und bewohnte mit diesem die Wohnung oberhalb der Pizzeria. Sie kam nur gelegentlich auf eine Tasse Tee vorbei und hatte sich mit Enrico Tomello eine eigene Existenz geschaffen.

Swetlana hatte mit Focko nur zwischen Frühstücksbüffet und Mittagessen an der Eröffnung der Pizzeria ›*Ischia*‹ teilnehmen können, weil ihre Aufgaben im ›*Kaiserhof*‹ ihnen keine Zeit gelassen hatten.

Viele Bürger waren der Einladung gefolgt, zum Beispiel der Leiter der Bank, der Architekt, der Bürgermeister und die Herren des Stadtrats. Swetlana und Focko hatten zusammen mit Tomma und Tomello auf ein gutes Gelingen angestoßen.

Enrico Tomello hatte eine Serviererin und einen gelernten Pizzabäcker aus Italien eingestellt. Hinzu kam ein italienischer Kellner, der als Barkeeper fungierte.

Das Interieur war elegant und besaß südländisches Flair, und Tomma war sichtlich stolz. Niemand stellte die Frage, wie Ulfert Hoogelycht auf den raschen Positionswechsel seiner Frau reagiert hätte.

Ein Bericht in der Borkumer Zeitung erinnerte die Insulaner dann noch einmal an den hinterlistigen Mord, dem Ulfert Hoogelycht wegen seiner Ähnlichkeit mit dem Hamburger Zahnarzt zum Opfer gefallen war. Sie brachte das Phantombild des Russen Iwan Maslow, der Dr. Bredefeld bei den Arbeiten an seiner Yacht geholfen hatte. Immer noch lag die ›*Clara*‹ am Steg und galt als

Attraktion. Die Kripo bat um Hinweise, und die Zeitung verwies auf die hohe Belohnung von siebentausend Mark.

Tomma Hoogelycht und Enrico Tomello saßen am späten Abend in den Polstersesseln vor dem kleinen Eichentisch, tranken Rotwein, rauchten Zigaretten, knabberten Erdnüsse und Pistazien und zogen glücklich Bilanz.

Die Pizzeria war ein voller Erfolg, schon jetzt warf sie so viel Gewinn ab, dass die Kredite bald abbezahlt sein würden. Tomma machte die Arbeit viel Spaß, und nebenbei kümmerte sie sich um die Einrichtung der kleinen Wohnung im ersten Stock.

Ihr Schlafzimmer hatten sie aus Tirol bezogen. Der große Kleiderschrank mit den bemalten Türen und den folkloristischen Motiven auf der Vorderseite war ein richtiges Schmuckstück, und auch sonst wurde es mit jedem Tag gemütlicher.

Tomma und Enrico waren verliebt wie am ersten Tag und genossen ihr Zusammensein. Nur manchmal wurde Tomma plötzlich still, und ein Schatten fiel über ihr Gesicht.

»Tomma, es tut mir Leid um Ulfert, aber du musst ihn vergessen. Hier ist jetzt dein Zuhause, und alles, was früher war, zählt nicht. Unsere Pizzeria läuft hervorragend. Das Personal macht zur Zeit Überstunden. Wie wäre es, wenn wir einfach einen Ruhetag einlegten?« Enrico nippte zufrieden an seinem Weinglas.

»Der Montag ist der umsatzschwächste Tag«, murmelte Tomma. Sie hatte gerade geduscht und trug einen flauschigen Bademantel.

»Damit werden unsere Angestellten zufrieden sein«, sagte Enrico. Er trug einen bunten Schlafanzug und saß mit übereinander geschlagenen Beinen im Sessel.

»Ich hätte noch gerne für das Wohnzimmer einen flämischen Eichenschrank«, sagte Tomma und zeigte auf die Zimmerwand, an der ein einfaches Bücherbord stand.

Sie trank einen Schluck Wein.

»Einverstanden. Montag ist Ruhetag!«, meinte Enrico. »Du

fährst nach Hamburg und kaufst den Schrank. Schau dich ruhig auch noch in den Boutiquen um.« Damit erhob er sich und küsste Tomma auf die Wange. Er trug die leere Weinflasche in die Küche und kam mit einer weiteren zurück, die er gekonnt entkorkte. »Die Beisetzung deines Mannes, die Eröffnung unserer Pizzeria, die Sache mit deiner Schwiegermutter – das alles war viel für dich. Du musst mal wieder raus hier«, sagte er mitfühlend.

Sie hoben die Gläser, prosteten sich zu und tranken den Wein. Sie konnten mit dem, was sie gemeinsam aufgebaut hatten, zufrieden sein.

Die Hamburger Kriminalbeamten parkten den Wagen vor der Auricher Post. Sie stiegen aus und gingen zum Schloss hinüber. In der Luft lag der süßliche Duft der Heckenrosen. Vor dem Schlossportal säumten zwei Löwen aus verwittertem Stein die breiten Steinstufen und erinnerten an historische Glanzzeiten der Kreisstadt.

»Eine richtige Idylle«, meinte Münter und blickte in den gepflegten Schlosspark.

»Und hinter der Fassade der ehemaligen Residenz bekämpfen in muffigen Zimmern wackere Beamte das organisierte Verbrechen«, meinte Bresser ironisch. Sie orientierten sich an den Hinweistafeln und fanden so rasch zum Dienstzimmer des Staatsanwalts.

Die Vorzimmerdame empfing sie freundlich. »Kripo Hamburg«, sagte Bresser.

»Herr Grothuis erwartet Sie bereits!« Die junge Frau öffnete die Tür des Dienstzimmers, und der Staatsanwalt kam den Beamten schon entgegen!

»Grothuis«, stellte er sich vor und begrüßte die Beamten.

»Münter, mein Kollege Bresser. Wir haben öfter miteinander telefoniert.«

Der Staatsanwalt trug bereits einen leichten Sommermantel. »Das Schiff legt um vierzehn Uhr in Emden ab. Ich habe meine

Reisetasche im Wagen. Die Zimmer sind gebucht. Kommen Sie mit, ich zeige Ihnen den Parkplatz für Ihren Wagen«, sagte Grothuis und verließ mit den Beamten das Vorzimmer.

Van Elderen hob das Fahrrad aus dem Ständer, legte seine Aktentasche unter die Klemme des Gepäckträgers, stieg auf und radelte los. Die Sonne schien, und der leichte Wind sorgte für ein wenig Abkühlung. Am Strand badeten die Urlauber. Die Stühle der Terrassencafés waren voll besetzt. Tagesgäste bummelten durch die Innenstadt. Van Elderen radelte über die Langestraße, bog in die Norderstraße ein und erreichte schließlich die Lange Fenne. Er stellte das Fahrrad ab, nahm die Tasche vom Gepäckträger und betrat das Hotel ›Barke‹.

Den Dienst an der Rezeption versah eine junge Frau. Sie lächelte ihn freundlich an.

»Van Elderen, Kripo Borkum«, stellte er sich vor.

»Ihre Kollegen sitzen in Raum 013. Möchten Sie auch einen Tee?«, fragte die Frau.

»Danke, ja. Die Herren warten schon auf mich«, sagte van Elderen und ging durch den Flur zum Zimmer 013.

Der Staatsanwalt und die Hamburger Kollegen saßen bereits um den Tisch, der mitten im Raum stand.

An einer Wand stand der Fernseher in einem Regal zwischen Büchern und Spielen. Von der Decke fiel das weiße Licht einer Neonröhre.

»Moin«, sagte van Elderen und setzte sich auf den einzigen freien Stuhl. Gleich darauf kam eine Kellnerin herein, deckte den Tisch und stellte eine Platte mit Butterkuchen ab.

»Es ist wie auf unseren Tagungen. Es gibt Tee und Kuchen, bevor dann die Probleme auf den Tisch kommen«, sagte der Staatsanwalt.

Die Kellnerin war kurz hinausgegangen und kam mit Teekännchen, Sahne und Kluntjes auf einem Tablett wieder herein. Sie stellte die Kannen auf die Stövchen und zog sich dann zurück.

Kurz danach kam Dr. Bredefeld, für den noch ein Stuhl herangeschafft wurde. Der Staatsanwalt begrüßte den Zahnarzt und bat ihn, Platz zu nehmen.

»Bitte, bedienen Sie sich«, sagte er.

Nach der Teepause fragte Grothuis: »Herr Dr. Bredefeld, Sie haben nach dem Anruf eine Fangschaltung bei der Telekom beantragt. Der Anrufer hat sich nicht wieder gemeldet?«

»So ist es. Und das, obwohl ich mich entschlossen habe, zu verkaufen. Mir reicht als Preis der normale Marktwert«, erklärte Bredefeld.

Münter und Bresser rauchten. Dr. Bredefeld stopfte seine Pfeife und zündete sie an.

»Zurzeit steht, wie Sie wissen, Ihr Handwerker Iwan Maslow im Mittelpunkt unserer Recherchen. Die Eigner der Motoryacht hatten nach einem Hollandtörn in Accumersiel angelegt. Sie haben noch im Yachthafen ihren Wagen beladen, um ins Rheinland zu fahren. Halten Sie es für möglich, dass Maslow die Situation genutzt haben könnte, um sich in den Besitz des Bootes zu bringen? Hatte er Kontakte nach Accumersiel?«

Bredefeld brauchte nicht lange nachzudenken, er winkte sofort ab.

»Ich halte es, gelinde gesagt, für unmöglich, dass Iwan Maslow sich auf so etwas eingelassen hätte«, sagte er. »Und in Accumersiel kannte er auch niemanden, so weit ich weiß!«

»Sie haben über dreißig Jahre in Hamburg praktiziert. Sie haben Ihre Praxis an Ihren Nachfolger verkauft. Haben Sie sich vielleicht dort Feinde geschaffen oder Neider besessen, die Ihnen ans Fell wollten?«, fragte Bresser.

»Dieser Anrufer gehört mit Sicherheit nicht zu meinem Bekanntenkreis. Neider mag ich genügend besessen haben, doch sicher niemanden, der mich deshalb gleich umbringen würde!«

»Wir wollen Ihnen nicht zu nahe treten, aber unser Vertrauensmann im Kiez hat recherchiert und uns mitgeteilt, dass es zur Zeit auf St. Pauli keine osteuropäische Gruppierung gibt, die an Ihrem Haus ein Interesse bekundet hätte«, sagte Münter und stieß den Rauch heftig aus.

Dr. Bredefeld schaute den Kommissar überrascht an. »Mich

hat ein Osteuropäer angerufen und bedroht, damit ich mein Haus verkaufe. Das sind Realitäten!«, sagte Dr. Bredefeld verärgert, griff und leerte seine Pfeife über dem Aschenbecher aus.

»Sie haben schon Recht. Der Mord an Ulfert Hoogelycht ist eine weitere Realität«, meinte Münter. Er drückte die Kippe in den Ascher und fuhr fort: »Iwan Maslow kann den Artikel des Hamburger Abendblattes auf der Motoryacht hinterlassen haben, um uns zu täuschen.«

»Verzeihen Sie, aber das halte ich für Unsinn!«, schimpfte der Zahnarzt.

»Es geht zuerst einmal nur um Denkansätze, die uns dazu verhelfen sollen, das Motiv zu ergründen und den Tathergang zu rekonstruieren. Wir müssen dieser Version nachgehen. Fest steht, dass jemand den Zeitungsartikel und die Geschosshülsen hinterlassen und Ihnen nach dem Leben getrachtet hat«, erklärte der Staatsanwalt und blickte eindringlich in die Runde. Der Zahnarzt schenkte sich Tee ein, und seine Hände zitterten dabei. In der Luft lag eine knisternde Spannung.

»Es gab einen Todesschützen. Er – oder vielleicht auch einer seiner Kumpane – hat Sie angerufen, und dann wurde der Hotelier Hoogelycht wegen seiner Ähnlichkeit mit Ihnen oberhalb der Nordspitze von Norderney von Bord der gestohlenen Yacht aus erschossen. Warum?«, fragte Bresser.

Der Zahnarzt blickte den Kommissar irritiert an. »Weil ich nicht verkaufen wollte«, sagte er verärgert.

»Das ist unsere Annahme! Doch was hatte der Mörder davon? Er bekommt das Haus nicht und hetzt sich auch noch die Polizei auf den Hals!«, gab Münter zu bedenken.

»Da muss mehr dahinter stecken«, meinte der Staatsanwalt.

»Und Rache?«, fragte Münter.

»Ich kenne wirklich keinen Menschen, der mir nach dem Leben getrachtet haben kann«, sagte Dr. Bredefeld. Er rieb sich stöhnend den Schweiß von der Stirn.

»Sie fahren oft genug mit dem Rad durch die Dünen. Der Mörder hätte Sie leicht aus dem Hinterhalt vom Fahrrad schießen können«, meinte van Elderen.

Der Zahnarzt blickte den Kommissar verwirrt an. »Wahrscheinlich schätzte er seine Chance, mit einem Boot zu entkommen, besser ein!«

»Darüber kann man geteilter Meinung sein«, sagte der Staatsanwalt nachdenklich.

»Und unzufriedene Mieter?«, fragte Bresser

Dr. Bredefeld schüttelte den Kopf. »Seit mehr als zehn Jahren habe ich niemandem mehr gekündigt.«

»Vielleicht war es ein Patient, den Sie auf Ihrem Marterstuhl zu sehr gequält haben?«, warf Münter trocken ein, und seine Frage lockerte endlich die gespannte Atmosphäre. Alle grinsten, und auch Dr. Bredefeld rang sich ein Lächeln ab.

»Der Mörder kannte sich in Ihren Vermögensverhältnissen aus. Er wusste um Ihren Törn nach Helgoland. Er dachte logisch, stahl das Boot des Bäckermeisters in Accumersiel und kreuzte Ihren Kurs. Er schoss auf Hoogelycht, ließ die Hülsen an Bord. Er warf den Zeitungsartikel mit ihrem Foto in eine Ecke und legte dann das Boot in Norddeich an einen Steg«, sagte Bresser und steckte sich noch einen Zigarillo an.

»Warum hat er das Boot nicht einfach versenkt? Sollte es vielleicht gefunden werden?«, überlegte van Elderen.

Es wurde still im Raum. Alle dachten über diese Möglichkeit nach. Schließlich meinte der Staatsanwalt: »Jedenfalls müssen wir zuallererst in Erfahrung bringen, ob Maslow bei dem Mord eine Rolle gespielt hat. Er war vertraut mit Ihrem Schiff und besaß möglicherweise auch Kenntnisse über Ihre Vermögenslage.«

»Er hat in meinem Haus einmal die Heizung repariert. Aber rein gefühlsmäßig? Nein, er war es nicht«, sagte Dr. Bredefeld entschieden.

»Entschuldigen Sie, es geht aber hier nicht um Gefühle, sondern um Beweise, die zur Aufklärung des Mordes an Ihrem Freund Hoogelycht führen können«, erwiderte der Staatsanwalt.

»Nach den bisherigen Recherchen ist es ebenfalls denkbar, dass der Todesschütze es in der Tat auf Ihren Mitsegler abgesehen haben kann. Wir suchen schließlich immer noch vergeblich nach dem Interessenten für Ihr Haus«, gab Kommissar Bresser zu bedenken.

»Das ist doch blanker Unsinn«, fuhr Dr. Bredefeld ihm dazwischen.

»Solange uns das Motiv des Mörders unbekannt ist, müssen wir davon ausgehen, dass der osteuropäische Anrufer seine Mordabsichten in die Tat umsetzen wollte«, antwortete der Staatsanwalt.

»Das stimmt! Der Schütze wollte sicher mich ermorden«, stimmte ihm der Zahnarzt aus vollem Herzen zu. »Nur so kann es sein!«

»Herr van Elderen, fertigen Sie bitte ein Protokoll der Besprechung an. Wir werden uns jetzt zum Yachthafen begeben. Ich möchte mir die Yacht, die ich bisher nur aus den Protokollen kenne, persönlich anschauen«, sagte Grothuis und schloss die Sitzung.

Der pensionierte Postbeamte Uwe Schneddermann ging mit seinem kleinen Dackel im Schlepptau energischen Schrittes die Hein-Kollinke-Straße entlang in Richtung der Telefonzelle am Supermarkt. Dort steckte er die Telefonkarte, die er immer bei sich trug, in den Schlitz, fand die Telefonnummer der Polizei im Telefonbuch und wählte die Nummer.

»Revier Davidswache, Schüller«, meldete sich ein Beamter.

»Schneddermann; ich rufe von der Telefonzelle am HEZ-Markt, Ecke Klipperstraße an. Ich habe im kleinen Wassergraben im Johannisgehölz vor der Gustav-Heinemann-Schule ein Gewehr entdeckt«, sagte er.

»Und es handelt sich nicht um eine Wasserkanone, die Kinder weggeworfen haben?«, fragte der Beamte ironisch.

»Nein, das glaube ich nicht«, antwortete Schneddermann etwas gekränkt. Waldi jaulte, und Schneddermann bemerkte Blut an seinen Ohren.

»Was sind das für Nebengeräusche?«, fragte der Beamte.

»Mein Hund. Er hat sich im Johannisgehölz an den Brombeerranken verletzt«, erklärte der Anrufer.

»Geben Sie mir bitte Ihre Anschrift durch«, forderte der Beamte ihn auf. Schneddermann tat, wie ihm geheißen, und der Polizist sagte: »Ich schicke einen Streifenwagen zu Ihnen. Bleiben Sie bitte in der Nähe der Telefonzelle!«

Schneddermann seufzte, nahm ein Tempotuch aus seiner Jeanstasche und tupfte liebevoll das Blut von den Ohren des Hundes.

Bresser stand am Fenster des kleinen Dienstzimmers und schaute auf den pulsierenden Verkehr. Über dem Hafen hing noch der Morgendunst, es war fast windstill und sonnig, aber nicht mehr so warm wie in den Tagen zuvor.

Münter betrat das Dienstzimmer. Bresser wandte sich vom Fenster ab und blickte auf seine Armbanduhr. »Harald, du kommst zu spät«, sagte er grinsend.

»Das hat seine Gründe«, antwortete Münter, stellte seine Tasche ab und setzte sich an seinen Schreibtisch.

»Ich weiß, du hast mit Elisabeth bis spät in die Nacht gescrabbelt und dann den Wecker überhört«, scherzte Bresser.

»Nichts dergleichen. Ich habe meinen Beihilfeantrag abgegeben und mit dem Einsatzleiter in der Kantine noch einen Kaffee getrunken. Elisabeth ist zu unserer Tochter gefahren. Hedwig muss sich auf eine Lehrprobe vorbereiten. Wenn sie es schafft, wird sie Studienrätin«, sagte Münter stolz.

Bresser setzte sich ebenfalls an seinen Schreibtisch.

»Hier ist der Einsatzbericht des Streifenwagens Nummer sechs. Wachtmeister Schüller hat ihn mit einem Zusatz versehen«, sagte Münter und reichte seinem Kollegen den Bericht.

Bresser las. »Ach, da hatte einer die Hosen voll! Eine Kalaschnikow im Rinnsal des Johannisgehölzes!« Er pfiff durch die Zähne.

»Sonst fällt dir dabei nichts ein?«, fragte Münter ironisch.

»Doch, das Gewehr feiert Geburtstag in diesen Tagen. Vor

fünfzig Jahren hat der Ingenieur Michail T. Kalaschnikow es konstruiert, und mittlerweile ist es über siebzig Millionen mal gebaut worden!« Er grinste: »Habe ich gestern in der Zeitung gelesen!«

»Dass die Waffe in der Nähe des Kiez, nicht weit entfernt vom Haus des Zahnarztes, aufgetaucht ist, dürfte kein Zufall sein«, erklärte Münter.

»Das stimmt. Ich schicke sie sofort zum Labor zur kriminaltechnischen Untersuchung«, erwiderte Bresser und stand auf. »Es ist schon sonderbar, dass jemand eine Kalaschnikow, Kaufpreis geschätzte vierhundert Mark, einfach in den Schloot wirft«, sagte er und verließ das Dienstzimmer.

Auf Borkum kursierten die wildesten Gerüchte. Van Elderen hatte mehrmals seine kleine, gemütliche Stammkneipe aufgesucht und sich angehört, was die Insulaner über die ganze Geschichte so redeten. Auch im Lehrerzimmer seiner Frau tuschelten die Kollegen über den sehr rätselhaften Mord an dem Hotelier.

Da waren die Mitglieder des Heimatvereins, die bei ihrem Vorhaben, das alte Lehrerhäuschen zu einem Hort ihrer Heimatforschung einzurichten, kläglich abgeblitzt waren. Ihr moralischer Zeigefinger wies einigen Neidern die Richtung.

Wie immer bei solchen Parolen hatte niemand etwas gesagt, sondern nur zufällig gehört und weitererzählt, doch die Gerüchtemacher vermuteten den Mörder auf Borkum.

Beziehungen der Familie Hoogelycht zum Kiez bestanden mit Sicherheit nicht, das stand fest wie das Amen in der Kirche.

Van Elderen griff eines Abends zum Telefonhörer und rief den Staatsanwalt an. Die Vorzimmerdame meldete sich. »Revier Borkum, Herrn Grothuis bitte«, sagte der Kommissar.

»Grothuis«, meldete sich der Staatsanwalt, und nach einigen Begrüßungsworten kam van Elderen zur Sache.

»Auf Borkum kursieren hartnäckige Gerüchte. Da ist nicht nur das Gerede über Tomma Hoogelychts Engagement beim Kauf des Lehrerhäuschens und ihre Beteiligung an der Pizzabäckerei ihres jetzigen Lebensgefährten, sondern auch über die Verschuldung ihres Sohnes, der nach dem Tod seiner Großmutter einen hohen Kredit getilgt haben soll. Die hübsche Russlanddeutsche hat übrigens auf Borkum Fuß gefasst. Über sie höre ich nur Gutes«, fügte der Kommissar hinzu.

»Lieber Kollege«, erwiderte Grothuis, »wenn Sie es für sinnvoll halten, dann werfen wir einen Blick hinter die Fassade. Eine Kalaschnikow kostet nicht die Welt, und in der Familie Hoogelycht hat es ja anscheinend schon einige Spannungen gegeben.«

»Einen Versuch ist es jedenfalls wert«, sagte der Kommissar. »Ich werde mit dem Filialleiter der Bank einen Termin vereinbaren.«

»Das interessiert mich auch – bitte informieren Sie mich, wann das Gespräch stattfinden soll, ich werde Sie dann begleiten.«

»All up Stee«, sagte van Elderen und legte den Hörer auf.

Iwan Maslow saß hinter dem Steuer des MAN-Sattelschleppers und blickte missmutig in die bedrohlich dunklen Wolken, aus denen Blitze zuckten. Er zählte die Sekunden bis zu den Donnerschlägen und berechnete so die Entfernung des Gewitters von seinem Standort. Nichts lief mehr. Der Verkehrsfunk meldete, dass der Stau, in dem er sich befand, fünfzehn Kilometer lang war! Iwan Maslow hatte im Afghanistankrieg als Offizier eine Pioniereinheit geführt. Er verdankte die Anstellung als Fernfahrer seinem ehemaligen Major, der nach dem Zusammenbruch der Sowjetunion wegen seiner Verdienste für Russland die Leitung des staatlichen Förderungsbüros für den Export russischer Waren übernommen hatte.

Maslow hatte im Hamburger Hafen Paletten mit Wodkakartons geladen. Käufer und Empfänger der Sendung war eine Firma in München, wie schon bei den vier vorangegangenen Transporten. Bisher hatte es nie Probleme gegeben, aber heute lief einiges quer. Er fasste sich in Geduld und nahm sich vor, während der Nacht am Steuer zu bleiben, dann konnte er am Morgen abladen und danach in Ingolstadt zur vereinbarten Zeit die Ladung für das VW-Werk in Emden aufnehmen.

Maslow liebte seinen Job. Er fuhr ohne Beifahrer und genoss die Freiheit, die ihm zwischen Auf- und Abladen blieb. Er hielt sich strikt an die Ruhezeiten und konnte bei Kontrollen ohne schlechtes Gewissen die Tachoscheibe vorzeigen.

Das Gewitter zog ab. Regen troff über die Frontscheibe. Er saß im Führerhaus, entspannte sich hinter dem Steuer und blickte schläfrig auf die Rücklichter eines Busses, bereit anzufahren, während der Himmel sich aufzuklären begann.

Er dachte an seine Frau Irena und den kleinen Sohn Michail, die erst vor wenigen Tagen von Hamburg in das kleine, ihnen von der Gemeinde Hinte zugewiesene Häuschen gezogen waren. Irena hatte deutsche Eltern, aber dennoch war es nicht leicht für Michail, nun eine deutsche Schule zu besuchen.

Trotz der vielen Hindernisse hatte er jedoch jetzt die Möglichkeit, in einem bescheidenen Wohlstand groß zu werden und eine gute Ausbildung zu erhalten.

Der Stau begann sich aufzulösen. Es ging schrittweise voran. Maslow beobachtete das Kreisen des Blaulichts der Polizeifahrzeuge. Er passierte die Unfallstelle und sah einen umgestürzten Wohnwagen und ein Autowrack auf der rechten Spur liegen. Die Polizei leitete den Verkehr an der Unfallstelle vorbei.

Er bekam freie Fahrt und blieb im Bremsabstand hinter dem Bus. PKW's schossen auf der Überholspur vorbei. Es wurde Abend. Iwan Maslow fuhr mit eingeschalteten Scheinwerfern zügig in die Nacht, um die Stunden aufzuholen.

Es war kurz nach Mitternacht, als er den Sattelschlepper auf den Rastplatz ›Körschinger Forst‹ lenkte. Er griff nach der Proviranttasche mit seinen restlichen Broten und ein paar Äpfeln, denn er war müde vom Fahren und wollte in der Raststätte einen Kaffee trinken und die Brote und das Obst verzehren.

Er fuhr erschrocken zusammen, als er plötzlich in das Gesicht eines Mannes blickte, der auf dem Trittbrett des Führerhauses stand und eine Pistole auf ihn gerichtet hielt.

Sein ehemaliger Major hatte ihn gewarnt und gesagt, Wodka-

Transporte gehören zu den Spezialitäten der Mafia. Maslow hatte vorgesorgt.

Er ließ die Tasche mit den Broten fallen und langte mit der Hand nach der Kalaschnikow, die unter einem Kissen auf dem Beifahrersitz lag. Mit der linken Hand kurbelte er langsam die Scheibe nach unten und schaute den Mann gelassen an. Er sah den Mercedes, der sich vor seinem LKW einblinkte.

»Was ist?«, fragte er und lehnte seinen linken Arm aus dem Fenster.

»Aussteigen! Fahrerwechsel! Da vorne kommen Kumpel und übernehmen LKW«, sagte der Mann und sprang vom Trittbrett auf die Straße. Maslow nickte. Er hatte gelernt, mit einer Kalaschnikow umzugehen. Blitzschnell nahm er mit der rechten Hand die Waffe und schob sie an seine Schulter, richtete sie auf den Mann und rief: »So, und jetzt ab mit dir«, sagte er auf Russisch.

Der Mann senkte erschrocken die Pistole. Iwan Maslow behielt den Mercedes im Auge. Der Fremde rannte zur geöffneten Beifahrertür, sprang in den Wagen, und der Mercedes drosch davon. Maslow konnte die Zulassungszeichen bis auf das HH, das für Hansestadt Hamburg stand, nicht entziffern.

Er stieg aus, schloss den LKW ab und ging zur Raststätte hinüber. Er war froh, dass alles gut ausgegangen war, aber trotz alledem reichlich durcheinander.

Schnell ging er zur Telefonzelle, schob die Telefonkarte in den Schlitz und wählte die Notrufnummer der Polizei, die sich im Sichtfeld befand.

»Polizei Ingolstadt, Hubermeyer«, vernahm er aus dem Hörer.

»Maslow, Raststätte, Korschinger Forst. Ich melde einen versuchten Überfall, waren Männer mit Mercedes, altes Modell, weiß. Nummer nicht gesehen, nur HH«, sagte er aufgeregt.

»Ich notiere. Das Kennzeichen Ihres Fahrzeugs?«, fragte der Polizeibeamte.

»Ist Sattelschlepper MAN, EMD-TR 2901«, antwortete er.

»Und Ihr Name?«, fragte der Beamte. »Iwan Maslow.«

»Danke, bleiben Sie bitte auf dem Rastplatz. Ein Streifenwagen fährt gleich los«, sagte der Polizeibeamte.

»Okay«, sagte Maslow müde und legte auf.

In der Raststätte entschied er sich für einen Tisch am Fenster, der ihm den Blick auf die Einfahrt ließ. Er aß sein Brot und trank Kaffee und fühlte sich etwas wohler, als er zurück zu seinem LKW ging und sich hinter das Lenkrad setzte. Er stierte auf die Einfahrt, bis er das Blaulicht sah. Es waren mehrere Fahrzeuge, die sich näherten! Seine Verwirrung wuchs, als die Polizeibeamten sich mit vorgehaltener Waffe dem LKW näherten. Er folgte der Aufforderung, das Führerhaus zu verlassen, und wollte protestieren, aber seine Einwendungen und Beteuerungen blieben ungehört. Für Maslow gab es keinen Ausweg. Die Polizeibeamten legten ihm Handschellen an, durchsuchten das Führerhaus, studierten die Ladepapiere, nahmen sie mit und fanden die Kalaschnikow. Der Einsatzleiter machte Maslow klar, dass er von der Hamburger Kripo gesucht wurde. Sie standen für Sekunden im Licht der stelzigen Parkplatzleuchte.

Der Russe war ratlos und deprimiert. Er dachte an seinen Job. »Ladung muss nach München! Muss laden in Ingolstadt für VW Emden«, rief er verzweifelt.

»Wir werden Ihre Firma benachrichtigen, keine Sorge. Es muss einiges geklärt werden«, sagte der Einsatzleiter. Dann schoben die Beamten Maslow in den VW-Bus.

Der Staatsanwalt verließ den Zug am Inselbahnhof und ging zum Revier hinüber. Urlauber füllten die Bürgersteige. Borkum war voller Leben.

Wenig später trat Grothuis ins Dienstzimmer. »Moin«, sagte er.

Van Elderen begrüßte ihn, schob den Besucherstuhl in die Nähe des Schreibtisches und bat den Staatsanwalt Platz zu nehmen.

»Iwan Maslow ist gefasst. Hier ist eine Kopie des Faxes der Ingolstädter Polizei«, sagte Grothuis und reichte dem Kommissar die Kopie. »Für Ihre Akte«, sagte er.

Van Elderen las und nickte zufrieden.

»Ich habe mit dem Untersuchungsrichter gesprochen. Er wird

verfügen, dass Iwan Maslow in das Untersuchungsgefängnis nach Aurich überführt wird«, sagte der Staatsanwalt.

»Ein Geständnis?«, fragte van Elderen.

»Weit gefehlt«, antwortete der Staatsanwalt.

»Das ist nun schon die zweite Kalaschnikow, die in unseren Fall gerät«, sagte der Kommissar.

»Sie befindet sich bereits zur technischen Spurensicherung im Labor in Hannover, und wir können auf das Ergebnis gespannt sein. Doch es mutet recht seltsam an, dass Maslow aus Angst vor den eigenen Landsleuten das Gewehr mit sich führte«, meinte Grothuis.

»Er hatte sicher Angst vor Überfällen! In dem Mercedes der Gangster befanden sich mit Sicherheit neue Kennzeichen und gefälschte Ladepapiere. Sie hätten den LKW in Richtung Bayrischer Wald gelenkt und ihn irgendwo in Tschechien abgeladen«, erwiderte van Elderen.

»Maslows Familie wohnt erst seit wenigen Tagen in Hinte, Landkreis Aurich. Ich habe mit dem Arbeitgeber bereits telefoniert. Maslow ist zuverlässig und besaß das Vertrauen seiner Vorgesetzten. Er fuhr ohne Beifahrer«, sagte der Staatsanwalt, stand auf und trat ans Fenster. Ein herrlicher Tag, dachte er. Sein Blick reichte über den kleinen sonnenbeschienenen Park bis zum Bahnhof.

»Mich irritiert, dass er seine Kalaschnikow auf dem Parkplatz nicht einfach in einen Müllcontainer geworfen hat, bevor er die Polizei eingeschaltet hat«, sagte van Elderen.

»Er hätte die Polizei überhaupt nicht einzuschalten brauchen«, stellte der Staatsanwalt fest, wandte sich um und setzte sich wieder auf den Stuhl.

»Ich habe übrigens gestern Dr. Bredefeld gesprochen. Er hat der Immobilienabteilung der Stadtsparkasse den Auftrag zum Verkauf des Hauses gegeben«, meinte der Kommissar.

»Damit sinken die Chancen für den Gangster, in den Besitz des Hauses zu gelangen. Jetzt unterliegt es dem Gesetz von Angebot und Nachfrage«, antwortete Grothuis.

»Frau Hoogelycht hat übrigens nicht lange um ihren Mann getrauert. Ich sagte ihnen bereits, dass sie sich an der Pizzeria beteiligt haben soll«, kam van Elderen zu ihrem eigentlichen Thema.

»Und das lief alles so nebenbei, während der Alte im Bootshaus an seiner Yacht gebastelt hat?«, fragte der Staatsanwalt.

»Er hat angeblich nichts von ihrem Verhältnis mit dem jüngeren Italiener gewusst. Sie hat die Leitung des Hotels inzwischen ihrem Sohn überlassen und wohnt bei ihrem Lebensgefährten.«

Der Staatsanwalt steckte sich eine Zigarette an. »Es hat nach dem Tode der Dini Hoogelycht Erbstreitigkeiten gegeben, nicht wahr?«

Der Kommissar nickte. »Der Enkel avancierte nach ihrem Tode zum Haupterben. Tomma Hoogelycht bekam eine Ausgleichssumme für den Zugewinn. Hoogelychts Schwester wurde für die Ablösung der Kommanditisteneinlage in Form eines Aktienpaketes entschädigt. Das war dem Schwager zu wenig, aber er konnte nichts dagegen tun«, erklärte der Kommissar.

Der Staatsanwalt drückte seine Kippe in den Aschenbecher. »Ob die Familienangelegenheiten der Hoogelychts mit unserem Fall verknüpft sind, stelle ich in Frage. Für Dr. Bredefeld steht fest, dass der Mord an Hoogelycht ein Versehen war«, meinte er nachdenklich.

»Der ›Osteuropäer‹ hat sich nicht wieder gemeldet, und es scheint auch keine Gruppierung der Mafia an dem Haus zu geben«, gab van Elderen zu bedenken. »Wir haben sonst keinerlei Hinweise dafür, dass die Schüsse dem Zahnarzt galten.«

»Nehmen Sie etwa an, die hübsche Swetlana, der Sohn oder Tomma Hoogelycht selbst hätten die Hände im Spiel gehabt?«, fragte der Staatsanwalt ironisch.

»Solange wir bei der Version bleiben, dass der Mörder Bredefeld ermorden wollte, aber Hoogelycht traf, ergibt das keinen Sinn.«

Der Staatsanwalt nickte. »Tomello hat im Frühjahr seine Motoryacht von Ischia nach Borkum überführen lassen, und wie ich erfahren habe, hat sich nach dem Tode der alten Hoogelycht auch der Schwager aus Emden einen lang gehegten Wunsch erfüllt und sich sein Motorboot gekauft – für seine Zeit als Pensionär«, murmelte der Kommissar.

»Den Schwager und den Italiener zu belasten kommt mir aber weit hergeholt vor. Interessanter finde ich den Aufstieg dieser Roederich. Vom Nichts zu enormem Wohlstand und Ansehen, wenn sie den Junior heiratet!«, sagte der Staatsanwalt.

»Das stimmt. Aber das alles hätte sie auch ohne den Tod ihres zukünftigen Schwiegervaters erreicht. Und sie ist völlig unbescholten und gilt als sanft und freundlich. Der Mörder hat den Hotelier mit einer Kalaschnikow erschossen, von einem fahrenden Boot aus – fast ein perfekter Mord, wenn wir nicht Fedor, den Maulwurf, im Kiez gehabt hätten«, stellte van Elderen fest.

»Vielleicht bringt uns der Termin mit dem Bankdirektor ja weiter; lassen Sie uns aufbrechen!« Damit erhob sich Grothuis und van Elderen tat es ihm nach.

Es war kühl, und es wehte ein frischer Wind von Osten her. Doch das hielt die Touristen nicht davon ab, in ihren windgeschützten Strandkörben und Burgen ein Sonnenbad zu nehmen, und einige Wagemutige planschten sogar in der Brandung, die weiße Schaumfetzen an den Strand trieb.

Durch die Straßen und Gassen der Insel bummelten Gäste, schleckten Eis und sahen sich die Schaufenster an.

Van Elderen begleitete den Staatsanwalt zur Filiale der Oldenburgischen Landesbank. Vor den Schaltern warteten Kunden, um ihre Bankgeschäfte abzuwickeln. Grothuis ging zum Kassenschalter und zeigte dem Angestellten seinen Dienstausweis. »Wir sind angemeldet«, sagte er.

»Einen Augenblick bitte«, erwiderte der Kassierer und griff zum Telefon.

Dem Schalter gegenüber befand sich eine Sitzecke. Die Beamten nahmen in den Sesseln Platz, doch schon ein paar Minuten später betrat der Filialleiter, ein hoch gewachsener, grauhaariger Mann mit klaren blauen Augen, durch eine Seitentür die Schalterhalle. Er trug eine graue Hose, ein blaues Oberhemd mit Krawatte und einen dunkelblauen Blazer.

»Moorland, Sie wollten mich sprechen«, sagte er, reichte den Besuchern die Hand und blickte sie fragend an.

»Staatsanwalt Grothuis. Mich begleitet Kommissar van Elderen«, sagte der Staatsanwalt. Sie folgten dem Filialleiter durch einen Korridor, dessen Wände von Gemälden mit ostfriesischen Motiven geschmückt wurden.

Moorland öffnete eine Tür und bat die Beamten einzutreten. Er schloss die Tür hinter sich und zeigte auf drei Lesersessel und einen Couchtisch. »Nehmen Sie bitte Platz«, sagte er.

Die Beamten setzten sich in die Sessel.

Moorland trat an seinen Schreibtisch und berührte mit der Hand einen Schnellhefter in einer Hängeregistratur. »Eine Erfrischung? Tee, Kaffee, Sprudel?«, fragte er.

»Tee, bitte«, antwortete der Staatsanwalt, und van Elderen nickte zustimmend.

»Einen Moment, bitte«, sagte der Filialleiter und verließ das Zimmer. Sein Schreibtisch war breit und aus massivem Holz geschreinert. An den Wänden standen antike Schränke, und an der Wand über dem Schreibtischstuhl hing ein historisches Gemälde, das ein Borkumer Walfängerschiff auf bewegter See zeigte.

Moorland kam in Begleitung einer jungen, hübschen Angestellten zurück, die ein Tablett mit Teegeschirr trug. »Meine Sekretärin, Frau Warding«, sagte er. Sie deckte den Tisch, lächelte den Besuchern zu und verließ den Raum.

Moorland setzte sich zu ihnen in den Sessel. »Staatsanwälte in Geschäftsräumen von Banken bedeuten meist Probleme«, scherzte er.

»Wir kommen aber nicht, um nach Kunden mit Luxemburger Konten zu suchen«, sagte Grothuis lächelnd.

»Ich weiß«, sagte Moorland. Er wies auf den Aktenhefter, der auf seinem Schreibtisch lag.

»Wir recherchieren im Fall Hoogelycht, der um ein Haar ein Fall Dr. Bredefeld geworden wäre«, erklärte der Staatsanwalt.

»So weit bin ich im Bilde«, antwortete der Filialleiter. Er stand auf, ging zum Schreibtisch hinüber, nahm aus der Schublade eine Zigarettenpackung und Werbestreichhölzer, legte sie auf den Tisch und rückte den Aschenbecher zurecht. »Bitte«, sagte er und nahm wieder Platz.

Die Sekretärin brachte das Stövchen, zündete das Teelicht an, stellte die Kanne auf das Stövchen und eine Schüssel mit dem friesischen Blätterteiggebäck auf den Tisch. »Bedienen Sie sich bitte«, sagte sie und verließ das Zimmer.

Die Beamten taten wie geheißen.

»Herr Moorland, uns geht es zuerst einmal um die Baufinanzierung Ihres Kunden Enrico Tomello. Wir hegen im Augenblick weder gegen ihn noch gegen Frau Tomma Hoogelycht oder den Sohn Focko irgendeinen Verdacht. Aber wir müssen alle Möglichkeiten in Erwägung ziehen, und dafür brauchen wir Ihre Hilfe«, sagte der Staatsanwalt. Er trank Tee, aß ein Plätzchen und griff nach der Zigarettenschachtel, die auf dem Tisch lag.

Moorland stand auf und holte den Hefter vom Schreibtisch, schob sein Gedeck beiseite und legte die Akte auf den Tisch. »Aus unserer Sicht bedeuten die Investitionen kein großes Risiko«, erklärte er. »Die Pizzeria passt architektonisch gut ins Altstadtbild. Sie wird gut geführt und kommt beim Publikum, wie erwartet, gut an. Wir haben keine Bedenken, was die Sicherheit unserer Kredite anbelangt«, sagte der Filialleiter.

»Gab es dennoch bei der Kreditgewährung Schwierigkeiten?«, fragte van Elderen.

Moorland aß noch ein Plätzchen, nippte nachdenklich an seiner Teetasse und nickte. »Die Finanzierung musste neu gestaltet werden. Der Bauherr hatte die Beleihungsgrenze gegen unsere getroffenen Abmachungen überschritten. Wir baten ihn um weitere Sicherheiten, weil einerseits seine Eigentumswohnung in Turin nach Auskunft unserer italienischen Partnerbank nicht den angegebenen Wert besaß und andererseits seine Wohnung auf Ischia im Hotel seines Bruders nur begrenzt beleihbar ist. Sie gilt als unverkäuflich. Der Bauherr besitzt an ihr ein lebenslanges Nutzrecht. Frau Hoogelycht, die Lebensgefährtin des Italieners, ist schließlich eingesprungen. Sie hat nach dem Tode ihrer

Schwiegermutter eine Ausgleichszahlung bekommen, mit der sie sich an der Pizzeria beteiligte«, antwortete der Filialleiter und blickte die Beamten misstrauisch an.

»Und wenn die alte Seniorchefin sich wegen ihres Krebsleidens nicht erschossen hätte, wäre dann dem Pizzabäcker die Puste ausgegangen?«, fragte van Elderen.

»Nicht unbedingt. Frau Hoogelycht besaß Reserven«, antwortete Moorland; man sah ihm deutlich an, dass ihm das Gespräch unangenehm war.

»Die Ehe der Hoogelychts war offenbar nicht mehr zu kitten. Aber den Gerüchten nach hat Ulfert Hoogelycht bis zuletzt nichts von dem Verhältnis seiner Frau mit Herrn Tomello gewusst. Könnte er Ihrer Meinung nach doch davon erfahren und seine Frau zur Rede gestellt haben?«, wollte van Elderen wissen.

Moorland zuckte mit den Schultern. »Im Bankgeschäft geht es nicht um Tratsch, erst recht nicht um Gefühle. Ich bin verantwortlich für das Kapital, das uns unsere Kunden anvertrauen, und benötige Sicherheiten, wenn ich Kredite genehmige«, sagte er ausweichend.

»Nun, die besaßen Sie vermutlich auch, als der Junior bei Ihnen tief in der Kreide steckte«, erwiderte van Elderen trocken.

»Wissen Sie Genaueres?«, fragte Moorland.

»Nein, nur das, was man so auf der Insel erfährt«, sagte der Kommissar.

»Focko Hoogelycht hatte bei der Übersiedlung von Hamburg nach Borkum bei der Hamburger Stadtsparkasse aufgrund der elterlichen Vermögenslage seinen Überziehungskredit bis zur äußersten Grenze ausgeschöpft. Wir haben auf Anweisung seiner Großmutter den Kredit zum Teil getilgt, die Restschuld übernommen und das Konto des Juniors entsprechend belastet«, sagte Moorland.

»Und Focko Hoogelycht hat sein Konto inzwischen ausgeglichen?«, fragte der Staatsanwalt.

Moorland nickte. »Nach dem Tode seiner Großmutter.«

»Wir benötigen keine genauen Zahlen, aber … handelte es sich um eine höhere Summe?«, fragte der Staatsanwalt.

Moorland lachte. »Sie sind höherer Beamter. Ich schätze, dass die Summe knapp unter Ihrem Jahreseinkommen lag«, sagte er.

»Mein Gott, diese Dimensionen übersteigen meine Vorstellung von Einkommen«, sagte van Elderen.

»Die Familie Hoogelycht ist sehr vermögend, und Focko Hoogelycht ist der Erbe. So weit ich im Bilde bin, floriert der ›Kaiserhof‹ unter der Leitung des Juniors auch weiterhin. Seine Partnerin ist eine tüchtige Geschäftsfrau, da gibt es nichts zu mäkeln. Die Finanzen stimmen«, sagte der Filialleiter.

»Und die unzufriedenen Verwandten in Emden?«, hakte van Elderen nach.

»Der alte Hoogelycht hat die finanziellen Bedingungen des Testaments seiner Mutter korrekt erfüllt. Erkundigen Sie sich am besten bei seinem Notar. Die Familie Buss besitzt bei uns kein Konto«, sagte Moorland und schob die Akte beiseite.

»Ist Frau Tomma Hoogelycht noch irgendwie am ›Kaiserhof‹ beteiligt?«, fragte der Staatsanwalt.

»Soweit die Antworten auf Ihre Fragen meine Kompetenz nicht übersteigen, bin ich bereit, Ihnen Auskünfte zu geben. Frau Hoogelycht bezog nach dem Tode der Seniorchefin von ihrem Mann ein Gehalt als Geschäftsführerin. Ihre Vertretungsvollmacht hat der Junior weder im Handelsregister noch bei uns widerrufen. Aber er ist der Eigentümer«, erklärte Moorland.

Der Staatsanwalt erhob sich. »Herr Moorland, wie bei solchen Gesprächen üblich, bitte ich Sie, darüber Schweigen zu bewahren«, sagte er.

Auch van Elderen stand auf. »Danke für den Tee und das Gebäck«, sagte er.

»Nichts zu danken. Ihre Fragen haben mich nicht in Verlegenheit gebracht«, erwiderte der Filialleiter zum Abschied.

Derweilen saß der Russe Iwan Maslow noch immer in Untersuchungshaft. Mitglieder der evangelischen Kirchengemeinde Hinte kümmerten sich liebevoll um seine Frau und ihren kleinen Sohn, denen die Gemeinde das alte Pastorenhäuschen zugewiesen hatte. Sie waren überzeugt von der Unschuld des Fernfahrers, verfassten deshalb eine Petition, richteten sie an die Speditionsfirma und baten den Prokuristen, den Arbeitsvertrag des Russen nicht aufzukündigen. Dieser wurde an einem schönen Julimorgen dem Staatsanwalt in Aurich vorgeführt.

Bresser und Münter waren von Hamburg angereist, und van Elderen hatte das erste Fährschiff von Borkum genommen. Die drei saßen für eine kurze Vorbesprechung im Dienstzimmer des Staatsanwaltes.

»Wir werden gleich also Iwan Maslow verhören«, sagte dieser.

»Gestern habe ich das Ergebnis der technischen Laboruntersuchungen bekommen. Die Projektile und Hülsen entstammen nicht der Kalaschnikow des Russen, sondern der zweiten Kalaschnikow, die der pensionierte Postbeamte im Johannisholz gefunden hat«, trug van Elderen vor.

»Ob Maslow Verbindungen zu Landsleuten oder anderen Osteuropäern besaß, muss das Verhör klären«, fügte Bresser hinzu.

»Es ist zumindest denkbar, dass er Informationen über das Haus im Kiez und den Termin des Törns weitergegeben haben kann«, sagte der Staatsanwalt. »Gehen wir!«

Das Verhör fand im kleinen Sitzungszimmer statt. Durch das Fenster blickte man in den Park, an den weißen Wänden hingen vergrößerte Fotos von Mühlen und Krabbenkuttern hinter Glas. Der Hausmeister hatte die Tische zusammengerückt. Die Beamten nahmen Platz.

Ein Vollzugsbeamter betrat mit dem Russen das Sitzungszimmer. Iwan Maslow trug ein leichtes Jackett, ein buntes Oberhemd, dessen Kragen er über die Revers gelegt hatte, und dazu Jeans.

»Bitte, nehmen Sie Platz«, sagte der Staatsanwalt und wies auf den freien Tisch, vor dem zwei Stühle standen.

Maslow war glatt rasiert und trug sein dichtes, dunkles Haar kurz geschnitten. Er lächelte verlegen und rutschte unbehaglich auf seinem Stuhl hin und her. Der Vollzugsbeamte saß stocksteif neben ihm.

»Herr Maslow, mein Name ist Grothuis, ich bin der Staatsanwalt. Die Herren sind von der Kriminalpolizei. Den Haftbefehl gegen Sie wegen Mordverdachts hat der Amtsrichter auf meinen Wunsch hin erlassen.« Er sah Maslow ernst an. »Sie unterhielten mit dem Zahnarzt Dr. Bredefeld ein dienstähnliches Verhältnis und haben in seinem Haus auf der Schultzstraße auf St. Pauli handwerkliche Reparaturen ausgeführt. Dr. Bredefeld wurde telefonisch von einem Osteuropäer bedroht, der ihn aufforderte, das Haus zu verkaufen. Später wurde ein Mann auf seiner Yacht erschossen, der vermutlich mit ihm verwechselt worden ist. Haben Sie etwas mit dem Mord an Hotelier Ulfert Hoogelycht zu tun?«

Iwan Maslow winkte ab. Er bemühte sich, seine Nervosität nicht zu zeigen. »Herr Hoogelycht sah Chef wirklich ähnlich. Aber ich bin kein Mörder! War immer korrekt. Bin hergekommen, weil meine Frau hat deutsche Herkunft und weil ich möchte, dass mein Sohn hat mehr Chancen als seine Eltern. Habe geholfen Doktor Bredefeld und bin ihm sehr dankbar!«, antwortete er.

»Das stimmt«, warf Bresser ein. »Wir haben Ihr Alibi überprüft. Sie befanden sich zur Tatzeit auf der Autobahn. Das Ergebnis der technischen Untersuchung im Labor hat bestätigt, dass die von uns gefundenen Hülsen und Projektile zwar von einer Kalaschnikow stammen, jedoch nicht aus Ihrer Waffe. Bleibt der Vorwurf der Beihilfe zum Mord. Mit Ihren Kenntnissen um die Vermögenslage des Zahnarztes könnten Sie sich in den Dienst von Kriminellen gestellt und diesen entsprechende Tips gegeben haben«, fügte der Beamte hinzu.

Iwan Maslow schaute den Kommissar empört an. »Ich habe Frau und Sohn, jetzt Wohnung in Hinte und gute Arbeit. Kenne keine Verbrecher in St. Pauli! Kameraden von Rote Armee sind keine Verbrecher. Haben mir besorgt Arbeit. Dr. Bredefeld ist ein guter Mann, hat mich behandelt, als mein Zahn kaputt ...«

»Sie verdanken Ihren Arbeitsplatz Ihrem ehemaligen Armeevorgesetzten?«, fragte Münter.

»Ja, er hat gesagt, Iwan, wenn fahren Wodka-Transporte, dann pass gut auf, ist gefährlich. Hat mir besorgt die Kalaschnikow.«

»Herr Maslow, Sie hätten Ihre Kalaschnikow auf dem Rastplatz der Autobahn in einen Müllcontainer werfen können und sich viel Ärger erspart«, sagte der Staatsanwalt. »Warum haben Sie es nicht getan?«

Der Russe war ihm einen empörten Blick zu. »Kann nicht machen, muss bleiben bei Wahrheit. Wir wollen hier in Frieden leben«, sagte er und rieb sich müde mit der Hand über die Stirn.

»Herr Maslow, ist es schwer, eine Kalaschnikow zu bedienen?«, fragte van Elderen, der das Protokoll führte, und schaute den Russen fragend an.

Iwan Maslow grinste. »Einfach, kann machen, wer geschossen mit Luftgewehr.«

»Ich werde dem Haftrichter vorschlagen, den Haftbefehl auszusetzen. Die Entscheidung liegt bei ihm. Bleibt nur noch der Vorwurf des unerlaubten Waffenbesitzes«, sagte der Staatsanwalt, und Iwan Maslow atmete erleichtert auf.

»Der Richter wird sicherlich in Anbetracht Ihrer Situation ein mildes Urteil finden«, sagte Grothuis und gab dem Vollzugsbeamten ein Zeichen. Die Anhörung war beendet.

Wenige Tage nach dem Verhör und der Entlastung des Russen Maslow erschien in der Borkumer Zeitung folgender Bericht:

»Der Hauptverdächtige im Mordfall Ulfert Hoogelycht, Iwan Maslow, hat gestern als freier Mann das Auricher Untersuchungsgefängnis verlassen. Die Polizei sucht weiterhin nach Zeugen, die irgendwelche Hinweise zum Motiv und den Hintergründen der Tat geben können. Auch die Herkunft der Tatwaffe, einer Kalaschnikow, ist noch ungeklärt.

Dr. Bredefeld, dessen Ähnlichkeit mit dem Opfer nicht zu leugnen ist, erhielt, wie berichtet, vor dem hinterlistigen Mordanschlag einen telefonischen Drohanruf. Bei dem Anrufer, davon ist die Polizei überzeugt, handelt es sich um einen Osteuropäer. Sie besitzt zur Zeit keine heiße Spur. »Wir fischen mit Stangen im Sumpf. Ohne weitere Zeugen sehe ich keine Chance, das Verbrechen aufzuklären«, sagte uns Staatsanwalt Grothuis auf telefonische Anfrage.

Wir bitten unsere Leser um Hinweise. Für die Aufklärung des Verbrechens ist eine Belohnung von siebentausend Mark ausgesetzt …

Die Besprechung fand im Dienstzimmer des Staatsanwaltes statt. Er saß mit den Beamten um den Besuchertisch. Das Fenster war wegen der Wärme weit geöffnet, doch das half wenig, denn auch draußen herrschte schwüle Gewitterluft.

»Die Stadtgärtner haben Mitte Mai die Sträucher im Johannisgehölz entrümpelt. Sie sind mit Stiefeln durch den Schloot gegangen, und da lag die Waffe noch nicht im seichten Graben«, erklärte Kommissar Bresser.

»Der Mörder ist ein gerissener Hund. Er hätte die Hülsen und die Kalaschnikow in die Nordsee werfen können, doch stattdessen ließ er die Geschosshülsen an Bord und warf das Gewehr in den Schloot, in der Nähe des Hauses von Dr. Bredefeld, weil er wusste, dass es dort wegen der Nachbarschaft des Spielplatzes und der Schule gefunden würde«, meinte Münter.

»Das spricht für einen Killer, der sich erst am Standort nach vollzogener Tat von der Waffe trennte«, stellte der Staatsanwalt fest.

»Ein Gangster, angeheuert vom Rotlichtmilieu, fürstlich bezahlt für seinen Dienst«, murmelte Bresser und drückte seinen Zigarillostummel im Aschenbecher aus.

»Das ist typisch für die Kiez-Szene; da lungert viel süchtiges Volk herum, auch viel Gesindel ohne Geld auf der Durchreise«, meinte Münter.

Grothuis zündete sich eine Zigarette an und blies den Rauch aus, der in grauen Schwaden durch den Raum trieb. Durchs Fenster drang das Grummeln eines heranziehenden Gewitters herein.

»Für geschätzte zwanzigtausend in bar kennen die Gangster keine Gnade. Sie kassieren und verduften spurlos«, sagte Münter.

»Und wenn nun doch jemand aus der Familie Hoogelycht den

Plan ausgeheckt hat? Der Tod des Hoteliers hat schließlich allen Beteiligten Vorteile gebracht«, meinte van Elderen.

»Eine Menge Motive hätte es schon gegeben«, sagte Münter.

Über Aurich entlud sich ein Gewitter. Blitze schossen vom schwarzen Himmel, und darauf folgten gewaltige Donnerschläge. Der Staatsanwalt stand auf und schloss das Fenster. »Und Fedor?«, fragte er und setzte sich in den Sessel.

»Der Mörder gehört wahrscheinlich zu keiner der osteuropäischen Gruppen. Fedor bemüht sich, den Waffenlieferanten ausfindig zu machen«, antwortete Bresser.

»Es gab keine Pulverspuren an Bord der ›MABO‹. Ich habe die Plicht mit einem Wischtuch regelrecht entstaubt. Wir müssen allerdings den starken Wind miteinbeziehen, aber es könnte sein, dass der Mörder nicht von der gestohlenen Yacht aus auf Hoogelycht geschossen hat«, sagte van Elderen.

»Es ist schon abenteuerlich anzunehmen, dass nicht ein Killer, sondern jemand von der Familie oder der Italiener die Kalaschnikow kaltblütig auf den Hotelier gerichtet haben soll«, warf der Staatsanwalt ein.

»Es handelt sich ja bis jetzt auch nur um einen Gedanken. Angenommen, der Mörder besaß einen Gehilfen. Dieser stahl das Boot, deponierte den Artikel in die Klo-Ecke, entfernte die Beschriftung von Heck und Bug und fuhr später irgendwann nach dem Mord, vielleicht nachts, nach Norddeich, um das Boot dort an den Steg zu legen, damit es gefunden wurde«, sagte Münter.

»Eine interessante Theorie, die uns zum Umdenken zwingt. Der Mörder befand sich also gar nicht an Bord der ›MABO‹. Er benutzte für die Verfolgung der Segler ein anderes, vermutlich ebenfalls schnelles Boot«, resümierte Bresser.

»Wer der Mörder auch gewesen sein mag, er hat den Mord genial geplant und mit Sicherheit für alles Vorsorge getroffen. Außerdem muss er, wenn unsere Theorie stimmt, einen Komplizen gehabt haben. Und den finden wir vermutlich nicht auf Borkum, sondern im Kiez. Er hat die Kalaschnikow in den Schloot geworfen«, sagte Münter. Regen setzte ein, und der böige Wind warf klatschend große Tropfen ans Fenster.

»Und der Komplize des Mörders war sehr wahrscheinlich auch der Anrufer«, meinte van Elderen.

»Dr. Bredefeld hat bei der Telekom eine Fangschaltung beantragt. Es ist nicht auszuschließen, dass dieser Mann sich noch einmal meldet«, sagte der Staatsanwalt.

»Und eine Überwachung des Telefonanschlusses ist nicht möglich?«, fragte van Elderen.

»Da wird der Amtsrichter nicht mitspielen. Es besteht nach allgemeiner Beurteilung der Lage momentan keine existenzielle Gefahr für den Zahnarzt«, antwortete Grothuis.

Draußen goss es in Strömen, das Gewitter entlud sich in grellen Blitzen und gewaltigen Donnerschlägen. Im Raum wurde es still, während die Männer jeder für sich ihren Gedanken über den Fall nachhingen.

Van Elderen hatte etwas länger geschlafen. Er kochte sich eine Tasse Tee, aß eine Schnitte, stellte das Geschirr in die Spüle, verließ die Wohnung und fuhr mit dem Fahrrad zum Dienst.

In Niedersachsen hatten die Sommerferien begonnen, und seine Frau nahm zusammen mit dem Sohn an einer Gruppenreise nach Spanien teil.

Es war ein herrlicher Sommertag. Die Luft war klar. Van Elderen stellte das Fahrrad in den Ständer im Hinterhof des Reviers, nahm seine Tasche vom Gepäckträger und betrat dann das Gebäude durch die vordere Tür. In der Halle am Tresen stand der Dienst tuende Kollege.

»Herr van Elderen, es ist Post für Sie gekommen«, sagte dieser.

Van Elderen nahm den Stapel Briefe entgegen und suchte sein Dienstzimmer auf, wo er sich am Schreibtisch niederließ und einen Blick auf seinen Terminkalender warf.

Am Nachmittag stand wieder einmal ein Treffen mit den Hamburger Kollegen auf dem Programm. Sie hatten sich in der ›Barke‹ einquartiert.

Van Elderen studierte die Post: Ein Schreiben der Gewerkschaft, eine Anfrage der Staatsanwaltschaft Dortmund. Dann griff er nach einem weißen Kuvert, das an ihn adressiert war. Es trug den Stempel des Briefzentrums Emden und trug keinen Absendervermerk.

Er öffnete den Umschlag, der einen Brief in DIN-A-4-Größe enthielt. Das Papier stammte von einem Schreibblock mit vorgegebenen Linien. Der Absender hatte sich eines Kugelschreibers bedient und den Text mit Druckbuchstaben verfasst. Der Brief trug kein Datum, und auch die Anrede fehlte. Van Elderen las:

Mein Freund und ich haben uns lange überlegt, ob wir uns melden sollten.

Wir haben den Bericht in der Borkumer Zeitung gelesen und möchten Ihnen einige Beobachtungen mitteilen, die Ihnen hoffentlich helfen werden. Wir wollen nicht in Erscheinung treten, möchten aber, dass der Mörder gefasst wird. Am Abend des Mordes waren wir im Yachthafen spazieren und haben dort eine Frau und einen Mann gesehen, die von Bord eines Motorbootes gingen. Es waren Insulaner.

Wichtiger scheint uns eine Beobachtung, die mein Freund schon früher gemacht hat: Er hatte Einblick in die Düne, die zum Grundstück des ›Kaiserhofes‹ abfallt. Als sich die Seniorchefin Dini Hoogelycht erschossen hat, überflog gerade ein Düsenflugzeug die Insel. In diesem Lärm hörte er eine Detonation wie bei den Kaninchenjagden im Winter und beobachtete eine Person, die einen langen Trenchcoat und eine Pudelmütze trug. Sie hastete in die Dünen und ging dann eilig davon. Mein Freund ist sich sicher: Es kann ein Mann gewesen sein, der mittelgroß, nicht schlank, aber auch nicht besonders dick war, oder eine Frau, mit etwas untersetzter Figur.

Übrigens glaubt mein Freund, dass diese Person auch im Hafen dabei gewesen sein kann. Aber auf dem Steg war es sehr dunkel.

Der Brief trug keine Unterschrift. Van Elderen las ihn noch einmal. Die Druckbuchstaben saßen exakt auf den Linien. Er entdeckte keine Schreibfehler. Es gab also doch Zeugen, dachte er und erinnerte sich an den Nachmittag, als er die Wohnung von Dini Hoogelycht betreten hatte. Alles hatte damals auf Selbstmord hingewiesen, der Abschiedsbrief, die Fingerabdrücke, und es hatte keinerlei Anzeichen für einen Einbruch oder einen Raub gegeben.

Dr. Bareis aus Rheine, ein Kurgast, der die Tote gefunden hatte, hatte keine Bedenken gehabt. Selbstmord ohne Fremdeinwirkung, das hatte auch der Arzt des Borkumer Krankenhauses testiert und ein Kreuzchen an die entsprechende Stelle des Totenscheines gesetzt. Van Elderen fühlte, wie es ihm kalt den Rücken hinunterlief.

Hatte die Seniorchefin sich doch nicht selbst umgebracht? War ihr Abschiedsbrief gefälscht gewesen? Den Kommissar beschlichen Zweifel. »Zwei Morde?«, murmelte er fassungslos. Es war ungeheuerlich! Doch wer hatte den Abschiedsbrief verfasst, und wer war die Briefschreiberin? Warum suchten sie und ihr Freund ihn nicht auf? Offensichtlich hatten die beiden Angst – doch vor wem und vor was fürchteten sie sich? Der Fall nahm immer neue Dimensionen an! Der Kommissar ging zum Kopierer, machte einige Abzüge und faxte den Brief dann an die Staatsanwaltschaft in Aurich.

An diesem Tag verbrachte van Elderen einen großen Teil seiner Mittagspause im Büro. Er verzehrte die hausgemachten Frikadellen, löffelte einen Joghurtbecher aus und aß einen Apfel. Dann las er den Brief noch einmal durch und verließ das Revier. Er spazierte durch die fast leeren Straßen, setzte sich für eine Viertelstunde auf eine Bank an der Promenade und starrte nachdenklich auf den milchigen Horizont. Obwohl es Essenszeit war, tummelten sich noch unzählige Urlauber am Strand, und Kinder planschten fröhlich in der Brandung herum.

Eine Idylle, stellte der Kommissar fest und dachte an Ulfert Hoogelycht, der empört reagiert hatte, als er gewissenhaft das Zimmer der Seniorchefin nach Spuren abgesucht hatte. Doch der Mörder, wenn es denn einen gab, hatte keine Spuren hinterlassen.

Ulfert Hoogeylcht war naiv und ahnungslos gewesen und hatte offenbar seine Gutmütigkeit mit dem Tod bezahlt.

Van Elderen verließ die Bank und suchte das Centralcafé auf.

Bei diesem Bilderbuchwetter fand man dort draußen nur selten leere Tische, doch er hatte Glück. Er trank einen Kaffee, hielt sein Gesicht in die Sonne und wurde das Bild der alten Seniorchefin des ›Kaiserhofes‹ nicht los, die tot in ihrem Wohnzimmer gelegen hatte. Er sah das kleine, versandete Grasgelände und die Dünenböschung vor sich, über die der Mörder sich nach dem Verlassen der Wohnung davongeschlichen haben musste. Der Trenchcoat und die Pudelmütze hatten ihm dabei als Tarnung gedient.

Van Elderen bezahlte bei der Bedienung, die ihr Haar lang und ihren Rock kurz trug. Dann kaufte er am Tresen einen Streifen Butterkuchen, ließ ihn in sechs Stücke schneiden, bezahlte und ging zum Revier zurück.

Van Elderen holte aus der Kantine einen zusätzlichen Stuhl, deckte den kleinen Beistelltisch, stellte Stövchen, Kluntjebecher und Sahnetopf bereit und legte den Butterkuchen auf den Tisch. Kurz darauf betraten die Kollegen aus Hamburg sein Dienstzimmer.

»Borkum bei Sonnenschein wirft mich um. Hier ist die Luft ja noch besser als in Hamburg«, scherzte Bresser.

»Und mehr Kriminalität haben wir hier zur Zeit auch«, gab van Elderen lachend zurück. »Bitte, nehmen Sie Platz!«, fügte er hinzu und wies auf den gedeckten Beitisch.

»Es gibt Ostfriesentee und Kuchen? Das nehme ich zum Anlass, vorzuschlagen, dass wir uns duzen. Ich bin Harald, das ist Klaus«, sagte Münter und setzte sich.

»Ich heiße Tönjes. Auf das Küsschen können wir wohl verzichten«, bemerkte van Elderen ironisch.

»Heute Abend trinken wir ein Bier auf unsere nie abreißende Freundschaft«, meinte Klaus Bresser und nahm seinerseits am Tisch Platz.

»Zuerst einmal trinken wir jetzt Tee«, sagte van Elderen, betrat die kleine Küchenzeile und goss heißes Wasser über die Blätter. Er trug die Teekanne an den Tisch, zündete das Teelicht an und setzte die Kanne auf das Stövchen.

»Langt zu und nehmt vom Butterkuchen. Er wird in Ostfriesland bei Taufen, Hochzeiten und Beerdigungen gereicht«, sagte er, und dann wandten die drei Beamten sich wieder ihren Amtsgeschäften zu.

»Wir haben uns im Yachthafen Emden erkundigt«, erklärte Munter. »Der Schwager und Berufsschullehrer Eilrich Buss besitzt ein Motorboot. Dieser Bootstyp ist für das Befahren des Küstenbereichs konstruiert. Die Mitgliedschaft im Club hat er nach dem Tod seiner Schwiegermutter beantragt und das Boot aus dem Erbe seiner Frau bezahlt«, sagte Münter.

Bresser schob den Teller von sich, griff nach einem Zigarillo und zündete ihn an.

»Das war zu dem Zeitpunkt, als auch der junge Hoogelycht seine Schulden tilgen konnte und Frau Hoogelycht dem Italiener über die Finanzierungskrise hinweghalf«, sagte van Elderen. Er erhob sich, nahm eine Kopie des Briefes aus seiner Schreibtischschublade und trat an den Tisch. »Ein denkwürdiger Finanzsegen für die Erben«, sagte er und reichte den Kollegen die Kopie mit den Beobachtungen der unbekannten Zeugin. Er setzte sich wieder und beobachtete gespannt die Reaktion der Kollegen.

Münter pfiff durch die Zähne. »Also noch ein Mord! Raffiniert gemacht«, sagte er.

»Dieser Zeugenbericht klingt glaubwürdig und stellt einiges auf den Kopf«, meinte Bresser nachdenklich.

»Ein anwesender Gast, er ist selber Arzt, hatte in der Bibliothek einen Schuss gehört und die Tote gefunden. Einen Moment, ich gebe euch das Protokoll«, sagte van Elderen. Er ging zum Aktenschrank hinüber, holte den Ordner heraus und legte ihn geöffnet auf den Tisch. Bresser rauchte, las und nippte an seinem Tee. Dann reichte er Münter die Akte. Durch das offene Fenster drang das Signal der Inselbahn herein.

»Ein zweiter fast perfekter Mord«, meinte Münter, als er van Elderen den Ordner zurückgab.

»Da gibt es kaum Zweifel, die alte Dame ist wohl tatsächlich ermordet worden«, sagte Bresser und drückte seinen Zigarillostummel in den Aschenbecher.

»Ich gehe davon aus, dass kein Angestellter des Hauses ›Kaiserhof‹ sich in der Privatsphäre der Seniorchefin auskannte, dass er von der Pistole im Chippendaleschrank gewusst haben kann«, sagte van Elderen.

»Der Mörder hat die Tat raffiniert und teuflisch geplant. Ich halte es für ausgeschlossen, dass an diesem Fall ein gedungener Mörder beteiligt ist. Beide Morde stehen in einem engen Zusammenhang«, sagte van Elderen.

»Den Mörder der alten Dame finden wir vermutlich in ihrer Sippschaft. Die Masche mit dem Abschiedsbrief ist genial«, meinte Bresser. »Aber wer hat ihn geschrieben! Und wurden beide Opfer von derselben Person umgebracht? Wer hat die Kalaschnikow in den Schloot des Johannisgehölzes geworfen?«

»Wir müssten diese Zeugen finden«, erklärte Münter. »Immerhin haben sie die Täter gesehen, wenn auch nur von weitem!«

»Sie haben Angst«, sagte van Elderen.

»Ihr Brief nützt uns nicht viel, solange wir sie nicht offiziell aussagen lassen können«, stellte Münter fest.

»Die jungen Leute wohnen vermutlich auf Borkum, dafür sprechen ihre Beobachtungen. Sie haben den Brief in Emden aufgegeben, um uns zu täuschen. Sie sprechen nicht von ›Herrn Hoogelycht‹, sondern vom ›ehemaligen Chef des Hotels‹. Der Freund hat Einsicht in die ›Düne, die zum Grundstück des ›Kaiserhofs‹ abfällt‹, und es geht weiter mit: ›als sich die Seniorchefin erschoss‹«, trug van Elderen vor.

»Also, Angestellte des Hotels, die um ihren Job fürchten«, folgerte Münter.

»Wenn wir den Schwiegersohn aus Emden zuerst einmal außen vor lassen und annehmen, dass auch der Italiener Enrico Tomello nicht derjenige war, der getarnt die gute Stube der Seniorchefin verließ, dann bleiben nicht viele, denen wir ein Motiv unterstellen können. Die reizende Swetlana? Tomma Hoogelycht? Der Enkel Focko Hoogelycht? Wer war es, der die alte Dame umgebracht hat und vermutlich zu der Zeit bereits den Mord an Ulfert Hoogelycht geplant hatte?«, fragte van Elderen.

»Der Mörder kannte die Familiensaga und das Versteck von

Dini Hoogelychts Schießeisen. Er erwarb eine Kalaschnikow und verstand es, sie zu bedienen. Er wusste um die Vermögensverhältnisse des Zahnarztes, hat von dem geplanten Segeltörn der alten Herren nach Helgoland erfahren und entsprechende ›logistische Vorbereitungen‹ getroffen«, zog Klaus das Fazit.

»Der Junior erschien erst einige Zeit nach dem Tod seiner Großmutter am Tatort und benahm sich ziemlich pietätlos. Ich tippe darauf, dass er es war – ein Trenchcoat macht schlank, und eine Pudelmütze verfremdet die Erscheinung«, meinte Kommissar van Elderen.

»Wir haben in Hamburg recherchiert. Focko Hoogelycht hat als Praktikant im Hotel ›Maple‹, einem Fünf-Sterne-Schuppen, gearbeitet und ist dort fristlos entlassen worden. Nachdem er dort seine Braut kennen gelernt hatte, hat er eine ganze Weile nichts gemacht und sich nur um die Freundin gekümmert. Er besitzt zwar kein Boot, doch er kannte sich im Milieu von St. Pauli gut aus«, erklärte Bresser.

»Ich schlage vor, wir begeben uns zur Pizzeria ›*Ischia*‹ und stellen Frau Hoogelycht einige Fragen. Sie ist die Mutter des Verdächtigen, die Schwiegertochter der ermordeten Dini Hoogelycht und die Witwe des Opfers, und damit die Zentralfigur in der ganzen mysteriösen Geschichte«, schlug Münter vor. »Vielleicht bekommen wir aus ihr ja etwas heraus.«

An den Tischen der Cafés saßen die Sommergäste im Freien und genossen den milden Spätnachmittag.

Die Pizzeria ›*Ischia*‹ passte sich mit ihrer Backsteinfassade, den Sprossenfenstern und dem Friesenblau des Eingangstraktes der Architektur der schlichten Altstadtstraße gut an.

Die Beamten betraten die Pizzeria, in der es um diese Zeit noch genügend freie Plätze gab. Sie entschieden sich für einen Tisch, der ihnen die Sicht auf den Tresen bot, und nahmen Platz.

Auf der hübschen, hellblauen Tischdecke lag schon die Speisekarte bereit, die die Beamten interessiert studierten.

Eine hübsche, junge Italienerin trat an den Tisch und fragte mit charmantem Lächeln. »Sie haben gewählt?«

»Ich nehme eine Pizza Margaritha«, sagte Münter und reichte ihr die Speisekarte zurück.

»Bringen Sie mir eine Pizza mit Meeresfrüchten«, sagte Bresser.

»Ich habe mich für eine Pizza Romana entschieden«, meinte van Elderen. Außerdem bestellten alle drei einen Cappuccino.

»Und wenn es sich einrichten lässt, dann möchten wir gern die Chefin kurz sprechen«, antwortete Elderen.

»Chefin ist oben, aber ich kann sie rufen«, sagte die Bedienung und ließ sie wieder allein.

Bresser schaute sich um. »Urgemütlich«, sagte er anerkennend.

»Der Italiener und seine Lebensgefährtin haben Geschmack, das muss man ihnen lassen«, meinte Münter.

Hinter dem Tresen bediente ein Italiener die Kaffeemaschine. Die Serviererin hatte das Lokal verlassen.

»Die Pizzeria hat Zukunft, das jedenfalls bestätigte uns der Bankier«, sagte van Elderen.

»Und dafür musste die alte Dame sterben«, murmelte Harald Münter.

»Vorsicht, das ist noch nicht bewiesen«, warnte ihn van Elderen.

Die Kellnerin kam zurück, um den Cappuccino zu bringen. »Cappuccino, prego«, sagte sie und stellte die Tassen mit den weißbraunen Sahnehäubchen auf den Tisch. »Die Pizza ist gleich fertig. Chefin kommt nach dem Essen«, sagte sie und eilte wieder von dannen.

Kurz darauf wurde auch das Essen serviert, und die Beamten ließen es sich schmecken. Alle waren sich einig, dass sie lange nicht mehr so gut gegessen hatten. Zufrieden schoben sie schließlich ihre Teller zurück.

Als hätte Tomma Hoogelycht darauf gewartet, trat sie in diesem Moment an den Tisch.

Sie trug Jeans und eine hübsche dunkelblaue Folklorebluse.

Ihr Haar hatte sie blond gefärbt. Ihr Gesicht war sonnengebräunt. »Herr van Elderen, machen Sie mich doch bitte mit Ihren Gästen bekannt«, sagte sie und lächelte freundlich.

»Herr Bresser, Herr Münter, meine Kollegen. Sie recherchieren in Hamburg, genauer: auf St. Pauli, um den Mörder Ihres Mannes ausfindig zu machen«, sagte van Elderen.

»Bitte setzen Sie sich für einige Minuten zu uns«, bat Münter höflich.

Tomma Hoogelycht nahm auf einem Stuhl Platz. »Ulfert ist sicher von der Mafia umgebracht worden. Seine Ähnlichkeit mit dem Zahnarzt war wohl sein Verhängnis. Er hatte sich zur Ruhe gesetzt, und das Segeln ging ihm über alles. Wie Sie ja wissen, war Dr. Bredefeld sein Clubkamerad.« Sie senkte traurig den Blick.

»Sie kennen den Zahnarzt also persönlich?«, fragte Bresser.

»Ja, aber nicht sehr gut. Er hat meinen Mann nur gelegentlich im ›Kaiserhof‹ besucht. Ich hatte meistens zu tun. Ihre engere Freundschaft begann, als Ulfert in Rente ging«, antwortete Tomma Hoogelycht.

Münter griff nach seiner Zigarettenschachtel, öffnete die Packung und hielt sie ihr entgegen. »Bitte sehr.«

»Danke«, sagte sie und bediente sich. Münter reichte ihr Feuer.

Tomma Hoogelycht drehte die Zigarette zwischen ihren Fingern, an denen Goldringe glänzten. Ihre Fingernägel hatte sie rot lackiert. Sie saß sehr gerade da und schaute die Besucher freundlich an. »Möchten Sie noch etwas trinken? Vielleicht noch einen Cappuccino?«

Die Beamten nickten. Tomma Hoogelycht rief das Bedienungsfräulein an den Tisch.

»Patricia, vier Cappuccino, auf meine Rechnung«, sagte sie. Die Serviererin trat an den Tisch, lud das Geschirr auf ihr Tablett und trug es zum Tresen.

»Sie lebten von Ihrem Gatten getrennt?«, eröffnete Münter das Gespräch.

Tomma Hoogelycht lächelte abweisend und blies den Zigarettenrauch in Richtung Tresen. Dann neigte sie sich vor.

»Nein, wie Sie das sagen, klingt das falsch. Mein Mann war, wie Ihnen bereits bekannt sein wird, etliche Jahre älter als ich. Er hat sich aus dem Betrieb zurückgezogen, konnte lange schlafen und war viel unterwegs. Wir hatten völlig verschiedene Zeiten und deshalb beschlossen, getrennt zu schlafen«, sagte sie und rückte ihre Kippe in den Aschenbecher.

»Und Ihren jetzigen Lebensgefährten haben Sie während Ihrer Kur auf Ischia im Oktober kennen gelernt?«

»So ist es. Wir wurden Geschäftspartner und haben hier eine Marktlücke entdeckt«, gab Tomma zurück.

»Es blieb aber nicht bei der geschäftlichen Partnerschaft. Herr Tomello wurde nach dem Tode Ihres Mannes Ihr Lebensgefährte«, stellte Münter fest.

Sie nickte. »Wir sind uns bei der Arbeit auch menschlich näher gekommen.«

Patricia servierte den Cappuccino in hübschen Porzellantassen.

»Bitte«, sagte Tomma, griff nach ihrer Tasse und führte sie an den Mund. Die Beamten taten es ihr nach.

»Sie suchen also im Hamburger Rotlichtmilieu den Mörder, der es auf Dr. Bredefeld abgesehen hatte und stattdessen Ulfert erschossen hat? Hoffentlich finden Sie ihn! Mein Privatleben geht Sie allerdings nichts an, denn es steht nicht im Zusammenhang mit Ihren Aufgaben«, fügte sie noch hinzu, und nun klang ihre Stimme gereizt.

»Die Ermittlungen in einem Mordfall können auf die Intimsphäre von Beteiligten leider keine Rücksicht nehmen«, erklärte Münter. »Wir haben im Übrigen bisher vergeblich nach Hamburger Unterweltlern gesucht, die es auf Dr. Bredefelds Haus abgesehen hatten. Das lässt den Verdacht zu, dass der Mörder die Ähnlichkeit Ihres Mannes mit Dr. Bredefeld in seinen teuflischen Plan einbezogen hat, um uns zu täuschen.«

Tomma Hoogelycht blickte den Beamten irritiert an.

»Hatte Ihr Mann sich auf der Insel vielleicht Feinde geschaffen?«, fragte Bresser und trank einen Schluck von seinem Cappuccino.

»Wer hätte Ulfert töten wollen?«, fragte die attraktive Wirtin voller Empörung.

»Frau Hoogelycht, wir vermuten, dass der Mörder sich eines Gehilfen bediente, den wir auf St. Pauli noch nicht gefunden haben«, erklärte van Elderen ungerührt.

Tomma Hoogelycht schaute den Kommissar mit einem nicht zu deutenden Blick an. »Suchen Sie im Umfeld von Dr. Bredefeld nach dem Mörder«, sagte sie dann kalt.

»Der Täter hat auf der entwendeten Motoryacht Spuren hinterlassen, die auf seine Zugehörigkeit zu einer osteuropäischen Mafia schließen lassen. Die Todeswaffe war eine Kalaschnikow. Wir fanden sie in Kiez-Nähe, nur unweit vom besagten Haus des Zahnarztes, für das sich nach unseren Erkenntnissen niemand interessiert. Wir wissen nicht, ob der Mörder sich an Bord der gestohlenen Yacht befunden hat. Es liegt nahe, dass er den Anschlag von einem anderen Boot aus verübt hat. Zeugen haben Sie und Ihren Lebensgefährten am besagten Abend im Yachthafen gesehen, als Sie von Bord eines Motorboots gingen, während wir nach dem Mörderschiff fahndeten«, bluffte Münter.

»Ja, und zwar gegen einundzwanzig Uhr«, warf van Elderen ein.

Tomma Hoogelycht war sichtlich verwirrt. Sie entnahm der Schachtel ungefragt noch eine Zigarette, ließ sich von Münter Feuer reichen und machte einen Zug. »Ich schaue da nicht durch. Ich wusste nichts vom Törn meines Mannes. Ulfert hatte mir nichts gesagt. Warum auch? Er war Rentner; ich dagegen voll ausgelastet mit der Führung des Hotels«, sagte sie, rauchte und nahm einen Schluck vom Cappuccino. »Da geht so etwas schon mal unter.«

»Und was hat es auf sich mit den Zeugenaussagen?«, fragte Bresser hartnäckig.

»Ich habe am besagten Nachmittag eine Radtour unternommen und bin mit meinem Lebensgefährten am Abend an Bord unserer Motoryacht gestiegen. Wir haben eine Spritztour rund um Borkum gemacht. Ab und zu müssen auch wir mal raus«, sagte sie.

»Ich verstehe nur wenig davon, aber ich habe mir sagen lassen, dass das Boot Ihres Lebensgefährten einen 120-PS-Motor besitzt. Bis zur Ostspitze von Norderney würde es nicht mal zwei Stunden benötigen. Ich denke allerdings, Sie oder Herr Tomello werden wohl kaum selbst vom Boot aus eine Kalaschnikow in Anschlag gebracht haben, um Ihren Mann zu erschießen«, sagte van Elderen trocken.

Tomma Hoogelycht starrte den Kommissar entsetzt an. »Unterlassen Sie bitte solche Späße! Solche Äußerungen kommen einem Rufmord nahe!«, zischte sie, und ihre Hände zitterten, als sie ihre Tasse nahm.

»Wir besitzen weitere Zeugenaussagen, die uns veranlassen, den Selbstmord Ihrer Schwiegermutter anzuzweifeln«, fuhr Münter fort. »Ein Mann, er war bekleidet mit einem Trenchcoat und einer Pudelmütze, verließ am Tag der Tat den Rasen vor dem Zimmer Ihrer Schwiegermutter und eilte in die Dünen. Der Zeuge hatte vorher einen Schuss gehört. Die Fenster des Wohnzimmers der Seniorchefin standen offen, wie Herr van Elderen bestätigen kann«, fügte der Beamte hinzu.

Tomma Hoogelycht senkte einen Augenblick den Kopf, dann blickte sie den Kommissar an. »Unmöglich!«, stieß sie hervor. »Meine Schwiegermutter hat sich selbst erschossen! Herr van Elderen, Sie sind mein Zeuge! Es gab keine Hinweise! Da will uns jemand was anhängen!«

»Um das zu klären, erwarten wir von Ihnen einige Auskünfte. Der Tod Ihrer Schwiegermutter ist für die Hinterbliebenen nicht ohne Folgen geblieben – recht angenehme Folgen, wie ich meine«, sagte Bresser. »Ihr Sohn konnte die Altschulden aus seiner Hamburger Zeit tilgen. Sie sind mit dem Kapital der Zugewinngemeinschaft bei Ihrem Partner eingestiegen, der das Geld exakt zu diesem Zeitpunkt sehr gut brauchen konnte. Ihr Schwager erfüllte sich einen alten Wunschtraum, kaufte sich ein Motorboot und wurde Mitglied im Emder Yachtclub. Kann er es gewesen sein, der, mit einem Trenchcoat und einer Pudelmütze bekleidet, das Wohnzimmer Ihrer Schwiegermutter verlassen hat, um in die Dünen zu entkommen?«

»Das ist ja ungeheuerlich! Mutter hatte Krebs! Sie erschoss sich mit der Pistole meines Schwiegervaters! Sie bringen mich mit Ihren idiotischen Verdächtigungen um den Verstand!«, rief Tomma Hoogelycht aufgebracht.

»Ihr Schwager hat angedeutet, dass Ihre Schwiegermutter noch geheime Reserven hatte. Diese sind nach Auskünften ihres Steuerberaters nicht mehr zum Vorschein gekommen. Ihr Sohn hat in Hamburg in einem Hotel gearbeitet und kannte sich, wie wir wissen, im St.-Pauli-Milieu gut aus. Hat er vielleicht der alten Dame die Waffe in die Hand gedrückt und den ›Schatz‹ aus den Chippendalemöbeln entwendet?«, fragte van Elderen.

Jetzt geriet Tomma Hoogelycht völlig aus der Fassung und sprang hastig auf. »Sie sind ja wahnsinnig geworden! Verlassen Sie sofort mein Lokal! Ich verzichte auf die Bezahlung«, schimpfte sie wütend, und ihre Augen sprühten Blitze.

»Verzeihen Sie, aber Ihre Gereiztheit hilft uns und Ihnen nicht weiter«, erklärte Kommissar van Elderen resolut. »Wenn weder Ihr Sohn noch Ihr Schwager Ihre Schwiegermutter ermordet haben, Sie keinen Killer aus Hamburg anreisen ließen, um den Mord an Ihrem Mann ausführen zu lassen, und wenn Sie auch nicht selbst auf Ulfert Hoogelycht geschossen haben, dann sagen Sie uns, wer dazu irgendein Motiv besessen haben kann und wer Ihre Schwiegermutter auf dem Gewissen hat.«

»Mutter hat sich selbst erschossen, und weder mein Sohn noch Herr Tomello oder ich haben irgendetwas mit dem tragischen Tod meines Mannes zu schaffen!« Damit brach sie in hysterisches Schluchzen aus und stürmte aus dem Lokal.

»Die Richtung stimmt!«, stellte Bresser trocken fest.

»Gehen wir zum Revier. Dort erstellen wir ein Gedächtnisprotokoll und begeben uns heute Abend auf ein Bier in den ›Kaiserhof‹«, schlug van Elderen vor.

»Mit Vergnügen! Geben wir dem Junior die Chance, unsere Verdächtigungen ad absurdum zu führen«, antwortete Münter.

Am frühen Abend bummelten Kurgäste in luftiger Sommerkleidung über die Promenade. Auf den weißen Plastikstühlen vor dem Kurhaus saßen ältere Leute und lauschten den Klängen der kleinen Kurkapelle, die heitere Operettenmelodien spielte.

Die Beamten genossen den Blick auf die Nordsee, auf deren ablaufendem Wasser sich die Strahlen der untergehenden Sonne spiegelten. Der Horizont war ein dunstiger Traum aus verschiedenen Rottönen, und davor sah man die Silhouetten einiger größerer Schiffe vorüberziehen.

Bresser, Münter und van Elderen befanden sich auf dem Weg zum ›Kaiserhof‹. Sie hatten sich nicht angemeldet, um ihrem Besuch einen mehr privaten und zufälligen Anstrich zu verleihen. Sie verließen die Promenade, stiegen die Stufen zur vorderen Tür hinauf und betraten die Eingangshalle. Swetlana schaute überrascht auf, als van Elderen an den Tresen trat und sie begrüßte. Sie trug eine weiße Bluse und hatte ihr Haar zu einem Zopf geflochten, was ihre feinen Züge noch besser zur Geltung brachte.

»Wir wollen bei Ihnen nur ein Bier trinken«, sagte der Kommissar.

Swetlanas Blick huschte über die Beamten. »Hausgäste haben Abendmahlzeit gehabt, jetzt ist es leer. Setzen Sie sich ruhig in den Speisesaal, Focko kommt gleich zu Ihnen. Mutter von Focko hat telefoniert, war sehr böse auf Sie und die anderen Beamten«, sagte sie.

»Wir sind nun einmal unbeliebt, das bringt unser Beruf so mit sich!«, erwiderte Bresser ungerührt.

Sie betraten das Restaurant. An einem Tisch im vorderen Teil spielten vier ältere Damen Skat.

Die Beamten entschieden sich für einen Tisch, der in der hinteren Ecke an der Wand stand und ihnen den Blick über das Restaurant und auf den Tresen ließ.

Schiri kam aus der Teeküche. Sie band sich die Bedienungsschürze um, ordnete flüchtig ihr dunkles Haar, rückte auf dem Tresen ein paar Gläser zurecht und beobachtete die Gäste. Eine leichte Röte stieg in ihr hübsches Gesicht, als ihr Blick auf van Elderen fiel.

»Bringen Sie uns drei große Pils«, sagte der Borkumer Beamte, als sie an den Tisch trat.

»Danke, gerne«, antwortete sie und ging zum Tresen, zapfte die Biere und schaute gelegentlich verstohlen auf die Gäste, die sich unterhielten.

Bresser spielte mit seinem Zigarillo. »Wetten, dass ...«, meinte viel sagend van Elderen.

»Wir stellen ihr keine Fragen. Ihr Freund gehört mit Sicherheit ebenfalls zum Personal«, meinte Münter und nahm die Zigarettenpackung aus der Brusttasche seines Jeanshemdes.

Kurz darauf kam die Türkin mit dem Tablett an den Tisch und stellte die gezapften Biere auf die Bierdeckel. »Zum Wohle«, sagte sie und schaute van Elderen fragend an. Sie hielt ihren Kugelschreiber in der Hand. Van Elderen trug eine schwarze Nappalederweste. Er entnahm der Innentasche ein vorbereitetes Formular. »Für die Abrechnung mit unserer Behörde«, sagte er und reichte es der Kellnerin. »Schreiben Sie dort, wo Mahlzeiten steht: ›Keine‹ hin und dort, wo Getränke ausgedruckt sind ›Drei Bier‹« sagte er.

Die hübsche Türkin tat, wie ihr geheißen, und legte das Blatt auf den Tisch.

»Danke«, sagte van Elderen.

»Nehmen Sie das Formular ruhig mit zum Tresen; da kommt noch einiges dazu«, meinte Bresser und zündete sich einen Zigarillo an.

Auch Münter steckte sich eine seiner Zigaretten an. Sie prosteten sich zu.

»Ein heißer Tag. Das hier soll kein Besäufnis werden, aber mir schmeckt das Bier«, sagte van Elderen und stellte das Glas ab. Die alten Damen reizten ihre Karten. Sie spielten wie Profis und klopften temperamentvoll ihre Trümpfe auf den Tisch. Van Elderen beobachtete sie amüsiert. Irgendwann spürte er, dass die Serviererin ihn anstarrte. Als er ihren Blick erwiderte, schaute sie verlegen weg.

»Bringen Sie uns bitte noch eine Runde«, rief er ihr zu. Sie hoben die Gläser und tranken sich zu.

»Focko Hoogelycht lässt auf sich warten«, stellte Münter fest und drückte die Kippe in den Aschenbecher.

»Vielleicht sucht er noch mit seiner Mama nach einer Strategie«, meinte Bresser.

»Viel Zeit darf er sich nicht nehmen. So gegen zweiundzwanzig Uhr ist der Laden meist gerammelt voll«, meinte van Elderen.

Die Türkin brachte noch eine Runde. »Zum Wohle!«, sagte sie und zog sich wieder zurück.

Sie nahmen einen Schluck und stellten die Gläser ab.

»Da kommt er«, sagte Bresser und deutete mit einer Kopfbewegung zur Tür.

Focko Hoogelycht ging hoch aufgerichtet an dem Damentisch vorbei. Er trug eine beige Leinenjacke, aus der sein stattlicher Bauch hervorragte, und eine helle Sommerhose. Sein Hawaiihemd wirkte in diesem Rahmen leicht deplatziert. Jovial lächelnd, als gelte es alte Freunde zu begrüßen, trat er an den Tisch und blickte in die Runde. »Sie wurden bereits bedient? Das ist gut für meinen Umsatz«, sagte er, ließ sich auf den freien Stuhl fallen und lehnte sich zurück. »Mein Name ist Hoogelycht. Ich heiße Sie im ›Kaiserhof‹ herzlich willkommen«, sagte er, griff in die Innentasche seines Jacketts und entnahm ihr eine Zigarre.

»Herr Hoogelycht, meine Kollegen aus Hamburg, Herr Bresser und Herr Münter. Ihre Braut sagte uns, dass Sie bereits mit ihrer Mutter telefoniert haben«, eröffnete van Elderen das Gespräch.

Focko schaute zum Tresen hinüber. »Schiri, ein Pils!«, rief er, als säße er mit Freunden am Stammtisch. Gelassen zündete er seine Zigarre an, blies den Rauch von sich. »Ja, Sie haben Mutter mit ihren Verdächtigungen ziemlich schockiert! Meine Großmutter hat sich in der Tat erschossen! Sie hatte Angst vor dem Krebs! Sie hat nicht einmal ihren Hausarzt aufgesucht, weil sie wusste, was er ihr sagen würde. Und sie wollte nicht unnötig leiden«, erklärte der junge Hotelier. Schiri brachte ihm das Bier. Focko Hoogelycht nahm das Glas, setzte es an den Mund und trank es in einem Zug aus. »Noch eine Runde!«, sagte er, als er ihr das Glas anreichte. Schiri nickte stumm und ging zurück zum Tresen.

»Herr Hoogelycht, Ihre Großmutter hat sich nicht erschossen. Wir besitzen einen Zeugen. Er hat nicht nur den Schuss gehört, sondern auch eine Person beobachtet, die die Terrasse vor der Wohnung Ihrer Großmutter verließ und in die Dünen eilte. Sie trug einen langen Trenchcoat und eine Pudelmütze. Sie, Herr Hoogelycht, erschienen erst am Tatort, nachdem ich bereits mit Ihrer Mutter und Ihrem Vater gesprochen hatte. Haben Sie nach dem Mord zuerst Ihre Maskerade abgelegt, bevor Sie sich zu uns gesellten?«, fragte van Elderen und fuhr sich nachdenklich mit den Fingern über den Bart.

Hoogelycht lachte schallend auf. »Mein Gott, nein. Natürlich nicht. Oma war meine feste Burg – auf sie konnte ich mich immer verlassen, auch wenn ich mal Unsinn gemacht hatte. Warum hätte ich ausgerechnet sie …«

»Und von Ihrem Vater hielten Sie nicht viel?«, fragte Münter.

»Er hatte Vorstellungen, die ich nicht akzeptierte, und stellte Anforderungen, denen ich nicht gerecht werden konnte, sagen wir es mal so«, erwiderte der Junior.

»Also besorgten Sie sich in Hamburg eine Kalaschnikow, entwendeten in Accumersiel die Yacht und erschossen Ihren Vater, um endlich das Hotel übernehmen zu können. Ihre berufliche Erfolgsbilanz sieht nämlich recht dürftig aus«, stellte van Elderen trocken fest.

»O Gott, weit gefehlt! Ich habe meinen alten Herrn fast gehasst, weil er mir nie etwas zutraute, und ich war natürlich scharf auf das Hotel. Aber sein Tod kam für mich überraschend. Ich war in Emden, um dort einige Handwerker zu treffen. Es ging um den Umbau. Omas Wohnzimmer gibt es nämlich nicht mehr. Ich habe das Angebot für die Gäste um eine Sauna mit Solarium erweitert«, sagte Focko Hoogelycht stolz.

»Wir werden Ihre Aussagen überprüfen«, meinte Harald Münter skeptisch.

»Bitte, tun Sie das. Ich habe im Hotel ›Erbprinz‹ übernachtet«, sagte Hoogelycht und grinste.

Schiri brachte die Biere. Sie wirkte seltsam fahrig.

»Auf unseren Spesenzettel«, sagte van Elderen.

Schiri stellte die Gläser ab.

»Nichts da! Sie sind meine Gäste«, ordnete Hoogelycht an. Die hübsche Türkin ging davon.

»Noch!«, scherzte Münter. »Ihre Mutter hat uns im ›Ischia‹ quasi vor die Tür gesetzt!«

»Kein Wunder! Sie glauben doch nicht im Ernst, dass Mutter oder ihr Lebensgefährte etwas mit Vaters Tod zu tun haben? Sie haben nur eine Spritztour gemacht«, erklärte Focko und griff nach seinem Bierglas. »Prost!«, sagte er.

Die Beamten nippten an den Gläsern und stellten sie zurück auf die Deckel. »Wir recherchieren noch. Doch zurück zum angeblichen Selbstmord Ihrer Großmutter. Ihre Braut versah zur Tatzeit den Dienst an der Rezeption. Sie selbst weisen die Tat weit von sich«, stellte van Elderen fest.

»Es gibt keinen Täter! Oma hatte Krebs!«, antwortete Hoogelycht verärgert.

»Und die Zeugenaussagen?«, fragte Bresser.

»Verrückte! Neider! Die können mich mal!«, schimpfte der junge Hotelier.

»Und Ihr Onkel Eilrich Buss aus Emden?«, fragte van Elderen.

Focko lachte schallend und schüttelte dann den Kopf. »*Der?* Der hat sich immer für was Besseres gehalten, und ich traue ihm schon einiges zu! Aber er ist sicher nicht nach Borkum gekommen, um Oma zu töten. Sie hat sich selbst umgebracht«, antwortete er überzeugt.

»Zur Tatzeit des Mordes an Ihrem Vater hielten Sie sich in Emden auf«, beharrte der Kommissar. »Sie besitzen ein schnelles Auto. Für die Strecke nach Accumersiel benötigen Sie ungefähr fünfundvierzig Minuten. Sie stahlen dort die Motoryacht des Bäckers Koplin, erschossen Ihren Vater und überführten die Yacht nach Norddeich.«

Focko Hoogelycht schaute die Beamten böse an. »Was soll de Schiet?«, fragte er verwirrt.

»Spielen Sie nicht den Naiven, sondern beantworten Sie die Frage«, forderte Bresser ihn auf.

»Ist das etwa ein Verhör?« Hoogelycht war jetzt wirklich empört.

»Nein, ein Gespräch, das dazu beitragen soll, den Mörder Ihres Vaters und ihrer Großmutter zu überführen«, sagte Münter ruhig.

»Mit Papas Tod habe ich nichts zu tun. Er hatte das Pech, dass der Gangster dieser Russenmafia ihn mit dem Zahnarzt verwechselt hat«, beharrte der junge Hotelchef trotzig.

»Schminken Sie sich diese Geschichte ab! Niemand auf St. Pauli besaß ein Interesse an dem Haus. Eine teuflische Finte des Mörders! Bleibt nur die Möglichkeit, dass Sie, Ihre Mutter oder der Lebensgefährte Ihrer Mutter einen Killer angeheuert haben, der dann die schmutzige Arbeit übernahm«, sagte Bresser, während er Hoogelycht scharf beobachtete.

»Dummes Geschwätz!«, erwiderte dieser patzig.

»Mal sachte; immerhin brachte der Tod Ihrer Großmutter Ihnen und auch Ihrer Mutter finanzielle Vorteile, die nicht von der Hand zu weisen sind. Der Mord an Ihrem Vater macht Sie nach der testamentarischen Regelung zum Eigentümer des Hotels! Das ist kein Pappenstiel«, sagte Münter.

Focko Hoogelycht fasste sich an den Kopf. »Ihre Anschuldigungen sind völlig absurd und entbehren jeder Grundlage.«

»Regen Sie sich ab und beantworten Sie unsere Fragen. Haben Sie den Telefonterror gegen Dr. Bredefeld inszeniert, Herr Hoogelycht?«, fragte Münter.

Der Hotelier griff nach seinem Glas und leerte es. Seine Miene drückte helle Empörung aus. Seine Hand zitterte. »Ich habe niemanden umgebracht und auch niemanden telefonisch bedroht, wie oft soll ich das noch sagen? Meine Großmutter hat sich selbst erschossen, und mein Vater ist das Opfer einer Verwechslung geworden. Das sieht doch sogar dieser Zahnarzt nicht anders, zumindest stand es in allen Zeitungen!«

»Eine andere Interpretation lässt den Schluss zu, dass der Mörder Ihren Vater hat ermorden wollen. Um uns zu täuschen, ließ er die Yacht stehlen, deponierte auf ihr die Geschosshülsen und weiteres Belastungsmaterial«, erklärte Harald Münter.

Focko Hoogelycht griff nach seinem Bierglas. »Und welche Rolle haben Sie mir in Ihrem Märchen zugedacht?«, fragte er geringschätzig.

»Die des Mörders! Sie besitzen einen schnellen Wagen, und es sind nur sechzig Kilometer von Emden nach Accumersiel«, meinte van Elderen.

»Ich sagte doch bereits, ich war zur Tatzeit in Emden«, antwortete der Hotelier und leerte sein Glas. »Am Ende werden Sie mich auch noch ernsthaft verdächtigen, meine Großmutter umgebracht zu haben!«

Langsam fand er wieder zu seiner gewohnt großspurigen Art zurück.

»So ist es«, erklärte Kommissar van Elderen, aber Focko Hoogelycht winkte energisch ab.

»Das ist doch alles Unsinn! Gut, ich kenne mich in Hamburg aus, habe auch oft meine Braut dort besucht. Außerdem habe ich bei der Bundeswehr gedient und es bis zum Panzerführer gebracht. Eine Kalaschnikow ist für mich ein Spielzeug, das ich in jeder Lage bedienen kann! Aber …«

»Haben Sie?«, fragte Bresser.

Hoogelycht grinste. »Nein, habe ich nicht!«, erwiderte er bestimmt.

»Trotzdem stehen Sie in dem Verdacht, Ihren Vater ermordet zu haben. Nehmen Sie sich einen Anwalt. Der Staatsanwalt wird Sie zu einem Verhör einladen«, sagte Klaus Bresser.

Das Damenkränzchen reizte laut die Karten. Schiri stand hinter dem Tresen und zapfte die Biere. Focko Hoogelycht murmelte wie zu sich selbst. »Sie können mir nichts nachweisen! Ihre Zeugen kommen sicher aus der rechten Szene und wollen sich wegen der Pizzeria an mir und meiner Mutter rächen. Sie haben für ein Museum im Haus des alten Nazilehrers gekämpft und es nicht bekommen. Außerdem ist ihnen Swetlana wegen ihrer Herkunft ein Dorn im Auge!«

»Wir haben mit Ihnen nur ein Gespräch geführt und werden unsere Recherchen fortsetzen«, sagte Bresser und steckte die Zigarillo-Packung in seine Hemdentasche.

»Einen Moment. Nehmen Sie bitte Rücksicht auf meine Gäste und benehmen Sie sich nicht wie ein Spähtrupp auf Patrouille«, sagte Focko Hoogelycht verkniffen und nickte seinen Gästen zu, die an den Tischen Platz nahmen. »Trinken Sie noch einen Schluck mit mir!« Schiri servierte die Biere.

»Wir möchten gleich zahlen«, bat van Elderen.

»Bitte, zum Wohl!«, meinte Focko Hoogelycht und hob sein Glas. Die Beamten tranken schweigend.

»Für mich beginnt jetzt die Arbeit«, sagte Hoogelycht, als er sein Glas geleert hatte. »Wir sehen uns später«, meinte er nervös und schritt den Gästen entgegen.

»Und dann dienstlich«, gab Bresser zurück. Schiri trat an den Tisch und legte dem Kommissar den Abrechnungsbon vor. »Das waren sechs Bier, den Rest übernimmt der Chef«, sagte sie.

Van Elderen bezahlte und gab reichlich Trinkgeld. Schiri sah blass und müde aus. »Danke«, sagte sie.

Die Beamten verließen das Lokal.

Kommissar Klaus Bresser fuhr aus dem Schlaf und legte seine schwere Hand auf die Stopptaste des kleinen Reiseweckers. Es war acht Uhr dreißig, und die Sonne schien schon warm ins Zimmer. Neben ihm im breiten Ehebett lag Münter und schlief mit offenem Mund.

»Das letzte Bier war zu viel!«, murmelte er, stolperte ins Bad hinüber, rasierte sich und zog sich an. Auf dem kleinen Hoteltisch stand der volle Aschenbecher.

»Harald, aufstehen! Papa muss dich zum Kindergarten bringen!«, sagte Bresser und grinste, als sein Kollege erschrocken aus dem Schlaf fuhr und ihn überrascht anblickte.

»Was ist?«, fragte Münter und blinzelte.

»Junge, der Tag hat nur vierundzwanzig Stunden. Einen großen Teil davon haben wir schon verschlafen. Wir müssen an die Arbeit, aber zuerst einmal den Müll entsorgen! Leere Coladosen aus dem Supermarkt in einem Drei-Sterne-Schuppen auf Borkum. Schämst du dich eigentlich nicht?«, frotzelte Bresser, langte nach einer Plastiktüte und begann aufzuräumen.

Münter gähnte und setzte sich auf. »Ich habe gut geschlafen und viel geträumt«, sagte er, stand auf und ging zum Fenster hinüber.

»Alle Beamten träumen«, sagte Bresser, »zumindest von einer besseren Besoldung.«

Eine Minute später saßen die beiden Beamten dem Kollegen van Elderen in dessen kleinem Dienstzimmer auf dem Borkumer Revier gegenüber und taten das, was sie am vorausgegangenen Abend bis Mitternacht in der Kellerbar des kleinen Hotels getan hatten, in dem sie wohnten: Sie fachsimpelten, jetzt allerdings bei Kaffee und Plätzchen.

Durch das offene Fenster zog die frische Seeluft herein. Draußen schien wieder die Sonne. Van Elderen saß am Schreibtisch, Bresser und Münter hatten auf Stühlen vor dem kleinen Beitisch Platz genommen.

Bresser spürte einen schalen Geschmack auf der Zunge und verzichtete auf seinen Zigarillo. Auch Münter ließ seine Zigarettenschachtel in der Hemdtasche.

»Ich habe eine Kurzfassung des Gesprächs mit Focko Hoogelycht erstellte, aber es ist kein offizielles Protokoll. Das kommt dann später. Die Zeugenaussagen sind nicht eindeutig, aber dennoch halte ich Focko Hoogelycht für den Mörder seiner Großmutter. Er kannte vermutlich den Inhalt des Testaments und brauchte dringend Geld. Ob er sich zur Tatzeit in Emden aufhielt, müssen wir überprüfen.«

Van Elderen legte den Abrechnungsbon des ›Kaiserhofes‹ auf den Tisch und fügt die Kopie des anonymen Schreibens der Zeugin bei. »Wir benötigen übrigens einen Schriftexperten«, sagte er. »Schiri, die Kellnerin, hat den Brief verfasst, das ist eindeutig.«

»Und ihr Freund steht ebenfalls auf der Lohnliste des Hoteliers Hoogelycht«, sagte Münter.

»Der Chefkoch des ›Kaiserhofes‹ kümmert sich liebevoll um seinen Enkel. Der Junge ist in der Klasse meiner Frau. Ich werde mit ihm sprechen«, sagte van Elderen.

»Der Nebel beginnt sich zu lichten: Zwei wichtige Zeugen sind identifiziert. Aber sie haben offensichtlich Angst vor ihrem Chef.«

»Wenn Hoogelycht seinen Vater ermordet haben sollte, dann muss er einen Gehilfen gehabt haben. Ob er wirklich auf St. Pauli einen Killer engagiert hat?«

»Jedenfalls hat er wahrscheinlich den teuflischen Plan geschmiedet«, meinte Münter.

»Die Richtung stimmt«, bestätigte Bresser.

Van Elderen holt die Schreibmaschine aus dem Metallschrank, spannte eine Seite ein und tippte ein Kurzprotokoll der Sitzung. »Ich faxe die Unterlagen an den Staatsanwalt«, sagte er, stand auf und verließ das Dienstzimmer.

Bresser und Münter verbrachten die Mittagspause am Strand. Sie hatten gemeinsam mit van Elderen beschlossen, am späten Nachmittag erneut die Pizzeria aufzusuchen, um mit der Mutter des mutmaßlichen Mörders ein Gespräch zu führen.

Unterhalb der Bürgermeister-Kievit-Promenade sonnten sie sich am Strand, badeten in der Brandung wie ganz normale Urlauber und erholten sich für einige Stunden zwischen Strandburgen und bunten Strandzelten. Gegen sechzehn Uhr zogen sie sich an.

»Drei paradiesische Stunden für viele geleistete Überstunden«, spottete Münter.

»Und mit frischer Kraft folgen wir wieder der grausamen Spur des unbekannten Mörders«, frotzelte Bresser, als sie den Strand verließen.

Doch an diesem Nachmittag trafen die Beamten in der Pizzeria nur Enrico Tomello an, der ihre Beschuldigungen gegen Focko Hoogelycht und den Verdacht gegen seine Lebensgefährtin als ›wirre Gedanken‹ zurückwies und sich solche Anschuldigungen für die Zukunft energisch verbat. Auch dieses Mal glich ihr Abschied eher einem Hinauswurf, wie Klaus Bresser hinterher trocken feststellte. Unverrichteter Dinge reisten Münter und er am Abend zurück nach Hamburg.

Van Elderen lenkte den Wagen auf den breiten Parkstreifen der Auricher-Straße. Er stieg aus, entnahm dem Kofferraum seine Reisetasche und näherte sich dem Hotel ›Erbprinz‹.

Die repräsentative Fassade mit Rundbalkonen, Säulen und breit ausgelegter Treppe erinnerte an längst vergangene Zeiten voller Pomp und Prunk, ebenso wie die stilvolle Vorhalle.

Der Kommissar ging zur Rezeption. Die blonde Empfangsdame war ungeschminkt und trug eine weiße Bluse und eine dunkelblaue Samtweste über einem langen Faltenrock. Sie blickte ihn freundlich an.

»Van Elderen, Kripo Borkum«, stellte sich der Kommissar vor.

»Sie haben für zwei Nächte gebucht«, sagte sie, und vermerkte seine Anwesenheit in einer Liste. »Geht die Rechnung an Ihre Dienststelle?«

»Ich bezahle selbst«, antwortete van Elderen.

»Zimmer 34«, erklärte die Dame, nahm den Schlüssel vom Haken und reichte ihn dem Kommissar. »Abends können Sie nach Vorbestellung hier essen. Außerdem bieten wir ein reichhaltiges Frühstücksbuffet an. Bis dreiundzwanzig Uhr können Sie an unserer Hotelbar Getränke bekommen«, fügt sie geschäftstüchtig hinzu.

»Danke«, erwiderte der Kommissar und schaute durch das Fenster der Rezeption auf die Straße, über die der abendliche Berufsverkehr rollte. »Ich werde noch einmal wegfahren. Kann ich meinen Wagen unbesorgt auf dem Parkstreifen abstellen?«

»Wir verfügen über einen eigenen Parkplatz, doch wenn der belegt ist, stellen Sie Ihren Wagen ruhig dort ab. Bis jetzt ist keinem Gast vor dem Haus ein Schaden an seinem Fahrzeug entstanden«, sagte die Dame.

»Sie versehen den Dienst im Wechsel mit einem Kollegen oder einer Kollegin?«, fragte van Elderen.

»Ja, mal Frühdienst, mal Spätdienst. Um zweiundzwanzig Uhr schließen wir«, sagte sie und lächelte.

Van Elderen stellte seine Reisetasche ab und entnahm ihr den Hausprospekt des ›Kaiserhofs‹ auf Borkum. »Ich habe eine Frage«, sagte er und reichte der Angestellten den Prospekt.

Sie entfaltete ihn und studierte die farbigen Fotos. »Bei uns geht es einfacher zu. Hier wohnen Gäste, die ihr Geld für den Urlaub noch verdienen müssen, meist Vertreter«, sagte sie spöttisch.

»Darum geht es nicht. Meine Frage ist: Hat der junge Hotelbesitzer, dessen Foto Sie da rechts sehen, hier bei Ihnen vor etwa zwei Monaten übernachtet und mit Geschäftsfreunden in einem Sitzungszimmer getagt?«, fragte van Elderen.

Die Angestellte blickte auf. »Ja, der Porschefahrer – im Clubzimmer. Es waren etwa fünfzehn Gäste, Handwerker und Vertreter«, sagte sie. »Er war nicht zu übersehen und sehr großzügig«, fügte sie noch hinzu.

»Gab es irgendwelche Vorkommnisse? Ich denke an späte Heimkehr oder so etwas?«, fragte der Kommissar.

»Wir kontrollieren nicht, wann ein Gast heimkehrt. Wir schließen, wie gesagt, die Rezeption um zweiundzwanzig Uhr. Der Chef schaltet das Telefon um, falls wir noch für späte Reisenden, freie Zimmer haben. Ich erinnere mich allerdings daran, dass Herr Hoogelycht sich vom Abendessen abgemeldet hat und am späten Nachmittag mit seinem Porsche losfuhr«, sagte sie.

»Danke«, sagte van Elderen und nahm seine Reisetasche.

»Drüben befindet sich ein Aufzug«, sagte die Dame.

»Ich laufe lieber«, erwiderte der Kommissar, verließ die Rezeption und stieg nachdenklich die Treppe hinauf.

Die Sonne stand bereits tief. Der Wind hatte aufgefrischt. Van Elderen öffnete die Autotür, ließ die angestaute Hitze aus dem Wagen ziehen, setzte sich hinter das Steuer, stellte den Kilometerzähler auf Null, lenkte den Golf auf die B 70 und fuhr in Richtung Georgsheil. Der Berufsverkehr war abgeebbt. Die Märkte zu beiden Seiten hatten bereits geschlossen.

Der Kommissar fuhr über die Umgehung von Suurhusen an dem schiefen Kirchturm vorbei und genoss den gelegentlichen Blick in das weite, grüne Land. Radfahrer kämpften mit dem Wind. Van Elderen folgte der B 70 in Richtung Norddeich. Über die Häuser und Höfe von Marienhafen ragte die wuchtige Backsteinkirche. In ihrem Turm hatte einst der legendäre Seeräuber Störtebecker Schutz vor den Truppen der Hanse gesucht.

In Nadörst verließ der Kommissar die Bundesstraße und fuhr über Halbemond nach Hage und von dort über Nesse und Dornum nach Accumersiel.

Er parkte den Wagen im Hafen vor dem Fischgeschäft der Genossenschaft und stieg aus. Für die zweiundsechzig Kilometer hatte er etwas mehr als eine Stunde gebraucht.

Die Kutter waren schon ausgelaufen. Im Licht der untergehenden Sonne sah er im Westen im Abendrot den Leuchtturm von Norderney. Im Osten verschmolz der Horizont in einem milchigen Grau mit dem Meer. Baltrum mit seinen roten Backsteinhäusern spiegelte sich verschwommen im auflaufenden Wasser.

Seitlich vom Hafengelände befand sich, umgeben von einem hohen Aluminiumdrahtzaun, der Yachthafen.

Die beiden großen Torflügel waren weit geöffnet. An den Stegen lagen die Boote. An Bord einiger Schiffe saßen Segler in der Plicht und genossen den milden Wind und die Abendsonne.

Van Elderen schritt über die Bootsstege, bis er das Büro des Hafenmeisters gefunden hatte. »Kripo Borkum, ich komme wegen der gestohlenen Yacht der Familie Koplin«, sagte er und wies sich aus.

Der Hafenmeister, ein grauhaariger kräftiger Mann, führte ihn zum Anleger. Am Heck der Yacht stand deutlich sichtbar der Heimathafen, und der Hafenmeister erklärte: »Koplin hat die Schäden beseitigt.«

»Hätte es Aufsehen erregt, wenn der Dieb sich nachmittags mit Farbe und Pinsel an Bord betätigt hätte?«, fragte der Kommissar.

Der Mann winkte ab. »Heute schon, aber Mitte April waren noch nicht alle Boote zu Wasser gelassen, und Reparaturarbeiten zu der Zeit waren an der Tagesordnung.«

»Und drüben vor dem Yachtgelände einen Porsche zu parken?«, fragte der Kommissar.

»Auch das fällt nicht sonderlich auf. Am späten Nachmittag kommen hier viele Touristen vorbei. Sie steigen auf den Deich und schauen zu den Inseln hinüber. Auch etliche Clubmitglieder fahren teure Wagen«, äußerte der Hafenmeister.

Der Kommissar bedankte und verabschiedete sich und ging zurück zu seinem Wagen. Er freute sich auf ein kühles Bier in der Hotelbar.

Wenig später lenkte van Elderen den Wagen auf den Parkplatz des Hotels. Er betrat das imposante Gebäude, winkte der Dame an der Rezeption zu und ging weiter in die Bar.

Dort waren nur wenige Tische besetzt. Eine dunkelhaarige Angestellte stand hinter der Theke und bediente eine Kaffeemaschine. Sie sah adrett aus, trug ihr Haar zu einem Pferdeschwanz gebunden und trug eine weiße Bluse und einen dunklen Plisseerock.

Van Elderen setzte sich auf einen Barhocker. Die Angestellte blickte ihn freundlich an, während sie zwei Tassen mit Kaffee füllte und diese auf ein Tablett stellte. »Einen Moment bitte«, sagte sie und trug das Tablett an einen Tisch.

»Bitte?«, fragte sie, als sie zurückkam.

»Im Auto war es sehr heiß«, sagte der Kommissar. »Ich hätte gern ein großes Pils.« Während die Angestellte das Bier zapfte, dachte van Elderen an Focko Hoogelycht. Hatte er am Tatabend hier gegessen und seine dicken Zigarren geraucht?

»Bitte«, sagte die Bedienung und stellte das Glas auf die Theke. Van Elderen nahm einen kräftigen Schluck und setzte das Glas ab. Er wischte sich den Schaum vom Schnurrbart.

»Nicht viel los«, sagte er und schaute sich um. Die Bar war komplett holzvertäfelt und wirkte urgemütlich mit den rustikalen Möbeln.

»Mein Umsatz läuft mit den Stammgästen. Sie kommen meistens so gegen einundzwanzig Uhr«, sagte die Angestellte.

»Das habe ich bereits erfahren. Es sind wohl vor allem Vertreter?«, fragte der Kommissar.

»Auch Ingenieure und Techniker von VW aus Wolfsburg«, erwiderte sie.

»Bedienen Sie hier jeden Abend, oder wechseln Sie sich mit Kolleginnen ab?«, fragte van Elderen.

»Das ist mein Reich. Ich öffne um zwanzig Uhr und mache gegen dreiundzwanzig Uhr zu. Oft wird es aber auch später, wenn Gäste noch für Umsatz sorgen«, sagte die Barkeeperin verschmitzt.

»Das ist sicherlich manchmal unangenehm, wenn die Gäste betrunken sind?«, fragte der Kommissar verständnisvoll.

»Keineswegs. Hier am Tresen hat sich noch kein Gast betrunken. Ich kenne meine Kundschaft, und sie ihre Grenzen«, sagte die Frau und bot van Elderen eine Zigarette an.

»Danke, ich bin Nichtraucher«, erklärte der Kommissar.

Sie hob die Schultern, blickte gleichgültig auf und steckte sich eine Zigarette an.

Van Elderen leerte das Glas und reichte es ihr. »Noch ein Pils, bitte.« Sie hielt das Glas unter den Zapfhahn. Van Elderen griff in die Westentasche seines Blousons. »Ich bin beruflich hier. Das ist der Prospekt eines Borkumer Hotels, dessen Eigentümer auf diesem Foto abgebildet ist, hier oben im oberen Drittel«, sagte van Elderen und reichte der Angestellten den Prospekt. »Ein geselliger Typ. Haben Sie ihn hier in der Bar vielleicht irgendwann bedient?«

Sie hielt den Prospekt in das Licht des Deckenstrahlers und betrachtete das Bild. »Ja, das ist eine Weile her«, sagte sie nach einer Weile. »Hier war viel los. Der neue Passat übertraf alle Erwartungen. VW-Leute übernachteten bei uns und feierten. Der Gast kam spät. Er bestellte zwei Bier, und setzte sich drüben an den kleinen Ecktisch. Er war allein, rauchte Zigarren und trank die Gläser wie ein Verdurstender hintereinander leer. Er fiel nicht weiter auf, blieb sitzen, bis ich schloss. Er gab mir reichlich Trinkgeld«, sagte sie.

Van Elderen griff nach seinem Glas, leerte es und hielt es der Angestellten hin. »Noch ein Pils«, sagte er, nahm den Prospekt an und steckte ihn wieder in seine Westentasche.

Eine Gruppe von Männern, die in diesem Augenblick die Bar betraten, sorgte für reichlich Arbeit an der Theke. Die Angestellte hatte alle Hände voll zu tun.

Van Elderen nahm das gefüllte Glas entgegen und legte einen Zwanzigmarkschein auf den Tresen. »Reicht das?«, fragte er.

Die Angestellte nickte. »Sie bekommen noch etwas zurück«, sagte sie, während sie den Zapfhahn bediente. Der Kommissar winkte ab, trank das Bier und ging dann hinauf in sein Zimmer.

Am nächsten Morgen verließ der Kommissar nach dem Frühstück das Hotel und fuhr nach Aurich. Er parkte vor der Post und ging zu Fuß zum Schloss hinüber. Wenig später betrat er das Vorzimmer des Staatsanwaltes.

»Moin«, grüßte er.

Die Sekretärin blickte freundlich auf. »Ihre Hamburger Kollegen sind schon da«, antwortete sie und wies auf die Tür zum ›Allerheiligsten‹. Van Elderen klopfte an und betrat das Dienstzimmer, Zigaretten- und Zigarillorauch strömten ihm entgegen. Bresser und Münter saßen bereits mit dem Staatsanwalt am runden Besuchertisch.

Van Elderen begrüßte den Staatsanwalt und die Kollegen und setzte sich zu ihnen.

Grothuis hatte seine Hände auf den angewachsenen Ordner des Falles Hoogelycht gelegt. »Wir können beginnen. Bitte, Herr van Elderen, berichten Sie«, bat der Staatsanwalt.

»Ich habe gestern Morgen mit Focko Hoogelycht telefoniert und ihn zu einem Gespräch eingeladen. Er wies, wie zu erwarten war, lautstark jede Beteiligung an den Verbrechen zurück. Unumwunden gab er allerdings zu, wegen der Eintönigkeit auf der Insel während der Vorsaison mehrmals Hamburg aufgesucht zu haben. Dabei hätte er genügend Möglichkeiten gehabt eine Kalaschnikow zu erwerben und sie bei weiteren Besuchen an entsprechender Stelle zu entsorgen. Ich bin am Abend nach Accumersiel gefahren und habe den Hafenmeister aufgesucht. Er hat mich zum Liegeplatz der Motoryacht der Familie Koplin geführt«, sagte er.

»Und die zeitliche Zuordnung?«, fragte der Staatsanwalt.

»Ein Mittelklassewagen braucht von Norddeich nach Accumersiel ungefähr zwanzig Minuten. Focko Hoogelycht besitzt einen Porsche, auch das kommt hin«, sagte van Elderen.

»Er musste das Motorboot aber nicht nur stehlen, sondern auch noch präparieren«, warf Münter ein.

»Der Hafenmeister ist der Meinung, dass es kein Aufsehen gegeben hätte, wenn er sich am späten Nachmittag an die Entfernung und Überpinselung der Aufschriften begeben hätte. Zu dieser Zeit waren die meisten Boote noch nicht zu Wasser gelassen, und nur wenige Segler befanden sich auf ihren Yachten. Von Accumersiel aus benötigt er, falls er die ›MABO‹ tatsächlich gestohlen hat, nur etwa dreißig Minuten, um die Segler abzufangen«, erklärte van Elderen.

»Und – gab es Zeugen im Hotel?«, fragte Bresser.

»Ja. Hoogelycht hat im Clubzimmer mit Handwerkern getagt und ist am späten Nachmittag weggefahren. Vorher hatte er sich vom Abendessen abgemeldet. Die Bardame hat Focko Hoogelycht dann am Abend, nach einundzwanzig Uhr, bedient. Er hat sich in eine Ecke des Lokals gesetzt, mehrmals Bier bestellt und Zigarre geraucht«, antwortete van Elderen.

»Die Schüsse aus der Kalaschnikow auf seinen Vater hatten seine Nerven strapaziert, und er musste sich betäuben, um Schlaf zu finden«, bemerkte Bresser.

»Er besitzt damit kein Alibi für die Zeit zwischen siebzehn und einundzwanzig Uhr. Das belastet ihn. Es spricht einiges dafür, dass er der Mörder seines Vaters ist, und es würde mich nicht wundern, wenn er auch Dini Hoogelycht erschossen hätte.«

»Bevor Sie mit dem Amtsrichter sprechen, schlage ich vor, dass wir ein Gespräch mit der Briefeschreiberin und ihrem Freund führen.« meinte Münter. Der Duft der blühenden Heckenrosen strömte durchs offene Fenster herein. Van Elderen lehnte sich zurück:

»Ich habe mit dem Chefkoch des ›Kaiserhofes‹ gesprochen. Er vermittelt uns einen Termin zum Gespräch mit Schiri und ihrem Freund«, sagte van Elderen.

»Ein unterschriebenes Protokoll über ihre Beobachtungen wäre uns sehr von Nutzen«, meinte der Staatsanwalt.

»Tomma Hoogelycht hat übrigens mit ihrem Lebensgefährten in der Tat eine Spritztour unternommen. Ob sie nur rund um Borkum gefahren sind, wie sie behauptete, können wir im Moment noch nicht sagen. Tomello befand sich um halb fünf noch in der Pizzeria, das habe ich überprüft«, sagte van Elderen.

»Ich gehe davon aus, dass Focko Hoogelycht einen Helfer gehabt hat, der vermutlich von St. Pauli aus den Zahnarzt angerufen hat. Fedor besaß keinen Tipp in dieser Richtung, aber er möchte ein Foto von Hoogelycht«, meinte Klaus Bresser.

»Herr Bresser, Sie schicken ihm einen Prospekt des ›Kaiserhofs‹ und begleiten Herrn van Elderen zusammen mit Herrn Münter nach Borkum. Ich lasse Zimmer für Sie buchen«, entschied der Staatsanwalt.

»Mit Vergnügen«, erwiderte Münter. Die Sekretärin betrat das Büro. »Ist es recht, wenn ich jetzt Tee serviere?«, fragte sie.

Der Staatsanwalt nickte. »All up Stee!«, sagte er zufrieden. Es sah so aus, als seien sie auf dem besten Wege, langsam Licht in das Dunkel dieses komplizierten Falles zu bringen.

Attila Geecer belegte den ausgewalzten Teil mit einer Schicht Ziehbutter, nahm die bereits vorbereitete Deckschicht vom Tisch und warf sie gekonnt darüber. Dann griff er nach dem Nudelholz und rollte es ohne großen Druck über die Teigschichten. Er räderte Dreiecke aus und bestrich die Ränder mit Kondensmilch.

Dann gab er gemahlene Haselnüsse in eine Schüssel, fügte Butter, Bittermandelöl und Wasser hinzu und rührte die Zutaten zu einem zähen Füllbrei, den er auf den Teig strich.

Der Chefkoch trat neben ihn und schaute zu. Er befand sich alleine mit dem Jungkoch im Küchentrakt.

Die Küchengehilfinnen hatten bereits gespült und waren nach Hause gegangen. »Für den Tee: Blätterteig-Nuss-Hörnchen«, sagte Attila.

Der Chefkoch nickte. »Ich habe Mittagspause. Die Salate sind so weit vorbereitet, die Aufschnittplatten stehen im Kühlschrank. Ich bin um siebzehn Uhr zurück«, sagte Sandomir. Dann schaute er sich um, als befürchte er, jemand könnte zuhören. »Attila, ich habe morgen Abend Besuch, wichtigen Besuch. Es wäre mir lieb, wenn du und Schiri den Abend bei mir verbringen könntet«, sagte er.

»Chef, habe ich vielleicht Ihren Geburtstag übersehen?«, fragte Attila, während er die Teilchen formte und auf das Backblech legte.

»Nein, es ist wegen des Briefes, den Schiri an die Kripo geschickt hat«, antwortete Sandomir.

Der Jungkoch richtete sich erschrocken auf. Aus seinem Gesicht war alle Farbe gewichen. »O Gott«, entfuhr es ihm. »Gibt es etwa Ärger deswegen?«

»Ja, aber nicht für euch«, flüsterte Sandomir.

»Woher wissen Sie …?«, fragte Attila und strich nervös seine weiße Schürze glatt.

»Von der Kripo. Sie verzichtete auf eine offizielle Einladung«, erklärte der Chefkoch. »Kommissar van Elderen möchte nur ein informelles Gespräch mit euch führen.«

»Und Schiri?«, fragte Attila

»Mit ihr habe ich bereits gesprochen. Sagen wir morgen Abend um halb neun bei mir«, schlug Sandomir vor.

Attila nickte. »In Ordnung«, antwortete er und setzte nachdenklich seine Arbeit fort, während Sandomir den Küchentrakt verließ.

Der Abend war mild. Die untergehende Sonne warf ihr Licht auf die rote Klinkerwand des gepflegten alten Backsteinhauses in der Nordkapstraße, in dem der Chefkoch des ›Kaiserhofs‹ wohnte.

Die Beamten gingen zur Tür. Im Vorgarten blühten Rosen und Margeriten. Der Rasen war kurz geschoren. Seitlich neben der Tür hing eine Tafel mit der Aufschrift ›*Zimmer belegt*‹.

Van Elderen drückte auf den Klingelknopf. Sie vernahmen Schritte, und kurz darauf wurde die Tür geöffnet. Der Chefkoch des ›Kaiserhofes‹ trug eine Jeans und ein kariertes Hemd. Die grauen Haare umrahmten sein volles, gebräuntes Gesicht, das offen und sympathisch wirkte.

»Herr Sandomir, das sind meine Kollegen aus Hamburg, Herr Bresser und Herr Münter«, erklärte van Elderen.

»Bitte, treten Sie ein«, sagte der Koch und führte sie durch einen Korridor in das gemütlich eingerichtete Wohnzimmer. Ein Fernseher, ein Esstisch mit Stühlen, eine Couch mit Sesseln und Rundtisch und eine alte Standuhr bildeten das Mobiliar, an einer Wand stand ein Bücherregal, an der anderen hing ein Ölgemälde, das Dünen vor anrollenden Wellen zeigte.

»Nehmen Sie doch Platz«, sagte der Koch und zeigte auf die Sitzecke. Die Beamten setzten sich in die Sessel.

»Meine Frau ist bei der Tochter und den Enkelkindern. Unser Schwiegersohn besucht im Moment einen Lehrgang. Er gehört zum Stamm der Radarstation der Bundeswehr hier auf Borkum«, fügte Sandomir stolz hinzu. Der Tisch war bereits gedeckt. Das Teegeschirr trug das ostfriesische Rosenmuster. »Mir liegt viel daran, dass die Verbrechen aufgeklärt werden. Dini Hoogelycht war eine patente Frau und Ulfert Hoogelycht nicht nur mein Chef«, erklärte der Koch.

»Woher wissen Sie, dass Dini Hoogelycht sich nicht selbst umgebracht hat?«, fragte Bresser.

»Bis Attila diesen Verdacht äußerte, war es nur eine Vermutung. Wissen Sie, die alte Dame war so voller Lebensmut, dass ich es mir einfach nicht vorstellen konnte. Tja, und dann hat Attila von seiner Beobachtung erzählt ... « Die Hausglocke ertönte, und Sandomir verließ das Zimmer.

Die Beamten vernahmen Fetzen einer Unterhaltung, und kurz darauf betrat der Koch mit dem türkischen Pärchen die Wohnstube. Er hatte seine Arme um ihre Schultern gelegt. Es waren hübsche junge Menschen, die zueinander passten, stellte Bresser insgeheim fest.

»Schiri und Attila«, stellte Sandomir die beiden vor und führte die jungen Leute an den Tisch.

Van Elderen wandte sich an Schiri. »Wir kennen uns ja bereits«, sagte er lächelnd.

»Ich bin Attila Geecer«, sagte der gut aussehende türkische Jungkoch und schüttelte den Beamten die Hand.

»Mein Name ist van Elderen, ich bin von der Kripo Borkum, meine Kollegen Herr Bresser und Herr Münter von der Hamburger Kripo. Es ist uns nicht allzu schwer gefallen, Sie als die Zeugen zu identifizieren, nachdem Sie uns den Brief zukommen ließen«, fügte der Kommissar hinzu.

Schiri trug enge Jeans und ein pinkfarbenes T-Shirt mit langem Arm. Attila trug Cordjeans und ein buntes Holzfällerhemd mit aufgesetzten Brusttaschen. Sie wirkten schüchtern und verlegen.

»Herr Sandomir hat sich freundlicherweise zur Verfügung gestellt, dieses Treffen zu ermöglichen. Wir möchten Ihre Namen im weiteren Verlauf der Aufklärungsarbeit nicht an die Öffentlichkeit dringen lassen. Ihr Arbeitgeber wird von unserer Unterhaltung nichts erfahren«, sagte van Elderen.

»Bitte, setzt euch doch – ich hole rasch den Tee«, sagte Sandomir und verließ das Wohnzimmer. Die beiden jungen Leute nahmen Platz.

Sandomir kam zurück, zündete die Teelichter an und stellte zwei Teekannen auf die Stövchen. Er holte aus der Küche eine Schale mit Teegebäck und schenkte den Tee ein. Seine Hand zitterte, auch er war nervös. »Bitte«, sagte er und setzte sich seinerseits.

»Schiri, Sie haben also den Brief geschrieben«, begann van Elderen behutsam. Die hübsche Türkin nickte verlegen. »Sie können mich ruhig duzen«, antwortete sie und rutschte unbehaglich auf ihrem Stuhl hin und her. »Attila hatte an dem Tag Beobachtungen gemacht, als die Seniorchefin sich angeblich erschossen hat. Ich habe Ihnen ja schon alles schriftlich erklärt«, sagte sie und sah ihren Freund aufmunternd an.

Attila nickte ernst, griff nach seiner Tasse und nahm einen Schluck. »Ich backte gerade Kuchen für den Nachmittagstee und glaubte plötzlich einen Schuss gehört zu haben. Gleichzeitig flog ein Düsenjäger über die Insel. Als ich ans Fenster ging und auf die Wiese schaute, sah ich eine Person, die davoneilte. Sie trug einen langen Mantel, so einen Wettermantel, und eine Pudelmütze«, sagte er.

»Und was hat Sie daran gestört?«, fragte Münter.

»Zuerst einmal, dass sich jemand auf der Terrasse vor dem Wohnzimmer der Seniorchefin aufgehalten haben musste. Unsere Hausgäste respektieren normalerweise den kleinen privaten Bereich vor der Liegewiese. Außerdem war es nicht so kalt, dass man einen langen Mantel und eine Mütze gebraucht hätte – und diese Person hatte es verdächtig eilig! Erst später brachte ich sie mit dem Schuss in Verbindung«, antwortete Attila.

»Was meinen Sie mit ›erst später‹?«, hakte Bresser nach.

»Schiri und ich haben die Zeitungsberichte verfolgt«, sagte er. »Nach dem Mord am Chef fiel es mir wieder ein.«

Die Beamten tranken Tee und nahmen vom Gebäck. »Diese Person hatte sich also nicht nur auffällig verhalten, sondern sich mit ihrer Kleidung getarnt. Gab es Ähnlichkeiten mit Ihnen bekannten Personen?«, fragte van Elderen, setzte seine Tasse ab und wartete gespannt auf eine Antwort.

Attila blickte seine Freundin verlegen an. Die Standuhr, vermutlich ein Erbstück, schlug dumpf neunmal an. Schiri nickte ernst, und Attila überwand seine Schüchternheit. »Ja, und genau deshalb war ich so verwirrt. Zuerst glaubte ich, die Chefin erkannt zu haben, doch dann kamen mir Zweifel. Es kann auch der Junior gewesen sein. Die Person hastete in die Dünen. Ich sah sie nur für Sekunden aus der Froschperspektive«, sagte er und lächelte verlegen.

Van Elderen knabberte Gebäck und schwieg abwartend. Schiri erläuterte. »Attila meint, dass die Person dicker war als unsere Chefin, aber schlanker als der Juniorchef.«

»Kann es sich um eine fremde Person gehandelt haben, die sich zufällig auf der Liegewiese vor den Dünen aufgehalten hat?«, fragte Münter.

Attila fuhr sich mit einer Hand durch sein schwarzes Haar. Er winkte ab. »Nein«, sagte er überzeugt, »die Person schien mir vertraut. Wenn es die Chefin war, dann trug sie unter dem Mantel vielleicht eine dicke Jacke oder so etwas. Und sollte es der Juniorchef gewesen sein, dann hat er sich möglicherweise bemüht, schlank zu erscheinen, und nur wenig unter dem Mantel getragen. Ich habe diese Person, wie gesagt, nicht von vorn gesehen«, fügte er hinzu und trank einen Schluck Tee.

»Frau Hoogelycht trägt ihr Haar lang. Haben Sie vielleicht ihren Zopf gesehen, oder bemerkten Sie Ausbeulungen unter der Pudelmütze?«, fragte Bresser.

»Nein, das nicht«, antwortete Attila.

»Kommen wir zu dem weiteren Inhalt des Briefes«, sagte Bresser, Er schaute sich um, entdeckte keinen Aschenbecher und ließ deshalb seine Zigarillos in seiner Westentasche. »Eure Beobachtungen im Yachthafen: Ihr habt eine Frau und einen Mann gesehen, und zwar am Abend des Mordes an Ulfert Hoogelycht. Ist das richtig?«

Schiri lächelte verlegen. »Herr Sandomir sagte mir, dass wir offen reden dürfen. Aber ich bin zufrieden mit meiner Arbeit im ›Kaiserhof‹, und auch Attila fühlt sich dort wohl. Wir fürchten um unseren Arbeitsplatz«, sagte sie schlicht.

»Schiri, eure Aussagen helfen uns, den Mörder zu überführen. Wir garantieren euch, dass ihr wegen eurer Zivilcourage keine Nachteile zu fürchten habt«, sagte Münter.

»Die beobachteten Personen waren Insulaner?«, fragte van Elderen.

»Ja. Wir saßen auf einem Poller und hörten Motorgeräusche. Ein Boot legte an. Attila sah auf dem benachbarten Steg Gestalten, und wir hörten Schritte«, antwortete Schiri.

»Wen sahen Sie?«, fragte Bresser gespannt. In der Wohnstube des Kochs war einen Augenblick lang nur das Ticken der Uhr zu vernehmen. Schiri fuhr verlegen mit der Zungenspitze über ihre vollen Lippen. Dann richtete sie sich auf und blickte die Beamten entschlossen an. »Es war schon spät nach neun, und wir mussten nach Hause. Als wir den Hafen verließen, fuhr ein Wagen an uns vorbei. In ihm saßen Tomma Hoogelycht und ein Mann, den wir nicht erkannten«, sagte sie, langte nach ihrer Teetasse und nahm einen großen Schluck daraus.

»Nach Angaben von Herrn Tomello hat er mit Frau Hoogelycht am besagten Abend einen kleine Spritztour mit seiner Motoryacht unternommen«, sagte van Elderen.

»Das kann schon sein. Sie verließen jedenfalls den Yachthafen. Es war bereits dunkel, doch Frau Hoogelycht haben wir trotzdem erkannt«, sagte Attila.

»Wer saß hinter dem Steuer?«, fragte Bresser.

»Attila und ich gingen am Kai entlang. Frau Hoogelycht lenkte den Wagen. Sie fuhr rechts an uns vorbei«, antwortete Schiri.

»Später sahen wir dann noch einen Polizeiwagen, der zum Hafen fuhr«, fügte Attila hinzu.

»Wir fertigen über dieses Gespräch ein skizzenhaftes Protokoll an, das nur für unsere interne Arbeit von Belang ist«, sagte van Elderen.

Sandomir schenkte Tee nach. »Na, Gott sei Dank, nun ist die Katze aus dem Sack«, sagte er gelöst.

»Ich bin froh, dass wir uns aussprechen durften. Wir haben außer mit Herrn Sandomir mit niemandem darüber gesprochen«, sagte Attila erleichtert.

»Wir verdanken euch wichtige Hinweise. Ich bitte euch, daraus keine voreiligen Schlüsse zu ziehen, und erwarte, dass ihr auch weiterhin eure Beobachtungen für euch behaltet. Wir haben unsere Recherchen noch nicht abgeschlossen«, erklärte Kommissar Bresser.

»Herr Sandomir, Ihnen danken wir für Ihre Vermittlerrolle und die freundliche Bewirtung«, sagte van Elderen lächelnd.

»Nichts für ungut. Das war ich meinen Schützlingen schuldig«, antwortete der Koch. »Und keine Angst – ich werde schweigen wie ein Grab!«

Münter und Bresser leerten die Tassen. »Ihr habt Mut bewiesen in einer Zeit, in der Wegsehen an der Tagesordnung ist«, sagte Münter.

»Ein bisschen Angst bleibt immer noch«, erklärte Schiri mit verlegenem Lächeln.

»Das ist verständlich, aber völlig überflüssig«, sagte Bresser.

»Wenn eure Aussagen helfen, die Morde aufzuklären, dann

fällt vielleicht sogar etwas von der ausgesetzten Prämie für euch ab«, sagte van Elderen tröstend.

Attila erschrak sichtlich. »Herr Kommissar, daran haben wir nicht gedacht«, sagte er irritiert.

»Aber wir«, erwiderte Münter grinsend. Die Beamten erhoben sich, reichten den jungen Leuten die Hand und verabschiedeten sich. »Sie hören von uns«, sagte van Elderen noch.

Sandomir begleitete die Beamten zur Haustür, während die beiden jungen Leute sich erleichtert anlächelten. Endlich hatten sie sich überwunden und fühlten sich beide befreit und erleichtert.

Tönjes van Elderen verfasste das Protokoll. Er las es noch einmal prüfend durch, stand auf und ging ins Schreibzimmer hinüber. Dort machte er zwei Kopien und faxte das Protokoll an den Staatsanwalt. Danach ging er zurück in sein Dienstzimmer, heftete das Protokoll in die Akte *›Mordfall Hoogelycht‹* und starrte noch einen Moment darauf. Focko Hoogelycht, davon ging er aus, hatte den langen Trenchcoat und die Pudelmütze zur Tarnung getragen. Jetzt ist der Staatsanwalt am Zuge, dachte er, legte die Akte in den Metallschrank, kochte sich einen Tee und verzehrte seine Schnitten. Dazu aß er eine Tomate und löffelte hinterher eine Kiwi aus.

Nach der Mittagspause läutete das Telefon. Van Elderen nahm den Hörer ab und meldete sich. »Tönjes? Hier Klaus. Wir sind gut angekommen, doch das ist nicht der Anlass meines Anrufes. Fedor schließt nicht aus, dass Focko Hoogelycht die Kalaschnikow irgendwo gekauft haben kann, aber nicht dort, wo sie von den Russen normalerweise angeboten werden«, trug Bresser vor.

»Dennoch setze ich auf ihn«, sagte van Elderen.

»Wir auch! Am besten heizen wir Tomma Hoogelycht ein, sie hat am meisten Einfluss auf ihn. Besorge uns von ihr und von ihrem Lebensgefährten Fotos. Fedor freut sich über jeden Auftrag«, fügte er hinzu.

»All up Stee! Bis dahin!«, sagte van Elderen und legte auf. Er erhob sich, trat an die Garderobe, nahm seine Wildlederjacke vom Haken und verließ das Zimmer.

Die Sonne schien durch hellgraue Wolkenfetzen. Irgendwo auf dem Festland musste sich ein Gewitter entladen haben, dafür sprach auch der frische, aufgebriste Wind. Der Kommissar stieg auf sein Fahrrad und radelte über die Wilhelm-Backer-Straße an der Apotheke vorbei über die Neuestraße zur Erftstraße, stellte das Fahrrad in den Ständer vor dem Gebäude und betrat die Pizzeria.

Einige Tische waren besetzt. Er entschied sich für einen Tisch, der ein wenig abseits in einer Ecke stand. Die Kellnerin fragte nach seinen Wünschen.

Van Elderen bestellte einen Cappuccino und bat: »Fragen Sie bitte die Chefin, ob sie einige Minuten Zeit für mich hat.«

Patricia ging zur Theke hinüber. Van Elderen beobachtete, wie sie mit dem Italiener, der die Kaffeemaschine bediente, kurz tuschelte und dann das Lokal verließ. Er hörte das Zischen des abziehenden Wasserdampfes.

Eine Serviererin brachte ihm den Cappuccino und zog sich dann zurück. Wenig später erschien die Witwe Hoogelycht. Sie trug eine weiße Bluse und eine marineblaue Weste, dazu weiße Jeans, und blickte van Elderen misstrauisch an.

»Frau Hoogelycht, ich hätte da noch ein paar Fragen. Nehmen Sie doch bitte für einen Moment hier bei mir Platz«, sagte der Kommissar.

»Ich weiß nicht. Wir haben alle Hände voll zu tun«, erwiderte sie distanziert.

»Ich besuche Sie heute dienstlich«, sagte van Elderen und wies auf den freien Stuhl.

»Patricia, für mich auch einen Cappuccino!«, rief Tomma Hoogelycht resigniert Richtung Tresen und nahm Platz. »Bitte fassen Sie sich kurz«, sagte sie verärgert. Sie entnahm ihrer Weste eine Zigarettenschachtel und ein Feuerzeug. »Rauchen Sie?«, fragte sie missmutig.

Der Kommissar winkte ab.

»Ohne Ihre ständigen Bemühungen, mich zu quälen, würde ich weniger rauchen«, sagte sie und steckte die Zigarette an.

»Meine beruflichen Verpflichtungen kosten mich ebenfalls Nerven«, antwortete van Elderen.

»Und Ihren Frust geben Sie dann weiter«, stellte Tomma Hoogelycht arrogant fest.

Patricia brachte den Cappuccino und verließ den Tisch. Van Elderen nippte an seiner Tasse und rieb sich danach mit der Hand den weiß-braunen Schaum von der Oberlippe. »Frau Hoogelycht, wir benötigen von Ihnen und Ihrem Lebensgefährten ein neuzeitliches Foto«, sagte er trocken.

»Ach«, entfuhr es ihr. Heftig stieß sie den Rauch aus. »Und was wollen Sie damit?«

»Wir brauchen die Bilder für unsere Recherchen und zur Dokumentation«, antwortete der Kommissar schlicht.

Tomma Hoogelycht griff nach ihrer Kaffeetasse, nahm ein paar kräftige Schlucke zu sich, setzte die Tasse ab, führte die Zigarette mit gespreizten Fingern an den Mund, machte ein paar hastige Züge und drückte die Kippe in den Aschenbecher, als ginge es darum, ein hässliches Insekt zu zerquetschen. Dann schaute sie van Elderen an, und in ihrem Blick lag ein tiefer, unergründlicher Hass. »Sie wollen uns doch wohl nicht mit einer Schlagzeile der Boulevardpresse überlassen und sich einen Prozess wegen Verleumdung, übler Nachrede und Geschäftsschädigung an den Hals holen?«, fragte sie erregt.

»Staatsanwalt Grothuis versteht es vorzüglich, die Presse auf Abstand zu halten«, antwortete van Elderen.

»Und wenn ich mich weigere und mich auf den Schutz der Persönlichkeit berufe?«, fragte die attraktive Wirtin trotzig.

»Dann wird der Staatsanwalt den Amtsrichter bitten, Sie wegen Verhinderung der polizeilichen Ermittlungsarbeit nach Aurich vorzuladen und die Fotos von Beamten erstellen zu lassen«, sagte van Elderen.

»Ihre Verdächtigungen entbehren jeder Grundlage. Mutter hat sich erschossen, und weder ich noch Herr Tomello haben mit dem Tode meines Mannes etwas zu schaffen. Sie sind auf dem falschen Dampfer! Die Russenmafia lassen Sie ungeschoren auf St. Pauli operieren, die Ausländerkriminalität wächst Ihnen über den Kopf, und nun benötigen Sie Vorzeigekriminelle«, zischte Tomma Hoogelycht wütend.

»Wir benötigen die Fotos für unsere Ermittlungsarbeit. Sie werden sicher dazu beitragen, Ihre Unschuld zu beweisen«, sagte der Kommissar und schaute die Mitinhaberin der Pizzeria auffordernd an.

»Ich weiß nicht, ob ich auf die Schnelle neuere Passfotos von mir und Enrico auftreiben kann«, erwiderte sie einlenkend.

»Nehmen Sie Urlaubsfotos von Ischia«, schlug van Elderen gelassen vor.

Tomma Hoogelycht hob ihre Tasse an den Mund und trank sie aus. Sie blickte den Kommissar noch einmal giftig an, doch dann stand sie auf und verließ wortlos den Tisch.

Tomma Hoogelycht tat van Elderen fast ein wenig Leid. Sie wusste von dem Verdacht, den die Beamten gegen ihren Sohn hegten, und bemühte sich, sie von dessen Fährte abzulenken.

Im Lokal herrschte jetzt reger Betrieb. Van Elderen vertrieb sich die Wartezeit, indem er den Kindern am Nachbartisch beim Spaghettiessen zusah, doch es dauerte gar nicht lange, bis Tomma Hoogelycht mit einem Briefumschlag in der Hand wiederkam. Mit verdächtig geröteten Augen blickte sie den Kommissar an und erklärte: »Hier – da haben Sie, was Sie wollten. Und jetzt lassen Sie uns gefälligst in Ruhe!«

Sie reichte van Elderen das Kuvert und ging hoch aufgerichtet davon.

Patricia schaute den Kommissar an und winkte ab, als er nach seinem Portemonnaie griff. Van Elderen verstand die Geste. Er stand auf, verließ das ›Ischia‹, stieg auf sein Fahrrad und fuhr zurück zur Dienststelle.

Urlauber strömten von den Stränden zurück in die Stadt. Die Geschäfte waren gefüllt, die Cafés und Restaurants gut besucht. Die Uhr vor der Apotheke zeigte Viertel vor sechs.

Van Elderen stellte sein Fahrrad ab und suchte sein Dienstzimmer auf. Dort setzte er sich an seinen Schreibtisch und öffnete das Kuvert. Der Inhalt bestand aus postkartengroßen Fotos, die Tomma Hoogelycht im Bikini am Strand, in Jeans und T-Shirt auf einer kleinen Hafenmauer und in legerer Freizeitkleidung vor einer Festungsruine zeigten. Tomello saß auf einem Bild am Steuer seines Motorbootes, das jetzt im Yachthafen von Borkum lag, vor südländischer Meerkulisse. Auf einem weiteren Foto lächelten Enrico Tomello und Tomma unter Palmen an einem Cafétisch in die Kamera.

Van Elderen betrachtete nachdenklich die Fotos und ließ sie noch einmal durch seine Hände gleiten. Es waren Schnappschüsse, die Tomma Hoogelycht in einer Trotzreaktion ihrem Bestand entnommen haben musste. Doch welches Ziel verfolgte sie damit? Zu der Zeit hatte Ulfert Hoogelycht noch an ihre eheliche Treue geglaubt, und seine Mutter hatte noch die Regie im ›Kaiserhof‹ geführt.

Tomma Hoogelycht hatte nicht viel an ihrem wesentlich älteren Mann gelegen. Das wollte sie mit den Fotos dokumentieren, schoss es dem Kommissar durch den Kopf.

Und Focko, ihr Sohn? Er hatte gewaltsam das gesucht, was der alte Herr ihm vorenthalten hatte. Er hatte sich für die vielen Demütigungen gerächt, die er von Seiten seines alten Herrn hatte hinnehmen müssen.

Van Elderen holte die Schreibmaschine aus dem Schrank und verfasste eine Aktennotiz. Anschließend faxte er diese an den Staatsanwalt. Er entnahm dem Schreibtisch eine Versandtasche, steckte die Fotos hinein, adressierte sie an das ›*Dezernat Rauschgift- und Bandenkriminalität, Polizeipräsidium Hamburg*‹ und gab sie in die Post, ohne jedoch aus dieser Richtung neue Erkenntnisse zu erwarten. Dann verließ er das Dienstzimmer, verabschiedete sich von dem Kollegen, der den Spätdienst versah, und radelte nach Hause.

Van Elderen verließ nach einem dreistündigen Saunabesuch das Hallenbad. Dunkle Wolken zogen tief über die Insel. Er radelte nach Hause und entging gerade noch dem einsetzenden Wolkenbruch. Er leerte im Bad die Saunatasche, steckte die Badetücher in die Waschmaschine, hängte den Bademantel über einen Bügel und ging in die Küche. Dort nahm er eine Flasche Mineralwasser aus dem Kühlschrank, trug sie ins Wohnzimmer, setzte sich in einen Sessel und stillte genussvoll seinen großen Durst. Draußen goss es noch immer in Strömen.

Kommissar van Elderen verzichtete auf das Fernsehen und hing seinen beruflichen Gedanken nach. Während der Saunagänge hatten seine Freunde ihn regelrecht mit Fragen über den Fall bombardiert, auf die er natürlich keine Antworten hatte geben dürfen. Er fuhr erschrocken aus seinen Betrachtungen auf, als das Telefon läutete. Er erhob sich und betrat das kleine Arbeitszimmer, das er sich mit seiner Frau teilte. Wenn sie nicht gerade – wie jetzt – in Urlaub war. »Spanien«, dachte er und langte voller Vorfreude nach dem Hörer.

»Van Elderen?«, meldete er sich.

»Bredefeld. Herr Kommissar, ich hatte eben einen Anruf! Es war wieder der Osteuropäer, und er hat mich wieder bedroht. Er will, dass ich das Haus aus dem Angebot der Stadtsparkasse nehme und es privat anbiete!«, berichtete der Zahnarzt. Er war sehr aufgeregt, wie van Elderen an seinen hastigen Atemzügen hören konnte.

»Bleiben Sie in Ihrer Wohnung. Ich rufe den wachhabenden Kollegen im Revier an. Er soll Sie abholen lassen und Sie zu mir bringen«, sagte der Kommissar ernst, legte den Hörer auf und wählte die Nummer des Reviers.

»Polizei Borkum, Nanninga«, vernahm er.

»Van Elderen. Schicken Sie den Streifenwagen bitte sofort zur Strandstraße Nummer fünf, zur Wohnung von Dr. Bredefeld. Die Kollegen sollen den Zahnarzt abholen und zu mir bringen!«, ordnete er an und legte den Hörer auf. Das darf doch nicht wahr sein! Der Mörder versucht erneut von sich abzulenken, fuhr es ihm durch den Kopf, und es lief ihm kalt über den Rücken. Er schaute auf die Uhr: Es war zehn nach zehn. Der Mörder versucht, seinen Kopf aus der Schlinge zu ziehen, und plant eiskalt einen dritten Mord, folgerte er.

Nach einer Weile nahm van Elderen wieder den Hörer ab und bediente die Wiederholungstaste.

»Polizei Borkum, Nanninga«, vernahm er.

»Van Elderen. Drücken Sie bitte die Funktaste. Befindet sich der Streifenwagen jetzt in der Nähe der Wohnung des Zahnarztes?«, fragte er nervös.

»Bleiben Sie in der Leitung. Einen Moment bitte!«

Van Elderen vernahm ein Rauschen. Dann drangen Wortfetzen an sein Ohr, und schließlich meldete Nanninga: »Dr. Bredefeld verlässt gerade in Begleitung eines Kollegen das Haus.«

»All up Stee!«, antwortete der Kommissar erleichtert. Er verließ die Wohnung, stieg die Treppe hinunter und öffnete die Haustür. Die Luft war mild und feucht, und es roch schon ein wenig herbstlich. Der Himmel bestand aus einer dunklen, schwarzen Wolkenmasse, und gerade in dem Moment, als Kommissar van Elderen auf den Gehsteig trat, begann es zu nieseln. Der Kommissar hörte das sonore Brummen eines Motors, und dann sah er den Passat. Der Wagen hielt genau neben ihm, und der Fahrer kurbelte die Scheibe nach unten. »Wir machen anschließend noch ein paar Runden durch das Viertel«, sagte er.

»Achten Sie auf Besucher«, antwortete der Kommissar und reichte Bredefeld die Hand, der gerade ausgestiegen war. »Kommen Sie mit, Doktor.«

Der Streifenwagen fuhr davon. Van Elderen begleitete den Zahnarzt über die Treppe nach oben und betrat mit ihm die Wohnung. »Geben Sie mir Ihre Jacke«, bat er und hängte sie an die Garderobe.

Dr. Bredefeld nahm seine Tasche mit ins Wohnzimmer. »Ich bin nicht mehr der Jüngste und hasse solche Abenteuer«, meinte er müde. Sein Gesicht war blass und faltig von der ausgestandenen Angst.

»Bei mir sind Sie sicher«, sagte van Elderen. »Machen Sie es sich bequem!«

»Er hat mich wieder bedroht!«, sagte Dr. Bredefeld aufgeregt.

»Nehmen Sie doch Platz«, bat van Elderen und zeigte auf die

Sitzecke. Der alte Mann setzte sich in den Sessel und schaute den Kommissar fragend an.

»Wir trinken jetzt zuerst einmal ein Bier zusammen«, sagte van Elderen, ging in die Küche, kam kurz darauf mit zwei Gläsern und einer geöffneten Flasche Bier zurück, aus der er ihnen beiden etwas eingoss.

»Prost«, sagte er und reichte Bredefeld eines der Gläser. Der Zahnarzt nahm einen großen Schluck. »Was will der Kerl noch von mir? Das Haus kann er haben. Warum bedroht er mich? Ich verstehe das alles nicht!«

»Sie bleiben heute Nacht aus Sicherheitsgründen bei mir. Meine Frau und mein Sohn sind in Spanien«, sagte van Elderen. »Ich habe Platz genug.«

»Der Anrufer … er will mich also wirklich umbringen?«, fragte der Zahnarzt mit blassen Lippen.

»Er will zumindest den Mord an Ihrem Freund den im Kiez von St. Pauli agierenden osteuropäischen Mafiosi in die Schuhe schieben«, antwortete der Kommissar.

»War es der Anrufer selbst, der Ulfert erschossen hat?«, fragte Dr. Bredefeld.

»Nicht unbedingt. Sie haben ja bei der Telekom eine Fangschaltung beantragt. Morgen früh erfahren Sie, wer Sie bedroht und angerufen hat. Am besten gehen Sie direkt nach dem Frühstück zum Telefonladen. Ich kann Sie leider nicht begleiten, der Staatsanwalt will mich in einer dringenden Angelegenheit sprechen«, erklärte van Elderen und trank einen Schluck Bier.

»Und der Mörder befindet sich hier auf Borkum?«, wollte Dr. Bredefeld wissen.

»Davon gehen wir aus. Wir sind ihm auf der Spur. Teilen Sie mir bitte morgen früh die Rufnummer und den Anschlusspartner mit. Wenn Sie mich nicht erreichen, hinterlassen Sie einfach eine Nachricht für mich im Revier. Rufen Sie danach sofort meine Kollegen Bresser und Münter an. Sie erreichen sie unter der Telefonnummer des Polizeipräsidiums Hamburg«, bat der Kommissar den Zahnarzt.

»Darf ich?«, fragte Dr. Bredefeld und nahm sein Raucheretui

aus seiner Reisetasche. Van Elderen nickte. Bredefeld stopfte sich eine Pfeife. »Dann befand ich mich also in Lebensgefahr?«, fragte er.

»Ja, vermutlich«, antwortete der Kommissar und schenkte Bier nach.

»Aber ich glaube nicht, dass Ihnen jetzt noch Gefahr droht!« Dass er für den Zahnarzt vom nächsten Morgen an Personenschutz anfordern würde, sagte er ihm hierbei nicht, um ihn nicht noch mehr zu beunruhigen.

Van Elderen fuhr aus dem Schlaf und stellte den Wecker ab. Es war halb sieben. Er stand auf, rasierte sich im Bad und zog sich an. Dann machte er sich in der Küche eine Schnitte, brühte sich einen Tee auf, horchte in den Flur und holte aus dem Arbeitszimmer ein Blatt Papier. Dr. Bredefeld schlief noch. Sie hatten bis spät in der Nacht Bier getrunken, und es hatte ihn viel Mühe und Überredungskunst gekostet, den alten Mann zu beruhigen und zum Schlafen zu bewegen. In großen Buchstaben schrieb er auf das Blatt:

LIEBER HERR DOKTOR, FRÜHSTÜCKEN SIE IN RUHE! KOCHEN SIE SICH TEE. IM KÜHLSCHRANK FINDEN SIE AUFSCHNITT. BROT STEHT AUF DEM TISCH.

P.S. ERKUNDIGEN SIE SICH SOFORT BEI DER TELEKOM!

Er legte die Mitteilung auf den Tisch, verließ die Wohnung, holte sein Rad aus dem Verschlag und radelte zum Revier. Der Wind war frisch, der Himmel aber nur schwach bewölkt. Das Tief hatte während der Nacht Norddeutschland überquert und war weitergezogen. Van Elderen betrat das Revier. Wachtmeister Nanninga, der Nachtdienst gehabt hatte, war noch da und wartete auf seine Ablösung.

»Von den Kollegen des Streifenwagens! Für Sie!«, sagte er und reichte van Elderen ein zusammengefaltetes Blatt Papier. Der Kommissar suchte sein Dienstzimmer auf und legte die Mitteilung erst einmal ungelesen auf den Schreibtisch. Er holte die Schreibmaschine aus dem Schrank, fertigte eine Aktennotiz an und faxte sie an die Staatsanwaltschaft. Danach entfaltete er das Blatt des Streifenwagenbeamten und las:

»Es gab keine besonderen Vorkommnisse, abgesehen davon, dass wir in der Nähe der Wohnung den Hotelier Focko Hoogelycht gesehen haben. Er trag einen langen Trenchcoat und in der Hand einen Regenschirm, hinter dem er sein Gesicht zu verstecken versuchte.«

Unterschrift: Heinz Paul, Wachtmeister.«

»Also doch«, murmelte van Elderen und überlegte fieberhaft, was nun zu tun sei.

Dr. Bredefeld war äußerst nervös. Ihn hatte ein Lampenfieber ergriffen, in das sich große Angst mischte.

Bereits beim Frühstück hatten die gut gemeinten Worte des Kommissars ihre beruhigende Wirkung verloren, die ohnehin nicht dazu beigetragen hatten, die Hintergründe im Mordgeschehen offen zulegen.

Am Himmel trieben weiße Schäfchenwolken. Gelegentlich stieß die Sonne durch, und ein frischer Wind wehte aus südlicher Richtung. Der Zahnarzt trug schwer an der Reisetasche, die ihm, obwohl sie nur halb voll war, heute doch zur Last wurde.

Nach den Aussagen des Kommissars befand sich der Mörder auf Borkum, und dieser Verbrecher hatte ihm am Abend zuvor nach dem Leben getrachtet! Dr. Bredefeld schaute sich ängstlich um, beobachtete die Passanten, als könne jeder von ihnen der Mörder sein. Als er das weiße Emailleschild der Arztpraxis sah, blieb er kurz stehen, doch dann gab er sich einen Ruck, ging weiter und betrat wenig später entschlossen den Telefonladen. Er entnahm seiner Brieftasche den Pass und reichte ihn dem jungen Mann hinter dem Schalter. »Ich hatte eine Fangschaltung beantragt«, sagte er.

»Einen Moment bitte. Warten Sie«, sagte der Angestellte und verschwand kurz im hinteren Teil des Raums.

Dr. Bredefeld spürte ein Sodbrennen. Er mied die Blicke der anderen Besucher und wischte sich den Schweiß von der Stirn. Er musste nicht lange warten. Der junge Angestellte winkte ihn zu sich.

Dr. Bredefeld trat wieder an den Schalter.

»Hier sind Ihr Pass, die gewünschte Rufnummer und die Anschrift des Anschlussteilnehmers«, sagte der Mann und schob Dr. Bredefeld die Unterlagen zu. »Bestätigen Sie bitte die Entgegennahme«, sagte er.

Der Zahnarzt unterschrieb das Formular. »Ich habe noch eine Bitte. Ich benötige die Telefonnummer des Hamburger Polizeipräsidiums«, sagte er, steckte den Pass ein und nahm das Formblatt entgegen. Seine Hände zitterten.

»Gern«, sagte der junge Mann, langte nach dem Telefonhörer. Sekunden später schrieb er die gewünschte Nummer auf einen Zettel und reichte ihn dem Zahnarzt.

Wachtmeister Paul lenkte den VW-Bus auf den Kai. Sein Kollege Sammusch saß auf dem Beifahrersitz. Van Elderen stieg aus. Auf der Nordsee kreuzten Segelboote, am aufgelockerten Himmel trieb der Wind weiße Wolken vor sich her. Van Elderen beobachtete das Anlegemanöver der ›*Westfalen*‹. Die Passagiere verließen das Fährschiff und strömten der Inselbahn entgegen. Die ersten Autos rollten von Bord.

Van Elderen näherte sich der Passagierbrücke und beobachtete die Gäste, die mühsam ihr Gepäck schleppten. Schließlich entdeckte er Grothuis. Der Staatsanwalt schaute sich suchend um. Er trug einen Aktenkoffer.

Van Elderen näherte sich ihm. »Moin! Kommen Sie, auf der Mole wartet der Wagen«, sagte er.

»Moin! Gibt es etwas Neues?«, fragte der Staatsanwalt und folgte dem Kommissar zum Polizeifahrzeug.

»Sie haben mein Fax wohl nicht mehr erhalten. Dr. Bredefeld

hat bei mir übernachtet. Der Osteuropäer hat ihn gestern Abend erneut angerufen und bedroht. Die Besatzung des Streifenwagens sah bei einer späteren Kontrollfahrt Focko Hoogelycht in der Nähe der Wohnung des Zahnarztes. Er versuchte sich hinter einem vorgehaltenen Regenschirm den Blicken der Beamten zu entziehen. Er trug wie Sie einen langen Trenchcoat«, sagte van Elderen.

Der Staatsanwalt grinste. »Mördermode! Stark im Kommen. Doch Spaß beiseite: Bei dem wechselhaften Wetter ist so ein Mantel wirklich praktisch. Hoogelycht hat seinen ja schon einmal bei einer ähnlichen Gelegenheit getragen. Was ist eigentlich aus Dr. Bredefelds Fangschaltung geworden?«

»Dr. Bredefeld erkundigt sich gerade danach. Er wird mir sofort eine Nachricht zukommen lassen«, sagte van Elderen. Sie näherten sich dem VW-Bus. »Uns bleibt genügend Zeit. Um achtzehn Uhr dreißig legt die letzte Fähre ab. Wenn der mutmaßliche Mörder nicht einsichtig ist, dann bringen wir ihn eben in Handschellen zum Festland. Dort wartet ein Streifenwagen auf mich. Wir haben im Untersuchungsgefängnis eine Zelle hergerichtet«, sagte der Staatsanwalt kalt.

Sammusch und Paul stiegen aus und begrüßten den Staatsanwalt.

»Sie kennen ja Ihre Aufgaben: Wir werden den mutmaßlichen Mörder möglichst ohne Aufsehen zu einem Verhör ins Revier bitten, und sollte er Schwierigkeiten machen, dann legen Sie ihm Handschellen an«, sagte Grothuis.

»All up Stee! Bitte steigen Sie ein«, erwiderte Wachtmeister Paul und setzte sich wieder hinter das Steuer.

Auch der Kommissar, Staatsanwalt Grothuis sowie Wachtmeister Sammusch stiegen ein, und kurz darauf reihte sich der Wagen in den Verkehr ein.

Wachtmeister Paul parkte den VW-Bus vor der Treppe des Renommierhotels und stellte den Motor ab. Er blieb mit seinem Kollegen Sammusch im Wagen, während der Staatsanwalt und der

Kommissar das Hotel betraten. Die Beamten hielten sich für den Fall bereit, dass der Mörder sich uneinsichtig zeigen würde.

Der Staatsanwalt und der Kommissar betraten den eleganten Empfangsraum und gingen zur Rezeption. Van Elderen bediente die Glocke, und der Staatsanwalt blickte sich interessiert um. Alles wirkte sauber und gepflegt. Swetlana kam aus dem Zimmertrakt herüber und erschrak, als sie den Kommissar erkannte. Rasch trat sie hinter den Tresen und blickte die Besucher fragend an.

»Ja, was wünschen Sie?« Ihr hübsches Gesicht mit den großen, braunen Augen wirkte ernst.

»Darf ich vorstellen, Herr Staatsanwalt Grothuis. Wir sind gekommen, um mit Ihrem Verlobten ein Gespräch zu führen«, sagte van Elderen.

Swetlana rang um Fassung. Sie lächelte verlegen. »Gehen Sie schon vor in den Speisesaal – ist im Moment ganz leer. Ich bestelle Tee für Sie, und Focko kommt gleich zu Ihnen«, sagte sie, bemüht ihre Nervosität nicht zu zeigen.

»Danke, das ist nicht nötig. Wir warten hier auf Herrn Hoogelycht«, erwiderte der Staatsanwalt.

Swetlana blickte sie hilflos an. »Gut ich hole Focko«, antwortete sie und eilte davon. Sie trug eine Folklorebluse und einen blau-grün gestreiften, knöchellangen Rock, der ihre gute Figur unterstrich. Ihr dunkles Haar hatte sie zu einem Zopf geflochten, der ihr sehr gut stand.

»Was weiß sie?«, fragte Grothuis nachdenklich.

»Immerhin ist sie die Verlobte des mutmaßlichen Doppelmörders«, antwortete van Elderen. »Irgendetwas wird sie wohl mitbekommen haben!«

Die Besucher mussten nicht lange warten. Focko Hoogelycht schritt ihnen hoch aufgerichtet entgegen. Im Kragen des weißen Hemdes saß der Knoten einer bunten Krawatte. Darüber trug der junge Hotelier eine weite Wildlederweste, und um seinen Bauch spannte sich der Bund einer Designer-Jeans. Seine Miene war ebenso arrogant wie abweisend. »Ich stehe Ihnen zur Verfügung«, sagte er mit einem spöttischen Unterton und reichte den

Beamten die Hand. Er wies zum Speisesaal hinüber. »Was wünschen Sie, Tee oder Kaffee?«, fragte er.

»Weder noch, Herr Hoogelycht«, erwiderte der Staatsanwalt. »Ich fordere Sie auf, eine Tasche zu packen und uns zu begleiten. In meinem Aktenkoffer befindet sich der vom Amtsrichter unterschriebene Haftbefehl. Sie stehen im Verdacht, Ihre Großmutter und Ihren Vater ermordet zu haben«, sagte Grothuis ernst.

Focko Hoogelycht stierte den Staatsanwalt fassungslos an. Er atmete schwer. Seine Hand zitterte, als er den Krawattenknoten lockerte, und auf seiner Stirn bildeten sich Schweißtröpfchen.

»Ich soll Papa …«, er schluckte und sah sich um, doch da war niemand, der ihm Beistand leistete.

»Ja, und außerdem haben Sie Dini Hoogelycht erschossen. Ein Zeuge hat Sie gesehen, als Sie mit einem Trenchcoat und einer Pudelmütze bekleidet die Wohnung Ihrer Großmutter verließen und in die Dünen geflohen sind. Sie haben in Hamburg eine Kalaschnikow erworben, in Accumersiel eine Motoryacht gestohlen, den Kurs der Segler gekreuzt und auf Ihren Vater geschossen«, sagte der Staatsanwalt.

»Das war ich nicht! Das waren die Russen«, schrie Focko. Er war außer sich.

»Herr Hoogelycht, nehmen Sie bitte Vernunft an. Hier ist nicht der richtige Ort, ein Verhör durchzuführen. Wir spielen nicht Räuber und Gendarm. Packen Sie eine Tasche für die Untersuchungshaft! Sie bekommen genügend Gelegenheit, zu unseren Vorwürfen Stellung zu beziehen. Wir werden Sie auf dem Revier gründlich verhören«, sagte van Elderen.

»Das kann doch nicht Ihr Ernst sein! Suchen Sie Ihren Mörder auf St. Pauli! Sie … Sie … Sie sind verrückt geworden!«, stieß der Hotelier wütend hervor.

Swetlana kam herbeigestürzt. Sie hatte einen Teil des Gesagten mitbekommen, und ihr liefen die Tränen über die Wangen. »Lassen Sie Focko – er hat nichts getan!«, rief sie aufgelöst.

»Wir wollen keine Szene. Bitte begleiten Sie Herrn Hoogelycht und den Kommissar in Ihre Wohnung! Herr Hoogelycht, ich bitte

Sie. Es liegt nicht in meiner Absicht, Sie in Handschellen zum Verhör zu führen«, sagte Grothuis energisch.

»Wohnung ist nicht hier«, murmelte Swetlana. Hoogelycht starrte ihn nur böse an. Der Staatsanwalt ging zur Tür und gab den Beamten ein Zeichen. Gleich darauf betraten die Wachtmeister Paul und Sammusch das Hotel, die Hände an den Koppeln mit den Pistolentaschen und Handschellen. Swetlana nahm ihren Verlobten schluchzend an die Hand und führte ihn zum Polizeibus. Willenlos folgte er ihr hinein, und Wachtmeister Paul lenkte den Kleinbus zu der Eigentumswohnung des ungleichen Pärchens.

Der Hausmeister hatte im kleinen Konferenzzimmer einige Tische und Stühle zusammengerückt. Staatsanwalt Grothuis nahm mit van Elderen an der Stirnseite Platz und wies den Polizisten und Focko Hoogelycht die Stühle gegenüber an.

Ein Beamter betrat das Sitzungszimmer und überreichte van Elderen eine Mitteilung. »Von Dr. Bredefeld«, sagte er und zog sich rasch wieder zurück. Der Kommissar las die Aktennotiz und reichte sie dem Staatsanwalt.

»Hervorragend«, sagte dieser, öffnete seine Aktentasche und legte die Mitteilung hinein. Er entnahm der Tasche einige vorbereitete Formulare und wandte sich an Wachtmeister Paul. »Führen Sie bitte das Protokoll. Hier ist ein Kugelschreiber«, sagte er.

Focko Hoogelycht saß breitbeinig auf dem Stuhl vor dem Tisch. Er hatte sich umgezogen und trug jetzt ein dunkelblaues Pulloverhemd und beige Cordjeans. Seine Füße steckten in festen Wanderschuhen. Er hatte seine Tasche im Bulli gelassen.

Durch die geöffneten Fenster drang warme Spätsommerluft in das Zimmer. Auf den Dächern der Nachbargebäude gurrten die Tauben.

Wachtmeister Sammusch beobachtete Hoogelycht und hielt sich bereit einzuschreiten, falls der mutmaßliche Doppelmörder sich zu irgendwelchen Dummheiten hinreißen lassen sollte. Doch das tat der Erbe des Renommierhotels nicht. Er wirkte oft für Sekunden wie abwesend, als müsse er über vieles nachdenken. Der Staatsanwalt stellte unzählige Fragen, die Focko Hoogelycht nur zögernd und unwillig beantwortete. Im Laufe des Verhörs verstrickte er sich immer mehr in Widersprüche. Er gab zu, mehrmals Hamburg besucht zu haben. Er hatte, so gab er zu Protokoll, sich das Angebot an Waffen auf dem schwarzen Markt angeschaut, sich sogar nach einer Panzerfaust und nach Schnellfeuergewehren erkundigt, behauptete aber, nie etwas gekauft zu haben!

»Waffen haben mich stets fasziniert. Bei der Bundeswehr habe ich gelernt, auf Pappkameraden zu schießen, und das hat mir viel Spaß gemacht«, erklärte er und vergaß für Sekunden, dass er hier vor Aufklärungsbeamten Aussagen machte, die zu Protokoll genommen wurden. Er hatte seinen Vater gehasst, auch das gab er zu. »Aber ihn zu erschießen, nein, das wäre mir nicht einmal im Traum eingefallen«, sagte er trotz der erdrückenden Beweislast.

Zu seiner Mutter hatte er ein besseres Verhältnis gehabt. »Mama hat mir immer beigestanden, auch wenn mir mal etwas schief gelaufen war«, gab er zu Protokoll. »Dass sie sich mit meinem Vater nicht mehr verstand, war kein Wunder!«

Er kannte das ›Johannisgehölz‹ in der Nähe des Kiezes, bestritt aber, dort eine Kalaschnikow entsorgt zu haben. Auch gab er zu, dass er nach dem Gespräch mit den Handwerkern im Hotel ›Erbprinz‹ in Emden mit seinem Porsche an der Küste entlanggefahren war und sich in den Häfen Boote angeschaut hatte. Doch er erklärte vehement, er habe keines davon betreten.

»Und warum haben Sie Ihre Großmutter umgebracht?«, fragte van Elderen scharf.

»Das habe ich nicht getan! Großmama hatte Krebs und wäre bald gestorben! Warum hätte ich sie töten sollen? Sie hat mir immer ausgeholfen, wenn ich Geld brauchte!« Er redete viel, um seine Unschuld zu beweisen, doch die Beamten glaubten ihm nicht.

»Ja, ich besitze einen langen Trenchcoat und auch eine Pudelmütze. Ich mag die steifen Prinz-Heinrich-Mützen nicht!«, erklärte er.

»Dr. Bredefeld hat gestern Abend wieder eine Morddrohung für den Fall erhalten, dass er sein Haus nicht frei anbietet. Und der Anrufer war wieder ein Osteuropäer. Hat vielleicht ein Verwandter von Swetlana Roederich Ihnen geholfen, das Boot zu stehlen und die Telefonaktionen durchzuführen?«, fragte der Staatsanwalt.

Hoogelycht sprang wie elektrisiert auf und blickte wütend um sich. »Lassen Sie um Himmels willen Swetlana aus dem Spiel!«, schrie er. Wachtmeister Sammusch nahm seinen Arm und drückte Hoogelycht zurück auf den Stuhl. »Keine Mätzchen!«, warnte er.

»Gibt es dann vielleicht einen osteuropäischen Killer, der Ihnen die schmutzige Arbeit abnahm und Ihren Vater erschoss?«, fragte van Elderen.

»Nein, nein und nochmals nein«, schimpfte der Beschuldigte wütend.

»Wir interpretieren nur Fakten. In diesem Zusammenhang möchte ich von Ihnen wissen, ob Sie ein Eckcafé in Hamburg kennen, es liegt zwischen der Kapitän-Lührs-Straße und der Schwestern-Straße. Der Eigentümer heißt Hans-Hermann Schieneburg«, erklärte der Staatsanwalt.

»Ich kenne es zufällig, ich habe während meiner Tätigkeit in Hamburg dort gelegentlich einen Kaffee getrunken«, sagte Focko Hoogelycht.

»Der Osteuropäer hat gestern Abend Dr. Bredefeld vom Anschluss des Eckcafés aus angerufen. Unsere Hamburger Kollegen werden der Sache nachgehen. Sie müssen wissen, Dr. Bredefeld hatte eine Fangschaltung beantragt«, sagte van Elderen ruhig.

Focko Hoogelycht fehlten die Worte. Er atmete schwer und griff mit den Händen an den Kragen seines Pulloverhemdes, als schnüre dieser ihm die Luft ab.

»Gestern Abend wurden Sie in der Nähe von Dr. Bredefelds Wohnung gesehen. Sie beabsichtigten auch, Dr. Bredefeld zu ermorden, um erneut den Verdacht auf die Mafia zu lenken!«, fuhr der Kommissar unbarmherzig fort.

Focko Hoogelycht war mit seinen Kräften am Ende. »Ich wollte den Zahnarzt nur wegen einiger Einzelheiten befragen, die mit Papas Tod im Zusammenhang stehen«, stammelte er.

»Herr Hoogelycht, am besten bemühen Sie sich um einen Anwalt oder überlassen Sie es Ihrer Mutter, für Sie einen Strafverteidiger ausfindig zu machen«, sagte der Staatsanwalt und beendete das Verhör. Der junge Hotelier schien resigniert zu haben. Er blickte nur starr vor sich hin und unterschrieb schließlich ohne Einwendungen das Protokoll. Doch auch jetzt noch leugnete er jede Beteiligung an den beiden Morden.

»Herr Hoogelycht, wenn Sie vernünftig sind, dann verzichte ich auf Handschellen und polizeiliche Begleitung«, sagte der Staatsanwalt.

»Keine Angst, ich bringe Sie schon nicht um«, erwiderte Focko Hoogelycht müde.

Was mochte in einem Menschen vorgehen, der aus Habsucht und Hass zwei Menschen getötet hatte, fragte sich der Kommissar.

»Herr Hoogelycht folgen Sie mir zum Wagen«, sagte der Wachtmeister.

»Wenn es denn sein muss!«, sagte der junge Hotelier mit finsterer Miene.

Swetlana Roederich steckte den Kopf nicht in den Sand – im Gegenteil. Sie leitete auch weiterhin das Hotel zur Zufriedenheit der anspruchsvollen Gäste. Die Nachricht von der Inhaftierung ihres Verlobten hatte wie eine Bombe eingeschlagen. Überall auf Borkum wurde gemunkelt, und hinter vorgehaltener Hand kursierten die tollsten Gerüchte.

Tomma Hoogelycht hatte Swetlana nur einmal kurz am Tresen der Rezeption aufgesucht und ihr aufgelöst mitgeteilt, dass sie von Fockos Unschuld überzeugt sei. Sie hatte für ihn einen Rechtsbeistand engagiert, ohne Swetlana zu fragen, doch die junge Frau nahm all das ungekränkt hin.

Das Personal stand geschlossen hinter Swetlana. Sie hielt trotz der vielen Anfeindungen zu Focko, obwohl ihr das Leben von einigen Insulanern recht schwer gemacht wurde. Das Gerede um die ›Russenmafia‹, die es angeblich geschafft hatte, auf Borkum Fuß zu fassen, beunruhigte Swetlana zusätzlich. Sie hatte Angst, wenn sie abends die Türen schloss und die Einnahmen im Tresor des kleinen Büros deponierte, in dem tagsüber Frau Ammermann arbeitete. Die Sekretärin war ihr eine zuverlässige Stütze und trug dazu bei, dass der Geschäftsbetrieb reibungslos ablief.

Swetlana weinte viel, wenn sie abends allein in der Eigentumswohnung saß, und weder die Sendungen im Fernsehen noch andere Zerstreuungen vermochten sie von ihrem Kummer abzulenken. Sie war von der Unschuld ihres gutmütigen Verlobten überzeugt.

Kommissar Klaus Bresser stand am geöffneten Fenster und blickte auf den pulsierenden Verkehr hinunter. Münter saß am Schreibtisch und studierte eine Akte.

»Fedor hat sich noch nicht gemeldet«, sagte er jetzt und blickte auf.

»Grothuis fährt heute nach Borkum, um Focko Hoogelycht zu inhaftieren«, erklärte Bresser. Er wandte sich vom Fenster ab und setzte sich ebenfalls an seinen Schreibtisch. Das Telefon läutete, und er nahm den Hörer ab.

»Ein Dr. Bredefeld, ich stelle durch«, klang es ihm entgegen.

Klaus Bresser drückte die Lautsprechertaste und meldete sich. »Hallo Herr Doktor, wo brennt's?«, fragte er.

»Gestern Abend hat mich der Osteuropäer erneut angerufen und mich bedroht. Ich soll das Haus in den freien Verkauf geben«, sagte der Zahnarzt.

»Haben Sie van Elderen benachrichtigt?«, fragte Bresser.

»Ja, er weiß Bescheid. Ich habe ihm den Anschluss und die Rufnummer mitteilen lassen«, antwortete Dr. Bredefeld.

»Schießen Sie los! Sie lautet ...?«, fragte Bresser und horchte in den Hörer.

»Vorwahl für Hamburg, dann 76 91 81, Anschlussinhaber ist Hans-Werner Schienenburg, Inhaber des Eckcafés auf der Kapitän-Lührs-Straße, Ecke Schwestern-Straße.« Münter schrieb mit.

»Danke, wir machen uns gleich auf den Weg«, sagte Bresser.

»Viel Erfolg«, meinte Dr. Bredefeld. Seine Stimme klang gequält.

»Seien Sie beruhigt: Ihnen droht keine Gefahr mehr!«, sagte der Kommissar und legte den Hörer auf.

»Ich kenne das Café«, sagte Münter.

Über Hamburg trieben weiße Wolken. Ein milder Wind strich durch die Straßen, durch die um diese Zeit der Berufsverkehr kroch. Auch auf den Bürgersteigen herrschte reges Treiben.

Die Tische vor dem Eckcafé waren besetzt, die Tür stand weit auf. Hinter der Ladentheke bedienten mehrere Verkäuferinnen, und es roch verführerisch nach frischem Backwerk. Die Beamten fanden im hinteren Teil einen freien Fenstertisch und nahmen Platz. Das Café war sehr modern, aber stilvoll eingerichtet, und auf dem mit glasierten Steinfliesen belegten Fußboden spiegelte sich das Licht der Deckenstrahler. Die kleinen Sessel trugen eine grünblaue, mit den Tischtüchern und der Tapete abgestimmte Bespannung. An den Wänden hingen alte Stiche von Segelschiffen. Die Bedienungen trugen halblange, dunkelblaue Röcke und weiße Blusen mit grünen Halstüchern, und die gut gekleideten Gäste gehörten zu den Bürgern, die nicht auf die Mark schauen mussten.

Bresser schaute durch das Fenster hinüber in den kleinen Park und holte seine Zigarillopackung aus der Westentasche. Eine hübsche Serviererin trat an den Tisch.

»Bitteschön?«, fragte sie.

»Zwei Kännchen Kaffee«, sagte Münter.

»Möchten Sie auch Kuchen?«, fragte sie und lächelte charmant.

»Was können Sie uns denn empfehlen?«, fragte Bresser zurück.

»Stachelbeertorte mit Baiser, ist heute sehr frisch und gut«, erwiderte die junge Frau.

Münter nickte. »Zweimal«, bestellte er.

Die Bedienung verließ den Tisch, und Bresser stand auf. »Ich schaue mich nur ein bisschen um«, sagte er und verschwand in Richtung eines Schildes mit der Aufschrift ›*Toilette*‹. Als er zurückkam, wurde gerade der Kuchen gebracht.

Bresser nahm den Zahlungsbon in die Hand und grinste die Bedienung freundlich an. »Wer ist der Chef dieser Goldgrube?«, fragte er.

Über das hübsche Gesicht der jungen Frau flog ein Schatten. »Sie hatten doch Kuchen bestellt«, sagte sie nervös.

»Darum geht es nicht«, erklärte Münter beschwichtigend. »Wir sind sehr zufrieden.«

»Kripo, wir ermitteln in einer Verkehrssache«, sagte Bresser.

Das Bedienungsfräulein atmete sichtlich erleichtert auf. »Chef ist Herr Schienenburg. Er ist in der Backstube. Er arbeitet nicht immer mit, aber heute ist eine große Hochzeit in Blankenese«, fügte sie vertraulich hinzu.

»Seien Sie artig und sagen Sie ihm, dass wir ihn unbedingt sprechen müssen«, sagte Münter, griff nach seinem Kännchen und bediente sich. Die Kellnerin schritt beeindruckt davon.

Sie aßen den Kuchen, der ihnen hervorragend schmeckte, und ein paar Minuten später kam ein hoch gewachsener Mann an ihren Tisch, der weiße Jeans und ein ebensolches T-Shirt trug. Sein Gesicht war blass, sein Haar glatt nach hinten gekämmt, und er wirkte offen und sympathisch. Die Beamten standen auf.

»Hans-Werner Schienenburg. Ich bin Konditormeister und Eigentümer dieses Cafés«, stellte er sich vor.

»Kripo, mein Name ist Münter, mich begleitet Herr Bresser«, sagte er und hielt das Messingkettchen mit der Polizeimarke in der offenen Hand. Bresser, der sich in punkto Körpergröße auch nicht ganz mit dem Hausherrn messen konnte, wies auf die Stühle. »Bitte, ich denke, wir sollten uns setzen. Übrigens: Ihr Kuchen schmeckte hervorragend«, fügte er noch hinzu.

»Danke! Aber fassen Sie sich bitte kurz. Wir müssen für eine große Hochzeit ...«

Bresser unterbrach ihn. »Das haben wir bereits erfahren.« Er steckte sich einen Zigarillo an.

»Rauchen Sie?«, fragte Münter und hielt dem Konditormeister die Schachtel entgegen.

»Um diese Zeit nicht«, erwiderte Schienenburg. »Was ist nun mit der Verkehrssache?«

»Nichts«, antwortete Münter, steckte sich die Zigarette an, machte einen Zug und legte Schienenburg die Telefonnummer vor, die er sich während des Telefonats mit Bredefeld notiert hatte.

»Das ist meine Anschlussnummer«, sagte Schienenburg.

»Wir recherchieren in einer Mordsache«, ließ Bresser die Katze aus dem Sack. »Die Teilnehmernummer verdanken wir einer Fangschaltung der Telekom. Von Ihrem Anschluss aus hat jemand mit östlichem Akzent Drohanrufe getätigt«, sagte Bresser.

Der Konditormeister schaute die Beamten überrascht an. »Mordsache?«, fragte er und zog die Stirn kraus.

Die Beamten nickten. »Der Mann, den wir suchen, muss nicht der Mörder sein. Er ist allerdings in den Fall verwickelt«, erklärte Münter.

»Von meinem Anschluss?«, vergewisserte sich Schienenburg verunsichert.

Schienenburg legte seine großen Hände übereinander auf den Tisch. Im breiten Ehering spiegelte sich das Licht des Deckenstrahlers. »Mein Büro befindet sich in der ersten Etage, die Backstube im Souterrain. Dort habe ich einen Anschluss hinter dem Sanitärbereich im Aufenthaltsraum. Ich beschäftige einige Kellnerinnen und einen deutsch-russischen Konditor. Er heißt Michail Slotowing. Er spricht relativ gut Deutsch und hilft gelegentlich am Verkaufstresen aus, wenn eine Verkäuferin ausfällt«, sagte Schienenburg.

»Und Herr Slotowing wohnt wahrscheinlich bei ihnen im Haus und hat Zutritt zum Telefon?«, fragte Bresser interessiert.

»Ja, Michail ist ein zuverlässiger, angenehmer Angestellter. Ich bin sehr zufrieden mit ihm«, sagte der Konditormeister.

»Wir möchten ihm gern ein paar Fragen stellen«, erklärte Münter und drückte seine Kippe in den Aschenbecher.

»Er hat leider zur Zeit Urlaub und besucht Verwandte in Russland«, sagte Schienenburg.

»Und wann kommt er zurück?«, fragte Bresser.

»In zehn Tagen«, erwiderte Schienenburg und erhob sich.

»Wir bitten Sie bis dahin um Verschwiegenheit«, sagte Münter.

Der Konditormeister nickte. »Na, dann viel Erfolg! Schönen Tag noch«, sagte er und ging zurück in die Backstube. Bresser winkte die Bedienung an den Tisch.

Nach der Konferenz brachten die regionalen Zeitungen Fockos Bild mit knappen, aber belastenden Berichten. Die Boulevardpresse berief sich auf ihre Informationen und versah ihre Artikel und Stellungnahmen mit reißerischen Überschriften. Sie stilisierte Focko Hoogelycht als ›Monster von Borkum‹ hoch.

Tomma Hoogelycht war außer sich. Auf ihrem Sohn lastete der Verdacht, seine Großmutter und seinen Vater aus niedrigen Beweggründen ermordet zu haben. »Unglaublich, was diese Stümper von der Polizei sich herausnehmen dürfen – und die Presse ist noch schlimmer«, stieß sie immer wieder in ohnmächtiger Wut hervor.

Doch weder der ›Kaiserhof‹ noch die Pizzeria ›Ischia‹ verzeichneten wegen der Verdächtigungen des jungen Hoogelycht Umsatzeinbußen. Während Swetlana sich gefasst hinter dem Tresen der Rezeption von Reportern fotografieren ließ und deren Fragen stets mit dem stereotypen Satz: »Focko ist kein Mörder«, beantwortete, begann Tomma Hoogelycht einen wahren Sturmlauf gegen das große Unrecht, das ihrem Sohn widerfuhr. Sie verließ mehrmals die Insel, um in Hamburg die Kanzlei des Rechtsanwaltes Kai Klostermann aufzusuchen und mit dem bekannten Strafverteidiger nach einer Strategie zu suchen, wie Fockos Freilassung zu erzwingen gewesen wäre.

Klostermann nahm Akteneinsicht und besuchte Focko Hoogelycht im Auricher Untersuchungsgefängnis. Doch der junge Hotelier überzeugte den Anwalt keineswegs. Sein Mandant redete unkonzentriert, kam nie auf den Punkt, so als läge ihm selbst nur wenig an der restlosen Aufklärung der Morde. Der bekannte Strafverteidiger sah die Verdachtsmomente eher bestätigt, weil

Focko Hoogelycht immer dann kein Alibi vorweisen konnte, wenn es um die Ausführung der bis in das Detail geplanten Verbrechen ging.

Er kannte auch das Eckcafé, hatte dort während seiner Hamburger Zeit oft Kaffee getrunken und glaubte den Mann gesehen zu haben, der das Interesse der Kripo auf sich gezogen hatte. Er hatte ihn aber nie kennen gelernt, und der Name Michail Slotowing sagte ihm angeblich nichts. Den Verdacht, zu diesem Mann Kontakt gehabt zu haben, wies er weit von sich.

Kai Klostermann gelang es nicht, den Wirrwarr der vielen Widersprüche, in die sich der mutmaßliche Mörder hineinmanövriert hatte, zu dessen Gunsten zu entflechten. So schlug er schließlich vor, Focko Hoogelycht einer psychiatrischen Untersuchung zuzuführen, um mit einem Gutachten seine Zurechnungsfähigkeit in Frage stellen zu lassen. Doch dieses Vorhaben scheiterte an dem vehementen Widerstand der Mutter und stieß auch auf die entschiedene Ablehnung des Mandanten.

Van Elderen fuhr mit dem Frühschiff nach Emden. Der Staatsanwalt hatte ihn zu einem Gespräch eingeladen.

Es war schwülwarm, und am Himmel türmten sich dunkle Gewitterwolken. In Aurich angekommen, parkte der Kommissar den Wagen vor dem Schloss und suchte das Zimmer des Staatsanwaltes auf. Grothuis empfing ihn herzlich und bat ihn, Platz zu nehmen. Er kam direkt zur Sache. »Professor Dr. Schmittmann von der Uni Bremen hat mir auf Anfrage mitgeteilt, dass eine Exhumierung der Leiche der ehemaligen Hotelinhaberin Dini Hoogelycht weder in die eine noch in die andere Richtung zusätzliche Erkenntnisse über ihren Tod zu Tage bringen würde. Und der Nachweis einer nicht diagnostizierten Krebserkrankung des Darmtraktes sei kein sicherer Anhaltspunkt für einen Selbstmord, weil auch in diesem Falle Mord nicht auszuschließen wäre. Selbst bei einem tatsächlichen Befund am Darm – die alte Dame soll über Darmbluten geklagt haben – muss sie sich ja deswegen nicht gleich erschossen haben«, erklärte der Staatsanwalt. »Andererseits – und das ist für uns wichtig – kann ihr Darmbluten sie zum Selbstmord getrieben haben, weil sie glaubte, Krebs zu haben.«

»Und was hat die Verteidigung vor?«

»Das lässt sich schwer abschätzen. Es sieht danach aus, dass der erfahrene Strafverteidiger Klostermann anhand von psychiatrischen Gutachten die Schuldfähigkeit des Hoteliers in Frage zu stellen beabsichtigt«, antwortete der Staatsanwalt.

»Endstation Klapsmühle! Und der Amtsrichter? Was meint der dazu?«, fragte der Kommissar.

»Er fürchtet einen langwierigen Gutachterprozess«, meinte Grothuis.

»Ich weiß nicht«, sagte van Elderen nachdenklich. »Focko Hoogelycht hat sicher durch den Ehrgeiz seiner Eltern Schaden genommen, weil er ihre Erwartungen nie erfüllen konnte. Aber deswegen gleich zum Mörder zu werden? Und warum verteidigt er sich nicht geschickter? Dumm ist er jedenfalls nicht. Ich habe Einsicht in seine Personalakte bei seiner ehemaligen Einheit genommen. Dort bekam er gute Benotungen und Beurteilungen. Er zeichnete sich bei den Manövern aus, war ein treffsicherer Schütze und hervorragender Panzerkommandant. Doch warum gibt er sich so verstockt? Er hätte mehr für sich herausschlagen können«, meinte der Kommissar.

»Er bestreitet, den Deutschrussen Michail Slotowing zu kennen, der wahrscheinlich sein Gehilfe bei der Ermordung seines Vaters war. Er war zumindest der Anrufer«, sagte der Staatsanwalt.

»Slotowing scheint eine Schlüsselrolle im Morddrama zu spielen«, meinte van Elderen.

»Er macht gerade Urlaub in Russland. In einer Woche kommt er zurück. Er besitzt einen guten Leumund, und ich hoffe, dass er keine Lunte gerochen hat«, sagte Grothuis.

»Und warum so zimperlich? Slotowing wohnt im Haus des Konditormeisters. Verschaffen Sie den Hamburger Kollegen doch einfach einen Durchsuchungsbefehl«, schlug der Kommissar vor.

»Da spielt mein Hamburger Kollege nicht mit. Er schließt nicht aus, dass Slotowing, der oft Freunde mit auf sein Zimmer brachte, selbst nicht der Anrufer war. Bresser und Münter haben sich an Fedor gewandt«, sagte der Staatsanwalt und steckte sich eine Zigarette an. »Wie wäre es mit einer Tasse Tee?«

»Seien Sie mir nicht böse, aber wir Borkumer haben immer etwas zu erledigen, wenn wir zum Festland kommen«, erwiderte van Elderen lachend.

»Ich fertige über unser Gespräch ein kleines Protokoll an. Man kann nie wissen«, sagte Grothuis.

Der Kommissar verabschiedete sich vom Staatsanwalt und verließ das Dienstzimmer. Kurz darauf stand er wieder draußen in der schwülen Luft. Ein aufkommender Wind ließ auf Kühlung hoffen. Van Elderen passierte den historischen Steintorbogen und betrat die Fußgängerzone. Blumen- und Pflanzeninseln schmückten die mit Steinplatten gepflasterten Einkaufsstraßen. Urlauber studierten das Angebot der hübschen Läden. Über den Häusern der Innenstadt ragte der Kirchturm von St. Lamberti empor.

Der Kommissar ging zielstrebig dem Marktplatz entgegen. Vor dem Sous-Turm, dem modernen Metallkunstwerk eines Aachener Künstlers, standen die bunten Stände der Gemüse-, Obst-, Fisch-, Geflügel- und Honighändler. Es roch nach Bratwürsten und Berlinern.

Kommissar van Elderen ging zum Zentralcafé, stieg die Treppe hoch und setzte sich an einen freien Tisch. Die Fensterplätze waren besetzt. In dem bürgerlichen Café saßen vor allem ältere Leute und einige junge Frauen, die sich angeregt unterhielten.

Bei einer pummeligen, freundlichen Serviererin bestellte der Kommissar ein Kännchen Kaffee. Dann entnahm er seiner Brieftasche einen Zettel, den ein Kegelbruder ihm am letzten Clubabend zugeschoben hatte und auf dem die Nummer eines Mitglieds des Schützenvereins von Bernum stand.

»Nur so, Monsieur Maigret«, hatte der Kegelbruder spöttisch gesagt und hinzugefügt: »Der Mann war lange Vorsitzender und ist jetzt Ehrenmitglied.« Mehr hatte van Elderen nicht in Erfahrung bringen können.

Das Bedienungsfräulein brachte ihm den Kaffee. Er trank einige Schlucke und las noch einmal die Adresse. ›*Wiebe Wibenga, Am Mühlenacker 18, Bernum*‹. Die Vorwahl war die der Stadt Norden. Der Kommissar blickte auf die Ausrufezeichen, die Onno hinter die Zahlen gesetzt hatte. Onno kam vom Festland und unterrichtete auf Borkum Mathematik.

Van Elderen maß diesem Hinweis wenig Bedeutung zu, aber immerhin war es ein Hinweis. Er blickte sich suchend um. Die Telefonzelle befand sich neben der Garderobe mit dem Schirmständer.

Schließlich entnahm der Kommissar seiner Geldbörse doch die Telefonkarte, verließ den Tisch und ging zur Telefonzelle hinüber. Er schob die Karte in den Schlitz und wählte die notierte Nummer.

»Wibenga«, meldete sich der Anschlussteilnehmer.

»Van Elderen, Kripo Borkum. Ich rufe aus Aurich an. So weit ich örtlich orientiert bin, könnte ich Sie in einer halben Stunde aufsuchen«, sagte der Kommissar.

»Wenn Sie mir mitteilen, weshalb Sie mich besuchen wollen, und wenn der Grund mir zusagt, dann brühe ich einen Tee auf, und mir bleibt vielleicht sogar noch Zeit, um Butterkuchen zu kaufen«, antwortete Wibenga. Seine Stimme klang freundlich.

»Ich benötige von Ihnen eine Auskunft. Ich komme dienstlich«, antwortete van Elderen.

»Und woher haben Sie meine Adresse?«, fragte Wibenga.

»Ein Bekannter gab sie mir«, erwiderte der Kommissar.

»Ich bin Rentner. Wenn Sie Fragen haben, die der Gerechtigkeit dienen, dann sind Sie mir willkommen. Ich bin für jede Ablenkung dankbar«, erklärte Wibenga.

»Danke, ich fahre gleich los«, antwortete van Elderen und hängte den Hörer ein.

Der Piepton erinnerte ihn an die Telefonkarte. Er nahm sie aus dem Schlitz, betrat das Café, trank den Kaffee und zahlte bei der Bedienung. Dann ging er zurück zum Schloss, stieg in seinen Golf und fuhr nach Bernum.

Der kleine Ortsteil Bernum gehört zur Samtgemeinde Hage. Der Luftkurort mit historischer Mühle, Kurzentrum, alter Kirche und Häuptlingsburg, mit Schloss und Schlosspark lag sehr idyllisch eingebettet zwischen Wäldern und Wasserwegen, nicht weit von der Küste entfernt. Der ›Mühlenacker‹ war eine Sackgasse. Schöne Einfamilienhäuser und Bungalows mit gepflegten Vorgärten, in denen Blumen und blühende Hecken späte Sommerpracht entfalteten, fanden die Bewunderung des Kommissars.

Eine Idylle im Vergleich zu der etwas ärmeren Vegetation auf der Insel, dachte van Elderen und lenkte den Golf in die Einfahrt des Bungalows, den er gesucht hatte. Blumenkübel standen vor der Klinkerwand, und alles sah sehr einladend aus. Ein Mann trat aus der Haustür. Er mochte um die fünfundsechzig sein. Sein graues Haar trug er sehr kurz geschnitten, was seine untersetzte Figur noch mehr betonte. Er bewegte sich ein wenig schwerfällig, doch aus seinem gebräunten Gesicht leuchteten wache Augen, deren Blick nichts zu entgehen schien. Er musterte prüfend den Ankömmling, der aus dem Wagen gestiegen war.

»Wibenga!«, sagte der Alte freundlich.

»Van Elderen. Entschuldigen Sie bitte die Störung – ich komme mehr aus einer spontanen Entscheidung zu Ihnen«, sagte der Kommissar und zeigte dem Rentner das Messingkettchen mit seiner Dienstnummer.

»Das macht nichts. Meine Frau ist schon tot, die Kinder wohnen außerhalb. Ich habe Zeit, der Tee ist bereits vorbereitet. Und da Sie mir nichts verkaufen wollen, will ich mir gerne anhören, was Sie mir zu sagen haben«, meinte Wibenga und bat den Kommissar einzutreten. Er führte ihn an der Küche vorbei in die gute Stube.

»Nehmen Sie bitte Platz«, sagte der Rentner und deutete auf die Sitzecke mit Polstersesseln, die den Kommissar an das Wohnzimmer der Dini Hoogelycht erinnerten. Auf dem Couchtisch standen das Stövchen, die Teetassen, der Kluntjebecher und der Sahnetopf.

Wibenga zündete das Teelicht an. »Einen Moment, Herr Kommissar, ich hole den Tee«, sagte er.

Van Elderen blickte durch das große Fenster in den Garten. Blühende Beete umrahmten eine kleine, gepflegte Rasenfläche. Das Fenster stand offen, und man lauschte dem Konzert der Vögel, das bis ins Zimmer drang, ohne irgendein störendes Nebengeräusch zu hören.

Wibenga kam zurück. Er stellte die Teekanne auf das Stövchen und eine Schüssel mit Plätzchen auf den Tisch. »Das mit dem Butterkuchen, das war ein Scherz«, sagte er und setzte sich in den Sessel.

Van Elderen legte die Kluntje in die Tasse, schenkte sich Tee ein und bediente auch den Alten.

Sie knabberten Plätzchen, tranken ihren Tee und schwiegen. Der Alte schaute den Kommissar neugierig an und räusperte sich. »Ich war all die Jahre nach meinem Studium als Bauingenieur beim Wasser- und Schifffahrtsamt tätig. Haben Sie vielleicht Fragen, die mit meiner beruflichen Tätigkeit in Zusammenhang stehen?«, fragte er und setzte die Teetasse ab.

»Nein, das ist es nicht«, erwiderte der Kommissar, erleichtert, dass der Anfang nun gemacht war. »Mich interessieren mehr Ihre Erfahrungen aus Ihrer Zeit als Vorsitzender der ›Bernumer Schützengilde‹, deren Ehrenmitglied Sie sind, wenn mein Informant sich nicht getäuscht hat.« Damit nahm er einige Fotos aus seiner Wildlederjacke und reichte sie dem Diplom-Ingenieur.

»Unser Verein besitzt eine lange Tradition. Im Vereinshaus drüben sind die Wände fast vollständig von Urkunden bedeckt«, meinte der alte Mann und studierte die Bilder. »Die Fotos wecken zwar Erinnerungen, doch sie sagen mir zu wenig. Da müssen Sie schon konkreter werden«, sagte er schließlich und reichte dem Kommissar die Bilder zurück. Er griff nach einem Plätzchen.

Van Elderen trank einen Schluck Tee. »Sie besitzen doch sicher eine Liste früherer Vereinsmitglieder«, sagte er.

»Ihre Fragen klingen geheimnisvoll. Ich schlage vor, Sie begleiten mich nach dem Tee zum Vereinshaus. Es ist nicht weit, nur ein kurzer Spaziergang durch den Wald«, sagte der Alte, und van Elderen nickte.

Sie tranken ihre Tassen leer, und danach erhob sich Wibenga.

»Ich nehme meinen Stock und bitte Sie, nicht zu schnell zu gehen. Ich führe Sie jetzt zu unserem bescheidenen Gildenhäuschen und gestatte Ihnen einen Blick in unser Archiv«, sagte er.

Sie verließen den Mühlenacker und schritten über einen Steg, der sich über einen Graben spannte, in den Wald. Die Luft roch würzig nach Tannen und Waldmeister. Durch die dichten Kronen der Buchen fiel gefiltertes Sonnenlicht. Wiebe Wibenga geriet ins Erzählen, und van Elderen hörte geduldig zu. Das Gildenhäuschen war ein kleines Backsteinhäuschen auf einer Wiese, umgeben von Wald. Der Alte nahm den Schlüssel aus seiner Jackentasche und öffnete die grün gestrichene Holztür.

St. Pauli, der Freiburger F. C. und Fortuna Düsseldorf hatten sich vom Oberhaus des deutschen Fußballs verabschiedet und mussten sich in der nächsten Saison in der zweiten Liga bewähren. Der Hamburger SV hatte nach vielen Querelen, nach schiefer Geschäftslage und erfolglosem Herumgekicke den Klassenerhalt gerade noch geschafft und war dabei, mit einem neuen Trainer und neuen Spielern eine Mannschaft zu formen, die an alte Traditionen anknüpfen sollte.

Weder Bresser noch Münter waren große Fußballanhänger, doch an diesem schönen, sonnigen Nachmittag machten auch sie sich auf den Weg zum Stadion, um sich das öffentliche Training der Bundesligamannschaft anzusehen. Während die Fußballer mit den Bällen dribbelten und ihre Anhänger zu reichlichem Applaus veranlassten, setzte sich Fedor zu den Beamten auf die Bank. Er war gebräunt und wirkte im Ganzen erholter und gelassener als auf Borkum. Er trug ein klein kariertes, grünliches Sakko und braune Cordjeans. »Ich gehe an den Spielfeldrand und lasse meine Bildzeitung auf dem Sitz zurück. Darin finden Sie eine Mitteilung«, sagte er leise und war gleich darauf in der Menge verschwunden.

Bresser schaute sich um. Münter steckte sich eine Zigarette an, stand auf und blickte sich aufmerksam um. Doch im näheren Umkreis gab es niemanden, der ein Interesse an ihnen nahm.

Bresser schlug die Bildzeitung auf und studierte die mit gut leserlicher Handschrift abgefasste Mitteilung:

»Der Lieferant der Kalaschnikow Michail Slotowing verbringt seinen Urlaub nicht in Russland. Er ist untergetaucht und wohnt bei seinem Vetter Sascha Schmittgen, ebenfalls Russlanddeutscher, der vom Waffenhandel auf dem Schwarzmarkt lebt und sich als Zuhälter zu betätigen beginnt. Er wohnt in der Kreuzstraße, Nr. 64, 2. Etage. Vermutlich wird Slotowing seine Stelle im Café kündigen. Er ist für seine Dienste fürstlich bezahlt worden und denkt an eine Rückreise nach Russland.

Konnte leider den Geldgeber nicht ermitteln.

Bitte, wie immer, vernichten Sie diese Mitteilung.«

Bresser reichte Münter die aufgeschlagene Zeitung und ging an den Spielfeldrand. Fedor war bereits verschwunden. Er steckte sich einen Zigarillo an und blickte auf das Spielfeld.

»Den Geldgeber kennen wir bereits!«, murmelte er zufrieden.

Staatsanwalt Grothuis verließ das Dienstzimmer des Amtsrichters und schritt nachdenklich über den Flur.

Wenig später betrat er sein Vorzimmer. »Buchen Sie auf Borkum für mich das Einzelzimmer und für Bresser und Münter das Doppelzimmer«, bat er seine Sekretärin. »Wir benötigen zusätzlich den kleinen Konferenzraum.« Er ging weiter in sein Büro, trat an seinen Schreibtisch und packte die benötigten Unterlagen in seine Tasche. Dann ging er zum Fenster hinüber und schaute versunken auf das bunte Blütenmeer des Schlossparks. Vögel zwitscherten in den Bäumen. Schwalben segelten durch die milde Luft. Dem Tief ›Ulla‹ war ein Hochdruckkeil gefolgt, der für schönes Wetter sorgte.

Die Sekretärin klopfte an und steckte ihren Kopf durch den Türspalt. »Die Zimmer sind gebucht. Das Konferenzzimmer steht Ihnen zur Verfügung«, sagte sie.

»Danke. Benachrichtigen Sie bitte van Elderen. Bresser und Münter sind bereits nach Borkum unterwegs. Wir treffen uns um zwanzig Uhr zu einer Vorbesprechung«, sagte er und schaute auf die Uhr. Ihm blieb noch genügend Zeit, seinen Schreibtisch aufzuräumen, zu Hause seine Reisetasche abzuholen und um fünfzehn Uhr das Fährschiff in Emden zu erreichen.

Um Viertel vor zehn am nächsten Morgen setzte sich Wachtmeister Paul hinter das Steuer des VW-Busses. Sein Kollege Sammusch nahm auf dem Beifahrersitz Platz. Der aufgebriste Wind wehte mit der Stärke vier aus östlicher Richtung, und der Morgendunst begann sich zu lichten. Hin und wieder stach die Sonne durch. Die ersten Urlauber verließen ihre Unterkünfte und spazierten mit ihren Badetaschen zum Strand.

Paul lenkte den Wagen zum Hotel Barke und parkte in der Einfahrt. Die Beamten mussten nicht lange warten; schon nach wenigen Minuten kamen der Staatsanwalt und die Hamburger Kripobeamten aus dem Hotel, grüßten und stiegen ein. Grothuis trug einen kleinen Aktenkoffer in der Hand. Die Beamten hatten sich für saloppe Kleidung entschieden und unterschieden sich kaum von den Urlaubern.

»Kommissar van Elderen ist bereits mit dem Fahrrad losgefahren«, sagte Wachtmeister Sammusch.

»Den mageren Hering hätten wir auch noch zwischen uns klemmen können«, scherzte Bresser.

»Er wollte in Erfahrung bringen, ob der Vogel versucht hat, auszufliegen«, warf Paul ein und fuhr los.

Kurz darauf parkte er den VW-Bus neben der Buchhandlung. Die Beamten stiegen aus, der Wachtmeister schloss die Türen ab und folgte dem Staatsanwalt und den Kollegen zur Pizzeria ›Ischia‹. Van Elderen trat aus dem Schatten der alten Bäume und kam ihnen entgegen. Er wies auf die geöffneten Türflügel. »All up Stee!«, sagte der Staatsanwalt. »Tun wir unsere Arbeit!«

Sie betraten die Pizzeria. Eine Putzfrau verließ gerade mit einem Staubsauger an der Hand den Gastraum. An der Theke spülte ein junger Italiener Gläser. Er trug ein weißes Hemd und eine weinrote Weste. Sein dunkles Haar war akkurat geschnitten. Er schaute auf, hielt für Sekunden in seiner Arbeit inne und blickte die Beamten verwirrt an. »Mama mia«, sagte er trocken.

Patricia unterbrach ihre Arbeit und blickte erschrocken auf. Auch sie schien Schlimmes zu ahnen, denn die Uniformen der beiden Wachtmeister und die Mienen der Kripobeamten verhießen nichts Gutes.

»Schließen Sie bitte sofort die Tür, damit keine Gäste Zeuge unserer beruflichen Verpflichtungen werden!«, forderte der Staatsanwalt die Kellnerin auf.

Aus Patricias Gesicht wich alle Farbe. Sie stand steif vor einem Tisch und hielt ein gefaltetes Tischtuch in den Händen, das ein blaues Karo-Muster trug.

»Bitte!«, sagte Bresser. Patricia warf das Tischtuch über den Tisch und ging zur Tür. Die Beamten traten an die Theke, wo der junge Italiener sich um Haltung bemühte.

»Herr van Elderen, Sie kennen sich in den Örtlichkeiten ein wenig aus. Verhindern Sie, dass jemand den Seitenausgang benutzt«, ordnete der Staatsanwalt an.

Der Kommissar ging durch den Küchenvorraum zum Flur, von dem aus eine Treppe nach oben führte.

Er trat an die Seitentür und drehte den Schlüssel um, den er danach abzog.

»Frau Hoogelycht!«, rief er und blickte über die Treppe nach oben. Er vernahm Stimmen. Türen wurden geöffnet und geschlossen.

»Frau Hoogelycht, Herr Tomello«, rief er noch einmal, jetzt lauter. Einen Augenblick später hörte er Schritte auf der Treppe, und Tomma Hoogelycht kam ihm entgegen. Sie schaute ihn überrascht an. Sie trug Jeans und ein marineblaues Sweatshirt. Van Elderen sah die rot gefärbten Fußnägel in ihren modischen Sandalen.

»Was wollen Sie denn hier?«, fragte sie bissig und schob sich den Rest eines Brötchens in ihren geschminkten Mund. Kaffeeduft zog in das Treppenhaus.

»Tomma, was ist?«, rief der Italiener von oben.

»Herr Tomello, kommen auch Sie bitte nach unten. Wir müssen mit Ihnen reden! Kripo!«, rief van Elderen.

Tomma Hoogelycht bewegte sich nicht. Sie stand wie erstarrt auf der Treppenstufe, ihre Hand ruhte auf dem Geländer.

»Frau Hoogelycht, der Staatsanwalt wartet im Lokal auf Sie«, sagte der Kommissar ruhig.

»Was will er denn von mir?«, fragte sie schnippisch.

»Kommen Sie«, erwiderte van Elderen und sah, wie Tomello die Treppe nahm und Tomma Hoogelycht die Hand auf die Schulter legte.

»Tomma, komm, wir haben doch nichts zu verbergen? Es ist schon schlimm genug mit Focko!«, sagte er gefasst und führte Tomma an van Elderen vorbei durch den Flur. Der Kommissar folgte ihnen. Tomello schob Tomma in das Lokal. Am Tresen standen die Beamten. Der Angestellte hatte sich zurückgezogen, und auch Patricia verließ jetzt den Gastraum.

»Was wollen Sie hier? Das kommt einem Hausfriedensbruch gleich!«, schimpfte Tomello, der noch immer Tommas Hand hielt.

»Den Frieden haben nicht wir gebrochen«, entgegnete Bresser und steckte sich einen Zigarillo zwischen die Lippen, ohne nach dem Feuerzeug zu greifen.

»Darf ich vorstellen? Herr Staatsanwalt Grothuis«, sagte Münter.

Tomello schaute irritiert auf den kleinen Aktenkoffer, den der Staatsanwalt bei sich trug. Tomma starrte die Wachtmeister Paul und Sammusch finster an. »Und was soll das alles?«, fragte sie mit blassen Lippen.

»Ich denke, wir sollten uns erst einmal setzen«, sagte der Staatsanwalt forsch und schaute sich um. »Herr Tomello, nehmen wir doch drüben an dem großen Tisch Platz.«

Enrico Tomello führte die Beamten zu dem Ecktisch. »Bitte, nehmen Sie Platz«, sagte er gequält. Er schob Tomma auf die Sitzbank und setzte sich neben sie. Die Beamten wählten die Rundbank, und Wachtmeister Sammusch setzte sich auf einen Stuhl in der Nähe des Ausgangs.

»Was soll das Theater?«, fragte Tomma und blickte den Staatsanwalt böse an.

»Wir möchten Ihnen Gelegenheit geben, zu einigen wichtigen Fragen Stellung zu nehmen«, antwortete der Staatsanwalt.

Der Italiener nahm seine Hand von Tommas Arm. »Ich gehe davon aus, dass Sie wegen Focko hier sind. Er ist unschuldig«, sagte sie aufgebracht.

»Darüber hat der Richter zu entscheiden. Noch befindet er sich als mutmaßlicher Doppelmörder in Untersuchungshaft«, sagte Grothuis. »Zu unserer Überraschung hat Ihr Sohn, ob bewusst oder unbewusst, sich zu einer Taktik entschlossen, die wir nicht durchschauen. Er ist kein Intellektueller, dennoch hätte er einige unserer Vorwürfe leicht entkräften können«, fügte der Staatsanwalt hinzu.

Tomma Hoogelycht fuhr auf: »Sie haben den von mir bestellten Strafverteidiger eingeseift! Nun wollen Sie, dass ich hier gegen meinen Sohn Aussagen zu Protokoll gebe, die in Ihr stümperhaftes Konzept passen! Und die Russenmafia lassen Sie draußen vor!«

»Nein, keineswegs. Sie können Ihren Sohn entlasten, indem Sie zugeben, dass Sie einen langen Trenchcoat und eine Pudelmütze trugen, als Sie die gute Stube Ihrer Schwiegermutter verließen«, sagte van Elderen.

Tommas Miene spiegelte tiefste Abneigung. »Was soll der Unsinn? Mutter hat sich selbst erschossen, wie oft soll ich Ihnen das noch sagen?«, fauchte sie mit verzerrtem Gesicht.

Enrico Tomello blickte die Beamten der Reihe nach fragend an und begann offenbar nur langsam zu begreifen, worauf diese hinaus wollten. »Warum quälen Sie meine Lebensgefährtin mit Ihren Verdächtigungen?«

»Weil ein Zeuge Sie beobachtet hat, als Sie nach dem Mord an Ihrer Schwiegermutter durch die Dünen davoneilten. Hinzu kommt, dass ein Russlanddeutscher aus Hamburg namens Michail Slotowing ein Geständnis abgelegt hat. Er sitzt bereits hinter Gittern und hofft auf mildernde Umstände«, sagte Bresser. Er riss ein Streichholz an und hielt es an seinen Zigarillo.

Tomello schaute seine Lebensgefährtin fragend an. »Sie bluffen doch nur!«, sagte sie hasserfüllt und wandte sich wieder an die Beamten. »Der Name sagt mir nichts. Ich weiß nicht, was dieser Mann zu gestehen hatte und was das mit mir zu tun haben soll«, antwortete sie gereizt.

»Eine Menge! Dieser Deutschrusse arbeitet als Konditor im Eckcafé des Konditormeisters Schienenburg in Altona«, erläuterte Münter. »Er rief gegen gute Bezahlung Dr. Bredefeld an und bedrohte ihn. Er fuhr an einem dienstfreien Tag nach Accumersiel, stahl dort eine Motoryacht, vertäute sie im Norddeicher Yachthafen, legte Geschosshülsen auf dem Boden ab und deponierte einen ramponierten Zeitungsartikel des Hamburger Abendblattes in der Schiffstoilette. Patronenhülsen und der Zeitungsartikel waren ihm per Post von Ihnen zugeschickt worden, und zwar nach dem Mord. Slotowing hat Ihnen auch die Kalaschnikow verkauft!«, trug Münter vor.

Tomma Hoogelycht verzog gequält das Gesicht und wandte sich Hilfe suchend an ihren Lebensgefährten. »Enrico, müssen wir uns das anhören?«

»Ich denke schon! Überlassen Sie dem Staatsanwalt das Wort«, warf van Elderen verärgert ein.

Tomma zuckte mit den Schultern, und ihr Lebensgefährte blickte den Staatsanwalt verunsichert an.

»Frau Hoogelycht, unsere Recherchen in Hamburg sind nicht ohne Ergebnisse geblieben. Ich bitte Sie, sich zu mäßigen«, sagte Grothuis energisch. »Kollege Bresser, sagen Sie es ihr!«

»Vor wenigen Tagen bedrohte der Konditor Slotowing Dr. Bredefeld erneut. Es ging mal wieder um sein Haus in Kiez-Nähe und um sein Leben. Eine Fangschaltung brachte uns auf die Spur des Gehilfen des Mörders«, trug Bresser vor und drückte den Rest seines Zigarillos in den Aschenbecher.

»Und wer war der Auftraggeber?«, fragte Tomello mit flackernden Blicken.

»Ihre Lebensgefährtin.«

Tomma Hoogelycht lachte gekünstelt. »Sie sprechen für mich in Rätseln«, stieß sie angewidert hervor und spielte nervös mit ihrem langen Zopf.

»Frau Hoogelycht, ein Geständnis kann in Ihrer Situation nur positive Auswirkungen haben«, gab der Staatsanwalt zu bedenken.

Tomello schwieg; er blickte abwechselnd Tomma und die Beamten an. »Sie reden irr! Ich und eine Kalaschnikow!«, Tomma Hoogelycht stieß ein grelles, fast hysterisches Lachen aus.

»Nicht nur das! Sie bedienten auch die Armeepistole Ihres Schwiegervaters. Sie haben Ihre Schwiegermutter erschossen und ihren Selbstmord vorgetäuscht! Auch den Brief haben Sie gefälscht. Dini Hoogelycht war nicht an Krebs erkrankt. Auch Ihre Fahrradtour zur Tatzeit des zweiten Mordes war eine Finte! Sie haben die Motoryacht Ihres Lebensgefährten benutzt, dafür haben wir Zeugen«, sagte der Staatsanwalt mit fester Stimme.

»Hören Sie sofort auf mit dem Schwachsinn!«, rief Tomma Hoogelycht empört, beugte sich vor und schlug mit der Hand auf den Stenoblock des Wachtmeisters, der das Protokoll schrieb. Sie tastete vergeblich nach der Hand ihres Lebensgefährten, der sich aschfahl an die Bank lehnte und nicht fassen konnte, was die Beamten Tomma vorwarfen.

»Frau Hoogelycht, unterlassen Sie bitte diese Mätzchen!«, sagte van Elderen.

»Ich und eine Kalaschnikow! Das ist ja unglaublich!«, zischte sie böse und lehnte sich zurück. »Ich weiß nicht einmal, wie eine Kalaschnikow aussieht!«

»Da sind wir anderer Meinung! Sie gehörten in jungen Jahren der Schützengilde Bernum an. Der alte Ehrenvorsitzende Wibenga konnte sich an Sie erinnern. Sie wurden mehrmals Deutsche Meisterin im Kleinkaliber- und Pistolenschießen! Sie kannten sich aus mit Waffen! Der Deutschrusse Michail Slotowing hat zu Protokoll gegeben, dass er Ihnen nicht nur die Kalaschnikow verkauft, sondern Sie auch in den Umgang mit dem Schnellfeuergewehr eingewiesen hat. Doch das ist noch nicht alles. Sie haben Ihren Besuch beim Hamburger Möbelhaus dazu benutzt, die Mordwaffe zu entsorgen! Sie warfen die Kalaschnikow in der Nähe des Hauses von Dr. Bredefeld in den Schloot des Johannisgehölzes!«, sagte van Elderen kalt.

Tomma Hoogelycht gab sich noch nicht geschlagen. Ihr Gesicht wirkte verzerrt. »Ich kenne keinen Mann und erst recht keinen Russen, der so heißt«, zischte sie giftig.

»Ach!«, sagte Bresser. »dann ist Ihr Gedächtnis aber wirklich nicht das Beste! Haben Sie die peinliche Situation vergessen, als Sie mit Ihren neuen Schuhen im Deckel des Gullys hängen blieben, zu Boden stürzten und sich die Knie aufschlugen? Es waren die modernen Absätze, haben Sie zu Slotowing gesagt, der am Verkaufstresen des Eckcafés Dienst machte und Ihnen zu Hilfe kam. Er gab zu Protokoll, dass er ihnen einen Kaffee servierte und für Sie im Textilhaus Timmen neue Strümpfe besorgte! Sie kamen mit ihm ins Gespräch. Er besorgte für Sie bei seinem Vetter eine Kalaschnikow gegen gute Bezahlung und sackte für weitere Dienste eine hohe Summe ein. Er rief Dr. Bredefeld an und stahl schließlich auch für Sie in Accumersiel die Motoryacht des Bäckermeisters Koplin, von der er in Ihrem Auftrag die Beschriftung entfernte«, dozierte Bresser.

Tomma Hoogelycht kicherte irr. »Diese Geschichte kauft Ihnen keiner ab«, sagte sie belustigt.

»Wir nehmen Ihre Antworten zu Protokoll«, sagte der Staatsanwalt.

»Slotowing hat Dr. Bredefeld in Ihrem Auftrag von einem öffentlichen Fernsprechapparat aus angerufen. Sein und damit auch Ihr Verhängnis war es, dass er wegen der kurzfristigen Aufforderung, den Zahnarzt erneut anzurufen, den Firmenanschluss des Cafés benutzte. Die Fangschaltung überführte ihn«, erklärte Münter.

Die attraktive Witwe blickte Tomello Hilfe suchend an. »Die spinnen«, sagte sie mit flacher Stimme.

»Frau Hoogelycht unterlassen Sie das Versteckspiel. Sie haben die Ähnlichkeit des Zahnarztes mit Ihrem Mann teuflisch ausgenutzt und die Morde genial geplant. Bei der Durchsuchung der kleinen Betriebswohnung Ihres deutsch-russischen Gehilfen fanden wir entsprechende Beweise. Über die Höhe der Prämie macht Slotowing bisher vermutlich falsche Aussagen. Er war naiv genug, die Mitteilungen nicht zu vernichten«, sagte Münter.

Der Staatsanwalt griff nach seinem Aktenkoffer, öffnete ihn und entnahm ihm den Haftbefehl. »Frau Hoogelycht, auf Ihnen lastet der Verdacht, Ihre Schwiegermutter und Ihren Mann aus niedrigen Beweggründen ermordet zu haben. Sie tarnten sich mit einem langen Trenchcoat und einer Pudelmütze. Wir besitzen einen Zeugen, der Sie gesehen hat. Ich muss Sie dem Untersuchungsrichter vorführen! Packen Sie bitte eine Tasche für eine ungewisse Zeitdauer im Untersuchungsgefängnis! Ich gestatte Ihnen, in Begleitung des Kommissars van Elderen mit Ihrem Rechtsbeistand zu telefonieren!«, sagte Grothuis ernst.

Tomello starrte seine Freundin fassungslos an. »Tomma, du hast mein Motorboot benutzt, um deinen Mann …?«, fragte er entsetzt.

Tomma schluchzte. Jetzt war es auch um ihre Fassung geschehen. »Die alte Hexe wollte mich fertig machen! Sie bat mich zu sich, weil sie erfahren hatte, dass ich dich liebe! Sie wollte mich erschießen!«, murmelte sie unter Tränen.

Enrico Tomello rückte von ihr ab, als habe er sich verbrannt. Er stand langsam auf und wollte sich gerade abwenden, als Bresser ihn zurückhielt.

»Einen Moment noch, Herr Tomello. Auf Sie fällt der Verdacht der Beihilfe zum Mord an Herrn Ulfert Hoogelycht!«

Der Italiener schaute den Beamten verwirrt an.

»Wie war das mit der Spritztour um Borkum herum?«, fragte van Elderen.

Tomello mied den Blick seiner Lebensgefährtin. »Tomma hatte am späten Nachmittag eine Fahrradtour unternommen. Ihr Fahrrad stand in der Nähe des Stegs. Sie war bereits an Bord, als ich kam«, sagte er und kämpfte mit den Tränen.

»Und Ihnen fiel an Bord nichts auf? Immerhin hatte sie das Boot bereits benutzt, wie wir wissen«, sagte der Staatsanwalt.

»Nein, es war alles wie üblich.«

»Und der Schlüssel?«, fragte Münter.

»Sie muss heimlich den zweiten Bootsschlüssel genommen haben. Ich war völlig ahnungslos.«

»Sie verließen nach Zeugenaussagen gegen einundzwanzig

Uhr den Yachthafen, als Beifahrer in Ihrem eigenen Wagen. Ihre Lebensgefährtin saß am Steuer«, sagte Bresser und drückte den Rest seines Zigarillos in den Aschenbecher.

»Das stimmt. Tomma war mit dem Fahrrad und ich mit dem Wagen gekommen. Wir ließen das Rad stehen. Ich hatte an Bord eine Flasche Bier getrunken«, sagte er und schaute Tomma an, die in sich zusammengesunken am Tisch saß. Sie schluchzte und mied seinen Blick.

»Und über den Tod der alten Dame haben Sie mit Frau Hoogelycht nicht weiter gesprochen? Sie hegten auch keinen Verdacht, als an Bord der *›Clara‹* Ulfert Hoogelycht erschossen wurde, der Ihrer Lebensgefährtin und Ihnen im Wege stand?«, fragte der Staatsanwalt.

Tomello schüttelte verneinend den Kopf. Tränen rannen über sein Gesicht. Er rang nach Fassung. »Ich liebe Frau Hoogelycht«, antwortete er stockend, »und wir hätten doch auch so glücklich werden können! Tomma wollte mit einem Anwalt sprechen und die Scheidung in die Wege leiten.«

»Nun, das hat sie nicht getan«, sagte van Elderen. »Stattdessen ermordete sie ihren Ehemann Ulfert, weil er Verdacht geschöpft hatte!« Er wandte sich wieder an Tomma. »Ulfert Hoogelycht, der sich, von Ihnen und Ihrem Sohn enttäuscht, zur Ruhe setzte, hatte erfahren, dass der Selbstmord der alten Dini Hoogelycht seiner Mutter, vorgetäuscht worden war und ein Mörder seine Hände im Spiel gehabt haben sollte. Die Freundin des Zeugen hatte mit ihm ein vertrauliches Gespräch geführt. Ulfert wollte nicht wahr haben, was er vernommen hatte, ließ sich aber bei lautstarken Auseinandersetzungen mit Ihnen und Focko zu Äußerungen hinreißen, die in entsprechende Richtung wiesen. Das war sein Todesurteil! Sie schmiedeten den teuflischen Plan!«

»Hören Sie auf!«, schrie Tomma Hoogelycht hysterisch.

»Frau Hoogelycht, Ihr Mann ahnte etwas, Sie mussten handeln! Sie lernten in Hamburg Michail Slotowing kennen, und der wurde Ihr Gehilfe. Ihr Sohn ist unschuldig!«, stellte der Staatsanwalt fest.

Tomma Hoogelycht richtete sich auf und schaute Tomello aus glänzenden Augen an. »Warum?«, fragte er.

»Weil ich dich liebte!«, gab sie zurück, stützte die Arme auf den Tisch, barg den Kopf in den Händen und brach in haltloses Schluchzen aus.

Der Italiener trat an den Tisch, berührte sie sanft am Arm. Doch dann zog er entschlossen seine Hand zurück. »Wegen des Protokolls finden Sie mich oben im Büro«, sagte er an die Beamten gewandt und schritt gebeugt davon.

Nachtrag: Tomma Hoogelycht wartet in der Vollzugsanstalt Hameln auf ihren Prozess und hofft mit ihrem Anwalt Kai Klostermann auf einen milden Richter.

Focko Hoogelycht, der bereits vor seiner Inhaftierung die auch für ihn nebulösen Verstrickungen seiner Mutter in das Mordgeschehen vermutet hatte, heiratete Swetlana Roederich, ohne Pomp und ohne Aufsehen zu erregen, auf der Nachbarinsel Norderney.

Sie führen den ›Kaiserhof‹ auf Borkum auch weiterhin erfolgreich, ohne Geschäftseinbußen hinnehmen zu müssen. Swetlana sieht Mutterfreuden entgegen.

Tomello verkaufte die Pizzeria an einen Landsmann, verließ Borkum und lebt auf Ischia in seiner Wohnung im Hause ›Casa Rustica‹.

Schiri und Attila, die als türkische Staatsbürger in Deutschland geboren waren, bekamen einen wesentlichen Anteil der ausgesetzten Belohnung und arbeiten beide noch immer im ›Kaiserhof‹.